The Poetry of Derek Walcott: 1948–2013

德里克·沃尔科特诗集

：1948—2013

[圣卢西亚] 德里克·沃尔科特　著

[英] 格林·麦克斯韦　编选

鸿楷　译

上海文艺出版社

Shanghai Literature & Art Publishing House

图书在版编目（CIP）数据

德里克·沃尔科特诗集：1948—2013 /（圣卢西亚）
德里克·沃尔科特著；鸿楷译 . — 上海：上海文艺出
版社，2024
ISBN 978 - 7 - 5321 - 7253 - 5

Ⅰ.①德… Ⅱ.①德… ②鸿… Ⅲ.①诗集－圣卢西
亚－现代 Ⅳ.① I766.25

中国国家版本馆 CIP 数据核字（2023）第 213997 号

THE POETRY OF DEREK WALCOTT, 1948−2013
by Derek Walcott, selected by Glyn Maxwell
Copyright © 2014 by Derek Walcott
Published by arrangement with Farrar, Straus and Giroux, New York.
Simplified Chinese translation edition copyright © 2024 by
Neo-Cogito Culture Exchange Beijing Ltd.
All rights reserved

著作权合同登记　图字：09-2023-0903

发 行 人：毕　胜
出版统筹：杨全强　杨芳州
责任编辑：肖海鸥
特约编辑：金子淇
封面设计：吴伟光
书　　名：德里克·沃尔科特诗集：1948—2013
作　　者：［圣卢西亚］德里克·沃尔科特
译　　者：鸿　楷
出　　版：上海世纪出版集团　上海文艺出版社
地　　址：上海闵行区号景路 159 弄 A 座 2 楼 201101
发　　行：上海文艺出版社发行中心
　　　　　上海闵行区号景路 159 弄 A 座 2 楼 201101
印　　刷：苏州市越洋印刷有限公司
开　　本：787×1092 1/32
印　　张：29.75
插　　页：2
字　　数：506,000
版　　次：2024 年 1 月第 1 版　2024 年 1 月第 1 次印刷
I S B N：978 - 7 - 5321 - 7253 - 5/I.6999
定　　价：118.00 元
告 读 者：如发现本书有质量问题请与印刷厂质量科联系（T：0512-68180628）

目　录

选自《星苹果王国》

选自《仲夏》

选自《阿肯色圣约》

译者前言

本诗集依据的版本为格林·麦克斯韦（Glyn Maxwell，1962— ）编选的《德里克·沃尔科特诗集：1948—2013》（Farrar，Straus and Giroux，2014）。编者是当代著名英语诗人，1994 年被选为英国新生代诗人（New Generation poets），也是戏剧家和文学理论家，曾就读于牛津大学，1987 年赴波士顿大学进行文学和戏剧研究，师从的正是当时任教的沃尔科特。由于编者的水平以及他与沃尔科特的关系，这部诗集的选编相当权威，独特，具有总结性，它收录了除《奥马罗斯（荷马）》（Omeros）之外的大部分经典诗作，也节选了另一部奠定其诗名的长诗《另一生》和最后一部长诗《提埃坡罗的猎犬》，全文收录名作《群岛传奇》《克鲁索的日记》《海湾》《圣卢西亚》《纵帆船"飞翔号"》《海即历史》《欧洲森林》《星苹果王国》《北方与南方》《捣蛋的归来》《幸运的旅行者》《世界之光》《阿肯色圣约》《恩赐》等；其中还修改了之前版本的一些文字（比如《星》《海葡萄》等）。[1]

---

[1]　目前为止，据我了解，英语世界有六部沃尔科特的诗集或诗选，除去本集以及时间过早的 *Selected Poems*（Farrar, Straus and Giroux，1964）之外，其余四部为：(1) 布朗（W. Brown）编选的 Selected Poetry（Heinemann，1981，1993）；(2) 沃尔科特及其好友美国著名画家毕尔登（转下页）

不过，其中最后一部诗集《白鹭》，已在国内出版，遵照版权，本诗集未收，但题目仍保持原版书名中的年份"1948—2013"。

本诗集的评注以解诗为目的，涉及标题和题词、作者生平、异文、字句、修辞、韵律、诗意、互文、人物、地理、自然风物、历史、文化等方面，众所周知的内容，一般不注。

注解沃尔科特的诗是艰难的工作。他的诗风如同谜语，尽管谜面平白易懂，淡如清水，但它的谜底意蕴丰富，颇为难解。其谜语的核心就是他用到极致的隐喻和明喻的手法。作为百科全书式的诗人，他借助比喻，将诗性的想象、散文与小说的叙述和逻辑、经典的文学文本、多元的语言符号、自然万物的名称、世界的地理、历史和现实中的社会政治事件全部编织在一起。这些方面的内容，都对译者和读者是一个巨大的挑战，因此评注自然是必不可少。

（接上页）（R. Bearden）所选的 *The Caribbean Poetry of Derek Walcott and the Art of Romare Bearden*（Limited Editions Club, 1983），该版仅印刷250册，配有毕尔登的画作和两位合作者的签名；(3) 沃尔科特本人选定的 *Collected Poems, 1948—1984*（Farrar, Straus and Giroux, 1986）；(4) 鲍（E. Baugh）编选的 *Selected Poems*（Farrar, Straus and Giroux, 2007）。第一部选诗相对较少；第二部和第三部以早期作品为主，后者到《仲夏》为止；第四部选到《浪子》，虽然节选《奥马罗斯》，但选诗篇幅不如本诗集，《纵帆船"飞翔号"》没有全选，《仲夏》《幸运的旅行者》和《恩赐》三部更为重要的诗集选录不多，尤其是没有《北方与南方》。几部诗集的侧重和选诗多有差异，但比较来看，麦克斯韦这一部更能体现沃尔科特一生的诗歌成就，也得到他本人的认可，适合译出以便汉语读者充分了解其诗学理念和艺术风格。

但目前为止，除去他的长诗之外，其他诗作并无现成的评注供译者参考。布朗的选集虽有注释，但很简略。不过，由于沃尔科特是当代英诗的巨匠，是欧美和加勒比地区文学界的研究重点，尤其自获得诺贝尔文学奖之后，每年都有相关的专著或论文出版，故而，散见于研究文献中的解读和释义均可利用，比如，鲍（E. Baugh）、布莱斯林（P. Breslin）、伊思蒙德（P. Ismond）、泰南（M. Tynan）、哈姆那（R. D. Hamner）、布朗（S. Brown）、蒂姆（J. Thieme）、伯奈特（P. Burnett）、福马嘉里（M. C. Fumagalli）、泰拉达（R. Terada）、普菲弗尔（S. Pfeffer）、洛雷托（P. Loreto）、彼得恩特（C. Bedient）等其他学者的著作和论文。

沃尔科特的诗中还有不少加勒比地区的方言和口语，为此，我使用了各种词典：特立尼达和多巴哥的英语克里奥尔语，用的是维纳（L. Winer）*Dictionary of the English/Creole of Trinidad & Tobago*；牙买加英语，是卡西迪（F. G. Cassidy）和勒·帕日（R. B. Le Page）的 *Dictionary of Jamaican English*；圣卢西亚的法语克里奥尔语（Kwéyòl），是弗兰克（D. Frank）等人的 *Kwéyòl Dictionary*，以及蒙德希尔（J. E. Mondesir）和卡灵顿（L. D. Carrington）的 *Dictionary of St. Lucian Creole*；关于加勒比英语的一般用法，用的是阿尔索普夫妇（R. Allsopp 和 J. Allsopp）经典的 *Dictionary of Caribbean English Usage*。

此外，个别地方也参考了沃尔科特诗歌的西班牙语、意大利语、德语译本的处理。所有文献引用时，著者和编者名以西文列出，复引时，一般省略出版地和年代，保留书名或主标题以及页码。由于文献繁多，书后不再一一列出参考文献。为了节省篇幅，评注有不少内容只能从略或舍去。[1]

有几类资料，一般不再标注来源，或采用简写。考虑篇幅，译者尽量简述，为读者提供有用的信息。

一、部分语言辞书和涉及一般性知识的材料：

（1）英语以及其他现代语言的词义，均来自权威词典：英语主要是《牛津英语大词典》（OED）在线版：www.oed.com，也参考了剑桥、朗文、韦氏、麦克米伦和柯林斯等词典；法语参考拉鲁斯词典，中国《新法汉词典》；西班牙语参考牛津西班牙-英语词典，中国《新西汉词典》，等等。

（2）英文词源，查询自道格拉斯·哈珀（Douglas Harper）创建的英语词源网站，该网站既吸收了 OED 的解释，也广为参考了巴恩哈特（Barnhart）、克莱因（Klein）、霍特豪森（Holthausen）等几十种权威的词源词典和语言词典：http://www.etymonline.com/index.php。

（3）古典语言文化方面，古希腊语参考 H. G. Liddell 和 R. Scott 的《希英大辞典》；拉丁语参考 C. T. Lewis 和 C. Short 的《拉英词典》；与《新约》及其中希腊语有关的知识，见 G. Kittel 与 G. Friedrich 的《〈新约〉神学词典》（TDNT，G. W. Bromiley 英译）；与《旧约》有关的希伯来语和知识

---

[1] 本版（2024 年版）对评注进行了进一步简化，并将每章注释附于对应章节后，以便读者查找、对照。——编者注

参考 L. Köhler 等的《〈旧约〉希伯来语和亚兰语词典》和 D. J. A. Clines 的《古希伯来语大词典》；古典时代的文化参考 S. Hornblower 和 A. Spawforth 等的《牛津古典大词典》（第 4 版）。

（4）动植物方面。植物信息，来自国际农业和生物研究中心（CABI）网站：http://www.cabi.org/isc/，以及格兰德特纳（M.M.Grandtner）的 *Elsevier's Dictionary of Trees: Volume 1-2*（Elsevier，2005，2013）；中译名的确定，参考中国科学院植物研究所的植物数据库：http://www.eflora.cn/；http://www.efloras.org/，及其中国植物图像库：http://www.plantphoto.cn/。动物信息，来自密歇根大学的动物多样性网站：http://animaldiversity.org/；中译名的确定，参考中国科学院的动物学数据库：http://www.zoology.csdb.cn/。沃尔科特是为自然万物命名的诗人，他的诗作涉及大量的动植物名称。其中很多都是加勒比地区的俗名，具体所指，不易确定，译者尽力参考各种资料，考证其科学名称。

（5）历史、地理、人物等类的知识（以及上述资料涉及的某些方面），均参考《不列颠百科全书》在线版：https://www.britannica.com/。

二、关于《圣经》，作为英语诗人，沃尔科特深受英文钦定本（KJV）的语言和修辞的影响，故评注引用的经文以之为准，中译文取自和合本。

三、关于沃尔科特方面的材料：

（1）牙买加诗人、西印度群岛大学莫纳校区英语文学荣休教授鲍（E.Baugh）和纽约州立大学奥本尼分校拉美文学教授奈保尔辛格（C.Nepaulsingh）曾对《另一生》全诗做了详尽评注，并附有评论文章：*Derek Walcott: Another Life, Fully Annotated, with a Critical Essay and Comprehensive Notes* (Lynne Rienner Publishers，2004)。引用时，简写为 BN，然后标明页码。

（2）关于沃尔科特部分诗作版本和异文情况，如无特殊说明，均参见：I.E.Goldstraw 的 *Derek Walcott, a Bibliography of Published Poems: With Dates of Publication and Variant Versions 1944-1979* (Research and Publications Committee, University of West Indies，1979) 和 *Derek Walcott: An Annotated Bibliography of His Works* (Garland，1984)。

（3）凡涉及沃尔科特家世和生平的内容，基本参考：B.King 的 *Derek Walcott: A Caribbean Life* (Oxford University Press，2000) 和 BN。

译诗不易，郑笺尤难，这部译诗集耗费了我大量的时间和心血，虽尽力而为，但译文如有舛谬，注释若有可修补之处，敬请读者不吝指正，请登录豆瓣网，进入本人页面和小站，ID名"鸿楷"，以邮件告知，待修订时，定当致谢。

2017 年 3 月 17 日，沃尔科特去世，我恰在这一年完成初译稿，他的诗歌伴我度过了一段超然的时光，谨以这个译本来纪念这位伟大的诗人。

2017 年 10 月

记于剑桥

献给伊丽莎白、安娜和彼得

选自《二十五首诗》（1949）[1]

渔人荡舟归途中……[1]

渔人荡舟归途中，黄昏里，
他们对穿过的寂静无所在意，
于是我，在情感溺水之后，就不该要求
你们强健的双手带来什么样的暮色和安稳。
而黑夜，催动陈旧的谎言，
向它眨眼的众星，守卫隆起的山丘，
夜可以听到起航的无言，因为时间才懂得
苦涩和狡黠之海，因为爱在筑墙。

此时，在别人的注视中，我出航远行，
驶向一片比情话更残忍的海洋，
但他们却会看见旅途让我内心平静，
我乘着古老的骗局分开新的海水。
而安然无虑的人，会平安登上游轮，
听溺死在星辰旁的桨手窃窃私语。

我十八岁

献给沃里克·沃尔科特[1]

我今天用日历算过年份
它说出你的第十七个死，我等来
诚实的一刻、可以回忆
这个家，有你又没你，如何过得顺利。
我不会因为我父走过的施洗的信仰[2]不再是光，
所有曾像他的梦一样高悬的海鸥
如今化为一只，随他的光，在沙上腐烂，
就责怪死神的手，
就能对死神厉声奚落或是发火。

我不能厉声奚落或是发火。
也没法用音节摧毁泛黄的坟墓。
它在弯曲的树下，这里，所有拉撒路都是历史。
但最重要的，莫过于死神的礼物，
它能在明亮的尘土、也就是枯骨后
（那枯骨饮葡萄酒，信有福的饼）
让我们看到：人的被遗忘的价值
在死者倒错的美中闪耀。

私人日记

我们启程的地方，艳丽的帆船从不搁浅
我们绿色的孤独看着也不会飘零
一到放学的午后，好吧，我们的"悲伤"姑姑就来了，
训练有素，身姿笔直，

教我们写作。外面的男孩追逐皮球
沿着赛场上平坦、耀眼的日光，
汗流浃背，打趣笑骂，而我们坐着，缓缓的泪水
勾勒出心境。

我们是否生来就有这样的痛苦，
人人经历，无一获救，这问得太早，还是太迟？
想象到成长之中、漫长、时间难以祛除的迷惘
这是有福，还是有祸？

从流言、朋友、师长那里，我们学会恨
恨凌弱的人，他嘲笑九岁的我们不能下水
恨金发的孩子，竟如此富有；之后，我们又爱
那些怪异、

消磨时光的人，他们不像我们能看见深愁

我们羡慕他们至今依然无事空忙，逍遥自在，
羡慕他们能忘死，置于度外，将它当作
难免的虚妄。

爱来了，它让心破碎，但爱本该将心凝聚，
爱是我们最高的喜悦，最深的愁苦，
是爱的教导，而非哲学，令我们渴望从思想中解脱的
自由，而非思想的自由。

致一位在英格兰的画家书 [1]

你在那些雾都的、严格、灰白的工业中，
在冬季的热病里衰败，我
去信，让你别忘了属于自己的、
高更们为之染病的群岛；我要告诉你，
我是怎样渐渐明白你激情炽烈的
天赋和对风景的狂热之爱。

是四月，你不用怀疑
报上说了，春天的序言
在城市公园的围栏后刊登，
如若不然，晚春也必定会将
粉红的致歉，发布在黑湿的枝头
给身穿大衣的人，他们会将
跳动的歌词，藏在烟斗之中。

而你一定难以想象
这个四月的季节，潮汐
烧焦；干旱让叶子碎裂成灰
暗红色的火焰，如同内心的废墟。
尘土让街道变白，那些
树叶寂静，如同神经质的老处女。

而我今天，在树下漫步，看见
木舟，全都标着有趣的名字：
"白昼""抹大拉的圣玛利亚""欢乐的少女"。

它们让我想起你绘画的主题
想起在舒适的别墅接受你教导的日子
我们一边观摩你重要的经验，一边学习。
但你必须理解，我是怎样茫然地
看自己的天分在这个季节衰败
是你，用权威的调色板
勾画出这个圣女岛 [2] 的身姿
但你要理解，我是如何茫然地
空有你画笔的热情，却不会表达。

不过，我们避开的、那曾赋予我们想象的恩典
沿着弧线呈现出一座建筑
它的主日的逻辑，我们可以接受，可以拒绝，
那恩典，将风景、棕榈、教堂、隐居鸫鸟
留给这个单纯的灵魂，再让它自己决定
而它现在赢得了我的爱，又赐予爱一种静默
那静默，会把自己的肉身讲给这个盲目的世界。

城市死于火 [1]

狂热的传福音者荡平一切，除了属于教会的天空，
这之后，在油烛下，我记录死于火的城市
烛眼生烟，它在垂泪，我
不仅仅想用蜡，讲述如电线一样烧断的信仰。[2]

我终日徘徊于乱如碎石的传闻里，
街边每堵墙都会撒谎，这让我震惊，[3]
群鸟摇动的天空在喧嚣，所有云都是
洗劫后扯开的包裹，尽管有火，依然洁白；

在基督走过、烟雾弥漫的海边，我问：
为什么人的木头世界[4]败落时，他应该流泪如蜡。

在市里，树叶是纸，但山丘却是信仰的牧群
对于一个终日游走的男孩，每片叶子都是绿色的气息

它重建起我早以为死去如钉子的爱[5]
它也祝福着这场死亡和火的洗礼。

像约翰去拔摩岛 [1]

像约翰去拔摩岛，在乱石和湛蓝清新的空气间，他的忧心
变得宁静，而这里的四周
也有撒满白银的海浪，有树木粗朴的茸毛，乳白色海湾的
浑圆的乳房，棕榈，群鸟，绿色但死去的

叶子，日光的黄铜币，照在我的脸颊
这还有木舟巩固太阳的力量，正如荒凉空气里的约翰，
那里蓝色风景中的希腊人也欢迎我，更为丰盛，
所以我不会离家，我可以在此地说点什么。

这岛是天堂，远离了都市中飘着尘土的血
看海湾的弧，看蔓生的花，美在
树的有翼之声；夜空亮起，
星稀点点。美围绕着
黑孩子，让他们无需歌唱无家的小调。

像约翰去拔摩岛，在每一寸跳动着爱的空气中
哦，奴隶、士兵、红色树下沉睡的工人，你们听
我在起誓，就像当年的约翰，
我要赞美长久的爱，赞美生者和肤色棕褐的死人。

我双腿交叉顺着日光，看……¹

我双腿交叉顺着日光，看
彩云之拳，会聚在
我这陡峭之岛、蛮荒地貌的上空。

与此同时，蒸汽船扰动着消失的地平线，证明²
我们消失。
我们只见于
游客的手册，在热切的双筒望远镜后；
在眼中苍白的映像里
眼睛知道城市，觉得我们在这很幸福。

时间爬过这个忍受已久的忍受者。
所以，做出一次选择的我，
发现我的童年已逝。

我的人生，现在抽深刻的香烟当然太早，
旋转的门把手，时间的内脏里
转动的刀，都还不能公开，
除非我学会在精确的
抑扬格里受苦。

当然，我走过一个个孤立的动作，
就当场景是在度假；
弄直领带，在关键的下颚扎好，
注意鲜活的肉体
它们的形象在眼中漫步。

直到我不再关注这一切，我就开始思考
在我一生旅途的中点
哦，我是如何遇到了你，我的
目光舒缓、羞怯犹疑的豹。[3]

注释

选自《二十五首诗》（1949）

1 沃尔科特10岁开始学诗和写诗，在就读中学时期，就在《圣卢西亚之声》报纸上发表了诗作。1948年，沃尔科特向母亲借了200美金，印制了《二十五首诗》，这是他的第一本诗集，诗名显然来自狄兰·托马斯的诗集《二十五首诗》（*Twenty-Five Poems*，1936）。这部诗集中的《城市死于火》和《像约翰去拔摩岛》，曾给奈保尔留下了深刻的印象，他甚至认为沃尔科特是加勒比的普希金。

渔人荡舟归途中……

1 本诗曾收入诗集《绿夜》（1962）和《沃尔科特诗集：1948—1984》（Harper Collins，1986；Faber & Faber，1992），题名为《海港》（"Harbour"），因为它描写的是圣卢西亚的港口景色。本诗集改为首句为题，但这正是最早的题目。本诗两节，十四行，为彼特拉克（Petrarchan）商籁体和莎士比亚商籁体的混合，第一节有两组四行诗（quatrains），分别有一对对句（couplet）；全诗很可能混合或发展了如邓恩、马维尔、丁尼生、华兹华斯、T.S.艾略特和蒙塔莱（Montale）等人的诗意和风格，但沃尔科特注入了新的立意和思考，他整个诗歌生涯中的几个重要意象和主题都体现了出来（如海、回家、渔夫、黄昏、死亡等）。全诗描写的是"后殖民的浪漫风景"，作者将风景"历史化"为他最看重的意象：大海。全诗的主人公是因爱而心痛的"我"和无动于衷的渔夫：在风景中，作者将渔人在受奴役的历史（海）中行进；而"我"在神圣之爱和世俗之爱之间进行选择，用艺术为航行于生活中的灵魂提供启示。

我十八岁

1　本诗写于 1948 年，收入《绿夜》诗集时，题目为《哀歌》。沃里克·沃尔科特是沃尔科特的父亲，1931 年 34 岁时去世；沃尔科特当时只有 1 岁，他还有一个孪生弟弟罗德里克，两人的姐姐是帕梅拉。沃里克的父亲查尔斯是移民加勒比的英国人，母亲是棕色和黑色人种。沃里克的肤色与母亲相同；他干过抄写员和法律方面的工作，业余时间绘画，阅读过莎士比亚和狄更斯等英国文学作品，还参加了业余剧团。沃里克身上的艺术和文学基因都遗传给了沃尔科特兄弟。他最后死于耳部感染。关于沃里克，也见《布鲁克林来信》和《仲夏》50；关于查尔斯，见《游廊》《流亡》。

2　the washing faiths my father walked，这里将父亲类比耶稣，用的是耶稣在水上行走的事例，如《新约·马太福音》14:22-31；水也是洗礼的用物。faiths，用复数，指不同的信仰体系，如新教（循道宗）和天主教，甚至还有可能包含文学和艺术，也见《城市死于火》。这句在构造上很有特点，分别有两对词押头韵，层层对称，而中间是"我"。本诗有不少指向《圣经》的意象，如下面的拉撒路、尘土、酒和饼等。作者是用加勒比实际的海景来喻示宗教景象，他想象父亲在海上行走，天上和沙滩的海鸥象征梦想和信仰。进而，作者以耶稣的受难来比喻父亲的受苦："我父"既指沃里克，也指上帝以及与之合一的耶稣。由此，父亲虽死犹生，如上帝般随着作者（"有你又没你"）。

致一位在英格兰的画家书

1 Letter to a Painter in England, 本诗旧题为 To a Painter in England, 并有题献 "for Harold Simmons", 是献给沃尔科特的心灵导师、圣卢西亚画家和民俗学者哈罗德·西蒙斯 (Harold Simmons), 关于他, 见后面《另一生》的评注, 他也是圣卢西亚文化和艺术之父, 加勒比民间艺术的保护者和推广者。西蒙斯曾经写过一篇文章, 论述了沃尔科特的诗歌成就, 谈到了本诗, 指出是献给自己的, 其中体现了思乡的心情, 尤其提到了高更。见 "A West Indian Poet Fulfills His Promise", *Critical Perspectives on Derek Walcott* (Lynne Rienner Publishers, 1993), 第 97 页。

2 virginal island, virgin 指天主教中的女圣徒, 圣卢西亚的岛名就来自女圣徒圣露西亚 (Saint Lucia)。这个词对比上面的 "老处女", 表明圣卢西亚的原始自然的状态, 尤其指艺术家还没有将之 "开发"; "老处女" 连同上面的后两个船名, 正好包含了各个年龄的女性, 都暗示了圣卢西亚的 "阴性"。

城市死于火

1 城市即圣卢西亚 (当时尚未独立, 属于英属向风群岛殖民地, 殖民地首府在格林纳达圣乔治) 首府卡斯特里。这座城市饱受过多次火灾, 本诗描写的是 1948 年 6 月 19—20 日的卡斯特里大火。全城五分之四毁于火灾, 两千多人无家可归, 商业和日常生活陷入瘫痪, 疾病肆虐, 如同人间炼狱。但就政治而言, 这场大火促成了圣卢西亚 "联合工人党" (United Workers Party, UWP) 的上台, 该党也推动了圣卢西亚的去殖民化和独立自主, 因此这场大火既让城市 (人为的城市) 死亡, 也让城市和国家 (精神层面和自然层面的城市) 重生。作者在诗中也暗示了他对城市涅槃的期待。

值得一提的是，沃尔科特在这一年结识了著名的巴巴多斯诗人和文学评论家弗兰克·科利摩尔（Frank Collymore），这对他走上文学之路起到了重要的作用：毁灭的大火也带来了一位伟大诗人的新生。

本诗是一首商籁，为作者早期的名作，带有浓郁的宗教色彩和明显的狄兰·托马斯的思想风格。本诗显然受托马斯的涉及二战时伦敦空袭的名作《拒绝哀悼死于伦敦大火的孩子》（"A Refusal to Mourn the Death, by Fire, of a Child in London"，1946）的影响。

2　Wanted to tell in more than wax of faiths that were snapped like wire，蜡烛、烛光和蜡，首先是人工的照明物和人为的事物。其次指"我"本人的灵魂、目光和泪水，三者共同代表"我"的生命。最后，基督教中，供奉和祈祷时都要点蜡烛，烛光象征上帝的恩典和光明，故而，三者代表了仪式化的宗教。这些都会燃尽，难以永恒地象征上帝之光。这里的 more than，意即，除了用"人工之蜡"照明外，还要用其他更重要的东西来讲述死去的信仰。这也是在扩展"蜡"的含义，将其从实物转向其他喻体：(1) 用"我"的个体生命讲述，尤其通过文学和诗歌艺术，但这是短暂易逝的，因为蜡会燃尽。所以(2)，要用宗教的希望讲述，但按照本诗的思想，作者试图超越教会式的宗教。因此 (3)，要用"自然之蜡"讲述，即自然的绵延的生命力，这是一种全新的宗教设想，接近自然神论，它高于制度性的信仰模式。此处联系了前面提到的狄兰·托马斯谈及伦敦大火的那首诗。

3　没有火时，建筑好像无坚不摧，但火灾之后，只剩残垣断壁，因此残留的墙仿佛在骗人一样，故意做出这副样子。这是形容作者的惊讶。

4　wooden world，押头韵，这指人的建筑世界，当时的建筑物大多用木材。这个世界对立于本诗描绘的自然世界（天、云、山林等）。作者这个问句其实表达了否定看法：当人为世界败落后，人不应该流泪。泪水对应了蜡，其实就是木头世界的蜡，它会流尽，但比蜡更重要的希望一定会出现。

5   城里废墟中，处处都是残留的钉子，这暗示了钉死基督的钉子。与前面的"败落"（fails）押韵而且呼应。"爱"指对上帝以及他创造的整个世界的爱，火灾的狂热（人为）破坏坏了人们对上帝的爱（自然），但是自然界依然完好无损，生命会继续，爱会永驻。到此，基督教的信（自然之信）望（生命烛火的希望）爱（绿色气息建起的爱），都被作者表明了出来。

像约翰去拔摩岛

1   As John to Patmos，这个约翰就是《新约·启示录》的作者，曾被罗马皇帝图密善流放去拔摩岛。早期基督教传统认为他是使徒约翰；有些现代学者提出质疑，仅将其称为拔摩岛的约翰。这个岛（希腊文为 Πάτμος）在爱琴海东南部，也译为帕特摩斯岛，这里按和合本《启示录》1:9 的译法。

我双腿交叉顺着日光，看……

1   P. Breslin 认为，本诗试图"重新解释英美现代主义中对'怀疑性理智'与所谓'狄俄尼索斯性、肉体性或原始性'这两方面之间关系的争论"。《二十五首诗》有两个主要特征：一个是"狄俄尼索斯式的、对感官世界的颂扬"，这得益于狄兰·托马斯和奥登的"抒情一面"；另一个是"分析的、讽刺、自我怀疑的语言"，受艾略特、庞德和奥登的"尖刻一面"的影响。而在本诗中，这两方面展开了争论。这种让现代主义诗人进行巴赫金式的对话和争辩的方式，是沃尔科特后来作品中的独特手法之一。

2　这一行有意处理得很长，模仿了船的轨迹，或地平线。这一节是很多后殖民文化理论家常引用的，用来体现非西方世界的人只存在于他人的"目光"中，接受这种目光的暴力。

3　Reluctant leopard of the slow eyes，leopard，《神曲·地狱篇》第一章，有三种野兽拦住但丁的道路，豹是其中之一，象征肉欲。Breslin和Dove指出，本诗的豹子是吸引他的"爱人和缪斯"，而非障碍。因此，reluctant形容爱人的"羞怯不前"（shy）。本诗最终的立意，还是欢迎"感官的和共同的激情"，但也避免"个人性的放纵"。

选自《青年的墓志铭：十二章》[1]

第二章 [1]

航行，
　　　在第一阵劲风中，搜集目的，
清晨，我们观察残骸漂流，
那意味着
　　　陆地，和漂散的其他目的，
之后，太阳，
　　　白鸟，随海豚拱起的蓝色波浪，
左边
　　　一轮脆弱的群岛，宛如处女，
　　　帆上有树叶声，海鸥紫色的腹部
　　　捕鱼笼，独木舟，
还有其他存在，都让感觉变得敏锐。

别再说角落里寂寞天才的孤独，
在迎合的欢呼、精神的交锋后，
孤独就像帆被吞没，梦会溺水。
鬼魂逝去，星像眼睛坠落，
只剩海和油腻的风、它们酸涩的传说
把我的童年乱涂在语言的粪土 [2] 上。
我看见孩子们沿着温暖的灯光走动，
他们的肉身带着希望，我也曾如此，

这时，我为殉难的骗局哭泣

我会警告，不敢

打破古老的魅术。心早就破裂

难以痊愈。

哦，错误之河，咸如泪水。

岁月带来荣誉，带来学校中精明的级长，

让人郑重地研究一寸寸的腐朽；

第一次用剃刀之前

责任来临已久。

列岛如抛石入海的弧线

晨时的白沙滩，天空无云，

第一座岛无忧，安宁。

我们驶入海湾，那里宽阔的沙滩渴望陆地。

从前

　　　　旱季没有鸟的栖息之声，

　　　　林中空地，没有令人敬畏的废墟，破败的教堂，

　　　　也没有突然离开营地后留下的、仍在冒烟的篝火，

　　　　没有哭泣的鸟，没有强盗，

　　　　没有破裂的十字架，只有

绿色心灵注定繁茂

它开始用形象、理想哺育它的死，

它不想放弃敏感的焦虑。

天才，寻找扭曲多节的老树洞，独处，

离群，索居，开怀，

把对自己的恨转为对事物的爱，

天性早就培养他们退隐，

生来如此，总有随之流浪的伙伴，

他们照顾精神的衰弱，像照顾一盆草木。

青年啊，对我们来说，绘画意味着诚实，

而无性的雕塑，我们觉得她的情欲之口

把我们葬在对自由的欲望中。叛逆

是我承受的死亡；那希望，

我曾在正午捕捞，就像捕捞梦想，它引领我，保全我

不让我像动物一样生存。

这男孩，不过度，无虑，知足，

磨硬才华，如同飞箭的塔架

射入云端，但他在衰弱，我曾是他。

我听到我拥有的力量敲打我的根基，

我看见我自己的塔，它的高度

招致毁灭，开始狂乱地破裂，跳着废墟的圆舞。

我们曾在那栋别墅，远眺村庄

虽然所学不多，但我们

安享周末，在颜料和绘画的气味中。

外面枯叶沙沙，像海

如帆上风，片片叶子就像鼠，擦过屋顶。

外面

山丘望着淡淡的夏天，

低浅的半岛，温柔邀请的海湾，
点缀山坡的暖石，
放牧的羊按时出现，遍布山边的草场，
之后入夜，普照的光再次死于
放逐之海。
在仅仅诱惑思想的隐居之地，
一切活动都在说明，退隐最安稳。
仰卧，痛苦，思想纠缠着我们这些先生，
我蜷曲在床上，像一张昨天的报纸。

注释

选自《青年的墓志铭：十二章》(1949)

1　1949 年，沃尔科特自费印刷了第二本诗集《青年的墓志铭：十二章》，他认为这本诗集是《另一生》的原始文本，带有想象的自传性质。这部组诗，在加勒比、英国和美国的诗歌爱好者中广为流传。重要的是，这部诗集带有明显的"散文"性质，这是沃氏一生诗歌的突出特征之一。

　　K.Alleyne 解释过这首诗集的主题："《青年的墓志铭》是一部十二首诗组成的寓言，它描述了生命从出生到成人的游历历程，小船——人的精神——在经验的群岛中穿梭。每一首诗都包含了实际的经验，这种经验可以转译为相似的文学作品、哲学片段和游历的寓言。""'从卵到飞翔'的寓言，就是人的精神在这十二首诗所描述的一圈圈连续的磨炼中穿行：第一章，出生；第二章，孤独；第三章，爱的觉醒和幻灭；第四章，雄心；第五章，信仰的遇难；第六章，干旱和饥荒；第七章，逃向肮脏的现实；第八章，对生死的沉思；第九章，欲乐与感官之快；第十章，对知识的渴求；第十一章，清洁和净化的爱；第十二章，信仰的确定。在自传之中，该诗又包含了对西印度群岛的讽刺。"这十二首的主题也都贯穿在《另一生》中。其中的一系列意象都带有乔伊斯的"顿现"(epiphany) 的风格。见"Review of *Epitaph for the Young*"，*Critical Perspectives on Derek Walcott*，　第 101—102 页。

第二章

1　如前注释所言，这一首描写的是"孤独"，退隐，或离群索居。这种孤寂感几乎贯穿了沃尔科特一生的诗作。

2　dung，沃尔科特常使用粪这个意象。这一句的句式很像《旧约·玛拉基书》2:3，见钦定本，里面用到了 dung（希伯来文为 פֶּרֶשׁ，peresh）一词，上帝警戒祭司们说，如果不听从吩咐，就会"把你们节庆献的牺牲的粪抹（spread）在你们的脸上"，这个词比较直接，很不雅，而且出自上帝之口，所以一些《圣经》英译本没有使用这个词。粪的意象在《圣经》中常见，如《耶利米哀歌》4:5，《耶利米书》8:1，《以赛亚书》4:3，《以西结书》4:15，表明不洁和虚假，它会玷污通向上帝的真理。沃尔科特这里的意思就是指虚假的言论。

选自《诗集》

宿　舍

时间是将一切引到关键的向导，
他挂上自己的地图，会摆脱
书本中仅有的地质学，
去看自己河谷的掌心布满爱的纹路。

这些入睡的人就像群岛，我注视睡眠掠过
他们的手臂抛出的海角，
一个个涂抹，清除他们所有的
对肌肉的依恋。我朝向海那边，看见

水波涟漪的签名从何处
袭向溺水者的叹息的宿舍
柔风推动他们，
这里，那些不安的嘴就像河，说着话。

或者，这些男孩，在无常的睡眠的
运气里，期待生存，他们嘴中的
呼吸，在分开的唇边缭绕，就像
时间的雾气，河谷为之悲哀。

致奈杰尔

哦，孩子，草一样无辜，
草生在你眼中的绿色国度，
我没法告诉你怎样进入
这片国土，它的天空
整个下午都不祥；
这里有冷酷、成人的谎言
围绕着赤裸、无辜的往昔；
这个国家，它的叶子
落在不计其数的
曾经年轻，所以死去的废物上；
这个国家，它的光，
对待树，亲切而残忍，
它不会学着如何延续，
却又像血渗入夜晚，
再忽然变出一片天花般的繁星。
哦，男孩，你的呼吸，无论多么微弱
都撼动了我这棵血管隆起的成年之树
让它动摇、把纯真埋在叶间，
粉碎了着魔的镜子，
剪断了系住的风筝。
哦，男孩，我的侄子，白昼花着

光的钱币，你却将它浪费，
我的魂灵，你还在成长，睡吧，就在夜晚
把致死的光锁入黑暗，
直至时间，一个贼，在你关闭的双眼旁，
撬开一道明亮的缝隙。

哈特·克兰 [1]

他曾走过一座桥
那里的鸥，翅膀撩动桥索，
空中响起钢竖琴的声音
在河水流动的伤口上。
自然和建筑，都让人绝望。
生活是一个包裹，在他不安的手里，
下面驳船来往，风
拨乱他的头发，像深情的老师。

自由给上帝奉上一根火柴。
黄昏生烟。无可治愈，
桥，在空中悲痛如诉
用一道迅捷的签名让两岸结合。 [2]
流浪汉吐着口水，咒骂，抓挠。
哦 [3]，遥远的墨西哥，羽蛇 [4]
以天起誓，不是白箭 [5]，啐吐的嘴
哦，遵循游牧律法的红色沙漠。

再见，布鲁克林，
海湾的美国清教徒式的花边领
再见，驳船之上的

薄铁桥，码头的歇斯底里，

石头峡谷。

漩涡在笑——"知识就是死"。

海只是仪式，他

看到了纷繁[6]变得癫狂

在疯人院，在隐喻中。他

驶离布鲁克林，在存在的

边缘，一只稻草娃娃，

从曼哈顿，吹到墨西哥，沉没

入海，无数的迷乱，在这里溺亡。[7]

圣约瑟修女会 [1]

透明窗格上的彩绘之水，她们在后面
弯身，弯下白色的单调的祈祷，

她们的嘴唇翻动自己冥想的书页，
为信仰的钱出卖身份。

为低语的祷告奉献一生。她们
无可置疑，做功，祈祷

贬低异端，沉思，贫血的冥想，
皲裂的手，祈祷的掌，都是她们的信仰。

花园中的那个人，培育成行的、向"小花"的
祈祷，可记得威尔士和梅奥？她们

面无表情，如同僧袍，如同她们的笑
信仰让笑声癫狂，加深冥想。

起得早，死很难，钟上破裂的信仰
觉得疲倦，还是感到成功？年轻修女的祈祷

是否冒犯了冥想时嘀咕作声、有皱纹的姐姐，
就像打断她做饭？哦，她们就这么笃信？

可敬的牺牲，既然她们是人，她们
还年轻，将茁壮的树苗向信仰弯去，

信仰。老修女脚下的旧地毯，祈祷
一位见习修女，她的蜡烛边冥想，边紧张。

金斯敦 [1]——夜曲

卖花生的小车吱扭作响，小姐们带着各种香水气
和含在费用中的避孕套，
低声嘶语，她们多渴望
　　有白色餐具的客房。

她们在公园旁踱步，那里的树穿着白袜
树叶在画着纹章的空中沉默，叶下
是非法的交易，树在上面摇动，雕像悲伤
　　因为锁

还要经受考验，店铺闭起眼睛
不看乞丐和无赖，此时，城市的皮肤
破裂，鸮鸟、蛆虫、虱子，
　　这群老朽丑恶之物都被点亮。

上帝之怒 [2] 燃烧，如栏杆上霓虹的标志，
栏杆散发着自己的货物，是不眠的跳蚤，
夜总会闪烁如罪，钱让人闭嘴，
　　钱治愈百病。

路灯旁，基督复临的珀科曼尼亚，

主说，他牵着我们的手，或用轮唱赞歌，
卡吕普索[3]从酒吧里飘出，尤利西斯再次迟归
　　见不到佩涅罗普。

午夜弄伤剧场，无辜和有罪者，
他们的淋巴液[4]从场边流出
家庭主妇，年轻爱人，战士，痴情女
　　在剧场的潮汐中。

一座座石头别墅的外观如乏味的文章，
它们对孤独者，总是熄灭黄色的欢迎，一盏又一盏，
沿着有狗遗弃的林荫道，阿拉伯式的
　　星状马赛克，厄运的摩斯码

为某人指明了妻子温暖的床榻，或那些虱子的双臂
它们随着呼喊，在街上跪拜，而睡眠的等式
让黑和白一起躺下，[5]半价的死亡
　　喻示着她的家。

注释

选自《诗集》(1957)

哈特·克兰

1　Harold Hart Crane（1899—1932），美国著名诗人，英年自杀而死。其代表作为长诗《桥》，描写的就是本诗中说的布鲁克林大桥。这座桥是悬索式，连接曼哈顿和布鲁克林，是纽约地标性建筑。该桥设计师在纽约居住过的公寓，克兰后来也曾住过。《桥》这首诗回应了艾略特的《荒原》，对现代持乐观精神，但反讽的是，克兰恰恰自绝于这个令他乐观的世界。

2　Marrying banks with a swift signature，signature，指桥的线条和外形如同一道签名，仿佛证婚人的签名，让两岸成婚，同时也将两岸连在一起。沃尔科特很喜欢用这个词。此处，它暗示了克兰《旅程》（"Voyage"）第四节，In signature of the incarnate word。所谓签名，或标识，指植物学中的"签名理论"，即植物，尤其是草本植物，它的部分形态会与人的器官相似，因此"说"出了这部分的功能，比如植物叶子如果类似肝脏，那么就对人体的肝有作用，这种"相似性"就是上帝或神留下的"签名/标识"，学者要倾听事物的语言。福柯在《词与物》中考察的文艺复兴时期的知识型就是这种签名理论。

3　O，模仿吐口香糖的嘴型。这种手法，后面《月》中也用过，用O模仿圆月。

4　Quetzalcoatl，魁扎尔寇特，阿兹特克人信奉的羽蛇神。纳瓦特尔语（Nahuatl）里,coatl即蛇; quetzal来自quetzalli一词（词根quetza，即站立，竖立，升起），即长的绿色羽毛，指墨西哥凤尾绿咬鹃（Pharomachrus mocinno）的尾羽，所以这种鸟也被现代语言称为quetzal。

5　Not, by gum, Wrigley's and Spearmint, by gum，英式英语中委婉地表示 by god（以上帝起誓，表示肯定），gum 谐音 god，这个用法比较古旧。但重要的是，gum 一词双关，还指口香糖，同时联系了上帝。这是为了暗示克兰的图画诗《芒果树》中的一句，When you sprouted Paradise a discard of chewing gum took place（你若萌生了天堂，就会吐掉嚼着的口香糖）。

　　Not...Wrigley's and Spearmint，即，不是箭牌的，而且不是箭牌薄荷的，这指的就是中文说的"白箭"（Wrigley's Spearmint）薄荷口香糖，它是箭牌公司最经典的产品，1893 年上市，中国人比较熟悉的则是绿箭（Wrigley's Doublemint）。这里之所以提口香糖，是因为克兰的父亲克拉伦斯·克兰正是另一家薄荷糖名牌 Life Saver（救生圈，因为糖是圆圈形）的创始人（1912 年创立），很有意思的是，这个品牌后来正是被箭牌兼并。这里用"不是白箭"暗示"救生圈糖"。这一方面联系了克兰的家庭情况：他父亲和母亲感情不和，后来离异，给他留下阴影；另一方面，由于这个牌子与落水有关，因此暗示克兰的溺死：当克兰不嚼口香糖时，他就成熟了，也就选择了跳海。

6　complexity，鉴于艾略特对克兰和沃尔科特的影响都很深，因此这个词指艾略特的"纷繁原则或方法"，在《玄学派诗人》(1921) 中，他阐述了现代世界的纷繁特征："我们的文明包容了巨大的多样和纷繁，这种多样和纷繁，作用于细腻的感受力，就必定产生了多样和纷繁的结果。诗人必定越来越全面包容，越加影射引喻，越加迂曲，以便强令语言产生他的意旨，如果必要，还可使语言错乱"。

7　1932 年，克兰乘船返回美国的途中跳入墨西哥湾自尽。

圣约瑟修女会

1　Sisters of St. Joseph，天主教修女会团，1650 年成立于法国，目前

在美国和法国等国有多个分部。沃尔科特的初恋安琪薇尔曾在圣卢西亚圣约瑟女修道院（St.Joseph's Convent）上学，这是圣卢西亚唯一一所为女生提供的中学。沃尔科特这里指的会团就在这所女修道院。而该修道院离沃尔科特的中学圣玛丽公学仅有一街之隔。沃氏是新教教徒，他对这种修女会团并不感兴趣，他关心的只是安琪薇尔。关于安琪薇尔，见《海风》《海歌》和《另一生》。

金斯敦——夜曲

1 牙买加首都。沃尔科特的大学生涯是在西印度群岛大学莫纳校区（Mona Campus, University of the West Indies）度过的。这所大学是加勒比地区 18 个英语为官方语言的国家共同建立的，分有三个主校区。本诗并未得到很多学者的关注和讨论，它其实已经包含了很多属于沃尔科特的、重要的主题元素：珀科曼尼亚、奥德修斯、卡吕普索音乐、《圣经》；以及英语克里奥尔语。

2 沃尔科特家父亲是安立甘宗，母亲信奉循道宗（卫斯理宗），由于父亲早逝，全家在信仰上受母亲影响系。循道宗属于英式的新教派系，但沃尔科特对非洲 - 加勒比宗教文化非常看重。他还写有《珀科曼尼亚》一诗。在《奥马罗斯》和《另一生》中，他还提到了与白巫术相对的"奥比术"（Obeah），即起源非洲、流传到多巴哥和牙买加的黑巫术。

3 calypso，原文首字母小写，因此指加勒比地区的一种音乐形式，起源于特立尼达和多巴哥，这种音乐吸收了非洲和法国的音乐元素。它是通俗的讽刺音乐，讽刺对象为公众人物和社会的方方面面，由男性歌手演唱，配合体态，同时还有针对观众的即兴发挥。

4 淋巴液的意象显然来自艾略特《四个四重奏·烧毁的诺顿》：The dance along the artery/ The circulation of the lymph/Are figured in the

40

drift of stars。从剧场两边流出，这个比喻非常形象，演员上场和下场（现实中的人流动）就如同淋巴液循环一样。

5 Lays the black down with the white，"黑"和"白"指黑天和白天，两者在时间上如同并排躺着，但也暗示了黑人和白人，睡眠面前无分种族，都会躺下。

选自《绿夜》（1948—1960）

非洲已远 [1]

风吹皱非洲褐黄的毛皮。
吉库尤人，迅捷如蝇
饱食草原 [2] 之血。
尸体在天堂四散。 [3]
但是蛆虫、那腐肉的上校却在嘶喊：
"别跟这些零碎的死人浪费同情"
统计量证实了殖民政策的要点
学者也对此心领神会。
但这跟砍死在床上的白人孩子
和像犹太人一样、可以牺牲掉的野蛮人，有何关系？

猎人击打，长长的灯芯草折断
鹮，一行白尘，它们的呼喊
自文明的破晓开始，就在焦枯之河，
在野兽蜂拥的平原盘旋；
兽与兽的暴力，被读成
自然法则，但正直者 [4]
也用施加痛苦、寻求自己的神性。
尽管忧虑的兽类狂乱不止，正直者的战争却
随着绷紧的尸骸之鼓，舞动起来，
死人缔结的白色和平，让土著恐惧，

正直者却把这恐惧称作勇敢。

再一次，兽性的必然
把肮脏的事业当作餐巾，擦净双手，再一次，
我们的同情就像同情西班牙[5]一样，又浪费掉。
大猩猩跟超人角斗。

双方的血都在毒害我，
血管分裂，我，该何去何从？
我骂过醉醺醺的、不列颠政权的长官，
而在非洲，和我热爱的英语之间，如何选择？
都背叛？还是把他们给的都还回？
我如何能面对这样的屠杀，又能冷静？
我如何能无视非洲，又能生活下去？

大宅[1]废墟

> 虽然我们最长久的日光径直地一点点退去,只剩
> 冬天的苍穹,但不久,我们就躺入黑暗,拥有了骨灰
> 中的光芒……
>
> 布朗,《瓮葬》[2]

这片大宅,只剩石头,
它的飞蛾般的少女,散入烛尘,
它的残片[3],还在修磨蜥蜴的龙爪;
门上的基路伯,嘴边污迹斑斑。
轴和马车轮,陷在牛粪的
淤泥中。

　　　三只乌鸦,向树拍翅,
落在桉树枝上,吱哑作响,
烂青柠的味道刺鼻,
麻风的帝国。[4]

　　　"再见,绿地"
　　　"再见,幸福的树林!"

大理石,如希腊,像福克纳[5]的石头南方,

落木之美，昔日繁盛，如今逝去，
成片的林中突然出现的草地上
败叶下的铁锹，将会敲响
某个或是动物、或是人的骨骼
它被杀死在邪恶的时日，邪恶的年代。

看起来，原始的作物是青柠
种在淤塞河边的污泥中；
跛脚的恶棍已无，他们明媚的女孩已去，
河水流动，将伤害抹去。
我爬上有铁栅栏的墙，
那是流落他乡的工匠所建，为了保护大宅
也许让它免于罪责，但免不了蛆虫租住
免不了有掌垫的老鼠骑兵。
风摇动青柠，我听见
吉卜林所闻；大帝国之死，
《圣经》和剑的无知的滥用。

矮石墙，划破绿草地
草地浸入溪流，我踱步，又想起
其他人，霍金斯、沃尔特·罗利、德雷克，[6]
杀人的祖先，诗人，此刻，记忆中
每件溃疡般的罪行令我愈加困惑。[7]
那时，世界的绿色年代就是腐烂的青柠
它的恶臭变成文字中的停尸帆船。

腐烂依然伴随我们，那些人已逝。
但风扬起死人的灰，
扇动着心灵的变黑的余烬，
这时，邓恩灰暗的文章让我双眼灼烧。

我怒火中燃，我想是吧
有个奴隶正在这座庄园的湖里腐烂，
但，我的煤一般的同情争辩说：
阿尔比恩也曾是
像我们一样的殖民地，是"大陆的一片，整体的部分"[8]
岸线参差，是吹走的秃鼻鸦，溅起泡沫的海峡
令它狂乱，激烈的内斗
徒然的内耗。

　　　　最终，一律同情
这与心中的打算背道而驰：
"就仿佛是，你朋友的庄园……"[9]

群岛传奇 [1]

第一章

　　　　金河……

白色泥灰路，金河清凉，疾驰
穿过绿香椿的峡谷，就像
教会学校里的童音，
像叶子，像心中的幽暗之海；这里，舒瓦瑟 [2]。
石头教堂回响，如井，
或如沉陷的海洞，雕琢在沙上。
走着苦路，我发现了
光巢中的圣特蕾莎，
我尽量忘掉她冰冷的肉身；
飘动的青铜裙，抬起的手，
小天使，举起的箭杆，刺裂她的胸膛。
教导我们的哲学吧，教它拥有力量
达到上半身；乌黑的身体，湿漉漉，闪着光 [3]
浪花里翻动，我，正在沙滩漫步。

第二章

"用不洁的血……"[4]

科西莫·德·克雷蒂安[5]掌管公寓。
他的妈妈管着他。13 号，
圣路易街。围栏的庭院，
有鹦鹉，是古玩店，那里，你看到
黑色玩偶，和停靠在玻璃中的
法国的老帆船。上楼，那把家族之剑，
这枯萎世系、生锈的标志，
如同大天使的剑，放在显要之处。
提醒这个秃头伯爵信守诺言
勿让这一族蒙羞。
饕餮的时间，磨钝狮爪，
让古董伯爵科西莫，纯洁无瑕，
为了妈妈，为了发油，为了惠斯特牌[6]；
在包厢里，注视他的悲剧的转折。

第三章

佳人当年……

罗西诺尔小姐[7]曾住在收容院[8]

那是为罗马天主教的丑老妪所设；她肌肤雪白

皮下有精细、旧式的骨骼；

每个黄昏，她像蝙蝠，飞去晚祷，

一尊活着的、多纳泰罗的抹大拉 [9]；

清晨，她双腿僵直，

蹑手蹑脚，去拿牛奶，像瓶子一样摇摆，

套着笼头似的黑围巾，别着生锈的胸针。

我母亲提醒过我们，这身体如何熟悉丝绸

也曾乘着镀金马车，驰骋绿色庄园。

如今，罗西诺尔小姐，在教堂阁楼

为她的一个死孩子歌唱，她是衣衫褴褛的圣徒

她的骄傲，让美人贫乏，变成这样的女巫，

尽管，她也曾优美，双手，也曾柔软。

第四章

"死亡之舞" [10]

我在外面说，"你的埃尔·格列柯，

那家伙是个该死的疯子！ [11] 戈雅，他就不撒谎。"

博士笑道："这帮才是真疯子，我们也入伙吧。"

两个女孩挺好看。那位西印度人说

雨耽误了生意。诡异的光下，

我们全都发绿。啤酒，还有一切，都是绿色。
有人把一只胳膊搭在我身上，像花环。
旁边的人谈到政治。"我们的母亲之土"
我说。"这个伟大的共和国，它的子宫里
死人靠投票赢了活人。"[12] "你们都太下流了"[13]
西印度人笑起来。"你们这帮中学生，不值得
费神。"我们进入空屋。
雨中，往家走，很担心，但博士说：
"别发愁，小子，罪的工价乃是生[14]。"

第五章

"古风"[15]

某天早上，节庆在高地举行
一位人类学家表示认可。
神父们却不同意在天主教国家里
搞这样的野蛮仪式；但事有转折
有个神父就是黑色习俗的
研究者；真是讽刺。
他们带着鼓，把绵羊领到溪边，[16]
手舞足蹈，那份优雅，绝对自然，
从我们诞生的黑暗过去开始，它就被铭记。

一切更像是血腥的野餐。[17]

白朗姆酒瓶，吵嚷的窝棚。

他们绑住羔羊，斩首，

祭祀者轮流饮血。

好东西，老兄；献祭，关键时刻。

第六章

亲爹啊，还真是过节！[18] 我说的是，

有免费的朗姆酒和免费的威士忌，还有一帮

特立尼达来的家伙，敲锣打鼓的乐队。

往哪儿走，都是又吃

又喝的人，甭告我名字，我认识，

凳子上那两家伙，他们找来的，是两口子，

那人喝着酒，举出雪莱，说什么

"每一代都有焦虑，但我们没有"

他滔滔不绝，连个逗号都插不进去。

（那哥们是黑人作家，牛桥来的家伙。）

而就在这片地区的附近，曾经

一个小孩子的心，

被两个搞土法术的人，活生生地掏出，

不过，离这次的又舞又跳，那事已然久远。

第七章

吃忘忧果的人……[19]

渔夫把那池塘叫作"曼戈"，
海和树林间、堆积得越来越多的污垢
将它堵塞，一丛干竹
叹息，它们的根，布满光斑
像迁徙鸟在空中飘落的羽毛。
远处，村庄。一条泥路，蜿蜒像飞翔的蛇
穿过让尿液抑制生长的树。
富兰克林用一只手，握住桥柱，
他发烧，颤抖。每到春天，
对祖国的回忆，侵袭着他，
他却没有死在那里的可能。他看着染上疟疾的光
让竹茎抖动。在茶色的池塘里，蝌蚪
似乎快乐、安然自得。穷困的黑色灵魂。
他摇晃。必须繁育，喝，运动，衰败。

第八章

格拉斯街[20]10号，米兰达旅店，
他曾在内战中与长枪党战斗，

如今，在血色之光，露珠绯红的时刻，
这次流亡，带着犹太人的苦脸
让尘土布满他的小册子；弯曲
的手指，把报纸夹在衬衫上。
眼睛冰冷；一只蚂蚁，如马，沿着山一般的
弯钩鼻，向下而行。之后
当虔诚的跳蚤探寻肮脏的缝隙时
那度过挥洒汗水的岁月、曝晒之后的身体
四肢摊开，躺在那里，就像英雄，古怪又麻木。
他的身旁，一碟发酸的橄榄。
街边，有儿童的叫卖声，上方传来少女演奏的
进行曲，通常在这样的日子，不太有人歌唱。

第九章

"狼人"

离奇的传说在城里蔓延
屋檐下缝纫的老女人传来传去
讲着老勒·布朗的贪婪怎样让他覆灭，
慢慢闭合的百叶窗迎接他
他穿着白亚麻的西装走了过去，
粉框眼镜，软木帽，轻敲的手杖

一个有权出售毒果的人，现在垂死，
与魔鬼做了交易，毁在他的手里。
那些信基督的女巫说，似乎一天夜里，
他把自己变成了阿尔萨斯犬，
一头流着口水、只顾闻着气味的狼人，
但是，他的看守把这东西打伤
它嚎叫，拖着内脏，血淋淋地
爬回门阶，几乎死去。

第十章

“永别了，头巾”[21]

我望着这座岛屿，把悬崖边
海浪优美的字迹缩小，之后
道路微渺，散漫，就像绳索
丢在岛的山峦；我望着，直到飞机
转向北方的终点，飞过
那片海水苍白、开放的海峡
就在渔人的一群小岛间，直到我爱的一切
遮入云中；我望着点点淡绿
在仿佛有礁的地方闪现，
望着机身的银光，每英里

都在让我们分别，绝对的忠诚变得紧张
直到距离将它扯断。然后不久，
我什么也不想；我祈祷，什么都不要变；[22]
当我们降落在西威尔，雨已下。

重返丹纳里，雨

我囚禁在雨丝之中，注视
这村庄被一条道路困扰，
每座风化的棚屋靠在木拐上，
就像跛足人，受挫却又心安。
五年前，贫穷似乎还很甘美，
这天空如此湛蓝，漠然，
海水恍惚，喃喃呓语
让一切人工看似多余
这地方，好像生来就适合人埋葬于此
　　　　　海浪迸发
在猎捕寻常之鱼的剪刀鸟中，
雨，让没有铺砌的内陆之途泥泞，
就这样，个人的悲伤融化在普遍的憧憬里。

雨中，医院静谧。
赤裸的男孩把猪群赶入林丛。
每次起浪都让海岸颤抖。海滩
收留打湿的鹭。还有污泥，浮沫。
翠绿的光带中，帆
在礁顶间起伏
光雾里，山有烟

雨水，慢慢渗入悲伤的心。
过去，它难以改变自己的哀伤，难以归家。

如今，它也没能改变，虽然你成了一位
用同情换酒喝的男人，
现在，你被带到这个地方，就在这里，
从成年起，远离了"令你思考的伤"。
而雨拍打沙滩，坑坑点点，它让
旧的哀伤陷入心灵的沟渠，
那种光靠语言来帮助黑人、绝望者、穷人的
激昂的仇恨何在？
狂怒摇摆，就像风中湿漉漉的叶子，
雨，敲打着坚硬如石的头脑。

内心的浪潮里，有一个时候
我们停锚在它的苦难之处，是墓
或床，行动无望，于是问道：
哦，上帝，我们的家在何处？因为无人会将
世界从世界手上拯救出来，只有上帝，走在众人之中。
就在这一片片浪花呓语、
恍惚的海滨，但它们
并没有像雨打的鹭一样呼号。

激昂的流亡者相信他，但内心
却被哀伤、被他的可怖

和为家乡痛苦的奉献萦绕。
浪漫的胡言乱语，终结于船头的斜桅，破浪前行
却超越不了岸礁的浪花；
雨水，让我们听不到上天的声音。

为何责备你失去的信仰？天国
还在原处，就在这些人的心中，
在他们子宫般的教堂里，但雨的
尸布，笼罩尖塔。
你比他们少，因为你的真理
有着普遍的激情，个人的需求，
就像仅剩骨架的船骸，自你年轻时就被遗弃，
让贪婪、酸涩的海浪冲刷。

白色的雨，沿着岸边收网，
虚弱的太阳，让村庄、沙滩和道路布满光纹，
路上有欢笑的工人，他们离开避雨的地方，
高地处，烧炭人堆积自己的日子。
但雨水，依然向你渗透，黯淡了
你的技艺的一切夸口，让言辞和容貌朦胧，
而你，却从未摆脱所有熟悉的法则
从未离开在上帝自怜的造物中
最该诅咒的、心灵的黑洞。

珀科曼尼亚 [1]

牧人在埃及的天光中忏悔，[2]
阿比西尼亚人 [3] 的汗水，从腋下
和眼前的坟墓里流出，
这群黑羊 [4]，他们的主，要更黑。

姐妹们呐喊，提起潮水般的
裙子，树皮和树油在裙上生根，
兄弟们把枯萎的葫芦摇得沙沙响 [5]，
葫芦的种子就是禁果。

对贫穷的内疚，对上帝的爱
跳动如一团火；将宴席备好，
而现在，每根魔杖 [6] 软弱无力，
被遗忘的爱，比野兽还要野兽。

旗帜和人群之上
羔羊在科普特十字架 [7] 上流血，
犹大之狮咆哮，掩盖
圣灵降临节的性欲之火。

为圣体欢庆时，

羊皮鼓问候竹笛
怜悯这些躁动的迷途者吧
他们的生，赞美着生中的死。

时而，盲兽以头撞墙，
肉体的狂乱，就是死，
时而，蛆虫蜷曲又耸起，蠕动
在呼吸的缝隙间。

放下灯芯，闭上眼！
给枯萎的肢体涂油！
月海干涸，
嘲弄肉体和劳作。

直到哈米吉多顿[8]污染田野
绿色的巴比伦在远方，
直到圣灵复临的肮脏信徒，觉得
污秽养育着不可见者。

直到黑色的形体成为白色天使，
每一只眼睛里都是锡安[9]。
高悬头上、黑夜的乌鸦
巡视着永恒。

帕　琅 [1]

哥们，一听见丰收季的提琴手
说瞎话，我就磨牙，
那些哭哭啼啼、亲我屁股的长笛
让我眼睛都湿了。[3]
哦，我觉得，从年轻时
我就把工夫都浪费在过节上，
我红着眼，发火，哭叫，
因为欲望变成悔恨，我后悔
没听懂我在帕琅和彗星舞时
唱出的实话。
老弟，每个该死的调子，唱的都是
永远的爱
但自从亚当发烧以来，
这种爱，就是月的圆缺。

我老了，我这样的手
没法再收割年轻庄稼的腰，
但是，既然坟墓大声叫嚷着"快点"，
我就分得清"多做"和"不做"了。

这个班卓琴的世界，只有一根弦
所有人随着它的调子起舞：
爱是林中一地，
哀伤之乐，传自远方，
这时，你的目光越过她的肩，看见
一颗恒星坠落
就像她后来留下的一滴泪。
第一朵云消散，露出
裸月的胸膛，
肉体压着肉体，这就是那曲调
于是，年轻人用懊悔、怅憾的言辞
让爱变成了耻辱。

谨慎的激情 [1]

> 和撒那，我建了自己的房子，主，
> 雨一来，就冲走了它。 [2]

——牙买加歌曲

城边的游轮酒店，
展现出微风中的海景
有一篱白浪花旁、安放如群岛的
桌子，还有垂死的思想。
当地乐队演奏马林巴 [3] 联弹，
此时，我一只手敲动如同击鼓，随着他们欢快的节奏。
我注视一艘旧的希腊货船离港。

在这个国家，只有下行，到海港边，
才能闻到腥咸的风。
它并不像南方的小岛。
这里的碧波涌上没有印迹的沙滩。
我想着湿润的头发，红如葡萄的嘴。
那只戴着她丈夫戒指的手，放在桌上
无所事事，一片沙上的褐色叶子。
另一只将一对苍蝇掸去。
"有时候我真想知道，你是不是哑巴了"。

我们的头顶，有海鸥生锈的嘶鸣
它们在风中盘旋。
一波又一波的记忆，沉积在脑海。

看起来，海鸥幸福自在。
而我们缓缓地陷入伤感。
就在海港边的一座小桌。
两颗心，学着死之前的安乐死。
我的尸体，曝晒浮肿，眼里满是沙子，
在南方海岸上滚动，任海浪将它旋转。
"这样最好，免得我们受伤"。
看看我怎样转动，无神，麻木。
这句疲倦的话，让我轻抚她的手
而风，玩弄着她的裙角。

最好说谎，发一些体面的誓，
让埋葬的心，死灰复燃；
转着玻璃杯，痛并微笑，
就在海港边的一座小桌。
"对，这样最好，差点会更糟……"

都是实话，是会变糟；
一切都是前夕的欢愉，
尤在此时，这颗自顾自的心
还向往着一面可以相信的镜子

它在奇异的眼神中，发现了古老、原始的祸根，
所以，恰－恰－恰，就开始漫长的告别吧，
丢下每句誓言中只有一半滋味的哀伤，
腥咸的风，让她的眼睛变亮，
就在海水边的一张小桌。

我和她，步行走入闪亮的街道；
商店哗啦啦地关门，短暂的黄昏布满城市。
只有海鸥，搜寻着海边
盘旋，像我们的生命，寻觅着值得怜悯的东西。

布鲁克林来信

一位老妇人写信给我，笔画如蛛丝，
每个字在颤抖，我见到一只血管凸显的手
透明如纸，游动在一团
虚弱的思绪上，思线常常中断；
或如灯丝，上面悬着字句
我觉得黯淡，但一点亮，闪动如钢，
就像触碰一根线，整个蛛网都会察觉。
她写我父亲，但我忘记了她的脸
这比忘记父亲每年的亡故还要容易；
关于她，我记得一双带纽扣的小靴，还有
主日时，只要她的精力允许、
就会在木头教堂里预留的那个座位；
她灰发，嗓音细，永远弓着身子。

"我是玛布尔·罗琳斯"，她写道，"我认识你父母"；
罗琳斯小姐，他死了，但，上帝保佑你的时态：
"你父亲曾是尽职，诚实，
忠诚、有益的人"。
什么样的名声配得上这样直白的赞美？
"他善于画角，号角画得精美，
过去，他常常坐在桌前绘画。"

上帝的平安无需赞美
它的荣耀、雄心也是如此。
"他入土有二十八年",她写道,"他被召回了家,
我确信,他正做着更了不起的事业。"

一只虚弱的手,在黯淡的屋中,
在布鲁克林的某个地方,耐心,自信,
它的力量,恢复了我对圣言的神圣之责。
"家,家",她还能写,但来日无多
孤独地编织一年年的祝福;
如果她掉泪,美就不会枯萎,
就不会离开连自己的爱人都会伤害的世界;
对她来说,天国就是画家去的地方
还有一切让脆弱的贝壳和号角变美的人,
一切都在天国造就,从那里,他们的世界之光 [1] 拉伸,
拉伸,拉伸,直到光线变成弹性的钢丝,
尽管在黑暗时代,光似乎已逝,
而他们重返天国,做着上帝的事业。

老妇人就是这样写的,我再一次相信
相信一切,而我并没有为谁的死,感到悲伤。

海　风 [1]

K，笑声轻快，肤发如蜜
一向富有。她如此芬芳，温柔
是在哪片沙滩的树荫，是哪一年，
我眼里没有明亮的海水，只有想她
那是晴朗之晨，她唱着"哦，稀罕的
本"，唱他的抒情诗"蜜囊"
和"火中的松香"

　　　　　　　"火中的松香"
映衬着盐味的海音
新鲜的风吹皱如蜜的长发

　　　　　　　是哪一年的火？
少女们的脸，随时光黯淡，安琪薇尔，一身金色……[2]
周日。草浮现在拍浪的码头。
林中的桌子，就像走入雷诺阿 [3]。
我现在，无钱，也无权……
但光是何时落下，透过细细的发
它牵着谁的手，旁边是什么树林，哪座老墙。

两个诚实的女人，天啊，她们去向何方？
只是好奇，什么事情，我回忆得最清楚？
黑暗笼罩在渔人的桨上，
水声侵蚀着明亮的石头。

海中升起的她 [1]

闪亮的海中仙女，她的双肩
在温暖的浅水滑翔，近旁是白色沙滩；
金色水草缠住腿，
是鳍在闪动，还是女子的手？
草散开，变成光泽的秀发，
浪花处，有乳白的胸，
空中划过的，是腿，还是海豚？
一半是女子，一半是鱼，不如说
既是女子，也是鱼，就让她们
留住自己莫测的神秘。
痛，伤痛将自己封闭在睡中，
就像海水笼罩桨，
而桨，伤不到海，
朦胧，之后，感觉苏醒
全新的喜悦，
她为自己带来
海的音乐，海的光芒。

海 歌[1]

> 那里，只有秩序与美，
> 奢华、宁静和享乐。[2]

安圭拉、阿迪娜、
安提瓜、卡妮莱、
安琪薇尔，她们都是[3]，
流动的安的列斯的元音，[4]
这些名字在颤抖，如同
停锚护卫舰的针[5]，
游艇安宁，如百合，
停在宁静的珊瑚港，
缝合海峡的纵帆船，
乌木的船壳，轻盈，
它们桅杆的针[6]
在列岛间，穿针引线
在水手群岛的
热病之海上
刺出闪光的织绣，
岛上砍落、斜放的棕榈，
奥德修斯的矛杆，
独眼巨人[7]的火山，

让自己的历史吱呀作响
就在这绿色锚地的和平里；
"飞翔"，"菲丽丝"
从格林纳丁斯返程，
这些名字，进入这个安息日，
它们在港口文员的登记册上；
它们的受洗名，
海水流动的字母，
安眠，带给眼睫……[8]
它们炽热的货物
是木炭和橙子；
静谧，是绳索的躁动。
铬绿色的水上
黎明在浮现，
那些苍鹭般的船艇
举行着安息日的圣餐礼，
珊瑚喃喃诉说
一条条纵帆船的历史，
海绵就像它们的货物
在小岛的沙嘴
三桅船白如刺鼻的
圣马丁[9]的白盐，
布满藤壶的船壳，
留着大海龟的秽物
它们的船童看见过

74

起伏的蓝色利维坦 [10]，
一个航海、信基督、
又勇敢的民族。

此时，一位新手 [11] 用盐水
和日光洗着脸颊。

在海港中
鱼用银色的一跃
开始安息日。
当教堂的钟，叮当作响
鱼鳞从它身上脱落；
城中的街道，随着每周
都在成熟的阳光，变为橙色，
年轻的水手
稳稳地待在船首斜桅
用一把抖动的口琴
唱祖父的歌。
曲声缭绕，变小
像蓝色桨帆船上的烟
在山旁消融。
曲声散开，随着：
水湾柔软的元音、
船舶的受洗、
运船的名号、

海葡萄之色 [12]、

海扁桃之酸、

教堂钟声鸣响的字母、

白马 [13] 的和平、

海港的牧场、

群岛的连祷、

列岛的玫瑰诵、

安圭拉、安提瓜、

瓜德鲁普的贞女、

有阳光和鸽子的

白如岩石的格林纳达,

平静海水的阿门 [14],

平静海水的阿门,

平静海水的阿门。

绿 夜 [1]

橙树，在多彩之光中，
宣告了如今完美的寓言
她的最后季节，盛夏
随着每一根负重的枝条，垂弯。

她有自己的冬季，也有春天，[2]
她的树叶蜕毛，在秋日
叶子就像每种生灵一样，
展现出最真实的热带。

因为在夜里，每颗金色的太阳
若凭着惬意的信条燃烧，
那么到了正午，耀眼的火
就会让它们滋养的光辉畏缩。

抑或，露水和尘埃的合成
早已照射了她黄铜色的球体，
给她的光辉留下了斑驳的、
她整个夏天都想超越的锈迹。

这般奇异、循环的化合

让一切既遭厄，又荣耀，
就像这变绿、但又衰老的橙树，
心灵，将所有境况容纳在圆球之中。

虽然佛罗里达能治愈这个时代，
那里的香橼叶、水晶瀑布，声音喧嚣，
但它无法平息因迷失在幻想的愤怒中
而感到悲伤的、暗淡的恐慌。

而就算时间之火，让成熟为
艺术的自然，变得枯萎，
炽烈的正午和无灯的夜晚
也不能让这颗包容的心畏惧。

橙树，在多彩之光中，
宣告了那个寓言，如今完美
她的最后季节，盛夏
随着每一根负重的枝条，弯垂。

群　岛

献给玛格丽特 [1]

不过是给它们命名，是写日记的人
写下的散文，就是给你取个名字
为了那些游客一样、赞美
床榻、赞美沙滩的读者；
但是，只有我们在岛上爱过，
群岛才存在。我寻找
就像天气找自己的风格，我写着
写的诗句，犹如清爽的沙，晴朗的日光，
清凉如卷起的水波，平白
如一杯岛上的淡水；[2]
但就像日记的作者，这之后
我品尝岛上盐味缭绕的房间，
（你的身体抖动，弄皱床单，
如波动的海），屋里的镜子，已没有
我们偎依、相眠的模样，
就像爱情曾想使用的话语
被一页页浪花抹去。

所以，如同沙上的日记作者，[3]

我记录下你为特定的岛屿
平添的安宁，或是你走下
狭窄的楼梯，去点灯
迎着夜晚海浪的喧嚣，
用一只手护住灯罩，
或是你刮鱼鳞，准备晚餐，
洋葱、鲹鱼、面包、红鲷；
还有每一个吻上腥涩的海水味，
还有你在月光下，如何
非要琢磨海浪坚定的
耐心，尽管，看似枉然。

注释

选自《绿夜》（1948—1960）

非洲已远

1　a far cry from Africa，a far cry from，双关，习语指相去甚远，远隔，但逐字翻译，即"远自非洲的呼喊"，作者也考虑到了这层含义。见 *Nobody's Nation*，第 60 页。沃尔科特有欧洲人血统（祖父），但也是圣卢西亚的非洲奴隶后裔（祖母），加勒比地区有很多非洲人，他们的祖先被殖民者贩卖到这里。在接受西方文化之后，作者意识到自己与非洲的距离越来越远，但血液和肤色上的联系并未斩断。

2　veldt，即 veld，指非洲的灌木为主，树林稀少的草原。这个词具有殖民主义背景，来自 18 世纪的南非的荷兰语，即布尔语，与英文 field 同源。"血"指狮子的血，也比喻草原的河流。吉库尤人如蝇，他们的暴力如风，都席卷了草原。见 *Nobody's Nation*，第 61 页。

3　天堂是殖民者对非洲的比喻。但吉库尤人却在殖民者眼中等同于动物。前四行，不断密集地使用现代主义和无理性主义的隐喻，但下面又转向了奥登式的推理模式。见 *Nobody's Nation*，第 61 页。

4　upright man，一语双关，在道德上，相对野兽是文明人，在社会进化上，相对野兽是直立人。非洲人既然是动物，英国人则是直立者 / 正直者。

5　指二战时期的西班牙内战（1936—1939），右翼西班牙国民军获胜，西班牙进入佛朗哥独裁统治时期，所以"同情"被"浪费掉"，西班牙没能得到拯救。

大宅废墟

1 a great house, big house, 指加勒比地区的大庄园, 过去由奴隶主居住。见 E.Baugh 的 *Derek Walcott*（Cambridge University Press, 2006）, 第 43 页。这首诗是在写一个 19 世纪大庄园的废墟, 当时是大英帝国殖民时期, 这种庄园以种植为业, 蓄有黑奴。

2 Browne, *Urn Burial*, Browne, 托马斯·布朗（1605—1682）, 英国学者, 作家。*Urn Burial*, 即《瓮葬, 论诺福克新近发现的丧葬瓮》（*Hydriotaphia, Urn Burial, a Discourse of the Sepulchral Urns lately found in Norfolk*）是他的一部散文作品, 描述了诺福克郡出土的罗马瓮葬, 文章分析了古今葬礼的特点和变化, 论述了死亡问题。

3 *disjecta membra*, 拉丁语, 最早是贺拉斯使用的, 为 disjecta membra poetae（肢解的诗人的四肢）。后指古代文献的残篇, 残章。

4 Empire, 青柠腐烂的味道如同麻风病人的气味, 而麻风病又联系并比喻大英帝国。R. Edmond 提到此处, 指出了这个比喻的背景: 19 世纪后期, 全球的殖民活动引发了"疾病的自由贸易", 殖民地的麻风病传回并且入侵了宗主国, 替被殖民者报仇。宗主国意识到了这种风险, 如赖特（H.P.Wright）就写了《麻风病:帝国之危机》（*Leprosy: An Imperial Danger*, 1889）。麻风病于是成为了象征, 既喻示"本土文化内在的腐朽", 也比喻"帝国主义的破坏效果"。见 *Representing the South Pacific: Colonial Discourse from Cook to Gauguin*（Cambridge University Press, 1997）, 第 197 页。如上述, 沃尔科特显然是要揭示英帝国的侵略范围和力量, 同时指出, 它自身也受到了麻风的伤害。另外, 麻风病是《圣经》中重要的意象, 有罪的象征。

5 这一句较早提到了"南方", 而以希腊文化为中心的欧洲位于"北方", 加勒比就是南北方的混合体, 这两者是沃尔科特后期诗歌的主题, 见《北方与南方》。

6 几个人都是 16—17 世纪人。Hawkins, 理查德·霍金斯爵士, 英国探险家，到达过智利和厄瓜多尔等地，他的父亲就是赫赫有名的约翰·霍金斯，是下面说的德雷克的表兄弟。Walter Raleigh，英国诗人（下面说的诗人指他），探险家，到达过圭亚那。Drake，弗兰西斯·德雷克，英国探险家，麦哲伦之后第二位完成环球旅行的探险家，他到达过加勒比地区，德雷克海峡就以他命名。正是由于他的功劳，英国得以让西班牙的无敌舰队覆灭。这些人都是英国殖民者，虽然探险有功，但烧杀劫掠，贩卖黑奴，说是强盗也不为过。

7 作者意识到，帝国的文学和罪行都有着"同样的来源"，如罗利，既是"传播理想主义的艺术家"，也是"有罪的冒险家"；作者为此困惑，试图调和 17 世纪的"人文理想主义的伟大气质"与"殖民探险的极端暴力"。见 *Abandoning Dead Metaphors*，第 41 页。

8 出自《沉思十七》中的"没有人是一座岛"一段，文字略有不同，原文为，every man is a peece of the Continent, a part of the maine（every man is a piece of the continent, a part of the main）。这段文字结尾那句最有名，即"丧钟为你而鸣"。

9 "as well as if a manor of thy friend's"，也出自《沉思十七》中的"没有人是一座岛"一段。原文的意思为，土块、海角、朋友或自己的庄园被冲走，欧洲都会减少；任何人死去，也是自己的减少，一切都是一体，没有人能脱离。

群岛传奇

1 本诗为商籁组诗。群岛指以圣卢西亚为主的西印度群岛，但诗中大部分场景都出现在圣卢西亚；每一章都如同一块小岛。1958 年，沃氏谈到了本诗，他说，"过去五年里，针对它们（本组诗），我试图要做的就是，让它们具有某种事实性的、传记性的明晰。我在构想一种理念：要打破散文在叙述上的特权。要摆脱传统的商籁，即十四行的、音乐性的作品。这种理念与散文相同：不动情的观察（dispassionate observation）"。

2 Choiseul，既指圣卢西亚西南的一个区，也指该区的首府，名字也是来自法语，因此作者用了法语的副词 ici。沃尔科特的祖父移民圣卢西亚后，曾在这里掌管种植园。

3 文明的哲学将圣卢西亚的文化贬低为下半身，但在作者看来，它仍然在宗教上超越了感官，具有自己的价值。

4 Qu'un sang impur，法文，来自《马赛曲》，下一句为 Abreuve nos sillons（浸透我们的土地，即做我们土地的肥料）。歌词针对的是腐败的贵族，但在本诗中，它指殖民地土著的不洁之血，这带有反讽的意味。

5 Cosimo de Chrétien, Chrétien 即英语的 Christian，意为基督徒，可以做名字。下面讲述的就是这位贵族的传说。他未婚，和母亲住在一起，没有两性生活。看起来，他比"黑色的身体"要纯洁。诗中用的是 mama 这个亲昵的口语称呼，暗示克雷蒂安只能依恋母亲。

6 whist，惠斯特牌的名字即，安静，无声，因为无需叫牌，优雅文明，但后来被惠斯特桥牌取代，身为贵族，需要维系惠斯特牌的延续。

7 Miss Rossignol，名字即法语夜莺，miss 暗示她未婚，这对应了克雷蒂安，但是按照下面描述，这位小姐一生纵欲，而且还有私生子，最后选择宗教（天主教）忏悔。这两人代表了文明哲学的两种倾向，未婚的克雷蒂安是禁欲要达到上半身，而罗西诺尔小姐是靠宗教忏悔，否定自己一生的放荡生涯，弃绝下半身。

8 罗西诺尔小姐是文明人，维护自身的纯洁，最后还是被文明隔离。所以，作者暗示了，文明的哲学的核心逻辑就是用中心压制边缘。

9 Magdalen of Donatello，意大利著名雕塑家多纳泰罗的木雕《忏悔的抹大拉》。这座木雕把玛利亚塑造的干瘪，苍老，毫无生气。

10 Dance of death，法语为 Danse Macabre，德语为 Totentanz，它是

中世纪后期的艺术体裁，有雕塑，绘画，音乐等等形式。在这种形式中，社会中各个层次的人聚集在一起，与死神展开对话。

11 El Greco，16—17世纪希腊画家，移居西班牙，原名多米尼克斯·希奥托科普罗斯。由于他名字太过拗口，人们用西班牙语称之为埃尔·格列柯，意思是希腊人。

12 The dead outvote the quick，the quick 这个古奥的用法，见钦定本《提摩太后书》4:1（也见《使徒行传》10:42，《彼得前书》4:5），the Lord Jesus Christ，who shall judge the quick and the dead at his appearing and his kingdom。这是承继了威廉·廷代尔（William Tyndale）的译法，因此凡用这个短语，首先指向的就是那里，而且联系了末日审判。该短语也出现在《哈姆雷特》。

13 Y'all too obscene，英语克里奥尔语。本组诗中会频繁使用这种具有独立系统的语言，语言学上称之为 creole。圣卢西亚还有法语的克里奥尔法语（即 Kwéyòl）（见《圣卢西亚》），而且占主流。

14 the wages of sin is birth，语出《新约·罗马书》6:23，是圣保罗的话，钦定本为，the wages of sin is death，和合本译为，"罪的工价乃是死"。这里把死变为生。博士一方面安慰"我"，认为罪推动了艺术创作，但另一方面，暗示了"生下私生子"。见 *Nobody's Nation*，第70页。

15 moeurs anciennes，法文，古代风俗，这是蒙田一篇散文的题目，讨论了动物祭祀的问题。本首诗描述了古老的仪式 kélé，它的目的是向祖先之灵祭拜，让他们品尝供品。见 *Nobody's Nation*，第70，306页。

16 从这行开始，作者描述祭祀过程。按照标准英语来说，写作时态变为一般现在时。但从语体的角度来说，可以认为这是在摹仿加勒比的英语克里奥尔语，因为这种英语并不在动词词形上改变时态。见 *Nobody's Nation*，第70页，引了 Mervyn Morris 的观点。标准的英语代表了当代人类学家的视角，加勒比英语克里奥尔语代表了原始的视角。如果朗读这首诗的话，熟悉这种混合英语的人会比较敏感这样的语体变化。

17　这一句，时态变为了一般过去时，恢复为标准英语，作者传达出了鲜明的双重的反讽效果。

18　英语克里奥尔语。poopa 即父亲，爹，往往用来强调句意，表示惊叹。

19　*lotus eater*, lotus 并不指莲花，它来自希腊文 λωτός，在希腊文献中，有很多种植物都叫 λωτός，这里指的是《奥德赛》9.85—97 描述的一种植物果实，类似于枣，中译为忘忧果。

20　卡斯特里的著名街道，沃尔科特在圣卢西亚的老宅就临近这座街道，后来被拆毁；政府在沃尔科特获得诺奖后重建了这里。

21　adieu foulard，法语，来自一首西印度克里奥尔语传统香颂的首句。歌曲描绘了一个西印度有色女性与离开自己的白种爱人（称为 doudou，心肝宝贝）的分别。

22　I thought of nothing, nothing, I prayed, would change, nothing，双关，见后面的《气息》，虚无是加勒比的显要特征，这里没有历史，没有民族精神，只有"无"，因此作者也在思考"虚无"，他希望"虚无"会改变。

珀科曼尼亚

1　见前面《金斯敦——夜曲》的注释。本诗描绘了——很可能在牙买加进行的———次珀科曼尼亚的场景。

2　牧人即珀科曼尼亚仪式的主持者和带领者，这个称呼来自基督教，埃及的天光即埃及基督教信奉的上帝或信仰体系，这联系了下面的科普特基督教，这里不是说仪式的地点为埃及，而是说牙买加非洲裔人的基督教源自埃塞俄比亚基督教，而后者在很长时间里隶属于科普特正教会，故而用科普特指代牙买加的基督教传统。

3 旧时的埃塞俄比亚帝国，称为阿比西尼亚。在本诗中，"阿比西尼亚人"指牙买加的埃塞俄比亚移民。

4 black sheep，即黑绵羊，羊指信徒，这些信徒是黑人，所以叫黑羊。但在英语的习惯用法中，黑羊又指边缘人，异类，甚至指害群之马。

5 rattle gourd 是美洲及加勒比地区印第安人的一种打击乐器，它利用葫芦里的种子发出声音，类似沙槌或沙球，有的葫芦自然带把，有的需要人工安装。

6 魔杖失灵，它难以保护人们，人们也不再对上帝怀有热爱。

7 科普特是阿拉伯语中对埃及人的称呼，源自古代埃及语和希腊语。这里说科普特十字架是基督教中非常独特的一种十字架，其横竖对称，顶端为三角，中央为圆形。埃塞俄比亚基督教的十字架与科普特十字架一样，所以这里说后者，实则指前者。

8 Armageddon，《新约·启示录》16:16 说的末日时期善恶决战的战场，名字来自以色列的米吉多山。这个词也表示世界末日。

9 锡安因锡安山得名，代指圣城耶路撒冷。拉斯塔法利教派秉承犹太人的传统，认为锡安就是天堂。

帕　琅

1 Parang，由委内瑞拉人传入特立尼达和多巴哥的民乐形式，包含歌唱、演奏和跳舞，其主题与宗教有关。这个词来自西班牙语 parranda（欢庆，游唱）。乡村帕琅的歌手一般在 11 月就开始挨家挨户又唱又跳，一直唱到圣诞节，为了将基督精神传播给人们，演唱语言为西班牙语。城市帕琅则以演奏为主，不唱歌。

2 cuatroman，cuatro 是帕琅使用的常用乐器，这个词在西班牙语里表示"四",因为这种乐器类似吉他,有四根弦。本诗是一位老歌手的懊悔诗。

3 说话人在抗拒自己的悲伤,因此埋怨提琴手的煽情,说他撒谎,其实提琴手已经引起了他的共鸣。

谨慎的激情

1 本诗讲述了一段不正当的爱情的终结,主人公意识到错误,醒悟过来。

2 牙买加有很多民歌,都是求助上帝,不要让自然灾害破坏自己的房屋。

3 Marimba,一种打击乐,木琴(xylophone)的一种,琴上一组木杆,下面是葫芦或盒子制成的共鸣器,乐手用纱线槌或橡胶槌击打,从而发出声响。

布鲁克林来信

1 lux-mundi,拉丁文,《约翰福音》8:12,称耶稣为世界之光;《马太福音》5:14 称信仰耶稣的民众为世界之光。

海 风

1 Brise Marine,法语,马拉美写过同名的诗作,受波德莱尔《恶之花》的影响。马拉美的诗与本诗有一定的联系。

2 Andreuille,后面的《海歌》也会出现这个名字,它和一些西印度的岛名放在一起,看似也是地名,但其实指沃尔科特 18 岁时的初恋情人 Andreuille Alcée，他在诗中经常称之为安娜，见后面的《另一生》第三篇。

3　Renoir，沃尔科特用这位名画家的名字来暗示眼前的景色特征，尤其指光，这正是印象派看重的因素。

海中升起的她

1　Anadyomene，来自古希腊文 Αναδυομένη，阴性中动分词，即，从水中升起的，它是维纳斯的专用修饰语。

海　歌

1　sea-chantey，也写作 sea-shanty 或 sea-chanty，是水手劳动时的歌曲或号子。全诗中，作者以一种 litany 或 rosary 的方式（这两个词后面也会出现）将加勒比地区的景物以及神话念诵出来，结尾的阿门也表明了这一点。同时，在节奏处理上，又带有该地区民乐（因为本来就是模拟船歌）的风格。

2　法文，来自波德莱尔《恶之花》中的《邀游》(L'invitation au voyage, 1857)，这两行在诗中反复出现三次。本诗的韵律和节奏与《邀游》相近，也是一次邀请读者游历的过程。写作本诗这一阶段的沃尔科特，致力于从西方人的角度来展现西印度，将之纳入西方的历史，他有意回避这里的文化冲突和矛盾。可以对比他在《海湾》和《另一生》中的创作，他开始如实描绘当地的美与丑，超越与欧洲文化的对抗或妥协，进而创造加勒比自己的历史。

3　all the l's，l's 即 elles，指岛和女性。这里，沃尔科特以间隔的方式将两个地名（安圭拉和安提瓜，这两个地方都是阴性）和三个女性的名字（阿迪娜、卡妮莱、安琪薇尔）排列，最后的安琪薇尔是他的初恋情人。类似的手法，沃尔科特常用。见 Baugh 的 *Derek Walcott*，第 42 页。

4　liquid 既可以比喻安的列斯群岛似乎在海上漂动，同时在语言学上表示流音，如字母 l 表示的音素 /l/ 即为流音，上面几行里，有多处流音 /l/, Anguilla, Canelles, Andreuille, all, l's, voyelles, Antilles，下面的诗句里，也有多处流音。反过来，这些流音又让人仿佛看到了群岛和散落各地的女人。

5　tremble like needles, needles 指船上细桅杆或桅杆的尖头，下面也出现了 needles of their masts，而且转义为针。like 和 tremble 也有流音。这一句连同上面几句，由于流音多，因此读起来好像在颤抖，同时也暗示这些群岛和女人的命运。

6　needles，这里由桅杆转义为针，联系了《奥德赛》中佩涅罗普的织布机的针。她为了等待奥德修斯，拒绝求婚者，拖延时间，白天缝布，晚上拆开。这暗示了加勒比地区固守自己的信念，精神未曾改变，但似乎也暗示了这一地区的保守和原始。

7　《奥德赛》中困住奥德修斯及其同伴的著名独眼巨人族。独眼巨人是沃尔科特诗歌中常用的形象，尤其是在《奥马罗斯》中，他们代表了受到殖民者"奥德修斯"压迫的被殖民者。沃尔科特还把弄瞎的独眼巨人联系了失明的荷马。在反殖民主义的文学和文化中，独眼巨人也典型形象，它代表了被殖民文化想象的少数族裔，他们采取了极端措施反抗殖民者。

8　*Repos donnez à cils*，法语，来自埃兹拉·庞德《诗章》LXXX（即《比萨诗章》）672。

9　Saint Maarten，荷兰语，是背风群岛中的一座岛屿，它南部属荷兰，北部属法国，既然这里用荷兰语，因此指"荷属圣马丁"，该地产盐，沃尔科特的母亲就出生在这里。

10　西印度历史上，有一艘荷兰人带来的 Blue Peter（这个名字指开船旗）号最为著名。利维坦表示船，而船的历史又代表海员所属的西印度族群。

11　apprentice，这不是泛用的生手学徒，而是指刚入艺术之门的人，可以认为指作者，或与他类似的，试图为加勒比地区赋予文化特征和身份的艺术家或学者。由于是新手，所以只能用盐水和日光，他似乎还没有给这里的各种事物命名。这两行把全诗分为两段，前面一段有很多西方文明的典故和象征，而下面的一连串连祷，则带有本土性，它是诗人的一次命名，他在创造着下一段中的事物，而不是复述它们的名字。

12　sea-grapes，拉丁名为 Coccoloba uvifera，蔓生植物，果实与葡萄类似，但目科属与之截然不同。它产于美洲和加勒比地区。海葡萄树的叶子很大，有皮革质地，老去后会变红，果实成熟则发紫。红色的海葡萄树林是加勒比地区著名的景观。海葡萄的意象联系了下面的海扁桃、字母、群岛、诸多流音、元音、念珠、连祷。沃尔科特有本诗集就叫作《海葡萄》。

13　white horses，指白色的波浪，波峰隆起，如同马。

14　阿门，源自亚兰语，意思为，是这样，真的，往往用作祈祷结尾时的呼词，这里作为名词，加了冠词，指真理和上帝。

绿　夜

1　In a Green Night，从本诗的题目（也是所属诗集的名字）到开始的几句，作者指向了 17 世纪英国玄学诗人安德鲁·马维尔（Andrew Marvell，1621—1678）的著名诗作《百慕大》（*Bermudas*）。马氏在1653 年之后得知了百慕大群岛，心向往之，他采用了《圣经》的典故想象了清教徒在上帝的带领下（如同摩西带领犹太人到迦南地）来到百慕大的过程，他将这里描绘为一座伊甸园。

　　沃尔科特对《百慕大》的回应是复杂的，一方面，他受玄学派影响，也想要建立一种类似的隐喻模式，去表现最高的存在者，但另一方面，他又要超越玄学诗，体现自己的独特性，所以他必须打破《百慕大》中的想象。由此，他创作了一首"反玄学的玄学诗"，当这种玄学诗达到完满时，也就是它终结的开始，恰恰就像诗中的橙树一样，有生有亡。

2　这句针对《百慕大》的，He gave us this eternal spring。在百慕大，Smith 在注释中引了 Lewis Hughes 的书信（1615），说百慕大地区一年有两季，5 月中开始是热季，直到 8 月中段结束，其余时间都是春季。这是马维尔想象的来源。

群　岛

1　Margaret，Margaret Maillard，沃尔科特的第二任妻子，1931 年 6 月 25 日生于加拿大蒙特利尔，父亲是特立尼达人，母亲是格林纳达人。在玛格丽特的支持下，沃尔科特度过了第一段婚姻失败以及绘画和精神导师哈里·西蒙斯自杀所带给他的阴影，缓解了人生的危机。他的著名长诗《另一生》就是题献给她，诗中也描写了他们的关系。

2　这几行是比较重要的沃尔科特概述自己文字风格的诗句，常被引用。

3　指将日记写在沙上，自然语言就像沙滩上的浪花，反复出现，消失，不会在意文字的永存；而沃尔科特尽可能地让自己的语言如同自然说出一样。

选自《漂流者》（1965）

漂流者 [1]

饥饿的眼睛吞食海景，就为了一小口
帆。

地平线，无限地穿过它。

行动孕育狂乱。我躺下，
驾着棕榈的棱纹阴影作帆，
害怕自己的脚印繁衍。

扬起的沙，薄如烟，
无聊地推动沙丘。
海浪，像孩子一样，厌倦他的城堡。

海绿色的藤，黄色喇叭花，
一张网，缓缓经过虚无。
虚无：充斥沙蝇头脑的怒火。

老人的乐趣：
清晨：冥想中放空，想着
枯叶，自然的规划。

阳光下，狗的粪便
结出硬壳，白如珊瑚。
我们终于尘土，始于尘土。
在我们的内脏里，创世。[2]

我若听，就能听见珊瑚虫[3]在建造，
听见被两波海浪撩拨的寂静。
噼啪，我掐裂海虱，让雷劈下。

我像神，让神性、艺术、
自我变得虚无，我放弃
死去的隐喻[4]：叶子般的、海扁桃的心，

成熟的头脑，腐烂如一颗黄椰子[5]
孵出
它的海虱，沙蝇和蛆虫的巴别塔[6]，

那绿酒瓶的福音[7]，塞着沙子，
贴着标签[8]，一座船骸
紧握钉住的漂流木，白得像一个人的手。[9]

沼 泽 [1]

咬着公路的边缘，它黑色的嘴
轻声哼唱:"家，回家……"

它黏稠的呼吸背后，"成长"这个词
正是它，长出真菌，腐烂;
它的根布满白斑。

它比起
甘蔗丛，采石场，阳光冲击的沟床，还要可怕
它的恐怖，让海明威[2]的英雄生根般
僵立在坚实、清澈的浅滩上。

它开启虚无。鞭客之囚的灵薄狱[3]，黑人。
它的黑色情绪
每次落日，都沾一点你的生命之血。

可怖，原始的蜿蜒! 每棵红树苗
如蛇一般，它的根，淫邪
如六指的手，

在它紧握的掌中，藏着背后长苔的蟾蜍，

毒蘑菇，浓烈的姜百合 [4]，
血的花瓣，

生着斑的、虎兰花的阴户；
一根根古怪的阳物
萦绕着它唯一一条路上的旅客。

深邃，比睡眠还深
像死亡，
它匮乏，又太丰盈，

在迅速满溢的夜里，太过窒息，注意看
那最后的鸟如何用喉咙饮着黑暗，
野树苗如何向后

滑入暗中，随着蔓延的失忆
变黑，渐渐濒临
它们的虚无，将

肢体，舌头，筋骨打成结
像混沌，像前方的
路。

村中生活 ¹

献给约翰·罗伯森 ²

一

那时，透过宽敞、苍白的阁楼窗，
我望着冬天的早晨，我的第一场雪
在窗台凝结，这让黑色的、
偎依的公猫觉得困惑。我的身后
碎屑如霜，给我那裂开的咖啡杯涂上釉，
撕碎的诗，宛如落雪堆积
是韵律之锹，将它们聚集。³
我饥饿，四处觅食，
是苍白城市中受惊的猫。
我漂浮，是猫影，穿过
格林尼治村少女 ⁴的黑毛衣、紧身服、皮风衣
她们发如火焰、肩如白雪，
思乡病，我的欲望
爬过如烟的
雪，就为它的熄灭之火。

整个冬天，我游荡在
你赫逊街的家里，我是添乱的朋友，
要你收留，要吃又要喝。
我觉得冬天，不会结束。

我难以想象，你死了。

但是，那冰冷的眼神，
一扇阳光中凝霜的窗，
无所接纳，无所回馈，
无论是你的亲切，还是我的同情。

那无言、冰蓝的虹膜
映不出倒影
它的形象是一片雪封住的山湖
就在木然的蒙大拿。

从那个冬天开始，我学会漠然地
凝视生活，就像透过玻璃窗格。

二

你的形象在地铁的玻璃上抖动，
那是身穿外套的、我自己的死亡面具；

纽约之下，地底之处，运送着
人的灵魂，它们关在铁牢里，
一站又一站，让晃动的平静吓住，
雷鸣中抵达终点，每个灵魂在自己的地狱里，
每个丰满的躯干，被吊环上的手臂，
摇动不止。你去世两年。但是，
我看见那沉默还在我们的灵魂间蔓延；
我看见，那个戴着角质镜框的小个子
还用讲过热奈的萨特安慰自己的缺陷。
恐怖，还在吃着神经，圣言
是乱语，是荒诞的情节[5]。
转门的插孔，像瘾君子，不断挥霍着
银币和阿司匹林，牢笼中的卡戎[6]
对我们的罪、我们的终点，含糊其辞。
但并非所有人都在沉默、都在忍受
沉默的极恶；在某一站，
离33街和列克星敦不远，
一位裹着毛皮大衣的妇女尖叫，盖过了
钢铁轰鸣的咆哮。人们没有等她。
我们把脸转开。这样的场景
摇动着我们对神经的信任，它如机器一样可控。
你还记得，所有人
都开动脚步，忙碌奔波，
他们锁在一个系统，被它的轨道困住，
就在一种没有人敢失败的生活中。

我注视你的微笑穿过我的头颅，
我的脸俯对着你凹陷的面容
在那上面划过，就像划过玻璃窗格。
诸事无常。人，即使在自己的城里
他的生命也是草。[7]
时代广场。我们叹息，发泄，
我们应该随着闸轮疾呼，尖叫
就像我们的卡珊德拉[8]地铁，上天派她
为特洛伊哭号——我们在日光的冲击下失明，旋转
如纸，从风口飞离。

三

离开，穿过皇后区，我们经过
一座墓地，那里有微型的摩天楼[9]。它的边上
燃烧着锈色的叶子，黄如计程车。秋天。
我透过窗户，透过
自己的倒影，凝视着
空荡的大道、草地、尖顶、静谧的
路边石，路上的轮辋
向西转动，向西，你的骨骼在那里……

蒙大拿，明尼苏达，你的真正的
美国，没入高草之中，和平的田园。

热带动物寓言集 [1]

鹮 [2]

这种鹮的烈焰，罕见的朱红，
是圣书字，来自鸟喙之头的埃及，
据称，它困扰着绿沼泽的行者，
所以他抓住它，看它的羽翼褪色，
在囚禁中，失掉色彩，
它变淡，成了粉红、长腿的鹭
混在饶舌、泼妇一样的鸥、麻鸦、琵鹭
和鹭巢里的苍鹭之中。
她无欲无求，对束缚毫无怨言，
但不知不觉，失掉自己的火焰，
这揭示的不是道德，而是这样的事实：
肉体在运用时丧失快乐，
对家事的欲望变得枯竭。

八爪鱼

性交之后，每种动物……八条肢体

从爱中解脱，如同水中的触手，
就像八爪鱼缓慢的
卷须。

　　　　　一哼哼向下，
它们漂流，被电荷击中
麻木，溺水
发呆，犹如没有眼睑的鱼，
就像海葵，与石头脱离
是光滑的鳗鱼，被潮汐黑暗的爪子
从海底的裂缝里拉出。
海的脉搏，在封闭、涌起的海面下。

蜥蜴 [3]

恐惧：

　　　　纹章般的 [4] 蜥蜴，变得巨大，
吞噬了它的蚊蠓。

　　　　昨夜，我救下一只甲虫，
它“如同火中抽出的柴”，凶残，生着螯，
在尿水中挣扎，就像失事、无人掌舵的
轻舟，它的腿在发狂，犹如船桨。
我这样做，是不是义举？[5]
我担忧的不是死，而是
与虚无搏斗。老人，在绣花的床单上，

手爪乱舞，他或许惧怕这种拯救，

也惧怕救援和怜悯的于事无补。

义救一只甲虫，但这破坏了造化[6]。

当我递过去的、巨大如地狱的手指

它们的缝隙遮住了这个僵硬的受难者时，

它的后背感觉到的惶恐

比摇着坚硬的尾巴、为了一小口早餐的

棕色的加拉帕戈斯大蜥蜴，给蚊蠓带来的

恐惧要更甚。

　　　　　仁慈具有怪异的律法。

收手吧，别去管那已有掌控的、万物的格局。

战舰鸟 [7]

战舰鸟悠然的支点 [8]

让世界的天平摇摆，让钴蓝色的海天倾斜，

它的圆眼，引导我

在空中漂流，让我不再

琢磨太阳。

　　　　　轻松的翅膀

取决于我的重视，比如

我对它冲刺高度的意义，取决于

它在缓慢、觅食的巡视中的平静，

巡视海滩上的一个斑点，是它嘴下的猎物

就像它抓住的食肉燕鸥。
而那随心所欲、衡量这个世界的眼睛
就在这蓝色野火中的某个地方。

海蟹 [9]

海蟹的巧妙、蹒跚、朴拙的优雅
其中的句法，令我的手羡慕；
还有它的转弯抹角，从炎热、平坦的
沙中挖到地面。
那些需要景观和丰富的人
都厌烦它的令人苦恼的
局限：海、沙、灼热的天空。
固守这土地吧，尽管星辰竞逐，
地平线燃烧，海浪盘绕，嘶鸣，
盐，刺痛眼睛。

鲸，他的堡垒

赞美蓝鲸的水晶般的喷流，
写下"哦，喷泉"，崇敬喷孔，
这样的做法激起了咒骂：

        "高贵者变得卑贱" [10]

贬低神性的兽心之徒，才会为此作诗。

曾经，上帝将这座堡垒举到我们眼前，
曾经，我们的海上，鲸鱼拍打，
鱼叉手总是常见。曾经，我听说
有头鲸被拖上了格林纳丁斯的海滩
嘲笑的、蚂蚁般的村民分剥它的肉：
是战利品，从雄伟退变成侏儒大小。
铺上盐，沦为神话，
死去。

给我讲述的男孩不敢相信自己的眼睛，
但我信他。我很小时
上帝和搁浅的鲸 [11] 都有可能存在。
鲸鱼更稀少，上帝不可见。
但是，借助他的恩赐，我赞美这不可思议之物，
尽管男孩也许死去，赞美已经过时，
尽管那传闻，不足为据。

大海鲢

在塞德罗斯大海鲢
砰然落在死沙上，痉挛
瞪着金色的眼，重重地

呛水，剧痛中，拍打着
我呼吸的这片海。
它的躯体，平静下来，
聚焦在眼睛的晶体中，慢慢
循求设计[12]。它如丝绸一样变干，
从容中，变成铅块，
长着麻风的银色腹部，浮肿
在刀下就像冰冷的硬疣。
突然，它带着巨大的疑惑，战栗起来
但年老的下巴，胡言乱语，吐露出
一些新鲜的
血丝。疯狂的渔夫一下下
血腥地击打它的头部，
我年幼的儿子，为此摇头。
我该不该叫他不要再看
我们共有的这个世界？
海鳐死了，但细细看来，
它的躯体却在变美。
青铜，泛着绿铜色的霉斑，鳞片
成熟得就如挂着硬币的铠甲，
一张黯淡的银网，
将背上深海般的蓝色与尾部
楔形、渐细的 Y[13] 联结在一起。
三角状的头骨，一动不动，
金色的眼睛圆睁如指环，

它只能疲倦地待在那里。
如此单纯的形体，就像十字架，
小孩子也能在空中画出。
海鲢的鳞，它皮上的薄片
在海边，被冲刷，
迎着光瞧，就像
咧嘴笑的渔夫所说：
厚如结霜的玻璃，但精细得
就像钻石雕刻过，它看着
如同孩子画的船，
成对的三角是帆，还有一条桅杆。

这样复杂的形体，
这种身躯、可怖和怒气
能否与如此纯真¹⁴的设计契合
使得它在朦胧、幻影般的雾里
游动但又不动地
随着想象的出发，起航？

山羊与猴子[1]

就这会儿，一个老黑羊
正跟你的白母羊交配呢。

《奥赛罗》[2]

猫头鹰的火炬[3]熄灭。混沌遮住世界。
尖叫，预兆！他的壮实的泥土身躯
把她的胸膛埋在缓缓的月蚀中。[4]
他烟雾缭绕的手，烧焦了
那大理石般的喉咙。他向她的嘴唇弯下身子，
他是非洲，一片广阔、潜行的阴影，
他心怀疑虑，将你的世界一分为二。[5]
"灭光"[6]，上帝的光就灭了。

那火焰熄掉，她沉思着自己梦中的他：
庞然如夜，无形无体，
就像月亮，勋章是他的星辰，
一段盲目的传奇。
公牛的躯体，迎着塞浦路斯[7]的太阳
让她目眩，她怎能像帕西菲[8]一样
毫不知情？那可怜的女孩，产下长角的怪物；
怎能像欧律狄刻，她明艳的肉体

游荡在他内心、这座地狱般的迷宫,
她的灵魂让他的魂灵吞噬?

她白色的肉身,与夜晚押韵。她攀登,安稳。

贞女和猿猴,少女与恶毒的摩尔人。
他们不道德的结合,让我们的世界依然分为两半。
他是你献祭用的畜生,吼叫,被驱打,
一头黑色的公牛,披着它的血染的缎带咆哮。
不过,无论落日色的藏红头巾 [9] 和月形剑上
佩戴着什么样的狂怒,
这都不是源自种族的、黑豹一样 [10]、
带着生麝香的气味、带着汗水、颤动她闺房的、他的报复,
而是对月亮变化的恐惧,
恐惧纯粹被腐蚀
那纯粹,如一颗白色果
成熟,被爱抚剥下果肉,有着双份的甜蜜。

所以,他野蛮地怪罪月亮,
把她自古以来目睹的一切,
还有自己彻夜的淫乐,野心,归咎于她,
而无知的无辜,哭泣着求饶。

月亮还是月亮,她让爱变成银色,
她描绘淫乐,注视我们的耻辱。

只有毁灭能解决
她入梦的脸上、那纯洁的腐蚀。

野兽一样、喜剧般的苦恼。我们冷酷地
嘲笑这个黑色的摩尔人
他转过身，不再理她，杀死了
宛如明月的人，而她决不会憎恨
自己的归宿：夜；他的悲痛
闹剧一场，编织在一块手帕[11]上
是女先知的
预知未来、缝制而成的纪念
织绣着黄道的星宿，
这头神话般、有角的野兽，却并非
因为是黑色，才如同怪物一般。

游 廊

献给罗纳德·布莱顿[1]

游廊[2]尽头一个个苍白的幽灵
如烟，分散，但又完整如一
你们的时代是骨灰，它的凝聚力已逝，

种植园主，他们的眼泪是畅销的树胶，他们的嗓音
像边缘反光的、枯干的棕榈叶
刮着黄昏，

上校们，坚硬如这个联邦的绿心樟[3]，
中间商、高利贷贩子，他们的伎俩
维系着赤色帝国，[4]

他们是维多利亚的捍卫者，他们的陶瓷之海
拍打着、浮饰在大酒杯的四周，
他们是帝国俱乐部充当打手的狂徒，[5]

迎着号兵吹出的嗒嗒声，日落
在安息号[6]旁收起，
一片褪色世界中的"火烈鸟之色"，[7]

有个鬼从你们当中走出，我祖父的魂！⁸
你的根脱离了某个多雨的英国乡郡，
你追寻你的罗马人的⁹

下场，火中自尽。
你的混血儿¹⁰ 收集了你烧焦、发黑的骨头，
放在一个孩子用的棺材里。¹¹

然后，他亲手埋在了异乡的海岸。
祖父啊，
为什么我要召唤你？因为

你的房子还有声音，那烧焦的屋，
和你想象不到的可爱的继承人一同惊呼，
你家谱的房梁¹²，落下，却幸存
就靠那些绿色的小生命，一如风干的木材。

祖父啊，迎着你的黄昏，我使一个梦成熟²³
梦中，在蒸汽里，我被灼伤，它飘过海
来自一个蒸腾的世界¹³，那里的灵魂

犹如受压力的树，已从煤炭化为钻石。¹⁴
你燃烧的房中掷出的火花，是星。
我就是我父爱的那个男人，我父就是他。¹⁵

无论什么样的爱让你受苦，
祖父啊，在爱中，爱都会补偿你。
我登上台阶

伸出变暗的手 [16]，问候那些朋友，
他们与你都是上一代的继承者，继承了 [17]
土地、我们的圣祠和赦罪人。

那些苍白的鬼影，在游廊尽头，游荡。

西班牙港[1]花园之夜

夜，我们黑色的夏，把她的气味简化为
一座村庄；她身上有难以捉摸的

黑人的麝香味，她变得如汗水一样隐秘，
她的小巷，弥漫着去壳牡蛎的味道，

煤如金色的橙，瓜状的火盆。
交易和铃鼓，让她更加燥热。

地狱之火，就是青楼：公园街对面，
水手的脸如海浪，涌起波峰，

又随着海的磷光退去；夜总会
如萤火，在她浓密的发间闪烁。

头灯让她目盲，计程车的鸣笛让她耳聋，
在廉价沥青油的反光中，她仰起脸

朝向白色的繁星，星如城市，闪动的霓虹
燃烧成她将会成为的婊子。

黎明破晓，西印度人转动货车[2]回家，
车上是被砍下、斩首后的椰子。[3]

上帝赐你们快乐，先生们 [1]

离开谢里登广场的杰克·德兰尼餐馆，
那个冬夜，我的身体在波本酒里炖煮、又加调料，
呼啸的风，点燃它
雪覆盖村中，基督再生，
我像所有酒鬼一样，脸带红光，蹒跚而行
横穿到第六大道，
在处女雪 [2] 上染血的足迹前，冻僵。
我循着脚印，它们引我跨过街道
来到光亮的那边，走入霓虹灯的
封蜡的气味和人的体温中，
一家通宵的小饭馆，厨子就像黑帮，
他粗短的拇指伸在我的一碗炖菜里，还有个
男人，脸被打得稀烂，它的表情
在承认，黑白色的外界
一切都有可能：有只野兽徘徊在街区，
毛发黏在一起，放浪无羁
超越了意志的边界。外面，
雪越下越大。我的心，在烧焦。
我渴望黑暗，渴望温暖的罪恶。
行走中，我停下，转身。我听到

脚后的呼吸声，有白色的气息，是什么？

没有什么。第六大道打着呵欠，潮湿，宽阔。

这夜是白的。无处藏身。

克鲁索的日记

> 此时，我把这个世界视为一个遥远的、与我无关的东西，我对它毫无憧憬，而且欲望全无。一句话，我跟它毫无关系，我也不想跟它有什么瓜葛；从今以后，我也许要这样看待它：它看起来是一个我生存在其中的地方，但是，我已经淡出了；我想说的，或许就是我父亚伯拉罕跟财主说过的那句话："在你我之间，有深渊限定。"

> 《鲁滨逊漂流记》[1]

一旦我们驶过新世界之路[2]
　　平安到达这座海滨之屋
它栖息于海洋与翻涌的绿森林之间
　　那么，评定对象的
当然是理智，甚至绝对必要的风格[3]
　　也需加以运用
那就如他从沉船中抢出的
　　普通的铁具，劈出一篇文章
芳香宛如斧砍的原木，
　　从这样的木材中
我们的第一本书[4]，我们异端的"创世记"诞生，
　　它的亚当讲述的文章

祝福着某块海岩，又用诗的

　　惊奇，唤醒自己

在一个绿色、没有隐喻的世界；

　　就像克里斯托弗，他也让语言

孕育了记忆力，⁵就像传教士

　　带给蛮人的圣言⁶，

它的形体是一尊陶土的装水罐

　　喷洒的水，让我们变成

一个个正派的礼拜五⁷，吟诵对上帝的赞美

　　鹦鹉学舌，模仿主人的

风格和嗓音，我们把他的语言变成自己的，

　　我们是一群皈依的食人族

学着他，吃掉基督的肉身。

所有形体，所有物体都从他的身形中繁衍

　　他是我们海上的普罗透斯；

在童年时，他的⁸流浪者，

　　就像神一样，也是老人。

（用平静的括号，回忆一下

　　我们岛上有峭壁的

背风海岸，口吃的帆声

　　排列着缓缓经过，

某座正午敲钟的村子，有木舟如同鳄鱼的

　　舒瓦瑟，加那威，⁹

亨蒂¹⁰，马里亚特¹¹，或史蒂文森¹²

小说里的蛮荒拓居地

那里有个男孩在海边发着信号，

尽管他呼喊的话语消失无闻；）

所以，时间让我们成为个体的物 [13]，繁衍着

我们自然的孤独。

至于那种秘术 [14]，它从大地的泥土中

塑造毫无用处、

脱离它自身的东西，它生活在异乡，

与每片海滩一同

渴望那些用质朴、模仿的鸣叫

遮住岩礁的海鸥，

它绝不放弃，因为它知道

还需要别人的赞美

它就像须发灰白、脑筋不灵的本·嘎恩 [15]，直到

最终，呼喊出："哦，可爱的荒地！" [16]

然后再次领悟了群岛上、

自我创造的和平。所以，在这座

面前只有大海的屋子里，他的日记

承担起了家用，

我们学着从日记中成型，这里的虚无

已然是一个族群的语言，

既然理智需要它的面具，因此

那张晒得干裂、长满胡须的脸

让我们想要以自然为

代价、自我表演，
想要胡子，想透过海上的阴霾，眯着眼窥视，
　　我们摆出博物学家、
醉鬼、漂流者、海滩流浪汉的模样，我们全都
　　渴望着无辜的
幻想，[17] 渴望自己的信仰有被抑制的时候
　　就当"水、天、基督"
如此清晰的声音，突然惊呼，
　　我们也积聚出这样的异端之说：
就连上帝最渺小的造物中，他的孤独也在运作。

克鲁索的岛 [1]

一

小圣堂的母牛铃 [2]
像上帝的铁砧
把海洋打造成炫目的盾；
海葡萄燃烧，渐渐地
任由铜币 [3] 变成炽热的金属。

红色、波形铁的
屋顶，在阳光下咆哮。
如丝，如纹的空气
在大地敞开的窑炉上
挣扎翻滚，犹如孩子幻想中的、
但越来越近的地狱。

地上，斯卡伯勒 [4]
野餐用的花格布铺开，延伸到
蓝色、完美的天空：
我们享乐主义哲学的穹顶。 [5]
伯特利 [6] 和迦南的心

如诗篇[7]一样打开。
我操劳我的艺术。
我父，上帝，死去。

如今，年过三十，我知道
自爱就是害怕自己
让头顶上的天蓝
或下面更汹涌的
蓝色吞噬。
被艺术或酒精
损害的脑部
每天都闪现这样的恐惧：
惊心得就像他的影子
变成了漂流者。

在这岩石上，长着胡须的隐士[8]建造
他的伊甸园：[9]
山羊、玉米、堡垒、阳伞、花园、
安息日的《圣经》，乐趣尽在
独少一种
这让他哀号不已，只为人的声息。
这颗腐烂的椰子
被燃烧的太阳放逐，在浪中滚动
变成了他的脑子，它的腐烂是因为内疚
内疚的是天堂中没有自己的同类，

如此天堂般的安宁，让他疯狂
棕榈之影如同脊椎
在他头脑中建成龙骨和船舷。

他，堕落以来的第二亚当[10]
他原初的
败坏还留着天生的
异端之言的种子：人
因信而败。
艺术家和漂流者
整个天堂在他脑海中，
他注视自己的影子，它在祈祷
是为人的爱，而非上帝的爱。

二

那时，我们来到这里，
是为了海螺之中的宁静的治愈，
远离激烈、突然的争吵，
远离厨房，心灵在那里
就像面包，水中解体，
我们想让腥咸的阳光擦拭
珊瑚一样粗糙的头脑
想像石头一样风中沐浴，

想要纯洁，就如野兽或自然之物。

那传说中的、职业的
怜悯，据称是与诗的才华
一同继承而来，它以
信仰为食，却节俭如鼠，将信心
转向角落，它储藏
狂热，就像储藏面包，
它的头脑，一朵夜晚绽放的白花
它在醉酒的月光之屋，
望着我儿子的头
裹在被单中
就像砍下的椰子，漂浮在浪花间。

哦，爱，我们孤独死去!
钟声带我
回到童年
回到苍白的木头
尖顶、丰收和金盏花，
回到那些被残忍、
公正的上帝收走的人中
就像他曾收走我的
优柔又傲气的父亲，
他把他们聚集在自己蓝色的胸膛
和卷云一样的须髯前。

但，我永不能回。

我看不见地狱，
不见天堂，还有人的意志，
我的技巧
不足，
这钟声把我彻底
击垮。
折磨人的阳光，让我发疯，
我站在人生的正午，
在烤焦、迷乱的沙滩上
我的影子变长。

三

艺术是渎神，异教的，
它揭示最多的
无非是瘸腿的武尔坎
在阿喀琉斯的盾上打造的东西。
这些蓝色、变幻的坟墓
被天空的风炉
煽动，它们会将心灵
点燃，直至最终，它将自己
陶土的模具裂开。

如今，礼拜五的后裔，
一群克鲁索奴隶的孩子，
穿着粉红薄纱和衬裙的
黑人小姑娘
行走在荣耀的空气中
旁边是翻涌的波涛；
她们的脚下，海浪
如手鼓[11]沙沙响。

黄昏，她们回去
晚祷，每件裙子，
阳光触碰，就会燃烧，
像撒拉弗，像安琪儿，
而我从艺术或孤独中
学到的东西，
却不能像令人变美的[12]
钟舌那样，祝福她们。

遗嘱附言 [1]

精神分裂 [2]，两种风格扭曲着我，
一种是写手 [3] 受雇的文章，我赚钱
去流亡。我艰难跋涉数英里，在这月光下、镰刀形的海滩上。

晒黑、灼烧
抛弃
对海洋的这份爱，就是自爱。

要改变你的语言，就必须改变自己的生活。

我难以纠正旧的错误。
波浪厌倦了地平线，回归。
海鸥用生锈的舌头

在搁浅、腐烂的木舟上，嘶鸣，
它们是夏洛特维尔的恶毒、有喙的云。

我曾经觉得，自己对国家的爱已经足够，
如今，就算我愿意，食槽边也没有我的位置。

我目睹优秀的心灵，像狗一样

用鼻子寻觅恩赐的残汤剩饭。
我人到中年

烧焦的皮肤
从我手上剥落，像纸，薄如洋葱的皮，
就像培尔·金特⁴的谜。

心中，一无所有，也没有对死的
恐惧。我认识的死者太多。
我对他们都熟悉，他们各自的性格，

甚至死去的方式，我都知道。一经燃烧，
肉体就不再恐惧那如火炉一样、
大地的嘴，

不再恐惧太阳的火窑，或灰坑，
也不再恐惧云起云散之中
让这片海滩重又变白如一张白页的镰月。

它的所有漠然，都是有个性的愤怒。

注释

选自《漂流者》（1965）

漂流者

1　本诗的 castaway 形象取自笛福《鲁滨逊漂流记》——沃尔科特曾称这部小说为"我们的第一本书"，见后面《克鲁索的日记》——的鲁滨逊·克鲁索。

　　沃氏让该词呈现了三个连续的环节：被弃；疏离；漂流。个体从被动遭到抛弃，经过痛苦的焦虑，最终安于这样的状态，然后自我放逐。最后这个环节已经超越了笛福小说中的鲁滨逊的形象，而且在今后的写作阶段中，它会渐渐呈现出更加坚决的主动性，如《纵帆船"飞翔号"》和诗集《浪子》。通过该词，沃氏既形容以自己为代表的加勒比艺术家，也形容加勒比地区的各个民族，尤其是接受过欧美文化的土著后裔。他们既疏离于欧洲文明，也疏离于他们的源头非洲黑人文明和加勒比原生文明。

　　《漂流者》诗集标志着沃尔科特的诗风进入了反思期：他意识到了自身以及西印度地区民族的虚无性和被抛弃的处境，从而陷入彷徨，但为了克服这一点，他也开始专注于加勒比的事物，开启了全新的诗性世界。

　　关于鲁滨逊这一人物，沃尔科特之所以留意他，原因之一就是，他漂流所至的荒岛在委内瑞拉和特立尼达附近（有可能是多巴哥岛），恰恰属于加勒比地区。此外，在 1986 年接受《巴黎评论》（*Paris*

Review）的访谈中，沃尔科特讲述了这首诗的更深刻的创作动机："我写过一首诗，叫《漂流者》。那时候，我跟妻子说，我想自己过个周末，去特立尼达。妻子同意了。我就自己待在海边的屋子里，写了这首诗。我把西印度艺术家的形象比作海难失事的人……通常来说，这里的海滩非常空旷，只有你，海，还有你周边的植物，你得自力更生。关于克鲁索这个主题，我写过很多不同的诗。克鲁索主题中的一个更为积极的方面就是，在某种意义上，加勒比的每个族群都处于被奴役或被抛弃的处境，我想这就是海难隐喻的意义。你环顾四周，发现自己不得不制作自己的工具。无论这工具是笔还是锤子，你就在亚当一样的处境中建造；之所以要重建，既是因为必需如此，也是因为你觉得，你要留在这里很长时间，而且你还有了一种领主（proprietorship）的感觉。大体来说，我感兴趣的就是这个方面。"见 E. Hirsch 对他的访谈，*Conversations with Derek Walcott*，第 109 页。

2　表明创造是从"内部"开始的，同时也联系开头的"饥饿"。自我吞下世界，从世界这个食物中，世界创造出人类意识。而吃下世界，也会有排泄物，即上面说的粪便。

3　polyb，珊瑚就是珊瑚虫分泌物构建起来的，所以这里说建造，珊瑚虫仿佛在建构一种"文化"，见《海即历史》和《仲夏》1。Ismond 指出，狗粪变成珊瑚，珊瑚虫建造珊瑚，都暗示了人类也"潜在地"具有相似的"创造过程"，而诗人也具有一种"朝向自律的、自我创造的动力"。

4　这是沃尔科特诗学的核心原则，即创造新的隐喻，颠覆传统欧洲的比喻方法。在沃氏这里，metaphor 有时区别于而且高于明喻（simile，对应散文），即不使用比喻词（见前引《克鲁索其人》）。但一般来说，它指所有形象性譬喻，包括拟人、拟物和类比等等。

　　如 Ismond 所言，它是"诗性的"，而且"包含了最广泛的类属意义上的'象喻'（figuration）"；沃氏将它等同于"变形"（metamorphosis），从而反对那种"古老而古典的、将隐喻投射为更高转型之理想的形而上学";另外,它也是亚当和鲁滨逊的"重命名"与"再创世"。它的基本功能如,让"实存的欲望世界和恐惧世界"得以表达;"将物理的、经验的世界与形而上的、想象的世界相联";"参与到人类的理智,内在的认知和内在的存在之中",它会"进入而且塑造我们与自己世界的关联方式"。

　　Breslin 概述了沃氏隐喻的特点。他的"隐喻方式更流动,隐隐地削弱了字义和喻义的简单的匹配",他的隐喻具有"循环性","会返回到自身","将喻义转变为字义,字义转变为喻义","销蚀了边界、区分的子午线、边缘和中心的等级"。

　　需要说明,在本书中,我还是把 metaphor 通译为隐喻。第一,可以区别"散文式明喻"。第二,可以包含"诗性的明喻"。读者在阅读诗作时,可以忽略大部分的比喻词,将之理解为自然的等同;当然在个别地方,沃氏也有意用明喻来表示其喻体的层级低于隐喻。

5　nut,不同语境中,nut 指代的东西不同,这里显然指椰子,因为形状大小与头颅相似。另外,nut 在俚语里也表示脑子。

6　babel,来自《创世记》巴别塔的典故,这个词一般也表示嘈杂的场所。这里的几种昆虫(虱子、蝇、蛆),都见于《圣经》。这个词暗示了加勒比语言、文化和种族的多元环境,见《另一生》4.22.1。

7　green wine bottle's gospel, wine bottle,联系《马太福音》9:16—17的新瓶(新皮囊)装旧酒的寓言,钦定本为 new wine into old bottles。作者没有说新酒瓶,而是绿酒瓶,而且装的不是酒,是沙子。这象征着精神的堕落。由于这里没有指向耶稣之血的典故,所以没有把wine 译为葡萄酒。

8　这个标签有可能是酒瓶上的,也有可能是船上的,作者并不想确定它,这就像他使用的隐喻或命名过程一样,隐喻就是"贴标签"。见 *Nobody's Nation*,第 107 页。

9　结尾一句暗示了耶稣钉十字架;"手"是白色的,象征白人基督的死去,而作者想要成为黑人基督。"手"的本体不明,可能是瓶子,或船骸，或漂流木，甚至是海水的浪花。

沼 泽

1 如 Ismond 所言，本诗展现了"经验中的风景的荒凉"，作者在物理特征中发现了"这一热带场景的特殊方面和外貌"，它展现了"独特的、压抑性的否定状态"。诗中的隐喻技巧最终相关了"一种对创造性存在者有害的状态"以及"试图在这种场景中进行创造性活动而遭受的创伤"。本诗与《漂流者》构成了"虚无"的消极和积极的两个相互缠绕的方面。

2 W. Brown 提示，这里指向了海明威的短篇小说《大双心河》第 60 页。他的看法令人信服。沃尔科特曾写过两篇文章《论海明威》和《以生献死的男人》，其中都提及了这篇小说。海明威是沃氏很喜欢的作家，他认为福克纳和海明威是两极，他读后者要更多。

3 cracker，美国俚语，是美国人对白种人中的穷人或底层人的歧视性称呼。这个词源自抽鞭子（crack a whip），由于鞭子声大，因此形容人说话声音大，在伊丽莎白时期的英国，用来指爱吹牛的人。传到美国之后，用来指声音大，没有礼貌的南方穷人。另一种解释时，这些穷人或底层人要抽打黑奴和牲畜，经常使用鞭子，故而得名。

4 ginger-lily，沃尔科特常提的花，在西印度地区，是姜科姜花属（Hedychium）植物。

村中生活

1 这个村就是著名的格林尼治村（格林威治村，Greenwich Village），位于曼哈顿南部，著名的艺术村，沃尔科特 1958—1959 年在这里生活。

2　John Robertson，戏剧演员，1958年，他参加了特立尼达的艺术节日周，担任灯光设计师，结识沃尔科特，并帮助沃氏申请到洛克菲勒戏剧基金，从而赴纽约深造。这次纽约之行使沃氏认识了奥哈拉（O'Hara）、罗伯特·弗兰克、阿尔弗雷德·莱斯利（Alfred Leslie）等诗人和艺术家，从而推广了自己的声名。因此沃氏极为感激罗伯森，本诗也正是一篇悼亡诗。见 H. Feinsod, *The Poetry of the Americas: From Good Neighbors to Countercultures* (Oxford University Press, 2017)，第254页。

3　这一句原文的结尾词是"锹"，上面都是每两行一韵，到这里结束，下面自由用韵，正如锹将韵律堆积。"锹"，spade，俚语也表示黑人，见《蓝调》。

4　mädchen，德文，用这个词也许是联系舒伯特的《死神与少女》（"Der Tod und das Mädchen"），下面就要提到"死"，他自己也是"死"的象征，因为是黑人。

5　Absurd，指荒诞派戏剧，以及加缪、萨特的以"荒谬"（也是absurd）为主题的存在主义文学和哲学。

6　希腊神话中的冥河渡神，如果渡河必须给他银币，在但丁的《神曲》里，卡戎还负责判定一个人该不该去地狱。这里是将地铁司机比作卡戎，地铁如同他的渡船，驶向地狱。

7　man's life is grass，显然来自《旧约·诗篇》103:15—16, As for man, his days are as grass. For the wind passeth over it, and it is gone; and the place thereof shall know it no more; 103:14，提到了人是尘土。这个比喻不是说人低贱，而是说他可朽，生命短暂。

8　特洛伊公主，阿波罗祭司，被阿波罗赐有预言能力，看穿了特洛伊木马。这里比喻地铁来之前，会有轰鸣，如同卡珊德拉看出木马时的惊呼和预告。

9　指墓碑。

热带动物寓言集

1 bestiary，这是中世纪盛行的文学形式，常常配图。目的是传播基督教的伦理道德，证明上帝之言的无处不在，连野兽动物都具有。本组诗明显受特德·休斯（T.Hughes）的动物寓言的影响。休斯在《诗的创制》（*Poetry in the Making*）中认为，自己的诗就是"动物"，他想让它们拥有"属于自己的鲜活的生命"。

按照 Ismond 的总结，《鹮》和《八爪鱼》体现了"欲望降为世俗的平庸"这一存在主题；《战舰鸟》涉及了"人类对宇宙的不定、多重的解释"，它面对着"一个根本、不变的秩序"；《大海鲢》讨论了"艺术过程"成为"人类与宇宙的关系范式"等。见 *Abandoning Dead Metaphors*，第 78 页。

2 Ibis，是鹮科（Threskiornithidae）的统称，如朱鹮、白鹮都属于其中，按照作者的描述，这里指的是美洲红鹮（scarlet ibis），它通体火红。

作者写鹮，一个方面是要涉及美洲，所以以红鹮为对象，它是美洲的独特物种，尤其在加勒比地区很有影响，比如，它还是特立尼达（不包括多巴哥）的国鸟。另一方面，鹮与埃及有关，在这个意义上，红鹮就转为了埃及的鹮。在诗中，作者开篇就提到了埃及。古埃及人极为敬重鹮，认为它有神性，因为鹮的迁徙预示了洪水的泛滥，如同有灵一般。而且，埃及人将它作为智慧之神托特（Thoth）的象征，而托特就长着鹮首。

3 在这里，蜥蜴代表了远古的文明。见 *Abandoning Dead Metaphors*，第 99—100 页。

4 欧洲传统纹章中会使用动物，爬行动物是其中一类，蜥蜴是常用的图形，著名的 salamander（火蜥蜴）就是一种纹章使用的蜥蜴，此外，火蜥蜴也是中世纪动物寓言集常用的动物。

圭亚那诗人威尔逊·哈里斯（Wilson Harris）分析了《热带动物寓言集》，他联系了加勒比印第安人阿拉瓦克人（Arawak）的泽米（Zemi，来自 seme，精美，甘美）神。泽米就体现在一系列动物的图像上——蜥蜴是阿拉瓦克人常用的形象——它们都体现了西印度人对空间的感知和想象，如同拉丁人住房的"门口"，这些形象是阿拉瓦克人空间想象的"门口"。哈里斯称沃尔科特这组诗为"用泽米装饰的诗"（zemistudded poem）。见 *Selected Essays of Wilson Harris* （Routledge，2005），第 166—167 页。

5　set things right 是英文《圣经》常用的句式，即匡正事情，主持正义。

6　creation，指上帝的创造和他让事物生灭的举措，休斯的动物诗也常提这个概念。

7　man o'war bird，即 man of war bird（man of war 不是指军人士兵，而是指军舰或兵舰），这是加勒比地区的习惯称呼，源自英国水手，后来成为当地英语中的叫法。战舰鸟体型硕大，极具攻击性，是沃尔科特喜爱的鸟类，战舰鸟就是沃尔科特的凤凰。

8　idling pivot，世界的天平以鸟为支点。作者以鸟为中心，因此运动的不再是它，而是海、天和世界。下面还以鸟的眼睛为中心，这样人的空间就被打破，"我"虽然在地面，但如同在空中漂流。

9　沃尔科特经常把漂泊海上的奥德修斯比作海龟或海蟹（crab），因为它们的家就在自己的背上。

10　尊卑的对比来自《圣经》，信上帝者为高贵，不信者为卑微，只有前者值得赞美，赞美鲸鱼会受到谴责，因为它被推举到了上帝的地位，这就让上帝变得卑贱。

11　暗示《旧约·约拿书》里吞吃约拿的鲸鱼，以及《约伯记》中的利维坦，也见《马太福音》12:40。

12　design，指自然的计划和设计，与前面的 scheme 相同。

13　Y 字母像鱼尾的三角形状。

14　innocent，一方面指鱼的命运无辜，它虽然凶暴巨大，但最后毫无缘由地丧命；另一方面指它的"形式"单纯，如此复杂的外显的特征，纳入了一个天真简单的形式中。

山羊与猴子

1　语出自《奥赛罗》第四幕，第一场，奥赛罗气急败坏时所言，看起来语无伦次，但源头在第三幕，第三场，伊阿古形容淫乱的男女为山羊和猴子。奥赛罗这里是指黛丝狄蒙娜和凯西奥所言。

猴子、猩猩、长臂猿，都是沃尔科特会写到的动物，它们均影射黑人，这是一种反抗式的自嘲。

2　《奥赛罗》第一幕，第一场，出自伊阿古之口，对勃拉班修所言，污蔑奥赛罗与黛丝狄蒙娜有染。

3　指猫头鹰的目光。

4　指奥赛罗掐死黛丝狄蒙娜的场景，后者的胸膛埋入奥赛罗的身体，就像月蚀渐渐出现一样。

5　指奥赛罗听信伊阿古谗言，怀疑黛丝狄蒙娜不忠。

6　"Put out the light"，出自《奥赛罗》第五幕，第二场，奥赛罗杀黛丝狄蒙娜时的话。

7　Cyprus，《奥赛罗》有一部分情节与塞浦路斯有关，奥赛罗保卫了塞浦路斯。

8　Pasiphaë，希腊神话中，克里特岛王米诺斯之妻，因为米诺斯得罪了波塞冬，后者施加诅咒，让帕西菲恋上动物，与公牛交合，产下了著名的弥诺陶（弥诺陶洛斯）。

9　奥赛罗是摩尔人，属于外族，也有戴头巾的习惯。印度教中，藏红花象征火，而印度教主张火葬，所以藏红花意味着死亡和易逝，sunset加重了这层意思。这句短语充满了异国色彩，同时暗含死亡。

10　结合后面《海湾》的主题以及提到的黑豹，显然，这里联系了黑豹

139

党（Black Panther Party），该组织主张黑人自治，反对迫害黑人的白人。

11　奥赛罗当初送给黛丝狄蒙娜的，后者遗失，伊阿古让妻子捡走，给了凯西奥。奥赛罗在伊阿古的谗言下，怀疑妻子出轨，找她要手帕，在这个时候，他讲述了手帕的来历：那是一个埃及女巫送给他母亲的，具有魔力，拿着它，女人就会被男人爱，给了别人就会受到憎恶。

游　廊

1　Ronald Bryden（1927—2004），戏剧批评家，出生于特立尼达的西班牙港，与沃尔科特曾一同担任过皇家莎士比亚公司的戏剧顾问。

2　veranda，1965 年版写作 verandah，这个词也指阳台和走廊，但这里指那种在外部环绕屋子的游廊，可以采光，有顶棚，还有栏杆和座位，高雅家庭还会在这里陈列画作。这个词来自于印地语 varanda，英国人从印度殖民地借入，但它的源头又很可能来自葡萄牙语 varanda（长的阳台）或西班牙语 baranda（围栏），这来自通俗拉丁语的 barra（栏杆）。这个词的复杂性让读者可以想象到东西方的交流和殖民史。在《另一生》中，游廊是重要的意象，原本来自《青年的墓志铭》中保罗和弗兰切斯卡在"游廊"下读书而陷入偷情之事。

3　greenheart，拉丁名为 Chlorocardium rodiei，樟科植物，绿心樟属。它产于南美，尤其是圭亚那地区。圭亚那（区别于法属圭亚那）19世纪成为英国殖民地，1966 年独立，为英联邦成员国。由于它是南美洲唯一一个殖民母国为英国且以英语为官方语言的国家，而此处的"联邦"（commonwealth）一词又指英国，故而绿心樟暗示了圭亚那。

4　kept an empire in the red，这句双关，red，指经济的赤字，但E.Baugh 指出，英帝国时期的地图，红色标明帝国的领地。见 *Derek Walcott*，第 52 页。因此，我没有直译为赤字。

5　the Empire club，即英国的上层和中层人士（有男性，也有女性）

建立的绅士俱乐部。最早的绅士俱乐部出现于 17 世纪，18 世纪到 20 世纪初期其数量达到顶峰。作者上面列举的各色人物都是俱乐部的成员类型。bully-boy roarers，bully-boy，bully boy 指雇来欺压施暴的打手。

6　lost post，英国军队或英联邦军队的作息号，告诉士兵该就寝了；但它也用在纪念死难将士的葬礼或仪式上。这里表面意义上指前者，落日表明一天的任务结束，但深层意义是，"落日"暗示帝国的终结，也反衬"日不落"的说法。此外，落日也比喻为收起的旗子。

7　火烈鸟的明亮的火红色在某些情况下，比如被关起来时，会"褪色"。夕阳时，天空最红，但很快就会褪掉颜色，如同火烈鸟的褪色，这标志着英帝国的没落。

8　在沃尔科特出生前没多久，他的祖父查尔斯·沃尔科特在圣卢西亚舒瓦瑟的家中自焚而死。关于其祖父，也见《火车》。

9　指西罗马帝国的灭亡，影射英帝国的衰败，但也用了公元 64 年 7 月罗马大火的典故，关于火因，一个说法是皇帝尼禄纵火。罗马是西方文明的源头，因此说"你的罗马人"。

10　指沃尔科特的父亲沃里克·沃尔科特。从这里开始，作者引入了父亲，他代表父亲向祖父表达情感，同时要促成这两代人的和解，也就是促成"第一代移民加勒比的白人殖民者"与"带有奴隶血统的混血后代"之间的和解。

11　因为是自焚，骨头不多，所以用了儿童的棺材，但暗示了祖父的重生。

12　genealogical roof tree，这句的表达非常简洁精妙。genealogical tree，即家谱树，谱系。roof tree，本意是屋梁，但与 genealogical 搭配，首先在隐喻的意义上指处于家谱树上端的祖父，家谱上的线段就像梁木；其次又指烧毁的屋子的屋梁。tree 也呼应上面的 uprooted。随着祖父自杀，家谱树的"屋梁"和房子的屋梁也都掉落。但这两个"屋梁"全都幸存，对于前者，沃尔科特家的家世和血缘，靠沃氏兄弟得以延续，他们就如同下面说的"绿色小生命"，会继续长成大树，变成木材，作为家谱的屋梁；对于后者，屋梁没有焚毁，仍然是实际意义上的"风干的木材"，也从树苗长成。

13 这几行描写了奴隶祖先来到加勒比地区的"中途"(Middle Passage)过程，他们进行烧炭的工作，所以烟雾蒸腾。

14 这里的 coals，首先指 charcoal，是人工烧制的木炭，沃尔科特诗中常出现烧炭工（charcoal burner）的形象，这是社会最卑微的职业身份。但是，圣卢西亚的卡斯特里是一个港口，在某一段历史时期，多进口煤，沃氏又常会写到煤和运煤工人的意象，因此这里的 coal 又可以表示煤。沃氏爱用煤炭的意象，一方面是由于黑人的肤色，另一方面，coal 的意象也与《圣经》有关，如《旧约·以赛亚书》6:6—7，炭火有净化的功能，与之相应，这里的炭会结出干净透明的钻石。

15 I am the man my father loved and was，这句很巧妙，算是本诗的中心句，将祖孙三代人放入一个句子，形成了代代的循环，表明了三代人是同一的，作者也接受了自己将来的死亡。

16 这句有三层意思：第一，作者踏上台阶，进入游廊，游廊的阴影遮住了手；第二，此时是黄昏（也是时代的黄昏，祖父的黄昏），光线变暗；第三，他是深色皮肤，比祖父和父亲的肤色要黑。见 E.Baugh 的 *Derek Walcott*，第 52 页；*Derek Walcott: Selected Poetry*，第 110 页。

17 "上一代"这个表达表明了，还有"下一代"，代代相传，每一代为前一代赎罪。

西班牙港花园之夜

1 Port of Spain，特立尼达和多巴哥首都，位于特立尼达岛。本诗描写了妓女的形象，沃尔科特有很多描写这一群体的诗作，比如《另一生》1.3 中对杰妮的描写，他将之比作象征圣卢西亚的海伦，因为圣卢西亚的命运就是被英法两国玩弄和占有。

2 tumbril，并非平常词，它指双轮货车，但法国大革命时，用来运送犯人上断头台，这个词联系下面的"斩首"，同时暗示特立尼达动荡的政治环境。

3 用首级比喻椰子。OED 释义，俚语中，这个词就被用来表示头；另外，也指棕皮白心的黑人，即受白人文化影响，白人做派，但实际上是黑人。这里也许仅仅是用椰子指一般的黑人。见《另一生》4.21.1，这个比喻受圣–琼·佩斯的影响，是沃尔科特非常爱用的。

上帝赐你们快乐，先生们

1 God Rest Ye Merry Gentlemen，这个题目来自英国经典的圣诞颂歌。所以这首诗讲的是某个圣诞节的纽约场景，主题与那首颂歌截然相反。

2 virgin snow，初雪，强调的是没有人涉足过的雪。这里用的是1777 年美国独立战争时期，美国士兵在宾州福吉谷（Valley Forge）留下血脚印的典故。圣诞的语境中，virgin 也表示圣母。

克鲁索的日记

1 *Robinson Crusoe*，笛福的《鲁滨逊·克鲁索》，这里按汉语流行的译法。这部小说的主要形式就是"日记"。题词中亚伯拉罕那句话，原文为 Between me and thee is a great gulf fixed，见《路加福音》16:26，这里用和合本的译文。关于 gulf 一词，见后面《海湾》。S.Brown 针对这句话，分析了沃尔科特早期诗歌中的鲁滨逊形象，它符合沃氏的一种历史观和诗学观，即，人是"被在场者（presences，幽灵）占据的存在者，它不是被自己的过去束缚住的造物"（a being inhabited by presences, not a creature chained to his past）（见沃氏的文章《历史的缪斯》）。鲁滨逊就是这样一个在场者（奥德修斯、荷马的声音也都代表了鲁滨逊的声音），它可以让诗人摆脱历史实在论，展开想象，并从个人处境的矛盾以及对矛盾的妥协中解放出来。见"'Between me and thee is a great gulf fixed': The Crusoe Presence in Walcott's Early Poetry", *Robinson Crusoe: Myths and Metamorphoses* (Palgrave McMillan, 1996)，第 210 页以下。所以本诗也可以视为沃氏自己的艺术创作日记，他就是混血的鲁滨逊，他既承受着西方文化的侵染，但也在殖民者的文化传统中开辟自己的想象空间。

鲁滨逊与加勒比有着密切的关系。他的船从巴西开往巴巴多斯，后来遇上风暴，在格林纳达和特立尼达附近漂流，所至的荒岛很可能是多巴哥（见《克鲁索的岛》）。

2 Mundo Nuevo，西班牙语，新世界，指美洲，这个短语也出现在《另一生》2.10.1 和 4.18.4（本诗集未收），指特立尼达的一条林中路，从巴伦西亚（Valencia）通往兰帕纳尔加斯，沃尔科特在后一个地方有一座海滨屋，他在这里写作了《另一生》。

3 这里过渡到了艺术创作。鲁滨逊的风格凭借普通的铁器，如同木工一样，体现了纯朴的自然性。这种平白的风格与沃尔科特家庭的循道宗背景有关，他在一次访谈中还谈到了新教的"木工"，它让事情简单实用，这对他诗风有了很大影响，见 J.Thieme 的 *Derek Walcott*，第 79 页。

4 指"克鲁索的日记"，也就是《鲁滨逊漂流记》，这表明了鲁滨逊与亚当的对应关系。

5 Christofer，即克里斯托弗·哥伦布，他也如同鲁滨逊一样，来到了美洲，用西方话语侵占非西方的世界。这里用克里斯托弗而不用哥伦布，是因为这个名字来自希腊文 Χριστόφορος（Χριστός 和 φέρειν），其含义为"生基督者"，这与下面的宗教语境有呼应。

6 the Word，指圣言，同时也指宗主国语言，标准语言。

7 good Fridays，即好的礼拜五，礼拜五是《鲁滨逊漂流记》中的土著人。但英语中，Good Friday 即耶稣受难日。作者兼用两义。

8 流浪者指鲁滨逊，他如同普罗透斯一样，也能繁衍，命名事物。

9 都是圣卢西亚的村庄，见《另一生》1.5.3。

10 Henty，即 G.A.Henty（1832—1902），英国小说家，题材以海外探险类见长。

11 Marryat，即弗雷德里克·马里亚特（1792—1848），英国小说家，曾在海军服役，作品以探险题材为主。

12 R.L.S，罗伯特·路易斯·史蒂文森（Robert Louis Stevenson），创作《化身博士》的著名英国作家，这里暗示他的代表作《金银岛》，下面也提到了其中的人物。

13 objects，前面出现过两次，一次译为"对象"，一次译为物体，它指有形的外部实在物，哲学上也译为客体，这里指人这种个体物，人虽然是主体，但是就人类总体历史而言，却是一个个生产出来的物体。

14 hermetic skill，指上面说的"繁衍"术，亚当的命名术，也即克鲁索带来的创造技艺，包括诗艺和文学，它在加勒比被本土化和"变形"，这里，"秘术"也代表了效仿克鲁索的当地的艺术家和创造者。

15 Ben Gunn，《金银岛》中的海盗，也属于漂流者行列。

16 "O happy desert!"，出自《鲁滨逊漂流记》第十五章。

17 渴望无罪的状态，也就是渴望回到伊甸园，被宗主国接纳。

克鲁索的岛

1 从诗中可以推出，这座岛是多巴哥，沃尔科特认为这里是克鲁索漂流所至的荒岛。

2 cowbell，这是形容小圣堂的钟简陋如同实景中母牛挂的铃，后面会再次提起，译为钟。

3 bronze plates，指海葡萄成串的果实。日照下，海葡萄变得腐烂，不再是绿色，转为黄色或红色。

4 Scarborough，多巴哥南部村镇，面朝委内瑞拉。

5 dome，这是把天空比喻成圣殿或庙宇的屋顶。

6 Bethel，希伯来语里表示神殿，神的家。

7 psalm，指《圣经》的《诗篇》，这里指书打开。

8 hermit，指鲁滨逊，见前面《克鲁索的日记》"秘术"的注释。

9 His Eden，这个跨行让his首字母大写，等于说鲁滨逊犹如加勒比的上帝。

10 指鲁滨逊。《哥林多前书》15:45称耶稣为第二位亚当。

11 tambourines，见《创世记》31:27，《诗篇》81:2，《出埃及记》15:20，钦定本都使用了这个词。《圣经》中以色列人敲打手鼓表示喜悦。这群黑人女孩喜悦的原因就是她们主管了加勒比地区。

12 transfiguring，向好处转变，美化，改观。基督教中，transfigure和transfiguration专指耶稣变容。这里是说信仰能让女孩们变美，让她们摆脱受奴役的过去。

遗嘱附言

1 codicil，法律术语，原有遗嘱，当发生变更时，立遗嘱的人附在遗嘱之后，以作变更说明。本诗是作者中年危机时所作，算是对前半生做一个了断，同时打算改变之前的生活方式。

2 这个分裂的源头在于沃尔科特兼有"非洲和拉丁美洲"以及"欧洲"血统，同时被两个文明扭曲。这样，一个文明要求他热爱祖国，为国家写文章，这让他厌恶（如本诗所写），另一个文明要求他向欧洲的现代文明前进，但是，无论他英语如何出色，他无法完全融入

后一个文明，这就导致了他既流亡他乡，又必须重返故乡，见后面
《流亡》。关于精神分裂，也见沃尔科特的散文（也是戏剧集《猴山
梦及其他》的序言）《黄昏之言：序曲》（"What the Twilight Says: An
Overture"）："我们这些殖民地的人，生来就像染上了这样一种疟疾，
虚弱无力：在这些腐烂的棚户、赤脚的后院、蜕皮的疱疹里，什么都
建设不起来；在贫穷中，我们拥有了自己生活的剧场……在这样的精
神分裂（schizophrenic）的童年，可以过两种生活：诗的内在生活，
行动和对话的外在生活。"

3　hack，代笔者，是记者或新闻撰稿人的贬称。在早期生涯中，沃
尔科特与纸媒体有着密切关系。早在圣玛丽公学时期，他就为报纸
《圣卢西亚之声》撰写诗作和文章。1946 年毕业后，还为当地服务于
学生写作技能的月刊《墙杂志》担任第一主笔，他也在上面发表了一
些诗篇。在牙买加和特立尼达时期，为了谋生，他撰写了大量文章，
都发表在牙买加的周刊《舆论》（*Public Opinion*）和特立尼达的报纸
《特立尼达卫报》（*Trinidad Guardian*，含《星期日卫报》）上。

4　Peer Gynt，易卜生同名戏剧中的人物，戏剧结尾时有一个场景，
他在剥洋葱皮，剥了一层又一层后，发现里面一无所有，揭示的谜底
就是：人生就像空核的洋葱。

选自《海湾》(1969)

玉米女神 [1]

沉默如沥青铺在公路上，我们的轮胎
像蛇，沙沙响，上帝的疲倦令人动容
他的辛劳未完，而一行行望不到边的
卷心菜田，就像百合花，在空气中旋转；
他的旗帜腐烂，猴神的神经狂躁
嗡嗡地晃动长矛。人的破布照料着
一年年愈加唯利是图的牛，镀上铬的汽车
浑身泡沫，如同私养的马嗅着浅滩。
黄昏，长老会的牛铃，
召集起瘦削、脆如木炭的老人，
他们陷入自己想象的第二地狱，
每一处十字路，都把它的教派、那群声音如铃、
衣袍如钟的姐妹钉上十字架，她们阉割黄金 [2]，
大声呼唤着自尊。但是，在烤玉米的
火盆上，她们去皮的灵魂
均匀地烧焦，西比尔 [3] 闪闪发光。她海豹般的肌肤
如同细雨打湿的沥青，在那露齿一笑中
一切知识，燃烧殆尽。嘲笑吧，但她们的灵魂
却沉浸在比你孤独的羡慕还要强烈的

得意中；她们扇动着炭，炭在翻滚，从那里
她们的尖叫在噼啪声中爆裂，飞翔。点点火花
哀伤地升起，尽管，它们已死。

月（选自《变形记》）¹

抗拒诗，我正变为诗。
哦²，俄耳甫斯垂下的头，默默哀号，
我的头，从诗的云浪中，抬起。

慢慢，我的身体成为一个声音，
慢慢，我变成
一只铃，
一个椭圆、无形的元音，
我在变，成了鹗鸟，
一团光晕的白色之火。

我注视月亮的月狂的模样，它燃着
一支被自己的光环催眠³的蜡烛，
然后，我
把自己火热、冻结的脸，转向那分叉的山
它像楔子，定住溺死的歌手。

那冰冻的怒视，
被螯咬、化为石头的经典。⁴
你今年不是发誓不写这样的诗吗？

不是以月亮起过誓?

为何你还会被无所作为的魔鬼抓住?
谁的沉默又如此迅速地惊呼?

团 伙 [1]

太阳的黄铜钳给头颅接上电，
从他赢得年度个人奖 [2] 之后，
头就闪闪发光，那是他们第一年巡回演出，
演的是维钦托利 [3] 和他的野蛮部族；
他们从没空调的后台晃荡到有空调的后台，
具备了疯子兵蚁停顿 [4]、再捕食的
组织力，这一次，他又骚动起来，
头上的触角，点着火，跳进一群黑蚁中，
他们流窜和徘徊在每座城市的缝隙间；
有街头混混，穿着清凉的班纶丝 [5]，有店铺女郎，公务员。
"凯撒"，这群捣乱分子行起纳粹礼，"尤里乌斯，征服！"
他装成癫痫的样子，握拳致意，
跟他们的腔调一致；生气也没用，
总有一天，他的靴子会把这些脑袋踩个粉碎，
而一束束剑，簇拥起维钦托利！

就这样，雄鸡在那天突然吹号，太阳的锣
叮叮当当敲响政变，教堂和银行爆炸，
头如子弹的他，带上自己长着牛角的
军蚁团，开始出发。
尘土撒满伍德福特广场 [6] 上白色的死人；

155

他的黑中透黄的暴民[7]渴望下令，
围着商亭涌动，之后又分开，听着
他重重踱步、踏着静默，那声音比劫掠中的咆哮
还要洪亮。静默。尘土。麦克风
让锡箔般的平静刺啦一声破裂。这头野兽
迈着爪子乱转，眼如蛇王，想要
独白。他清清嗓子，感觉到
雄辩的胆汁在涌起。"为国，赴死"
这样的句子，一再回响
令他躁怒，他假装口吐白沫、痉挛发作，还展示伤疤，
随着冰冷的剑丛举高，他的双眼盯住
一名黑人囚犯[8]，那人头发蓬乱，正笑逐颜开。

俗　众 [1]

透过布满疥癣的巨大狮头
一名黑人职员咆哮。
旁边，一只金丝孔雀，遮住一个男人，
它的屏扇，炫耀自己椭圆、宝石般的眼珠，
何等的隐喻！
真是点子妙、花样多的鬼主意！

赫克托耳·曼尼克斯，圣胡安的水厂工，他钻进狮子之中，
博伊希 [2]，两颗金芒果上下跳动，当胸前护甲，晃晃悠悠乘驳船
扮成克莉奥佩特拉沿河而下，装模作样。
"一起来吧"，他们喊道，"天啊，小孩儿，你不会跳舞？"
但是，在这股旋风的辐射中，在某个地方
有个孩子，一身蝙蝠 [3] 的装扮，瘫倒在地，嚎啕大哭。

不过，请看，我也在跳，吊在一座古老的绞架上
我的身体像抽牛的鞭子，来回摆动，是个节拍器！
我像一只掉进木棉阴影 [4] 里的果蝠
我的疯狂，我的疯狂，就是可怕的平静。

在你们忏悔的清晨 [5]，
某个额头，必定用灰 [6] 擦着自己的记忆，

某个心灵，必定蹲下，在你们的尘土中哭号，
有只手，必定在匍匐，回忆着你们的垃圾，
有个人，必定在写着，与你们有关的诗。

米拉玛 [1]

今夜没有奇迹；到第三杯，
你才看出来。钢做的空心萨克斯
让神经死去。我透过窗户，看见：
一辆公交像空荡的医院开了过去，
转弯。脱衣舞娘的旋转，粉色的
乳头，浮光中的胸衬，机械般摇摆
的腿胯，她还是老一套，想想
这个晚上，我差点让一些粗糙的
化学粉末，烧个半死，
就要去教学医院，整晚听着隔壁病房
一个孩子叫唤，咬紧牙关，
无力挣扎，破伤风 [2] 而死。紧握，抓住
你拥有的东西吧。没一会儿，
这慢腾腾、折磨人的热闹场就不会理你了。
无处可待。最好走人。

159

流　亡 [1]

那时的你，头发在风中，戴着围巾
迎着黎明，从统舱里，
注视这群移民
环绕甲板。只有烟囱
吼叫，鸥鸟从犁耕过的
海峡中，啄食弃物
它们知道，你从未来过
英格兰；你还在家。

甚至她恶劣的气候
也是诗。你伤痕累累的
皮箱，带着第一份
契约 [2]，用她的圣言 [3]，
但是，在入港的牛中，预演的
宁静，想要给你打上标记，让你不同于这群
在她的寒冷里发抖、如牛犊的人。

再不回家，
因为这就是家！窗
翻阅 [4] 史书，随着
校园谣曲的节拍，然而火车

很快把自己的诗变成眼睛眯起、收缩、
让你难以进入的散文，
变成煤炉圈，响铃的学生中心，
变成冰冷的脏床单。

一天夜里，在眼睛污浊的窗畔，
你的记忆与冬天之页
同步，积成雪堆，
直到春天让内心慢慢
振作，记忆突然变成散文，
而你遗忘的太阳
在一辆辆手推车上闪耀。

而大地，开始看起来
如同你记忆中的一样，
鹭，就如海鸥，成群地
云集在咸腥的沟垄，
嘶吼、一团烟雾般的小犍牛
搅动它的甘蔗之海，
世界，开始经过
你的笔的眼睛，
它在弯草和那个表示弯稻的
词之间。

如今，某段话语

圈在公路的括号里，

它平静地讲述

自己的题目，一条有旗帜

和棕榈小屋的赭石路

在第一章展开，

小犍牛艰苦中的惬意映在

散文清白的页面上，

森林，凝缩在蓝色的煤里，

或随石墨之火燃烧，

无形间，你的墨水，一叶叶

滋养了有沟垄的村庄

那里，烟在吹笛

《罗摩衍那》[5]的

脆弱之页，烧旺护根[6]之火，

如箭、安着金属的

公路，通向无名之地，

塔布拉手鼓和西塔尔琴越加响彻，

这条路铺开，就如肮脏的绷带，

电影院的广告牌，抛着媚眼

上面的语言，这个国家有一半人，读不懂。

但是，当干燥的风吹动

旗子沙沙响，竹旗杆[7]向

哈奴曼弯下，此时，卑贱的铜钟

162

就像布扣圈住的奴隶一样

颤抖着挂在

剥落的寺庙的门楣上，

那位神踏着他的钟

而烟雾，为了你失去的印度，

痛苦地扭动蓝色的手臂。

老人们，打着稻谷，

眼睛模糊，一时停住，

棕色的目光，沾着斑驳的谷糠，

摄影车粗粝的轰鸣

磨损他们，它号召这村子

投身于自己黑色的虔诚，

它召集着甘蔗的深海中、

那些溺水者。献给

印度之母[8]的颂歌，像卖春一样撒谎。

你的记忆，走过轻声细语的

路，它闪烁，破碎，

星期六，像一部廉价影片一下子划过。

火 车

一边是开垦过的英格兰，
铁器，停机场的污泥，
另一边，是大火烧光的
树林，一只手
划过[1]车窗。

我粗野的白人祖先[2]，来自何处？
一百年前，他离开这里
去建立自己的"农场"[3]，
与一千伙伴，
醉醺醺地播种他们的群岛。
透过肮脏的窗，
他的风景，充盈我的脸。

黝黑，绝望，
他焚烧自己的肉体，
变黑，一棵火焰之树。
那个地方，足以成为这里的地狱。
这台引擎全速运转，他的血，燃烧我全身，
我的皮肤枯干，如一件写着他名字的苦行衣。

阴冷的主日讲坛，

无罪、凝望着的脸

像我来时的轨道，在我面前一分为二。

祖父啊，与你一样，我也没能改换地方，

有一半的我，还在家乡。[4]

致敬爱德华·托马斯 [1]

依循国家的形态，严整又不严整的
地貌勾绘自己的诗篇，
它树立浩瀚的经典，为了让商籁、教区长的
宅院，或这阴郁、木制的庄园府邸 [2]，
同这蜿蜒的唐斯 [3]，截然相异，
它画定那严整又不严整的散文，
是爱德华·托马斯的诗，诗让这座庭园
在此处树篱围绕抑或散漫生长的万物中
恢复自己的微香、爱德华·托马斯的微香。
这些诗行，你曾经不屑一顾，认为纤弱单薄
因为不会怒号，也不会气势逼人，
它们曲折逶迤，梦见布谷 [4]，
恍若消散，犹如这片萨塞克斯的丘陵，
但它们在自己的漠然中，却又像这棵榆树，冷峻坚定。

海 湾[1]

献给杰克·哈里森和芭芭拉·哈里森[2]

一

机场的咖啡，尝起来少了些美国味。
酸涩，没刮胡子，担心
绷紧、焦虑、烧着烈酒运转的神经，

酒，烟熏味、树脂般的波本，
身体，蜷曲在它的墓穴，
一阵轰鸣，如同昨夜的狂风，急速开动它的引擎，

身体，注视疲惫的灵魂的烟雾
灵魂，就像飞越得克萨斯的喷气机
起飞，朋友在变小。所以灵魂

意识到神圣的合一[3]，它让自己
超脱造物。"我们在空中"，
我旁边的德州人咧嘴一笑。一切东西：这些火柴

是 LBJ 竞选酒店的，这朵玫瑰
是奥斯丁一个孩子、黄昏时送我的，
这本杜撰的故事集，出自博尔赫斯，它的文章

是一只月光下、悄声逼近的老虎。
纯真、光芒照射的达拉斯，握着游丝来复枪的
兽爪，它想要的东西，如今

在每一页上暴露无遗：是疯狂或野性的律法；
我们盘旋着伤口，我们离开爱田。
抚摸这些物品，它们唤起回忆：旅店，

争吵，新的友情，棕色、
赤裸、形如这秋岭的肢体；
而回忆，正穿越山，随着喷气机

爬升到新的云彩，在德州之上；它们的家
意味着岛的郊外，森林，山中水；
这些仅仅是专属于景色的东西

它们带来的快乐，如悲伤一样耗尽，在美景中，
我们交换最轻的礼物，这朵玫瑰，这张餐巾，我们明白：
我们爱的人，就是我们回赠的物品，

我们明白，在沙漠褶皱的皮肤之上，这轮晶体 [4]

为我们的肉身标价，我们爱的一切都抵押给
这个黄铜的球体，我们还明白，不断增多的礼物

塞满心灵，让它窒息，而我
会看着爱，看它在我躺下、死去时，收回自己的东西。
是我的血肉！每一寸都像

从中心枯萎的花瓣。我注视它们燃烧，
在神经的照耀中，我捕捉到它们骨骼的
坦率！最好不要出生[5]

那些伟大的死者哀号。他们的作品在我们的书架上闪耀
黄昏时，我们游历它们镀金、墓碑一样的书脊，
阅读，直到光照的页面，翻转

达到白色的静态，其中的超然，闪亮
如同螺旋桨彩虹般的放射。
像我们一样，他们也在流转[6]；他们的爱人，再无慰藉！

二

冰冷的玻璃变暗。伊丽莎白[7]曾经写道：
我们让玻璃成为我们痛苦的形象；
透过寒冷、流汗的窗，我望着海湾上空

沸腾的云。所有风格，都渴望如生活一样
清楚。爱人的脸，在窗户上
还要清晰。但不知为何，在这个高度，

这口沸腾着战争的热锅之上，[8]
我们古老的大地，随着熟悉的光破裂，
这个缠着白云、伤疤自愈的木乃伊

在剥下尸布之后，看起来却重又如新；
一座多坑的峡谷用鼠尾草治愈自己，
经历了苍白、褪色的屠杀，一条蓝色

忘忧的小溪，围着击鼓的水，
围着它的失忆，吹奏长笛。
它们的事业如同水晶，那神圣的合一

联合这独立、分离的美国，[9] 它的杀戮
此时，让一个又一个的夏天黯淡，
下面，聚居区 [10] 爆炸的烟雾，遮住玻璃

每片海岸上，加油站的标志
指明了这座海湾，汽油之味浓烈的空气
让这个国家生病，从纽瓦克，到新奥尔良。[11]

三

但，还是南方感觉像家。[12] 锻造的阳台，
慵懒的河流，慢吞吞的潮汛，
热带的空气，耐心到

极点，炎热，富含石油，
甘蔗丛，著名的爵士乐。不过，恐惧
曾让我的声音模糊，这片陌生又熟悉的土壤

让我的发质如刺，如钩，
我的地位，是第二等的灵魂。
海湾，你的海湾，[13] 每天都在变宽，

每朵血红的玫瑰，警示着即将到来的夜晚
那时，没有磐石之穴可以藏身，[14]
所有石头燃起火来；[15] 那时，黑色势力

和他们的无月之时、潜行的黑豹，都背离上帝
他们不再相信他的声音；那时，黑 X 一族 [16]
用宰杀的撒拉弗当作逾越 [17] 的标志。

四

海湾闪耀，迟钝如铅。德州的海岸
就像金属边一样发光。
所有以鞭子和火焰为福音的人，

当炭火以我主上帝的名义
堆在他们头上时，[18] 这一天，
只要蒸发到极点的夏天仍在沸腾，我就还是无家。

而他们，一代又一代，是无言以告的死者。

哀　歌

我们的吊床¹在两个美洲间摇动
我们想你，自由女神。切的
弹痕累累的躯体倒下，
高喊"共和国²必须先死
才能重生"的人，都已死去，
生而自由的公民，用脑袋投票。³
不过，人人都想跟美国小姐
上床。而且，要是没有面包，⁴
就让他们吃樱桃派⁵吧。

但，随着如雪的白纸飘落在灭族上，⁶
奔跑、嚎叫、像负伤的狼深藏于她的林中⁷
这种古老的选择已然消失；
没有哪张面孔能隐藏
它群体和个体的痛苦，
痛苦在抽搐，成了雕像。

留在她脑中的碎箭头
让黑人歌手在捕熊陷阱里哭嚎，⁸
用疯子的明亮照耀年轻的双眼，
用她残存的悲伤，让老人疲倦；

173

哀　歌

我们的吊床[1]在两个美洲间摇动
我们想你，自由女神。切的
弹痕累累的躯体倒下，
高喊"共和国[2]必须先死
才能重生"的人，都已死去，
生而自由的公民，用脑袋投票。[3]
不过，人人都想跟美国小姐
上床。而且，要是没有面包，[4]
就让他们吃樱桃派[5]吧。

但，随着如雪的白纸飘落在灭族上，[6]
奔跑、嚎叫、像负伤的狼深藏于她的林中[7]
这种古老的选择已然消失；
没有哪张面孔能隐藏
它群体和个体的痛苦，
痛苦在抽搐，成了雕像。

留在她脑中的碎箭头
让黑人歌手在捕熊陷阱里哭嚎，[8]
用疯子的明亮照耀年轻的双眼，
用她残存的悲伤，让老人疲倦；

一年年，紫丁香在她门前的庭院开放，[9]
樱桃园[10]的浪花
让华盛顿失明，它对刺客窃窃私语，
刺客，住在理想的美国、
陈设家具的房间；美国闪烁的屏幕
映出了夏延人[11]的鬼魂，他们一群群缓慢前行，
悄声低语、脚缠破布、
拖着步伐穿过木桩和铁丝网的平原，

此时，一对农场夫妇镶在他们哥特式的大门里，[12]
犹如加尔文的圣徒，像蜂、[13]实干、贫穷，
紧握魔鬼的草叉
严厉凝视着不死的麦子。[14]

1968 年 6 月 6 日

174

蓝　调 [1]

那是烤箱一样燥热的夏夜，
五六个年轻家伙
在门前露台，弓着身子
朝我吹口哨。亲切
又和善。所以我才没走。
麦克杜格尔街 [2]，克里斯托弗街 [3]
都在一串串灯火中。

夏季的节庆。或是某个
圣徒的节日。[4] 我离家不算远啊
但在黑鬼看来，
我肤色不太浅，也没那么深；
我本以为，意大利佬 [5]、黑鬼、犹太人，
我们都是一伙的，
另外，这里又不是中央公园。
是我太爱惹事？你猜得
真对！他们把这个黄色的黑鬼 [6]
打得青一块，紫一块。[7]

对了。整个过程里，因为害怕
万一有人动刀子，

我就把刚买的橄榄绿的
运动外套，挂在消防栓上。
我什么都没干。是他们
打来打去，真的。生活
踢了他们几脚，
就是这样。黑佬[8]，西语鬼[9]。

我的脸给揍扁了，血流不止
我的橄榄枝夹克倒是
没划着，没扯破，
我还往上爬了四段台阶。
躺在水沟里，我
记起来，那时有几个旁观的招着手
大声叫唤，一个孩子母亲好像喊什么
"杰基"或"泰瑞"，
"够了！"
真的没什么。
他们就是缺爱。

你清楚，他们不会宰了
你。就是玩玩粗，
年轻的美国也会这么干。
不过，这倒是给我上了一课，让我多少
理解了爱。如果爱是艰难的，
那就忘了它。

气　息

那里有过传奇史，但都跟海盗和罪犯有关。生活
自然的优雅在这样的条件下难以展现。这里没有真正
意义上的、具有自己性格和目标的民族。

　　　　　　　　　　弗鲁德，《尤利西斯之弓》[1]

这片雨林[2]的嘴
无声无闻，无所不食
它不仅吞噬一切，
还容纳空乏的虚无；
它们从不停歇，
磨碎着它们对人类痛苦的
否认。

很久很久，在我们之前，
这张炎热的嘴，如同蒸汽腾腾的
烤炉，向灭族
敞开；它吞掉了
两支黄色的少数族群
和半个黑人种族；[3]
凭着上帝的成为肉身的言，[4]
一切都没入了那只臃肿、

不加分别的胃里。

这森林没有皈依，
因为那如贝壳中传来的声音
不是喃喃的祈祷，而是虚无，
它像寂静一样咆哮，或像
随着香炉晃动的烟雾、
步入教堂中殿、
身披白色法衣的、
大海的唱诗班；缭绕的气息，
是充斥着寄生物、吃人的信仰，
它吞食诸神，也曾一片片地吞噬
然后遗忘如同黄金花瓣[5]、
拒绝上帝的加勒比人，
还有阿拉瓦克人[6]，至于他们
黑色的岩石[7]
连他们化石上最微小的蕨痕
也培育不出，

只有报雨鸟
生锈的嘶鸣，犹如沙哑的
武士，从山岭和
朦胧大海之间、
蒸腾的气息之中

召唤他的族群，
海上，一批批出逃、迷航的
木舟，沉没得无影无踪——

这里有太多的虚无。

切 [1]

这张有暗纹的新闻照片 [2]，它的眩光
构图严格，就像出自卡拉瓦乔之手，
里面的尸体，闪烁着白色烛火，在它冰冷的祭坛上——

是玻利维亚印第安屠夫的石案板—— [3]
凝视，直到蜡白的身躯渐渐僵硬成
大理石和有纹路的安第斯铁；
你们这帮孬种 [4] 的恐惧，让它变得苍白；

你们的怀疑，曾让他跌跌撞撞，就为了你们的宽恕
它燃烧在棕色的落叶里，远离了防腐的雪。 [5]

负　片 [1]

一则简讯；比亚夫拉 [2] 遭到入侵：
黑色尸体裹在阳光中
趴在耀眼的白光里，光通向那座中心城市——
叫什么名字来着?

　　　　　　有位白人
解释着新闻背后的新闻，
他的双眼闪烁，也许带着怜悯：
"你看，伊博人就像犹太人，
就像在希特勒的德国一样，
我说的是豪萨人 [3] 的仇恨。"我尽力理解。

我一直不认识你，克里斯托弗·奥吉博 [4]，
当一位演员 [5] 叫喊"部落
部落!"时，我才知道你。现在，我捕捉到
忽明忽暗、火光中的
伊博人的脸，
他们结结巴巴，眼球突出，
是战地军事法庭的囚犯。

士兵的戴着头盔的阴影

本可以是白的[6]；你们的
那些日光包裹的身体
有一具，就在白色的路上
那路通向……部落，部落，它们的耻辱——
那座中心城市，天啊，它叫什么名字？

回家：昂斯拉雷 [1]

献给加斯·圣奥马尔 [2]

像渴望学分、郑重其事的"非－希人" [3] 一样，
我们在学校也学习过
海伦 [4]，和借来的祖先的
鬼魂，但无论还学到了什么，
如今，都没有典礼 [5] 为还乡人举行，
她的织布机 [6] 已经不在，
钻入我们脑中，只剩下厄运
和浪涛萦绕的夜晚，
只剩下这个著名的片段，
它在被盐锈蚀的、椰树的
剑下，在这些腐烂、
如同皮革的、海葡萄的叶间，
在海蟹脆弱的盔甲，
在这副树枝做的烤肉架，它就像祭祀牲牛的
肋骨，在烧焦的沙上；
这里只剩下鱼的内脏散发臭气的海滩
细长单薄、面如糖色 [7] 的孩子
饥饿难耐、腹部肿胀的儿童，争先恐后
从浅滩飞跑上来，

183

之所以如此，因为你的衣着
你的做派
都看着像个游客。
他们像苍蝇一样蜂拥
围绕着你内心的伤痛。

就让他们过来吧，
走进你的针眼，
他们知道自己是生，还是死，
别人对生活的理解，就像远处银色的货船
从他们身边驶过，
如同玩具穿过地平线；
只此一次，你跟他们一样，
不想要事业
而想要这纯净的日光、这清澈、
无垠、平淡、天堂般的海，
你还希望，这意味着，有什么事情会在今天
宣布，我是你们的诗人，你们的，
这一切，你早就知晓，
但你从未料到自己
最终会明白：有些回家，无家可回。

你什么也给不了他们。
他们的咒骂在空气中融化。
黑色的悬崖愁眉不展，

大海吸着自己的牙齿，[8]

你，就像那艘独木舟，

一朵落在杯中、漂泊的花瓣

除了自己的形象，别无一物，

你摇动，映出虚无。

货船银色的魂魄

逝去，孩子们离开。

阳光让你晕眩

你步伐沉重，回到村庄

经过白色、飘着盐味的海滨路

在道旁的棕榈下，了无生气的

渔夫在树荫里挪动跳棋，

让岛越过岛，将它吃掉，

有一个人还带着政客的[9]

那种无知、甜蜜的笑容，点头颔首

仿佛一切命运

都在自己举起的手中掌控。

蜂　房[1]

女人蜂腰，然后蜂鸣
向敌人发出嘘声：我太冤枉
你了，你多对啊！我们会在
每间蜂房、每个单间里
分泌出我名字里的恶臭和耻辱，
在纷乱纠缠的孩子的网中，
没有什么能平复你剧毒的懊悔，
焦灼的床边之火做不到，
我最后的努力，情欲，也不能。你叫嚷
抗议那蜂毒注入
他和你的肉体，我请求
我们彼此相拥，激烈如一对黄蜂，
似乎对于肉体，它在螫死彼此的
殉难中死去，也算苦中有乐，
因为心灵和身体都被叮得发黑，
而且耻于收回自己的毒，
耻于在这个颤动、交换着毒液的、
六角形的花边网里
建立一个家庭，哪怕带着恨意。

186

星 [1]

若在万物的天光中，你消逝
虽然实在，但又黯淡地
退去，与我们远隔着确定、合适的
距离，就像在树叶间
彻夜长明的月，那么，
愿你在无形中让这座房子欢颜，
哦，星，你有双重的仁慈，
来时尚早，黄昏未到，
黎明虽至，迟迟不去，愿你微弱的
火焰，随着白昼的
激情，
穿过混沌 [2]
与我们心中的
极恶，较量 [3]。

幽谷中的爱 [1]

太阳渐渐变盲。
是这座山，遮蔽着 [2]
幽谷，

夜晚，如失忆一样蔓延
让心灵黯淡。
我在黑暗里摇头，

这有一棵枝杈在呼喊的树，
一个塞满印刷品的垃圾桶。
此时，树叶像眼睛，沉重如铅， [3]

发红，瞟着
一束飘动的头发
像落在雪上的枝芽，

给空白的页装点花纹。
我拿近它，
在慢慢让人眩晕的黑暗里，凝视

此时，我又飘荡到别处，

穿过黑白色
心存敌意的形象，看，

就像嗅着解冻气息的马驹⁴，
帕斯捷尔纳克的头和它的额发⁵，浮现，
他结实的手腕，一缕距毛⁶

抓弄着冰冻的春天，
直到他的手，
在白页上冻住，变沉。

我骑马穿过白色的童年
松树上，闪耀着一串串手链，
我那时听到过狼，我害怕霍桑童话里

黑色的森林，
每条手腕疼痛的小溪
和冰女。

那头发融入黑暗，
一个问号，引导
不羁的心灵来到了

偏离最初轨道的地方，
这时，哈代忧郁的头

赫然出现，冰雹的风暴

向它袭来，它如同一块哭泣的石头，
而那长发 [7]，如风飘动，
它轻轻的拍打

在脸上留下的
旧痕，还隐隐作痛。
我曾害怕白色的深邃，

我害怕冬天的女人
她们木然的吻：
拔示巴 [8]、拉拉 [9]、苔丝 [10]

因为她们的悲剧
让生活无足轻重，她们的爱
却重于文学。

散　步

暴雨后，屋檐复诵着它们的念珠，[1]
一棵棵树就像罩住的长烛，呼出你的疑虑；
一滴滴冷汗，如同孩子的
算盘珠，一串串挂在高压线上，

请为我们祈祷，为这座房子祈祷，请借用你邻居的
信仰，为这个疲倦的、
对它读过的巨著失去信仰的头脑，祈祷；
一天伏案之后，溢血的诗歌，

每一句都是从缠着绷带的肉体上剥下，
起身吧，去天空下走一走
湿透的天，就像厨房里洗过的衣物，

猫在它们的窗框后打着呵欠，
你最近的邻居，他的家门
镶着珍珠，虽然狮群就在不远
但都关在自己挑选的笼中。你的

忠诚，多么可怕！哦，心，哦，铁玫瑰！[2]
你以前的作品何曾会像女佣读的那种小说，

何曾会像一部比你的作品还贴近生活的、
湿漉漉的肥皂剧？只剩痛苦，

痛苦是真实的，这里竟是你生命的终点
一丛紧紧握拳的竹子
松开它的花朵，一辆卡车
呼啸驶过这片雨打湿的

竹林：放弃一切吧，放弃作品，
放弃对人生的苦短。惊愕中，你搬离；
你的屋子，一头跃起的狮子，抓着你的后背。

长眠于此 [1]

一

他们总在问，为何你还流连不去？[2]
不是为了成千上万
嘶喊、饥饿、欢呼的雨，它的中央，
政客像有毒的花一样绽放，
也不是为了还乡的演讲者
他抓住自己的讲台，像一个证人，准备解释
根对土地的依恋，
也不是为了新一族的蜣螂，它们身穿长礼服，华丽光鲜
在民众头上爬来爬去。
他爱的是人民
就算他们还默默无闻。

也不是为了存心惹怒，某位被冬天冻伤、
因为对痰描写精细、受到赞誉的小说家，[3]
相反，是为了一种生根于此、无人书写[4]的东西
它曾赐予我们它的祝福、
它的特殊的痛苦，
它会让自己的云飘移，离开那山

它正在收拾行囊，乘着我们伟大的
作品⁵，就像这场回家的雨
转向崭新的海洋。

二

我爱他们的一切，爱那些名字
是铺着木瓦、锈蚀的城镇，它们的黎明
触摸起来，有着金属的质感，
我本应该为泰晤士河写诗，⁶
本应该颤抖地穿过那些覆盖着碎裂冰层的城市，
迎合它们的趣味，朝某条负载驳船的河，吐口水。

三

我相信乡土气的力量，
我曾平静地把我对世界的知识
交付给云雾蒸腾如撒拉弗的苍白的盆、
交付给世界的天使和旗帜；
对那些像蒸汽一样报以嘘声的逃亡者，
我就用粗糙、透着皂味⁷的真理回答他们：

我一直追求的力量比你们更强，追求的名望，非你们能及

194

我更出离尘世，我明白民众的福祉，
我巧妙地假装沉沦于人群之中，
但他们知道，我走出的路会变革他们的思想，
我就是肌肉，用平常的土地
肩负起青草，
我比水还普通，我沉没，我佚名，
这就是我的重生。

注释

选自《海湾》（1969）

玉米女神

1　加勒比和美洲原始文化中，玉米女神是非常重要的神祇，也就是农业女神。本诗中指一群烤玉米的女教徒。

2　gold-gelders, geld 即阉割，如 sow-gelder，或去除事物的精华和外壳，玉米是金色的，因此摘玉米和烤玉米的人就是阉割黄金的人。

3　sybil，指摘玉米的玉米女神。她们的皮肤黝黑，如同海豹和沥青。

月（选自《变形记》）

1　《变形记》为组诗，共四首：《月》《蛇》《猫》《鹰》。这个题目显然受奥维德同名诗作的影响，沃尔科特在《扁桃树》（本诗集未收）中就曾使用过这部作品的意象。奥维德也是沃氏非常喜欢的诗人，见《诺曼底酒店泳池》。本诗描述的是在隔绝或疏离状态中的自我处境，它描述了俄耳甫斯（诗人自己）的变形。

　　从沃尔科特诗学角度来说，按照他在《另一生》中的观点，metamorphosis 就是 metaphor（两词词形还非常相近），"变形"就是重新命名的过程。

　　从社会现实层面来说，沃尔科特将月亮视为殖民地心灵在文化和心理上出现混乱的根源。在《另一生》和他的戏剧《猴山梦》中，他都写到了月亮的蛊惑力和催眠术。原因就是，月亮代表了白色，象征了白人殖民者，它让加勒比黑人陷入了怨恨、绝望的境地。

2　O，这个叹词呼应了俄耳甫斯（Orpheus）的首字母，也在形象或发音上联系了 howl（哭号，嚎叫），oval（椭圆），vowel（元音），owl（鸮鸟），aureole（光晕），aura（光环）等词，而且它也与满月的形状相似。

3　mesmerized，这个词来自 18—19 世纪奥地利医生梅斯迈尔（Mesmer），他运用磁石和催眠治疗病人，提出了动物磁场。他的催眠术为现代心理学治疗提供了颇有争议的方法。关于这个词也见《另一生》1.1.1。

4　that morsured, classic petrifaction，用美杜莎的典故，也见于奥维德《变形记》。月亮如同她的眼睛，让人石化；月的光芒就像她的蛇发，会螫咬人。

团　伙

1　Junta，西班牙语，发音为"洪塔"，指政治集团，尤其指军政府，也指一般的集团或团体，本诗中指一个狂欢节演戏的团体及其扮演的维钦托利团伙。

2　Individual/ of the Year，年度最佳，这是狂欢节奖项。

3　Vercingetorix，高卢起义领袖，后来被凯撒镇压。拿破仑三世时，法国人为了确立自己的民族性，开始推举维钦托利。

4　蚂蚁不会在运动中做出决定，往往要停顿，然后行动，当它们感知到食物时，首先停住，然后觅食。

5　banlon-cool limers，班纶丝（banlon 或 Ban Lon）是 60 年代嬉皮士流行的衣服品牌，布料为弹力耐纶。

6 Woodford Square，在特立尼达的西班牙港，北边是政府机构和法院。

7 khaki，卡其色，源自波斯语，词根为土，这个词在印度斯坦语中，指土色。最早是英国占领印度时开始出现的一种颜色名，英国陆军的军服为卡其色。这里指团伙成员都是黑人或褐黄的混血黑人。

8 扮演黑人奴隶的演员，维钦托利是他的解放者。

俗　众

1 Mass Man，指大众人，即，带有群体性的个人，他没有个性，依靠群体的判断，尤其受大众传媒的影响，意见和判断都是群体性的。或者说，当个体被政治、经济、文化等势力操控时，他就表现为大众人。

2 Boysie，意思就是男孩，这里当人名，暗示了一个青少年群体。

3 蝙蝠（还有下面的果蝠）是特立尼达旧狂欢节（ole mas）的特征，保留到了新狂欢节中，见 *Abandoning Dead Metaphors*，第 137 页。

4 这里暗示奴隶吊死在木棉树上的历史场景。

5 penitential morning，指圣灰星期三，即大斋节第一天，因此，本诗所写的狂欢节的时间是在大斋节（四旬斋）前三天的倒数第二天，即忏悔星期二，这是狂欢节最隆重的一天。

6 灰指圣灰，即把去年祝圣过的棕榈枝燃烧后的灰，涂在额头，画出十字。

米拉玛

1 Miramar，巴巴多斯的米拉玛沙滩酒店，位于圣詹姆斯沙滩，临近

"洗牛"（Cattlewash）沙滩，建于 20 世纪 40 年代，为巴巴多斯西海岸著名的酒店，现已改名。旁边还有一个珊瑚礁夜总会。酒店周边有不少舞场和夜总会。

2　患破伤风时，牙关紧闭，难以张开。

流　亡

1　沃尔科特关于流亡主题的诗很多，但对他而言，流亡带有象征意义。如他所言，他的流亡——离开圣卢西亚或离开加勒比地区——并非是因为政治迫害，而是浪漫意义上的度假。这样的流亡并非是不能返乡，也并非是在家乡成为异类。沃尔科特坦承自己，要定期返回特立尼达，照顾家人，享受那里的食物和美食，但这还不是最核心的原因，返回不仅是因为思乡，而是要"重新滋养"，扫除思乡的阴郁，达到"光芒四射的和平"（radiant serenity）。

2　indenture，历史上有大批加勒比、拉美和印度人去往美国或欧洲，充当契约佣工（indentured servants）。作者使用这个词为了暗示这段历史。

3　Word，大写，比喻标准的英语。

4　leafed through，翻阅，但也指窗页的摆动，如同一本书在翻页。

5　特立尼达有一些印度后裔，比如奈保尔就是印度人的后代，沃尔科特的第二任妻子玛格丽特也有印度血统，因此这部经典印度史诗在加勒比地区流传甚广，尽管加勒比当地人并不熟悉印度神话的传统。

6　mulch，护根物，如粪肥、落叶，护根物很容易着火。

7　lances，矛，这里也指矛，因为是哈奴曼的武器。

8　Mother India，即 Bharat Mata，印度独立运动时期创造的印度的拟人形象，以难近母（Durga）为原型。

火 车

1 raking，暗含了 rake（耙子）的意象。

2 沃尔科特的祖父查尔斯·沃尔科特是英国人，全家移民到巴巴多斯，后来在圣卢西亚舒瓦瑟建立种植园。沃尔科特的奶奶克里斯蒂亚娜·沃德罗普（Christiana Wardrope）是黑色和棕色人种。

3 加引号是因为，沃尔科特祖父建立的是种植园（plantation），不是严格意义上的农场。

4 祖父的一半还在英国，沃尔科特的一半还在圣卢西亚，两个人虽然分别来到了其他地方，但并未改变自己的出身。

致敬爱德华·托马斯

1 Edward Thomas（1878—1917），英国著名诗人，散文家，小说家。他与弗罗斯特是好友，最终死于一战。沃尔科特非常喜欢托马斯，在一次访谈中，在提到了自己喜爱的拉金之后，他认为托马斯是可以与之并列的诗人，他"珍视他达到了这样的程度：如果有任何人说他一个字的不好，他就会从旁边离开"，托马斯就如同"清水"，读他的诗，如"呼吸一口气息"一般。见 J. P. White 对沃尔科特的访谈，*Conversations with Derek Walcott*，第 172 页。

　　本诗写于 1969 年沃尔科特第一次游览英格兰期间，面对风景，他想起了托马斯的诗作，表达了"致敬"：这并非简单地表示欣赏或借鉴，而是心灵的共鸣。本诗的主题围绕着"严整与不严整"这组彼此共存的对立，它既存在于地形，也在文学形式之中；同时也折射出作者本人和托马斯对英格兰的复杂心理。

2 暗示爱德华·托马斯经典的《艾德斯卓普》（"Adlestrop"，1917），托马斯在去见弗罗斯特的路上，路过这个小村子，颇为倾倒，留下名诗。

3 these Downs，down，即英格兰南部和西南部标志性的起伏连绵的丘陵，尤其是白垩丘陵，下面就提到了萨塞克斯丘陵。此处首字母大写，专指特殊的高地地区，显然指托马斯最喜爱的是汉普郡的南唐斯（South Downs）。

4 cuckoo-dreaming，西方解梦的说法，梦见布谷（杜鹃）或听见它鸣叫都表示不祥。最早是意味着爱情的不顺（该词本身就与 cuckold 谐音），如 14 世纪克兰沃爵士（Sir John Clanvowe）的诗作《夜莺与布谷》，这影响了弥尔顿的《致夜莺》。后来则意味好友、爱人和亲戚的不幸，如流行的古斯塔乌斯·米勒（Gustavus Miller）的《万梦解析》（1901）的解释。

托马斯非常喜爱布谷。他在《美丽的威尔士》（*Beautiful Wales*）第二章里翻译过老勒瓦赫（Llywarch Hen）的威尔士古诗《阿伯库戈的病人》（"Claf Abercuawg"），其中，布谷就是典型的意象，代表故土和亲人的丧失，也有可能象征上帝。

海 湾

1 指墨西哥湾，诗人当时正坐飞机，从达拉斯起飞，穿过得克萨斯州。本诗是沃尔科特对种族问题的集中探讨，是他的名作。该诗展现了上世纪 60 年代美国黑人运动中的骚乱和暴动的场景与事件（如马尔科姆·X 和黑豹党运动），同时，《圣经》和宗教主题也反复出现。"海湾"（gulf/Gulf）这个词在本诗中有几个含义：(1) 地理意义，指墨西哥湾，在个别语句中，暗示了中东海湾地区。(2) 种族问题，由于这个词还表示隔阂、深渊和鸿沟，因此它表示人类群体间的矛盾，尤其是种族矛盾。(3) 政治意义，由于墨西哥湾和海湾地区盛产石油，因此海湾代表了石油资源以及石油政治。(4) 神学意义，结合诗中的"神圣合一"论,"海湾/鸿沟"标志了人类根本性的"不能合一"的偏执和隔绝状态。(5)个体意义,由于作者在空中,因此与地面"隔阂",这也是一个"海湾/鸿沟",它标志了作者的疏离和流亡状态。见 *Abandoning Dead Metaphors*,第124—125页。

2   杰克·哈里森是洛克菲勒基金会人文学科分部的主管,沃尔科特1958—1959年曾受该基金会资助,赴纽约和亚利桑那州菲尼克斯研究美国戏剧。1966—1968,该基金会还资助了沃尔科特建立的特立尼达戏剧工作室。

3   这是16世纪西班牙神学家加尔默罗会修士十字若望提出的概念,简言之就是"与神合一"。

4   lens,眼睛的晶体,这里指太阳。

5   Best never to be born,这个观念源自古希腊,比如巴库利德斯(Bacchylides)《颂诗》5.160—162就说过,θνατοῖσι μὴ φῦναι φέριστον, μηδ' ἀελίου προσιδεῖν φέγγος(可朽者最好不要出生,不要看见太阳)。

6   Circling,指一代代伟大的作家或艺术家在生死更替的循环中,但也指前面提到的飞机的"盘旋"。

7   Feinsod 的看法是正确的,而且对于理解这句至关重要。这里指洛威尔的第二任妻子、美国文学批评家和文学家伊丽莎白·哈德威克(Elizabeth Hardwick, 1916—2017)。下面一句来自哈德威克的散文《格拉勃街:纽约》("Grub Street: New York", 1963):Glass is the perfect material of our life。她所提的 glass 指 display window,它将受苦转变为身份认同。

在种族歧视盛行的时期,玻璃带来的映像,会提醒着黑人的肤色,让他们感到痛苦。

8   cauldron boiling with its wars,这句话来自英国首相劳合乔治《战争回忆录》第一卷(1933)中的名言,他形容一战,让所有国家,slithered over the brink into the boiling cauldron of war(从战争沸腾的

大国边上滑了下去）。这里指黑人运动如火如荼的美国。

9　指美国各州自治的状态。

10　ghettoes，原指犹太人的居住地，音译为隔都，后来泛指具体族裔的居住点，尤其指少数族裔，这里指黑人聚居区和贫民区。

11　纽瓦克是新泽西州最大的城市，1967 年 7 月 12—17 日这里发生了黑人发动的种族骚乱。新奥尔良是路易斯安那州最大的城市，该州就在德州旁边。

12　这里是沃尔科特较早地提到"北方"与"南方"主题的地方。美国南方的气候和风物类似加勒比地区，但这里恰恰是种族歧视严重的地方。

13　第一个"海湾"指墨西哥湾；第二个小写，转义为鸿沟和隔阂。

14　语出《旧约·出埃及记》33:22。

15　如《旧约·列王纪上》18:58，上帝让石头燃起火。

16　指马尔科姆·X，黑人民权领袖，穆斯林，反抗白人，但手段极端。他原名是马尔科姆·里特尔（Little），后来放弃这个姓，改为代表未知数的 X，指代不详的非洲祖先部落的名字。

17　passover，首字母大写指逾越节；这里小写，表明是"伪的或次等的逾越节"，另外，美国俚语中，pass over 也表示把黑人当作白人。

18　语出《旧约·箴言》25:22。

哀　歌

1　吊床首先比喻加勒比地区，它正好在北美和拉美两端之间，另外，吊床也象征了航海以及奴隶贸易的历史。

2　这里暗示了肯尼迪的遇刺，也联系了历史上凯撒和林肯的遇刺。

3　the freeborn citizen's ballot in the head，指头部中弹死去。这暗示林肯的名言，"选票比子弹更有力"（The ballot is stronger than the bullet）。

4　据传路易十六的王后玛丽·安托瓦内特听说穷人没有面包，遂答，"何不食蛋糕（布莉欧）"（Qu'ils mangent de la brioche），类似晋惠帝的何不食肉糜。这个故事出自卢梭《忏悔录》第六卷，说是某位公主所言，后被人安在了玛丽头上。

5　cherry pie，暗示华盛顿和美国。

6　指美国人多次撕毁和印第安人的和平协议，进行种族灭绝。

7　指受到美国人屠杀和压迫的印第安人。

8　黑人如同熊，被白人的陷阱捉住。

9　lilacs in her dooryards bloom，指惠特曼纪念林肯的《紫丁香最后一次在前院开放》（When Lilacs last in the Dooryard Bloom），这一句也影射肯尼迪遇刺。林肯和肯尼迪都同情黑人。

10　cherry orchard，联系华盛顿砍樱桃树的故事，也指首都华盛顿纪念碑的樱桃树。但还有另一层含义，cherry 表示樱花（区别于樱桃，但都属于李属），历史上，日本曾赠送过美国樱花树，表示友好。

11　Cheyennes，既代表拉美革命的切·格瓦拉，也象征了美国的左翼运动。

12　指美国画家格兰特·伍德（Grant Wood）的油画名作《美国哥特式》（American Gothic，1930）。

13　waspish，wasp 即黄蜂或马蜂，由于 White Anglo-Saxon Protestant 这个词组首字母的缩写正是 WASP，所以后者可以专指美国白人新教徒，而 waspish 专指这些白人的刻薄和坏脾气。

14　语出《新约·约翰福音》12:24。

蓝　调

1　Blues，由贩卖到美国的黑人奴隶创立的音乐形式，也音译为布鲁斯，本诗的诗风和节奏也类似蓝调，带有明显口语化，多用反讽修辞，调侃中充满悲伤。沃氏曾解释过本诗，这是他本人的经历。

2 在纽约曼哈顿格林尼治村。

3 在格林尼治村的西村，与麦克杜格尔街不远。

4 西方有仲夏节，随夏至日而定。每年与夏至日时间相同或相近的6月24日为圣约翰节，6月23日为圣约翰节前夜，这是为纪念施洗约翰，所以仲夏节往往与圣约翰节联系在一起。

5 wop，20世纪，美国本地人对意大利移民和意大利裔美国人的称呼。

6 即"我"，黄色黑人是混血非洲裔人。

7 black and blue，black 也联系了黑人，blue 也联系了"蓝调"（Blues）的"忧郁"。

8 spades，表示黑桃，美国俚语指黑人。

9 spicks，spic，美国俚语对说西班牙语者的贬称，也可以指西印度人。

气 息

1 Froude，*The Bow of Ulyses*，指英国历史学家和小说家詹姆斯·安东尼·弗鲁德（James Anthony Froude，1818—1894）和他的代表作《西印度群岛的英国人，或尤利西斯之弓》（*The English in the West Indies: Or，The Bow of Ulyses*，London，1888），这段话见剑桥重印版（Cambridge University Press，2010）的第347页。弗鲁德将佩涅罗普比作不列颠，她的追随者就是英国殖民地，他们相互竞争，但都拉不开弓，没有阳刚气，只有弓箭的主人能在恰当的时间做到。

2 rain forest，指圭亚那雨林，也见《圭亚那》（本诗集未收）。本诗题目说的"气息"，指雨林蒸腾的湿气。这首诗也可以联系《沼泽》。

3 黄色族群是加勒比人（Carib）和阿拉瓦克人（Arawak），黑色族群是西印度地区的逃亡黑人后裔（Maroon）。

4 道成肉身的典故,"成为肉身的言",即上帝之子耶稣。

5 golden petal,联系黄金国(El Dorado)的传说,这个词来自西班牙语,意为,金子的东西。这里的加勒比人是一个族群的名称,他是阿拉瓦克人的对头,纯种的加勒比人几乎灭绝,现存的都是混血人种。

6 主要生活在加勒比地区的印第安人或西印度人,北至佛罗里达,南至巴西北部,不同于北美和拉美的印第安人,由于天花、加勒比人、西班牙殖民者的共同侵害,这一族人基本上消亡了。

7 指从非洲来的黑人,他们后来成为了加勒比地区的族群。

切

1 Che,指切·格瓦拉,che 是阿根廷西班牙语中表示感叹的虚词,可以指称亲密的朋友,格瓦拉是阿根廷人,他在危地马拉进行革命运动时,被同伴起了这个昵称,有时也称为 El Che。这首诗是描写格瓦拉的文学作品中比较著名的一篇。

2 1967 年 10 月 9 日,本来已经废除死刑的玻利维亚当局,为了杀死格瓦拉,就用乱枪打死他,伪装成战死。处死之后,由相关人员清理尸体,并向多国记者展示格瓦拉的遗体,其中有一幅照片最为著名,很有可能是本诗提到的照片:格瓦拉躺在石板上,被人托起头部,他睁开双眼,流露出了笑容。这幅照片震惊了世界,民间传说他如同耶稣复活,如为格瓦拉清理尸体的护士就回忆格瓦拉与基督相似。很多艺术家和记者都把格瓦拉比作基督再世,玻利维亚人还把他跟耶稣、保罗等圣徒供奉在一起。

3 its stone Bolivian Indian butcher's slab,slab,指玻利维亚当局放置格瓦拉的石板。这个词在英语口语中也指停尸台。这里说的石板,显然指耶稣受难后,他的尸体盛放在石板上的典故。

4　*cabron*，cabrón，西班牙语，原义是公山羊，在中美和拉美地区有不同的含义，但都属于俚俗的贬义词。

5　玻利维亚当局声称已经将格瓦拉尸体火化，骨灰撒在林中，但也许运送到了秘密的地点。作者当时接受了火化的说法。

负　片

1　negatives，指电影负片（film negative）或摄像负片，这个意象在沃尔科特诗歌中比较重要，本诗中一再强调"白色"（日光）就是指负片的主要颜色。

2　Biafra，指尼日利亚 1967—1970 年的内战，东部以天主教为主要宗教的伊博族成立了比亚夫拉共和国。三年的内战中，尼日利亚共有100 万人死亡。战争的结果使得伊博人在国家进一步处于受压迫的地位，大量该族人流亡海外。

3　Hausas，尼日利亚北部民族，信仰伊斯兰教，因此在比亚夫拉战争中，是伊博族的主要对手。

4　Christopher Okigbo，尼日利亚诗人，他 1967 年在比亚夫拉战争中为了捍卫自己的共和国而死。

5　指奥吉博，作者在电视报道的军事法庭上看到了他，他在囚犯中。

6　现实中的暗色，在负片上显现为亮色。

回家：昂斯拉雷

1　Anse La Raye，圣卢西亚西部昂斯拉雷区最大的城镇，是渔村。这个名字来自法语，意思就是鳐鱼（raye，英文 ray）小海湾，因为该湾有鳐鱼。"回家"，指奥德修斯返乡，诗中也提到了佩涅罗普。沃尔科特 1950—1954 年赴牙买加求学，1955 年在牙买加工作，之后的生活又转移到特立尼达，然后多次赴美，虽然一直在加勒比地区徘徊，但重返圣卢西亚却让他感觉到了隔膜。他如同奥德修斯回家，但却是一个"无家可回"的返乡者。

2　Garth St.Omer，圣卢西亚小说家，普林斯顿大学博士，现为加利福尼亚大学圣芭芭拉分校英语系荣休教授。

3　Afro-Greeks，这是沃尔科特创造的极为关键的文化概念，指"类比于古希腊人"和"接受希腊文化传统也就是西方文明传统"的加勒比非洲裔人或半非洲裔混血人（如沃尔科特），即《另一生》4.23.14 说的黑色希腊人（a black Greek），而不是指希腊籍非洲人或非洲裔希腊国人。

4　沃尔科特曾回忆自己在小时候就听过的一个说法，"圣卢西亚是西印度群岛的'海伦'，因为英国人和法国人都在争夺她"。

5　指《奥德赛》11.136—149 中忒瑞西阿斯告诉奥德修斯的返乡仪式。

6　"她"指佩涅罗普。

7　sugar-headed，加勒比俚语，原义指向糖罐倒糖时，形成的圆锥的尖头。由于糖发黄色，因此指人的脸部的黄色肤色，或如这里的用法，指被晒黄晒黑的肤色。这个词也指红发的非洲裔人，类似 ginger head（生姜头）。

8　suck its teeth，吸牙和嘬牙表示疑惑。

9　沃尔科特常用渔夫比喻有抱负的政治家或唯利是图的政客，前者如《奥马罗斯》中的渔夫，这遵循了亚瑟王神话体系中"渔夫王"（Fisher King）的传统。

蜂　房

1　cell，按照诗中的描述，指蜂房中的每个六边形小洞，这个词也指牢房和住宅单间。诗中的含义是指家庭。

星

1   沃尔科特本人坦言（为了留下悬念），他自己也不清楚本诗的含义，但是，"它与某种东西的稳定性、常性和确定性有关，这种东西，很可能是爱"。见 *The Crowning of a Poet's Quest*，第 130 页。

2   chaos，这个词来自古希腊文，即赫西俄德《神谱》120—125 中的卡俄斯。连黑夜也是从它当中产生，这里指夜将退，黎明将至的昧旦时分。

3   strive with，早先的版本中为 direct，即引导；上面"微弱的"（faint）为 pale。修改后的"较量"要比引导更为坚决。

幽谷中的爱

1   Love in the Valley，本诗围绕了《旧约·诗篇》23:4 的一句，和合本译为，"我虽然行过死荫的幽谷，也不怕遭害。因为你与我同在。你的杖，你的竿，都安慰我。"

2   shrouding，字面意义是用裹尸布包裹，引申表示遮蔽，隐藏，暗示了《诗篇》中的"死"。

3   leaden as eyes，俗语有 leaden-eyed，眼睛无精打采。这指树叶上覆盖了雪，如铅灰色，像呆滞的眼睛，但忽然有风，吹走了雪，红色的树叶显现出来，如同用眼窥视。

4   a thaw-sniffing stallion，出自帕斯捷尔纳克《春（片段 3)》开头四行。

5   forelock，出自帕斯捷尔纳克《源于迷信》("Из суеверья")。

6   马蹄球节后长出的一缕毛。这里仍然是用马形容帕氏。

7　哈代非常喜欢描绘女性的头发，如他有首诗《长发》（"The Tresses"）；《还乡》第一卷第七章描绘了游苔莎如有神性的头发；《苔丝》第十四章说苔丝的"又长又密，粘在一起的头发"（long heavy clinging *tresses*）。

8　哈代《远离尘嚣》中的女主人公，这个名字借自而且联系了《圣经》中的那位著名的女性。《远离尘嚣》中的拔示巴，性格坚强，容易陷入情欲，与多位男子有过感情上的联系，中间虽有悲剧（两位追求者的相伤），结局还算皆大欢喜。

9　帕斯捷尔纳克《日瓦戈医生》里的女主人公拉丽莎，美丽的护士，日瓦戈的情人，17岁时被科马洛夫斯基玷污，一生处于情欲的纠缠中。

10　哈代《苔丝》中女主人公。

散 步

1　repeat their beads，repeat 暗示了"说"，其后的宾语应为祈祷或忏悔，此处省略，直接配合了祈祷时要揉动的念珠。

2　比喻太阳，《奥马罗斯》2.2，By the heat of the// glowing iron rose。两个"哦"（O）模仿心和太阳的形象。

长眠于此

1　Hic Jacet，拉丁文，直译是他躺在此处，这是墓志铭的惯用词。作者的意思就是，他死也要死在故土。

2　本诗是《海湾》诗集最后一首，开篇的问题其实呼应了《回家：昂斯拉雷》中的"回家"。

3　指奈保尔的游记《幽暗国度》（*An Area of Darkness*，1964）中一段极为精细地描写东方人吐痰的文字。奈氏以精英自居，自认代表西方正统文化（出身婆罗门，接受西式教育），对加勒比和前殖民地地区极为失望和厌恶，所以小说中多有讽刺和嘲弄。

4　指加勒比民族性没有被加勒比作家写过，殖民者写过这里（如《绿夜》《鲁宾逊漂流记》），但他们的内在经验和语言方式都是西方的。

5　fiction，指小说，指一切虚构（但有现实基础）的文学，因为这个地方本身是虚无的，所以一切作品都是创造出的。

6　影射吉卜林，他曾写过《河的传奇》（"The River's Tale"），通过讲述泰晤士河，来书写英国历史。吉卜林想尽力洗清自己的印度出身，向英帝国靠拢。

7　肥皂表示清洗，洗罪，如《旧约·耶利米书》2:22，洗涤后的真理，虽然粗糙，但它质朴洁净。下面的回答均用过去时，是解释为何一直不离开的原因，每一句都与人民和本土有关。

选自《另一生》（1973）[1]

选自第一篇　分裂的孩子[1]

　　有一个老故事说，齐玛布埃[2]有次看见了一个放牧的男孩，叫乔托，他在画绵羊，这让齐玛布埃大为惊叹。但是，按照真实的传记记载，让乔托爱上绘画的，并不是绵羊，而是他第一次看到齐玛布埃这样的画家的绘画作品。促使一个人成为艺术家的际遇，是他在青年时期曾被艺术品、而不是被艺术品描绘的那些实物深深地打动。

　　　　　　　　　　　　　　马尔罗《艺术心理学》

第一章

一

游廊上 [1]，一页页的海
是逝去的导师 [2] 在另一生的中点里 [3]
打开的一本书——
我由此重新开始，
开始，直到这片海的书
合上，直到白色的月 [4]
如同灯泡，它的灯丝在亏缺。

就从黄昏开始， [5]
随着厌倦帝国的太阳降下，
炫目的光，让军号鸣鸣，
让水湾椰子树的长矛 [6] 垂落。
它在催眠，犹如无风之火，
它的琥珀色，攀上了椭圆如酒杯的
海角的英国堡垒，天空
饮醉了光。
                    这里
就是你的天堂！另一生的

216

透明的釉 [7]，

一片封在琥珀中的风景，罕见的

微光。理性之梦

造出了它的怪物：[8]

一个生错年代、生错颜色的神童 [9]。

整个下午，这位学生

就像绘图员的文书，又渴又热

他将整座海港放大 [10]，此时

渴望自己完满的黄昏

用简单的一笔，把一个女孩的倩影

画在石头船屋敞开的门旁，然后

坠入了有映照力的静默中。静默，等待着

细节的核实：

丛林中耸立的

是圣安东尼酒店的山形墙，融化旗杆的

是总督府的旗帜；

静默，等待着如潮的琥珀光，为幸运山的

最后一片棚屋涂上釉泽，直到它们

按照学生的意愿，彻底变容

成为镀金框里、文艺复兴式的画段。

视野已死，

黑色的山陵化为

煤丘，

但是，那座改建的 [11] 码头船屋
它的石缝却透出光来，倘若光要死去，
厨房中的少女，就会吹动它的余烬，
她就能感觉到，光的时代正步入她的头发。

黑暗，如失忆一般柔软，绒化山坡。
他站起，向画室攀登。[12]
最后一座山燃烧，
海皱起，如一张箔纸，
月像气球膨胀，从无线站飞升。哦，
镜子，镜中有一代人渴望着
那永不复返的纯白和皎洁 [13]。

月亮维持自己的地位，
她用手指抚弄着希腊绸袍一样的排箫之海 [14]，
洗劫后的办公楼，如藤壶
紧附在烧毁的城镇的码头 [15]，
月的圆盘染白它们的外壳，她的灯
沿着罗马式的穹顶，让无牙的椭圆
暴露无遗，当他经过时，
她那交错的象牙色，乱了音调，
她的时代死去，她的尸布
包裹上古典的家具，还有这座壁炉
和熟石膏的维纳斯，
他一心要把它做成半开半裂的 [16] 大理石像

没有镀银、映照黑奴的镜子，

就如这位画家的那幅包头巾、戴耳环的肖像：阿尔伯蒂娜。[17]

门内，灯泡的光晕

环绕着一个人如同剃度的头顶[18]，在阅读，

像胚胎，蜷缩于苍白的组织中，

从容的注视

转向了他，短短的手臂

轻轻打着呵欠，表示欢迎。瞧瞧吧。

棕皮肤，谢顶，下唇

像蜥蜴一样突出，

厚厚的镜片，罩住眼睛，

如琉璃镇纸，颜色如海水抛光的瓶玻璃，

这人把画飘动着送到自己面前

仿佛近视的是黄昏，而不是他的目光。

然后这位导师，用轻轻的笔触，修改这幅素描。

二

在画的维度中，它不可能勾勒出

这座海角的社会轮廓；

曾经，这里是一条棕榈大道

完全像霍贝玛[19]的低地白杨之路，

如今却被铲平，推整，铺上碎石，建成飞机跑道，

它的梯田，就像树的年轮，讲述自己的年华。

还有长老般的榕树，

藤蔓是须髯，学校的黑孩子就像长臂猿 [20]，荡来荡去，

榕树，苦念着撒上枯叶、平添滋味的泻湖，

红树，它们的膝盖深入水中，

蹲伏，就像挖海螺人棕色又纤细的腿，

驱散着抓寻红李肉 [21] 的

赤色寄居蟹。

树林被锯开，

对称和轮廓破碎，

在一片拱形阳台的营房下

那里的上校，在威士忌色的光中

注视着绿焰 [22] 像蜥蜴之舌

抓住最后的帆，今夜

一行行橙色的邮票 [23]，重印着

晋升的公务员居住的别墅。

月至窗前，停留于此。

他是月的臣子，月变，他就变，

从童年时，他就认为棕榈

没有想象中的榆树那么高贵， [24]

面包果树张开的

叶子，比橡树更粗糙，

一夜夜

他祈祷自己的身体能够变化，

祈祷月光的摩挲剥落他暗褐的肌体，让它变白！
飞机跑道的柏油路
在墓地走到终点，
那里的上空，月的圆盘慢慢扩大
如同一个放大镜，悬在月下的生灵之上。

灯底
一本绿色的书，
脸朝下。月
和海。[25] 他读
书脊。《处女诗》：
坎贝尔。[26] 这位画家
心不在焉地
把书翻过来，读道：

　　　"黑人的白头，
　　　为圣洁
　　　黑孩子的黑亚麻，
　　　为神圣……"

这样一本新书，
包着海绿色的亚麻布，每过一行
读的人就流露出一行行的欢欣
撩动着他周围的空气，
就从这本书里，另一生恍若重新开始

死去的孩子，他白色的脸 [27]
从那个低语、谢顶的头移开
透过窗框，凝望着。

三

他们歌唱，伴随着铁铲的粗声和咳嗽，
伴随着泥土的拳头，重重击打棺木，
掘墓人的手腕，让每一句圆满唱出，
唱出钢铁的赞美诗，《黑夜行者》[28]。
迎着海上的暮色，活着的孩子等待
另一个孩子解脱，等待撒拉弗的
薄雾中的长笛，
但是，随着他们黑色的《圣经》的纸声，抖动又合上，静默
重又进入每片霉菌，霉菌围裹在
海水蚕食过的石头周边，蒙蔽着永远
比划手势的盲天使，用独特的耐心
让花朵茁壮，让自己嘶哑的声音
留在坟墓中吹号的
贝壳里，任其湮没。世界
停止摇摆，安居于它的位置。
黑色的蕾丝手套，吞没他的手。
海的引擎，再次开动。

沉重的灵车，黑暗如夜色，挂着流苏，它拖着
蓝烟缭绕的夜晚穿过田野，
送葬者如旧花环一样散开，
像花束一样垂在布满纹路的石头上方
解读着日期。长着灯笼下巴的守墓人
（还有年复一年，每一位摇晃着灯笼、
守卫一根根相同栏杆的门卫）
打开了门房的黄色通道。旅人的车站。
孩子的行程得到签署。
名册饮下它的条目。
墓地门外，生命在熟睡之后，继续。

她走了，收获了众多亚麻头的天使，
收获了吹着粉腭海螺²⁹的撒拉弗，
正如他们所唱，她走向另一片光芒：
但，那光是属于她？
还是属于托马斯·阿尔瓦·劳伦斯³⁰的夭折的孩子³¹？
那是另一位萍琪³²，她的玫瑰裙，随风飘动，
她们都有同样的黑眼睛，
是渐渐萦绕人心的煤³³，也有同样弯曲的
象牙色的手，触碰胸前，
仿佛回答着死亡，低声说道："我？"

四

好了，现在，一切变白，[34]
整个城镇的芸芸众生，成千上万的人物
都捕捉在了一张静相里！
好像突然一下的闪光灯，照出他们的死亡。
树，他回家的路，白色的胶片，
今夜，公园里的孩子跳入雕像群，
他们的呼喊如月光环绕，
他们的身体就像切削的石头，
一张张可怜的负片！
他们在头脑的池[35]中浸泡太久，
他们喝下月的乳汁
乳汁用 X 光，照射他们的身体，
透过饥饿的皮肤，
显露出骨骼之树，
但一张照片，会很快
让读者窒息，
一旦动笔，我要怎样对他们讲述，
此时，另一个月亮
一个曾经年轻的月亮，它疲惫的灯丝
消逝，灯泡，在得意中，熄灭。

第二章

一

每一场初次的圣餐礼，月亮
都会把她的鞋带借给赤脚的城镇
城镇在借来的白色中，雕着木工哥特式的
镂空纹边，安着曼萨式的屋顶 [1]，衬着褶皱的百叶窗 [2]，
受洗、取名、成婚、入土，
此时，她的鞋带放到一边，
她是奴仆，她的标志
是干枯的公园中、如扫帚 [3] 一般
郁闷的棕榈，那是威尔士亲王、爱德华七世种下，
低垂的鸵鸟羽饰，我服务，我服务。[4]

我扫地。我熨衣。[5] 沥青如细雨滴落
闻起来，就像燃烧的熨斗，
香烟的气味，结着浆果、一同送葬的蕨草 [6]
让我们的画廊成为知客的灵堂。
木材的烟雾，穿过铺满卵石的后院，变得稀薄，
在升天中显灵。灵魂，如火，
它憎恨自己的燃尽。楼上的房间

蓝色肥皂的气味，它让黑人保姆的手掌起皱，

她的手捧着我们 [7] 的脸，就像捧着花瓶；

研磨的咖啡机，喃喃不休

磨着自己的牙，

它在六点醒来。

破壳的蛋咝咝作响。

周一的被单

在院子里摆动。

这一周，在扬帆。

二

妈妈

只在周日，那台歌手 [8] 才会沉默，

那时

香烟的气味愈加浓烈，更有男人气。

周日

客厅里闻得到舅舅的味道，

街灯在响铃，

细雨抖动自己的沙球

就像曼陀铃，雨线在绷紧，

那时

是假日 [9]，条纹的野餐巴士上

金手镯叮当作响，就像几内亚的"早安"，

妓女的笑声敞开，犹如切好的片片水果。

妈妈，

你坐着，笼罩在静默里

好像你的丈夫还会走在街上

树林中，蝉踏着它的机器，

静默，一位白衣、赤足的

黑少女，她把褪色水粉画上的

玻璃、暗哑的维克朵拉 [10] 的柜子、

还有画板、拍打着镜子湖面的

蓝翅鸭的闪光 [11]

擦亮，再擦亮。

静默中，

这些令人崇敬、默然的物品，就如玻璃一样回响。

在我眼中，一切东西都谨严，合理，

周日，

死一般的维克朵拉；

周日，一个孩子

用面包的肺呼吸；

周日，机器的神圣的沉默。

妈妈

你儿子的心影还萦绕着你失去的房子，

它莫名其妙地向内张望，看着无言的房客

像鱼一样在玻璃后面忙来忙去，无声无闻，

但木工哥特式的玩笑，A，W，A，W，[12]
纹在屋檐的沃里克和阿莉克丝，
还没有背弃。
你用身边的风景为我们缝纫，
用雨水和新熨的云彩做衬衣，
然后，唱着你熨斗的赞美诗，你的脚
在周一牢牢踩住这台老机器。

那时，星期一让她的胳膊一直到肘臂
都浸没在冒着泡沫的盆里，头上是蓝色肥皂的天空，
湿漉漉的舰队，航行在庭院中，每朵气泡
用它弯弯的窗棂，
亮出了孩子青涩的眼中一丝小小的嫉妒，
他嫉妒《皮尔斯百科全书》卷头插画里
那个高高在上、如同君主、粉扑扑脸颊的讨厌的"泡泡"。[13]
世界，又一个世界，在水晶球中，升起。

你融化，就有了你的儿子，
你的手臂间，满溢着雨水。

三

老屋，老女人，老房间，
旧的平面，陈旧、隆起的子宫膜，

半透光的墙壁，

它们用你的木板呼吸；

卷曲的房梁，喘息着，关节发炎，

在旧的空气里咳喘，

空气中，闪烁着微尘和楼梯，陌生人的手

曾把它擦亮又擦亮，

房梁死去，它洒落着你灰色的眼睛，

日光中的粒粒尘埃，它们眼含蔑视，

你的木板呻吟，染着星星点点的癌，

你的床架，闪着镭光，

冰冷的熨斗，让你发烧的身体加剧，

而白铁，疼得抽搐，咯咯作响。

但房子，没有哭号，

它拥有着森林、海洋和母亲一样的深邃。

每一件东西，都能用回忆和无用

消耗掉另一件。

我们为什么要为这些哑巴的事物哭泣？

普照的放射连最简单的物体也能触及，

照得到爱用的锤子、画笔、没有牙齿

牙龈凹陷的旧鞋，

照得到童年房间的头脑，它智力迟钝，

它的家具是脑叶，彻底切除，

它结结巴巴，说出一件件事情的原委：

为什么这张椅子开裂，

什么时候，弹簧床绷紧的尖叫

咔嗒一声脆断，

什么时候，没有镀银的镜子

最终会放弃她的虚无，

反过来，那长着猫眼的黄纸花[14]

那熟悉得像赘疣，或胎记一样、

像带着珍贵瑕疵的徽章一般的污迹

这些东西也在评价我们，

此时，叶子花的尖刺[15]

还像老的指甲那样蜕去，

花常在凋零，

花常在绽放，

黄蔓[16]的号角飘落，但还是无人冲锋[17]。

皮肤如颜料般褶皱，

栏杆的前臂，生着色斑，

乌鸦的脚从窗户合上的眼中

放射，

门，紧闭的嘴，一无所示，

因为毫无秘密，

没有任何秘密

除了痛苦还是如此鲜活

让人一触碰屋子的每架窗台，

都会使燃烧的铁丝，使这些染着星星点点的癌的

神经，发出锐利的尖叫，

房梁，生出了如星、如种子的虱虫，

痛苦让每间屋子都萎缩，

痛苦在每间子宫里闪耀，

而又盲、又哑、

长着蟹壳之颌的白蚁，耗尽，

在沉默的雷声中，

直到最后一个周日，

耗尽。

用手指触摸每件物品，

从它的位置上，举起它，它再次尖叫

叫嚷着放下它，

放回灰尘的圆环里，它就像婚礼上的手指

因为没戴戒指，发起狂来；

母亲，就像我们挪不动画中的物品，

我也改变不了你的布置。

你的房子轻声唱着平衡，

歌唱着事物的陈设有序。

第三章

一

每个黄昏，叶子都在它的铁树上闪耀，
灯夫[1]用肩扛着梯子，镰刀形、
苍白的光，落在街边。

孩子像搭帐篷一样，用自己的棉睡衣紧紧
盖住膝盖。如一只风筝，
它的枝节隐隐若现。暮色
把他灯笼似的头，放入神龛。

现在，双手让他翻身，仰面朝天，
他床边的蜡烛，它黄色的叶子，
重新装潢了《唐格伍德传奇》[2]和金斯利的《英雄》[3]，
给它们的背部镀金，

魔法灯笼在放映，[4]天花板随之摇动。
黑色的灯夫用德墨忒尔[5]的火炬
点燃棚屋上方的铁树。
孩子！谁是埃阿斯？

二

（A）埃阿斯[6]，

　　　　希利马厩中狮子色的骏马，

　　　　白昼拉车，在一年一度的

　　　　赛马日里，也是匹良驹，

　　　　他却猛一向前，抖动脖颈的雷霆

　　　　在垃圾味上嗅起了

　　　　战争的气息和呐喊，

　　　　在做饭剥下的废皮里，他说"啊哈"[7]

　　　　这头身份扫地、百无聊赖的动物，

　　　　它的粪饼冒着青烟，

　　　　它聚起胁下的霹雳，却拖曳着

　　　　自己的马车，驶向了旁边的街区，在那里

（B）波提丽亚[8]，

　　　　蛙一样，瘸腿的丑老妪，

　　　　一座长在儿子后背的驼峰，驮到

　　　　她的草席上，她终日的栖息之所，

　　　　卡珊德拉，她嗡嗡的低语[9]，无人察觉。

　　　　她的儿子，皮埃尔，拿着桶端屎倒尿，

　　　　她就像骑手一样，用马刺扎他，

　　　　骑在马背，骑在马背；

　　　　他划着十字，他听起来心甘情愿，

　　　　他到哪里都让人夸奖。好一个模范儿子。

233

(C) 舒瓦瑟 [10],

　　克劳泽修车厂粗鲁的司机，

　　砰一下把特洛伊的门关上！

　　这跟一声尖叫有关。是他那哇哇乱叫的

　　姘头喊出来的。手像曲柄把手一样硬，

　　他讨好逢迎，钟爱引擎。

　　引擎可以改造。

　　面对人间的纠纷，他长茧的手却笨拙不灵。

　　还是封上你的眼吧，想想荷马的不幸。

(D) 达恩利，

　　皮肤像芒果叶一样生着色斑，

　　他觉得阳光的手指压住自己的眼帘。

　　他的非亲兄弟 [11] 拉塞尔用手引领着他。

　　我一边看他，一边练习失明。

　　他就是荷马和弥尔顿，在他们鸮鸟一样目盲的塔中，

　　我羡慕他，羡慕他巨大的苦难。日光

　　让他变白，如一张负片。

(E) 艾玛纽埃尔·

　　奥古斯特停靠在海港，孤单的奥德修斯， [12]

　　刺着文身、当过商船的水手，孤独地划过

　　盛开如玫瑰的黎明，伴随着吃吃轻笑、

　　合乎韵律的船桨，一出一没的动作，按着五音步，

　　透过眯起的眼睛，朗声背诵，仿佛他的刀刃，裁剪

着丝绸，

"啊，月亮／（俯身，划动）

我的欢乐／（俯身，划动）

你不会亏缺。

天空的月亮／（俯身，划动）

再次升起，"[13]

他如行军一般穿过特洛伊市镇，他租来的桨

回忆着海是什么样，冒烟的海岸又是什么样?

(F) 法拉和罗琳斯，一座庙宇，

正面装着平板玻璃，洗劫一空，但还是围着

伊奥尼亚的柱子[14]，它的前面是扭捏作态的

(G) 嘎嘎[15]

市镇上的异装癖，女佣的宠儿[16]

他正浏览商店的橱窗，转动着塑料袋，

他的男伴就要去一趟巴巴多斯，

他的无名之爱，最有希腊之风，还有

(H) 海伦?[17]

杰妮，市镇上肤色光洁的妓女，

她拖带着两个淡黄头发的孩子，

她只跟水手睡，她的

黑发带电

像特洛伊一样惹上各种麻烦，

她摇摆，肥臀，留出了

丰满、有吸力的真空，

"哦，答应我"[18]，她的绸缎衣服，如起伏的海，

后面有人呼喊：

(I) 伊丹！[19] 丹！丹！[20]

喊声来自菲洛墨娜，鸟头的白痴女孩，

眼睛如海燕样翩翩滑翔，

从她遭到奸污之后，就如此喊叫，

她献上淫乐，用她难以言表的话语[21]，

说着沉默的诅咒。

(J) 茹马尔，

偷家禽的贼，像小公鸡，昂首阔步，

如伊阿宋一样回家，在他呼扇着的大衣里，

有一只抽过大烟似的几内亚母珠鸡[22]，

金羊毛，

(K) 主啊！主啊！[23] 叽叽喳喳的

是穿着白色法衣的黑鹂唱诗班，

它们在电话缆的长凳上：主把时光带给

236

(L) 里基尔啊，[24]

　　缓刑的杀人犯，他的烟枪缠住了他，

　　挣扎的拉奥孔；

　　主把更多的金子带给

(M) 弥达斯啊[25]，

　　奥古斯特·曼诺瓦先生，[26]

　　商业和教会的支柱

　　他矗立着，监督日光为他劳作，

　　监督日光给码头的商店

　　镀上他金色的名字。

(N) 涅索斯[27]，

　　他绰号"闹母·妈茫·密滚"[28]

　　（让你头疼的讨厌鬼是妈妈的男人），

　　穿着粗布衣，爬起来，

　　预言着火和硫黄[29]，还有污秽，它们在

　　(O) 办公楼的镀金木塔，在

　　(P) 燃烧如庞贝的彼得公司[30]，在 J.

　　(Q) Q. 查尔斯[31]商店，在摇摇欲坠、粗陋的

　　(R) "逃城"[32]——我老祖母的营房[33]，那里，曾经有

(S) 潜艇，

　　七英尺高的船贩子，

　　松松垮垮，又瘦又长，拖拖拉拉，像磨破的方头雪茄，

237

想见船长，总是遭拒，

一味殷勤，点头哈腰，却被人问道：

"该死的，什么你们的船长？

他妈的细菌？"

(T) 特洛伊城镇醒来，

穿着它烈火的衬衣，但是，在我们的街道上

(U) 埃里克舅舅

坐在阴影中的角落里，

喃喃自语，眼睛嗡嗡，

他给世界写着自己的字母，

他斜翘的手，使劲寻找着立足点。

(V) 沃恩，

跟自己的渴痒[34]搏斗，等待着酒吧的

新耶路撒冷，与此同时，

(W) 威克斯先生[35]，

穿着拖鞋、戴着金边眼镜的黑人杂货商，

正摇摇摆摆地走过黄色日光织成的地毯，

高屋的阴影，让地毯在他脚下铺开，

他走向自己黑暗中的店铺，

一颗星推动着他，运行在恍惚的轨道上，

星：加维的帝国标志，非洲联合的象征，[36]

他觉得拖鞋在用巴巴多斯的土腔嘀嘀咕咕，

他走进商店，

就像教士披上了

洋葱味的法衣，咸鱼 [37]，大蒜，

切肉刀削过、盐片覆盖的纽芬兰 [38] 鳕鱼

都在伤痕累累的柜台上，那里还有一枚弯曲的半便士 [39]

露出了护教者、印度皇帝、爱德华七世

旁边是林肯便士，我们信奉上帝

"基督作证，信主唯一"，威克斯想着，

打开了天堂果 [40] 旁边、他的《圣经》，

一整天，手臂弯曲，放在一扇窗 [41] 上，

它向新耶路撒冷敞开，只为有色人种。

为了出埃及。

(X) 克索都斯 [42]，退返的萨克斯手，

　　是的，他的鹦鹉螺就是有凹口的萨克斯风，

　　他退返到了几内亚的青草间，

(Z) 赞多利 [43]，

　　绰号蜥蜴，

　　鼠类的克星，蚊虫的杀手，

　　得了痨病的肩膀上一边挂着装备 [44]，

　　从玛丽·安街的小餐馆出发，旅行狩猎，

　　闭上闪亮的牙龈，收起笑容，决心要在这一周，袭击

　　蟑螂，蚊蠓，沙蚤，鼠类，各种虫子，无论长幼，

他边歌唱，边对耶路撒冷
反复熏烟，他只为有色人种。

这些死人，这些弃民[45]，
一串瘦骨嶙峋的字母表，
他们是我的神话之星。

第四章

> 金色的耶路撒冷，
> 流着奶与蜜，蒙上帝保佑[1]

清浅的水
给克拉文的书[2]中、施洗者粗如卵石的
趾骨涂上光泽。
它们的光环闪耀，如锡制的护灯。
韦罗基奥。一位下跪天使的头发是莱昂纳多所绘。[3]
那时的我，正跪在我们素朴的小圣堂里，
羡慕他们，羡慕他们的壁画。
意大利像一件长袍一下子披在我的肩上，
我奔跑在干枯的石头间，[4]哀号，"悔改吧！"
铺在圣坛的如维米尔画出的白桌布上，
在金属钵中的是百日菊，也可能是更粗质、
如铜一般僵硬的金盏花，
或者是我们门前的黄蔓[5]，它们在吹着喇叭：
我们要来到他面前感恩，
要赞美着进入他的院。
那些大酒杯
通常为我们所有，它们浮雕着铜饰，不断映出管家
变幻繁多，就像在昆虫的眼中，

而有只虫子，宝石般镶嵌在克里韦利[6]的角落上，

酒杯，如同喇叭花

在圣主相随的银盘

和红宝石的血之间。

短祷文，使徒书，选读经[7]

詹姆斯式的英语回响，重新铸造了

这些纯朴之人、

传福音人士、宗教改革派、废奴主义者的语言，

他们的经文是冰冷的溪水，

他们投入进了外来的热情，

我要当传道士，

我要写伟大的赞美诗。

阿诺德[8]，在安息日的黄昏中，忧郁沉静，

我熟悉你年轻时遇到的那些严格的老师，

熟悉维多利亚时代的圣城的凹版照[9]，

还有荆棘折磨的巴勒斯坦，

紧紧裹着疟疾、长胡须的门徒，

还有沙漠热病之光，

一次次日落的薄暮，

就像南瓜汤。

苍白的小圣堂，焦灼、炽热的皮尔格林大人的教徒

是尖叫的树枝，

身穿长礼服的甲虫用手比划，示意着地狱之火。

我的煤黑色的同胞，你们是不是忧闷，是不是忧闷？

别怕，主，会让你们振作。

我童年时的循道宗精神，

尽管充满激情，讲究实干，

但那偶蹄[10]和毛茸茸的脚掌

依然爬过我头发的丛林，

时不时，我的皮肤感到刺痛，

即使正在阳光之下举行着"黑巫术"；

这种返祖现象，虽然会留下创伤，属于部落，

但却比他们的弥撒还要有效，

比小圣堂更是如此，因为小圣堂的

块茎牢牢抓住的是生根的中产阶级；

它，就从非洲开始的地方，开始：

凭着身体的记忆。

我对它们一清二楚，

"肿脚"[11]、癫痫的"马尔－卡迪"[12]，

都靠恶臭的复方来治愈，

还有草药茶[13]，草木浴[14]，让人吐个干净的催吐药，

这些如果都没用，无可救药的伤病之人

就得用担架，抬到奥比法师[15]那里。

出城一步，就是树林。

教堂门后，一步之遥，站着魔鬼。

那时，拂晓升起，它就像铁的路灯

守护着如同店铺门面的黎明，

冲洗水沟的清道夫目瞪口呆地

站立在邵塞路和格拉斯街

交会的十字路口，

面前是一摊生锈的血迹。

一汪冒着气泡的泉水，

教区牧师的苍蝇开着宗教大会，主宰了这里，

它们洗着自己的手。清道夫赞多利 [16]

慢慢画着十字。

慢慢渗透的污迹，是一块地图，却没有标出

这个东西——也许是条狗——有可能爬行的方向。

它的深红泛着红光，就像一朵污秽的玫瑰。

一小群参加圣餐礼的黑人，

大多是老女人，围着伤口合唱。

沥青如同动脉，汩汩涌动，血流不止。

奥古斯特·曼诺瓦先生，教会的支柱， [17]

仰面朝天，看着黎明敲响

他床边的金环，给眼前的山和屋顶

镀上一层血色，

他听见苍白、钢铁的港口

随着海鸥生锈的铰链，开启，

他像日光一样，默默无语，心知肚明：

今天，他会死。

这堆乱七八糟的废血，还混着稀薄

如水的分泌物；深红的血

在人们眼前，泛起气泡。

曼诺瓦先生
使劲用他戴着戒指、毛茸茸的手，往肚子上爬
鼻子紧擦着他的心口。
它 [18] 急躁的下巴咬住十字架；
他在那里喘气，气喘吁吁，
一副发誓永远忠心的姿势，
他听见自己的血在疾驰
就像塞子迸射后、从桶里涌出的葡萄酒。

血像葡萄酒的酒糟一样凝结。
赞多利拿起水桶
彻底冲洗。它
就像一只死蟹伸展开来，紧抓着地面。
突然一阵汗水浇过曼诺瓦，
他挣扎着尖叫求助。
他的妻子，身穿黑衣，正在圣餐礼上躬身。
解脱了 [19]，他看见光神志不清地
在他的商店冰冷、铁制的屋顶上起舞
波形的顶棚，泛起了他的名字。[20]

他的手闻起来始终都有股鱼味，一开始就是，
手上戴着金指环，就是为了遮住上面的味道，
有时，他会伸出手，

245

用洗涤液洗到起皱，再敷上粉，给妻子看。
一双农民的手，屠夫的手，
泛着咸鱼和猪油的刺鼻气。
汗水招来了
一只苍蝇，在他耳洞祈祷：

　　　　　好上帝，对不起，
　　　　　魔鬼，谢谢你，
　　　　　肥皂味，
　　　　　香水气，
　　　　　都治不好
　　　　　罪恶的鱼腥，
　　　　　和地狱之味，
　　　　　宽恕我
　　　　　奥古斯特·曼诺瓦吧！

如果说除了这位商人之外，还有什么东西
也让曼诺瓦的看守感到厌恶，那就是他的犬了，
说是犬，但更像狼。有几个夜里，
它都挣脱束缚，朝商店闻去，
爪子挠着土，像用手寻回失去的骨头。
就在他要打它那时，有什么东西让它两眼一模糊。
它的头肿胀，就像一朵镶嵌着苍蝇、嗡嗡直响的
污秽的玫瑰，那犬
踉踉跄跄，穿过房院中铺砖的游廊

径直上床。

凹凸的屋顶，它的围栏
涂上的颜色如干涸的血，下面，赛丽叶，
皱巴巴的洗衣女，
胡言乱语、念叨魔鬼的拉丁文，嚎叫着。
恶臭犹如烟雾一样猛烈
年轻的神父向后一退，念诵道：

> 藉着那世界的创造者，
> 他拥有让你下地狱的
> 能力，就藉着他……

六个人费死劲把她按住，
他们就像潜水员上来透气，大口喘息，
她狂乱的眼睛如火箭乱窜，
仿佛"狈赫利特"和"亚渣淬"[21] 在她的烟雾中缠斗。

商店纷纷开张营业。
谣言的臭气传遍各条街巷。
他是第一位商界的黑人大亨。
他们肯定会说点什么，也会有什么想法，
而同村村民的那些孩子
沿着蜿蜒如蛇的路，下到幸运山，
然后才窃窃私语，说出他的名字，"曼诺瓦"。

神父迅速祈祷，转过头去，

他清楚，她跟魔鬼立了约，

现在，快没命了，魔鬼的犬牙拖曳她的灵魂

灵魂就像齿轮咬合时、绞衣机里的衣服，

犬牙的手从她紧闭的牙齿间拽出灵魂的布料，

"说出他的名字！"神父念念有词，"说名字！算你没说！"[22]

街上的血迹如汗水一样，很快变干。

"曼诺瓦"，她尖叫，"那条狗，奥古斯特·曼诺瓦。"

第五章

——船舶的平安锚地 [1]

一

商主,奥古斯特·曼诺瓦:有权出售
酒类,零售品,干谷,等等。[2]
他的标志像胡椒粉 [3] 一样,撒满码头。
从"逃城"倾斜的营房,[4]
从他 [5] 外祖母的茶馆,他会看到
在进口的无烟煤堆成的黑色山丘上
一列煤黑色的运具——运煤船,如一条饰带,
笔直,重复,就像圣书字
女人们沿着陡峭的斜坡,上上下下,
建造金字塔,
埃及的奴役之歌,
她们唱着,
驮篮盛着无烟煤,
每个人都有一百英担 [6] 的分量
负重就像锚索,让她们脖子上的船缆绷紧。
煤尘中,她们吸入疾病。

矽肺。银鸥

白如理货员的制服，

尖叫，清点货物，贴上标签。

"孩子！世界最大的港口叫什么名字！"

"悉尼！先生。"

"圣弗朗西斯科！"

"那不勒斯，先生！"

"卡斯特里呢？"

"先生，卡斯特里是煤站，

世界第二十七个最好的港口！

全英国的海军都能在这里隐蔽！"

"圣卢西亚的座右铭是什么，孩子？"

"Statio haud malefida carinis。" [7]

"先生！"

"先生！"

"是什么意思？"

"先生，船舶的平安锚地！"

幸运山的高处

花朵是勋章，佩戴在恩尼斯基林团 [8] 的墓碑上，

但，太迟了。竹子像葬礼的礼炮一样迸发。

正午，炮灰的烟雾

如同黑色的蝙蝠，号叫，背诵维吉尔的标签："Statio haud!"

单桅纵帆船，如同杏眼，平安地停锚

它们欣赏着自己的倒影：菲丽丝[9]·马克，
阿尔博萨·康普顿，乔伊太太，宝石。

二

隔壁摇摇欲坠的双层屋，成了一个个如同蝙蝠的
过客的避风港。
房客在它的暗室[10]里，曝光，闪现。
他们的呼喊从它的屋檐下射出。克里奥尔之家。[11]
母亲是黄种、令人生畏的马提尼克人，
健美，隐隐一股阳刚气，一双像痣、"酷似埃及人的"、
人心果种子般的黑眼睛
在她那蓬巴杜发型的金字塔[12]下；
我们都叫她"船长老婆"。

有时，风之手把她楼上的窗户摇晃得沙沙响，
我藏在我们卧室昏暗的角落
想瞅瞅她的裸体。他们的儿子，让第勒[13]，
两眼慌张，嘴巴噘得圆圆
喃喃不休，惊恐无尽，
甚至在阳光之下，他也颤抖如弃婴。
"让第勒，让第勒！"我们喊他。连他的名字也让他害怕。

我们都知道船长什么时候驶入船坞。

尖叫的法国话猛然间连连爆发，
我的床铺正好平行，中间隔着
空气的深渊，我听到船长老婆，
啼哭，否认。
转天，她金色的脸似乎萎缩，
之后，他成了尤利西斯，她再次盛放；
蝙蝠一样迅捷的过客，回家，
他们如此之多，也许栖息在屋檐下。
她身穿黑色蕾丝，像个心急的寡妇，
我想象绸缎之下的皮肤、如石榴，
如水的丽泽，想象着
母狐狸散发的又甜又酸的芳腥。

平静了，光着身子，那样子难以想象，
她的黑色同乡还在她的房间逗留，
我们听见他们在笑，叮铃铃像敲着玻璃。
福卡德一往海岸那边走，他们就来。
她的笑声响动，叮当叮当，如手镯相碰。

三

宝石，一艘单烟囱、烧柴油、四十英尺的沿海船，
它的船舱用帆布做窗帘，保护
乘客，遮住日光，

但是雨水和闪亮的浪花，还是会湿透进来，

这船一咳嗽，就像康拉德 [14] 的遗物。每周两次

她载着货品，有猪，煤炭，食物，木材，

吵吵闹闹，吓坏了农民和古怪的神父，

它像线一样，穿过岛上筑着防波堤的村镇，

昂斯拉雷、加那威 [15]，苏弗里埃，舒瓦瑟，

再折回。她也送信。

在村庄深绿色的小海湾，她边摇晃，边离岸，

仿佛有停摆的危险，

锈迹如血，从她身上水冲刷过的地方渗出，

一窝木艇，偎依在用来卸下

货物和乘客的、它的侧翼。

上岸并不安稳，

近岸涌起的海浪，瞅准时机

对抗着奋力冲刺的独木艇

一个人站在当中，双腿直立，如一根桅杆，

他摇动着，随浪潮起伏。

四

她这一路，飞速前进，危机重重，近旁是赭色的岩石

和背风海岸上露出的、浓密的岩层，

有时太过接近，在我们看来
"海岸线上所有的叶子都被仔细地
放大，细微得令人惊恐"，
但是，黄色海岸并未觉得无趣，它伸展着
穿过她的船首，就像船柱上的一根新绳索，
尤其是当海滩
在遮蔽着半月形沙地、
黑色的小湾之间蜿蜒盘绕时；
朝向某个村落，无论乘客
经历这样的行程已有多么频繁，
他们叫出的它的名字，总是不同，
"因为它如在轮回，反复重现"，[16]
棕榈、光着身子、捕鱼的孩子，简陋的茅屋，
一座石头教堂，临着棕色、淤塞的河流，
是马格雷杜的麻风院。

未皈依的森林，如篱笆，围着一栋教堂，
沙滩没有脚印，虽然干净，却有欠缺，
空荡的码头，没有小孩，空无一人。
"宝石"，逆风停船，摇响麻风病人的铃。
乘客画着十字，如往常一样
转向了神父。
他站起来，木艇浮现。
被判有罪。我朝他的皮肤上寻找。
白色法袍之水，涌起。

254

铃，叮当响动，如行弥撒。神父下船。

他静静坐在长长的木艇里，午后
慢慢吞没铃声，
他一只手稳住帽子，
另一只手抓着舟尾。
一会儿，我们就看不见他，他消失在黛绿的
叶海中，白色的斑点，帆，
淡出我们的记忆，淡出了我们的感激。

选自第二篇　致敬格里高利亚斯[1]

　　我看见他们在没有灯的画室里越发消瘦和苍白。印第安人变得稚嫩，黑人的笑容消失，白人更加反常——他们把太阳留在身后，忘得一干二净；他们绝望地模仿那些理所应当待在网中的人[2]，模仿他们擅长的本事。数年之后，耗尽了自己的青春，他们会带着一双空洞的眼睛回去，所有开创者都逝去了，没有心灵再承担起那个任务，只有它适合于这里的环境，它的价值，我已经慢慢清楚，那就是亚当的任务：给事物命名。

　　　　　　　阿列霍·卡彭铁尔《消失的足迹》[3]

第八章

————西印度哥特式 [1]

一

消瘦的山形墙之屋，
苍白，镂刻着浮雕，高耸
越过了长着苔藓、发酸、
生出铜锈的运河。一座桥
在它上方拱立，
轻盈得就像男生的一跃，每扇
纵形窗看起来都像
竖立的石棺，一副壁龛
全家必定在里面熟睡
笔直、重复，就像大教堂
地下墓室里的圣徒，
就像波纹 [2] 石头间急迫的天使
航行在他们的石头之梦。
和他们的房子一样，
格里高利亚斯一家
也是虔诚、傲气的人，

在第一个午后，格里高利亚斯

迎接我，领我进去，

回忆起来，那气氛就像号角集结的军队，

孩子们如冲锋的骑兵

跌跌撞撞，冲下楼梯，

愠怒中彬彬有礼的父亲，

有些纤弱，

憔悴的母亲，

显得又干，又疲乏，一棵绷紧的树

修剪整齐，用于这座昏暗之屋，

是它的温室，娇弱的环境

靠一年年的劳动，栽培出

这株样本："长身的格里高利亚斯"。

在降下长矛的午后之光中

我跟他一样，也迈开猎人的大步，

他的举止间，有一股讲究等级的傲慢

傲慢如同羽冠，也配在他父亲

———战时的刘易斯机枪手[3]———

军人的、如神谕的胡须上；

现在，他灵活的棕色手指，正拨弄自己的作品：

鲜红圣母像[4]，还有虔诚的受难图，

它模仿了天主教流行的石版画，

但却带有这位见证者个人的装饰。

丧偶之后，他的父亲，对生活的兴趣减退，

他的战争结束。棕色的枝杈，四分五裂。

在我描述的这段金色之年，
格里高利亚斯和那位没落的士兵驻扎在
棕色、破败的平房里，
它的院子混在灌木丛中，难以分辨，
就在阔叶的树林和城镇之间。
两人摇晃前行，其中一位已然腐朽，他们叹息
爬上了日晒变形的游廊，那里有一半
让格里高利亚斯隔开，成了画室，
掩映着一张上过漆的三脚桌，
桌上满是用光的颜料管，还有一夸脱劣质的
海盗朗姆酒，泛白、折角、沾着松节油污迹的
古典大师的画册。有一天，地板塌陷。
老战士突然陷落，他的腰
围着游廊，如同围着腰带。
讲这件事时，格里高利亚斯笑弯了身，
但羞耻，将老兵击垮。
黄昏让他的长矛落下，穿过叶子。
转一年，战士萎缩，死去。
痛苦的格里高利亚斯，想在他的碑上刻这样的字：
要赞美你的上帝，喝你的朗姆酒，管好你自己的事[5]。

如今，我们都没了父亲，常常醉酒。

醉了，
　　　饮醉半品脱的木工的松节油，

醉了,

　　　当黑皮肤、黑线衣、脚下生茧的渔夫

　　　站在沙子后院上喝着苦艾酒,

　　　我们,饮醉日出的清啤,

　　　饮醉便宜、有单宁的、加那威麝香葡萄酒,

　　　饮醉胶水,亚麻籽油,煤油,[6]

　　　醉于梵高麦田中阴影的涟漪,

　　　醉于塞尚的靴子,它把艾克斯[7]的石头磨成

　　　石青、赭色、维吉耶之蓝的岩页,

　　　醉于高更的手,它从甜薯的伞上

　　　摇下金酒色[8]的露水,

　　　我们终日喋喋不休,日晒中暑,

直到黄昏,用它暗色的清漆,给风景涂上光泽。

太阳的火炬将一天天的白昼焊住!

格里高利亚斯把全身的衣服扔进浅滩,

他在水下作画,呼喊,激起水雾,

格里高利亚斯手舞足蹈,在椰树

编成的阴影——锡光——编成的阴影下,

白昼交织白昼,一片刺人的薄雾

它的荆棘之树被信风吹弯,如绿色的火焰,

信风之上,天空是一张绷紧的鼓面,钉在地平线间,

风如沾着蓬乱毛发的梳具,悠闲地拨弄石头的胡须。

沥青滴出它的蜃景,姜百合

用它幼鸟的喙

呼吸雨水。

格里高利亚斯，他的画架如来复枪，扛在肩上，
向着大西洋闪光的锡箔，前进，
高唱着"啊，天堂[9]"，
当西边的海浪随着那曲子翻涌，
他的帆画布，迎着一棵树，如十字架般竖立。

二

但，我们这些"散视[10]圣者"的门徒
却醉醺醺而又秘密地起誓：
我们绝不离开此岛
除非我们用画，用语言
像手相师弄清掌纹一样
记下它所有低洼、叶子淤积的沟壑，
记下每个受到无视、自怨自艾、
用带盐味的方言喃喃自语的水湾，记下红树林的绳索
年迈的寄居蟹从上面滑落
向污泥屈服，
记下每条赭石小路，它们寻找山顶，但又
陶醉于没有完成的句子；
沙上的船坞，那里烧过的棕榈
将卸下索具的纵帆船、它的图案颠倒，
从船坞之下，步入森林，林中沸腾着生命，
番石榴，刺荔枝，空心木，人心果。

白昼！

太阳击鼓，击鼓，

越过棕榈落败的燕尾旗，

道路中暑，一瘸一跛，

穿过草地碧绿的长笛

海在发炮，前进！

奇景开启，如张开的

棕榈叶之扇，

在正午曝晒的撒哈拉 [11] 上，

这里，一群三趾鹬，犹如云彩，嘶鸣中，围绕着

世界，围绕着它远古、

无形的轴，

这让我的心，在胸膛之内 [12]，吠叫如一只幼犬；

海浪像游动的海豚，慢慢，一浪越过一浪，

让画架，旋转，跌落；但我们，稳稳得

就像发现家乡的征服者。

三

因为无人写下这片风景，

虽然这有可能做到，虽然各种各样的树木

也曾被命名一些声音；

斧子说话，空心木

262

响应它的回声，野草没膝
如私生子，藏于自己的名字，

一代代人通通死去，未曾受洗和取名，
在绿色的黑暗间，隐匿，生长，历史的
丛林，失忆着，变得浓密，

故而，枝杈分布、赤身裸体、
根覆盖一层泥土的、人的树干，
它在停下的地方，摇摆，记住了另一个名字；

部落的药，弄碎绿黄的叶子，
搅碎辛辣的姜，
它的气味侵染心灵，

比海的褴褛衣衫、
比孕妇要回避的、红树湿地的臭气、
比天边生锈的味道，都要浓烈，

这是一种比地理学还要古老的生活，
就像根部可食的叶子，在孩子的最后一课[13]
——心形的非洲——翻开了"树页"，

而消失的阿拉瓦克象形文[14]和符号
都被雨水的海绵，从石板上抹去，

它们的标志染着青苔，

群岛就像破碎的根，
分成若干部落，而树和人
孜孜不倦，默默无语，尽力成为

与命名它们的声音相似的东西：
铁木，苏木芯，金苹果，香椿树，
它们几乎就成了

铁木，苏木芯，金苹果，香椿树，
而人……

第三篇　单纯的火焰 [1]

　　在现实中，所有人都离开了这座房子，但他们又的确都留下了。留下的不是有关他们的回忆，而是他们本人。这不是说，他们还留在房子里，而是说，他们因这所房子而延续。种种活动和行为，或乘火车，或坐飞机，或骑马，或步行，或慢走，都离开房子而去。房子延续的，是器官，是活动或循环的施动者。步伐，亲吻，宽恕，罪行，都已离去。房子延续的，是脚，唇，眼，心。否定和肯定，善与恶，都消散了。房子延续的，是行为的主体。

塞萨尔·巴列霍《人类之诗》[2]

第十四章

一

油绿色 [2] 的水闪动，却并未燃起，
但它仅凭光泽，就早已将我 [3] 唤醒，
它用微风，把我引向外面、布满卵石的
浅滩陆架，那里的水，吃吃轻笑，
有棱纹的船艇，像孩子一样熟睡，
像浮标，浮在它们的绉痕 [4] 之上。我无事可做，
泛着光泽的壶，已经擦亮，
看得见我燃烧的红颜，
微风最不需要的，是我的欢欣。

我靠向我的身体，忙着无聊家务的身体。
鸭子，倘若入睡，便会意地摇摆。
浅滩的褶皱，绉痕整齐、
端庄、列队行进 [5]，
它们从港口对面的老医院
抵达我们的海港。若沉默的

第一艘木舟，不会向我招手，
我就明白，我们在问候
各自的沉默，同一个沉默，
我知道，它们知道我的平静，就像我也知道它们的平静。
风如此新鲜，不知疲倦，这让我惊讶。
风，比这个世界还古老。[6]

它一次总化为一物。
此时，它总如少女一般。
充盈的幸福，让我把它看成一丝
含着酒窝、调皮的微笑。
当嗅着睡意的屋子
随着第一声嘶哑的咳嗽，第一声孩子的哭泣，
随着我母亲小声嘟囔、如洞里传来的问话，躁动起来，
我，走出洞穴
像风一样浮现，
像一位新娘，走向她的第一个清晨。

我要做咖啡了。
光，如更炽烈的黎明，
它会烤焦我绒绒的发边，
热，会镀着我的额头，让它闪耀。
它的汗水与我的灵巧一样兴奋。
母亲，我恋爱了。
海港，我醒来了。

你发育着、长着乳头的青柠，它的痛，我知道，
你的四肢为何摇晃无风中平静、柔韧的树，我知道。
我也会如这光一样变得黯淡。
脸上第一次的潮红也会消失。
但，总有清晨。
我总会让这火热唤醒，
无论我靠向谁、靠近谁、像一艘
有棱纹的小艇，睡在夜晚最后的浅滩上。

但，就算我爱的不是他，而是这个世界，
爱的是他之中的世界的奇迹、世界之中的他的奇迹，
爱的是他让世界为我醒来，爱这个奇迹，
那我也不会在他之中衰老，
我总会是他的清晨，
我必定如清晨一样漫步、温柔。
不知道它，它就像风，
她的脸，看不见
看不见她欢喜中安宁的谦卑
已抚平丝绸般柔顺的海，我觉察到
逗笑的鸭子对她无视，觉察到
浅滩孩子般的绉痕已然平直，
而每个人，甚至老人，也纯真地睡着
无挂碍，赤条条，若我有她的赤裸，
有她那透明之身，我也会如此。
钟声像花环，戴在我的头上。我竟如此幸福，

就因为今天是礼拜日。不，不止于此。

二

每到周日，毛巾擦过的碟子，微笑着
捧在双手上，满是美好生活的泡沫
生活的热汽蒸腾，让水珠挂在她清秀的眉间，
两束湿湿的眉毛，一一梳过，
热汽，充盈着她。
所有褪色的印花，将它们的气味
印在她柔软、温暖屋子的身体上，
并因她劳作的肌肤，熠熠放光；
她的手，端着干净山坡的光泽，
那上面布满点点火星，
当最完满的时刻洋溢着平静，
便是成熟之时。

一个午后，她说，"我们散散步吧"，
"我想走走。"泻湖畔
黑暗之水的镜头，用群树、这片森林
为这对情侣作布景，他们的步伐
不知不觉中，衡量着得失，
他们的脸迎向自己的容颜。
他们此刻站住的地方，别的情侣以前也曾伫立，

就在此处，同一个镜头，摄住他们，还是这片森林，
那位半神的凝视，有石化之力，[7]
怡然自乐，自由造化，
将他们一一迷住。
漫步中，他们的倒影让自己吃惊，
当他们走过，水面的黑胶片
印上他们封存的形象，他们便心满意足。

三

他们之中，谁迟早会遭到背离，
那种天生在夜间呼吸的诗 [8]
并不探询这一问题，
而艺术，若凭其高贵的叛逆，却可以做到，
它在无所畏惧之时寻求恐惧，
冷静地为幸福之心测量脉搏的
跳动；它对夜晚天空那明亮的皎洁
无动于衷，而且还称赞这种做法的必要，
比起不朽，它更喜欢爱；
于是，每一步都增强着这份微妙之别：
它希望两人的身体能成为
一个不朽的隐喻之躯。
她牵着的手，已然背离了
他们，因为它一心要将她描绘。

第十五章

一

依旧梦见，依旧思念
你的容颜，尤在阴冷、多雨的清晨，
它化为一张张无名的女生之脸，是惩罚，
因为你有时会委屈让步，报以微笑，
因为在笑容的纹角，含着宽恕。

被修女[1]围攻，你是她们
引以为傲的战利品，
你被她们责难的荆棘围困，
安娜，你究竟犯了什么大错，造成了什么伤害？

雨季负重而来，
半年之期，行旅遥远。它背痛。
它疲倦地滴着细雨。

又一场战争之后，
至今二十余年，弹壳[2]何在？
但如今，在我们黄铜色的[3]季节，我们仿制的秋天里，

你的头发熄灭了它的火焰，
你的凝视萦绕在无数照片中，

一时清晰，一时模糊，
所有的凝视都察看着普遍性，
那是意欲报复、与自然的合谋，

它们都在暗暗地透露着目的，
而每行诗句后，你的笑容
却冻结成一张没有生命的相片。

在那发丝间，我能穿过俄罗斯[4]的麦田，
你的双臂覆着绒毛，成熟的梨也是如此，
因为实际上，你化成了另一国度，

你是麦田、河坝上的安娜，
你是稠密的冬雨时的安娜，
是烟雾缭绕的月台和冰冷的火车间的安娜，
是那场逝去的战争中，蒸腾的车站里的安娜，

你在沼泽边消失，
消失在细雨绵绵、
泛起鸡皮疙瘩、褶皱的浅滩，
你是第一部绿色[5]诗篇中的安娜，那诗篇还生硬得令人惊讶，

但那时的你却有着柔软的乳房，
你是摇摆、修长的火烈鸟
你的顶针里还残留着粗盐
你是浴女的微笑，

你是暗室中的安娜，在冒着硝烟气的弹壳间
举起我的手，在胸前，为我们起誓，
清澈的目光，难以抗拒。

你是所有的安娜，她们都承受着所有的别离，
就在你身体的车站，玩世不恭的 [6] 车站，
克里斯蒂 [7]，卡列尼娜，身材健硕，一味顺从，

在某部小说的书页中，你已然选为
他命定的主人公，但我发现，生活
比你还要真实。你知道，你知道。

二

那么，你是谁？
是我那金色的、拥护年轻革命的信徒，
是我那梳着辫子、务实、老练的委员，

在阴郁的厨房，你的后背，让家务压弯，

你挂上洗过的衣服之旗，喂了农场的雏鸡，
身后是白桦、

白杨之类的幻景。
仿佛一支笔的眼睛能捕捉到那处女的轻盈，
仿佛让白页留下豹纹的光影
能如此平实、

犹如雪一样来自异国、
如初恋一样远去，
我的阿赫玛托娃！

二十年余年之后，在烧焦的弹壳气味中，
你让我想起"拜访帕斯捷尔纳克之家"[8]，
因而，你突然化为"麦子"这个词，

落在穗上[9]，迎着河坝冰冻的寂静，
你再次弯身
在卷心菜园，照料着
如雪团的白兔，
或是从弹弄着的衣绳上拽下云朵。

若梦是征兆，
那么此刻，就有什么东西死去，
它的呼吸从一种别样的生命，

从雪之梦，从纸、
飞翔的白纸、追随这架犁的 [10]
海鸥和苍鹭中呼出。而现在，

你骤然衰老，丝发斑白，
就像苍鹭，像那翻开的纸页。安娜，我醒悟了
我知道，事物可以自己
与自己剥离，就如剥落的树皮， [11]

直至空虚
那是雷声之后，闪耀、明亮的沉寂。

三

"只要是岛，就会让你发狂"，
我那时就知道，你对海的一切象征 [12]
渐渐厌倦

你就像年轻的风，一位新娘
终日翻阅着海洋图谱中的
贝壳和海藻，

翻阅着一切，还有这群
白色、见习的苍鹭

在灰白的教区教堂的草坪上，我曾见过，

它们就像护士，或圣餐礼后年轻的修女，
她们锐利的目光将我搜寻出来
你也有过一次，只有一次。

你就像苍鹭，
出没在水边，
你渐渐厌烦了自己的岛，

最终，你起飞，
一鸣不发，
你是身着护士服的见习修女，

多年后，我曾想象过你，
穿越树林，走向灰白的医院，
平静地领受圣餐，
但从不"孤独"，

你就像风，不婚不嫁，
你的信仰如同修女和护士的、有褶痕的亚麻，
你何必现在非要读诗？

没有哪个女人迟了二十年
还要读它。你还是做自己的天职吧，就如蜡烛一般

将自己送入有伤员的

黑暗走廊，嫁给病人，
认识一位丈夫，还有痛苦，
你只跟那群苍鹭，雨水，

石头教堂为伴，这我以前就记得……
此外，那个苗条、还是处女的新年
她如同一株白桦，嫁与了
几滴水晶之泪，

她像一株白桦，弯身登记，
却不可能在闪光的瞬间 [13] 就改变姓氏，
她还是写下 65 年，而不是 66 年；

就这样，注视着这群缄默不言、
做着护理的苍鹭，它们每一只
都在死人、石头教堂、石丛中劳动，

我为了向你致意，写下这首诗，
此时，誓言和爱情衰败，
你的灵魂如同苍鹭跃起
从有盐的、岛上的草地起航

去往另一座天堂。

四

安娜答道：

我现在单纯，
我那时还要单纯。
正是那单纯
显得如此妖娆。

我那时能懂得什么，
世界？还是那光？
沾染污泥的海浪中的光？
鸥鸟招引黑夜的

戛然[14]声里的光？
对于我，它们是单纯的，
而我在它们之中，也如
在你之中，那样单纯。

正是你的忘我
将我作为这个世界来爱慕，
我是孩子，你也是，
但你勾起了

太多矛盾的泪，

我成了一个隐喻 [15]，不过，
相信我，我如盐一样粗砺。

而我回答说，安娜，
二十余年已过，
人活过半生，
下半生便是回忆，

前半生，则因为
本应出现、
但又毫无可能的事情，或

不该如此、却随着其他情况
一同出现之事，犹疑不决。

光泽。她灼热的紧握。黄铜的弹壳，
已经氧化，黄铜冒着火药的气味，
那场大战之后四十一年。黄铜的光泽
在黄蔓中，重又擦亮，
透过窗外叶子花棘的
铁丝网，在阳光映出 V 字的门廊
我凝望远方火炮的烟云
在受伤、惊得哑口无言的幸运山的上方；
她坚决地牵过我的手，第一次
放到了胸前皱起、轻脆的薄衣上，

紧锁的寂静，她，是护士，

我，是负伤的士兵。也曾有过

别的寂静，但都没有如此深沉。从此以后，

也有过拥有，但都不再，这么踏实。

第四篇　隔绝之海

是谁，命他们的渴慕之火
一经点燃，就应该冷却？
是谁，让他们深切的欲望化为乌有？——
是一位神，神掌管着他们的分离！
他令他们分隔两岸，中间就是
深不可测、腥咸的隔绝之海。[1]

马修·阿诺德《致玛格丽特》

第二十章

——顺着他们刻上的名字

雨滴在犁耕

哈代[1]

一

我们飘飘然，在玻璃后，凝望乘客，

他们像散开的群牛一样登陆。

一段生活、一场婚姻之后，我也曾望着格里高利亚斯跨过

皮亚科[2]的柏油路，那熟悉的巨大的步伐，

忧郁的猎人的跨步

似乎凌乱，混入了畜群。

在我之中，有什么

就像血管一样，隐隐破裂。我看着他

绝望又茫然地找寻他的朋友，

找寻那种生活的迷惘会称之为坚定的

东西。我喊道，"阿皮罗！"[3]

惊惶和错愕挣扎着露齿一笑。

"哦，年复一年，哦……"[4]

高速路上的甘蔗一棵棵铺展，

寂静中，经过车窗，一年年

就像玻璃一样分裂。我们为尖叫，狂喜

搜寻合适的程度，直至平息，

令人警醒的寂静，涂在每一个词上。

他是不是如我听说的那样，处境颓唐，

负债累累，

工作难保，画作不佳

而让曾经信誓旦旦、担保他的才华

可以证明一切的人，如今又收回前言？

我萌生恶念，几欲垂泪，盼着他一死了之。

我盼着他来一场心怀怨恨的殉难，报复

他们的轻视，报复他们无聊的嘲笑。

我把这想法跟他一说，他笑道，"我试过一次"。

"有天早晨，我躺在床上，真是无助，

一切都在耗尽，流逝。孩子在哭。

我忍无可忍。我梦到死亡。

我叫来佩姬，你记得她吗？

她现在在美国。好说歹说，

我让她到浴室，去取刀片……

她拿来之后，我叫她走开。

我躺在那里，手中是剃刀……

我试着割腕……但不知为什么

又停下来。我特别，特别想死……
之前几个晚上，我都做过一个梦……
我梦见……"
他的梦又有何用？
"我们生活在一个排斥英雄的社会"
（奈保尔）破旧、有伤疤的外壳
它经受的划痕熠熠闪亮，
他显露的谦卑，如同一种天气，
一个让自己的力量折磨得精疲力竭的男子，
我看见，格里高利亚斯，已然进入永生。

这样的人，他们在闪耀，
他们闪耀着。当他们自尽的
幻觉，令他们厌倦之后，
那时，他们就渐渐对自己的伟大不再惊讶，
他们无需殉难，也无需辉煌，
"我懂，我懂"，格里高利亚斯呼喊道，
方其死时，他才活着。

当生活总是一再受到惊扰，
我就会在灯下
重读帕斯捷尔纳克的《安全通行证》，
我残忍地把他视为马雅可夫斯基，
对于他的死，怀旧和蔑视流行开来，
古老的青蛙合唱队

和像老处女一样、知了知了的蝉喧嚣一时。
但是，即使在这样的书里
那元素[5] 也已燃尽，
荣耀和启示
都是祈愿的火焰，存留下来的
无非花环之类，
是如烟、破碎的记忆。
我此时所写的人物，在我的万神殿中，
让他享有声望的
是生，而非死或回忆，
所以，当这种热烈的粒子
借助别的粒子，炽烈地繁盛时，
即使是在酒精的燃烧下，
它也会尊敬高尚者，
敬重谦卑的伟人，
在"一位不负责任的公民"身上显现出
单纯的火焰。

太迟，太迟。

二

雨在落，如刀
落在厨房的地板上。

天空沉重的抽屉

刚才拉开得太猛。

阴冷的季节，笼罩着我们。

这些天，它都蜷缩在厨房的窗台，

紧张，一团橙色烟雾[6]般的小猫

它拱起腰，

缠绕自己黄色的尖叫

此刻，纵身一跃。

闪电敏捷的手指

划出水文[7]，

电线抛掷自己的珠子。

泪滴，如同缓慢的水晶甲虫，在窗格上爬行。

这样的日子里，当邮差的单车

干巴巴地嗡嗡响起，如同招来雨水的

蝗虫，我就害怕自己的预感。

苍白的水点，一滴水

让我的手起泡。

一封湿透的信，在我手中雷鸣。

这昆虫安然地啃啮它的叶子，

一封蚕食的信，在我手上破裂，

就像我的画，曾被他送到自己面前，

仿佛近视的是黄昏，而非他的目光。[8]

"哈里自杀。发现他死在
乡下的家里。已死两天。"

三

渔夫像贼，抖露出他们的银器，
轻盈的刀，在干燥的沙上扭动。
他们开始劳作，
记录他们历史的人，早已开始著述。

在珈琅，在皮艾叶，在昂斯拉凡尔杜，[9]
天空苍白如镰，毫无意义。
一响雷，小猫就踩着碎步逃回
厨房的煤箱，
它的牙尖，入鞘，又出鞘，
它的黄眼睛，是愚人金[10]的颜色。

他留下这遗书。
没有意义，没有意义。

一整天，在铁皮屋顶上
雨水痛斥生活的贫困，
一整天，落日像割开的手腕，出着血。

四

好了，神童[11]！你算知道了你的季节。
例如，秋天时身体的纷纷坠落，[12]
种种死亡，残忍地重复，如喜剧一般，
在《时辰书》[13]中，它以往似乎如此遥渺，
是另一生的光和琥珀，
如今，在书里，有一位忙着割麦的收割者，
他悄悄前行，渐渐走近，不抬头，只瞧着
橙色夜晚、草地上沙沙作响的镰刀，
苍蝇在你的耳畔
歌唱，赶快，赶快！[14]
啊，哈里，你看不到这一页了，
念不出我们的名字了，
就像一块泪水浸染过、身在行人中的我
难以读懂的石头；出神的孩子
在高高的画室里，隔窗凝望。

棕皮肤，谢顶，下唇
像蜥蜴一样突出，
厚厚的镜片，如琉璃镇纸
手指短粗、厚钝，
犀利，严格，干脆，不留情面，
肚子是一只有窝的罐，皮艾叶的红土做成。
眼睛，就像海水冲刷光滑的瓶玻璃，闪闪发亮，

他的卡其色袜子，高至膝盖，
棕色鞋子，喷过漆，却还是破旧。

人民曾走入他理解的内心
那里就像路旁的乡村教堂，
他们亲手将他建起。
是他们，把他红土色的
前额之墙，弄得平整，
是他们，把他圆圆的体态做成土质的
用品
盛上清水，那是他们单纯的苦恼，
而他，将他们的部落之名
归还给扁斧，鹤嘴锄，粪堆，烹锅。
曼陀铃舌头上、白朗姆浓烈的酒气，[15]
张着嘴的年轻海湾，
被默念名字的苍鹭，或夜蛾，
或是编织入一张地图的村庄之名，
都随着洁净后院中烟雾的召唤，一一浮现，
他不再是一个人
而是整个国家的
热情和才智。

莱昂斯，普拉希德，阿尔辛多，
多米尼克，[16] 他们的刨子修削下的元音
有着森林的香气，

他们叫那烧炭工用烧焦的眼睛

抬头仰望，

叫那海上三英里外、嘴唇干裂、

与达荷美海岸毫无阻隔的 [17] 渔夫

舀一点烤干的船板上的雨水

为西蒙斯先生，为哈里·西蒙斯先生，

就让椰子金字塔上的剥壳人

靠在他的树边安歇吧。

把未完的肖像上那双眼睛，吹灭。

跳舞的老妇人

她的脊椎像一根"荣耀樱" [18]

如此柔韧，让她的血管均匀隆起

下面是绷紧的土地的鼓面，

她的脚比鼓手的指头还灵活，

就让她坐在角落，变成黑夜吧，

为了一个与她的大地颜色一样的男人，

为了一只装满闲置的画笔、破裂的红土罐，

笔管弯曲，僵硬，

但那红色除外，

那恶毒的红色除外！

他的岛屿上的森林，开启，将他封存

他就像林中叶子间，一只稀有的蝴蝶。

第二十一章

一

为何？
你想知道为何？
那就朝棚屋走下去吧，
棚屋就像散乱的木桶板
被陈旧的电线捆绑，
当太阳的手腕
在海的盆中
流出血的那一刻，
你就会明白是为何，

或者，跟着泥迹斑斑的小猪
随着它的路径，穿过
海边村庄的粪堆，
经过浪花
一次次的迸发，
那里面，死亡的咝鸣
在页岩中，汩汩作响
而螃蟹

就像字母，溜进
它的缝隙，
你就能理解这是为何，

黎明时分，闻一闻如同河流的
破旧衣衫上滞留不去、
难以清除的臭气，或是闻闻
盐饼店的黑暗角落，那里
鳕鱼桶散发着老女人的气味，
这样，你就开始
知道，地平线的虎钳
如何夹紧
喉咙，此时，硫黄色的第一星 [1]
抓住煤气灯四周昆虫的
嗡嗡声鸣
它们就像围着伤口的苍蝇。
不再问了？那就去影院
在大厅周围逛逛，时候太早，

此刻，正值两幕幻景之间，
陈旧的纵帆船船坞
那里的双桅小艇 [2] 之下，水在吃吃轻笑 [3]
这让你惊恐，
如若不然，就还要经受
香蕉林令人恐惧的

正规的行军，

椰子的腋下传来一股气味，

那气味也从剥过壳的椰果

僵死、张开的口中传出，

黄昏，椰果在长长的沙滩上，

古老的嘴巴，满口是水，

如若不然，就无话可说。[4]

二

所以，你不再自问

这些事物也不再问你，

因为丛林也是答案

是没有问题的答案，

正如海是提问，它冲打着，

渴求回答，

我们也是如此。

导师，它们并未询问我们，

这你接受吗？

当大自然简化成

赞扬或贬斥人类的仪式，

却还有一句没有问题的"是"，

有一种建立于无知的赞同，

在手腕浸没的红树林中，一棵棵重复着的
将手腕浸没的红树林中，
有一些地方
比良知，还要广阔。

我不断目睹
他人的英年早逝，
甚至还包括永显青春的清瘦老者，
我童年时学习的字母表
不再会遵循自己的顺序，⁵
我看见年轻的妻子，自尽
犹如地上香气浓郁、
肉桂色外皮的丁香，
但，仍然有什么在保持平衡，
我看见他在清晨的重压下弯身，
承受着它的光束，
虔诚，如天使，
画架像来复枪扛在他的肩上，
他是格里高利亚斯和我的导师，
我看见他凌立于染着盐迹的村庄的
泛白屋顶之上，
每座屋顶，陡峭中，
都刺着自己的木头之星。⁶

我，为了此生的葬礼，曾早早穿上适合的衣着，那时的我，望着他们所有人，全都是黑夜行者。[7]

三

我是不是还爱着她，就像爱你一样？
所有从她衍化出的女子，我都爱过，
两段婚姻燃烧我
让我把她的金色写得如真不虚。
那一夜，在山上，
深谷变得阴郁，渐渐忘怀，
我那时为何哭泣，
我为何跪下，
我是在感谢谁？
我跪下，是因为我是我的母亲，[8]
我是世界之泉，
我的皮肤上佩着繁星，[9]
我忍受不了反思，
我的标志[10]是水，
泪和海，
我的标志是雅努斯[11]，
我用双头观望，
我说的一切，都自相矛盾。

我流畅如水，

我会逃离

线条如鳗鱼一样欢快

我是一瓶水，在陶土的瓶中，[12]

我清澈的舌头舐舐新鲜的土地，

此时，我从岩石的

架上跳下，如一卷源源不断的带子，

我跳下，因为我为跳崖者[13]的争先恐后

感到骄傲！他们的冲动比我还要强，

所以，把他们视作英雄吧，如同加大拉之豚，[14]

就记下那冲动，我也曾分享、分享过它，

我如岩石一样被击打，我接受了

神给的天赋！[15]

我嘲笑自己垂死的呼吸，它在海的浅滩上

气喘吁吁。

你想看我的勋章？问问繁星吧。

你想听我的历史？问问大海吧。

我的导师和朋友，求你

原谅我吧！[16]

原谅我，如果这张素描能画成，

如果你温柔慷慨的心灵能使它获益。

我一画它，你就活着，

只用一笔，你就把它完成！

哦，弦与光的一同撩动，

哦，让灵魂随之荡漾的绷紧的神经，

柠檬绿的水上，一道边缘泛白的火焰——
"我吞下我的一切仇恨"。[17]

四

因为我娶的那人，她的阴翳是一棵树，
我困在她的手臂里，窒息，嚎叫：
爱我，原谅我吧！
黄昏中，她抱住我的恐惧，如同抱住群鸟
它们染着她变淡或如月光一样的叶色，
在她之中，我们的孩子
还有朋友的儿女，都单纯地
栖居，就如韵脚，
在她身旁，在这个冷酷的年代
我看不到那深密树叶之中的光，
叶子分享她的深邃，而一整片背风之海，在忧伤。

第二十二章 [1]

一

瘴气，倦怠[2]，潮湿让人无力，
霉菌的牙在啃啮，将蛀掉的树桩变绿
那里有银箔一样、泛着波纹的沼泽光，
赤鹭[3] 藏身于此，却并无秘密，
红树林的绳索
将平淡的水与平淡的天绑紧
天空如帆，沉甸甸，湿漉漉
划艇沉没其中，
它的肚子凹陷
（一艘废船，极力要让自己显得像
旧石器时代、半侵蚀过的史前遗迹）
太绿太酸的草，酸到了盐的牙根，[4]
酸汁、褐皮苹果[5]、染着水彩的水
都让史学家因口渴而当场
疯掉。水鼠拿起自己的芦苇笔，慢慢地
涂涂写写。悠然中，白鹭[6]
在泥板上，踏出它的圣书字。

探险家踉踉跄跄走出丛林，急需神话。

疲倦的奴隶，呕吐他的过去。

地中海[7]会计，有着水鼠一般的鼻子，

写一手白鹭脚下的象形文，

他计算账表，

双眼赤红，就像铜灯光芒中的夜；

而中国杂货商[8]的笑容如铅一般，呆滞无聊：

这么多磅的鳕鱼，

        这么多包的饼干，

都在店里穿挂的纸上，[9]

洋葱木乃伊般气味，

甘松油[10]，还有古代法老，他们如洋葱皮一样，剥落到

考古学家的手指上——这一切

都是历史的缪斯。碎陶片，

结着沉淀的、割喉者的双耳瓶。

像旧羽毛，

含着单宁，散发恶臭，自卑中，一圈圈

蜕去外皮，脱离自身，

泛黄之诗，穿挂的牛皮纸，

黄金加勒比人的神话，

如同废旧的胶卷，

诗意之箭，在剧烈扭动的阿拉瓦克少女身上[11]

它在叶子的光下折断。

        那位散视的[12]地质学家

弯身，如鹭一样蹲伏，

他在破译——但一个符号也破译不了。

一切史诗都随着叶子吹散，

随着牛皮纸上精准的计算，吹散；

只有这些才是史诗：叶子。

这里没有骑士，没有砰然相撞的

胸甲，没有胡须如叉的卡斯蒂亚人 [13]，

只有一条条狭仄、悲伤的银色小溪

如同蜗牛的行迹，

只有这位史学家，在隐形墨水中，

破译它耐心的污泥，

没有滔滔洪流，涌下峡谷，

如源源不断的缎带，

有的是百万年一变的蜥蜴，

还有被砍下、滚落沙上、气息残喘的椰子之头，

它张着嘴，恰在此刻

忘却自己的名字。

那个孩子，他把一半椰壳放在水上漂浮

水是棕色溪流，是兰帕纳尔加斯河 [14]——

先是我的儿子，之后是两个女儿——

椰壳流向水的咆哮，

流向大西洋，一片扁桃树的枯叶作帆，

一段细枝当桅杆，

那孩子与他父亲一样，也是这样的孩子

没有历史的孩子，对世界之先毫无认识的孩子，

他只知道流穿石头的水，

还有绝望的海螺，它抓住露出地面的岩石

就如一个永远不让波浪冲下甲板的人；

那孩子把椰壳的呼号放到耳边，

一无所听，却又听到一切

史学家听不到的东西，是呼号

来自所有渡过那水流的种族，

是先祖们的呼号，他们溺死

在错综、旋转的巴别塔里，

孩子听见费拉欣 [15]、马德拉西 [16]、曼丁戈人 [17]、阿散蒂人，

是的，他还听见广东的绿石缝间 [18] 传出的回声，

听见数千并不渴望这片彼岸的人

而岸边就有印度之省的泥碑，

他们如幽灵一样身着白色和棕色长袍，高举的双手，是根根
  细枝，

又听见镣铐，曼怛罗，一千卡迪什， [19]

螺旋中，钻入那椰壳，

看，在藏红色、神圣贝拿勒斯 [20] 的夜光中，他们

如何像鹭一样飞升，

那鹭，如幽灵一样身着白色和棕色长袍，

当渡过水流，他们的记忆就被抹去。

而海，始终如一，

接纳他们，

而岸，始终如一，
接纳他们。

在椰壳之舟内，
在复诵的祈祷间，
在海螺的腭里，
在扁桃树叶的枯帆上
一切航行，尽在其中。

二

给残忍镀金的人
从开膛的阿兹特克人 [21] 的内脏中，读出了
西班牙的荣耀之色 [22]
比希腊还伟大
比罗马还伟大，
比基督之血的紫色，
比他们鸟喙羽王的
野蛮祭坛上的黄金粪便 [23]，
比人肉的盛宴，都要伟大，
他们依然痴迷，
以祈祷的姿势，
痴迷于父辈的镣铐做成的糜烂的玫瑰，
或举起玷污着呕吐物的银色圣杯，

他们看见金色、残忍、明亮如鹰 [24] 的荣耀

在西班牙征服者患着疟疾、

流泪的眼中，至少这里面

出了点毛病——

也许，他们会赦免我们，如果我们重新开始，

从我们熟悉的东西，从虚无开始

从那园中肉欲的污泥，

从那蛇化身人形的精妙，

从鹭脚在泥土之楣上的

埃及时刻开始，

按着鹮的卜语，

鹮在夜间飞行，

飞离那片融化的树，

而沼泽光的银箔之盘

一次又一次，用压成箔的书卷，给我们带来

虚无，又是虚无，

还是虚无。

三

　　　　这里，安息。安息，天堂。安息，地狱。

卵石拼图、卵石的日光沙面和海底，安息港，兰帕纳尔加斯

忧郁惶恐的病人。[25]

太多应该忏悔的史事可以充作

诗歌。回避吧：

　　　　　1857 年的勒克瑙[26] 和坎普尔[27]。
历史的进程用事实在机器中加工制作，
为了诗人廉价的酒精，
一行行诗，就像甘蔗厂的机械处理神话
再磨成废料。

　　　　　1834 年奴隶制废除。
一个世纪之后，它又奴隶般死灰复燃
用水鼠的鼻子，用糖厂的文学，
以受虐的样子，崇拜
锁链，还有割喉者破碎的朗姆酒瓶。
解释，解释，作家们
给自己的子孙布置功课。

根藨，根藨，[28]
移民之群纷纷倒伏，沙沙作响，
热症如镰刀割伤他们，腹痛，
吃土的奴隶佩戴面具抵挡绝望，[29]
抵挡的不是精神萎靡，而是蠕虫病。

最后一次，说名字！说名字！
阿布贝利卡·托雷，常称作约瑟·参孙。
哈马迪·托鲁克，常称路易斯·莫德斯特。[30]
曼丁戈中士们[31] 将非洲奉还，
令人厌倦的返乡之旅，

但对于契约束缚的印度人
卡洛尼原野 ³² 宛如恒河平原，
我们父亲之骨。哪个父亲？

在太阳的柴火中燃烧。
在沙的灰坑上。
你也如此，祖父。安息，天堂，安息，地狱。
我坐在日光的咆哮里
就像一位坐如莲花的瑜伽士，在他的煤床上身体合拢，
一轮火环，萦绕着我的头。

四

哦，旭日，在那个清晨
我难道不曾向你的
神圣、重复的复活，念诵过"哈瑞
哈瑞，奎师那"³³，然后礼貌地说
"谢谢你，生活"？这不是
为了认识上帝
而是要知晓：他的名字
躺在我的舌上，再熟悉不过，
就像这个人说"饼"，
或"太阳"，或"葡萄酒"，我踌躇，
我的懊悔，让我动摇，就如一个人

说"新娘",或"饼",
或"太阳",或"葡萄酒",我相信——
相信就算我不在这里
你还会再次升起,让天空
燃烧,我相信你不必
寻觅我,也无需这份祈祷。

五

所以,我要重复自己,[34]
祈祷,相同的祈祷,向那火,如一的火,
就像太阳也重复自己,雷鸣的海水亦如是
还能为了什么?
无非是书,书和海洋,
游廊与一页页的海,
无非是写风,写回忆中让风拍打的头发
火色日光中的头发。

那时我十八岁,如今四十有一,
我与蛇为伴,
我曾是一颗插满刀刃的心,
但,我的儿子,我的太阳,

成圣吧,兰帕纳尔加斯和它高空盘旋的群鹰,

成圣吧，生锈、扭折、锈迹斑斑的盲扁桃树[35]，
还有你们曾祖和父亲折磨人用的枝干，
成圣吧，扁桃之叶阴翳下的小桥
旁边是红色小店，那里的一切都染着盐味，
而树下的蓝色海浪，最神圣，
而那一块后背连遭冲击的石头，最神圣
而它才更是石头，
而海水不知疲倦的、嘶哑的愤怒，最神圣，
但我却能在海边平静漫步，我是新生又疲惫的男人，
因为身旁两个爱女的重量，让他平衡。

六

玛格丽特，你从来就是圣洁的，
而我们的平静也早已是圣洁的。
我如今能做的

除了坐在阳光中燃烧
对着一面衰老、盲目的镜子，
梳理、不梳我的头发——[36]

逃避——还能如何？不，我只是
习惯了现实，它
在燃烧。就像燃烧中的

我儿女的身体。
习惯了。向内心。我愿
如岩石，如那块真实的、

我让它成真的岩石一样
燃尽欲望，
燃尽欲火，但那太阳除外

戴着火冠的太阳除外。
安娜，我想一头白发
如海浪，让脸褶皱

让脸如棕色的石头，腥咸，
布满皱纹，变成一位老诗人
面向那风

面向虚无，存在着的虚无，
那是他脑海中喧嚣的世界。

第二十三章

一

在马拉巴尔[1]旅店的别墅
每个早晨醒来，我都会惊讶
惊讶那片筑成的黄色丛林
防波堤般的红树，它们面对
防波堤般的红树，它们重复
重复它们连续不断的吃水线。
年复一年。这座岛从未移动
不曾起锚。
　　　　　一代代的波浪，
一代代的青草，宛如浪花
刹那花开，刹那凋零。

我徜徉于浅滩，就像年迈的锤头鲨
我害怕自己的影子，在浅滩，我感到饥饿。
我的脚一碰沙子，天空就鸣响，
当我呼吸，百万片叶子就吸入内心。
我转向我的记忆，
一切都不可避免地枯萎，

正是我，第一个把自己的手伸向

无名、关节发炎的枝条，

而灌木会在风中转动

风无牙，咯咯轻笑，而

有些根，排斥英语。[2]

但，我却是那个敬畏者。

这是新的痛苦，

我指的是含羞草的断言：

"你兴许不记得我了"，

痛苦就像那片淋巴结核的海葡萄、它的伤疤一样，

在那里，格里高利亚斯支起帆画布，如十字架，

那里，荣耀，就像老妇人一直在跳舞

杀死荣耀[3]。

我不愿回想安娜。

我不愿去看他的坟墓。

二

他们毫无变化，他们只知道

旅店客房的秋的迹象、

海的空调引擎，

还有民族装扮的女侍者

310

还有飞驰的骑手，纷纷经过

与马提尼克航线 [4] 相交的孤波 [5]，马，或，海，

都出自旅游局的高更。

旅店，旅店，旅店，旅店，旅店，一家夜总会：痛苦的下场 [6]。

这不痛苦，比起当异乡人，

成为一个浪子，要更艰难。

三

我曾在旧的游廊上望着

游廊、群帆、永恒的夏天之海

海像一本书，由逝去的导师打开。

如今，要是一切消失，那会怎样？

山让越来越多的柏油路切断，

树林全部锯掉，

而平房则在伤痕累累、劈砍过的山坡上扩散繁殖，

魔力的泻湖干涸

就为了高价收购的方案，

他们还推平、删除了我们的维吉耶，

我们众岛的微眸，我们的西尔苗 [7]

就为了一座粉红、柔色的新城，但棚户和小屋依然林立其中

摇摇欲坠，顽强，绝望，不觉羞耻，

黄昏如失忆，染蓝山坡，

此时，月亮总会在忘忧之海上
摇晃它的灯笼
而夜晚会合上一页页的海，
会像我那逝去的读者，默默地浮现在
盘旋的叶子间
为了那逝去的名字
加勒比人、奴隶和渔夫的名字。

众民啊，你们原谅我，
你们展现的耐性
比海浪手腕的
肌肉更细腻、更坚强，
而你，大海，有着
那位年迈、皓首、灯笼下巴的
守墓人之嘴，
你原谅我们一次次的离弃吧，还有你们，众岛
你们的名字，犹如糖一般溶化
在孩子的口中。而你，格里高利亚斯。
还有你，安娜。安息吧。

四

不过[8]，啊，格里高利亚斯
我之所以将那希腊式的名字授予你，是因为

它回响着有福的、海浪的雷鸣，

是因为你画出了我们第一批、原始的壁画[9]，

是因为那名字轰然迸发，

那是黑色希腊人的名字！一轮太阳，它置身于

自己的火焰之外，问心无愧，珍视

自己的影子，看着它熠熠闪耀！

你有时也会翩翩起舞，带着一股毁灭的狂暴

它让我们的岁月如火。

格里高利亚斯，听着，我们亮了

我们是世界之光！

我们有福了，因为我们拥有一个处女般、不曾涂画的世界

我们拥有了亚当的任务，为万物命名

拥有了云和乡村的光滑、洁白之墙

在墙上，你设计你的源源无尽、

不能实现的文艺复兴，

那些褐色的乔托和马萨乔[10]的基路伯，

我们还拥有窗边吹来的腥咸的风，

透着松节油的气味，我们拥有的一切，都并不古老得

难以创造，

就把你那粗糙的木头之星高悬于万物之上，

它的光芒就由可朽的微暗之火化成，

格里高利亚斯，阿皮罗！

1965 年 4 月—1972 年 4 月

注释

选自《另一生》（1973）

1 《另一生》是沃尔科特的一部自传长诗，凡四篇，共二十三章，计
3637 行。最早在 1949 年，他自费出版了《青年的墓志铭》组诗，这
是《另一生》的原始文本。1965 年，沃尔科特写了一篇散文《离校》
（"Leaving School"），发表在《伦敦杂志》，散文描写的是 1962 年毕
业年，他称之为"黄金一年"或"奇迹年"（annus mirabilis）。但由
于篇幅太短，沃尔科特意犹未尽，同年 4 月，他开始撰写更长的散
文《另一生》；同年 11 月初，他完成了第一稿，写于四开本练习册，
共 76 页；1966 年 12 月，他完成第二稿，写于另一本练习册上。这两
本手稿就是"《另一生》笔记"，现藏于西印度群岛大学莫纳校区图书
馆。最终，基于上述这些文本，他将散文改写为诗歌。这部诗作的结
尾，标注的写作时间为：1965 年 4 月至 1972 年 4 月，共七年，恰好
是上帝创世的天数，作者也意识到了这一点，在诗中有所指。

这部诗集的题目为 Another Life，英语中，another 指的事物 B，
要相对一个事物 A ：或同质不同量；或异质不同量。前一种情况中，
A 和 B 是并列的两个事物，只有量的差异，后一种情况，A 和 B 在
事实和价值上有本质的不同。沃尔科特的用法兼有两义：在第一层含
义上，（1）指艺术（包含绘画阶段和文学阶段）这个第二生活/生命，
它与现实生活互相作用，同时延续。或（2）相对于现实而言的回忆
中的"另一生"，指 1930 年出生至 1950 年离开圣卢西亚，去牙买加
读书这一段生活，这是本诗描写的核心。而且只要作者现实生活继
续，回忆中的"生活"也还在继续。在《历史的缪斯》中，沃尔科特
说，"存在着一种文学想象的回忆，它与实际经验无关，事实上是**另**

314

一生"。(粗体为我所加)

《另一生》的主题是沃尔科特的艺术之路，即从绘画开始，最终选择诗歌的过程。前三篇写的是沃尔科特在圣卢西亚的生活，直到 1950 年离开，去牙买加西印度群岛大学求学为止。第四篇写的是1965 年 4 月至 1972 年 4 月写作《另一生》时的经历。全诗以沃氏的三位好友为中心，他们分别代表了三种爱和三种生活（见《另一生》第三篇篇首注释）：(1) 哈里（Harry），代表"死亡之爱"，指哈罗德·西蒙斯（Harold Simmons，1914—1966），沃尔科特的绘画老师，自杀而死。(2) 格里高利亚斯（Gregorias），代表"艺术之爱"，即画家邓斯坦·圣奥马尔（1927—2015）。(3) 安娜，代表"爱之爱"，即安琪薇尔，见《海风》和《海歌》，她是沃氏初恋情人，诗中是超越时空的美的化身。在三个人物的带动下，整部《另一生》的主题渐渐扩展，它既是诗人的自传，也是所有加勒比艺术家和知识分子的自传，甚至还是卡斯特里和圣卢西亚，乃至西印度族群的成长自传。

选自第一篇　分裂的孩子

1　第一篇分七章，本诗集选五章。每一章都谈到了一种造成少年沃尔科特"分裂"的影响因素。第一章是哈里：画与诗的分裂。第二章是母亲：有序与无序的分裂。第三章是卡斯特里的各色人物：希腊神话与现实传说的分裂。第四章是宗教背景：天主教与本土起源非洲的宗教的分裂。第五章是对待圣卢西亚的态度：利用者和奉献者的分裂。第六章是对圣卢西亚的利用和爱的分裂。第七章是西方教会传统的"圣言"与本土艺术的"新言（Word）"的分裂。

2　Cimabue，1240—1302，意大利前文艺复兴时期的画家，乔托（Giotto）即著名的乔托·迪·邦多纳，意大利文艺复兴时期的艺术之父。这里的"老故事"出自 16 世纪瓦萨里（G.Vasari）的《名画师、雕塑师、建筑师列传》(*Le Vite de' più eccellenti pittori, scultori, ed architettori*)。这一段话概述了沃尔科特走上诗歌艺术道路的原因。

第一章

1 关于这个词,见《游廊》。按照沃尔科特在《青年的墓志铭》组诗中的介绍,但丁笔下的保罗和弗兰切斯卡是在游廊上阅读一本讲兰斯洛特和桂妮薇儿(亚瑟王传奇中的故事)之事的书才陷入偷情。所以就他个人体验来说,"游廊上的书"首先指这本书,意即,他要在《青年的墓志铭》的基础上"重新开始"新的诗篇。见 BN,第 221 页。

2 指哈里,即哈罗德 · 西蒙斯(1914—1966),圣卢西亚职业画家,他被称为圣卢西亚艺术之父,他是沃沃克的朋友,是沃尔科特和邓斯坦 · 圣奥马尔的绘画导师,当过公务员和新闻工作者,他最后自杀而死。这对沃尔科特影响很大。见 *Conversations with Derek Walcott*,第98 页。

3 来自《神曲》开篇,nel mezzo del cammin di nostra vita。指 35岁,即 1965 年。《另一生》3.15.4 中也说,a man lives half of life,/ the second half is memory,这样,"中点"也分出了过去的艺术生涯(前35 年)和"回忆着过去"的艺术生涯,后者是对前者的否定和反思。

4 戏剧《猴山梦》中,白色月亮表示欧洲人的缪斯,但这里比作灯泡,语带反讽,因为灯泡不是自然的光,它是人为发明的东西,下面的亏缺即 wane,指月缺。

5 黄昏(twilight)是沃尔科特很看重的意象。他在《黄昏之言:序曲》中,把黄昏视为重新开始的契机,它不是白昼的结束:"当暮色就像舞台上的琥珀光,让木头和生锈的铁搭起的广告牌凸显出来,一种戏剧般的悲伤随之而生,因为那犹如古董铜灯的光晕一般的光泽(glaze),就像小时候该回家的信号一样。"

6 指椰子树干，这种比喻是沃尔科特常用的。随着日落，椰子树干的影子变长，好像树干落下。

7 glaze，指绘画树脂的光泽。我译为"釉"，不是指瓷器的釉，是形容一般意义上的油状的光泽面，这也是釉的本义。glaze 是沃尔科特非常喜欢用的词，它名词的含义是釉质，光滑的平面，眼睛的翳；动词表示上釉，装玻璃，涂上光泽，眼睛变模糊，古语里，还等同于 stare，即凝视。

8 The dream/ reason had produced its monster，来自弗兰西斯科·戈雅的一幅蚀刻版画的题词，这幅画是《怪想》(Los caprichos) 组画的第 43 号作品，非常著名，画的是一个沉睡者（作者自己），埋首在桌上，周围是猫头鹰和蝙蝠缠绕，象征了无理性对理性的压制以及西班牙的黑暗现实。题词后面还有一句，大意就是，幻想和无理性的力量，与理性结合时，会成为艺术的源泉。

9 prodigy，英语中有三个含义，一指神童，少年天才，二指奇迹，三指怪异之事。

10 海港的远景，在画纸上变成了近景，相当于放大。

11 这个船屋就是安琪薇尔的家，她父亲把它改造为了餐馆。

12 西蒙斯的画室在维吉耶海角的巴纳尔山（Banard Hill），见 BN，第 225 页。

13 作者利用了这个词的词源，它来自拉丁语 candere，即照耀，使变白。拉丁语的 candor 表示纯白，纯洁，这个词所指的白色程度还非常深。英语 candle 也与 candor 同源。

14 chiton-fluted，chiton，希腊文作 χιτών，是古希腊人穿的白色长袍，主要是男性穿着，作者用 chiton 一词，就是为了联系古希腊和文艺复兴的艺术。flute，指笛箫，这个词也表示褶皱和石柱上的凹槽，因为褶皱和凹槽很像排箫（pan flute）的起伏状。

15 指 1948 年卡斯特里大火后残存的办公楼，见《城市死于火》。

16 《米洛的维纳斯》由两块大理石拼接，在它的背部，髋关节处，可以看到一条裂缝。所以，这座志在模仿维纳斯的雕像，也需要像正品维纳斯一样，有一道裂缝。

17　即哈罗德·西蒙斯画的《阿尔伯蒂娜》，这幅画就在画室的壁炉旁边。阿尔伯蒂娜（Albertina）是西蒙斯的黑人女仆。

　　在《另一生》笔记中，沃尔科特写道："在西蒙斯的画室，书架上有一尊米洛的维纳斯的小雕像；它是石膏的，但我的想象让它成为了大理石或象牙的。在一面墙上，还有一个暗光中的黑女人的头，'阿尔伯蒂娜'，它就像德拉克洛瓦笔下的头。这个头做了艺术化的渲染，但是，它的装束很真实：一套马德拉斯棉的头巾，条纹上衣，金耳环，这些让主人公反而高贵起来。我觉得这个黑人女子就像艺术本身一样美丽。"见 BN，第 227 页。

18　haloed the tonsure，halo，一指灯泡的光圈，二指基督教圣像人物背后的光环，这里作为动词用。tonsure，一指哈里谢顶，二指基督教修士的剃发和剃发后的头型。修士剃发要将顶部头发去掉，只保留一圈头发，表示为上帝服役的决心。这里是把哈里圣化，突出他的艺术如同宗教一样，而且可以取代本义上的宗教。

19　Hobbema，即梅因德尔特·霍贝玛（1638—1709），荷兰黄金时期的风景画家。这里指的是他的油画《米德尔哈尼斯大道》（*The Avenue at Middelharnis*，1689，藏于伦敦国家美术馆）。

20　在作者的诗中，黑人往往被比作猿猴，一方面是肤色和形象（在西方人眼里），一方面是因为，猿猴只能模仿人，属于"次人"，所以黑人艺术家也都永远是模仿者，甚至是拙劣的模仿者。

21　redcoats，指 redcoat plum，学名 sproudias purpurea，属槟榔青属，牙买加和加勒比地区盛产，成熟后为红色果实。在英语里，redcoat 又指英国经典的红色军服，因此也代指英国士兵。

22　green flash，这是太阳在地平线附近升出或落下时放射绿光的一种自然现象。这联系了第三篇的"单纯的火焰"。

23　英国邮票有一种橙色版，这里把一片片整齐的别墅区比作一版版

318

的邮票及其图案。

24　这一句暗含了深刻的殖民地文化教育造成的后果，见沃尔科特在 1989 年的一次访谈中的分析，里面也提到了这一节中的一些植物："我认为区别实际上不在于想要看到榆树和橡树的那份渴望。关键在于一种所谓的尴尬，想象中的尴尬，会认为芒果比榆树低一等，棕榈树比桉树或松树之类低一等。"见 *"Toubab La!"Literary Representations of Mixed-Race Characters in the African Diaspora*，第 203 页。

25　这里的书、月、海，均呼应开头第一节。书的脸，不是汉语说的书面（封面），指打开的书页，现在扣放，暗示了开头说的"打开的书"。

26　坎贝尔即乔治·坎贝尔（1916—2002），牙买加诗人，黑人，1945—1978 年，定居纽约，之后回到牙买加，1994 重返纽约，直至去世。《处女诗》（*First Poems*）出版于 1945 年。坎贝尔也影响过沃尔科特，促使他走上诗歌道路；他是在西蒙斯的推荐下阅读的。

27　死去的孩子，是那个学习西方，想当白人的学画的少年沃尔科特，他死去后，就会迎来重生。

28　The Pilgrims of the Night，英国诗人弗雷德里克·威廉·菲伯尔（Frederick William Faber, 1814—1863）创作的基督教赞美诗。这首《黑夜行者》，适合于在葬礼时歌唱。由于死亡是黑夜，因此所有送葬者都是黑夜的行者，都在向死亡前行。

29　pink-palated conchs，在圣卢西亚的海滨墓园，海螺往往用来作为分界线，分割墓地。

30　Sir Thomas Lawrence，劳伦斯爵士，英国画家（1769—1830）。沃尔科特"调皮地"加上了一个中名 Alva，是为了让人联想发明灯泡的托马斯·阿尔瓦·爱迪生。

31　指劳伦斯的一幅肖像《萍琪》（*Pinkie*）。这幅画藏于美国加州亨廷顿图书馆，作于 1794 年。

从籍贯来说，萍琪·穆尔顿是加勒比人，1783 年生于牙买加，是英国殖民者和奴隶主的后代，之后返回英国，死在那里。

32　之所以说另一位，是因为葬礼埋葬的小女孩也叫萍琪。她本名蜜尔娜·奥古斯特（Myrna Auguste），去世时才 9 岁。

33　《以赛亚书》6:6，撒拉弗手里拿着煤，煤涂在嘴上，罪孽就消除了。和合本译为"炭"。

34　变白指月光照射，这引申出两个比喻：一，比作闪光灯，作者想象了一台相机（后面还比喻为 X 光机）拍摄着卡斯特里众生。二，比作负片的主色白色，每拍一次，他的记忆相机里就存留了一张负片，然后放入"头脑的池中"（见下）。

35　冲洗负片的池子。头脑一词为 mind，这个词也可以用来指记忆。作者在催促自己，拍完之后，要尽快用诗把他们"冲洗"出来，另外，他也想到了之前记忆中的所有负片。

第二章

1　mansard 是一种建筑风格，这种风格的屋顶，也称法式屋顶，是一种四坡屋顶，而且是双斜坡或复折屋顶（gambrel roof），屋顶分为两折，上坡平缓，下坡渐陡。这种风格由 17 世纪法国建筑师弗朗索瓦·曼萨（François Mansart）推广，因而得名。在法兰西第二帝国和拿破仑三世时期，这种建筑最为盛行。圣卢西亚最早为法国占领，法式建筑很多。

2　jalousies，这个词直接来自法语，英语的 jealous 源自此词，作者这里的描述为了体现圣卢西亚的法国风格，下面则引入了英国元素。

3　brooms，可数时指扫帚，不可数时指金雀花，英国传说的女巫的扫帚是金雀花做的，所以一词两义。作者这里也暗示了金雀花，因为正是金雀花王朝（Plantegenest, planta genista）的爱德华一世在 1301

年吞并威尔士后，开始册封威尔士亲王的。

4 ICH DIEN，I SERVE，这一句表面意思指英国威尔士亲王的纹章冠饰图案，其上有三根白色鸵鸟羽毛，羽毛顶部向下垂，穿过亲王的冠冕，下有缎带，上写一句铭言，ICH DIEN。这句铭言和鸵鸟毛冠饰最早是英王爱德华三世之子、第二世威尔士亲王黑太子爱德华（1330—1376）使用。

5 "我"，指沃尔科特的寡母。第二章的"分裂"由母亲促成，即婴儿在出生之始的无序和母亲树立的秩序间的分裂。这两句模仿了威尔士亲王冠饰的铭言。从这里开始，《另一生》中会常常用第一人称的"我"，变换地指作者、叙述者、主人公。

6 按照维多利亚时代发展的花语，葬礼语境中，蕨类植物表示诚挚，或迷恋，蕨类的叶子会编成葬礼用的花环。

7 指刚出生的沃尔科特兄弟。父亲去世时，他们只有1岁零3个月。

8 Singer，指美国辛格牌缝纫机。这个牌子历史悠久，1851年由辛格创立。这里首先用了singer一词的字面意思。这台缝纫机是沃里克送给妻子的礼物。沃尔科特的母亲在缝纫时，还会有节奏地唱赞美诗。BN，第233页，介绍了缝纫机，尤其是辛格缝纫机在加勒比作家的作品中经常出现，是童年记忆的重要组成。

9 jour marron原本指奴隶放风的日子，比如集市日，可以不做工，暂时离开种植园，去购物。奴隶制废除后，指一般的假日，休息日，集市日，尤其是复活节周日，复活节周一，各个周日等。

10 Victrola，1901年成立的维克多留声机公司（Victor Talking Machine）在1906年推出的留声机品牌。Victrola是Victor加了指小词后缀 -ola，这是模仿乐器名如viola的构词，为了表明留声机可以像乐器一样播放音乐。这款留声机最为经典，它配有一个柜子（cabinet），机器和喇叭可以放在里面，起到防尘并与其他家具风格配套的作用。

11 蓝翅鸭是一幅画，在《离校》中，沃尔科特提到了父亲的遗物，其中有"一幅浪漫风格的原创画，画着海鸟和悬起的海浪，他起的名字是《风暴的骑手》"，见 *Critical Perspectives on Derek Walcott*，第 28 页；*Telling Our Stories: Continuities and Divergences in Black Autobiographies*，第 81 页。

12 屋檐花边上雕着的沃里克和阿莉克丝的首字母。连起来念是 aw，感叹词，所以说是玩笑。

13 Bubbles 是一幅插画，它原本是油画，由拉斐尔前派创始人英国画家米莱（J.E.Millais，1829—1896）所绘，原名为《一个孩子的世界》（1886），画中，一个金发的白人男孩坐在石头上，手里拿着吹泡泡的管子和装着肥皂水的碗，抬头注视着一个他吹出的气泡，画的右侧有一株枯萎的植物。但是，这幅画后来被皮尔斯皂业公司（Pears Soap，创始人安德鲁·皮尔斯）收购，作为了广告宣传画。

14 paper flower，不是指纸做的花，指下面的叶子花，尤其是叶子花属中的光叶子花（Bougainvillea glabra），因为它花片薄，俗称纸花。这种叶子花适合盆栽。

15 bougainvillea，也叫九重葛，它有藤，带刺。

16 allamanda，花名来自瑞士生物学家阿拉曼达，这种花形似喇叭，成熟后就会掉落。叶子花和黄蔓都长在沃尔科特家门前。

17 charges，与 bugle（喇叭）有关时，指冲锋。

第三章

1 点街灯的灯夫，灯都是油灯，烛灯或煤气灯，这里是烛灯。

2 霍桑写给儿童的传奇故事书。

3 金斯利即查尔斯·金斯利（1819—1875），英国布道师，作家，《英雄》全名为《英雄：希腊传奇故事》。其中包含三组希腊神话：珀耳修斯；阿尔戈英雄；忒修斯。

4 magic lantern, 旧式的投影机或幻灯机, 发明于 17 世纪, 光源用烛灯和油灯, 灯片插入机器, 然后投出影像。灯片为方形, 影像部分为圆形。有的机器, 灯片连成一排, 运动着经过灯孔, 有的做出圆形, 每个图片转动着经过灯孔。这里比喻街灯, 灯夫拿着烛火, 街灯在屋里投出了灯夫的影像。

5 克罗诺斯和莱亚的女儿, 宙斯的姐姐, 丰收和农业女神。她的女儿珀耳塞福涅 (普罗塞耳皮娜) 被冥王哈得斯掳走, 她举着火炬去寻找。火炬也成为德墨忒尔的象征。

6 Ajax, 指大埃阿斯。从这里开始, 作者将按照首字母 A 到 Z 的顺序, 像词典一样, 模仿《伊利亚特》第二卷列举武士和船只的方式, 罗列圣卢西亚卡斯特里的真实人物和事物。为了让这种列举更为明显, 我标出了对应的字母, 以方便读者理解和查找。

7 这个叹词表示轻蔑不屑。"说"用的古语 saith, 钦定本《圣经》中常见, 尤其描述上帝的"说"时。

8 Berthilia,《猴山梦》中穆斯蒂克 (Moustique) 和马卡克买了一头驴, 叫波提丽亚。戏剧将马卡克对应了堂吉诃德, 所以这头驴子就像堂的马"驽昔难得" (Rosinante, 西班牙语, "驽马"和"从前"的合写), 马卡克想骑着它周游世界。她对应的希腊人物是普里阿摩斯的女儿卡珊德拉。

9 特洛伊战争中, 卡珊德拉预言了木马计, 但是无人听从, 老妪的低语, 也无人注意, 这正是她酷似卡珊德拉的地方。

10 这个司机原名纳撒尼尔, 绰号舒瓦瑟。下面的克劳泽叫法兰西斯·克劳泽, 他父亲开了一家修车厂。

11 half-brother, 指父或母有一方不同的兄弟, 按照语境难以确定他们是同父还是同母, 故译为非亲兄弟。

12 这位艾玛纽埃尔·奥古斯特 (Emanuel Auguste), 按照当地读音, 读如 OghEEst, 发音类似 Odysseus。他是一位卡斯特里著名的药剂师。每天早晨, 他都在港口划船。在《离校》中, 沃尔科特说这位奥

323

古斯特是一家业余剧团成员，沃氏的父母也在剧团中。奥古斯特以前还是商运船员，喜欢朗诵，看过巴里摩尔版的哈姆雷特（按：应指约翰·巴里摩尔，1882—1942，美国巴里摩尔演员家族的著名成员，他塑造的哈姆雷特最为经典）。

13　BN，第238页指出，引自爱德华·菲茨杰拉德翻译的莪默·伽亚谟（欧玛尔·海亚姆，1048—1131）的《鲁拜集》的第一版(1859)。46　FARAH & RAWLINS，BN，第239页介绍，这是卡斯特里一家商店，1948年毁于大火。

14　Ionic columns，古希腊文为Ιωνικός ρυθμός，古希腊著名的柱式，最显著的特点是柱头有涡形的装饰。以弗所的阿尔忒弥斯神庙就是这种柱式。

15　Gaga，这个人名来自法语gaga，老朽，疯子，痴人，20世纪初，这个词进入英语。这里指一位异装癖男性，gaga是他的外号，符合他的特征。BN，第239页介绍，嘎嘎是卡斯特里有名的同性恋，最后在巴巴多斯去世，巴巴多斯也是加勒比地区著名的同性恋之岛，这可以类比同样盛行男风的古希腊。

16　指女佣爱谈论他，爱围观他，把他当作笑料。

17　斯巴达的海伦，希腊文化中，海伦是不贞女子的代名词，所以这里用她对应妓女。

18　杰妮在拉客。BN，第239页，指出这是当地婚礼歌曲中的一句，这首歌在新郎新娘交换誓言之后或婚宴切蛋糕时演奏。

19　Ityn，来自希腊人物伊第斯（Itys，Ἴτυς，也作Itylus）。

20　Tin! Tin!，指傻女孩的胡言乱语，读音近似Ityn，就如同割去舌头，说不出整话的菲洛墨拉。下面的菲洛墨拉（菲洛墨娜），作者用了法文的写法，因此这里的tin应读如"丹"。

21　菲洛墨娜被铁流斯割去了舌头，说不出整话。这里有两重意思，tongue如果表示舌头，那么unspeakable指舌头的惨状难以形容。tongue如果指语言，则指这种语言，无法被说出来。

22　这里提到了金羊毛，金子暗示了几内亚是产黄金的地方，为殖民者铸造金币。几内亚珍珠鸡在加勒比地区乃至美洲的民间传说中经常作为主人公。

23　Kyrie，来自古希腊文 κύριος，这里是呼格 κύριε，这个词意为主人，君主，这里是呼喊上帝。呼喊完整应为，Κύριε, ἐλέησον（主啊，怜悯 [我] 吧，垂怜吧）。这一句出自《新约·马太福音》15:22，20:30。有希腊传统的东正教在祈祷仪式中会这样呼喊。罗马天主教也保留了这一句，会配合音乐反复唱出，形成完整的曲子，用于祈祷和弥撒，汉语称为《垂怜经》，一共三句，中间会改为，Χριστέ, ἐλέησον。新教中，安立甘宗和路德宗也保留了这一句。黑鹂的叫声类似古希腊语读音的 Kyrie，读如 /ˈkiːrieɪ/——不同于英语中 Kyrie 的读法。

24　Ligier, BN，第 240 页介绍，《另一生》笔记中记录，里基尔装疯，逃过了死刑。只要一问他名字，他就猫下腰，大叫"里盖（ligé）不见了！"

25　古希腊弗里吉亚国王，酒神赐予他点石成金的本事，但这个本事给他带来很大麻烦，它让食物也变成金子，无法吃东西。

26　曼诺瓦应是卡斯特里一位黑人商人。按照下一章的介绍，他是鱼贩子和屠夫，还可能兼任天主教神父。

27　Nessus，古希腊文 Νέσσος，半人半马的怪物（centaur，Κένταυρος），冥河的艄公，调戏赫拉克勒斯的妻子，被赫氏用带有许德拉之毒的箭杀死。临死前，他欺骗赫氏妻子，让她保留自己的血，可以涂在丈夫衣服上使他的忠诚。由于妻子不知血有毒，结果后来在使用时，害死了赫氏。

28　N' homme Maman Migrain，这一句是圣卢西亚的法语克里奥尔语，我采取了音译。migrain 即 migraine，偏头疼，这个词来自古希腊文 ἡμικρανία（半边头），英语 megrim 同源，指怪物，怪人，让人头疼的东西，对应涅索斯。这个绰号的意思就是，让你难受和厌恶的，是调戏你妈妈的男人（对应涅索斯调戏赫氏妻子）。这个涅索斯很可能是一个爱骚扰人的流浪汉。

29　fire and brimstone，《圣经》中频繁出现的两种事物，英语来自钦定本，后来成为成语，指上帝的愤怒，地狱和审判时的磨难。

30　Peter & Co.,BN，第 241 页介绍，这是一家卡斯特里的煤炭公司，由苏格兰人威廉·彼得建立。沃尔科特经常用煤来比喻，一方面是因为《圣经》，另一方面是因为 20 世纪 20 年代之前，卡斯特里是著名的煤炭港口。

31　J.Q.Charles，BN，第 241 页介绍，这是卡斯特里的连锁商店。

32　逃城保护的是非蓄意杀人犯，由利未人管理。误杀人的人进入逃城，避免受害者的亲属朋友报复和用私刑进行处置。

33　沃尔科特在《本地女人》一文中回忆，说"逃城"是码头附近的棚屋楼，"如同营房"（barracks-like）。其居民都是种植园的工人。他外祖母拥有其中一栋楼，自己住，也外租。BN 推测，由于沃氏外祖母家在码头附近的耶利米街，因此棚屋有可能在康威村（Conway Village）。1948 年卡斯特里大火时，棚屋免于受灾，很多无家的居民，躲避在这里，所以叫逃城。

34　itch，引申义指渴望。这里指酗酒。

35　Mister Weekes，BN，第 243 页介绍，威克斯的商店在西瑟街和邵塞路交口，离沃尔科特家很近（邵塞路 17 号）。

36　Garvey's imperial emblem of Africa United，加维即马科斯·加维（1887—1940），牙买加政治家，出版家，商人，宣扬经济民族主义，西印度地区黑人民族主义的倡导者。这里说的"星"，指他创立的"黑星轮船公司"，他想借助这家公司，在黑人世界中建立商业网络，将加勒比的黑人运回非洲，推动非洲独立和黑人的联合。

37　saltfish，加勒比语境中指加拿大进口的腌鳕鱼，过去是给奴隶食用的。所以这个词也用作形容词，表示低廉，质量低劣。

38　Newfoundland，意为，新找到之地，这个词是殖民者所起。

39　按照欧美商店的习惯做法，店主收到假的硬币后，会将它钉在柜台上，以便下次收到硬币时核对。英语习语有，to nail to the counter，即拆穿假象，说的就是将假币钉在柜台上。那么按照这个习惯，沃尔科特暗示了这里的半便士和下面说的美分，都是假币。

40　煮熟后、裹上糖衣的特立尼达和多巴哥李子，白色，甜味，价钱便宜。

41　指打开的《圣经》，联系下文，他打开的是《出埃及记》。

42　Xodus，是一位萨克斯歌手，他的名字正好是 Exodus 去掉首字母。他就响应了加维的号召，退回了非洲。

43　在圣卢西亚法语克里奥尔语里，zandoli 即 the lizards。所以赞多利绰号蜥蜴。

44　赞多利是清道夫，负责清理街道，灭虫。装备都是卫生工具。

45　这里则指被欧洲文化抛弃的加勒比"本土人"，他们是"诸神"，沃尔科特是这些人的子孙，也属于这样的弃民。

第四章

1　出自赞美诗《金色的耶路撒冷》，这首诗由英国安立甘宗牧师尼尔（John Mason Neale，1818—1866）译自 12 世纪法国本笃会的修士克吕尼的（或莫莱的）伯纳德（Bernard of Cluny）的拉丁文讽刺诗《论轻视此世》（*De Contemptu Mundi*）中的第一卷第 269 行开始的一节，拉丁文原文为，Urbs Syon aurea，patria lactea，cive decora。

2　这指的是美国作家托马斯·克拉文（Thomas Crave，1888—1969）的《艺术名作选》（*A Treasury of Art Masterpieces: from the Renaissance to the Present Day*，1939；增补版，1952）中收录的安德烈亚·德尔·韦罗基奥（Andrea del Verrochio，1435—1488）的《基督受洗》（1472—1475，藏于佛罗伦萨，乌菲齐博物馆）。

3 《基督受洗》一画中，左侧跪有两位天使，最左侧的天使的头发是当时正在求学于韦罗基奥（Verocchio）的达·芬奇所画，画中的部分远景也出自他手。韦氏与达氏也呼应了齐玛布埃和乔托。

4 ran among dry rocks，这里是内心的表现，不是真的在跑。语出《旧约·诗篇》105:41，钦定本为，He opened the rock, and the waters gushed out; they ran in the dry places like a river. 作者是把自己的内心干枯的石头，蒙上帝恩典，心头的石头才有泉涌。ran，这里指奔跑，但也暗示了《诗篇》中水流的意思。

5 前面提过黄蔓，花像喇叭。上面两种花都是菊科花，花朵粗糙，花型也近似喇叭。

6 卡洛·克里韦利（Carlo Crivelli，死于 1495 年），威尼斯画派的画家。这里指的是他的《圣母与圣子》（*Virgin and Child*，1480），这幅画左下角有一只苍蝇，它象征了罪恶和魔鬼别卜（见后）。

7 collect, epistle, lesson，弥撒和祈祷仪式中的三个有先有后的环节，分别阅读三种文本。collect 是仪式中使用的短篇的祈祷文，仪式开始时就会诵读；epistle 指《新约》中所有称为"书"的篇目（保罗书信和普通书信），仪式中会专门选读其中一些章节；lesson 指经文的选读。

8 马修·阿诺德（1822—1888），BN，第 246—247 页介绍，在《另一生》笔记（时间为 1965 年 10 月 17 日）中，沃尔科特说维多利亚时代，他最同情的诗人就是阿诺德。因为阿诺德和他的朋友都认为自己是"分裂的孩子"，生活在两个世界之间，一个世界丧失了宗教信仰，已经死去，另一个世界还没有形成。

9 gravures，即 photogravure，维多利亚时期盛行的摄像技术。这里指利用这种技术拍摄的耶路撒冷和巴勒斯坦地区的照片，都是他父亲留下的，而且还是彩色的。

10 cloven-hoof，魔鬼长着偶蹄，如山羊状，与希腊山神潘的传说有关。毛茸茸的脚掌指狼人。狼人见《群岛传奇》第九章的 loupgarou。

这两个特征统指魔鬼。特立尼达和多巴哥的奥比法师可以与魔鬼做交易，把自己变成狼人和其他凶猛的动物。见 P. Taylor 和 F.I. Case 的 *The Encyclopedia of Caribbean Religions, Volume 1: A - L; Volume 2: M - Z*，"Obeah" 和 "Obeah and Myalism in Jamaica" 词条，第 642 页。

11　swell-foot，也叫"大脚"，"巴巴多斯腿"，圭亚那英语叫"肿脚"，但其实是肿腿，而且是当地常见病，所以作者加引号。这种病由蚊子携带的寄生的丝虫（Filariidea）引起。这个词也特指象皮病（elephantiasis）和丝虫病。见 *Dictionary of Caribbean English Usage*，第 99 页。这种肿胀的幅度非常夸张，不是一般意义上浮肿，腿往往会膨胀数倍，看起来就像魔鬼附体一样。

12　mal-cadi，BN，第 247 页，这是法语克里奥尔语，即法语的 mal caduc，癫痫之意。奥比术神灵附体后，人就会在地上打滚，如同抽风癫痫。

13　tisane，BN，第 247 页，是法语和法语克里奥尔语对草本茶的称呼。这种茶在巫术时由奥比男法师和女法师混合而成。

14　bush-bath，以多巴哥奥比术的草木浴最有代表性。

15　obeah（奥比术）起源于非洲尼日利亚、刚果、加纳等地。由黑人奴隶带到加勒比地区，盛行于牙买加、特立尼达和多巴哥、巴巴多斯、格林纳达、圣卢西亚等地。20—21 世纪，奥比术的使用依然存在，作者这里记录的就是他小时候经历过的仪式，仪式的一些特征与特立尼达和多巴哥的奥比术相近。

　　奥比术作为民间知识，以音乐和温和的刺激物（如短吻鳄，圭亚那胡椒，可乐果，草本植物）为手段。音乐以鼓乐为主，如多巴哥手鼓，目的是要产生催眠恍惚的效果。奥比法师会提问这些打鼓跳舞的人，他们用古代鼓手，祖先或死人的声音回答，传达信息。

16　见上一章字母 Z。

17　见上一章字母 M。支持基督教的曼诺瓦先生，却被人怀疑（或真的）使用了非洲的巫术，他无法摆脱自己的非洲性。

18　下面会交替使用 it 和 he 两个代词，都指曼诺瓦，暗示他会变身。口语或不规范用法，或加勒比的英语中，it 可以代指人。

19　released，与魔鬼解除契约。这个奇迹更让当地人认为曼诺瓦是个巫师，而且他的财富之巨，也让人认为是用魔法所致。

20　卡斯特里大部分零售商店都是曼诺瓦的，印着他的名字。

21　Beherit and Eazaz，两个名字都是指魔鬼，均见于卢顿附身的文献中。见赫胥黎的《卢顿的魔鬼》(*The Devils of Loudun*)，第 213 页。

22　神父让她说出魔鬼的名字，这个名字是不洁的，玷污口舌的，所以赶紧告诉她：你说的虽然是不洁之言，但权当没说过，姑且说一下吧。

第五章

1　这句话写在圣卢西亚 1875—1937 年的船旗 (Blue Ensign) 上，该旗背景蓝色，左侧有英国米字标志，右侧是一个圆形，里面有海湾风景图，图中下方为这一行字。1967 年成为英属自治国后，徽章彻底改变，这句话去掉，换为英文，The land, the people, the light。

　　这一句出自维吉尔《埃涅阿斯纪》第 2 卷第 23 行，但多了一个否定词 haud。原文为，statio male fida carinis。埃涅阿斯站在特洛伊的立场上说该岛的海湾不忠实。但在座右铭中，haud male 为双重否定，表示肯定，它的意思是，卡斯特里港口对船是可靠的。

2　AUGUSTE MANOIR, MERCHANT: LICENSED TO SELL/ INTOXICATING LIQUOR, RETAILER, DRY GOODS, ETC.，这一句全部字母大写，是商店挂的招牌。在卡斯特里，这个招牌到处可见，因为大多数商店都是曼诺瓦经营的连锁店。这也联系上一章结尾。

3　也是曼诺瓦商店出售的商品。

4 逃城和营房，见第三章的字母 R。

5 指作者自己。

6 hundredweight，英国重量单位，等于 112 磅，50.848 千克。

7 即开头的那句拉丁文。

8 这指 Inniskilling Fusiliers（恩尼斯基林燧发枪手团）。这个团最早 1689 年组建于爱尔兰恩尼斯基林，1751 年成为第 27 步兵团，号称恩尼斯基林步兵团，1796 年，该团进军圣卢西亚，击败了法国、英国，夺回了圣卢西亚，为后来永久占据这里奠定了基础。

9 见《海歌》。这里列举的都是船的名字，有的是船主的名字。它们反射在水面上。

10 没有比喻的含义上，指屋子昏暗，房客进屋，开灯，关灯，人影显现。比喻意义上，指暗房，人影如同照片，曝光，冲洗出来。

11 creoles，这里指说法语克里奥尔语的人。

12 ziggurat，这个是苏美尔人、阿卡德人和巴比伦人建的金字形塔，与埃及金字塔外形有所不同。

13 Gentile，不作为名字时，表示非犹太人，异教徒。

14 即约瑟·康拉德（1857—1924），他 1874 年开始从事水手工作，在 19 世纪，他一直周游航行，后来改行当作家，写了很多旅行小说。

15 Canaries，来自法语 canari，金丝雀（英语相似，为 canary）。这个不是前面注释说过的加那利群岛，而是圣卢西亚的村庄，读音近似加那威，在昂斯拉雷和苏弗里埃（Soufrière）之间，都在圣卢西亚西海岸，卡斯特里以南。

16 BN，第 252 页，指出这一句出自列维－施特劳斯的《忧郁的热带》，列维－施特劳斯描述的是一座巨大的山脉，这座山脉之所以说巨大，不是因为高度，而是因为它绵延不变，总在重复，人们好像总是走不出去。

选自第二篇　致敬格里高利亚斯

1　Gregorias，这个名字在《另一生》1.7.1（本诗集未收）中第一次出现，即，邓斯坦·圣奥马尔。此外，格里高利亚斯这个名字，联系著名的画家格列柯，这见《群岛传奇》第四章注释。沃尔科特有个邻居叫格里高尔（Gregor），是音乐家，所以沃氏借这个词在诗歌中称呼邓斯坦，同时给 Gregor 加了希腊式的词尾，谐音希腊名字 Gregorios。

2　指巴黎艺术圈的人。

3　古巴著名作家，拉丁美洲文学和魔幻现实主义文学的领军人物，他影响了加勒比和拉美的不少作家。他生在瑞士，但长在古巴，自认为是加勒比人，致力于书写这里的民族性。这里引用的《消失的足迹》（*Los pasos perdidos*, *The Lost Steps*, 1956）为西班牙文小说。小说的情节有点类似《桃花源记》，它以日记形式展开，讲述了一位古巴音乐家深入亚马逊丛林，发现了很多原始的乐器和一个全新的世界，在这个世界中，他目睹了原始的巫术仪式，结识了印第安女子，经历了如同音乐节拍一样的时间。当他返回外界拿了纸笔打算回来记录乐谱时，发现他留下的标记都被大水冲走，他的足迹已经消失，再也回不去了。

第八章

1　对比《美国哥特式》，见《哀歌》结尾注释。不过，《美国哥特式》描写的是新教家庭，而"西印度哥特式"描写的格里高利亚斯一家，是天主教家庭。

2　fluted stone，有凹槽和褶皱纹路的石头。

3　Lewis gunner，美国人刘易斯发明的机关枪，英军在一战和二战期间普遍使用。

4　BN，第 262 页引了一段文字介绍说，圣母像是邓斯坦最为擅长的题材。他极为崇拜圣母，认为女性自然而然高于男性，他说："太初之时，女人控制世界，万物始于母。男人只是巨兽，创造出来保护生育孩子的女人"。邓斯坦的作品都是献于玛利亚，无论作品的主题是不是与她有关。每幅作品的签名都是 PLSV，即 Pour La Sainte Vierge（献于圣母，vierge 即 virgin）。

5　MIND YOUR OWN BUSINESS，这句在《圣经》中未见，但常用，也许自《新约·帖撒罗尼亚前书》4:11—12，钦定本为，to do your own business，希腊文为 πράσσειν τὰ ἴδια。用在墓碑上，意思就是，别担心生者，安心去吧。

6　亚麻籽油是油画中重要的调和剂，可以稀释难调的颜料。煤油在油画中与松节油作用相似，让颜料更为稀释，达·芬奇很早就使用过。

7　即普罗旺斯的艾克斯。这是塞尚的出生地，也是他绘画的风景来源。

8　金酒即杜松子酒。这种酒一般无色或显淡黄色。杜松子酒和上面说的苦艾酒都是画家爱喝的酒。

9　这是一首咏叹调（aria），来自德国歌剧家贾科莫·梅耶贝尔（Giacomo Meyerbeer，1791—1864）的歌剧《非洲女》（L'Africaine）。

　　这部歌剧的主题与达·伽马有关，梅耶贝尔原定的题目即为《瓦斯科·达·伽马》。题目的"非洲女"叫赛丽卡，是非洲土著女王，她爱上了达·伽马，与之结合，但后者心有所属，最终离去，赛丽卡为他死在毒树之下。这首咏叹调是达·伽马在马达加斯加岛上所唱，当他来到此岛，便以为自己来到了梦中的乐土，故歌唱这里是天堂。

10　astigmatic，指西蒙斯，他是散光眼、戴着厚厚的眼镜。这里有一个文字游戏，astigmatic 由否定前缀 a- 和 stigmatic 组成，后者来自 stigma（来自希腊文），即耻辱，基督教中既指污点（如该隐的），或基督受过的伤，圣痕，有圣痕者即 stigmatic。若按前一种意思，这个词的字面意义就是"没有污点",修饰圣者正好合适;若按后一种意思,即西蒙斯没有圣痕,是圣人,但又是凡人。

11　比喻温度和沙滩如同撒哈拉沙漠(撒哈拉在阿拉伯文中表示沙漠),也比喻圣卢西亚被人遗忘和无视,如同沙漠。

12　荷马的比喻,《奥德赛》20.13—14, κραδίη δέ οἱ ἔνδον ὑλάκτει / ὡς δὲ κύων ἀμαλῇσι περὶ σκυλάκεσσι βεβῶσα([奥德修斯的]心在[胸]里面狂吠起来 / 如同母犬围着弱小的幼崽走来走去)。

13　非洲被认为是落后文明,课程上排在最后,排在第一位的肯定是希腊罗马文明史。

14　BN,第264—265页介绍,西蒙斯曾经在圣卢西亚东北的道芬(Dauphin,海豚)附近的丛林里用粉笔写下过一些阿拉瓦克的象形文,后来被雨水冲掉。这个场景有照片存留,他似乎是在给一个学生上考古学的课。

第三篇　单纯的火焰

1　见《神曲·天堂篇》33.80—85(哦,丰盛的恩典,凭着你,我才敢 / 定睛凝视那永恒之光, / 久久凝视,让我目力用尽! // 在它的深邃中,我看到 / 整个宇宙散开的叶子 / 被爱汇集、结成一卷, // 实体、偶性及其各种关系 / 仿佛融合在一起,其方式 / 即我所说的单纯的火焰)。

"一卷",即宇宙之书,天堂中所有美好有德的事物都会聚其中,但丁通过"审美"之眼看到了它。这卷书将散落的叶子汇聚在爱中,汇聚在神性之内。它就是"单纯的火焰",也就是"普遍的形式"(forma universal)。它会变形为悖论性的"单纯的方面"(simplice sembiante),而呈现为三个旋转的光圈(giri),它们最终会反射出"我们的形象"(nostra effige)。

概言之，"单纯的火焰"是世界创造性的本质或原则（άǫχή，始基），万物的（无论善恶）根本形式，根本的真，它具有单纯性和存在于世界之中的内在性。

2　塞萨尔·巴列霍（也有译为瓦叶霍）（1892—1938），秘鲁著名诗人，共产党员，有印第安人血统。《人类之诗》（1959）是他去世后出版的诗集，收录了他生前出版的三部诗集之外的诗歌。巴列霍在诗歌上最大的贡献，就是打破了西语诗歌的规范，将土语和南美风物入诗。他对沃尔科特有很重要的影响。

第十四章

1　即 Andreuille Alcée，见《圣约瑟修女会》《海风》《海歌》，以及《另一生》1.1 的注释。沃尔科特在安琪薇尔 16 岁时与她相识，恋爱三年，但安琪薇尔的父亲不希望他们发展关系。在《离校》中，沃氏回忆，他父亲觉得他会"像一颗流星划过圣卢西亚黑色的午夜"，他有才华，但没有前途。他父亲会用沃氏的画装点自己的餐馆，礼貌待他，但不会接受他成为女儿的丈夫。

在《另一生》3.13（本诗集未收）结尾，安娜和安琪薇尔两个名字并列在一起，表明是同一个人，但作者称之为"姐妹"，她们分别代表理想和现实两个层面。

2　oil-green，即铬绿，作者在《海歌》中用过铬绿（green chrome），oil green 是油画中对绿色颜料的俗称，通常指铬绿或不来梅蓝等。这里指海的颜色，而且联系了绿焰现象。见《另一生》1.1.2 和 4.21.3。

3　指安娜，下面都是她的体验，唤醒它的是自然之光和爱；这也是一次顿悟体验（epiphany）。她醒来的地方是卡斯特里港口北部的家。海边的觉醒，也联系维纳斯的诞生。

4　指浅滩的水波纹，见下。绉痕的意象也联系维纳斯的诞生。

5 processional，名词 procession，通常指宗教列队行进或游行。

6 《创世记》2:7，上帝吹气（用另一个词）造人，就是从自己的"灵"中呼出"风"。风在创世第一天之前就存在，所以比世界还古老。

7 "半神"指美杜莎，她是戈耳工三女妖之一，她的凝视会让事物变为石头。

8 poetry，严格来说，是诗性，诗本身，不同于 poem，见《致敬爱德华·托马斯》。这里等同于下面说的"艺术"（诗艺），作者区分了两种艺术。一种处于夜间睡眠的和平状态，它不讲述男女感情的破裂，只表现爱情的永恒，它不包含矛盾，只有光明，美好等等正面的理念。另一种诗艺是下面说的"叛逆的艺术"。

第十五章

1 安娜的学校是修女会，女学生们都是修女。受到围攻的原因，就是安娜与沃尔科特暧昧的感情。沃尔科特是新教徒，是黑人，是凡人，所以安娜与他相爱，触犯了天主教的教义。

2 见《另一生》1.4 的注释，沃尔科特家里用一战时的废弹壳来装点圣坛，它能映出影像。沃尔科特和安娜在家里见面时，弹壳是背景，映出过他们的影像，这联系了下面照片的意象。

3 brassy，一词双关，既指弹壳是黄铜色的，也指人"厚着脸皮"，因为作者与安娜在家里私会，在天主教盛行的卡斯特里的环境中会被认为是厚颜无耻的。

4 下面会提到安娜·卡列尼娜和安娜·阿赫玛托娃，她们都暗示了安琪薇尔，同时联系了俄国。

5 绿色表示不成熟，它也许暗示作者早期的诗集《绿夜》，而且其中的《海歌》就提到过安琪薇尔。但如果联系阿赫玛托娃的话，在《致爱人》（"Милому"）一诗中，她提到过一个绿色的天堂，（昨天我走入一个绿色的天堂，/ 在那里，身心皆得安宁 / 就在白杨帐幕的阴影下），在后面，本章第二节还提到了"白杨"（poplar）。在《绿岛》一诗中，阿赫玛托娃称英国为绿岛，她谴责朋友安烈波（Anrep）在革命时期逃往外国，离开俄罗斯。在这个意义上，阿赫玛托娃与安琪薇尔相似，她们都留在了祖国，而对应的男性去往了外国。

6 cynical，汉语其实很难简单地翻译这个词，它表明了一种态度，即认为世界是阴暗和负面的，人性是自私的。这里不适宜译为愤世嫉俗，因为它联系了下面的克里斯蒂和卡列尼娜这两个"堕落"的女人。

7 BN，第 297 页，指尤金·奥尼尔的《安娜·克里斯蒂》。克里斯蒂的母亲早逝，舵工父亲酗酒，不负责任，她被表兄强奸后，就到大城市漂泊，最终沦为妓女。她的爱人在知道她是妓女后，也离开了她。这部戏的场景均与海有关，海也是克里斯蒂自我救赎的自然本源。沃尔科特用这部戏，并不仅仅是因为女主人公叫安娜，还是因为这个安娜陷入了情感和爱的纠葛中，而且迷失过，当然，与安琪薇尔一样，她也是海边的安娜。

8 作者加了引号，类似是一篇文章的名字。BN，第 298 页推测，很可能指一些拜访帕斯捷尔纳克的文章，尤其是 Olga Andreyev Carlisle 的《与帕斯捷尔纳克对谈》，收入帕氏诗集《生活，我的姐妹》（*Сестра моя - жизнь*）。

9 falling on the ear，ear 一词双关，指麦穗，也指作者的耳朵，因为上面提到了"词"，这个词的声音响在耳边。

10 plow，表示犁，这里暗示海峡，见《流亡》一诗，把海峡比作犁耕过一样，鸥鸟在海峡啄食弃物。鸥鸟沿着海峡飞，就仿佛随着一架犁地的犁。

11 见《遗嘱附言》中说的培尔·金特的谜。

12 iconography，指宗教上的象征性的图像。用这个词还是暗示安娜的天主教背景。

13 闪光指结婚时的合影。女方婚后要换为夫姓。

14 creak，拟声词，即嘎嘎叫，形容鸭子，海鸥，大雁等。戛然在汉语里形容鸟鸣，戛用来拟声，而且就是拟嘎嘎的声音，比如《后赤壁赋》说鹤的"戛然长鸣"。

15 安娜成了符号和隐喻，而且带有了矛盾性。但作者反思到了这一点。

第四篇 隔绝之海

1 关于马修·阿诺德对沃尔科特的影响，见《另一生》1.4，以及"另一生"和"分裂的孩子"这两个题目的注释，还有《克鲁索的岛》。马修·阿诺德的这篇《致玛格丽特》，首版时，收入诗集《埃特纳火山的恩培多克勒，及其他诗作》（*Empedocles in Etna, and Other Poems*，1852），当时的题目为《致玛格丽特，归还一卷奥尔蒂斯书简》（"To Marguerite，in Returning a Volume of the Letters of Ortis"）。

随着前三篇描述了艺术成长经历以及对单纯的火焰的顿悟之后，本篇回到了写作《另一生》的现实世界中，地点就是特立尼达的兰帕纳尔加斯，他开始从存在主义的角度讨论死亡和对死亡之爱的问题，这是受西蒙斯自杀的影响，他由西蒙斯的死，联想到自己对世界的幻灭和生存的危机感。"隔绝之海"，不仅存在于爱人之间，存在于每个个体、每个民族或文化之间，也存在于生者与死者之间，以及自己的生和死之间。

BN，第 308 页介绍，本篇的六章依次处理导致西蒙斯死亡的环境；谴责那些该负责的人下地狱；思考格里高利亚斯如何能逃脱相似的命运；解释为什么这些该负责的人应该进入地狱，因为他们的漠视；考察自史前至西班牙征服者以来的兰帕纳尔加斯的"漠视"的历史；用全新的和重生的艺术力量来克服诗人自己和格里高利亚斯将来面临的死亡。

此外，沃尔科特第二任妻子也叫玛格丽特，名字用英文的写法，为 Margaret，与法文的 Marguerite 略有不同。整部《另一生》就是题献给她，关于玛格丽特的生平，见《群岛》。

第二十章

1 题词来自托马斯·哈代的诗作《风雨中》（"During Wind and Rain", 1917）的最后一句。关于哈代这首诗的诗意，哈罗德·布鲁姆曾有专门的分析。这首诗是自传诗，其中也涉及了哈代想象的他的第一任妻子艾玛·季福德（Emma Gifford）在普利茅斯的少女生活及其家庭场景。全诗的主题是希望和快乐的无常和易逝，探讨了人的有限性和可朽性。

2 BN，第 317 页，皮亚科即特立尼达国际机场。见《另一生》4.22.3，下面提到的甘蔗是皮亚科机场旁的甘蔗田。

3 Apilo，《另一生》结尾再次称格里高利亚斯为阿皮罗，如前注所述，这个词是格氏的绰号，谐音 Apollo，联系了"世界之光"。格氏也是沃尔科特伪史诗中的英雄，是阿波罗的戏仿。

4 出自哈代的《风雨中》。

5 即下面的粒子（particle），指单纯的火焰，也就是神或上帝的分有，世界的简单原子。

6 航海中，释放橙色烟雾，表示船舶遇难。这只猫是橙黄色的，如一团烟雾，预示了有人去世。小猫（kitten）与厨房（kitchen）押头韵，音近。猫比作雾的手法，来自艾略特，见《村中生活》。

7 watershed，可以指分水岭，也可以指分水岭所划分的水文流域。闪电闪现时，线条如同河流的水系，有主干，有支流，就仿佛被分水岭分开一样。

8　见《另一生》1.1.1。指作者看信时，由于内容提及了西蒙斯去世，因此他想起了西蒙斯看自己画的样子，西蒙斯是近视，所以离画很近，而作者看信时，不敢相信死讯，所以也离信很近，也许看了很多遍。

9　BN，第321页介绍，三个地方都是圣卢西亚村庄名，一般的地图上查不到。

10　黄铁矿，看似如金，蠢人会把它当作金子，故而得名。

11　prodigy，见《另一生》1.1.1，这里是作者自称。这一节有多处都指向了1.1.1，作者是在死亡的层面上，返回去，继续升华第一篇的主题。

　　1.1.1中，prodigy指他是绘画天才；这里则表示，他是领悟到季节的神童——此时他已经是中年人，这里是回到受教于哈里的少年时期来反思当前（下面也出现了"孩子"的意象）——同时还带有自嘲的意味，仿佛在自问：你不是神童吗？为何现在才领悟？

12　"身体"，比喻义上指秋天时掉落的果实或麦子等丰收物；本义上指死者的身体，死亡如同秋天一样，"收获"死人。

13　中世纪开始基督徒使用的祈祷书，有的专门为富裕阶层所有，装帧和配图极为华丽。书中按照时间，标有教内法定的节庆日，祈祷用的经文选，赞美诗，《圣经》故事等等。

14　hurry，音近Harry（哈里）。苍蝇的意象也见《另一生》1.4"契约"。这里的"你"，指诗人，苍蝇是在催促诗人在自己也去世之前，赶紧赞颂哈里。BN，第322页提供了《另一生》笔记中的另一个版本："赶快［听起来就像哈里］，赶快［诗人，死之前去赞美吧］"。

15　BN，第311页，哈里经常跟沃尔科特还有朋友痛饮白朗姆酒，而且一醉方休。

16　都是西蒙斯认识的圣卢西亚的平民，作者召唤他们一起为哈里哀悼。见 *Nobody's Nation*，第183页。这四人都是木工，下面还有烧炭人、渔夫、剥壳人等。

17　达荷美是17世纪非洲贝宁的王国，20世纪被法国殖民，1958年获得自治，达荷美人建立了达荷美共和国，独立后，1975 年又改名为贝宁人民共和国。达荷美王国有着漫长的奴隶贸易中转站的历史，因此被称为奴隶海岸。这里是加勒比巫毒术的源头。西印度非洲后裔的人，多来自这里。

18　这种树为豆科的南洋樱属（Gliricidia），花朵盛开时如同樱树。南洋樱的树干可以搭建篱笆，圣卢西亚东南岸一带常见这样的篱笆墙。南洋樱的树枝细长柔韧，是加勒比人跳舞时舞动的用具。

第二十一章

1　指金星，这个"第一星"，指它黄昏时第一个出现，也见《另一生》3.13.4，但此处是黎明的语境。3.17.4，称之为"最后一星"，那里的语境是黎明。"硫黄色"形容金星的光亮黯淡。

2　shallop，17 世纪出现的一种小舟，双桅帆，有桨。战争时期，它可以改用为炮艇。

3　也见《另一生》3.2 的字母 E。

4　这两句来自当地谚语，"给嘴里灌水"，即，要说的话太多，不得不嘴里放点水，好控制自己。言外之意就是，太想说话了，有很多话要倾诉。

5　指学习了语言表达，字母的排列就不再按照字母表了。但是，深层意义上，这里的字母表指《另一生》1.2 中的"字母"意象，指作者从童年时开始认识的圣卢西亚的民众，他们的死亡并非按照字母的次序。

6　圣卢西亚房屋的山形墙上都会刻有星的图案作为装饰。

　　BN，第 313 页介绍，帕斯卡由于提倡禁欲和虔敬，为了激励自己，就将一根带着尖头的带子绑在身上，用它来刺身体。身体上被刺的伤口如同"星"一样。帕斯卡可以算存在主义思潮最早的源头之一，他相信理性无法解决一切，人们必须依靠对上帝的绝对的信仰。所以，"星"象征着超越理性的信仰或信仰的对象。

7　见《另一生》1.1.3 和 4.20.4。这是指作者童年参加葬礼时的场景。

8　扬弃了母子之别，生理和伦理上，每个人都有母亲，但是在哲学上，这一个身体自己确立自己，因为它是最高存在者（上帝，神，单纯的火焰）的分有，它是没有父母的。

9　见上面注释。这里的"星"，也是如帕斯卡一样用尖物"刺"在皮肤上的，同时也喻示着"勋章"。

10　沃尔科特的星座是水瓶座（Aquarius，词根 aqua 为水，水瓶座符号为流动的水），因此他列举的标志都与水有关。

11　罗马的双头门神，象征初始和结束，一个头看着过去，一个头看着将来。拉丁语 1 月 Januarius（英语 January）就来自这位神，因为 1 月是一年之始，除旧布新。

12　前面曾把西蒙斯比作装水的陶土罐。这里巧妙地将西蒙斯与自己结合在一起，暗示了自己的星座。

13　BN，第 280 页介绍，指 1651 年抵抗法国殖民者坚强不屈、最终集体跳崖自杀的 40 多名阿拉瓦克人。

14　见《新约·路加福音》8:33，加大拉有人被群鬼（δαίμονες）附体，耶稣驱之，它们就附在了猪身上，然后跳崖，死在下面的湖中。作者将阿拉瓦克人（也暗指加勒比族人以及其他加勒比地区的人）比作魔鬼和猪，并不是暗含贬义。由于加勒比地区的民族是非西方的异族，而且肤色偏深，因此作者常会自嘲地比作魔鬼。

15　BN，第 325 页指出，这一句来自《旧约·民数记》20:1—13，在上帝的指示下，摩西击打石头出水，供以色列人饮用。

16　求西蒙斯原谅自己将他作为诗歌中的人物。

17　"I have swallowed all my hates"，加引号，因为这一句出自维庸。BN，第 326 页指出，来自维庸长篇自传诗《遗嘱集》（见《海歌》注释），En l'an de mon trentiesme aage（古法语，同 âge）/ Que toutes

mes hontes j'euz beues/ Ne du tout fol，ne du tout saige（在而立之年 /
我的一切耻辱，我都吞下 / 我既不全愚，也不全智）。

第二十二章

1　本章曾以《兰帕纳尔加斯的历史缪斯》（"The Muse of History at
Rampanalgas"）为题单独出版，刊于《纽约客》1972 年 10 月 28 日。
沃尔科特的散文《历史的缪斯》是它的姊妹篇。本章可以视为特立尼
达和加勒比地区的文学性简史（尽管不是按照时间顺序），涉及了这
里的政治、经济、种族和文化问题。

2　acedia，来自希腊文 ά-κηδία，词根 κηδία 表示心，加了否定前
缀，意为，无心；拉丁文与英文相同，英文也常用 sloth 翻译它。这
个词在西方文化中非常重要，属于天主教七宗罪之一。天主教七美
德中，与它相对的是"勤奋"（diligentia）。但丁《神曲》中就介绍过
它，它指逃避现实，无责任心，懒惰和厌倦从而不尽义务。现代文学
理论中，本雅明在《德国悲剧的起源》中将 acedia 定义为道德层面的
无力感，忧郁感，它促使行动者逃避或犹豫不定，他举了哈姆雷特的
经典例子。

3　见《热带动物寓言集·鹮》。

4　草本身有绿酸，因此如牙一样的盐粒或盐斑也被酸倒，实际上指
绿草酸渗入了盐中。

5　这里表示褐色或棕黄色的粗皮苹果。它也被称为 leathercoat，莎士
比亚戏剧里提到过。

6　见《热带动物寓言集·鹮》，这里用它近似于 ibis，因此下面提到
了埃及圣书字，再后面还有一些埃及文化的意象。

7　20 世纪的人种学，定义了地中海人种，他们的肤色暗白，甚至发
黑，不同于高加索人种。如希腊人，爱尔兰人，阿拉伯人，柏柏尔

人，南法人，南意大利人都是。后面《名字》一诗提到的黎凡特人也在其中。

8 19 世纪开始，就有华人移民加勒比地区，多以广东人和福建人为主，分布在特立尼达，牙买加，圭亚那，古巴等地，主要在种植园劳动，20 世纪前半叶是移民高峰。经过不断劳动，有的华人开始成为有产者，从事经商和贸易。牙买加和特立尼达是华人主要定居国。特立尼达首府西班牙港的夏洛特街就有华人商店和华人的同乡会和社团。在《安的列斯：史诗回忆之断章》中，沃尔科特提到了中国杂货商和中国的龙舞（Dragon Dance）。

9 BN，第 327 页，这指西印度商店的一种独特的经商习惯：店主会把顾客赊的账记在牛皮纸上，牛皮纸穿在墙上一截末端有钩的铁丝中。

10 这种甘松盛产于喜马拉雅山和印度地区，后来传入欧洲，进而传入新大陆地区，它区别于北美原生的美洲甘松（Aralia racemosa）。它与埃及有关，早在古代，甘松就已传入埃及，古埃及人的香料“奇斐”（Kyphi）就含有它。

11 BN，第 239 页，指加勒比人袭击阿拉瓦克人，抢夺他们的妇女。这里暗含了海伦的故事。

12 见《另一生》2.8.2，指西蒙斯。

13 Castilians，来自 Castilla，英语发音为卡斯蒂利亚，它是西班牙历史上著名王国（1035—1715），是西班牙王国的重要组成，15 世纪与阿拉贡王国组为邦联，标志着西班牙的诞生，它的鼎盛时期也是西班牙帝国强盛之时，但进入波旁王朝时期，王国被废除。

14 BN，第 328 页介绍，兰帕纳尔加斯是特立尼达岛东海岸的小渔村，面向大西洋，在大桑格雷（Sangre Grande）和托科（Toco）之间。

15 fellaheen，fellah 的复数，也写作 fellahin，来自阿拉伯语فلاح，指阿拉伯的佃农和农夫。

16 Madrasi，也写作 Madrassi，狭义指印度南部马德拉斯地区

（Madras）的人，广义指肤色暗黑的印度南部人，是贬称。

17 Mandingo，也拼作 Mandinka，Mandinko，Malinke 等，西非族群，分布在马里，塞拉利昂，塞内加尔，几内亚等国。

18 移民加勒比地区的华人，以广东人为多，出石匠。粤式石头建筑的缝隙，里面会长出青苔，而且能听到回声。这句的意思是，声音仿佛来自遥远的中国广东的石缝，但其实就来自于加勒比，因为广东人在这里留下了建筑。

19 mantras，mantra，与 manacles 押头韵，即印度密咒，印度教，佛教，耆那教和锡克教都有这样的咒文，汉语佛教称之为真言。kaddishes，kaddish，来自亚兰语，神圣之意，指犹太人的神祷，常用于葬礼表示哀悼。

犹太人在 16—17 世纪就随着殖民者来到拉美及加勒比地区，19 世纪达到顶峰，二战时期，很多德裔犹太人为了避难也流亡到美洲。

20 贝拿勒斯位于恒河畔，印度教教徒认为在这里的恒河畔沐浴，可以洗涤灵魂，如果在这里火化，可以超脱痛苦，所以远在西印度的印度人在祷告中期待自己能回到贝拿勒斯或贝拿勒斯能在加勒比显现，从而让自己火葬，超升。

21 这里描写的是阿兹特克人的人祭，这种人祭非常残忍，是将活人开膛，取出还在跳动的心，用来祭祀太阳神。被开膛者是外族人，主要是战俘。

22 指红色和黄色，是西班牙国旗的颜色，暗示了血（屠杀）与黄金（掠夺）。

23 阿兹特克人把金子和金矿称之为"太阳的粪便"，银子是"月亮的粪便"。

24 西班牙帝国的奠基人是卡洛斯一世，即神圣罗马帝国皇帝查理五世，属哈布斯堡家族。由于神圣罗马帝国的标志是双头鹰，所以卡洛斯一世加冕西班牙国王后，将双头鹰作为了西班牙王国乃至后来的帝国的标志。

25 black，与情绪搭配时,，形容忧郁和抑郁的状态，但也暗示了作者的肤色。

26 印度北方城市，1857 年印度爆发民族起义，该市成为了主要据点。

27 1857 年起义时义军的主要据点，英军在这里制造过多起屠杀。

28 ratoon，这个词的使用再次体现了沃尔科特的笔法精妙，它的含义很多：第一，指根蘖，截根苗，即植物根部重新长出的芽，加勒比地区，尤其指甘蔗的根蘖。第二，20 世纪 60—70 年代，加勒比出现了一些以 Ratoon 为名的左翼知识分子组织，如 1969 年圭亚那大学的 Ratoon Group，它是一个激进的民族主义团体，主张黑人权力（Black Power）。第三，这个词词形上联系了 rat，暗示了水鼠的意象。

29 earth-eating，患食土癖产生的吃土行为，也叫 dirt-eating，热带贫困地区流行的异食癖，因为蠕虫疾病或营养不良所致。BN，第 329—330 页，引 K.Kiple 和 V.Kiple 的文章，为了让病人摆脱食土癖，医生会给病人戴上铁面具。

30 BN，第 330 页，这些特立尼达的曼丁戈人 1838 年请求英国女王，让他们回到非洲。

31 这里指出那些曼丁戈人都是英国军人。强调这个军衔，表明他们早就英国化了。

32 Caroni，特立尼达河流。BN，第 330 页指出，印度契约劳工在卡洛尼河畔的甘蔗田劳作，甘蔗田在西班牙港东南，靠近皮亚科机场。

33 哈瑞奎师那密咒（曼怛罗），Krishna 也译为克里希那，这个词在梵语中意为，黑色的，深色的，青色的，所以他在汉语中也译为黑天。他是印度教重要的神祇，毗湿婆的化身，在《摩诃婆罗多》中，他向阿周那讲诵的《薄伽梵歌》最为知名。

34 BN，第 331 页指出，这里的"重复"，首先指哈瑞奎师那密咒的重复念诵。此外，它指向了克尔凯郭尔的《重复》——与《畏惧与颤栗》写作时间相同——"重复"概念也是这两部作品的关键之一。

35 指榄仁树，见《海歌》。暗示了伊甸园的智慧树，但语义反讽。

36　BN，第 282 页，用温泉关战役之典故，斯巴达人开战前，会梳理自己的长发。所以梳头意味着赴死。

第二十三章

1　马拉巴尔是圣卢西亚卡斯特里北部的马拉巴尔海滩，也叫维吉耶海滩。

2　指灌木的根，或其他一同生长的植物的根，这样的自然物，英语无法表达，更适合于法语克里奥尔语等其他语言。

3　gloricidia，见《另一生》4.20.4 的荣耀樱，glory cedar，拉丁名为 gliricidia，gloricidia 是作者针对这个名字生造的词。

4　Martinique，岛名，位于向风群岛，法国海外领地，首府为法兰西堡，高更曾经去过那里，当地也建有高更博物馆。马提尼克在圣卢西亚北部，距离很近，作者看到了从那里来的游客，所以使用了高更的典故。

5　孤立波，即单波峰向前匀速移动的非线性波，波长无限长。自然界中，这种波出现在浅滩，而且往往是由船舶引起的。作者这里就是用孤波暗示游轮的到来。

6　Bitter End，这里是专名，见下。非专名时，在海洋语境中，指锚链的终端，尤其是固定在船上的那端。这个短语直译也是痛苦的结局或下场，就是死亡。所以作者把它放在一串旅店之后，是重复的终结。BN，第 334 页指出，Bitter End 这里指 20 世纪 70 年代卡斯特里圣路易街的一家夜总会和餐馆。所有者叫乔治·奥德伦 (George Odlum)，他是沃尔科特的好友，夜总会的名字是两人的一位朋友所起。

7　出自卡图卢斯诗集中的第 31 首开篇，(西尔苗，半岛和岛屿中的 / 微眸，无论那岛是在尼普顿化出的清澈之湖 [指内陆之水] / 还是广袤

之海 [指陆外之水]）西尔苗，意大利语称为 Sirmione，是米兰以东、维罗纳西部的加尔达湖（Lake Garda，拉丁语称为 Benacus）之南的狭长的湖中半岛。卡图卢斯之所以把西尔苗形容为世界之岛中的珠宝，是因为卡氏为维罗纳人，他的家宅就在西尔苗。这首诗是他从比提尼亚（Bithynia）游历之后返乡所作，他如同见到了故友一般。

8　上面说了让格里高利亚斯安息，但作者觉得还需要再解释一下他的名字，也就是专门为他祝圣，或重演一次"施洗取名"。对于作者而言，西蒙斯已死，安娜已嫁，只有格里高利亚斯还在用艺术继续抗争，所以诗人要把他奉为楷模和沉思的对象，以便让自己与他并肩，甚至超越他。

9　这均指格里高利亚斯在新世界所画的壁画。他模仿了文艺复兴的希腊风格，因而有一个希腊式的名字。

10　15 世纪意大利文艺复兴的开创性的画家，他的壁画最为著名。从乔托和马萨乔开始，欧洲艺术真正具有了文艺复兴的风格，摆脱了哥特和拜占庭风格。

选自《海葡萄》（1976）

海葡萄

那光中的微帆 [1]
厌倦了群岛，
一艘纵帆船在加勒比海逆风而行 [2]

向家驶去，可能是爱琴海上
驰往家乡的奥德修斯，
父亲和丈夫的

渴望，在粗糙扭结、酸涩的葡萄树下，就如
在每只海鸥的疾呼中
听见瑙西卡 [3] 之名的通奸之徒；

无人得以和平。这场远古战争
在贪恋与责任之间
永不终结，无论

对海上漂流者，或对眼前这位登岸之人 [4] 皆是如此，
他正踩着凉鞋，蹒跚中步行回家，
那战争始于特洛伊失掉它旧日的火焰，

始于盲巨人的巨石让波谷起伏，

翻涌的浪中，伟大的六音步浮出
终成为加勒比的海浪。

古典[5]能给人慰藉。但，还不够。

亚当之歌 [1]

用石头砸死的淫妇，
在我们的时代，又被耳语、
被流言，杀死，那流言 [2]
用污泥覆盖她的肉体。

始作俑者 [3] 是夏娃，
因为她化成蛇，用角刺过上帝， [4]
这是为亚当的缘故 [5] ；这让
人人都有罪，也就是让夏娃无辜。 [6]

毫无变化
因为男人依然唱着亚当唱的歌
他反抗这个他输给毒蛇的世界，

这首夏娃的歌
反抗着他遭受的诅咒；
他在世界的黑夜唱它

而和平王国里
黑豹的眼中正闪动光芒，
他的死亡正从林中浮现，

他歌唱，他害怕
害怕上帝的嫉妒，他以死
为代价，

那歌飞升，直达上帝，上帝在拭泪：

"心啊[7]，鸟儿起飞时，你在我心，
心啊，太阳入睡时，你还在我心，
心啊，你静卧我身体之内，就如甘露，
心啊，你在我身体之中啼哭，就如雨在哭泣。"

希尔顿党派之夜 [1]

我们的酒店颠三倒四 [2]，开着空调
一屋子贪赃枉法、睚眦必报的党棍
他们午饭吃撑，苏格兰酒喝多，香烟抽饱，白兰地饮个大醉，
争吵、辱骂，直至思路破裂、语无伦次，
刺耳的声音，靠权力当基石 [3]，他们倒光了
所有理智，只剩下喷吐愤慨
当着这群拉皮条的恩克鲁玛派 [4]！他们的脑子
涂的是杀婴的油脂 [5]，一代又一代地
堆积，陷入想象力的饥荒中，
而涤纶倒是把他们冒着气、冒着热气 [6] 的
大肚子和屁股弄得光光滑滑。罪恶，随着一身汗水
在暴饮暴食中流淌，而外面，一缕黑色的风
让茉莉香环绕满屋，好像是妓女的
香水或二等秘书的润肤霜。敬畏这些法律吧，
它们让从前的奴隶如今热情地赞颂。我烂醉如泥，
醉死一般，我飞升到地狱之光。大厅里，
长着眼睛的香烟，就像特务，紧盯住我。

瓦解的联邦 [1]

你 [2] 当要爬入石丛之中
避开渔夫 [3] 的注视
你，是的，就是你!

你莫非不记得沙滩上的竞选讲坛
那里有硫黄色的灯笼，
还有大海喉咙里的你的谎言?

你当要烤烤你的屁股，直到你的后背
成为一张满是水疱的老地图，
而你的嘴唇干裂

就像那土地，它正为了你在装着音响的
讲台上承诺过的水，
而修女们都叫你耶稣，

你回来吧，带着你筛子一样的心，
你的脑袋就像生锈的罐头，
而你的舱底，冒着臭气，

把你的头转过来，哥们儿，我在

说话，我还没说够，我在说话呢
你爱怎么样就怎么样吧，哥们儿!

第一声咆哮一来，你就吓呆了，
它就如飓风一样，席卷你的心；
但你的承诺是什么? 一艘搁浅的、

条条棱纹的船，光着身子的
孩子在里面玩来玩去。听着，你

还可以跟着我，咱们再来一次，
再看看那远方来的雨
就是像雨，不像选票，

像海洋，像风，
不像压倒性的多数人，
而你，却用一块布满蛆虫的粪饼招待民众，

那雨，它不可能浇灭
列队游行的风铃木的火炬
和一朵朵不凋花，[4] 跟着我，再感受一下

这雨吧，你们这群混蛋爸爸[5]，
感受一下它如何渗入毛孔，
如何湿透心脏的海绵、让它满载着

民众的悲伤，
然后，再对这震怒一笑了之，
你们这些，身穿会议正装的秃鹫，

穿着秃鹫的白袍的主教，
盘旋的群鸦，犹如这一页上的
阴影，

众位部长，只把最后的权利
赋予人民，
还有内阁，那里挤满了骷髅，

就在这，在这片旧沙滩上，正有一场大会
有主教，部长。
鸦群。但这里，却没有人拿着闪光灯！

游行，游行 [1]

是有广袤的沙漠，但无人步行
还是骑在那老篷车的马鞍 [2] 上，
是有海洋，但龙骨切断的仍是
精确、古老的纬线，
山上也有蓝色之海，
但他们用喷气机划出的轨迹
还是同样的路线，
所以政客们步伐沉重
想象力匮乏，绕着
同样阴郁的花园，
那花园前院的喷泉已干，
桂 – 桂棕榈 [3] 让像是羊粪的
粪豆荚保持干燥，
同样的路线统治着白皮书，
同样的步伐沿白厅街 [4] 上行，
只有那戴着白软木帽、上面装饰羽毛的
小丑，他的名字倒变了
就为了这场独立游行，
它在卡吕普索的歌声里，
随着低音号黄铜色的 [5] 喜庆，兜着圈子。

那些漂亮、皮肤无痕、
身穿国家制服的孩子，
他们的眼睛为何
迷惘又羞怯？
它们为何睁大、对灌输于脑中的
自豪感到惊恐？
这些老歌是不是更适合从前？ [6]
那时候，律法住在远方， [7]
女王蒙着面纱，她的腰身
与靠垫一样舒适，
她托着宝球 [8] 和它严厉的训诫。
我们等着雕像改头换面，
等着游行能变出新花样。

就在这时，他驾到了，他驾到了！
爸爸！爸爸！ [9] 人群簇拥，
还有他内阁的那群油光锃亮、迈着鸭步的海豹，
他慢慢滚动，挪着身子，上了讲台，
这时，风把尾巴
夹在了山缝间，一道海浪
冷不丁咳嗽一声。
谁会把这寂静叫作
尊敬？把这迫不得已、嘶哑的"和撒那" [10]，叫作
敬畏？把抽动的圆号中传出的
罐头声叫作

新世界？还是为那些选民
脸上的表情
找个名字吧。告诉我
怎么就全变成了这个样子，为什么
我竟无言以对。

拉斯塔法利之歌 [1]

出埃及 [2] 之时的火，锻造出
这个部落的铁，

以赛亚，那亮如雄狮之光辉的，
是对这个部落的愤怒

那愤怒，让裂隙必生
让石头必碎

让天上冰雹落在
巴比伦，巴比伦，

那裂隙生在牢狱之墙
在破公寓的裂缝中

此时，高音 C 上再高音，约书亚，
跟着我呼喊吧，为我的支派 [3] 呼喊：

黑市里，
蜥蜴般精明的诗人

贩卖铜做的贡物
随支派变换皮肤

支派连连收购
梦想和谎言

快要上市
随着手足分裂

犹如红海为摩西分裂
他们站定，拄着亚伦的杖

那杖既是蛇
又是兄弟之棍 [4]

越来越多的瘸子，如同疑问
问的是黑轮胎一样的蛇

戴着墨镜的所罗门 [5]
藏住双眼

——握手，
统计和捷舞

跟着支派的掌声；

经济和出埃及，

拥抱我们
用括号和括弧

那是他们兄弟之情的、如蛇的臂膀
（收买的括号）

还想张口吗？
想晃晃你拉斯塔法利式的头发，兄弟？

看，一扇门大开，打着呵欠，
然后就是牢狱的狮穴，

空中的迫击炮，就像冰雹；
巴比伦的弟兄，医生！叔叔！爸爸！[6]

墨镜之后
火在熄灭

我的人民之煤；
没有憧憬，没有火焰，

没有深刻，没有危险，
音乐越多，愤怒越少

悲伤越痛，羞耻越无
太多的话留给那条河[7]

它冲刷掉我的名字
就让这些都一成不变吧，

永远，永远
还有我支派的信仰。

名 字¹

献给爱德华·布拉斯维特[2]

一

自海开始,我的种族也就开始,
没有名词,没有地平线,
却有我舌下的卵石,
还有不一样的星辰定位。

但是现在,我的种族就在此,
在黎凡特人[3]眼中悲伤的石油,
在印度之地的旗帜上,

我一开始,就没有记忆,
我一开始,就没有未来,
但我曾寻找那个时刻
心灵被地平线一分为二的时刻,

我从未找到那个时刻
心灵被地平线一分为二的时刻

我是为了贝拿勒斯铁匠，

为了广东石匠，

当鱼线下沉，地平线

也在记忆中沉没。

我们是不是已然融化在一面镜中，

永离了灵魂？

贝拿勒斯铁匠，

广东石匠，

贝宁铜匠。

海鹰在岩石上尖叫，

我的种族就像这鱼鹰，从一开始

就呼号出

那个可怕的元音

那个"I"！

我们身后，整个天空合拢，

历史在鱼线之上闭合，

海浪关闭

我们两手空空

只有这根"棍子"[4]

它会在沙上勾画我们的名字

那名字曾被大海再一次抹去[5]，但我们毫不介意。

二

他们何时给这些海湾起的名字
海湾，
是思乡，还是嘲弄？

在未曾梳理的森林，
在不曾耕耘的草地
可否有过未被他们取笑的
雅致？
卡斯蒂亚宫院何在？
还有凡尔赛的柱廊
都换成了菜棕榈
顶着科林斯柱冠，
藐视的"小"名字，[6]
如"小"凡尔赛，
指的是猪圈的轮廓，
指的是流亡者
为酸苹果
和青葡萄起的名字。

他们的记忆发酸
但名字留了下来，
巴伦西亚[7]橙子灯
熠熠放光，

马亚罗的

可可烛台树，烧得焦黑。

既然为人，若不先认定[8]

万物皆有权得名，

他们就难以为生。

而非洲人默许，

重复，再将之变化。

听着，我的孩子们，说：[9]

moubain：猪李，

cerise：野樱桃，

baie-la：海湾，

凭着鲜绿色的嗓音

它们也曾

如风一样，吹弯了

我们自然的变格。

这片棕榈比凡尔赛还伟大，

因为不假人工，

它们倾落的圆柱比卡斯蒂亚还伟大，

不假人工

只靠蠕虫，它没有头盔，

却永为帝王，

孩子们，看看巴伦西亚森林之上的

那些繁星！

不叫猎户座，

不叫掌上星，

告诉我，它们像什么？

回答啊，你们这些讨厌的小阿拉伯人！ [10]

先生，是糖蜜粘住的萤火虫。 [11]

圣卢西亚 [1]

一、村庄

拉波利 [2]、舒瓦瑟、无忧堡 [3]、丹纳里，
这些日晒褪色的村庄
那里的教堂钟声
都让一座头屑灰白的棚屋，四面沦陷
棚屋装着扭曲的木板如百叶窗，锈迹斑斑
蟹在屋影下爬行
孩子们，曾在这里玩过家家；
一堆金属罐中，一张网风化，阳光的
海网，寻捕浅滩
整个下午，一无所获，
如今在这样的村庄中，我并未离秘密
越来越近，虽然以前，它避开了
屋影下的孩子，在远方钟声里，在正午
受惊的紫晶之海中，
在浮动的阴影和鹈鹕间
有什么总被错过
它就在下一片海湾飘来的烟里
在那沙坑唇边的棚屋上

海鸥为之呼求
随着苍白、漂移的雨水之梯
随着海龙卷风巨大、苍白的树,
海豚也为之踊跃,无论那是什么
它都本该,让这一天圆满。[4]

二

阿拉瓦克苹果,
塔希提苹果,
基特拉苹果,
格林纳达苹果,
猪李,
z'anananas[5]
菠萝的
阿兹特克头盔,
pomme,
我都忘了
pomme 指的是
爱尔兰土豆,
cerise,
樱桃,
z'aman
海扁桃

在翻卷的

浪涌旁，

在河边。

回到我这吧

我的语言。

回来吧，

可可，

桂桂，

孤鸫，

ciseau[6]

剪刀鸟

没有夜莺[7]

除了牙买加的

蓝山曾经

有过，山蓝的深邃，

就像咖啡一样深浓，

甘椒闪动，

它的光束

落在黄色阿开果上

只有树皮裸露

花园

在山上

在高地之乡[8]

山驴的

湿驴皮的臭气

夜晚打开
随着流萤之文，
在山上小屋
小鹌鹑之乡
蜡烛，
烛火飞蛾 [9]
黑夜，用它结实的
棕榈 [10]，倾杯而饮
清凉的细水
重要的水，
重要？
外来？ [11]
水重要
非常重要
夜的赤锈 [12] 的鼓
深浓的夜
如咖啡
精力充沛的早晨
重要的咖啡
村庄，阳光下，
终日闭锁。

空荡的校园

今天的老师，死气沉沉

地上，果实

腐烂，发黄

是高更涂染

阿拉瓦克苹果

让土地染上紫红，

赭石路

在日光中，久久等待

等待我的 ¹³ 影子

哦，这么说，你是沃尔科特?

你是罗迪的弟弟?

阿莉克丝老师的儿子?

一条条小河

有着重要的名字。

还有重要的警士

在乡村的警局

在乡村

它盼着可可山坡

变得浓绿

融化的太阳

正午的沥青，

面包树树影中的

女人，弯身的树

弯向河谷 ¹⁴ 的唇，

她的下方，蓝绿色的谷
一片片废弃、废弃的
糖谷 [15]，一座座公交站，
香蕉田
罗索的泻湖上
那艘油轮依然生锈，
而就在某个角落

吐露出一片孤零的
黄叶，
蛋黄花的叶子
粗糙的茎皮，缄默不言，
但一开花
它就倾诉出刚硬、
犀利的百合，让人想起
玛蒂娜、尤妮丝
或露西拉， [16]
她沿阶而下
身侧漂过凉爽的溪流
春水随之轻灵地
流过石架
流入绿色、布满蕨草的
山路旁的石孔，
她的一笑，犹如整个国度
她的气味，是泥土，

红棕的泥土，她的腋下
有收获的庄稼，她的双臂
是树苗，如今，
她已成老妇，
与一代代别家的
女儿，顺阶而下
各自漂流，
乡民，
美丽的乡村女儿，
漂流，直至牙齿全无，
一切安息者，

哦，每一位玛蒂娜，每一位露西拉，
我是野生的金苹果
我会洋溢着爱，
热爱你们和你们的男人，
对你们，我还未讲够
我要用我年轻诗人的眼睛
它为这个国家痴狂，
一代代人动身，
一代代人已去，
我，是圣卢西亚人。
这是我的生地；
我生于斯。

三、尤娜：玛布亚谷 [17]

（圣卢西亚传奇，即，叙事歌，数年前，在去往无
忧堡的敞篷卡车上听来）

季尔蔓老妈，上帝要罚你，
因为你信的教太多，
没错，话说回来，上帝又要保佑你，
上帝保佑你，因为你爱施舍钱。
科伯去了库拉索，他走这一趟给你带钱
你拿了那钱
投入小酒馆
你不能读，不能写，你英语也不会说，
你该晓得酒馆没啥赚头，
科伯一回来
他就有钱了，有钱了
他一回到这，
没错，妈妈啊，科伯就要气疯了。

尤娜告诉科伯，你在库拉索那会
我有了俩娃，来瞅瞅，是你的不。
科伯大叫，"妈妈啊！晚上好，太太，先生
给我点灯吧
让我瞧瞧这崽子！"，

科伯倒改了口"我看这俩黑鬼挺像，
又像我的，又不像，
还是我养吧！"

是的，科伯走了，下到罗索，
去找活干；要养娃娃，
尤娜告诉科伯，别下罗索
但他还是下了罗索，罗索的婊子都朝他扑。

菲利普·马戈，把萨克斯送给科伯，
他可没工夫玩萨克斯
像他那样的萨克斯手都活不下去了。

礼拜六一早，科伯下城去。
礼拜六下午，我们听说科伯死了。
真让我伤心，是啊，真让我心焦；
我听说科伯死了，真让我难受。

尤娜也这么说：这也让她伤心，
让她心焦，科伯的萨克斯风不响了。
我听见有号吹奏
就在河边芦苇丛下
我说："甜甜，我要去给你找飞鱼。"
我一到那儿，就遇到科伯

他说:"你听到的号
就是尤娜给我戴的绿帽。"

这吉他手说:
"咱俩都是吉他手,
别误会啊,
咱弹的拍子一样啊。"

尤娜成亲了,礼拜日四点。
礼拜二八点,就进了医院。
她吃了顿饱揍,她丈夫打断她胳膊,
我得见见你妈,
我要讲讲你怎么对我。
尤娜!
(我要告诉你妈妈!)
尤娜!
(你不听我!)
三天三夜
尤娜在煮,尤娜一直没熟
(我要告诉她妈妈)
他们会说尤娜变了
可不是尤娜变了,她坏,坏,
尤娜!

四、尤娜：玛布亚谷

献给埃里克·布兰福特 [18]

季尔蔓老妈 [19]，上帝要罚你，
因为你信的教太多，
不过话说回来，上帝又要保佑你，
上帝保佑你，因为你爱施舍。

科伯去了库拉索 [20]
他把钱奉还
你拿了那钱
投入朗姆酒馆 [21]
你不能读，你不能写，你英语也不会说，
你该晓得朗姆酒馆没啥赚头，
科伯一回来
他就有钱了，没错，有钱了
他一回到这，
没错，妈妈啊，科伯就要气疯了。

尤娜告诉科伯，你在库拉索那时
我有了俩娃，来瞅瞅，他们是你的不。
科伯大叫，"妈妈啊，晚上好，太太，先生
给我点灯吧
让我瞧瞧这崽子"，

科伯倒改了口"我看这俩黑鬼挺像，
他们又像我的，又不像，
算了，还是我养吧。"

啊，是的，科伯走了，下罗索去了，
他去找活干；养那两个小娃娃，
尤娜告诉科伯，别下罗索
但他还是下了罗索，罗索的婊子都朝他扑。
菲利普·马戈，把萨克斯风送给科伯，
他可没工夫玩萨克斯了
像他那样的萨克斯手都活不下去了。

礼拜六一早，科伯进了城。
礼拜六下午，我们听说科伯死了。
真让我伤心，真让我心焦；
我听说科伯死了，真让我难受。

尤娜也这么说：这也让她心伤，
让她心焦，那把萨克斯风也不响了。

我听见有号吹奏
就在河边芦苇丛下
甜心，我说，我要去给你
找找飞鱼 22。
我一到那儿，就遇到科伯

他说，你听到的号
就是尤娜给我戴的绿帽。

这吉他手说
我们都是吉他手，
别误会啊，
我们弹的拍子一样啊。

尤娜成亲了，礼拜日四点。
礼拜二八点，她就进了医院。
她吃了顿饱揍，她丈夫打断她胳膊，
我得见见你母亲，我要讲讲你怎么对我。
尤娜，
（我要告诉你妈妈）
尤娜
（你不听我）
三天三夜
（尤娜在煮，但她一直没熟）²³
（我要告诉她母亲）
他们会说尤娜变了
并不是尤娜变了
她本来就坏，就是坏，这就是
尤娜。

五、为圣卢西亚罗索谷教堂圣坛画所作 [24]

一

小圣堂 [25]，是这座谷的中心，
四散、生根于此的
男人、女人、沟渠、旋转的
香蕉田、支路，都围之转动，
它将一切吸引过来，吸引到这圣坛
和圣坛的巨画；
生活 [26]，犹如一面黯淡的镜子
在那里重复，
是外面的寻常生活，
但也有另一种生活，被它留住
一位好人将它创造。

一对土褐色的劳工
在画里跳着邦蒂舞 [27]，鼓声
在土底，在重重的步伐下回响。

　　　　这是富庶的谷，
物产丰腴。
它的路就像圣坛的走廊，从这里放射，辐向
一亩亩香蕉，辐向
树叶麇集的山脉
一朵朵大腹便便的积雨云

它们在薄雾间，在熨斗般的火热中；

这是受诅咒的谷，
问问精疲力竭的骡，浮肿的孩子，
问问干枯的女人，和牙间露缝的、她们的男人，
问问教区神父，他就在圣坛画里
负载着这座教堂的复制品，
再问问那两个人，他们有可能就是跳舞的夏娃和亚当。

二

五个世纪前
在乔托时代
那时的上帝还年轻，
这座圣坛的一个角落，或许早已写上：
圣奥梅尔将此作成，时其现年之岁，[28]
凭上帝之荣耀，也凭上帝的玛利亚的荣耀。

随着音乐，它有了签名。
它围着整座岛旋转。
来想象一下它的空荡，主日午后
敬拜之时

无人能看见它，它就在那，
无人敬拜那一对可能是跳舞的夏娃和亚当的人。

主日三点
现实中的亚当和夏娃结合
他们浸透着再次施洗的汗水

他的汗水在她平静的乳房，
她的汗水在他镶接成的身板
他掂量香蕉
杀死群蛇
爬出河水，

此时，在绒绒的山顶
微风撩动他胸前的头发

主日三点
蛇将自己倾入
树叶的圣杯。

糖厂空荡。

无人采摘香蕉，
没有卡车扬尘、驶向无忧谷，
没有直升机喷雾

有蚊子的班卓琴，对，
有蠓虫的梵婀玲，是，[29]

是，亚当的寂静并不纯粹，
罗索谷不是伊甸园，
栖居者，也不在天堂，

所以，还有几根小乐弦
有些人在奥里昂旁的山上野餐，
有些人施洗。

一个男孩在河边敲打罐子，梆梆作响，
河水正试着入睡。
但，没有什么能打破寂静，

寂静来自世界的深处，
来自一个人相信的他对上帝的所知
来自他的那种苦难，

来自圣坛画的墙壁
圣奥梅尔为上帝之荣耀制成
时其某个受苦之岁。

三

在众多白朗姆酒瓶成堆之后，
在众多小鱼[30]从圣方济各手指般的
画笔下游走之后，

在众多
你渴望的名字死去之后，
尤娜、朱利安、小－诺姆、可可，
她们就像圣卢西亚罗索谷死亡的甘蔗。

在五千次九日连祷[31]
和对圣母的创意
时隐时现、如一盏微灯之后

在这一切之后，
你的独木舟般的信仰方在夜间抵达，
它像一位厌倦美国的亲戚，
像一位回到你家的女人

当你举起手腕，
她戴着那上面的绳索歌唱；
这样，时常之中，主日之时

朝拜之间，无论人们在那里，
还是不在那里而从窗外探望
他们都会看见

那一张张天使的真面容。

俄亥俄，冬天

献给詹姆斯·赖特 [1]

这是你的故乡，吉姆，我所
想象的，也许并不存在：
夏天的草 [2] 抓紧脱轨的货运
列车 [3]，直到它生锈
变黑，如同野牛。
这个冬天白如麦子 [4]
广袤是它的可怕之处，你是
对的；在那握紧的白色
谷仓之后，整个下午，夜晚
都持刀 [5] 隐蔽；道路
在风雪下匍匐，
霜为挡风玻璃的
眼帘涂上釉，每座谷仓，或
农场的灯，都愈加孤独，愈加孤独。

切尔西 [1]

一

对他来说，没什么意味着毁灭，旅店米色的潮湿，
闪动着霓虹的肮脏的雨流，
死去的壁炉之上、花盆里
金盏花干枯的火焰，
都不意味着如此。镜中反像
与他一样，对名声和金钱
无力又无心。在失落、失败的艺术中，
他会找到成功，于是，他对
映入污镜之内的无瑕少女说起话来。
她胜过旅店的名人铜牌，上面的大人物
都酗酒，或招摇过市，富有，
或出名。他们的名声就像米色的漆层一样
卷皱，会死去，犹如镜中花。
这位明眸少女，任由冰冷的自来水
流淌不止，她小心提防，注视着他在说谎。

二

在变暗的旅店窗帘之间
我们会看到狮色的黄昏降临
它潜伏砂岩之上，那是
西区体育馆高耸的峭壁，
辽阔的天空打着呵欠，随着柔顺的光
在曼哈顿四周卷起，之后，我们就觉得房间
充满了暧昧的怜悯，它的物品都绒绒的
毫无分别，椅子，床，桌子，变得柔软
犹如瞌睡的群狮。如果沿旧走廊而行，
一个个孤独的生命，边转动钥匙，
边在门慢慢关闭之时，点头致意，
整个生命中全是如此，那么，爱赋予的就是自私的力量，
在他人的地狱里，我们才创造出自己的幸福。
窗户对面，是带家具的房间和阁楼
灯光中，他们亲昵。越是幸福的生命
就故步自封，更利于无欲无求。

爱复爱 [1]

时候会到
那一刻，欢喜中，
你迎接自己的来临
在你自己的门前，在你自己的镜中，
每一个你都对另一个你的欢迎微笑，

然后说，这边坐。吃吧。
你会再次爱上这位曾是你自己的陌生人，
给葡萄酒。给饼。把自己的心交还
给心，交还给在你一生中都爱你的

这位生人，但你忽视过他
为了另一个将你铭记于心的生人。
就从书架上取下情书

相片，绝望的便笺，
将你的形象从镜中剥落。
坐吧。享用你的生命。

黑八月

太多雨，太多的生活就像这个黑八月的
肿胀的天空。我的姐姐，太阳，
在她黄色的房间发愁[1]，不想出门。

一切尽入地狱；山峦生烟
就像一只水壶，河流泛滥，但
她不会起身[2]，将雨关掉。

她在房中，爱抚着旧物，
还有我的诗集，她翻动相册。即使雷声落下
如同天上的盘子崩碎，

她依然不出门。
你不知道我爱你？我只是对停住雨水
感到无望。但，我渐渐学着

爱这段黑暗的时日，爱蒸腾的山丘，
爱这空气和空中喋喋不休的蚊虫，
我学着抿一口苦涩的药，

就这样，我的姐姐，当你出现时

你让一串串雨珠散落，
你额戴花环，眼含原谅，

一切都不再如旧，而这就会成真，
（你知道，它们不是我想爱就能
爱上的），我的姐姐，因为

曾经，在我只爱我的幸福和你之时
我早就可以学着像爱光明之日那样，爱黑色的日子，
爱黑色的雨，白色的山。

收　获

若他们问到我最爱的花是什么，

有一件事，你必须明白：

我也曾按俗常的方式学着爱它

就是那些一只手发誓，誓要服侍真理，

另一只背后，要着钞票或赞誉的人，是他们的方式，

但我放弃，不再梦想着如何站在

我生命中收获的秋季、

去站在厚如叶子、刚没脚踝的金钱中，

去让我的诗、贫穷忠实的妻子

摆脱习惯的风格，好吧，就算千篇一律，

虽然没有秋天，但大自然还会

在每个财年[1]跟我玩笑，那时，金色的风铃木

会倍感歉疚，慷慨散财

就像信基督的银行家，或让风勒索的小偷。

我很快又知道，他们改变剧本，

跳过金秋，转向冬天，

转向灰白的单色，就像这块仪表，

毫无金黄。所以，我将我的土地视为

一座生着灌木、根苗永远扎牢、

播下种子的小园，吸收土壤的

是那种廉价的花，你看，就在我的脚下，
它就是最粗糙、极普通、坚韧无比、平淡无奇，
中心生着白斑、充满弹性的紫罗兰。

仲夏，多巴哥

辽阔、饮醉日光的沙滩。

白热。
绿河。

桥，
烧焦的黄棕榈

在夏天入眠、
整个八月昏昏欲睡的房子边。

我留住的时光，
我失去的时光，

长大成人、如同女儿、
不再需要我的怀抱如港湾的时光。

归于林木 [1]

献给约翰·菲格罗亚 [2]

老者，一棵橡树。
老者，这棵年老的海扁桃
在海浪的水雾中，毫不畏缩

它就在这片年迈的树林
通往库马纳 [3] 的海滨之路上的树林。
就归于林木，

像这棵树倾落，
这棵魁梧的
雷之子本·琼生的橡树！

或者，我是不是已经长眠
就如这株伐落的扁桃树？
因为我写道：我盼望暮年

成为一位树干多节、扭曲的诗人
须髯如旋风盘绕，
他的格律就像雷。

它不只是海，
不止，因为在多风、绿色的清晨
我读到了可可山上的变化，

从熊熊燃烧的日出
到它灰白的死亡；
而对于我，苍白愈浓，

它不再淡而无色，
不再是肮脏的旗、
象征没落的勇敢，

它颜色斑驳
犹如石英，
无聊却不单调，

如今，苍白是水晶
之雾，黯淡的钻石，
如石粉，无情寡欲，

苍白是和平之心，
比武士还坚定
它跨坐在党争之上，

它是伟大的停顿
当庙宇之柱
靠在参孙的掌上 [4]

稳住，稳住，
这一刻
世界的重石

就像入睡的孩子
趴在阿特拉斯 [5] 颤抖的双肩
他双眼紧闭，

它是平衡的辛劳。
塞涅卡，那无聊的虚构之辞，
还有他佶屈艰涩的拉丁文

我只能读懂几个片段，
它们如折断的树皮，他的
主人公，接受过旋风的淬炼，

他们用 senex
这个词，用它的双眼，[6]
看透了这棵树的躯干，

超然于快乐，

超然于抒情的话语，
这株冷酷的扁桃树

在沙下行进 [7]
随着这样的语言，慢慢地
用砂砾，用一个又一个的世纪。

注释

选自《海葡萄》（1976）

海葡萄

1　本诗是沃尔科特重写过多次的作品，早期版本题目为《酸葡萄》
（"Sour Grapes"），共有两版。

2　由于是加勒比海上，因此风指"东北信风"。最早的殖民者自欧洲
来，就是乘着信风，顺风而行，他们也因此命名了向风群岛和背风群
岛。纵帆船既然是背风，那么方向就是迎着信风，从背风群岛向圣卢
西亚驶去。

3　《奥德赛》第六章中奥德修斯漂流到斯凯利亚岛（Scheria，也叫费
阿吉亚，Phaeacia）；在雅典娜的暗示下，当地国王阿尔吉诺斯的女
儿瑙西卡来到海边，发现了奥德修斯并爱上了他。但是奥德修斯有家
庭责任在身，毅然离去。

4　前者是贪恋海外诱惑的人，后者是履行家庭责任已经返乡的人。
这里是说两类人，但他们又会体现在一个个体身上。

5　classics，这个词在西方语境中，专指古希腊罗马文化典籍及其知
识，作为学科的"古典学"就是这个词。

亚当之歌

1　本诗结尾引出了亚当唱给夏娃的感恩之歌，他感谢有夏娃相伴。
但惊世骇俗的是，作者似乎表明人应该感谢堕落和离开天堂。

　　如 Burnett 所言，本诗提出了一个"异端"的观点：造物可以让

上帝流泪；后者可以学习前者。Burnett 认为沃氏的这种用艺术影响宗教的做法，其力量就类似俄耳甫斯以及源自西非洲神话的加勒比蜘蛛人阿南西（Anansi）所具有的魔力。借此，沃氏的诗歌可以在政治和形而上学层面分别产生影响，前者即，用艺术战胜宗主国的中心主义；后者即，将自己的艺术奉为人类可以庆祝的最伟大的圣礼，用它超越专断的神性概念。

2　whispers，指恶意的中伤和流言，这也象征着魔鬼。

3　指夏娃是第一个有罪的人，第一个受诅咒的人。

4　horn，意为，用角抵触，指夏娃反对和背叛上帝，同时暗示了魔鬼，因为魔鬼长角。

5　for one's sake 是钦定本《圣经》最常用的短语，和合本译为，"为……缘故"。作者有意用这个短语模仿经文语气。

6　明确指向了《新约·约翰福音》8:5：文士和法利赛人抓着一个淫妇来找耶稣，说摩西律法规定，淫妇要用石头砸死，问耶稣如何处置。耶稣则说出了那句经典的话："你们中间谁是没有罪的，谁就可以先拿石头打她。"耶稣的宗教观是让人自我反省，而不是用古代的律法来代替上帝任意处决他人。

7　heart，称呼爱人夏娃，即俗语说的心肝。

希尔顿党派之夜

1　party night，双关，也表示派对之夜，这里讽刺党派会议就像娱乐聚会，形同儿戏。

2　本诗的"希尔顿"正是指特立尼达西班牙港著名的、也是世界第一家"上下颠倒"的希尔顿酒店。这家酒店由康拉德·希尔顿（1887—1979）设计，1962 年值特立尼达和多巴哥立国时开业，整个酒店位于谷中，入口是三楼，一楼在顶层，往下的层数数字越来越大。

3 on the rock of power, on the rock, 或 on the rocks, 也表示船只触礁, 陷于困境, 或局面破败, 经济破产等。但它也是酒吧和饮酒时的行话, 即倒酒之前加冰。

4 夸梅 (Kwame) · 恩克鲁玛 (1909—1972), 加纳政治家, 在他的领导下, 1951 年, 加纳前身黄金海岸在英联邦内独立; 1957 年, 正式脱离英国殖民统治, 宣告独立; 1960 年, 加纳共和国成立。他历任国家总理和总统, 1966 年被推翻。

5 "杀婴", 首先暗示了历史上黑人奴隶中普遍出现的杀婴现象, 为了让后代不再当奴隶, 很多黑人母亲会杀婴或人工流产。其次, 指奥比术杀婴。杀婴的油脂涂在政客脑子里, 表明他们只能像玩巫术一样建设社会、谋求私利, 但却将新兴的加勒比世界扼杀在摇篮里。

6 hot air, 双关, 也指吹牛大话。

瓦解的联邦

1 federation, 在加勒比语境中, 指西印度群岛联邦 (West Indies Federation), 也叫西印度联邦。它是当时的西印度地区英属殖民地和英属领地组成的内部自治而非独立的联邦国家, 1958 年 1 月 3 日成立, 但由于内部纷争, 1962 年 5 月 31 日就宣告解体, 随即, 牙买加、特立尼达和多巴哥于当年各自独立, 之后十几年里, 巴巴多斯、格林纳达、多米尼克、圣卢西亚等也纷纷独立。

沃尔科特的早期戏剧《鼓与色》就是为了该联邦成立的庆典所写, 玛格丽特也参与了排演工作。为了庆祝联邦成立, 政府召集了很多西印度的戏剧家, 举办了一场狂欢节。

2 即本诗原题说的"联邦主义者", 但是, 作者针对的不是那些积极建设联邦的人, 如亚当斯, 而是指参与建立联邦、又造成其解体的那些政治家和宗教人士, 很可能也包括竭力支持联合, 但在反对党压力下决定公投的牙买加政治家诺曼·曼利（Norman Manley）。作者先用单数，这样就好像是在当面指责一个人一样，同时也是在跟联邦本身说话，后面又转入了复数。

3　沃尔科特常用渔夫比喻政治家或政客。

4　这句提到了特立尼达和多巴哥的两种常见植物及其花，用它们比喻欢庆联邦成立的游行民众。

5　bastard papas，旧版用 papa 的单数。papa，宗教上常用来称呼教皇（Pope），所以可以指宗教权威；另外，作者还用它指搞个人崇拜、煽动民意的独裁政客，因为它显然取自海地的黑人独裁者弗朗索瓦·杜瓦利埃（François Duvalier, 1907—1971），其绰号正为 papa doctor（医生爸爸，因为他曾学医）。

游行，游行

1　指节庆游行或阅兵，这里是庆祝独立的游行，带有狂欢节的形式。

2　游行的人群如同沙漠，但沙漠中出现的还是车马队，并无新意。

3　这是加勒比特产的棕榈，多刺，叶子如羽，常年开花产果，果实红色。

4　特立尼达和多巴哥总理办公处。这个名字来自英国白厅和白厅街。

5　brazen，双关，也表示厚颜无耻。

6　老歌也许指《天佑女王》等英国王室的国家歌曲。加勒比很多前英国殖民地国家，有的有自己的国歌，比如圣卢西亚，但仍然会用英国国歌等国家歌曲为礼乐；有的仍然沿用英国国歌，如牙买加，巴巴多斯。

7　殖民地时期，法律都由远在欧洲的英国制定。

　　加勒比各国从英属时期就不断在英王室的重要日期进行游行和庆典，表示纪念和效忠。

405

8 Orb，即查理二世以来英王的 Sovereign's Orb，宝球为金制，中空，上有十字架，镶有大量珠宝，为左手持拿。

9 papa，见前一首诗的注释。

10 见《谨慎的激情》。

拉斯塔法利之歌

1 Dread Song, dread，在加勒比英语中，它是非常重要的词汇，首先，作为名词，指拉斯塔法利教派的成员，通常是黑人。该教派成员不剪发，留长辫，蓬乱披肩，这种发型是他们的标志，所以，他们也被称为 dreadlocks。第二，作为形容词，它不是表示"可怕的"，而是意为，拉斯塔法利教派的。由于该教派比较极端，因此在引申义上，这个词又指，作为人，难以相处；作为事，难以解决，因而又衍生出一个可以形容（至少是上世纪60—70年代独立运动和黑人运动期间的）加勒比社会普遍生存状态的名词：dreadness，它指忧惧不安，绝望的状态。

2 拉斯塔法利宗教和泛非主义者，都用犹太人出埃及之事比喻非洲裔人逃出加勒比返回非洲。

3 tribe，英文《圣经》中用这词指犹太人的"支派"（和合本译法），比如《出埃及记》31:2 提到犹大支派。拉斯塔法利教也自认为是犹太人支派后裔。

4 staff，指摩西的杖，我译为棍，以示区别。"蛇"的故事见《出埃及记》4:3—4 和 7:9—10，前者是上帝让摩西的杖变为蛇，后者是亚伦的杖在埃及法老面前变为蛇，而且吞掉了法老术士的、也变成蛇的杖。

5 由于所罗门表示智慧，而墨镜也是盲人的标志，因此这是讽刺他们毫无智慧。

6 Papa 和 Doc（医生）指杜瓦利埃；Uncle 指埃里克·盖里（Eric Gairy），格林纳达的独裁者；Doc 单独使用也指特立尼达和多巴哥的极权总理埃里克·威廉斯（Eric Williams），他有博士学位，民间称之为 Doc。

7　指兰帕纳尔加斯河。

名　字

1　本诗两个部分中出现两类名字：第一部分讲述了加勒比人要给出自己的"名字"，确立自己的身份。第二部分讨论了如何对待殖民者留下的"名字"、语言和符号。

2　Edward Brathwaite，巴巴多斯著名诗人，也是历史学家，加勒比艺术家运动的奠基人。前面注释中多次引用他的作品，他有很多经典的主题和意象影响了沃尔科特。为加勒比重新命名正是他首先提出的。

3　黎凡特地区指托鲁斯山脉以南、阿拉伯沙漠以北的地中海东岸，包括塞浦路斯、以色列、巴勒斯坦、黎巴嫩、伊拉克、约旦、叙利亚、一部分土耳其，广义的黎凡特地区泛指整个地中海东部，包括整个土耳其、希腊、埃及、一部分利比亚等等。这个词来自法语动词 lever 的分词 levant，即升起的，指这一地区为太阳东升之处。这里指加勒比的黎凡特人。

4　指字母"I"，如同一根棍子，"鱼线"也是一个象征。

5　作者用了过去时，他应该是在沙上写了字，然后被抹去，之后再次书写。就加勒比历史而言，这个"再次"表明，第一，之前被抹去的遗迹，其之前还有一次同样被抹去；第二，这一代人留下的文字，其实也会有同样的结局，这也就是前面《另一生》中哈代那个题词的含义。

6　belittling diminutives，diminutive，指小后缀或指小词，相当于在名词前加一个"小"（little），比如 pig，加后缀 -let，即小猪，通常表示爱意，所以这个词也意为"爱称"，但在殖民者命名时，表示的是轻蔑，最多是怀旧。

7　指特立尼达的巴伦西亚，名字来自于西班牙的同名地名。西班牙巴伦西亚有一座著名的大教堂，里面有灯笼，而特立尼达的巴伦西亚只有橙子，如同灯笼。

8 presumed，有两个相反的意思，一指自以为真，但并不确定，只是推测；二指设定某个原则为基础或前提，虽然是主观认定，但在逻辑，经验或直觉上有其依据，这种用法，常出现在法学中。作者用的是第二个意思，将"命名"设定为生存的先天的基本原则。下面的"得名"，即"成为名词"。

9 作者模仿教师的样子，教小孩子命名当地事物。前面是法语克里奥尔语，后面是英语。

10 这是老师"骂"孩子的话，没有侮辱的性质，因为老师也是加勒比人，他之前刚刚教完克里奥尔语。他有意表达一种暗含自嘲的种族偏见，同时鼓励孩子说出不一样的名字：首先，"小阿拉伯人"，双关，"小"表示孩子年龄小，也表示前面说的"小凡尔赛"的"小"，指加勒比人也是非欧洲人，而且还不如阿拉伯人。

11 fireflies caught in molasses，参宿四颜色红亮，所以比作萤"火"。molasses，是蔗糖生产中的产物，生活中的红糖就是尚未去掉糖蜜的白糖，所以它也叫赤糖糊。它是朗姆酒的原料，也常喂给动物。糖蜜颜色发黑，如同黑色天空，而且黏稠。

圣卢西亚

1 Sainte Lucie，法语，用法语是表明圣卢西亚的法国渊源，本诗第三节，就完全是法语克里奥尔语。本组诗是沃尔科特的又一部名篇，由五首诗构成，与《另一生》关系密切，很多意象都出现过，最后一首诗是对圣奥马尔或格里高利亚斯的赞诗。

2 圣卢西亚南部村庄，名字来自于法国总督拉波利（1784—1789）。

3 Vieuxfort，圣卢西亚南部城镇，这个名字为法语，意译为"旧堡"，因为这里曾建有堡垒，朝向圣文森特。vieux 读起来如同汉语"无忧"，故有此译。

4　Terada 注意到，本节完全是一句话。它就像一张网，一根鱼线，或确定深度的锤线（plumbline）。它向下延伸，指向的就是海豚跃向的那个东西。见 *Derek Walcott's Poetry*，第 102 页。

5　z'anananas，这句是解释这个词的含义，下面是解释，所以直录原文。这与上首诗老师教学生的模式一样。

6　ciseau，法语，单数表示凿子，复数 ciseaux，表示剪刀，这里用单数，因为是土语。此处指鸟，下面给出了解释，是 the scissor-bird，指战舰鸟，它的尾羽如同剪刀。

7　夜莺是欧亚大陆的鸟类，新大陆没有。

8　这三行都为法语克里奥尔语。

9　candleflies，指各种被灯光或烛火吸引来的飞虫，一般指 moth。这个词在构词上也呼应了萤火虫（firefly）。

10　palms，这个词也可以表示手。黑夜里，因为风，棕榈叶子向上空弯曲，如同黑夜或天空举杯喝水——即下面的细水。

11　important?/ imported?，作者用了重复的手法，他在沉思中，将两个读音相似的词很自然地联想到了一起。

12　red rust，指植物叶子易染的一种病，叶上生红色的"锈斑"。这里是用当时患有赤锈病的植物的锈斑，比喻夜晚萤火虫飞舞的天空。

13　这里暗示了自己的父亲，路等的是太阳（sun），sun 与儿子（son）双关，所以路（土地，父亲埋葬的地方）一直在等作者。正因此，下面没有提到父亲，因为老师知道作者的父亲在他出生前就死了。

14　即下面提到的罗索（Roseau）河河谷。这是圣卢西亚著名的河流，最终流入罗索湾。

15　指河谷的糖厂和甘蔗林，已经废弃。

16　这三个名字暗示了：战争，胜利，光明，暗示了一战和二战的历史；同时又涉及了三位基督教人物。

17　玛布亚谷在圣卢西亚东部，也是河谷，有玛布亚河，丹纳里就在谷中。Iona 是故事中的有夫之妇，与他人出轨。

第三节全诗为法语克里奥尔语；第四节为该诗的英语克里奥尔语版本，两个版本情节一致，但彼此并非"转译"的关系，其表达方式多有不同，分行和标点也有差异。中译严格按照两种语言分别翻译。

18　圣卢西亚民俗学家，圣卢西亚考古和历史协会负责人。

19　季尔蔓是《奥马罗斯》中的女先知一样的老妇人，擅长奥比术（gardeuse，sybil，obeah-woman）和医术，如同达荷美的治愈女神，治愈了菲罗克忒忒的伤——也呼应了特洛伊战争中治愈菲罗克忒忒斯的男医师玛卡翁（Machaon）。

20　荷属库拉索，加勒比南部岛屿，靠近委内瑞拉。

21　指季尔蔓开的酒馆，《奥马罗斯》中的重要地点，是村民休闲和治愈创伤的地方。这里也相当于是个杂货店，给村民提供各种物资。

22　飞鱼为飞鱼科（Exocoetidae）鱼类，下面属很多，巴巴多斯就是著名的飞鱼岛。飞鱼常用来烹饪菜肴。

23　指尤娜受伤发烧，但没有烧坏，也就是，挨打得还不够。

24　Baugh 指出，圣坛画指邓斯坦 / 格里高利亚斯为罗索河畔雅克梅（Jacmel）教堂画的壁画（mural）名作《神圣家族》。

Breslin 介绍，该教堂在一座小山顶上，处于罗索香蕉林中。这幅圣坛画响应了"梵二会议"（Vantican II，1962—1965）的决议。——这次会议承认了本土教会的权利，强调了天主教与其他文化的教会和其他宗教的和谐关系，是天主教自我改革和开放的标志。

25　McDougall 指出，本节诗分三个部分，如同三个圆环：第一圈，代表村庄与河谷文化，小圣堂是中心，周围事物环绕它转动；第二圈，代表圣卢西亚岛文化，小圣堂和圣坛画环绕岛转动；第三圈，代表世界的文化，画的内部和外部、如同漩涡（vortex）的小圣堂与宇宙，均合为一体。本节诗的运动，就是"想象性地下到漩涡之中"，并桥接所有围绕三个中心的同心圆。

26 指壁画上描绘的"外面的生活"本身，但画作却留住了"另一种生活"。与常被喻为镜子的艺术品一样，普通生活也是一面镜子，但它只是不断复制，毫无活力。

27 botay，法语克里奥尔语，来自法语 beauté，优美，优雅。指一种两步摇摆舞，从一边摆动到另一边，一步重，一步轻点。

28 ST OMER ME FECIT AETAT whatever his own age now，大写字母部分，还有下面"为了上帝之荣耀"，都是画作通常的落款，作者将这个落款与诗句混合在一起，我用楷体字表示区分。

加勒比本身没有书写的"历史"，但是时间的时刻是存在的，作者在圣堂看壁画时，历史就已经展开。

29 "对"和"是"，表示勉强的承认，意为否定，蚊虫的声音并不会干扰寂静。下面的"是"，也是这个意思。

30 指奥马尔画出的游动的鱼。

31 九日连祷是天主教和一些新教的祈祷形式，一般连续九天，或连续九周，每周一天。

俄亥俄，冬天

1 詹姆斯（诗中称吉姆）·阿灵顿（Arlington）·赖特（1927—1980），美国著名诗人，诗歌受托马斯·哈代和罗伯特·弗罗斯特影响，《诗集》获得过1972年普利策奖的诗歌奖。

2 见赖特《感乡》（"A fit Against the Country"）。

3 见赖特《北达科他法戈城外》（"Outside Fargo，North Dakota"）。

4 赖特常写的意象，见《春之魅两首》（"Two Spring Charms"）。

5 这里也许指向了赖特的重要诗作《致缪斯》，该诗献给他的缪斯杰妮，有几句提到了命运三女神在夜晚持刀而立。

切尔西

1 Chelsea，这里指纽约曼哈顿的切尔西，诗中的旅店即切尔西旅店，建成于 1884 年，位于第 23 街，在第七和第八大道之间，是很多文化名人居住过的地方，比如狄兰·托马斯（他酗酒后，送往医院，最终去世之前就在该旅店，诗中所说的"酗酒"的大人物就是指他），纳博科夫，库布里克，当然还有沃尔科特。这座旅店的每个房间都彼此不同，顶层还有花园。

爱复爱

1 沃尔科特曾解释过本诗，"这是说，当爱人失去了所爱，他发现自己必须回到自身，而且也许，那种并非针对自身的爱和失去爱的体验，加强了他的爱——不是对自身之爱，而是某种对于个体而言的爱本质的意义。此时，这种认同性开始在镜中认出了自己。"见 *The Crowning of a Poet's Quest*，第 131 页。

除了作者简单的解释外，Burnett 还正确指出，本诗是回应玄学派大诗人乔治·赫伯特（1593—1633）的《爱》（"Love"），该诗收入《庙宇》（*The Temple*）为第 142 首，由于还有其他同名诗在前，这首诗也称为《爱（III)》。

黑八月

1 隐隐若现，一般指在云后，所以"黄色的房间"指遮住阳光、但仍然有日光透出的云。
2 rise，也指太阳出云。

收　获

1　财经年度，会计年。

归于林木

1　To Return to the Trees，显然来自《创世记》3:19。作者的主题正
是在中年时期想象自己的暮年。他没有写尘土，而是说树，是海扁桃
树，因为这种树外皮粗糙多节，形似老人，也能代表当地的特征，而
且与土有关。

2　John Joseph Maria Figueroa（1920—1999），牙买加著名诗人，加
勒比现代英语文学的奠基人。

3　特立尼达北部沿海村庄。

4　参孙最后抱住非利士人庙宇的石柱，弄倒神庙，与之同归于尽。
这里也暗示了弥尔顿及其晚年。

5　希腊的泰坦神，擎天之神，受宙斯处罚，在世界西边托起天球。
与古代艺术不同，近现代艺术一般将之描绘为托起地球。

6　senex 的两个 e，如同眼睛。"看"，see，也有两个 e。eyes 和 trees
一词也是如此。Seneca 这个名字亦然。

7　海扁桃树，即榄仁树多种植于沙上，其根部稳固，对土质要求不
高，生命力颇为顽强。

选自《星苹果王国》（1979）

纵帆船"飞翔号"[1]

一、再见，加林纳奇[2]

悠闲的八月，当柔软的海，

一叶叶棕色之岛，紧附在

这加勒比海的边缘，我吹熄玛利亚·康塞普松[3]

那张无梦之脸旁边的灯火

去乘船，去当纵帆船"飞翔号"的水手。

黎明中，外面的院子变得苍白，

我站在那里，如一块石头，谁也不能触动

除了泛起涟漪、电镀过的冰冷海水

和天空屋顶上繁星的钉子孔，

直到一阵风起，侵扰树丛。

我经过干巴巴的邻居，她正扫院子

我下坡时，差点就说：

"轻着点扫，你这巫婆，她可没睡踏实"，

但那婊子识破了我，看出来我好像死了。

小巴停车，公园灯还亮着。

司机估摸我的行李，咧嘴一笑：

"沙班，这次一走，你可真就回不来了！"

我没跟这傻子回话，直接把行李

往后座一堆，望向拉文第勒上方
燃烧的天空，它粉红得
像我丢下的那个正在睡觉的女人、她穿的睡袍，
我瞅着后视镜，看见一个男人
跟我一模一样，那人在哭
哭一栋栋房子，哭一条条街道，哭整个操蛋的岛。

基督怜悯一切睡者！
离开那条把赖特森路糟蹋坏的狗
又轮到我，成为了街上的狗；
如果对这些岛的爱，注定是我的负担，
那我的灵魂就用双翼，逃离腐蚀。

但，他们已经开始毒害我的灵魂
用他们的阔宅，豪车，高级骗子，
苦力，黑鬼，叙利亚人，说克里奥尔法语的人，
所以，我把灵魂留给他们，留给他们的狂欢节——
我洗海水浴，我沿路而下。
我认识这些岛，从莫诺斯，到拿骚，⁴
还有一位头上生锈⁵的水手，长着海绿色的眼睛
他们起个诨号叫沙班，这是土语
指随便哪个红黑鬼，我，沙班，目睹了
这些帝国的贫民区何时成为天堂。
我只是一个爱海的红黑鬼，
我受过良好的殖民教育，

418

我身上有荷兰人、黑鬼和英格兰人，
我要么无名[6]，要么就是一个国族。

但，我想的都是玛利亚·康塞普松
我注视着海起起伏伏
渔舟、纵帆船和快艇的左舷
让日光一笔笔重新涂画
它用每一道反光签上她的名字；
我知道乌发的夜晚，何时穿上
她落日中明亮的丝绸，边笼罩着海，
边在被单之下，带着她星光的笑容，悄悄挨近，
我自知，永难心安，永难忘怀。

就像墓前的送葬人
说着复活，想让死者归来，
于是，随着船首的缆绳松开
"飞翔号"向海摇摆，我对自己笑道："别再念叨
海里有的是鱼[7]，白搭。我不想让她
穿着撒拉弗无性的光，
我想的是那双圆圆、棕色、猊[8]一样的眼眸，
想的是，当我可以笑着向她靠去时
在每一个流汗的周日午后，那双小爪轻挠我的后背，
就像一只蟹在潮湿的沙滩。"

当我开动，望着腐蚀的浪

划过船首，而船首，剪着丝绸般的海，
我对你们所有人起誓，以我母亲的牛奶，
以今夜的熔炉中飞出的群星起誓，
我爱他们，我的孩子，我的妻，我的家；
我爱他们，就如诗人爱着
那像大海溺死水手一样、杀死自己的诗。

你可曾在一片孤独的沙滩仰望
看见遥远的纵帆船？哦，当我写下
这首诗，每一段都会浸没在海盐中；
我会拖着每一行，将它打结，使之绷紧
如这副索具的缆绳；在单纯的言辞间
我普通的语言如风飘过，
我的一页页纸就是纵帆船"飞翔号"的帆。
不过，还是让我先讲讲这事是怎么开始的吧。

二、深海迷醉[9]

话说，我给大官奥哈拉[10]走私苏格兰酒
在塞德罗斯和大陆[11]之间，海警自然碰不到我们，
西班牙人的划艇总要让我们几分，
但有个声音不停地说："沙班，当海盗这种事
看懂了？"嗯，说干，就干！
生意全搞砸了。我这都是为个女人，

420

为了买蕾丝面料和丝绸，为了玛利亚·康塞普松。
哎呀，哎呀！紧接着我又听说，弄了个什么
调查委员会，要搞个大检查，
奥哈拉当主席，自己查自己。
好吧，我太清楚谁才是傻子，
不是披着鲨皮的鲨[12]，是他的带路鱼，
是你和我这样、穿着卡其裤的红黑鬼。
更糟的是，我跟玛利亚·康塞普松大干一架，
盘子东西乱飞一通，我只好发誓："没有下次！"
于是，我的屋子，我的家一片狼藉。
我一贫如洗，我只需要一副墨镜和一个杯子
或者，在能倒四杯的西班牙港，得要四副墨镜、四个杯子，[13]
而我仅有的银子，就是海面上的银币。

你瞧瞧《快报》[14]上那帮部长，
他们是穷人的卫士———一手背后，
一手吩咐警察只保卫自己的宅子，
苏格兰酒却从后门往里倾涌。
对那位走私酒的部长—野兽，
一半是叙利亚人的蜥蜴，我一看见
那张擦着厚粉的脸、一颗颗疣子、石头做的眼皮
在掉进钱眼的闪光灯的光闪下
活像一只恐龙，沾着远古的泥，我就烦得要死，
我就说："听着，沙班，这就是一坨屎。"
不过，他却能让人朝我腿胯来上一脚，踢出他的办公室

就好像我是个搞艺术的！那个贱货太尊贵了，
他不可能从高头大马上下来，亲自踢我。
我目睹的这些，让奴隶都觉得恶心
就在这个特立尼达，这个街头混混的共和国。

我没法把海的喧嚣从头脑中摇晃出去，
我耳朵的贝壳唱着玛利亚·康塞普松，
于是，我开始了潜水打捞，跟疯子米克[15]，
他姓奥肖内西，还有个英国佬，叫海德；
但这加勒比海淤积了太多的死人，
以至于，当我融化在顶棚泛起涟漪、
如丝绸帐篷的翠绿之水中，
我把死人都看成了珊瑚：脑子[16]，火焰[17]，海扇[18]，
死人手指[19]，然后，才是死人。
我看见粉末状的沙子是他们的骨头
从塞内加尔到圣萨尔瓦多[20]一路磨成白色[21]，
所以我有点怕，不敢再潜第三次，就浮出水面，
到水手旅社待一个月。来点鱼汤和布道。
我一想到我给妻子带来的伤害，
我一想到我为了别的女人感到忧伤，
我就在水下痛哭，我用盐找盐，
因为她的美貌曾像一把剑，刺在我身
让我与儿女分离，他们可是我的肉中之肉！

这有艘圣文森特[22]的驳船，但她陷得太深

很难再漂浮。我们喝着，那英国佬

烦透了我为玛利亚·康塞普松哭号。

他说他得了弯曲病[23]。真棒！

我为玛利亚·康塞普松的心痛、

我对我妻儿的伤害

可比弯曲病难受多了。令人迷醉的深海中，

没有石缝容纳我的灵魂，让它像笨笨鸟一样

在每个日落得以藏身；也没有日光沙洲

让我如鹈鹕一样知道去那里安息，

我曾迷醉，我看见上帝

像一条插着鱼叉、流血的石斑鱼，有个遥远的

声音咕隆隆地说，"沙班，你要是离开她，

你要是离开她，我就把晨星赐给你。"

可我一离开疯狂的家[24]，我就设法去找别的女人

但是，一旦她们脱个精光，她们锐利如钉的下体

就像海卵[25]，长着一团毛刺。我潜不下去了。

随行神父来探问。我可没搭理他。

我的安息地在哪里，耶稣？我的港湾在何处？

我无需付出代价的枕头[26]在哪里，

将我的生活映入框中、让我能向外眺望的窗何在？

三、沙班离开共和国

我现在没有国族，只有想象。

白人之后，当权力倒向黑鬼那边

他们还是不想要我。

第一拨人 [27] 用枷锁锁住我的双手，然后道歉说，"历史"；

下一拨人 [28] 又说，我黑得还不够，不值得他们骄傲。

告诉我，在这些无名的岩石上，建立的是怎样的权力？——

喷气机空军，消防救火队，

红十字会，兵团，还有两三条警犬

狗跑过去时，你还没喊完"游行"这个词。

我曾遇到过历史，但他没认出我，

我是一卷克里奥尔语的羊皮纸，生着赘疣

像一尊旧的海中的漂流瓶，他则爬行如蟹

穿过阳台的金属栅栏投下的

网影之洞；一身奶油色亚麻，奶油色帽子。[29]

我冲着他喊："先生，我是沙班！

他们说，我是你的孙儿。你还记得祖母吧，

你的黑人厨娘？[30]"可那个贱货 [31] 却又吐又啐。

一口唾沫倒是值得上千言万语。

但他们的私生子却留给了我们：言语。

我不再信任革命。

对我的女人，我失去了爱她的信念。

我见过这样的时刻，亚历山大·勃洛克

在《十二个》中曾将它呈现。那是周日午后

在海警局和委内瑞拉酒店

之间。没有旗帜的青年

用衬衫代替，他们的胸膛等待弹孔。

他们长驱直入，向山前行，[32]

他们的声音就像没入沙滩的海浪，渐渐消失。

他们像雨水，没入明亮的山丘，每个人

都顶着光环，把衬衣扔在街上，

把权力的回声，留在街道尽头。

螺旋叶的风扇转动着参议院；

据说，法官流下的是鲜红的汗水，

弗雷德里克大街[33]，闲人们在游行

但全都驻足不前，预算翻开新的一页。

12 点 30 分电影场，那时的放映机无与伦比

毫无故障，去那里瞧瞧革命也行。亚历山大·勃洛克

走进去，坐在正厅[34]靠后第三排，吃着巧克

力甜筒，[35]等着意大利面西

部片，[36]主演是克林特·伊斯特伍德，还有李·范·克里夫。

四、"飞翔号"，经过布朗西瑟斯[37]

黄昏。"飞翔号"经过布朗西瑟斯。

群鸥再次盘旋，如同从炮中射出，

之前泛白的海浪变成琥珀色，

灯塔和星，交上朋友，

漫长的白昼，沿每片沙滩而下，走到终点，

那里，在沙地延伸的尽处，

在空寂、只有光的沙滩，
黑暗的双手，开始拖曳黑暗的海网、
这片幽深、幽深的内陆之网。

五、沙班遇到中途[38]

朋友，接下来的黎明，在船上的厨房，我做的第一件事
就是煮一点咖啡；雾气在海上缭绕
就像我去熄火时、正在蒸腾的壶，
我慢下来，慢下来，因为我不敢相信眼前所见：
地平线是一道银色的薄雾，
雾霭萦绕，弥漫成帆，如此之近
让我看出，那就是帆，我的头发抓紧我的脑壳，
这令人恐惧，但它却美。
我们穿梭在一片沙沙作响如同森林的船间
它们的帆干得像纸，窗户之后
我看见上面的人，眼洞生锈，就像炮孔，
每当半裸的船员穿过阳光
他们的肌体在照射之下，你可以看清他们的骨架
就像叶子，迎向日光；一艘艘护卫舰，三桅船，
后退的水流冲刷着它们，
在高高的甲板之上，我望见几位伟大的海军将官，
罗德尼[39]，纳尔逊[40]，德·格拉斯[41]，我听见他们

426

把嘶哑的军令，传达给那些沙班[42]，林立的

桅杆，扬帆驶来，穿过"飞翔号"，

你听到的只有海浪的

鬼声，沙沙沙，就像微风中的草地

和船尾拖着的、咝咝作响的海草；

慢慢，它们荡漾而去，自东向西

仿佛这个环形世界是安着曲柄的水轮[43]，

每艘船都在奔涌，如同挖着深海的

木头铲斗[44]；我的记忆旋转

围绕着我眼前的所有水手，然后，太阳

加热地平线的灶圈[45]，他们还是雾。[46]

接着，我们又驶过奴隶船。万国旗，

我们的父亲在甲板之下，如此幽深，我想，

他们听不到我们的呼喊。于是，我们就不喊了。谁又知道

他的祖父是谁，更不用说他的名字？

明天，我们就会登陆，在巴巴多斯[47]。

六、水手用歌声回应木麻黄[48]

你看，它们在巴巴多斯的矮丘上

支撑，就像防风林，一根根针，迎向飓风，

蔓生，如一支支桅杆，卷云般破碎的帆；

在我和它们一样嫩绿的时候，我常常觉得

那些靠向大海的柏树

用自己的树枝接纳海声，

它们并不是真的柏树，是木麻黄。

而这时，船长恰恰叫它们加拿大松[49]。

但是，松，柏，或木麻黄，

无论出自谁口，都有不错的理由，

看看它们弯曲的身体，就像

风暴后，一艘归家的纵帆船、又一次

带来水手溺死的消息时，为之悲恸的女人。

曾经，"柏树"这个叫法比绿色的"木麻黄"

更有意义，尽管没有分别的是，在风中，

悲伤都会让它们弯下身子，

因为在心里，它们正是这样的树[50]

不是跃向天空，就是护卫坟墓[51]；

但，我们活着，就与我们的命名一样，不得不

接受殖民，知道差别，

知道词语之中包含的历史之痛，

用次一等的爱，去爱这些树，

去相信："木麻黄在弯身时

就像柏树，它们的头发在雨中低垂

就像水手的妻子。它们是经典的树，而我们，

如果活着就如那些让主人满意的名字一样，

那么，凭借认真的模仿，我们兴许就会成为人。"

428

七、"飞翔号"停靠卡斯特里港

当卡斯特里上空的星辰还年轻的时候，
我就只爱你，我爱全世界。[52]
就算我们的生活彼此不同，
就算我们有了各自的孩子，各自肩负着对他们的爱，又有何妨？
你那让风冲刷的青春面庞，
你那在海的拍打中、吃吃轻笑的声音，我何时会记起，又有
　什么重要？
拉·托克海角[53]的光——熄灭，
除了医院。对面维吉耶，
码头的一座座拱门在守夜[54]。我坚守我的
承诺，为你，为我从一开始就爱慕的你，
留下我仅有的一件东西：我的诗。
我们在这里只待一夜。明天，"飞翔号"就会离开。

八、与船员搏斗

船上有个贱货，他好像成心惹我注意——
是个厨子，文森特[55]来的白痴
皮肤就像橡胶树，脱落的红树皮，
一双洗褪色的蓝眼睛；他净找我别扭，
仿佛自以为是个白人。我有本练习册，

一直都是这本，我用它写
我的诗，话说有一天，这家伙从我手中
抢走了它，丢给别的船员，忽左忽右，
扔来扔去，他们叫着，"接住喽"，
他开始把我切得细碎，好像我是只母鸡
就因为这些诗。有时得动拳头，
有时得用桨栓，有时需要动刀——
这时就该动刀。好吧，我先求他，
他却还不停地念，"哦，我的孩子，我的妻子"，
然后装作哭腔，让船员哈哈大笑；
这时，银色的刀如同飞鱼
正刺中他鼓鼓的腿肚，
他渐渐虚脱，脸色发白
比他自认为的还要白。这堆人里，我想
你需要来这么一手。是不对
但就该这样。其实不太疼，
血还很多，文西和我也是好哥们，
不过，他们倒是再也不会糟蹋我的诗了。

九、玛利亚·康塞普松和《梦书》[56]

喷气机在"飞翔号"上方呼啸而过
掀开了一幕朝向过去的窗帘。
"前头是多米尼克[57]！"

　　　　　"那里还有加勒比人。"
"总有一天，只坐飞机，再也不用船了。"
"文西，上帝可不会让黑鬼在天上飞。"
"进步，沙班，进步就是重点。
进步会把我们所有小岛扔在后面。"
我掌着舵轮，文西坐在我旁边
叉鱼。清爽，振奋的日子。汹涌的海。
"问问加勒比人什么是进步。
他们成百上千万地屠杀他们，有些死在战场，
有些强迫当苦力，去找银子
死在矿上，这之后轮到黑鬼；继续
进步。直到我看见确切的迹象
证明人类是变了，文西，我可听够了。
进步就是历史的脏笑话。
问问那岛吧，难过的绿岛，越来越近了。"
绿色群岛，如同腌在盐水中的芒果。[58]
就用这样的烈盐，治愈我的伤口吧，[59]
我，成为海员，焕然一新。

那一夜，天空的星火如霜，
我像加勒比人一样，在多米尼克岛上奔跑、穿行，
如烟的记忆，让我的鼻孔窒息；
我听到我燃烧着的孩子在尖叫，
我吃了蘑菇的脑子，还有真菌
那是魔鬼的阳伞，长在白色、染着麻风的石丛中；

我的早饭是疏松的林地里的腐叶土，
叶子之大，犹如一张张地图，当我听见
士兵前进的声音，他们正经过厚厚的树叶，
虽然我的心脏爆裂，但还是翻身而起，跑进
那一片比长矛还锋锐的、红赫蕉[60]的刀丛；
我跑着，沾着我种族的血，好家伙，这通跑，
我迅捷，双脚如苔藓[61]，像一只迷彩鸟；
之后，我跌倒，跌倒在冰冷的溪水旁[62]
跌入长着蕨草、清凉的泉下，尖叫的鹦鹉[63]
抓着干枯的树枝，我最后溺死
在烟雾的巨浪中；这时，黑烟的
大海散去，天空变白，
除了进步，别无一物，只要进步是
一只像阳光中的嫩叶一样、一动不动的绿鬣蜥[64]。
我哭号，我想要玛利亚，想要她的《梦书》。

那本失眠者的《圣经》，让她安眠，
一本脏污的橙色小册子，一只独目巨人的眼睛
正在中央，它来自多米尼加共和国[65]。
它粗糙的纸页发黑，画着寻常的
能预言的符号，用活泼的西语写成；
竖起来像张开的手掌，分节，编号
犹如肉铺的屠宰图，它讲述着未来。
有一夜，她发烧，却病得光彩熠熠，
她说，"把那书给我，结局来了。"

她说:"我梦到鲸鱼和风暴", [66]
但这个梦,书里却没有解答。

转天夜里,我梦到三个老女人
样子平平,就像桑蚕,织着我的命运, [67]
她们在我家里出现,我朝她们尖叫,
我想法用扫帚把她们打出去,
但她们刚一走,就又爬了回来,
直到我又叫又喊,我的身体
出汗如雨,她蹂躏那本书
想找到梦的含义,但毫无所获;
我的神经融化就像水母——此刻,我已经崩溃——
人们发现我在萨凡纳 [68] 附近呼号:

你们都看见我跟风说话,就觉得我疯了。
好吧,沙班可是驾驭住了海的马群;
你们看见我望着太阳,望到眼球烧焦,
于是,你们这群疯子反倒觉得沙班疯了,
不过,你们都不晓得我的实力,听见没有?椰子树
组成兵团,穿着黄色卡其布,就站立旁边,
它们等着沙班掌管这些岛,
你们最好担心我痊愈之后、不再为人的 [69]
那一天。你们的命运都在我手中,
部长,商人,你们都归沙班掌控,同胞啊,
我要把你们的生命抛撒,就如抛撒一抔沙土,

我没有武器，只有诗，还有
一根根椰树的长矛和那面闪亮的海之盾！

十、逃离深渊

第二天，黑暗之海。恶心的黎明。
"该死的风，就像女人心，说变就变。"
慢慢地涨潮，开始达到顶峰，犹如一座
山顶积雪的山脉。
　　　　　　　"哎，船长，天阴了！"
"八月不该这样啊。"
　　　　　　　"光线真是奇怪，
这个季节，天应该像田野一样一览无余。"

刺鲼越海而驰，
鱼尾拍水，高处的一群战舰鸟
旋动中向内陆飞去，迅疾，射出的飞鱼
迅疾，差点就命中我们！文西说："瞧见了吗？"
一阵黑色鬃毛的狂飑猛扑向帆
就像狗扑向鸽子，它咬住"飞翔号"的
脖颈，从头到尾地摇晃它。
"耶稣啊，我可没见过海变得这么凶猛
这么突然！风就像从上帝的后兜里掏出来！"
"船长这是往哪儿走啊？跟瞎子一样！"

"要是错了，我们就错下去吧，文西，去它的！"
"沙班，趁你还活着，只能祷告了！"

对我爱的人，我爱得还不够。
比起"基克－姆－詹妮"海峡[70]骡子一样的踢踹
海还要凶狠，雨开始抽打"飞翔号"
它在水的山脉之间。我是不是怕了？
支撑着天空、如一根根帐篷柱的水龙卷
此刻开始晃动，云在开线
天上的水把我们淋湿，我听见自己呼喊，
"我就是她的《梦书》中溺死的水手。"
我记得鬼船，我仿佛看见自己在螺旋中
坠入满是海蛆的海床，一呀又一呀，
我的下巴咬紧就像拳头，只有一件事
支撑着颤抖的我：平安在家的家人。
这时，一股力量，仿佛将我抓紧，那力量说：
"我来自落后、却依然畏惧上帝的民族。"
就让他，凭他之力，用他意志的绞车
将利维坦钓起，那兽从他海底的海床
向外泼洒浪花；那力量就是信仰
童年时，从卡斯特里西瑟街、那座循道宗的小圣堂
消失的信仰，那时，鲸鸣之钟
唱响仪式，在坚硬、如鲸鱼肋骨的长凳上，
我们骄傲又绝望，我们唱着我们种族
如何逃出海的口腹，唱我们的历史，我们的险阻，

此刻，无论死亡想要如何，我都已准备就绪。
但，虽然风暴有力，船长却坚守他的位置
就像钉在十字架上，他的脸，胡须坠着溅起的水珠，
泪水向他的双眼撒盐，这黑鬼牢牢抓住
舵轮，好家伙，就像十字架抓住耶稣，[71]
他眼部的伤口，仿佛冲我们呼叫，
我喂他白朗姆酒，而每座波峰
如利维坦一样拍打，都让"飞翔号"畏缩得
像那两个犯人。一整夜，毫无安宁，
直到眼红如黎明，在守望中，我们的劳苦
渐渐消退，消退，风暴全无。
正午的海如此平静，就像你的国要降临。

十一、风暴后

风暴过后，有新的光
虽然整片海还在动荡之中；在光的明亮的苏醒中
我看到玛利亚·康塞普松蒙着面纱的脸
她嫁与海洋，然后漂流而去
穿着她新娘的长裙，拖着渐渐变宽的花边
白色的海鸥当她的伴娘，她最终消失不见。
这一天后，我别无所求。
而在我自己的脸上，它就像太阳的脸一样，
一行细雨滑落，大海平静。

雨水温柔飘落，落在仰起的海的脸上
海就像沐浴的少女；请让这些岛焕然一新
就像沙班曾经感受过的那样！让每条路途，
每条炎热的道路，闻起来就像她刚熨过的衣服
再给它们洒上点点微雨。我梦已醒；
无论雨在洗什么，无论太阳在熨什么：
白云，一线相连的海和天，
都足以当作衣服，遮蔽我的赤裸。
虽然我的"飞翔号"从未穿过这片内海[72]上
涨起的潮水，止于巴哈马，越不过
那里喧嚣的礁石，但，我心满意足
只要我的手能传达出一个民族的悲伤。
打开地图吧。朋友，看，群岛
比锡盘上的豌豆还要多，大小不一，
只在巴哈马，就有一千座，
有群山，有低矮的灌木林、珊瑚礁，
就从这根弓桅上，我祝福每座城镇，
祝福它们背后的山丘中蓝烟的味道，
祝福这条小路，它沿城镇蜿蜒而下，就像绳子
绕向屋顶的底部；我只有一个主题：

弓桅，箭，渴望而前冲的心——
就是飞翔，飞向箭靶，但目标，我们不会知道，
是徒劳的寻觅，寻觅一座能用港湾为人疗伤的岛

和一条无罪的地平线，那里的扁桃树，它的阴影
不会让沙滩受伤。岛如此之多！
多如夜晚的繁星
在那棵分叉的树上，流星晃动
就像落下的果实，落在纵帆船"飞翔号"的旁边。
但，万事必定坠落，总是如此，
一边是金星，一边是火星；
落吧，万事为一，就像这地球也是一个
岛屿，在繁星的群岛中。
我的第一位朋友是海。如今，它是我最后的朋友。
此刻，我住口。我工作，然后，我看书，
在一盏桅杆上挂着的灯笼下，我休息。
我试着忘记曾经的幸福，
我一歇工，就研究星辰。
有时候，只有我，还有轻柔、剪出的浪花，
随着甲板变白，月亮打开
一朵云，就像打开一扇门，我头上的光
是一条白月光中、带我回家的路。
沙班从海的深处，向你们歌唱。[73]

海即历史 [1]

你们的纪念碑 [2]，你们的战斗、英灵，何在？
你们的民族记忆何在？先生们，
就在那片苍白的墓穴中。是海。海
封存住它们。海即历史。

起初，有涌动的石油，
重如混沌；
之后，就像隧道尽处的光， [3]

是轻帆船 [4] 的灯笼，
是为《创世记》。
之后，是拥挤的喊叫，
粪便，悲鸣：

《出埃及记》。 [5]
珊瑚将骨焊在骨上，
马赛克
蒙着鲨影的祝福，

是为约柜 [6]。
之后来的，是撩动着的

海底日光的钢丝,

是巴比伦之囚[7]如泣如诉的琴,
而一串串白色宝螺[8],就像镣铐
在溺死的女人身上,

它们是"所罗门之歌"[9]的
象牙手镯[10],
但,海却不断翻着空白页

寻找历史。
之后来的,是双眼沉重如同船锚的人
他们沉没,没有坟墓,

还有烤牛肉的匪徒,[11]
他们留下烧焦的肋骨,犹如海边的棕榈叶,
之后,是泛着泡沫、狂暴的

浪潮之口,吞噬王港[12],
是为《约拿书》,
不过,你们的文艺复兴在哪里?

先生,它关在海沙中
就在那,越过骚动的暗礁,
军舰曾在此漂流而下;

系上这幅泳镜，我亲自带你去。
一切不易察觉，都在海底，
穿过珊瑚的柱廊，

经过海扇的哥特窗
就到了硬皮的石斑鱼那里，它的黑玛瑙眼
一眨一眨，它的珠宝让它更重，就像一位秃头女王 [13]；

而这些长着有孔如石头的藤壶、
安着拱肋的洞
是我们的大教堂，

而那座飓风前的烧窑：
蛾摩拉。风车把骨头研磨成
泥灰和玉米粉，

是为《哀歌》[14]——
只是《哀歌》，
而非历史；

之后来的，就像浮沫，在河流发干的唇边，
是村庄棕色的芦苇
它们覆盖、再凝结成市镇，

傍晚，有蚊蠓的唱诗班，

它们的上面，是一根根尖顶
刺入上帝的肋旁

就像刺入他被定住的儿子，是为《新约》。

之后来的，是白人修女，她们鼓掌
随着波浪的前进，
是为"解放"[15]——

欢庆，哦，欢庆——
迅速消失
就像海的花边在阳光下变干，

但，此非历史，
只是信仰，
之后，每块岩石都忽然变成自己的国族；

之后来的，是苍蝇的宗教大会，
之后来的，是担任文书的苍鹭，
之后来的，是为选票鼓噪的牛蛙，

萤火虫带着明亮的思想
蝙蝠，如同喷射中的大使
螳螂，卡其色的警察，[16]

还有毛茸茸的毛虫法官
细心地审理每一桩案件，
之后，在蕨草黑暗的耳中

在海池¹⁷的岩石
腥咸的吃吃轻笑中，那如传言一样、
没有回声的声音就在于此

是历史的声音，是真的开始。

埃及，多巴哥[1]

有一棵破败的棕榈
在这片狂烈的海岸，
它的羽毛，是生锈的
死武士的头盔。

木然的安东尼，意兴阑珊
她的阴处，让他弄得活力全无，
在他身旁，如一只睡猫，
他清楚，他的心就是这片真实的沙漠。

一队队军团的蜃影
越过她起伏的沙丘，
随着他内心的鼓声
渐渐消失，

一艘艘三桨座船，
穿过让爱弄皱的床单，也消失不见。
在精雕细琢的她的神庙[3]之门上
一只苍蝇打探它的讯息。

444

他将一缕湿湿的头发
从耳边拂开
精美得就像睡着的孩子的耳朵。
他全无活力，凝视着那倾落的圆柱。

他躺下，就像一棵红铜色的棕榈
树，午后三点
旁边是一片炎热之海
和一条河，在埃及，多巴哥。

她的盐沼在火热中变干
他曾在那里沉没
身无铠甲。
他曾用一个帝国换取她的汗珠，

用角斗场的喧嚣，
用元老们
变化的浪潮，换取
这片沉默沙滩之上、沉默的天花板——

这只头发斑白的熊，他的毛，
脱落，镀上银——
就为了这只敏捷的狐狸，她带着
甜蜜的芳腥。被欢眠肢解，

他的头
在埃及，他的脚
在罗马，他的腹股沟，是沙漠
战壕，有死去的士兵。

他滑动一根手指
穿过她硬硬的头发
头发卷曲，就像牝马⁴泉涌般的尾巴。
阴影慢慢爬升，爬上宫殿的瓷砖。

他太疲倦，一动不动；
叹息会唤醒
号声，又一个手势，
开战。他的怒目，

是一面盾
映着火光，
铜眉皱也不皱
即使面对屠杀，那里流着汗，流出太阳的力量。

驱动他、让他燃烧、蒙尘的
并非秋日欲望的
骚动，也不是
它的背叛，

这远非、甚至算不上爱，
而是强烈、并无叫嚷的
震怒，而它之所以变强
因为它的深处是静谧的；

它 [5] 听见河水
是她年轻的棕色之血的河，
它感觉到整片天空在抖动
随着她蓝色的眼帘。

她沉睡，开动着孩子柔软的引擎，

那睡眠如镰刀，收割
长矛的茎秆，砍伐
收获一支支
对它的刀无能为力的军团，
那睡眠化出一个个凯撒 [6]，

他们朝苍蝇喷着唾沫，
拍打前额
上面有桂冠的印记，
他们是醉鬼，是喜剧演员。

令人羞辱的欢眠，它的和平
甜蜜如死亡，

它的沉默
如海一样重，一样流畅，

她用头发颤抖的呼吸，摇动这个世界。

破败、狂野、
棕榈为冠的安东尼，
在埃及生锈，
他已准备好失去这个世界，
失在亚克兴，失在沙滩，[7]

其他一切
都是虚无，除了这份
对一个女人的温柔，她不是情妇
是他沉睡的孩子。

天空无云。午后温和。

罗伯特·特雷尔·斯彭斯·洛威尔（1917—1977）¹

至于别的事情²
那种当眼帘如同涂釉³
毫无皱纹的额头
泛着蜡光时才出现的事
再没有问题
问那干枯的嘴，

人们是否像打开衬衫那样打开心
去释放一群燕子⁴的怒气，
大脑是不是
一座给蛆虫的图书馆，
就当一下子知道
那个时候
一切已经如此死板，

如此正式，有啼笑皆非的永别、
管风琴、合唱队的时候，
而我，必须借一条黑领带，
而在悼辞中的哪个时刻
我该失控，痛哭——

曾有一双双翅膀惊起

从你身体、这座封锁的牢笼中

冲出，你的拳头松开

这些鸽子，它们和平地

环绕这一页，

而，

当括弧如同一扇门，锁住

1917 至 1977，

两个半圆闭合，成了一张脸，

一个世界，圆满的整体，

一个牢不可破的 O，

而某个曾拥有可畏之名的东西

现在，就从通常穿着它的名字的事物中走出

它是透明、精确的典型，

以至于，我们能透过它，看见

教堂、汽车、日光，

还有波士顿公园，

不需要任何书。

欧洲森林

献给约瑟·布罗茨基[1]

最后的叶子，如音符从钢琴上飘落
留下它们的椭圆在耳中回响；
冬天的森林，放着笨手笨脚的乐谱架，
看起来就像一支无人的乐队，它的谱线
画在这些散乱的雪的手稿上。

一棵橡树上镶嵌的铜桂冠
透过那棕色砖形的玻璃，在你头顶，熠熠闪光
如威士忌一样明亮，而寒冬的气息
随着你朗诵的曼德尔施塔姆的诗句
像香烟的烟雾一样飘散，清晰可见。

"柠檬色的涅瓦河畔、卢布钞票的沙沙声。"[2]
在你那流放、践踏中清脆的口舌下，
喉音如同枯朽的叶子，瑟瑟而鸣，
曼德尔施塔姆的短句随光萦绕
在棕色房间，在贫瘠的俄克拉荷马。

有一座古拉格群岛

在这冰下，那里漫长的"泪途"[3]

它的咸涩的矿泉沿沟渠，流过这些平原

平原干硬、开阔，宛如牧人的脸

那脸日晒皲裂、胡茬上沾着未曾剃去的雪。

随着作家大会上的窃窃私语，

这雪越下越盛，盘旋，犹如哥萨克骑兵绕着

一具疲倦的乔克托人的尸体，最终，它变成

条约和白纸的暴风雪，正因此

我们就看不见那个体的身影。

每个春天，这些树枝的架子都装得满满

就像图书馆，放着新出版的叶子，

直到荒野将它们循环——从纸到雪——

但是，在受难的零度，有一个心灵

却始终坚忍，就如这棵仅存几片黄铜叶的橡树。

那时，随着火车穿过森林的一幅幅受刑的圣像，

穿过像货运场一样砰然作响的浮冰，[4]之后，

穿过冰冻年代的一座座尖顶，一座座呼啸着蒸汽的站台，

他只用一个冬天的气息，就将它们纳入，

气息中冻结的辅音，再变化为一块块石头[5]。

在这些伶仃的站台，他看见了诗

诗就在广袤如亚洲的云下，遍及一片片
能将俄克拉荷马当作一颗葡萄吞下的地区，
让终点变得无望的，并非这些有树荫的草原车站，
而是这如此荒凉的空间。

那个黑孩子是谁？他靠着欧洲的
栏杆，望见夜晚的河水在铸币
铸造一枚枚印着权力、而非印着诗人的金镑，
望着如纸币沙沙响的泰晤士和涅瓦河，
望着黑暗覆盖金色之时赫逊河的轮廓。

从冰封的涅瓦河，到赫逊河，
在机场的穹顶下，在回声阵阵的站台，
移民的支流涌动不断，流亡
让他们像感冒一样不分阶级，
他们是一种语言的公民，那就是你的语言，

而每个二月，每个"晚秋"，
你都在写作，远离了打谷的收割机
它们折着小麦，就像少女编着发辫，
远离了俄罗斯的运河，它们中暑而颤抖，
你是独处一室、与英语为伴的人。

而我的南方，那些观光的群岛
也是监牢，易生腐败，虽然

没有监牢比写诗更苦，
但，什么是诗？它真若称职，
难道只是供人糊口的只言片语？

糊口，熬过了几个世纪，
这面包依旧够用，而种种体制皆已腐坏，
而犯人，在枝杈如铁丝网的森林中
转圈踱步，咀嚼着那一个
它的音韵会比树叶还要永久的短句，

它凝聚，如同大理石的汗珠
在众天使的前额，它不会干涸
除非北风神合上它缓慢的
孔雀光扇，从洛杉矶，到大天使城 6，
除非记忆，没有什么需要重复。

恐惧、饥饿、染着神圣热病的
奥西普·曼德尔施塔姆战栗不止，而每个
隐喻，用冷颤让他颤抖，
每个比界石还重的元音，也让他颤抖
"随着柠檬色的涅瓦河畔、卢布钞票的沙沙声"，

但现在，热病成了一团用灼热
温暖我们双手的火，约瑟 7，我们牙牙作语就像灵长动物

我们在一座棕色小屋、这个冬天的洞穴里
交流着喉音，而在外面的雪堆间
乳齿象在雪中，推动着它们的制度。

河之科尼希 [1]

科尼希知道河上无人。

他驶入河的棕色嘴巴，那里塞满百合，

蒙上蚊虫的帘幕，他撑着小舟

经过废弃的渡口，还有渡口的一根根木桩

那上面覆着煤灰。他待在甲板，望着，高处

在厚密的牧场，有一头沙色的骡子，

没套绳索，没有笼头，荒废的工厂机轮

它的周围，没有任何住民的迹象，

机轮生锈，紧紧卡住，它的辐条间，

野山药叶的藤，超重而弯斜；

淡黄的日光下，野香蕉

长着乳头，就像酸痛的奶牛，结着没有乳汁的果实。

这是最后一片可采的矿区。

这里只有植物看起来还不错。

突然，痛苦如一只螃蟹，踩着又碎又疾的步子，刺痛他的脚，

扼住他的脖子，直到大脑的根部。

他觉得自己的理性在这强烈的麻木中

如羊皮纸一样向内卷曲。好了，他不再去想

残留的记忆，不再给它增添负担，使它疲倦；

他该谢谢上天，他逃出大海，

而且不管怎样，确如他要求的，他和其他人

一同被派到此处——那为何他的抱怨

让这条河愤怒？突然，科尼希想唱，

即使只有河，与他相伴——

这是河，科尼希，他的名字，意思是王。

那时，他们全都染上了传教士的狂热：

他们打算去为野蛮人

赎罪，驯化他们，就像科尼希不知不觉中

驯化这条河，随着它的流动，接受它的蜿蜒；

他目睹了其他传教士如何死去——

他们在风中摆动，如果那天空是钟，

他们就像钟破裂之时、死一般的钟舌——

因为他们对待蛮人，就仿佛他们是人，

他们用天堂和地狱的说辞恐吓他们。

但，科尼希若有所思：我竟忘了

我们旅程的初衷，还有我们的目的。他清楚，那目的高贵，

立足于《圣经》中的一句他忘掉的格言，

不过，他觉得自己没有形体，就像一个

从一部一百年前写成的小说、它的纸页间、而非森林里

蹒跚走出的人。他抚摸自己的制服，

那上面布满了带钩的毛刺，它们试图

拉拽他，就像别人的一双双溺水的手，

他的惊慌遗弃掉的手。其他人已死，

他们就像真实的人一样死去。我，科尼希，是鬼，

众河的鬼王。好吧，即使是鬼魂，也必须安息。

若他知道自己死了，他就没死。

正是在你伪装时，你才是愚人。

他侧过身子，疲倦地靠在船篙上。

如果我是一个叫科尼希的人物，那么我

就会主导自己的未来，就像一部

有真的河，真的天空的小说，

所以，我其实不累，我应该撑下去。

叶子间的光很美，

在久远的生活中，此时，他心存感激

感激那阴暗、俗常的生活之云间的

任何一片光芒：一颗太阳黑子，让他剃度的头顶现出光环。

银币和铜币，在河面舞动；

他的头有暖意——光在他的脑壳上跳动

就像赐福。科尼希闭起双眼，

他感到有福。这明确了方向。

他靠着船篙。他必须再撑一阵。

他念起自己的名。他的声音，听起来是德语，

然后，他又说"河"，但，什么是德语

既然只有他才能听见？我说德语 [2]

他的名字听上去，跟在英语里一样真实，

德语的 Koenig，英语叫 King。

这条河是否也想有个称呼？

他问河。河无言。

在弯处，河倾泻着它的白银

它就像一座懊悔的矿，给予，再给予

一切白色和绿色之物：白色天空，白色

水，暗绿的，比如慢慢滑动、敲着鼓点的

森林，还有绿色的热气；

之后，在一片沙洲，前方出现蜃影：

棉布帆的纹理，装配好的蛛网，

一艘搁浅在黑色河泥上的纵帆船

正从河床中慢慢浮起，

一个土著人，戴着大圆礼帽，读着报

报纸拿倒了。

　　"我们女王[3]哪去了？"科尼希喊道。

"我们皇帝[4]哪去了？"

　　　　　　　　　那黑鬼，消失不见。

科尼希觉得，他自己也在被阅读

就像那报纸，或一百岁的小说。

"女王死了！皇帝没了！"有声音喊道。

有个念头一闪而过，那些树干不是木头

而是屠杀死的印第安人的鬼魂，他们站在

红树林中，他们的眼睛如萤火

在绿色的黑暗里，他们如同蜂鸟

滑翔，而不是在林间奔跑。

河载着他，穿过他呼喊的言语。

纵帆船向下游行进，无影无踪。

"曾有一时，我们统治一切"，

科尼希对着他那泛着波纹的白色倒影，如此唱道。
"德国之鹰，英国雄狮，
我们统治的世界，比这河的流域还要广，
那些世界，有染色的象，挂着流苏的象轿，
还有从棕榈丛中跃起时
带着条纹阴影的老虎；人们再也见不到那样的
日子；我们的旗帜，随着埃及独桅帆船⁵之上的
落日，一同沉没；我们统治过跟尼罗河、
恒河和刚果河一样巨大的河流，当我们的帝国
达到炽热的顶点时，我们也驯化、统治过你们。"
这条小溪，它在世界的某个地方，
不必管是在何处——凯旋就在眼前。
科尼希笑了，朝棕色的溪流吐口唾沫。
此时，蚊子冲着夜晚歌唱
夜从河中升起，红树林之下
雾散开。科尼希紧握双拳
握着他的驳船篙、那根权杖，此时，薄雾
从河上升起，那一页变白。

星苹果王国 [1]

一 [2]

旧日田园牧歌的残片还存在于
这座岛的郡 [3] 中，那里的牛群，饮着
古老的天空里自己的一汪汪倒影，
是那时留下的残片，那时的风景还复制着这样的主题：
"赫里福德牛，日落怀河谷。" [4]
从厂房水车上溅落、白色、
喷洒如星苹果树花瓣的山泉，
踏车上的骡子从周一到周一
带动的所有风车房和糖厂，
它们用水、风、火的舌头，
用教会学校黑崽子的舌头，犹如一条条
记住自己源头的河水，复念着特莱劳尼区，圣大卫区
圣安德鲁区，这一个个名字，困扰着牧场、
青柠果林、泥灰岩围墙，还有牛群，
而它们，却有着顺从的渴望、史无前例的满足。
阁楼上，比如旧的蕾丝婚纱
在羽毛围巾，阳伞之中，还有茶色的
银版法拍成的相片，对于孩子来说，

461

它们暗示着史无前例的幸福，有序，无尽
像这条通往大宅的大厦之路
就在远景处、随着马群、有节奏地
抖动绿鬃毛的木麻黄之下，一种有序的生活
被长柄眼镜简化，日以继夜，一只镜片是太阳，
另一只是月亮，简化成一面穿衣镜：
保姆缩小成玩偶，红木楼梯
也与相册的楼梯，大小仿佛，
相册中的餐具，它的闪光泛黄，藤黄
犹如午茶时垒放的糕点，就在装着栅格、
长着叶子花的游廊之上，游廊俯视，望向
天空之下的赫里福德牛、就如盖伊普[5]所画
天空火红，像一件陶瓷纪念品，上写这一句：
"赫里福德牛，日落怀河谷"。

二

奇怪，深仇恨意竟隐藏在那个梦见
舒缓的河流、百合般阳伞的梦中，隐藏在一张张
上等、古老的殖民地之家的合影里，相片的边缘翻卷
并非因年代，也非火、化学物所致，不，完全不，
而是由于马夫、牛童、女佣、园丁、
佃户、乡村里潦倒的好黑鬼[6]

从边缘脱落，无辜被排除，
他们的嘴，牙关紧闭，发出沉默的尖叫。[7]
是一种会打开一扇扇门，让它们狂乱摆动、
彻夜如此的尖叫，它正带来更重的云，
比云还要黑的烟，它让群牛惶恐
在牛凸出的眼中，大宅缩小：
尖叫是灼烧的风
它开始熄灭萤火，
让水车变干，吱扭作响，停止不动
就在水车刚要念出特莱劳尼区、
用旧日牧歌的声音念出所有地方之时，
吹彻万物的风，却吹不弯任何东西，[8]
吹不弯相册之页，吹不弯青柠果林；
它吹着漂浮的白衣娜妮[9]，让她从一根羽毛[10]
退变为虚幻的化学微粒，它让
饮水的赫里福德牛，缩小成壁炉台上
棕色的瓷母牛，让特莱劳尼随黄昏颤抖，
让年老和善的治安官、他的牧场烧焦；它吹得
远远，吹着体面的公务员和终生为业的厨师，
它萎缩成一张残片，是旧日的田园牧歌
黄昏中，在镀金边框里，此时，它捕捉住牙买加
夜晚的太阳，让两个时代合而为一。

三

他从大宅向外望去，望着
云彩，云还留着火的香气，
他看见植物园按照官方的要求没入
正式的黄昏，管理员早已在那里漫步
黑人园丁的笑容之下，是闪亮的剪刀
刀旁是阳伞般的百合，在漂浮的草地之上，
火焰树服从他的意志，捻低自己的灯芯，
花朵攥紧拳头，以节俭的名义，
姜百合的回路上，熟可可的瓷灯，
木兰的喷嘴 [11]，都已暗淡
它们留下一只孤独的灯泡在游廊，
还把他的命令延伸至天花板上
星苹果的大烛台，他本可以勒令
天空入睡，然后说，我累了，
为了胜利，省下星光吧，我们可用不起，
月亮可以留着，再开一小时，这就够了。
但是，虽然他的权力、颁布的命令
从橘子黎明延伸至星苹果的黄昏，
可他的手无法如堤坝一样阻挡不息的尘流
尘流裹挟着穷人的棚屋，和他们的根摇滚乐 [12]，
直一到到亚拉斯 [13] 的沟壑与八月镇 [14]，
它把他们安置在椰刺之上，连同他们破旧、像钉十字架一样
被仙人掌挂住的衣衫，还有铁罐、旧轮胎、纸箱；

黑色的瓦列卡山 [15]，上空闪耀，躁烈

就像百万台收音机的调谐板，

悸动的日落，闪动如一面网格 [16]

那里，拉斯塔法利的节拍从金斯敦的点唱机中响起。

他看见泉水干涸，没有了四方舞 [17]、水之音干枯

没有了乡村舞者，小提琴手就像横笛

横卧一旁。他必须治愈

这座沐浴在香果叶 [18] 中的疟疾之岛，

治愈它的因发烧而抖动的森林，治愈干枯、

像绞车一样呻吟的牛群，还有不停摇头

想不起自己名字的草地。水车，河中，

没有元音留下。摇滚之石，摇滚之石。

四

群山起伏就像穿过磷光之星的鲸鱼，

他随之摇摆，如同一块下沉数哼 [19]、落入睡眠的石头，

拖动他的，是星与星之间

向下拉拽着半个世界的磁力，是黑人权力

它拥有梦见雪的刺客，

他用战斧将暴君砍成入睡的孩子。

屋子停锚，摇动，但随着他的坠落

他的心智成了月光下的水车，

在他那月光的睡眠中，[20] 他听见

王港大教堂的溺死的钟，他看见气泡

如铜便士，从生海贼[21]空空的眼袋里

升起，海盗磨损的肩膀旁

鹦嘴鱼浮现，一匹匹海马

拉动穿礼服的女士，走过她们流动的海滨路

穿过青绿如苔藓的海草坪；

他听见溺死的唱诗班在栅栏洲[22]下，

一曲赞美诗从反转成水的天中升到地上，

螃蟹爬着尖塔，

而他，随着夜光降临学会[23]

也从海底天国爬出，

灯光下，学者们都在自己的水族箱，

他看到他们像鹦嘴鱼一样，只张嘴不出声，此时，

他从洗礼中上升，经过学者的历史课，

经过一个个如同思想、让他难以弄破的气泡：

牙买加被宾和维纳布尔斯[24]占领，

王港在洪水般的地震中，毁灭。

五

从圣地亚哥到加拉加斯[25]的一座座大教堂

在它们绚烂的外观面前，为人赎罪的大主教们

洗着贫民的双脚（此时加上括弧[26]

就让加勒比海成了洗礼盆，

让蝴蝶变为石头，让绕着城市垃圾的

秃鹫，变白如鸽子），

加勒比海就像一个椭圆的盆

端在侍僧的双手上，一个赦免了 [27]

历史的民族，是他们不曾记下的历史；

三百年了，奴隶宽恕着他挨过的鞭打，

无产者念诵着列岛的玫瑰诵，

赞美诗的回响，如同海洞之中

海的低鸣，随着他们的膝盖变成石头，

爱国者的身体正让一面面墙崩塌

那墙的外皮仍然是无声的疾呼，革命！

"圣救世主，为我们祈求吧，圣多默，圣多明我

为我们祈求吧，为我们求情吧，无眼的

圣露西亚 [28]"，而当循环的连珠

到了圣三一 [29] 这颗最后的黑珠子

他们就从哥伦布开始之处重新开始，

双膝钻入石头，随着圣萨尔瓦多的念珠，

随着一颗颗绕在印第安人脖子上的、殖民地的黑珠子。

他们祈求经济的奇迹，

但市政肖像上却浮现出溃疡，

酒店、赌场、妓院，纷纷兴建

还兴起一座座烟草、食糖、香蕉的帝国，

最终，一名黑人女子披着长巾犹如秃鹫，

爬上楼梯，敲打着

他的梦之门，她在钥匙孔的耳畔私语：

"让我进去吧，我祈求够了，我就是革命。
我是更黑暗、更古老的美洲。"

六

她美如日出时的石头，
她的嗓音有着机关枪的喉音
那喉音穿越卡其色沙漠，沙漠的仙人掌花
如手雷般爆炸，她的阴处是印第安人的
被割开的喉咙，她的头发泛着母牛的深蓝光泽。
她是一把被革命之风吹得里外
翻转的黑伞，她是悲苦圣母[30]，
悲苦的黑玫瑰，沉默的黑矿，
被奸污的妻子，不孕之母，阿兹台克的圣母[31]
让一千把吉他射出的箭刺穿，
是沉默之石，但若它大声说出
那种以父的名义施加的暴虐，
那么，它就会震慑住劫掠的狼，
泉涌般的将军、诗人、瘸子
他们跳着舞，却越不过伴随着每场革命的
他们的坟墓；她的凯撒[32]被机关枪的牙齿
缝合，而每当日落
她就像曾经捧着赎罪的餐巾那样
端着加勒比海这个椭圆盆

把它当作洗脚缸，端给独裁者，特鲁希略³³、马查多，

给那些脸色如市墙上的海报一样

发黄的人。此时，她轻抚他的头发

直至它变白，但她不会明白

除了和平，其他权力，他一概不要，

他想要一场不流血的革命，

他想要没有任何记忆的历史，

想要没有雕像的街道，

没有神话的地理。他不需要军队

只需要香蕉军团、粗厚的甘蔗矛，

他哭诉道，"我没有权力，只有爱。"

她从他内心消失，因为他杀不死她；

她缩小成一只蝙蝠，日夜悬挂

悬挂在他脑后。他在梦中坐起。

七

灵魂成了他的身体，变得薄如

倒影、无懈可击，

它没有钟表，就弄乱了时间；

它走着逃亡黑人走过的山路，

随着嘎吱作响的绞架上的戈登³⁴来回摆动，

它从产房外面一个裹头巾的保姆那里

买了一包辣薄荷糖和腰果，

它听见他的呼吸分贝升高，
声音就像花生小贩的板车，它进入市墙
撩动起一张张标语，它们叫嚷着他的名字：救星！[35]
还有：走狗！[36] 他像一把勺子一样融化
融化在 CIA、PNP、OPEC 的字母汤里，
一当他带着这样的想法经过时，灵魂就重又安定：
我本该预见到那些头发如铁丝
胡须像迸裂的床垫、狂野的双眼带着石榴红色的撒拉弗，
他们的肋骨依偎在科普特圣经上，他们会
叫我约书亚，盼望他到周三之前、
在耶利哥城[37]崩塌之后，能推翻巴比伦；是啊，是啊，
我本该明白那些富人的狡猾的痛苦
他们没有给我留下分文，除了这些命令：

八

他空中的命令，
控制着乌鸦，乌鸦的环迹
就是这枚婚戒，让他迎娶他的岛。
他海上的命令，
是基韦斯特[38]和哈瓦那之间
渔区的界线
鲨鱼用牙剪着它们，就像剪着丝绸
他地上的命令：

是生锈、含着铝土矿的流血的山丘；

他天堂的命令：

是一根根裹着铝皮、天使般的烟囱。

九

形貌如云

他看见他父亲的脸，

头发如白色卷云，在相片的风中，

吹得向后飘动，

红木 [39] 的嘴，抽搐，闭拢，

眼皮垂耷，他听命于

初次的妥协、

最后的通牒、

第一回、也是最后一回的公投。

十

一天早上，加勒比海被七位总理 [40]

剪碎，他们一匹匹地买走了大海——

一千英里、装饰着花边的海蓝布，

一百万码青柠色的丝绸，

一英里紫罗兰布，一里格一里格的 [41] 蔚蓝绸缎——

他们再高价卖给大集团，
这些集团，之前还出租了水龙卷
租上九十九年，用来换五十艘船，
集团又零售给共用一个银行账户的
部长们，部长转手再出售，
还为加勒比经济共同体打出广告，
直到人人都拥有了一小片海，
有人拿来做纱丽 [42]，有人做头巾；
余下的，放在托盘里，供奉给
比邮局还高的白邮轮；[43] 之后，狗咬狗的混战
在内阁爆发，争的就是，谁第一个卖掉
群岛，换来了列岛的连锁店。

十一

此时，一棵手榴弹之树就是他的星苹果王国，
他的鸦群，在休耕的牧场之上巡视，
他感到自己的拳头，不自觉地绷紧
成了一只扼住五只白鸽的爪子，
群山若隐若现，在戒严令中，沉重如铅，
郊外的花园开着白色偏执狂的花朵
就在惊人的四月之叶的花边；
流言是不会落下的雨：

敌方的情报已经让蟑螂

抖动的触角感到警觉，蝙蝠像信使飞来飞去

传送着大使馆之间的密报；

作战室的调谐钮旁，特工等待着

哈瓦那那边来复枪的枪声；装着百叶窗的大街

蜂拥的雅马哈[44]，咆哮中沿街而下。它们

在笼罩静默的天空上，留下一个洞。

十二

他没有听到摩托的咆哮

有减弱的迹象，它就像遥远童年时的水车

兜着圈子；他溺死在沉睡里；

他没有梦，睡着爱之后的睡眠

在夜晚、矿石的忘境中[45]

她的子有可可的味道，她的牙洁白

如椰子肉，他的呼吸带着姜味，

她的花瓣芳香，就像甜薯的藤

在沟垄里，阳光下，依然气味扑鼻。

他睡的这一觉，抹去了历史，

他睡着，犹如海的胸膛上一座座岛屿，

他又能像个孩子一样，在她的星苹果王国。

十三

明天，海会闪烁如钉

在锌做的天空下，空中那朵贫瘠的蛋黄花

被捶打，一条没有游轮的地平线；

明天，云朵沉重的轻帆，会失事

瓦解在云自己的浪花里，在群山的

礁石上，明天，驴子的呵欠

会把天空锯成两半，黎明时

山坡上会传来政府的呻吟声。

但现在，她抱着他，就像她抱住我们所有人，

抱住失去历史而变成孤儿的群岛，对于她

我们姗姗来迟，我们的缪斯，我们的母亲，

她哺育群岛，而当她变老

乳房褶皱就像茄子，

她就成了戴头巾的 [46] 母亲，"河石上漂白的床单"之母，

福音之母，"谢谢你牧师" [47] 的母亲

她变为红木，生命木 [48] 之母，

她的儿子如荆棘，

她的女儿是生育石头的干涸的沟渠，

我们童年时，她就是家里的女仆和厨娘，

是年轻的婆婆，擦亮着历史的缪斯、

克莱娥的石膏像，在她海贝的洞穴里

在大宅的客厅上，海中升起的她

沐浴着深邃的大西洋，那里涌动着她的女仆的赞美诗。

十四

靛蓝色黎明中，棕榈松开它们的拳头，[49]
他的双眼睁开，亮出花朵，他躺着，平静得
如同没有水的水车。太阳的导火索点燃，
在地平线边缘呲呲作响，白昼引爆了
它无情的雪崩、马车和咒骂，
金斯敦，这座咆哮的烤炉，它的天空暴烈
犹如馅饼[50]小车的铁箱。码头
在黎凡特人的货栈气味中
海风缓缓沿它而下，带着潮湿的狗皮味。
他愤怒，一身泡沫，正在让他的爱凉爽。
他挨着鞭打，就像一匹马，但当
花洒给他加冕，他闭上眼睛时，
刹那间，他成了披婚纱的新娘，与他的国家复婚，
他是一个孩子，让这座水车的选区中的咆哮拖曳，
那些誓约，得以重申；他穿衣，下楼用早饭，
又一次坐在早餐桌的
红木边，桌子的黑皮已经擦亮
就像母马的光泽，他看见父亲的脸
和自己的脸在桌面上交融，他向外望去
望见干枯的花园和渗漏的池塘。

十五

何为加勒比海？一座绿色池塘，遮蔽在
白厅[51] 的大宅圆柱之后，
在华盛顿希腊风的外观之后，
它有膨胀的青蛙蹲坐在群岛般的
睡莲叶上，[52] 群岛悲伤地配对，就像两只海龟
又生出小岛，就像古巴这只海龟
爬到牙买加身上，生出开曼群岛，就像，在
海地—多米尼加的锤头龟之后
拖着一串小龟，从龟岛[53] 到多巴哥；
他追寻着海龟一起一伏艰难行进
离开美洲，去往开放的大西洋，
他觉得自己的肉体承载满满，如同怀孕的沙滩
怀着被月光守护的龟卵——它们渴望非洲，
它们是旅鼠[54]，让磁性的记忆拖曳[55]
拖向更古老的死亡，拖向广阔的沙滩
那里的狮子，它们的咳嗽让拍浪弄哑。
是啊，他能理解它们自然的方向
但它们会淹死，海鹰围着它们盘旋，
悠然的战舰鸟，收住拍打的翅膀，
他闭眼，感觉自己的下巴脊落，
再一次随着沉默的尖叫的重量。
他带着爱的愤怒，朝海龟呼喊，
就像冲孩子尖叫，还是这同样的尖叫

476

在他童年时，曾翻转一个时代
曾让星苹果王国的叶子向后弯去，
如今，它让溪水朝山坡飞流，拉动水车，向后转动
就像电影的卷片轴，在那呼喊中，
从粗绳索和他喉咙的肌腱里，
海秃鹫远去，远去成一个个斑点，
鱼鹰无影无踪。

        在披着硬皮的大教堂、
它的膝盖窝一样的楼梯上，有位女人，身着黑衣
无月之夜的黑色，她的两眼中
海在星光下闪耀，如同刀刃的反光
（就是她，曾对着他耳朵的钥匙孔私语），
她清洗楼梯，她第一个听到了尖叫。
她属于那些如流动的黑河般的女子
她们在荆棘日，把椭圆盆
端给穷人的双脚，她们提着挤奶桶走向奶牛
在田园牧歌般的日出时，她们头顶篮子
步下染着血友病的海地的红山丘，
此时，拧干过的破衣服，还从她们粗硬的手边淌着水
就像曾经从海绵里滴下的醋，
但，她听着，犹如犬听，与全世界
所有斗败之犬一起倾听，倾听沉默的尖声呼叫。
沉默中，星苹果如雨，落在地面，
沉默是海底之城的绿色，
一秒之间，沉默就能持续

半个钟头，海贝的沉默，随着沉默
回响，胡须如铁丝的人们望向
吱呀作响的光，[56] 那光出现在
世界的噪声之中，世界平分
为穷富，分为南北、
分为黑白，分为两个美洲，
在光里，他们看见特莱劳尼区，圣大卫区，
圣安德鲁区的沉默的锡安之地，
看见舞动的树叶，就像无声的孩子，
在特莱奥谷[57]，看见旧水车
白色、沉默的咆哮，在星苹果王国；
这女人的脸，倘若之前，它的笑容
在那张皱纹如河流的羊皮纸地图上，可以读出，
那么，她其实早就和此时的他一样，面带微笑，
而他，正敲破白昼，开启了他的鸡蛋。

注释

纵帆船"飞翔号"

1 本诗是一篇小说性的叙事长诗,共 11 节,是沃尔科特的名作,为其诗歌生涯中,《另一生》之后的又一座高峰。诺贝尔奖委员会曾引用过该诗评价沃尔科特的艺术造诣。该诗主人公是水手 / 诗人沙班(Shabine),他与其他船员一同乘"飞翔号",从特立尼达出发进行远航。全诗前四节叙述沙班出航前的情况以及出航的原因,第 5 到 11 节讲述航行的主要过程,沙班如同奥德修斯一样海外漂流,但实际上,这是一次心灵的或内在的精神之旅,他游向的是意识的深处,个体意识之中交织着对普遍的历史和社会的回忆与思考。

"飞翔号"这个船名(原文以斜体表船名,中译以引号),预示了一次义无反顾地飞翔般的出行或逃离,但是,除了逃离之外,它还是"飞向"或"飞往"全新意义上的家,它不仅仅是消极的逃避。

沙班(Shabine)这个词,指浅肤色(light-skinned)黑人,红黑人(red nigger),混血黑人,往往红发,皮肤棕褐,略淡,有雀斑,眼睛发灰。所以,其所指的群体,就是既有非洲血统,又有欧洲血缘的黑人,如沃尔科特。

西默斯·希尼给予了这首诗很高的评价,认为它是"划时代的"重要诗作。他指出了这首诗在语言方面的创新,通过使用英语克里奥尔语以及在标准英语中变化语域(register)的做法,沃尔科特找到了"一种由方言和文学语言编织而成的语言,它既不鄙俗,也不居高临下,是一种非凡的习语,从他继承的对事物的划分和迷恋中化育而出；这样的习语可以让古老的生活欢欣振奋，但与此同时，又能让'新的生活'冷静沉着"。见其《流亡的语言》（"The Language of Exile"）。

2 Carenage 位于特立尼达岛接近西北角处，是一个沿海区（ward），靠近查瓜拉马斯，这是纵帆船出航的起点。

3 Maria Concepcion，沙班情人的名字。concepcion，西班牙语，即 conception，受孕，感孕，天主教用它修饰圣母玛利亚，西语中，写全就是，María de la Inmaculada Concepción。这个名字常起给女孩，拉美有很多地方也叫这个名字，后面会指出玛利亚是多米尼加人，该国以西语为官方语言。

4 特立尼达岛西北的岛屿，博卡斯群岛（Bocas Islands）之一，在特立尼达和委内瑞拉之间。mono 即西班牙语猿猴的意思，这里是复数，这座岛有圭亚那红吼猴（Guyanan red howler）。这个名字可以影射红黑人，沃尔科特常用猴子自喻。Nassau，巴哈马首都，位于巴哈马主岛新普罗维登斯岛（New Providence），在加勒比最北，靠近佛罗里达。这里用一北一南两个地方概括整个西印度地区。

5 rusty head，红发，如同生着红色的锈迹。

6 nobody，这是他最常用的一个词。首先，作为名词，nobody 表示身份毫无意义的小人物，平常人。"沙班"本来就不是个体专名，他其实相当于无名。进一步，它指处于白人和黑人中间的红黑人以及其他混血和少数族裔，无论白人和黑人哪方掌权，都视之为无。

7 常用来劝失恋的人。类似汉语的"天涯何处无芳草"。

8 也叫新大陆猴，卷尾猴科，狨亚科（Callitrichidae）动物，下有四个属。莎士比亚《暴风雨》第二场，第二幕中就提到了这样的猴子。狨猴是小圆眼睛。这里暗示了玛利亚也是红黑人。沃尔科特作品中，猴子一般都指黑人和红黑人。

9 学名即，narcosis 或 Nitrogen narcosis（氮醉）。深海潜游时，肺部的氮气会造成潜水者出现酒醉一样的状态。

10　爱尔兰式的名字,加勒比有不少爱尔兰后裔,尤其如蒙特塞拉特岛。奥哈拉有白人血统,在种族等级中处于上层,下面还指出,他也有叙利亚人的身份。

11　指环绕着西印度地区、曾是西班牙帝国主要殖民地的美洲大陆地区,但不涵盖北美和南美腹地,加勒比人因为都是岛民,所以称之为"大陆"。塞德罗斯位于特立尼达岛西南半岛的角上,距离"大陆"的委内瑞拉非常近,这里较为偏僻,适合进行走私。

12　可以理解为,比鲨鱼还鲨鱼的骗子。

13　墨镜和杯子是流浪者(vagrant)必备的东西,墨镜为了遮阳,掩饰自己的身份。这些流民是当时西班牙港街道上常见的形象。见 *Abandoning Dead Metaphors*,第 233 页。

14　《特立尼达快报》,1967 年发行。《快报》自诩是特立尼达唯一一个敢于直言、能够介入当地争议的媒体,因为其后台是本土商人(创立是 Vernon Charles),它不同于外国人控制的《卫报》和《晚报》。

15　爱尔兰人常用它作为 Michael 的简称,后来成为对爱尔兰天主教徒的贬称。

16　brain,brain coral,脑珊瑚,褶叶珊瑚科(Mussidae),外形如同人脑。

17　fire,fire coral,火焰珊瑚,但它不是珊瑚,是水螅纲(Hydrozoa),多孔螅目(Milleporina)。

18　sea fans,柳珊瑚,软珊瑚目(Alcyonacea)珊瑚,它有个希腊式的名字 Gorgonian(戈耳工珊瑚,蛇发珊瑚)。

19　dead-men's-fingers,拉丁名为,Alcyonium digitatum,软珊瑚目,外形像死人的手掌。

20　San Salvador,哥伦布第一个到达的西印度的圣萨尔瓦多岛,在巴哈马,拿骚以东。塞内加尔在西非是奴隶贸易时期重要的奴隶来源地。

21　反讽,尸体大多是黑奴的骨头,死后终于洗去了黑色。

22 即圣文森特和格林纳丁斯国的主岛，位于向风群岛南部。该岛的名字由哥伦布命名，因登岛日为圣文森特节。

23 bends，是 Decompression sickness 的俗语表达，潜水员过于快速地离开高压环境后，身体中的氮气排不出去，形成气泡积聚于组织和血液，造成各种病症。bends 描述的是潜水员的关节疼痛。

24 mad house，双关，也表示疯人院。

25 西印度海胆，三列海胆属，腹三列海胆（Tripneustes ventricosus），球状，如同一团刺球。

26 见《马可福音》4:38。

27 指白人。

28 指黑人，掌权的黑人，未必就是纯黑人，而且本身已经接受了西式的教育。

29 阳台（balcony），栅栏，奶油色（米色）衣服，都是白人殖民者，尤其是种植园主的象征。

30 这里是有意让沙班像小孩子一样说话。黑人厨娘就是沃尔科特的奶奶。

31 bitch 指历史，这是沙班／沃尔科特对西方历史的嘲讽。历史本身的确不会说话，所以只会轻蔑地吐唾沫，这个行为胜过一切语言，表明了加勒比人受到的轻视难以言表。

32 山指特立尼达的北岭（Northern Range），革命分子占据了这里，当作堡垒。

33 特立尼达西班牙港的南北向的大街，北至女王公园，这条街是商业街，较为繁华。

34 pit，双关，也表示陷阱。

35 eating choc-／olate cone，用分字符，让 choc- 与上面两处 Blok（勃洛克）押韵。

36 a spaghetti West-／ern，用分字符，让 West- 与上面的“无与伦比”（best）押韵。

482

37 Blanchisseuse，特立尼达岛北部沿海村庄，位于图纳普纳 - 皮亚科（Tunapuna-Piarco）大区。这个词是法语，意为洗衣女，Breslin 认为，暗示了文化的腐败被冲洗干净。见 *Nobody's Nation*，第 203 页。

38 黑奴贸易时期，欧洲人会带着货物去往非洲，在非洲换取奴隶，再贩卖到加勒比和美洲地区，换取物品，返回欧洲，这条航线呈三角状，加勒比和美洲地区处于欧洲和非洲"中间"，所以从非洲到加勒比和美洲的航线叫"中途"或中途航道。

39 即，乔治·布里奇斯·罗德尼（George Brydges Rodney, 1718—1792），第一代罗德尼男爵，英国著名海军将领。他最著名的事迹是，1762 年，攻占过法国占领的圣卢西亚、马提尼克等地。

40 即，霍雷肖·纳尔逊（Horatio Nelson, 1758—1805），英国著名海军将领，著名的事迹就是 1805 年在特拉法加海战中大败法军，但他在战役中阵亡。

41   即，弗朗索瓦 - 约瑟·保罗（François-Joseph Paul, 1723—1788），他参加过马提尼克战役，圣卢西亚战役；在美国独立战争的切萨皮克湾海战中，成功牵制了增援英国海军，协助华盛顿攻克约克镇，这场海战是美国独立的关键战役之一，因此，德·格拉斯受到了美国人的纪念。

42 指白人水手，他们的地位就像"沙班"群体。

43 作者指的是明轮船的大水轮，后来被螺旋桨取代。水轮上装有曲柄连杆。

44 铲斗，勺斗，近似桶状，深海挖掘时常用。

45 指煤气灶的灶圈。作者将环绕的地平线（因为是在海上，四周都是地平线）比作灶圈，黎明时，煤气炉点燃，太阳也照亮了地平线。

46 见《安的列斯：史诗回忆之断章》，"整个安的列斯，每座岛，都在努力记忆；每个心灵，每部种族志，却都最终沦入失忆和雾气之中"。

47 巴巴多斯在特立尼达北部。

48 casuarina 指木麻黄科（Casuarinaceae）木麻黄属（Casuarina）的

常绿木本植物，通常算作乔木，因此可以称为"树"，但有的品种也归为灌木；其原产于澳洲，太平洋地区，东南亚，印度，木麻黄种植在海边可以防风，其高度可达 20—30 米，木质坚硬，可用于建筑，家具，染料等。

49　这种香柏外形近似木麻黄，但并非一科。不过，按照语境，作者想让船长的叫法不同于柏和木麻黄，但又近似于后两者，因此是"松"，这样，作者就将一种事物的三个不同名称并列在一起。

50　以前，在沙班或受过殖民教育的加勒比人心里，木麻黄就是柏树，也具有柏树的文化含义，但木麻黄仅仅是柏树的替代和仿象。

51　指木麻黄被当作柏树之后，也具有了表示哀悼的意味，会种在坟墓旁。

52　"你"，指《另一生》中的安娜，此时已经嫁人。

53　卡斯特里港口西部的海角，这里有拉·托克海滩，还有一条拉·托克路。英军曾在这里修建过炮台。

54　维吉耶海角在拉·托克海角对面。"守夜"呼应了"医院"，因为它是医院中常见的现象。

55　指圣文森特。

56　玛利亚常用的一本解梦书。

57　多米尼克位于小安的列斯群岛，首府在罗索（Roseau），目前，该岛是加勒比地区少数的还有加勒比人（Carib, Kalinago）聚居的地方，他们居住于该岛东面的加勒比人保留区（Carib Territory），面积 15 平方公里，数量只有几千人。

58　在加勒比地区，芒果的一种吃法是腌制食用。腌芒果要用青色的生芒果，所以比喻绿岛，非常贴切。

59　伤口撒盐可以消毒，但又会加剧痛苦。

60　指火红赫蕉（Heliconia bihai），赫蕉科，赫蕉属植物，盛产于西印度地区，其花红色，直立，杯状。

61　表明脚步快速，没有声音。

62　Breslin 指出，这个死亡伴随着重生，联系后面提到的"海水浴"。也指向了艾略特《荒原》第四部分"溺死"，其中的腓尼基人菲勒巴斯（Phlebas）也是溺死，但暗示了重生和世界的轮回。见 *Nobody's Nation*，第 209 页。

63　鹦鹉被称为"天堂鸟"（a byrde of Paradyse），会多种语言。

64　指小安的列斯鬣蜥（Iguana delicatissima），它产于多米尼克，马提尼克等地。

65　这里是西班牙人最早殖民的地方。多米尼加官方语言正是西班牙语，所以下面说《梦书》是西班牙文的。

66　鲸鱼和风暴显然联系了《旧约·约拿书》1:12—2:10。

67　作者这里说"织"，可以联系命运三女神，但主要取自《诗体埃达》（《老埃达》）中《海尔吉·匈廷斯巴纳第一曲》（*Helgakviða Hundingsbana I*）中对诺恩三女神的描述，她们织着命运之网。

68　指西班牙港北部的公共公园，即女王公园萨凡纳，这里可以进行赛马和板球活动，狂欢节时也会搭起表演卡吕普索的帐篷。

69　需要治愈的疾病就是"为人"，病好之后，沙班会成为"非人"。

70　直译就是，踢-他们-母驴。首先指格林纳达北部、格林纳丁斯龙德岛（Ronde Island）西部的海底火山，其次指这里的一座岛（也叫钻石岛）和海峡。

71　Oakely 非常敏锐地注意到了这里的"交错"现象：船长抓着舵轮，但十字架抓着耶稣。主体和客体是颠倒的，因为船长对应耶稣，似乎应该说，耶稣抓着十字架，但实际上，耶稣是被钉死的，确实是十字架主动钉住耶稣。而船长是主动"钉在"舵轮上的，他自己创造自己的十字架和受难，所以信仰者的主动性是信仰本身的关键。见 *Common Places: The Poetics of African Atlantic Postromantics*，第 100 页。

72　加勒比海相对封闭，由群岛包围，可以称为内陆海或内海。该海最北部就是巴哈马。

73　最后一句用过去时，指全诗是沙班歌唱的。与第十节题目相关，沙班虽然逃离了被海吞没的危险，但平静的沙班与海是一体的，海也是加勒比本土及其历史的象征（见下一首诗《海即历史》）。

海即历史

1　全诗中，"历史"一词都为 History，首字母大写，指历史本身。

　　本诗的主要部分用不严格的《神曲》的三行体，可以对比《海葡萄》和《奥马罗斯》。诗中，作者首先将非洲黑人被贩卖到加勒比以及争取自由的经历，类比了《旧约》中从《创世记》开始的犹太人的历史。

2　沃尔科特书写的属于奴隶的历史，直到 20 世纪末才有了自己的纪念碑。Tynan 提示，1999 年，纪念溺死奴隶的"中途纪念碑"树立在了大西洋底，位于纽约港正东 427 公里处。纪念碑面向非洲，拱形，分两个部分，表示过去和将来。见 *Postcolonial Odysseys*，第 20 页。

3　显然，作者是反讽，因为来的是抓黑人的殖民者，他们标志着黑人的死期和受难。

4　caravel，也被音译为卡拉维尔帆船，这是 15—16 世纪地理大发现时期欧洲航海家使用的葡萄牙人设计的大三角帆船（lateen），这种船吨位不大，适合逆风而行，非常轻快，它的发明促进了殖民扩张。

5　描述的是奴隶贸易中，黑人被从非洲运到加勒比的过程。但《出埃及记》指的是犹太人逃出埃及，与之相反，黑人则是离开家乡。

6　以色列人的圣物，柜子里面放着摩西的石板，如《出埃及记》25:10—22。

7　以色列人在公元前 6 世纪末，被巴比伦尼布甲尼撒王灭国，犹太人沦为其奴隶。受拉斯塔法利教的影响，加勒比黑人音乐多以《旧约》中犹太人的经历为主题，巴比伦之囚就是其中之一。

8　cowries，宝螺科（Cypraeidae）生物，其壳被中非和西非人作为货币或装饰品。

9 指《旧约·雅歌》。

10 象牙，见《雅歌》5:14，用象牙比喻良人的身体；7:4，比喻脖颈。

11 Tynan 认为，这暗示《奥德赛》中奥德修斯同伴宰食了太阳神许珀里翁的神牛。见 *Postcolonial Odysseys*，第 19 页。

12 Port Royal，位于牙买加金斯敦栅栏洲（见《星苹果王国》第四节）上的村庄，原为 16 世纪西班牙人建立的城市，17 世纪成为加勒比重要的航运和商业枢纽，

13 指伊丽莎白一世，她有秃发病。

14 即《旧约·耶利米哀歌》。尼布甲尼撒王毁掉耶路撒冷之后，耶利米作哀歌悼之。

15 指"西印度奴隶解放"，标志是英国 1833 年颁布、1834 年执行的《废奴法令》（Slavery Abolition Act），从此，英属殖民地全部废奴。

16 警察的制服是卡其布做的，与螳螂颜色相近。

17 潮汐池，岩石池，退潮之后，海边的岩石会积有海水，如同池塘，里面有很多如海星，海葵之类的海洋生物。

埃及，多巴哥

1 如诗中所示，本诗的题目仅仅指一个地方，而不是两个地方，但它由两个真实的地名虚构而成：一虚一实，埃及，即古埃及，是想象的地方，多巴哥是现实。它们构成了一个想象与现实交织的世界。本诗是一首反思性的爱情诗，主人公取自莎士比亚的戏剧《安东尼和克莉奥佩特拉》（参考了普鲁塔克的《希腊罗马名人传》）中的安东尼和克莉奥佩特拉七世，作者对这部戏剧以及莎士比亚戏剧的用词和意象多有借鉴。

2 即沃尔科特第三任妻子诺兰·麦迪威尔（Norline Metivier），她是

一位混血的舞蹈家和演员，也是沃氏特立尼达戏剧工作室的成员。

3　自然而且精妙的双关语，第一个意思指现实里克莉奥佩特拉的太阳穴。第二个意思指神庙，即克莉奥佩特拉的伊西丝神庙。

4　在莎士比亚那里，牝马可以指女人，联系了性方面，也可以指放荡的女人，或妓女。

5　指震怒中的安东尼，因为旧版为 he。

6　这里的 Caesar 不是指尤里乌斯·凯撒，而是指"凯撒"（其家族名或第三名）这个头衔。

7　Actium，即亚克兴海角，希腊西北部的海岬，位于爱奥尼亚海，临近安布拉西亚湾。公元前 31 年 9 月 2 日，安东尼与克莉奥佩特拉（掌控海军）的联军在这里与屋大维军队展开了决定性的海战。安东尼败走埃及，屋大维最终成为了罗马共和国元首。"沙滩"，指埃及亚历山大里亚的沙滩，安东尼在这里与屋大维进行了最后的战斗，死于此处。

罗伯特·特雷尔·斯彭斯·洛威尔（1917—1977）

1　本诗是悼亡诗，诗的主题相关于洛氏的诗歌艺术本质，以及读者应该如何了解洛氏。本诗的句式和风格也是洛威尔式的。

2　指身后事，尤其是下面提到的葬礼事务，这方面的问题，无法询问死者。

3　glazed，沃尔科特的常用词。这里指尸体美化后，眼帘有光泽，如同涂釉；glazed 修饰眼睛时，习语里也表示呆滞无神。

4　燕子是洛威尔常写的鸟，沃尔科特很可能指的是《不归》（"Will not Come Back"）开头。

欧洲森林

1 前苏联出生的美籍诗人，犹太人，1987 年获得诺贝尔文学奖，是沃尔科特的好友。

2 这句应为布罗茨基翻译的曼德尔施塔姆的诗句。

3 Trail of Tears，见《哀歌》一诗。1830 年，美国颁布了《印第安人迁徙令》，在西进运动中，开始驱逐和屠杀印第安人，印第安人流亡的路线被称为"泪途"，也译作"血泪之路"。

4 冰是曼德尔施塔姆爱用的意象。这里联系了曼氏写过的"春冰"，冰在破裂，预示春天将至。

5 曼德尔施塔姆的第一本诗集就是《石头》(1913)，石头也是他重要的意象。

6 Archangel，即俄罗斯欧洲部分北部的城市阿尔汉格尔斯克 (Arkhangelsk)，城市的名字即大天使或天使长，该城的徽章就是米迦勒（随东正教则译为米哈伊尔或弥哈伊尔）。

7 指布罗茨基，另外，曼德尔施塔姆的"奥西普"，即俄语中的"约瑟"。两人的经历相似，都是犹太人。

河之科尼希

1 Koenig，即 König，来自德文，即，国王，这里是人名，但如诗中所述，这个人物恰恰是一个鬼魂之王，所以题目也可以理解为"河王"。科尼希是 19 世纪的传教士，一行人去海外殖民地传教，后遭遇海难，只有他逃生，其他人都死了。他与河为伴，沿河而行，依然要去传教。

2 *Ich spreche Deutsch*，原文为德文。

3 女王即维多利亚（1837—1901 年在位），由于她出身汉诺威家族，也算德国人，所以科尼希说"我们"。

4　指德意志第二帝国（1871—1918）的皇帝，共有三位：威廉一世，腓特烈三世，威廉二世。由于一战失败，1918年11月，威廉二世退位，帝国结束，德国自此不再有皇帝。所以科尼希问"皇帝哪去了"，表明他是第二帝国的传教士。

5　阿拉伯人用的单桅杆的帆船。19世纪末至20世纪上半叶，埃及一直被英国占领或作为英国的附属国。

星苹果王国

1　star-apple，拉丁名为 Chrysophyllum cainito，在加勒比也称为caimite，山榄科金叶树属的热带植物，原生于大安的列斯群岛。它的果肉如星的放射，因而得名。它叫苹果，但与之并非同科，此处只是俗名。这种植物盛产于牙买加，作者写的"国"，就是指那里。这个题目初看起来，似乎带有"田园牧歌"之风，但从本诗第一句起，作者就表明，自己并不想写一篇优美的加勒比田园诗，相反，他要指出，这个王国/天国并不完美，甚至动荡混乱，它不是殖民者理想的田园之地，而是牙买加人建立的、善恶共存、正陷入困境的人间之国。

　　本诗的主人公是沃尔科特的朋友、牙买加第四任总理迈克尔·诺曼·曼利（Michael Norman Manley，1924—1997），曼利是有一半白人血统的混血政治家诺曼·华盛顿·曼利（Norman Washington Manley，1893—1969）的次子——老曼利1955—1959年任尚未独立的牙买加的首席部长（Chief Minister），1959—1962年牙买加加入西印度联邦时期，他担任总理（Premier）。小曼利隶属于"人民民族党"（People's National Party，PNP），1972年，在他的努力下，该党获得了执政权，他担任总理，着手实施改革，直到1980年。1989—1992年，小曼利再次执政。现今的牙买加元1000面额的纸币正面，就是小曼利的头像。全诗的内容正是以曼利第一次执政期间的历史为中心，叙述他的心路历程和牙买加独立之前和之后——自 17 世纪黑人起义至黑人解放（1834 年以后），再到 19 世纪 60 年代成为直辖殖民地，加入西印度联邦，联邦解体后独立，最终至 20 世纪 70 年代牙买加的后殖民时期——的政治局势和社会状况。

2 本诗篇幅很长，分多节，并无序号。由于我的评注和一些研究文献会提及节数，为了方便读者查找，故而加上序号。

3 牙买加全国设 14 个行政区（parishes），分属三个郡：康沃尔、米德尔塞克斯、萨里，这是受英国的影响。作者用这个名字，也是为了表明牙买加的殖民历史。

4 Herefords，指原产英格兰赫里福德郡（Herefordshire）的牛，或这种牛的品种。该郡牧草丰茂，适合养牛，这种牛体色发红，脸白，肉质上佳，是世界上较早的家牛和肉牛品种。赫里福德郡郡治在赫里福德，位于怀河畔。怀河是英国第五大河，流经英格兰格罗斯特郡、赫里福德郡和威尔士蒙茅斯郡，怀河谷也依此分布，该谷风景优美，是观光胜地。

5 即阿尔伯特·盖伊普（Albert Cuyp, 1620—1691），荷兰黄金时期风景画家，画作有田园牧歌之风。

6 good Negroes，区别于坏黑鬼，是接受白人教育，学习白人文化，顺从的黑人，但这个称呼依然是贬义。

7 作者所列的这些人物都是"边缘人"，家庭合影时，都站在两边。他们的脱落，就如同照片边缘的银盐颗粒因为各种因素减少一样，导致片边缘重量变轻，从而卷皱。

8 "风"指黑人的起义，这促成了牙买加的独立，黑人翻身。但是，旧有的秩序和体系并没有瓦解，依然存留。

9 Nanny，这里首先指一般意义上的保姆，为了暗示大宅生活。但在更深的含义上，它作为专有名词指一位牙买加民族女英雄，可以音译为娜妮（约 1686—约 1755）。她生于加纳，是阿散蒂人，在中途贸易时被贩卖到牙买加，然后逃亡。她擅长奥比术，聚集很多信徒，来抵抗英国殖民者。1739 年，英国不得不签订条约，给予牙买加黑人聚居地。

10 很可能指娜妮与英国人签订条约时使用的秃鹫羽毛，这种秃鹫拉丁名为 Cathartes aura，牙买加人称之为 john crow，也叫新世界秃鹫。按照记录，订立条约时，双方将自己的血混合，然后共饮，之后，娜妮用秃鹫羽毛蘸着血，写下：逃亡黑人与白人不再相斗。见 K.Bilby 的 "Swearing by the Past, Swearing to the Future, Sacred Oaths, Alliances, and Treaties Among the Guianese and Jamaican Maroons", *Origins of the Black Atlantic* (Routledge, 2013)，第 238 页。

11 木兰花花蕊如同煤气灯的喷嘴。

12 root-rock，在现代摇滚乐中，一个意思指"根源摇滚"，是 20 世纪 80 年代兴起的摇滚形式，号召返回摇滚之"根"，即 20 世纪 60 年代的原始摇滚。但这里是另外一个意思，指美洲黑人的"根摇雷鬼"，即 roots rock reggae，代表人物如鲍勃·马利。

13 牙买加圣托马斯区的小镇，这里的亚拉斯河为金斯敦提供水源。

14 牙买加金斯敦东南城郊小镇，就在莫纳分校附近。

15 牙买加圣安德鲁区的山丘，山丘将牙买加黑人贫民区（ghetto）与金斯敦市区隔离开来。这里是拉斯塔法利派的重要据点，该派年轻的信徒也称为"瓦列卡武士"。

16 指点唱机上的网格，网格闪亮，写着曲目，旁边有按钮，可以操纵选歌。

17 quadrilles，18 世纪兴起于法国宫廷、源自骑兵方块队列的舞蹈，19 世纪传入英国，进而传播到英国和法国的殖民地。这个词词根来自拉丁文 quadra（四方）。这种舞蹈一般由四对（也可以两对）男女站成四方形来表演。它是美国方块舞的前身，在牙买加，圣卢西亚等加勒比地区颇为流行，但逐渐大众化和通俗化。

18 指西印度的多香果叶，拉丁名为 Pimenta racemosa，也叫西印度月桂，但与月桂不是一科，它属于桃金娘科，多香果属。

19　英寻。

20　月光象征迷狂，失去意识，见《月》以及《另一生》对月亮的描写，月光是沃尔科特常用的意象。

21　海盗的一种，专指17—18世纪加勒比海的海盗。

22　牙买加金斯敦的连岛沙洲或沙颈岬（tombolo），如同狭长的半岛。沙洲东段连接牙买加主岛，西边尽头连接王港，诺曼·曼利国际机场就在沙洲上。这条沙洲如同一道栅栏，护卫着主岛，因此称为栅栏。

23　指的是位于金斯敦的著名的牙买加学会（The Institute of Jamaica），它1879年由时任牙买加总督的安东尼·马斯格雷夫爵士创立。

24　Penn and Venables，指英国军队将领威廉·宾（他的儿子就是"宾"夕法尼亚州的建立者，也是该州名字的源头）和罗伯特·维纳布尔斯，两人1655年击败西班牙人，占领牙买加，这标志着牙买加英属时代的开始，也算一个"划时代"。从英国殖民者的角度看，牙买加开始了自己的"历史"。

25　Santiago，智利首都。Caracas，委内瑞拉首都。

26　加勒比海椭圆的形状正像一个括号括出的地方，左括号是中美洲，右括号是小安的列斯群岛，而且两个圆括号，形状像洗脚盆和洗礼盆。句意就是，当南美传播天主教时，加勒比的边缘状态就像一个括号引出的"插入句"，其功能类似水盆，供大主教为穷人洗脚和洗礼。

27　这里说免除历史，意思就是，加勒比地区在西班牙人到来之前的历史被西班牙人像除罪一样去除掉了，过往的历史是野蛮的、异教的，因此是罪恶的。

28　露西亚被叙拉古总督（一说是自己）剜去了双眼，埋葬时，眼睛又复原。

29　西班牙语的"三位一体"，作为地名，即特立尼达岛，哥伦布最早命名。

30　指圣母玛利亚。按天主教对福音书的总结，玛利亚一生受七苦，也称七苦圣母。

31　在天主教艺术中，有的圣母像被设计成七把剑直刺心脏，七剑暗示七苦。沃尔科特这里用"箭"代替。

32　Caesarean，双关，一个意思是，凯撒的，与凯撒有关的，另一个意思是，剖腹产，即 Caesarean section。女性（尤其圣母）象征"自然"的孕育和创造，但剖腹产不是正常生产（如《麦克白》中的麦克德夫），因此军事斗争的结果就是"无创造"（uncreation）。革命注定悲剧和无效。见 *Abandoning Dead Metaphors*，第 262—263 页。

33　拉斐尔·莱昂尼达斯·特鲁希略·莫里纳（Rafael Leónidas Trujillo Molina，1891—1961），特鲁希略是父姓，莫里纳是母姓。马尔克斯的《族长的秋天》正是以他为原型，略萨的《公羊的节日》也是如此。格拉多·马查多-莫拉莱斯（Gerardo Machado y Morales，1871—1939），马查多是父姓，莫拉莱斯是母姓。此人 1925—1933 年任古巴总统，他是古巴独立的英雄，受美国支持上台，最后被推翻，流亡美国。

34　George William Gordon（1820—1865），牙买加混血政治家，在 1865 年莫兰特湾起义时，被时任牙买加总督的爱德华·艾尔怀疑策划了起义，遭到处决（绞刑）。戈登被牙买加定为民族英雄，他的头像印在牙买加元 10 元纸币上。

35　指小曼利，这些标语都是底层民众贴的。

36　指曼利没有帮助穷人，成了当权派或资本势力的代言人。

37　在今巴勒斯坦约旦河西岸，见《申命记》34:3，称之为棕榈城耶利哥。

38　Key West，美国佛罗里达半岛以南佛罗里达群岛最西边的礁岛(key)。基韦斯特南边就是古巴首都哈瓦那。

39　即西印度桃花心木，拉丁名为 Swietenia mahagoni，桃花心木属，盛产于西印度群岛，尤其是古巴、牙买加。

40　这暗示 1968 年东加勒比的几个英语国家建立的加勒比自由贸易

联盟，它 1973 年演变为加勒比经济同盟，取代了西印度联邦。见 *Abandoning Dead Metaphors*，第 267，294 页。但他没有讲是哪七个国家的总理。实际上，CARIFTA 成立于 1965 年，由巴巴多斯、圭亚那、安提瓜和巴布达建立。1968 年，又有 8 个加盟地区。这些地区中，有 6 个在作者写作本诗时已经独立：巴巴多斯、圭亚那、特立尼达和多巴哥、多米尼克、格林纳达、牙买加，算上已经准备独立的圣卢西亚，正好 7 个。

41　从前的计量单位，适用于陆地和海上，海上指 3 海里。

42　印度纱丽，暗示了西印度的印度族群。

43　邮轮高大壮观，比平房的邮局要高，而邮轮是海外游客的象征，它的地位比当地机构要高。

44　这里指游行的民众拨弄的乐器。雅马哈早在 1958 年就在墨西哥开设分公司，这一品牌在南美和加勒比地区颇为流行。

45　"矿石"象征自然的赤裸，小曼利在睡眠中忘却历史，回到了历史之前的原始的自然。

46　head-tie，专指非洲妇女，尤其西非女性戴的头巾。

47　强调黑人女性对宗教信仰的信奉。

48　lignum-vitae，拉丁文，直译为生命之木，即愈创木，蒺藜科，愈创木属 (Guaiacum)，它是世界上木质最为坚硬和结实的树木，它的花是牙买加的国花。

49　第十一节提到了绷紧的拳头，此时，拳头松开（棕榈，也代表小曼利），黎明预示着（暂时的）解脱和希望。

50　指牙买加肉饼 (Jamaican patty)，半圆形，很像一个大饺子，颜色金黄，一般是肉馅，可以放牛肉，羊肉，鸡肉或鱼肉等。

51　首先指英国白厅，但白厅已经焚毁，仅存遗迹，所以按下面的华盛顿来看，它更暗示白宫。

52　这个经典的比喻来自柏拉图《斐多》109b。说地球很大，希腊人生活在海边很小的一部分，就像蚂蚁和青蛙生活在池塘。这个比喻也被后人用来描述希腊地区诸城邦围着地中海林立的情况，这正合加勒比海群岛的局面。

53　这座小岛位于海地北部，加勒比海盗曾以此为据点。哥伦布最早为它命名，因为形状像龟。

54　北极旅鼠，啮齿目仓鼠科动物，这种动物会大量迁移，漂洋过海，溺死在水中。见 *Abandoning Dead Metaphors*，第 294 页。中途溺死的黑人奴隶就如同旅鼠。

55　加勒比黑人的源头是非洲，非洲如同有磁力一样，吸引着这里的黑人。

56　creak，日光晒着木头等东西，使之胀裂，然后发出这种声音。第二节曾用这个词形容过水车，第七节形容过绞架。这是一种并不优美的声音，但它具有启示性，打破了沉默。

57　牙买加汉诺威区的风景区，这里有和谐山（Harmony Hill）。

选自《幸运的旅行者》（1982）

古老的新英格兰 [1]

黑色快帆船，染着鲸鱼之血如同焦油，它们合起帆
驶入新贝德福德、新伦敦、纽黑文。
白色的教堂尖塔呼啸着直入空中
如一条剑鱼，一架火箭，刺向上天
此时，解冻之泉，沿冰的 V 字 [2] 争相奔流
顺山坡而下，一面面"古老的荣耀"枷打着
自越南而归的农场绿男孩的十字架。
四季的划分仍然按照相同的
幅度，与同样生着脉络的叶子和身体一样，
无论春风在何时，惊动一棵棵带着战争记忆、
游行的橡树，惊起它们的喧嚣，
那战争，曾将整个整个的县，从日历上剥离。

山坡依旧在伤痛之中，
它让白色礼拜堂的尖塔刺伤，印第安人的途迹
沿坡滴流而下，犹如冒泡的花楸果上
鲸鱼的棕色血，就像野兽的足迹
留在被地狱之火焚烧、黑如《圣经》的木柴上。
战吼盘绕，紧紧绕住白色猫头鹰，
它长着石头羽毛，是印第安人灵魂的圣像，
一行行铁轨，如箭，射向远方的

那全无易洛魁人 ³ 的山岳。
春天用矛，刺着树木和伤口，一条泉水奔流
而下，顺着一段段歪斜的桦木地板，带着它们碎片的太阳
一串串如珠、一面面如镜——破碎的承诺
帮助这个合众国成了现在的模样。

我们信仰的波峰变得高声
如春天的橡树，它们根深蒂固，安然相信
上帝虽谦和，但还持着呼啸的剑；
他的鱼叉是教堂的白色矛，
他游荡的心灵是笼罩在桦树中的途迹，
他的愤怒是曾把那野兽熬到融化的缸 ⁴
而那时，黑色快帆船（打着绳结，将每根横索
系在桁椴）正带着我们之子从东方返乡。

北方与南方 [1]

此刻，金星升起——稳定的星
这颗在靛蓝色群岛之上刺穿我们的行星，
如果能称之为灯，那它就从翻译中幸存——
尽管有批评的沙蝇，但我还是接受我的职责
当一位帝国末期的殖民地的新贵，
一颗孤身、环行、无家的卫星。
我能听见它喉咙里临终的哀鸣
在军团撤退的喧闹中，来自印度 [2]
来自帝国 [3]，我又能看到满月
如同白旗，升起在夏洛特堡 [4] 的上方，
而落日，也像旗帜，慢慢塌落。

很好，一切已逝，除了它们的语言，
那语言就是一切。对于帝国的傲慢
有一种报复也许带着孩子气，就是听听蠕虫
把它们庄严的圆柱啃啮成珊瑚，
再用呼吸管潜泳，在亚特兰蒂斯之上，透过面镜，看看
西顿自窗户之下都在沙中，还有推罗、亚历山大港， [5]
它们漂摇的海草叶透过了玻璃底面的船，
再从多巴哥渔夫那里，买下帕特农神殿的、
布满气孔的残片，但恐惧犹存，

501

迦太基必灭，[6] 在玫瑰色的地平线上，

而曼哈顿的小巷处处撒着盐，[7]
和北方的都市一样，它们全都在等待
地狱白玫瑰的白炫光，全世界都是如此。
在这，在曼哈顿，我过着紧张的生活
冷漠的生活，我的脚底结冰，变硬，
即使穿着羊毛袜；在安着篱笆的后院，
咬紧牙关的树，忍受着二月的风，
我有些朋友，就在二月铁硬的土地之下。
甚至当春天随着钉子般的雨点到来、
它污浊的冰，渗透进黑色水洼时，
世界，也会是一个变老、但没变聪明的季节。

碎纸片飞旋，绕着那尊青铜将军
在谢里登广场，是北欧人舌上的音节；[8]
（此时，奥比术的女祭司在门阶播撒谷粉[9]
为了防住魔鬼，迦太基撒盐亦是如此）；
一片片坠落，就像普通的语言
落在我鼻尖和唇上，结晶的形式在嘴边，
是流离中颤抖的嘴，从他非洲之地而来；
暴雪的飞蛾盘旋，围着那位联邦将军的
熄灭的灯，白糖般的昆虫，在脚下吱呀作响。

你常沿着黑暗的午后前行，那里，死神

曾走入计程车，坐在朋友身边，
或是把剃刀递给另一个人，或是小声说"抱歉"
在她咳嗽之后，在穿着格子布的饭店——
我正考虑一次比任何国度都遥远的流亡。
而在这黑暗的心中，我难以相信
他们隔着栅栏交谈时，旁边会是年迈颤抖的
香蕉篱，我也不相信，这里的海能变得温暖。

我离那些声音刺耳的海港竟如此之远，
它们建在一个惊叹号的周边
是维多利亚女王的塑像！那里的秃鹰飞到
红铁市场的屋顶，市场里的土话
干脆如同板岩，是布满石英斑的灰石。
我更喜欢无知、带着盐味的新鲜，
而这个煮熟的文化，它的壶里 [10]
语言结出沉淀、变黑，它来自原生的文化；
这些日子，我或是在书店，站得瘫痪

站在一行行书架旁边，沿着它们的树枝
自由体的夜莺啼叫着"读我！读我！"
它们格律各异，气喘难熬；
或是，在吼叫的河马 [11] 面前，我颤抖微微
而雪还在下，穿着白色词语，落在第八街，
那些魁梧的心灵，撞入矛盾之中
就像野猪穿过蕨草，或像老海鳝

满身都是坏掉的鱼钩，或像老雄鹿
批评家们如同猎犬，把它赶到黄昏的悬崖边。

它鹿角的惊叹号犹如帽架
他们把论文挂在上面。我厌倦言词，
文学是塞满跳蚤的旧沙发，
我也厌倦做标本的人用来填充皮囊的文化。
我觉得欧洲就是淤积秋叶的水沟
它窒息就像思想在老妇人的喉中。
但，她曾是某位领事的家园，他身穿雪白的帆布衣
在非洲领地履行自己的职责，
他写信，就好像回到家中，他害怕疟疾
就像我怀疑黑色的雪，他看着雨水之矛

进军，仿佛罗马军团越过沼泽。
所以再一次，当生活变成流亡，
慰藉全无，没有书，没有工作、音乐、女人，
我厌倦了踩着棕色的草
走下石径，草的名字，我并不知道，
我必须返回到路上，回到它冬天的交通，
回到别人那里，当然，他们的方位都在暗中，
我盖着毛毯，躺在冰冷的沙发上，
我觉得流感就在我灯笼一样的骨架里。

弗吉尼亚冬日的蓝天下，

一根根砖砌的烟囱，用长笛吹出白烟，透过骨架般的椴树，
而一只猎犬，翻寻着一堆[12]锈迹如血的树叶；
对于他们的特雷布林卡[13]，这里并无纪念——
一辆货车，派送着烤箱里的一条条面包
面包温暖如同肉身，刹车器的锯齿粗厉地尖叫
就像卐字符的[14]方形轮。历史的
疯狂、灰和某种燃烧物的甜腻滋味
甚至遮蔽了晴朗至极的天气。

而当一个人遇到口音缓缓盘绕，
就会下意识避开，仿佛那是一条蛇，
他如同受害者，心存偏执的焦虑。
白袍的骑手，是一个个鬼魂，他们飘过树林，[15]
歇斯底里的憎恨在飞驰，是憎恨我的种族——
与任何流散[16]的后裔一样，我若有所忆
就在雪片让谢里登的肩膀变白时，
我记得，以前见过我姑姑的脸，
寒冬般的蓝眼睛，锈色的头发，我那时想

或许，我们也是犹太人的一部分，我感到血管
在这片土地中流动，它如同拳头一样握紧
握住古老的根，我想要那种殊荣
它属于另一个他们惧怕和仇恨的种族，
却不属于哪个怀恨者和恐惧之徒。
在多刺的森林、暗色的草地、骨架般的树木之上，

烟囱平静地用长笛，吹奏舒伯特的作品——
就像如烟的鬼影，源自某个燃烧的人——
它用我难以抑制的呐喊，在空中划出血管。

冬季的枝条，埋下萌芽，是埋雷，
三月时的田野就会引爆番红花，
而夏日林中的橄榄树营
会大声喊出军令，回应那风。在士兵看来
季节绕着极点的变迁，正是军事，
秋天的屠杀，覆上雪的尸布，随着
冬日变白，成了老兵的医院。
血液中，有什么在颤抖，难以克制——
有个东西，比我们短暂的热病，还要深切。

但是，在弗吉尼亚的林中，还有一位老者
他身着老联邦[17]的大衣，穿得就像流浪汉，
他随着叶子沙沙的乐曲，漫步前行，而当
我从小地方的药店，收到找回的零钱，
收银员的指尖，依然对我的手，畏缩不前
仿佛她的手会被它烧焦——好吧，没错，我是猴子，
我正属于狂乱或抑郁的灵长动物的
族群，它们曾创作出你们的音乐，就为了更多的月亮
比抽屉里所有银色的 25 分，还要多。

新世界地图 [1]

一、群岛

这一句末尾，会下起雨。[2]
雨的边缘，有一张帆。

慢慢，那帆会看不见群岛；
对港口的信仰进入雾霭
整个种族的港口。

十年之战告终。
海伦的头发，苍白的云。
特洛伊，白色灰坑
在微雨的海边。

微雨绷紧，如同竖琴的弦。
一个男人，眼有云翳，他撩动雨丝
拨弄出《奥德赛》的第一行。[3]

二、小湾

回响它吧，浪潮：伊索尔德的传奇[4]
用你海浪慵懒的爆发。
我偷偷潜入，靠变白的船首，它沙沙作响，驶向岸边
驶向凶猛的毒苹果树[5]护卫的白沙滩，
机密
战舰鹰的阴影，在解读。

这水湾是熔炉。
页面闪动银色的信号，给波浪。
不再诅咒民族的政府，
我翻动这些页面——这本书是动乱的祸根——
去感觉她的一束束海雾，划过我的脸，
借风之口，捕捉一丝盐味。

三、海鹤

"只在有鹤与马的世界"，
罗伯特·格雷夫斯[6]写道，"诗才能幸存"。
要不然，有峭壁上灵活的山羊，[7]也可以。史诗
随着犁，韵律，砧的鸣响；
预言预测鹳的形象，敬畏
种马之颈的弧线。

火焰留下烧焦的柏树灯芯；
光会依次点燃这些岛。

壮观的战舰开创黄昏
黄昏闪过拂动的马尾，
闪过马群吃草的、多石的田野。
从海角、那被捶打的砧上
水雾溅落成星。

慷慨之海，就让那漂泊者
离开腥咸的帆绳，这浪子
被拖向豚黑色的海豚的深槽。

扳动他内心的舵轮，调整他的额头，就朝向这里。

罗马前哨 [1]

献给帕特·斯特拉坎 [2]

与思绪仿佛的月光，在云边
犹如某个罗马前哨的诗，它蔓延至
白银时代 [3] 的每个角落。
月，那白色帝国的国会山庄 [4]，它消失
在黑色的群体中。如今，热核是华盛顿，
但在那里，也曾是白宫。她的光燃烧
彻夜，在办公室，如同加图 [5] 的鬼魂，
一个环绕着骚乱的中心。
潮湿的黎明，闻着有海草味。在这座海塘上
曾有码头，混凝土的裂缝
滋生，就像边界，在罗马欧洲的
地图上。同样的潮汐起落，
泛着泡沫，月的灯笼悬挂在同一个地方。
旧的海军基地，位于海路，
考古学家，背着背包，蹲下
收集宝螺，惊动碳质的骨架
它印在地上，就像卡特彼勒履带 [6] 的
巨大苔藓。在罗马的路旁

沿着海葡萄树，它们的叶子，大小
如同装甲板，有条纹的飞机库在锈蚀
轰炸机曾从那里起飞，演习射击；
碎浪，把有关核舰队的流言，传给
贝壳，一只只海盗之眼，有着冲刷褪色的蓝。

希　腊

越过橄榄树合唱时的手势，
它们粗糙多节，如同海扁桃，在巨卵石之上，枯石
犹如独眼巨人钙质的白齿，
经过狂躁、冒泡的洞穴，
我攀爬，用双肩，驮着一具身体。
两颊如铠甲凹陷，我握住生着锯齿的龙舌兰，
权作刀锋。在我下方，沙滩上，
椰子树的方阵，根深蒂固，
特洛伊人，斯巴达人，站立中，头盔沙沙作响；
我用一只血手，勾住自己
每攀升一下，就呻吟一声，我到达高处
海乌鸦在那里盘旋，我将那重物掀落
到海角的石地上。
末了，原本的故事，在这告终，
此处一无所有，只有石头与光。

我走向悬崖边，想让视野开阔，
品味这份海和空气的虚无，
风充盈我口，它念叨着同一个词
表示"风"，但在这，它听起来又不同，
风将大海撕成纸片，而嘴，租来

512

海、风和词，借给它的，是它们腐烂的根；
我的记忆在风的吹打中飘摇，如同一只鸟。
我刚才扔到脚下的身体
并非真地是身体，而是一本巨著
它还在翻动，就像雕带[1]上的希顿衣，
直到风，穿透它纸页的封面
将赫克托耳与阿喀琉斯的愤怒吹散
吹散成白色、微小的残片，就像鸥鸟轻轻飞过
这蹲伏的群岛之中、苍白的天蛾[2]。

我双手握着空气，没有语言。
我的头脑中，清洗掉了别的民族的怪兽。
我达到这一步，用了半个世纪。
我也签署同意，去追寻那根金线
它将书脊连接，顺着图书馆黑暗的架子，
围绕渐渐狭窄的墓穴，那里的死人
在圆柱之间，它们牛皮面的柱基
周边镶金，他们在等待，而我
却撞见自己的容貌，融化于弥诺陶中
在古典迷宫的死路前，
就用这龙舌兰之刀，砍倒
古老的希腊公牛。此时，蹲在空白的石头前，
我，写下表示"海"的声音，表示"太阳"的符号。

爱上群岛的男人

两页提纲

一个男人倚着冰冷的铁轨

眺望小岛，还有其他，他在一座岛屿上，

比如说，对着圣约翰的夏洛特阿马利亚[1]，

他开始想到无限

任何可朽的帆也无法将之中断

只有油船消瘦的鬼影，在自己身后

画出地平线，像蜗牛，带出银色的浮油，

这是即将上映的影片、它的第一个镜头，

由詹姆斯·科本[2]主演，他皮肤褐色，如皮革，有着纤弱的

弹性，如今，他头发苍苍，

露出洁白的坏笑。我们这是在哪儿来着？

在这座岛，维尔京群岛之一，主人公

已定。下面是镜头之二，

骗术弄出的乱局，仍然叫作情节，

它必须把主角赶到别的

地方，因为没有兴致去思考

水面的银光[3]，那让风弄得烦心的水

在这里和圣约翰小岛之间，

也不会思考，它们如何串联，就像随便哪条银链
朝着主角皮革般的胸膛闪动，
在免费赠送的港口被卖掉，就像明亮如正午的水。
主角在外轨上靠一靠，
这倒是不错的开始。从休息开场
很好——油船可以稍后再到。
但是，我们可不能叫他"爱上群岛的男人"，
正如一部禅道－空手道的电影
不会一上来就打出"爱上水的猛士"。
不成。得有点什么镶钻的东西，
镶着祖母绿，祖母绿，就是那边浅滩的颜色，
或者蓝宝石，就像一清二白的蓝天，
蓝宝石，给索菲亚，我们后面会拍到她。
科本戴不戴帽子，都挺帅，
还得来一场规模不大的厮杀
这能弄来红宝石，不过，你不能只顾着
第一个镜头，它像幅画。动作 [4]
才是艺术的全部，没思想、有节奏、
时髦地撒谎，使得一结束
这第一个漂亮的镜头、科本皮革般、
褶皱如他思考的水一样的面容
有可能首先就变得多余，
既然这令人厌倦、叫作史实的骗术
需要提纲、梗概，
在运动中，它如同小说一样虚假。我没什么想法了，

实话实说。我不是摄影师；这
可是电影。我的意思是，东西在运动，
比如水，男人变白的头发上的
光，就连新月般的沙滩，
都如他对群岛的爱一样，恰恰在运动；
油船似乎还在动，甚至还有
一片片如同大帆船在空中停锚的云，
当然，最重要的运动者
是这个暴力的人，平静中，他全无动作，
在广阔之海的旁边。朝海停一下
我们要设定群岛与古代的联系，
有一些荷马的味道，有一点诗意，
然后，再看全面的混乱酿成惨剧。
所有这些你爱的群岛，我保证
我们会把它们布置为背景，再加上
丰富的定场镜头，有吉姆的轿车，甚至
还有几座港口和村庄，条件是
我们要放大油船，拍到火焰
烧着油，放着光，索菲亚，她还没拍呢
朦胧中，那么美，衬裙撕裂得，那么妙，
她攀下绳梯，我们用镜头拍她
就从科本的视角——他拿到了宝石——
那里就是我们引入夏洛特阿马利亚的地方
还有海滨酒吧，这座丹麦谷 5
打手在追逐，我们能让吉姆所有的

情节都发生在铁路上；抒情性的内容
就用字幕，如果你非要弄得
那么温情；我懂，但是，情节必须粗犷
干脆利落，否则，老兄，你就白费了，
或者听我的，还是把它留到剧终吧。

珍·瑞丝 [1]

他们模糊的相片 [2]，
布满化学颗粒、就像一位
未婚老姨妈 [3] 的左手，相片上
他们转向游廊的边缘
游廊有着惠斯勒风格的 [4]
白，他们的密林变成茶棕色——
就连林中尖刺的棕榈，也是如此——
他们的容貌苍苍，
仿佛铅笔画成：
衣领如骨的绅士
长着尖刺的胡髭
环绕他们妻子的，是藤条编成的
扶手椅，一切看起来，都染着
一个世纪之前的颜色
那个世纪在斧劈中，开始偏向一旁呻吟！

他们的栗色马变黑
如同西班牙猎犬，前庭的草坪，是米色的
地毯，棕色的月光，月亮
如此蜡黄，需要服药
这让她的脸犹如热病的孩子，

一个患着疟疾的天使

她的坟墓还在畏缩，

在灌木丛的怒气中，

在野甜薯的疯狂下，

甜薯在争吵，想藏住她，让她远离先祖的教堂墓园。

那孩子的叹息

白如一朵兰花

在硬壳的原木上，

在多米尼克的灌木丛中，

一个中国白⁵的 V 字

意味着海鸥的拍打

在乌褐色的、康沃尔⁶的纪念品之上，

像两行句子间、白色的寂静。

一个个礼拜日！他们无聊的熔炉

去教堂之后⁷的无聊。

未婚的姨妈乘着木舟穿过云的百合，

在加勒比人的吊床上，随着赞美诗的节拍，

孩子，在涂过漆、长着狮足的睡椅中

看着山丘跌沉、又在每一下倾侧中变直。

这个世纪的生着绿叶的咆哮

就像大西洋一样，变得暗淡，充满谣言的阴霾

在青柠树之后，碎浪

前涌，缀着典雅、褶起的花边；

午后的水泥磨石

缓缓转动，将她的感觉磨尖，

下面的海湾，绿如喀拉鲁[8]，蒸煮的马尾藻[9]。

那凶猛的寂静

在多米尼克山峦之间，寂静中

孩子期盼剪动的蝴蝶

期盼灌木丛，发出声音

就像黑女仆耳畔的金耳环——

她向村庄走下，去做客，

她的粉裙枯萎，就像青柠间的花朵。

有一些原木

褶皱，犹如一个老女人的手

她用优雅、斯文的仪态，向那世界写信

当恩典像疟疾一样普世，

当煤气灯在游廊上咝咝作响

引出飞蛾般的姨妈们，

她们注定要印在书里，落入

相册棕色的忘境中，

她们是沉默的刺绣工，

在她看来，泰晤士河的一道道拱

国会的一根根针，

伦敦桥刺绣的点点反光[10]

都从日光中、消失在吊床垫上，

在这里，某个夜晚
一个孩子凝视着无风的烛火
从狮足睡椅的边角旁
在笔直的白光下，
她的右手与《简·爱》成婚，[11]
她预见到，自己白色的婚纱
终将成为白纸。

捣蛋的归来 [1]

献给厄尔·拉夫雷斯 [2]

我高坐在拉文第勒的这座桥上，
望着那城市，我对它毫无热情
只有我自己的良知和被朗姆酒吞食的才智，
一群混混经过，瞅着我坐在那里
身穿棕色华达呢的鬼，皮包骨头，
他们叫骂："诶，捣蛋，你这家伙！啥时回来的？"
这些厚脸皮的人，丝毫没觉得自己不应该
掀开我的柠檬皮 [3]，看着这张脸，
眼睛冰冷，如同死一般的巨蟒 [4]，
要是他们还想聊聊，我就回答："地狱。"
那里有我的位置，我还有王冠，
撒旦派我来清点清点这座城市。
下到地狱时，这个帅爆的家伙 [5] 拿着立体声，
一整天，他让我的卡伊索炸开了锅；
我求他，离开两星期，他就让我
回来，就当个臭虫，当只跳蚤，
戴着这柠檬皮的帽子，穿着毛茸茸的西服，
唱我一贯唱的歌：真理。

等你们到了山区，就告诉"亡命徒"[6]
我虽然腐烂，但我还在作曲：

> 我要咬那些年轻的太太，伙计，
> 就像咬猪肉热狗或汉堡
> 你们要是变瘦了，可别慌
> 还有这群又大又肥、我要咬的女人。

鲨鱼和鲨鱼的影子竞赛
穿过一片片干净的珊瑚石，让它们变黑——
这让我预感到一种景象：
有什么东西越过这片加勒比海。
蟹爬上蟹的后背，蟹在斗争，
它们转啊转，在同一口水桶，[7]
这还有身穿衬衣夹克[8]的鲨，鲨鱼长着熨平整的鳍，
他们笑着露出剃刀般的牙齿，剥削我们这群小鱼；
除了颜色和装扮，没什么变化，
支持我吧，讽刺的老队伍[9]，
支持我，马提亚尔、尤维纳尔、蒲柏[10]
（上吊吧，我会拿出足够的绳索），[11]
加入捣蛋的合唱队吧，跟我一起歌唱，
罗切斯特勋爵，他赞扬着敏捷的跳蚤：

> 老兄，倘若我付出代价
> 成为一头奇异的怪物，

成为自由精灵，按我的本分，选择

何种我想要的血与肉，

那我希望我死时，入土后，

能回来，变成虫子和动物。

我看着这些岛，我想叫骂，

跟着 V. S. 奈特福，骂他们"幽暗国度"。[12]

收住你的眼泪吧，你把悲伤的珍珠

抛掷在鸭子的后背和涂蜡的芋头叶上，

沾着烂泥的蟹，它的壳可是密不透水，

戴着助听器的人，关上了真理，

他们的墨镜，让你去批评

他们眼中、你自己专横的形象。

墨镜之后，是空洞的颅骨，

黑色、仍然贫瘠，尽管黑色也美。

所以，给我，"臭虫一世"，戴上王冠和法冠——

因为拥有嘲笑的天赋，我受到诅咒

仅仅是一只虫子，咬着"名望"的屁股，

一条害虫，在酒瓶里游来游去，

一根手指就能捞出，它一定会去咬

救它的主子，忘恩负义的寄生虫，

在臀缝和椅子间，又叮又螫，

提醒权贵，他只是一堆肉，

它捍卫道德，辛辣，就像

好丈夫从妓院带回的虱子，

这跳蚤，心里直痒，就想让一切权力畏缩，

它会搅乱庆典，甚至搭上性命，

这些虫子累积在石灰坑，一堆一堆，

日积月累，而我们的救世主或许在蒙头大睡。

所有承诺自由、公平辩论的人

之后就鼓动极端之徒，去拯救国家，

为了捍卫民主，他们允许

议会围上尖头的篱笆，

你们全都在骂，"捣蛋，情况没那么差。"

这不是黑暗时代，特立尼达还在，

捣蛋，毕竟，人性还有，

并没有大屠杀，只有高级骗子；

安稳又保守，害怕站队，

他们说，罗德尼[13]自杀已死，

同样的声音，也在奴隶船上

嘲笑他们的兄弟，"哥们，就只有鞭子"，

我自由又安逸，你们看我身上可有锁链？

小小的审查，能有什么难受，

轻微的贪污，不会腐蚀人心，

羊嘴中的甜物，到它屁股里，反而发酸。[14]

于是，我跟着阿提拉[15]唱，跟着司令[16]高歌，

在圭亚那正确的事，在乌干达也正确。

时候快到了，但长不了多久，

到那时，他们会因为斗嘴，让卡吕普索下狱，

因为先来的是电视台，然后是报社，
全都是以"公民正义"的名义；
早就这样了，一切权力
让天空变成屎，星星是蛆虫，
都在他们背着的罗马人的头顶，
妓女晃动她们肥大的皮囊，
直到一切语言变得恶臭，真理撒谎，
群众成蛆，节庆成蝇；
还有没骨头的，是谣言，它能
扭曲得别具一格，当地的记者——
乏味就像青椰子，他的手法
还是老一套的酸刻，他的消息来源，是萨凡纳[17]，
他对土著艺术的所有见解
不过是椰子车吃吃地轻笑，
一颗颗名流的脑袋，在车上，一份份，
要是尝起来不好吃，就丢到地上；
至于当地的文艺，也是如此，
连观众，都比演员更有才气。

还有狂欢节，历来的狂欢节就是全部，
节拍下流，旋律像高级骗子，
整个西班牙港就是十二点半的秀场，
有的扮科杰克[18]，有的演菲德尔·卡斯特罗，
一些是拉斯塔法利派，但有的留辫子[19]，有的没有，
在捣蛋看来，卡其色的袜子，还是一成不变，

整个弗雷德里克大街，恶臭就像密闭的水沟，

地狱是一座城，好似西班牙港，

雨水腐烂过的东西，阳光再催熟，

一切合乎正当程序，一切都合法，

我们就像水手，在消费的狂欢中

扬起我们靠石油鼓起的经济

一个个项目，从此时，直到来世，

主啊，[20] 日照的街道让捣蛋心碎，

他生出一股天然气，不是放屁，

看着他们排列成队，煤油罐拿在手里：

每座独立、被石油抛弃的岛，

仿佛嘲弄唱着蓝调的穷鬼，

你借给他一双没有前掌的鞋，

有人厚颜乞讨，有人逆来顺受，

从牙买加，到贫穷的多米尼克

我们让他们懂得，他们在乞讨，每一笔

我们给他们的借款，就像石头里挤出的血，[21]

施舍换回的，是我们大笑的权利：

我们怎会看不见自己的黑人在挨饿，

我们施舍越多，我们庆祝就越多

庆祝我们自己的国度，自给自足。

他们所有的项目，所有"五年计划"

会让兄弟之情，变得如何？

我死的那时，还不是这样，

我们唱着联邦[22] 的卡伊索，

我们绑着锁链，但锁链让我们联合，

谁此时拥有，他就有福，谁此时枯萎，他就枯萎；

我的饼发苦，我的酒发涩，

我的合唱队还是那一支："我想堕落。"

哦，工厂的轮子，算算你们的齿轮！

膝盖高的垃圾和卡其色的狗中间，

是阿诺德的腓尼基商人[23]，他大老远来到这里，

卖给你半死不活的汽车电池；

泰戈尔的后裔，披着丧葬的尸布，

向公众溜须拍马，烧着咖喱鸡；

至于克里奥尔人，查查他们的屋子，瞧瞧吧

你敲破脑袋，也找不到一本书，

捣蛋目睹这一切，他难道不会叫骂：

"幽暗国度"，随着 V.S. 奈特福？

乌鸦如同红衣主教，在拉巴斯之上排列成行

耐心等着教会普世，而你，正经过

比瑟姆公路[24]——保卫腐败的臭气吧，

你们这些秃头，高凳上的黑衣法官——

在它们之外，是冒着火光的红树泽，

鹛在练习，为了印上邮票，[25]

主啊，让我再坐一次计程车，去南方

听听那穿过卡洛尼原野的鼓声，

听半小时的印度的塔布拉鼓

此时黄昏填满了穷人的泥屋，

再听听干枯的玉米、它破烂的茎秆

让天上沙沙响，而万神在空中逝去，

他们漂白的求救旗，从棚屋上，

向我致意，飘动，犹如碧海上的救生筏，

"一成不变，他们毫无变化"，

面对我的老合唱队，"主啊，我想骂人"。

穷人依旧贫穷，无论该死的他们，抓住什么东西。

从拉文第勒向南望，你能看见

中央平原的、碎裂的褐斑

雨的针慢慢将它们重新缝合，

这绽裂的土壤，画着十字，就像废弃的甘蔗渣

涌向了一片柔软、绿宝石般的草棉被，

谁来缝补、播种、修缀这大地？

印度人。谁的村子变成了沙土？

渔夫，他们注定要缝合那张大网

从海角[26]到拉菲列特的、破裂的海网。

至少有一点，是地狱的特征，它的结构

是一道道高升的圈，无论谁，只要一死，

就必定先穿过第一环，地狱就是这般模样，

耶稣也曾下到这里，待过一阵，

惨白的但丁，大肚子拉伯雷，

他们都一边走，边向捣蛋挥手。

下一次狂欢节，在撒旦的帐篷[27]，来看我们吧：

罗切斯特勋爵、克维多、尤维纳尔、

迈斯特罗[28]、马提亚尔、蒲柏、德莱顿、斯威夫特、拜伦勋爵，

讽刺的勋爵们，铁公爵[29]，

热烈地争夺君主之位

用双行体，或用老的 D 小调[30]，

让尘间浮华的狂欢

感到厌倦的人，都在叹息"哦，上帝，我想堕落！"

为尘世的穷人感到愤怒的人

都又哭又笑，笑却不止因为欢乐，

广袤如海洋的名家们，我也和他们比肩，

他们为我的歌撒盐，暗暗冲我示意，表示承认。

你们都原谅我吧，捣蛋就在城里；

你们却直直地经过他，正因此，他才走上回头路。

诺曼底酒店泳池

一

冷池之旁，在新年之晨的
金属之光里，从固定在铁桌上的
九把铁伞中，我选择一处
去工作，喝咖啡。第一根烟
就引动了习以为常、连发的咳嗽。
微风过后，泳池稳住它的
一行波纹上倒影的重量。日光
用山墙之影，在空白的壁，做出网格，
它催动山丘的阴翳，如一群飞蛾铺散。

昨夜框入那扇窗户的封面下，
就像一部俄国小说关键的一章
那一章，是战时，公爵返乡
他注视无声的舞者，跳着华尔兹，飞动旋转
犹如鱼，在它们光照的水族箱，
我站立，裹着自己的纱布，是旋动的雪，[1]
当穿过有缎带的窗帘、它分开的头发，
在音乐的疾风间，我感到泳池变宽

让我与那些被光裁出的图形，相隔已远。

舞者僵硬，就像鱼，结冻
在窗框封住的、冰的窗格；
一个女人飘扬，在针尖上舞动，
随着定音鼓、暗暗的连发，
一支短号刺入，奏起"友谊地久天长"，
此时，酒醉的已婚男人的军队
重新宣誓。为了我的五十岁，
面对佩着绶带徽章的水，我喃喃自语，
"改变我吧，我的标志[2]，变成我能承载的某个人。"

此刻，我的笔的影子，在手腕上倾斜
随着池边一根根铬制的立柱，
它在自己的一行行字上，暗淡如同雾中的桦树
而云，正充实我的手。一滴雨如标点，打断
受惊的纸页。泳池的铁伞
随着细雨响动。太阳击打着水。
池水是炫目的锌片。我闭起双眼，
当睁开眼帘时，我看见两个女儿
各自骑着一只虹膜放射出的贝壳。

简短的祈祷：透明的手腕
不要用我的影子，如云般遮住纸面，
这一页的纸面务必要在我的呼吸后

消散雾霭、就像池水和镜子。
但是，彻底的反映没有变得更容易，
虽然那棕榈的棕色、干枯的针
抖动，渐渐停滞，事物的韵律重新开始
在水中，比如橡胶泳圈，那是
红色的橡胶泳圈，在波纹的中心，正反倒转。

我的小女儿钻入那泳圈
是昨天，滑动就像幼小的海豚，
她泛着涟漪的影子在身下如饥似渴，
没什么能证明她游得多好
但在我心中，她肢体和鳍敏捷的变向就是证据。
透明的空无！爱让我看透
清澈的天花板，看穿沙的房间；
我求那元素、我的标志，
"哦，让她轻盈的头，露出水面吧！"

水瓶座的我，迎娶了水；
在某个屋顶之下，我会静静躺在
这像我妹妹一样的灵魂旁，地平线
之下，有什么星星让我们脱轨、不再同行
偏离了我们遥远的誓言、它的不会偏移的轨道；
下一行波纹涌起，随着人们进入泳池，
彼得、安娜、伊丽莎白——玛格丽特
还在睡中，每一只手臂搂着一个女儿，

她是爱真正的化身，超越了夫妻的离异。

时间在削减反思的长度，一个人能经受的
他自己的反思。进入一片玻璃
我又立刻迅速地浮出水面，我更喜欢呼吸
工作和香烟的、难闻又熟悉的
空气。只有暴君相信
他们的镜子，只有那喀索斯，在岸边徘徊，
之后，再跳入自己的倒影；
到五十岁，我才明白，难以言表的
正是离异、那令人面目全非的流放。

二

在无缝的蓝丝绸、它的对岸，铁伞
和棕色的棕榈在燃烧。一个穿拖鞋的男人出现
身着毛巾布的浴袍，浴袍被泡沫污损，
他透着罗马人的肃穆，将房间的钥匙埋藏，
之后，给前臂和面部涂油，仿佛涂着木乃伊
太阳镜始终戴着，他站立，盯住我，
点头示意。是一位小商人
他把自己的苍白晒得黝黑，晒成流通的铜币色，
那欣然的颔首，本应该是客套

之前，他舒展自己的阴影，在泳池
反光的边缘上——白毛巾，挂起的托加袍[3]，
袍子磨损的边缘，重复着沾上泡沫的头发——
但是，在他一行行让阳光照得目眩的瞥视中，
一句短语，用那久远的语言成型
心灵还留存着它矿石般的光华，
优美的拉丁语，已从我们所有的学校中消失：
"谁叫你来的，导师？"它的低语
穿过我冰凉的身体，让它变成石头，现出纹理。

用大理石、混凝土，或是黑曜岩，
导师，你的来访，将我们小泳池的
一行行波纹放大，放大成奥维德的、
波罗的海松树间、雷鸣的海浪。
席卷罗马广场和宫宇的光，
清洗着它混乱的青铜喷泉，
而你是一滴水，在人脸的海浪中——
是母狼牙齿上的一点唾液——
此刻，你将自己脚边棕榈的影子弄湿。

转向我们吧，奥维德。我们绿宝石般的沙滩
被每座铁皮棚屋的罗马、它的污水玷污；
腐败、审查、傲慢
让流放似乎成了比在家还要幸福的打算。
"啊，这冷静的总督，他的嗓音

就像这罗马水池一样，公正又公平，就为他"，
我们宅中的奴隶在叹息；田野的奴隶呼号着复仇；
有个人，在谄媚者和蠢人之间移动，
他渴求这两极之中古老的束缚。

而我，我的祖先是奴隶和罗马人，
帝国之海的两岸，我都看得见，
我也听得到棕榈和松树轮流喝彩
随着白色的碎浪在画廊飞溅
又落下，在斜放的棕榈上耳语
少年之神、奥古斯都的棕榈。我的脸
留着黑人尼禄的特征，又如粉笔画的卡里古拉；
我的倒影沿着玻璃滑动
玻璃上一张张面孔，如同泡沫，穿过凯旋的汽车。

导师，每个理念都怀疑着
它的阴影。就连一位终生的朋友
都在他屋中耳语，仿佛要拘捕他；
市场不再为了民兵喝彩，他们习惯
穿着迷彩和靴子，
在卡车上咆哮而过，手榴弹的
糖苹果[4]，在他们皮带上生长；拿枪的
理念分割了群岛；黑暗的广场上
诗就像阴谋家一样，聚集。

于是，奥维德言道，"我第一次流放时，

我想念我的语言，就像你的舌头需要盐，

我化身为形态各异的水，我看见了我的孩子，

没有长凳告诉我的影子'这是你的位置'；

桥梁，运河，柳树拂动的水路

都转过身，避开我离别的凝视，好像那是侮辱，

直到，在平滑如池水肌肤的碑上，

我才得到倒影，在许多方面，

它们都比自己的原型，更坚实。"

"铺砖的别墅，在它们浮动浪花的果园停锚，

焦渴的梯田，在语词的云尘中，

在堆土的篝火、狼皮、饥饿的畜群间，

提布卢斯[5]的长笛消逝，那是牧人中最悦耳的长笛。

穿过蓬乱的松树，针织的群鸟，用鸟嘴

将我刺痛，就在托米斯，让我学会了它们族群的语言，

所以，既然欲望比它的疾病更为强烈，

于是，我的笔喙张开，我们啁啾啼鸣，

在平等之树不平等的阴影中，同唱一曲。"

"一场场战役，开拓着我们的边疆，就像云，

但我的政府，是木板桌的

赤裸的桌面，含着树脂的松树将它清扫，

它们粗大的树枝从凯撒的眼前不断掠过，

一次次避开。在那里，在那绿色的熔炉中

精心打造的方针，就让我充当马匹，
我决心隐居，像个暴君一样
对抗着曾经诱人的民众的海浪，
所以，让我心软的妻子不在，凯撒的羡慕也没了。"

"诋毁的人曾经说我
在帝国的阴影下
逃进逃出，向皱眉的太阳，展示着
变色龙多变的颜色，而如今，他们何在？
罗马人"——他笑道——"会嘲弄你奴性的韵律，
奴隶们，会笑话你，对罗马结构的热爱，但那时，
从《变形记》，到《哀怨集》，
诗艺都服从着自己的秩序。而那时，正是此时。"
他轻轻地系好托加袍，走进屋去。

在那里，在这一年的地平线上，他曾站立
仿佛泳池的子午线
让他隐居的负担变成双倍
无论在这个世界，还是那个世界；一片叶子飘落，
他的回声泛起涟漪："一切之地，为何要在这里，
在这城郊、热带的小酒店，
它的泳池涂漆[6]，涂成地中海的蓝，
它的棕榈在混凝土的绿洲，锈迹斑斑？
就为了让我的形象，取悦于你。"

三

黄昏，天空负重，就像水彩画纸
染着橙色淡彩，每个边缘磨损——
一幅让人想不起画家的画——
这泳池复诵的习语，并非
出自一位无形、流放的桂冠诗人，
那里没有桂冠，只有零星的喝彩
来自一株干枯、抓挠的棕榈，蓝色的
夜晚用一朵芒果花，点燃它的花迹，
有什么东西坠落，似叶，又非叶，

此时，生着针嘴的雨燕，飞动，惊慌，
在泳池的、关闭云彩的光之上。作为尾声[7]，
还是写下满脸皱纹的上帝对那少年之神的
絮语："愿天堂最后一道光怜悯我们
怜悯我们脸上冷酷的谎言，尽管我们没有说出。"
黄昏。树变黑，就像泳池的伞。
黄昏。每个形象和它的声音悬停。
芒果坠落，从它们青绿的黑暗中，就像流星。
果蝠，在树枝上摇动，一只无舌的钟。

复活节

安娜，我的女儿，
你有一条黑狗
用鼻子嗅你的脚踵，
无私犹如影子；
有个传说
关于黑狗：
在最后的日出
影子穿着他 [1]，
他也在伸展——
他们是两个大人物
干一份差事。
但命给了一个人
就只能过此生。[2]
他们在沉默中大步走向
没有矛盾的夜。[3]
老鼠在最后的晚餐
与它们的影子，同享碎渣，
饼的影子
饼来分享；
当蜡烛变矮，
就觉得影子变长，

所以，他命它 [4] 离开；
他说，他要去的地方
不需要它，
因为那里，要么
有光辉，要么虚无。
它停住，他转身
让它回家，
于是，它重又有了馨香；
它觉得自己在伸展
随着太阳变小，太阳
就像士兵的双目
退回洞中
眼睛在石化的
蛇底下，蛇在头盔上；
变狭的瞳孔
闪烁好似钉头，
所以，当他向后靠去
它在木头间爬动
仿佛它是褥子
总让人共用；
它在木头间爬动
肉身钉在木头上
它升起，像一面黑旗
随着横梁高举
举起它，而双眼

缓缓闭合

熄灭了影子——

一切乌有。

之后，影子悄悄溜走，

在肚子上，向下爬，

它离开那里，它知道

他不再

需要它；

它重又入土，

它三天没有吃东西，

它没有出去，

之后，它才小心地冒出来

像出洞的鼹鼠，

像冬天过后的狼，

像鬼鬼祟祟的蛇，

它寻找那些形态

这能恢复它的身形；

之后，它跑出来，因为钟

开始响彻

是光辉的钟声；

它用鼻子闻，寻觅他的身形

它再次找到，在

鸽子白色的回声中

鸽翼舒展

就像晾衣绳上的衬衫，
就像礼拜一的白衬衫
从绳子上滴水，
就像稻草人的问候
或像男人打着呵欠
在田野的尽头。

幸运的旅行者[1]

献给苏珊·桑塔格

我听见在四活物中似乎有声音说
一钱银子买一升麦子，
一钱银子买三升大麦，
油和酒不可糟蹋。

《启示录》6:6

一

那是冬天。尖塔、尖顶
凝固，如同圣烛。腐败的雪
从欧洲的天花板上，一片片剥落。一个结实的男人，
我，身着灰色大衣，穿过运河，
每个翻领上，都有深红的纽扣孔
就为了让刺客感到冷酷的狂喜。
铐在手腕上的方形棺材[2]里：
蒌尔小国透过图表的网格，发出请求，
请求世界银行，用高音间、施乐复印的表格[3]
那上面，我潦潦草草，就写了一个词，行行好；

544

我坐在冰冷的长凳上

在几棵骨架般的椴树下。

还有两位先生，黑皮肤变得灰白

就像他们一模一样的、扎着腰带的大衣，

他们越过白色的河水。

他们说着呆板的法语

那是他们黑暗的河，

它的钩虫，繁殖着苍白的镰刀

能让冬季街道的丰收，变得稀疏。

"能给我们弄点拖拉机吗，可全靠你喽？"

"说话算话。"

"我们国家想问你，为什么你会这么做，先生？"

沉默。

"知道吗，你要是耍我们，可没处躲？"

一艘拖船。它黑色的哭号，拖曳着烟。

在海地，在窗前，我记得

有一只壁虎，贴在酒店玻璃上，

它有着白掌，专注的头。

孩子的手。行行好，先生。行行好。

饥荒的哀叹如一把大镰刀

划过统计表的田野，沙漠

是移动的嘴。在这土地的掌控下

一千万无岸的灵魂在游荡。

索马里：七十六万五千，他们的骸骨将沉没在潮汐的沙中。
"我们就在布里斯托见您吧，商定一下协议？"
尖塔如部落的长矛，穿过凝固的雾
受伤的教堂钟哭号，裹着棉纱，
灰雾笼罩阴谋者
就像密封的信封，在他的心脏旁。

此刻，没人会仰望那架喷气机
如象鼻虫一样消失，穿过面粉般的云。
人在飞行，在头等舱，如此幸运。
旅行者的眼睛，就像倒置的望远镜，
将个人的悲伤，迅速拧紧
拧到古怪的数字、它们椭圆的巢上，
虹膜与这个地球连锁，
把它浓缩至零，之后，有一片云。
黑如甲虫的计程车，从希斯罗到我的公寓。
我们是蟑螂，
把国家内阁弄得千疮百孔，钻入权力的
黑洞，我们穿上外套、披着一层甲壳，
在廊柱间窜来窜去，为了叫车，发出信号，
生着疯狂的触角，与别的蟑螂，凑在一起，碰头开会；
我们染上了乐观精神，当
内阁破裂，我们第一个
溜走，四散奔逃
逃回日内瓦、伯恩[4]、华盛顿、伦敦。

汉普斯特德荒野[5]、滴水的英桐[6]之下，
我再一次读她的信，望着细雨
让信中睫毛膏一样的恳求，妆容尽毁。玛戈，
看见这些国家痛哭，我于心不忍。
可巧电话来了："布里斯托的费用，我们全包。"
一天天就在臭烘烘的被褥上，咽下冷茶，
电话像被枕头闷死一样。电视，
蓝色风暴，下着无声的雪。
我点亮煤气，看到老虎的舌头。
我预演着饥饿的狂喜，
非这样做不可。却没有爱。[7]

我发现了我的怜悯，就在绝望地研究
历史的起源时，我从圣湖旁、芦苇建成的
群落开始，我随着第一架带着链齿、
由水驱动的水车，一齐转动。在脂肪油亮的
兽皮中，我闻到了想象，
在一切种族中，我寻求普遍的独创。
我设想非洲，被这样的光淹没：
它如炼金术一般，炼出第一批双粒小麦和大麦的田地，
而我们这些野蛮人，用赭石为我们苍白的死者染色，
用螺壳象征性的阴户
为我们庙宇镶边
我们就在黑曜岩作石斧的灰色时代。
我用起伏如波浪的谷，为撒哈拉播种，

我的慈善，让干旱丰饶。

我的领域 [8] 是哪里？十六世纪晚期。
我的领域是潮湿的田亩。我，萨塞克斯的教员，
教着詹姆斯一世时的焦虑 [9]：《白魔鬼》[10]。
弗拉米内奥的火把惊动了沉思的紫杉。
拔出的剑大步而至。我爱我的公爵夫人 [11]。
她灵魂白色的火焰被吹熄，就在
生烟的柏树间。我看见孩子们扑向
绿色的肉 [12]，透着老鼠的残忍。

我给他们电话，乘火车去布里斯托，
我的血液是塞文河 [13] 的沉渣和白银。
在塞文河口，一片片闪光，
是犹大的报酬，密探的守护圣徒。
我在想，究竟有几百万人在忍饥挨饿，谁会在乎？
他们飞升的魂魄会减轻世界的重量
让鸥鸟闪动的、世界的吃水线变平；
日落时分，我们向下游，离开河口。

英格兰撤退。分叉的白鸥
尖叫，向后盘旋。
就连群鸟，也被它们的轨道拉回，
就连慈悲，也有自己的磁场。
　　　　　　　走回船舱，

我打开威士忌的瓶盖，舷窗

一片迷雾，如同青光眼。此时，我酒醉酩酊，

英格兰，英格兰会变成

海岸线上、那片黯淡、带着锯齿的靛蓝。

"你那么幸运，你见识了世界——"

的确，的确，先生们，我看到了世界。

浪花飞溅到舷窗上，视野朦胧。

斜靠炎热的栏杆，望着炎热的海，

我看着它们在远方，我跪在炎热的沙滩

如同蝗虫，虔诚地跪拜，

就像庞塞¹⁴披着铠甲的双膝，压碎佛罗里达、

然后散发出葬礼时的、白百合的芳香。

二

此时，我来到幽灵生活的地方，

我不怕幽灵，我只怕活人。

群岛，在安息日，祈福。

留痕的叶子上，有蜗牛的高音谱号¹⁵，

黑人唱诗手，他们的"皇皇圣体"

飞升，穿过椰子的管风琴。

他们越过沙滩，肮脏的沙滩披着花边法袍，

他们经过棕色的泻湖，尾随着神父，

神父苍白、没有修面，身着磨损的法衣，
他们走进加那威[16]的混凝土的教堂；
这时，阿尔伯特·史怀哲[17]走到清晨的
小风琴边，海啸，将生存空间，生存空间[18]
高举到烟云如羽的烟囱旁。

黑色的脸孔，撒满源源不断的露水——
露水在生着斑点的锦木上，露水
在多节的李树、它坚硬的叶子上，
露水，在芋头的象耳上。
透过库尔兹的牙齿、象草上的白色头骨，
帝国的小说在歌唱。礼拜日
远离"黑暗的心"，向下游去，泛起褶皱。
黑暗的心不是非洲。
黑暗的心是火的中心
在大屠杀白色的中点。
黑暗的心是橡胶的手爪
在杀菌灯下，挑着解剖刀，
烟囱外，孩子的鞋堆成山，
白圣坛上，镍做的乐器，叮当作响；
雅各，在他最后的明信片上，给我发来这几行诗：
"当树会嚎啕，冰川哭泣时，
才能想象到不会失眠的上帝，
所以，学着他的漠然，我就这样写，
不是公元后：而是达豪后。"[19]

三

值夜的女仆拿来灯，拉下百叶窗。
我待在外面，在游廊，随着繁星。
早餐凝结，成了晚饭，还在盘中。

没有哪片海，像我的心一样，如此不宁。
海岬在打鼾。它们的鼾声犹如鲸。
开拓斯[20]，那头鲸，就是基督。
余烬死去，天空生烟，就像灰堆。
芦苇洗手，洗去罪孽，而那泻湖[21]
被玷污。声越噪，因为落雨，
一片沙蝇，如一层薄沙，在泥沼中，咝咝作响。

既然上帝死了，这些就不是他的星，
而是人来点亮、含着硫黄的圣灯，
就在这片大地的黑暗的心中
落后的部族为他的身体守夜，
用帝雅[22]，用油灯，和床头灯。
不要让消息打扰他们无知的幸福。
就像虱子，像虱子，这片土地上饥饿的人们
涌向生命之树。如果饥肠辘辘的人
就像用闪动的双翼、散发光亮的雨蝇，
他们尖锐的肩胛也长出易碎的翅膀
然后飘升到那棵树上，那么树，会何等的沸腾——

啊，正义！但火

浸透他们，就像浸透寄生虫，定额

限制他们，他们依然是

提供给旅行书的、抒发同情的素材，

书中的段落，如同火车的窗，

既然无论何处，土地都展示自己的胸腔，

月亮孩子般的眼睛，都睁得圆圆，

我们就转过脸，不再去读。兰波懂的。

兰波，黄昏时

把手腕闲放在水中，水经过一座座庙宇，

在罗马人的档案里，装饰羽毛的日期保护着它们，

他清楚，我们关心的不是人的面貌，

而是亚历山大港灰烬中的书卷，

他清楚，明亮的水不可能给他的手染色 [23]

诗也不能。独桅船的轮廓

运动中，穿过河面上变盲的钱币，[24]

除非我们偿清债务，否则河水，就无尽地

在每个夜晚，裹住一个日常的秘密。

四

拔出的剑，大步而至。

它伸长，如同空荡的沙滩；

渔人的小屋紧闭双眼。

颤栗，摇动着棕榈树，

旅行者的树上，有水珠。

他们发现了我的圣所。昨晚，菲利普说：

"阁下，昨天村里有两位先生，

那时你还在城里，他们来找你。

我告诉他们，你在城中。他们让我告你，

不急，不急。他们还会回来。"

在云的面包中，却没有爱，

象鼻虫让堪萨斯成了撒哈拉，

蚂蚁会吃掉苏联。

它们柔软的牙齿，却没有爱，

会让丰收荒芜，

而棕色的地球破裂，就像行乞的钵，

虽然你纵火焚烧了余粮之海，

却没有爱，

依然，透过纤薄的茎秆，

蚱蜢，悄悄迫近

生烟的残株：第三位骑马的人，

戴着羽毛头盔的蝗虫。

幻影和平之季

那时，一切民族的飞鸟，共同牵起
这大地上影子的巨网 [1]
舌头呢喃，说着纷纭的方言，
缝合，织网。它们牵起
长松的影子，飞下没有路迹的山坡，
牵起玻璃塔的影子，飞下夜晚的街道，
牵起城中窗台上脆弱的植物之影——
夜间，那网升起，无声无息，鸟的呼号，无声无闻，直到
不再有黄昏，没有季节和衰败，不再有气象，
只有幻影的光迹 [2]
连最细狭的影子，也不敢将它切断。

而人们仰望，却看不到大雁在牵引什么，
看不到鱼鹰用银索、在身后拖曳的东西
在结冰的日光中，银索闪动；他们也听不到
椋鸟的军队发出和平的呼喊，
它们运载着网，网越升越高，覆盖这个世界
就像果园的葡萄藤，或一位母亲，抻开
颤抖的纱布，覆在抖动的孩子、
他颤抖的眼上，直到入睡；
正是那光

你会在山丘边，在夜晚看到，
黄色的十月，听见的人，却不明白
渡鸦的鼓噪、双领鸻的啼鸣、
绕着灰烬的红嘴鸦，如何变化而来
如此广袤、无声、高悬的眷顾
眷顾群鸟栖息的田野和城市，
它们季节性的迁徙，就是它，爱，但除此之外，
它没有季节，从它们降生、这一崇高的特权中，
对于没有翅膀的人们，有什么比怜悯，还要明亮，
在它们之下，他们共用着窗间和房中的黑洞，
而它们越升越高，用无声之声，牵起那网
在一切变迁之上，背叛了坠落的太阳，
这一季，持续一刻，犹如停顿
在黄昏和黑夜之间，在狂怒与和平之间，
但为了我们大地，为了这样此刻存在的事物，它已持续良久。

注释

选自《幸运的旅行者》（1982）

古老的新英格兰

1　题目是一个矛盾修饰语，表面意思是，所谓"新"，但地名却是"旧"，其中暗含反讽：美国立国为了建立新的不同于英格兰的国家，但却重蹈覆辙。本诗以及整部诗集都是沃尔科特在美国的思想产物。这首诗的风格、意象，甚至某些韵脚都与洛威尔有密切的联系，尤其是《楠塔基特的贵格会墓地》（下简称《楠塔基特》）和《礼拜日清晨早醒》（"Waking Early Sunday Morning"）。
2　指冰的裂纹，比喻美国军人的 V 形臂章。
3　北美印第安人的一支或几个部落印第安人的联盟，分布在美国东北部和加拿大。
4　指殖民地奴隶熬煮糖的缸，所以野兽会融化。这个沃尔科特独创的意象也见《奥马罗斯》4.1。

北方与南方

1　题目来自毕肖普的著名诗集《北方与南方》（1946）。"北方与南方"的对立，也见《星苹果王国》第十五节。
2　raj，指英占时期的印度。
3　Reich，德文，这个词指神圣罗马帝国和德意志第二、第三帝国以及魏玛共和国，按语境，这里指德意志第三帝国即纳粹德国。

4 Fort Charlotte，这个堡垒的名字出现在很多地方，这里指圣卢西亚卡斯特里幸运山的堡垒，它原本由法国人修建，1803 年英国夺取卡斯特里后重新命名。

5 见《旧约·以西结书》26:1—32，西顿、推罗和亚历山大港——指埃及，都是以西结预言将要毁灭的国家。推罗位于耶路撒冷西北，是沿海之城，以商业贸易为盛，国小富庶，是耶路撒冷的竞争对手，西顿在推罗以北，也是沿海城市。沃尔科特指的亚历山大港应为《以西结书》30:15—16 的"挪"（No），见《那鸿书》3:8，挪是富庶的沿河城市。亚历山大港正是亚历山大重建挪之后命名的。这里描写的都是加勒比海海底的景象，诗人幻想下面沉没着古代的王国（包括亚特兰蒂斯这种传说中的也被水淹没的王国），以此比喻大英帝国在西印度统治的终结。

6 这句话是老加图演说时的名言，原句为，Ceterum censeo Carthaginem delendam esse。加图是强硬派，坚决主张灭亡迦太基，在他的鼓动下，罗马发动第三次布匿战争，最终将之毁灭。迦太基指的是西印度或其他被欧洲人侵占的美洲殖民地。

7 比喻下雪。另外，撒盐是古代的一种仪式，征服城市后，撒盐来表明城市永不可能再建，已经荒废。

8 铜像指菲利普·亨利·谢里登将军（1831—1888）的塑像。他是南北战争时期北方联邦军（Union，下面提到）的著名将领，后担任美国陆军总司令。

9 奥比术中，为了加害对象，就给受害者家中撒上有法力的尘土、花、种子、谷粉等。此处是相反的用法，为了防范魔鬼。

10 指咖啡壶，咖啡豆自然来自南方，尤其是加勒比地区和南美。

11 behemoths，也音译为贝希摩斯，《圣经》中的一种巨兽，所指有不同说法，见《约伯记》40:15—24，和合本译为"河马"。见《欧洲森林》结尾，这里同样指铲雪车。

12 pyre，确切说是柴火堆，为了火葬用，这联系了下面的特雷布林卡。

13　特雷布林卡集中营，与奥斯维辛齐名，有80多万犹太人死于此处。

14　swastika，与 Treblinka 押韵，佛教和其他宗教的符号，有顺时针和逆时针两种。这里暗示的是纳粹的万字符，顺时针，有倾斜。为了体现这个意象，中文用象形符号。

15　指三 K 党，他们穿白袍，罩面，为了让南方解放的黑人以为是当年联盟军死去的士兵鬼魂。

16　Diaspora，专指犹太人的大流散。

17　指南北战争时期的北方联邦，南方为美利坚联盟。

新世界地图

1　本诗为组诗，含三首，使用了荷马史诗特洛伊战争、希腊神话和中世纪伊索尔德传奇三种典故。

2　沃尔科特自己做过解释，这句化用帕斯捷尔纳克自传中的一句。

3　《奥德赛》第一行为，ἄνδρα μοι ἔννεπε, μοῦσα, πολύτροπον, ὃς μάλα πολλὰ（告诉我，缪斯，那四处辗转的男人，他［漂泊］如此之远）。这一行诗说奥德修斯，也是说沃尔科特，见《海葡萄》。眼有云翳的男人表面指荷马，他是盲诗人，实则指沃氏自己。

4　亚瑟王传说中的特里斯坦和伊索尔德的故事。

5　manchineel，也叫毒番石榴，植物及其果实如同苹果，但有剧毒，原生加勒比地区，通常种于沙滩，可以固沙。

6　英国著名诗人，神话学家，翻译家。格雷夫斯精研古希腊、罗马、爱尔兰和凯尔特神话。

7　见《诗篇》104:18，The high hills are a refuge for the wild goats。山羊栖居山岭，这是上帝的安排。

罗马前哨

1 Roman Outposts，原题为单数。Roman，指美国。outpost，该词暗示了边界或边疆。

2 编辑和出版人，曾长期任职于美国著名的出版公司"法拉尔，施特劳斯和吉鲁"（Farrar，Straus and Giroux，FSG）。

3 指古罗马或拉丁语文学的白银时代，自公元17年奥古斯都驾崩开始，一说至117年图拉真去世，一说至180年奥勒留去世。

4 指美国华盛顿的国会大厦或国会山庄，该建筑白色圆顶如同月亮。

5 指老加图，见《北方与南方》。

6 卡特彼勒是美国著名的工农业设备制造商，这个词意为毛毛虫，引申指履带车。

希　腊

1 指古典建筑，尤其是希腊建筑柱石横梁和屋檐之间的装饰带。

2 sphinx，天蛾科（Sphingidae）的昆虫，这个名字暗示了斯芬克斯。

爱上群岛的男人

1 美属维尔京群岛首府，位于圣托马斯岛，东面即相对较小的圣约翰岛，两岛距离不远，可以互相眺望。沃尔科特喜欢的画家毕沙罗生于此。

2 好莱坞动作片影星，李小龙的徒弟，1997年凭借《苦难》获得奥斯卡最佳男配角奖。科本主演的《谍海飞龙续集》就以维尔京群岛为背景。

3 即浮油。

4 指动作片的动作，包括人物的肢体动作，情节的推动，场景和事件的运动等。

5 美属维尔京群岛 17 世纪由丹麦人占领，19 世纪，丹麦把圣托马斯岛和圣约翰岛出售给美国，所以岛上有的地名与丹麦有关。

珍·瑞丝

1 珍·瑞丝（1890—1979），前英属殖民地的多米尼克的女作家，母亲是加勒比混血人，所以她虽为白色人种，却是克里奥尔人。她 16 岁之后定居英国，但对多米尼克时期的生活颇为留意。她的代表作就是著名的《藻海无边》（*Wide Sargasso Sea*，1966）。

2 瑞丝自己留存的多米尼克生活时期的老照片。

3 指瑞丝母亲的孪生姐妹布兰达（Brenda），瑞丝称之为 Auntie B。

4 指美国著名画家詹姆斯·惠斯勒，他很多幅画以白色为主色，比如《白色交响乐》系列，主人公都是白衣少女，布景也以白色为主。

5 锌白，一种白色颜料。

6 瑞丝离开多米尼克到英国之后，康沃尔是她的主要定居地之一。

7 指礼拜日去教堂礼拜之后。

8 泛指任何一种可食的、肉质植物的（succulent）树叶，可以作为绿色蔬菜烹调，尤其指苋属（Amaranthus）植物，也指芋头等植物的叶子。这个词也指喀拉鲁和其他食材做成的浓汤，通常在周日食用。

9 暗示《藻海无边》。

10 petit-point，也叫 tent stitch 或 needlepoint stitch，来自法语，意为小针脚，是一种精致的帆布刺绣，斜针刺绣，纹路是单一整齐的经纬组合，基本类似十字绣。

11 右手是写作用的手，《藻海无边》与《简·爱》在情节上的联系如同结婚。

捣蛋的归来

1　捣蛋指特立尼达著名卡吕普索歌手"大捣蛋"(Mighty Spoiler)，
原名为提奥菲鲁斯·菲利普 (Theophilus Philip, 1926—1960)。"捣
蛋"1960 年酗酒而死（诗中也写到了），本诗借此描写他从地狱再次
"复活"（"归来"），评价西班牙港以及加勒比地区的政治和社会状况。

2　Earl Lovelace，特立尼达和多巴哥小说家和剧作家。

3　即下面提到的帽子，帽子黄色、皮质发干，如同柠檬皮。

4　这里不是说蛇"死了"，而是说巨蟒暴食后处于麻木的状态，
这种蟒蛇捕食后，就会昏沉，如同死去，所以有"巨蟒综合征"
(Macajuel syndrome) 的叫法。

5　Hot Boy，指打扮俗艳光鲜 (flashy)，寻欢作乐的人。

6　特立尼达的钢鼓交响乐队。

7　蟹指加勒比的岛，这个比喻见《星苹果王国》第十五节海龟的比
喻。"水桶"指加勒比海。"蟹爬上蟹的后背"，"蟹在桶里"，这联系
了特立尼达的俗语，crab in barrel，指人们没有能力协同工作、共同
提升，而是试图牺牲别人，让自己成功。因为，蟹在桶这样的容器
中时，会爬到其他蟹的背上，踩着后者逃出去。见 *Dictionary of the
English/Creole of Trinidad & Tobago*，第 257 页。

8　shirt-jacs，政府官员的制服，英属圭亚那那开始推行。

9　Old Brigade，Thieme 引厄洛尔·希尔 (Errol Hill) 的介绍，"在
20 世纪 40—50 年代，有两个主要的卡吕普索'帐篷'(tents，即特立
尼达狂欢节时演出卡吕普索的场所)，一个叫'老队伍'，一个叫'新
队伍'(Young Brigade)。歌手通常按照年龄列队。资深歌手属于前帐
篷，卖弄传统表演风格；年轻的、试水的卡吕普索歌手列入新队伍。

无需多言，这两个帐篷之间有着激烈的竞争"。见 *Derek Walcott*，第
20—21 页。

10 三位经典讽刺诗人。

11 习语 Give sb. enough rope，and sb. will hang himself，让某人自取灭
亡。讽刺诗人讽刺社会权贵和世间百态就如同反抗社会，选择自杀。

12 V.S.Nightfall（日暮黄昏），影射奈保尔（V.S.Naipaul），暗示他
对加勒比悲观的态度；area of darkness，指奈氏的《幽暗国度》（*An
Area of Darkness*，1964），均见《长眠于此》。

13 Walter Rodney（1942—1980），圭亚那加勒比史学家，左翼政治
活动家，1980 年遇刺、被汽车炸弹袭击而死。见"Understanding and
Teaching Walcott in Two Settings"，第 63 页。这里说自杀是反讽。

14 特立尼达谚语，意为：开始不错，后来很糟。

15 即匈人阿提拉（Attila the Hun），是特立尼达卡吕普索歌手雷蒙
德·克维多（Raymond Quevedo，1892—1962）的绰号，来自公元 5
世纪的著名匈人王阿提拉。

16 也叫 Mr.Action，特立尼达著名卡吕普索歌手，一生潦倒，最后
死在街头垃圾箱里。他的歌曲《无罪无法》（"No Crime，No Law"）
影响了沃尔科特。

17 见《纵帆船"飞翔号"》第九节，这里是一些卡吕普索帐篷所在
地，也是狂欢节举行地。

18 1973 年美国上映的悬疑电视剧《侦探科杰克》的主人公，光头
形象。

19 拉斯塔法利派的发辫，见《拉斯塔法利之歌》。

20 Lord，双关，一指上帝，二指卡吕普索歌手，这样的歌手，往往
在艺名前冠以 Lord，比如 Lord Kitchener。

21 习语，get blood out of a stone，让铁公鸡拔毛，让吝啬鬼出钱，
意即，根本借不到钱。

22 指西印度联邦，"捣蛋"死时是 1960 年，西印度联邦还没有解体。

23 埃德温·莱斯特·阿诺德（Edwin Lester Arnold, 1857—1935）的通俗幻想小说《腓尼基商人弗拉奇遇记》的主人公。

24 西班牙港南部公路，在拉巴斯以南，向西通向西班牙港市中心。上面的"拉巴斯"（La Basse），来自 labasse 或 la basse，特立尼达英语，意为垃圾堆，出自法语 la basse（浅滩，低处）。

25 鹮（ibis）是特立尼达和多巴哥的国鸟，会印在邮票上。

26 这里指菲列特角（Filette Point），特立尼达岛有多处以"角"命名的地理位置。

27 指卡吕普索帐篷。

28 即 Lord Maestro，特立尼达卡吕普索歌手。

29 the Duke of Iron，与捣蛋同时代的卡吕普索歌手。

30 卡吕普索常用 D 小调。

诺曼底酒店泳池

1 纱布如同雪——特立尼达不会下雪，所以是想象，来自于俄国小说。作者自己的人生也遭遇了战争，但相比小说的战争，其实并不崇高，这也是作者痛苦的地方。

2 沃尔科特是水瓶座，他以水为标志，见《另一生》4.21.3。

3 古罗马独特的男子长袍，作者把浴巾比喻为托加。

4 sugar-apples，番荔枝属植物及其果实，拉丁名为 Annona squamosa，原产西印度地区。果实如同手榴弹的形状。

5 奥古斯都时期的诗人，擅长哀歌，描写田园，回避政事，对屋大维的统治冷淡以对。

6 确切说是涂上"沥青涂料"（bituminous paint），泳池的蓝色是防水涂料的颜色。

7 诗歌结尾的最后一节诗，起源于中世纪的叙事诗和行吟诗，有自己重复性的套路，比如经常会向上帝祈祷，本诗就是如此。

复活节

1　Him，大写，指耶稣的"灵"，联系了上帝，本诗中的"他"都如此。"影子"，耶稣的影子，比喻成黑狗，诗中描写时，也会按照狗来描写影子。本诗就是描写耶稣受刑和复活的过程，以隐晦地方式讲给女儿安娜。

2　这句利用歧义涉及了复活问题。如果承认耶稣复活，那么句意是，复活的生命只能在复活前来过，复活后的生命亦然。

3　天主教有"矛盾标志"（sign of contradiction）的概念，即指耶稣，和合本译为"毁谤的话柄"。耶稣的神人两性构成了矛盾，复活就是典型的体现。

4　作者用这个代词含蓄地指耶稣的影子和肉身。

幸运的旅行者

1　题目来自托马斯·纳什（Thomas Nashe）的著名流浪汉小说《不幸的旅行者，或杰克·威尔顿生平》。这部小说中的主人公离开家乡，去欧洲游历，但颇为坎坷。而本诗虽然名为"幸运"，但暗含反讽，实则"不幸"。本诗以一位英国使者的口吻，讲述自己出访欧洲（"北方"）并游历第三世界国家（"南方"）的经历，他的工作是充当南北方的经济中间人。他虽然"幸运"，享受着旅行的快乐，但无心欣赏，他终于明白西方世界的发达建立于第三世界的破败，他试图帮助后者走出饥荒和经济困局，他以同情的方式将第三世界的不幸转移到自己身上。

2 指公文包，里面装着小国的申请表。

3 五线谱的"间"，相对于"线"，一共四个间。这个短语一是比喻表格如同五线谱；二是暗示请求的"声音"很高。

4 本诗写作和出版时，西德尚未与东德合并，伯恩是西德首都。

5 北伦敦自然公园。

6 planes，伦敦常见的植物，尤见于汉普斯特德荒野，也叫 London Planetree，悬铃木属，汉语常称为英国梧桐，区别于法国梧桐。

7 斜体，因为这句出自《新约·哥林多前书》13:2。

8 指专业领域，研究方向，主人公曾任大学老师，教授历史，所以后面说"16 世纪晚期"。

9 詹姆斯一世时期的（Jacobean）戏剧以复仇剧最为流行。

10 英国戏剧家约翰·韦伯斯特（John Webster）的剧作。这出戏上演于 1612 年，正是詹姆斯一世在位时期（1603—1625）。

11 指韦伯斯特的另一部更为经典的戏剧《马尔菲的女公爵》（*The Duchess of Malfi*，1613—1614）。

12 green meat，习语指喂动物的青菜，meat 为了配合"残忍"一词，中译采取直译。

13 Severn，英国境内最长的河流，最终流入布里斯托湾。主人公到了布里斯托，然后乘船从这里离开，去往了西印度。

14 指胡安·庞塞·德·莱昂（Juan Ponce de León，1474—1521），西班牙探险家，随哥伦布参加了第二次航海。他 1513 年登上了佛罗里达，佛罗里达（La Florida）也是他的命名，意为"花"。

15 高音谱号图形是涡旋状，如同蜗牛的壳。

16 圣卢西亚村名，前面的诗作中多次出现。

17 提到史怀哲，是因为他在西非待过；同时，他也擅长演奏风琴，对宗教音乐的风琴演奏做了革新。

18 *Lebensraum*，德文，德国地理学家拉采尔（Friedrich Ratzel）提出的地缘政治学概念，他将生物学与政治学相结合，指出国家是一个

有机生命体，为了生存，必须扩张自己的空间。这一概念在两次世界
大战中被德国人使用。

19　纳粹的达豪集中营，造成3万多人死亡。句意是，公历纪年不再
用"公元或公元后"，而是用"达豪后"。这句意有反讽，当人们如同
上帝一样冷漠时，"达豪"就成了干巴巴的时间点。

20　Cetus，希腊神话的大鱼，在传说中，它曾被珀修斯或赫拉克勒
斯杀死，一般认为是鲸鱼，或鲨鱼。

21　化用《麦克白》经典的洗手场景，下面还会提到。

22　一种小型红色陶灯，形如圆碗，直径6厘米，高3厘米，里面装
满油，棉线为灯芯。印度人通常在他们的排灯节（Divali）时大量用这
种灯，放在竹片上。

23　暗示了奥登的散文《染匠之手》（"The Dyer's Hand"），这篇文章
认为诗歌具有"染色"的功能。

24　见《欧洲森林》，河水反光如同钱币，天变黑，钱币失去光泽，
变暗。

幻影和平之季

1　鸟群飞起之后，投射到地面上的影子如同一张网，其他事物的影子
都在这张网中。

2　《幸运的旅行者》第一节提到的"光"，这种光，肉眼难以看到，
如同柏拉图洞穴寓言中的超验的"日光"。

选自《仲夏》（1984）[1]

一

喷气机如一条银蠹鱼钻入一卷卷云中——

云不会记录下我们经过何处，

海的镜子不会，忙着化育自身的

珊瑚，也不会；它们不是瓦解的石门，

而是潮湿的文化中、破碎的书页。

所以它们的羊皮纸开了个洞，突然，在一片广袤的

被遗弃的日光下，[1] 有了那座岛，

旅行者特罗洛普，旅伴弗鲁德，[2] 都知道，

知道它一事无成。连民族都没有。喷气机之影

在绿丛林上泛起涟漪，它平稳如同米诺鱼

穿过海草。我们的日光，罗马也分享

还有你的白纸，约瑟[3]。这里，正如每个别处，

都是相同的年纪。在城市，还是在泥筑的村落，

光从来没有时代可言。西班牙港附近

生锈的海港旁，闪亮的市郊黯淡成词——

马拉瓦尔、迭戈·马丁[4]——公路漫长，犹如悔意，

尖塔渺小，你难以听到钟鸣，

粉刷全白的宣礼塔[5]，尖锐的惊叹号

在青绿的村庄间。降低的窗户轰鸣

在一页页土地上方，蔗田按诗节排列。

掠过赭石色的沼泽、如一行迅捷的白鹭之云，
是名词，它们简单地找到自己的树枝，就像飞鸟。
来得太快，这向下滑翔的家园感——
一棵棵甘蔗冲向机翼，一道篱笆；一个依然安在的世界，此时
滚动的轮胎不停地颤动、颤动着这颗心。

二

伙伴在罗马，罗马让他古老如罗马，
古老如剥落的壁画，剥离的颜料
是云，你蜷伏在一家古旧的客栈[1]，
那里唯一的新东西，就是纸，犹如石拱之下
年轻的圣哲罗姆。剃度的你[2]，轻声抱怨，吟出一行诗
你那被流放的国家，很快就牢记在心，
你朝着日晒剥落的窗台，一只鸽子在上面咕咕叫。
仲夏的熔炉用青铜铸造万物。
流动的交通，缓缓缠绕，就像洗礼堂的门前，
连小猫的眼睛，也闪烁着拜占庭的圣像。
那黑衣的老女人，用手掌铺平你的床单，
她的家是罗马，她的历史是她的房子。
每位凯撒的生命都缩小成蜡烛的廊柱
在她的烛碟上。盐清洁着他们血污的托加袍。
她叠放的教皇，就像大教堂橱柜里的毛巾；
此时，在她石头筑成的厨房，在洋葱的穹顶下，
她切着厚如奶酪的光，切成一片片时代。
她的厨房，墙壁剥落，犹如地图，上面曾经
写着"此处有龙"[3]，那里，未受洗的食人族
就像乌格里诺[4]，啃啮过干枯的椰子头。
地狱的灶台，冰冷就像庞贝的。我们被铃声惩罚

铃声温和好似百合。祝你的罗马哀歌好运
时间的蜂蜜会布满它们，就如奥维德的哀歌。[5]
他们沙上的窗前，有珊瑚，是我们神圣的穹顶，
盘旋着围网的海鸥，是我那圣马可的鸽子，
银色的鲭鱼军团，疾行中穿过我们的墓穴。

三

女王公园酒店，¹ 它的天花板白而且高，在那里
我重新步入我的第一面本土的镜子。滑行的蟑螂
在陶瓷盆中，沿自己的路径，滑到了帕纳索斯²。
我写过的每个词，却都走上了错误的道路。
我没法把这些诗行与我脸上一行行线连接到一起。
我心中死去的孩子，留下了他的印记，在
凌乱的被单与枕套上，正是他微小的声音
从那瓷盆汩汩作响的嗓中传来，窃窃私语。
外面阳台上，我还记得清晨是什么样子：
它就像皮耶罗·德拉·弗兰切斯卡³《复活》中的
花岗岩的角落，冰冷，入睡的脚
感到刺痛，如同希尔顿旁边手心朝上的小棕榈。
在露湿的萨凡纳，马夫轻缓地围着它旋转，
喷着鼻息、脚踝细腻的赛马在练习，
细腻的脚踝，就像面包店中棕色的烟气。
汗水让它们身侧变黑，整晚停靠街边的、
庞然的美式计程车，露水让它们皮肤成霜。
黑色的柏油街巷，标着日光的缎带，
那里的棚屋，遮住面目，特拉赫恩⁴的句子让它们触动：

"玉米是东方、不死的麦子",
卡洛尼的甘蔗田也是。整个夏天在燃烧,
微风漫步,向下走到码头,而海,正开始。

四

这西班牙人的港口，海盗各异，
有独眼的灯塔，这该死的海声，
这蒙着浮渣、赭石色的海港
从白熟铁的阳台望去，
它们仿佛十九世纪的景象。你能看到
每个钟头，它都更像是非洲——硬皮屋顶，热如煎锅
撒着胡椒般的呼号；在飞快像鱼苗的推车间
漂浮如撒拉弗的穆斯林，也难以让声音安静。
到了正午的高峰，唯一的缺陷
是一艘明轮船，它生锈的尖号就如鹦鹉，
它呼啸到达，快要扭曲变形，库尔兹先生正登陆。
待在帝国之梦的右岸——
泰晤士，不是刚果河。从小岛的
纵帆船坞港中的桅丛，到假日酒店的
平板玻璃的店面，有一步之遥，而从需要到贪婪、
穿过堵塞、旋绕、河流般的交通
却要多走几步。世界没有时间改变
无论是改变非洲的缠腰布，还是看门人的发辫。
所以，当商店拉下百叶窗，就像帝国的终结，
当银行黯淡，犹如兴都库什的山峰 [1]，

披斗篷的风，就弯身像清道夫，用耙子收着
水沟中的垃圾。不难看到过去的
街灯柱，在灌木的街道之上，伸展树枝，
也不难看到广场破裂，那是丛林愤怒的种子所致。

五

两个半球都在流汗，肉体对着肉体，
在潮湿的床上。远处的海洋在空调的
波浪中研磨。空气生鳞，如同鱼
留下干燥的盐在手中，人们只信仰
冰，冰箱里的白色区域。
在棉布般的仲夏，沿着十四街[1]，小贩们
让硬纸板的行李，堆放在剥落的、
广告的外皮边，他们让大苹果[2]成了颗芒果；
高楼大厦，头晕目眩，先是腼腆如同壁花，
之后就随着雷鬼和莎莎，玩起了摇滚；民主的代价
就是向前两步，退后三步，跳着同化来的、
阿兹台克的探戈，对西语区不设防。
每到周五，大规模的逃亡缓缓涌向汉普顿。
马路的唇边，唾液干涸，而汗水
让家具在群岛上漂流而去。
走走微风阵阵的灌木丘，从蒙托克到阿默甘西特，[3]
而世上的盐[4]变为了城中的污垢。远景
在积满灰尘、游动的窗前，盛开着不会再见的
雨伞之花。老鼠，咬啮着
饲育它们的手。吸毒的商人，跳着舞蹈，

任随身听遥控，仿佛停不下步，

在这舞中，耶稣挑逗着穿泡泡纱的女人，"嗨，先生，

等一下……"爱尔兰警官的拇指

搓动念珠般的子弹。紧盯住自己的对讲机。

六

仲夏在我身边舒展，它的猫打着呵欠。

树的唇边有尘埃，汽车熔化

在仲夏的熔炉。炎热，让这个漂流的混血儿，步履蹒跚。

议会大厦粉刷一新，重又是玫瑰色，伍德福德广场 [1]

周边的栏杆，颜色如生锈的血。

玫瑰宫 [2]，阿根廷的气质，

阳台上的低声吟唱。单调、艳红的灌木丛

用秃鹰的象形文，涂刷潮湿的云

就在华人杂货店的上空。烤箱般的街巷，全都窒息。

在贝尔蒙特 [3]，哀伤的裁缝注视着老机器，

他将六月和七月缝在一起，却不留缝迹。

而有个人，在等待仲夏的闪电，就像武装的哨兵

倦怠中，等着来复枪砰然的响动。

但是，它的尘埃、它的平凡却让我为生，

信仰用恐惧充实流亡，我以信仰为生，

我以黄昏的山丘为生，它橙色的光布满尘土，

甚至，我以领航灯为生，它在气味难闻的海港

转动，就像警察的巡逻车。至少来说，

恐怖是本土的。就像木兰花、它妓女般的微香。

整夜，革命在狂吠，喊着"狼来了"。

月亮闪烁，就像丢失的纽扣。

码头上黄色的钠光降临。

街上，昏暗的窗后，碟盘相碰。

这夜适合为友，未来凶猛

如同明天各处的太阳。我能理解

博尔赫斯、他对布宜诺斯艾利斯的目盲的爱，[4]

理解一个人如何会觉得，城市的街道在自己的手中涌动。

七

我们的房子都离水沟一步之遥。塑料窗帘
或廉价的印花，藏住了窗后黑暗的东西——
脚踏缝纫机，相片，小衬垫上的
纸玫瑰。门廊的栏杆处，排着一行红铁罐。
成年男人的身高，穿行时，与房门高矮相齐，
那些门，通常来说，并不比棺材更宽，
有时，它们镂空的浮雕上，还有小的半月。
山丘传不出回音。废墟也没有回声。
空地中，它们绿色的轿子点头示意。
人行道上的任何裂缝，都是第一幅世界地图、
它原始的错误、它的边界和力量所致。
烧尽的空地之旁，一堆红沙、一堆如种子播散、
废弃的碎石边，新鲜的丛林舒展它绿色的
野甜薯和芋头的象耳。
一步跨过矮墙，你应该小心，
否则就会重新体验让墙的藤蔓绊住脚的童年。
这空地属于所有流浪者，他们的命运就是，
流浪越多，世界就越宽广。
所以，无论你游历多远，你的
脚步都会踩出更多的洞，网孔在蔓延——

或者，为何你应该突然想想托马斯·温茨洛瓦[1]，
为何我应该在意他们对埃贝托[2]的所作所为
既然一次次流亡必须画出自己的地图，既然这沥青
让你难以行动，穿不过花朵孤立的树篱？

十三

今天，我尊重结构，它是自负的对立。
我的画作上矫揉造作的涂鸦，我那拙劣的情节！但一直以来，
当空气空荡，我听见演员交谈，
声音中回响着通俗又明智的内容。
幻影随年纪增多，满溢的头脑里
闪过焦躁的角色，我双耳紧闭；
他们身后，我听到演员喃喃的低语和呼喊——
光照的舞台空荡，布景准备已妥，
我却找不到让他们出场的钥匙。
哦，基督，我的技艺，它让我耗时太久！
时而，灵光可见，忽生的狂喜
如闪电在大地上标定自己的位置；沥青的皮肤
在渐干的雨水中，散发出新鲜、童年的气息。
之后，我相信，依旧有可能，有真正的
幸福，年轻的诗人站在镜中
颔首微笑。从这个距离望去，他美。
我希望我就是他看到的我，一片坚忍的废墟。

十四

狂乱如一条古老、蜕皮的蛇，
这满是斑点的路，刻着车辙，闻起来有股霉味，
它扭动自己，重新进入森林
那里，芋头的叶子变厚，民间的故事开启。
日落会威胁我们，当我们慢慢凑近
她的屋子，沿着柏油山路，向上攀爬，路的甜薯藤
与散发黑色臭气的苔藓，为水沟争执，
百叶窗合上，就像那株名叫小玛丽的
含羞草的眼帘；此时——透亮如纸灯的
灯火从屋肋间放出光芒，一屋接着一屋——
她自己的灯，在路的黑色手腕上。
这有童年，有童年的余波。
萤火之时，她想起了故事，
随着煤油罐里、管道水砰然的声响，
她讲给我的弟弟和我自己。
她的叶子是加勒比的图书馆。
我们的幸运，芳香之源！
她的头脑妙不可言，希顿妮。在她嗓音的溪谷中
一个个影子站起，行走，她的嗓音经过我的书架。
她是灯，在两个催眠中的男孩、他们的凝望里，
他们依然合入一个影子，不可分的孪生子。

十五

妈妈，我也能感觉到它从远方而来，潮汐
自白昼起，已经回落，但我依然注意到
当白鸥在海上闪动，它的身下
映着碧绿，我答应你，以后会用到它。
想象力不再能延伸、远至地平线，
但它还在不断回返。在水边
它带回了干净、冲刷过的东西，像垃圾[1]
海让它们变白，变纯贞。迥然无序的景色。
粉蓝的动产房[2]，在维尔京群岛
在信风之中。我的名字卡在
我姑祖母喉咙的核心。
庭院，一位棕皮肤的老人，胡髭
就像将军的，男孩，画着蓖麻叶
细致入微，他想成为又一个阿尔布莱希特·丢勒[3]。
我更珍视这些，胜过有序如一
妈妈，对于我俩，那就意味着相同的潮汐，越来越近——
葡萄藤的叶子，为旧的铁丝网颁发奖章
布满斑影的院中，一位老人就像上校
在葫芦树绿色的炮弹[4]下。

十六

那么，对于死者，我们要做些什么？他们螺壳镶边的
坟墓，让我们一生之中，都被引力拽向那里
仿佛拽向磁性的帝国，他们的城市，井井有条
有街道与合理的大街，精确得就像我们躁动的
都会、它的网格。傲慢中，我们想象着
他们也会分享那钟表形地球的脉搏
它无限、不可听闻、也许比我们的还要慢，但却在
我们的维度中，在我们简单的数学公式里。
任何安息，都如此漠然，我们的一切差别消融其中，
想象就是侮辱；我们承担的劳作
又有何用？他们必定觉得我们的祈祷乏味无聊，因为祈祷的
就是他们始终惦念我们，既然他们没有
要被永远记住的冲动，那就看不到我们
变换旗帜和家园的同时、还收藏的那些东西——
相片、书简、信物、训诫的絮语或织品。我们还会期盼他们
对我们有用，期待死亡中能有我们用祈祷期待的东西——
祈祷他们的心像我们的心一样升起，随着海浪的
涌动，随着日落的穹顶，期待翠鸟
时而会让他们的黑暗惊愕。但是，每个人都偏爱
沉默，这是他们与生俱来的权利，偏爱这样的海岸：
岸上的他人，等不到结束，也等不到开始。

十七

我停下来聆听蝉的喧闹的凯旋
它们设定了生活的音高，但按它们快乐的音调
来生活，却难以忍受。关上
那声音。突然陷入寂静之后，
眼睛习惯于家具的外形，心灵
习惯黑暗。蝉的狂乱，就像我母亲的
双脚，踏着纫针、是迫近的雨。
那时，每个白昼厚如叶子，彼此亲近，如同每个钟头，
日晒的气味，从细雨后的街上升起。
此时，我把她的线缝在我的线上，用同一台机器。
这摆在我们面前的工作！这世世代代的阳光！——
维米尔的柠檬皮的光，想认识它，就还要
在那里等候其他的事物，破碎的桉树
叶，还散发着浓烈的、松脂的气味，
面包果的叶子，边缘生锈，仿佛出自凡·雷斯达尔。
我体内荷兰人的血，流向了细节。[1]
我曾画过一滴水，按照一幅佛兰德斯静物画
在一本印制的书[2]里，但我相信，它是真实的。
它用自己的水晶映照世界，它随着重量颤抖。
那汗滴如此快乐，它知道别人会坚持下去！

就让他们写吧，"五十岁时，他逆转了四季，
他血液的道路上鸣唱着喋喋的蝉"，
正如我十八岁之际，为去作画，动身启程。

十九、高更

一

在帕皮提[1]的码头，身穿白帆布衣、懒散的殖民者

跟肌肤铜色如便士的妓女喝着酒，

望着光影中野性的皮肤，他们自欺欺人，

以为不加冰的苦艾酒，可以再造出一个大都会，

但太阳烤焦了我脑海中的记忆——

铺着彩砖的塞尚，每块砖不大于一方时，

点彩派画家的圆点就像一百万颗虹膜。

我在自己的颧骨上看见了布列塔尼人[2]的骡首、

沉着又无情的蒙古人的战略、

胡髭，犹如头盔上向下弯曲的双角；

我血液的锁链将我拉向黑暗的民族，

尽管我，看起来像是土黄、褶皱的结肠[3]

在那天，从海关的关艇上，登陆码头。

我是华托[4]的野燕麦，他私生的继承人。

赶紧吧，你们这群文员[5]，去找寻你们的命运，

魔鬼的祈祷书是耐心的赞美诗，

它在雾中喃喃地抱怨。收拾行囊，走吧！我走得太迟。

二

我从未声称，夏天是天堂，

也没说过，这些处女贞洁如处子；在她们的木托盘上

有我的智慧之果[6]，放射着疾病，

她们给你传上病症，用成熟的、海扁桃的眼睛，

用长得像熔炉中的锭块一样、泥土的乳房。

不，我镀上一层琥珀的东西，不是理想，

不是毕维·德·夏凡纳[7]追求的那样，而是腐烂的——

是姜百合阴户上的斑点，芭蕉的阳具，

是焦躁如下疳[8]的火山，是岩浆的烟雾

它嘶嘶作响，爬向了发出咝音的女神。

我用那合金为她们的身体烧上黄金；[9]

我要说，传福音者的天堂有硫黄味，

我觉得我血液中的珠子在喷发

随着我的画笔画出她们的后背，画出一个

被褫夺法衣、数着念珠的耶稣会士[10]的脖颈。

在那里，我把一张蓝色的死神面具，放入我的《时辰书》

谁梦想地上天堂，谁也许就会读它，

就如人。我的麻布上的壁画，[11]献给女神摩耶[12]。

芒果变红，犹如烤肉坑中的煤，

那棵番木瓜，就像阿特拉斯，一样有着耐心的手掌。

二十一

漫长、白色的夏季之云，就像收拾干净的、铺着亚麻布的桌子，
它让天空更空荡，犹如每个晚餐后的礼拜天
那时，《圣经》乞求被举起，古老、令人生畏的诗句
扬起沙暴和白如骨头的、巴勒斯坦的石头
那里，买来的一头公羊，蹒跚而行，咩咩哀叫，就像以赛亚。
沙漠的教父，他们干涸的愤怒，曾令孩子惊恐，
龟裂的河盆边，施洗者喊出的诅咒
曾让玫瑰变成一团理智之火。
透过颅骨的石眼，放射的洋苏木
燃尽这个八月，白色的太阳
从旷野中吮吸着汗水。影子标出圣言。
我早已忘记孩子对复活的希望，
忘记那些物体，它们锁在发霉的碗橱抽屉中
抽屉在鱼刀和桌布之间（所有死人都抓住桌布）
在我们降生之时，它就会拉开——
云在空荡中等待使徒，
等待果实、酒罐、呻吟的支架上的烤肉，
但，只有仆人知道，天堂还是有可能的，
有位长着雀斑的玛姐[1]，光彩熠熠、值得信赖
自童年起就唱着赞美诗，但她却将自己的救世主
折叠起来，就好像，他是地上的白餐巾。

二十二

休息吧，基督！远离那不知疲倦的战争。看，是仲夏，
但在橡树喉咙中怒吼的，却是好战的人类，
行军的"和撒那"，让苏联的麦子变暗，
犄角旋绕的公羊，藏在阿富汗的石丛中。
佩冠的消防栓喷涌，为街头的流浪儿施洗，
高压水炮清除掉他们雾霭中的尖叫，
不过，在穆罕默德熔炉炉炉般的眉上，雪并没有融化，
基督的眉间，也没有渗血的头巾。
沿着岛屿，扁桃沸腾着怒火，
风搅动这一片片白色海浪的果园
它用口哨召集热沙滩上的托钵僧
它围绕这星球旋转，这个转动中的、彩色的O，
它随地球运动，逐一念诵着部落、边疆、
星星点点的海湾、爱自己名字的城，
而风向标依旧撩撩着天空，寻求预兆。
尽管人们有不同的语音代表"上帝"或"饥饿"，
可是，城市广场上对抗的字母表[1]
在呐喊时，却异口同声，民族斗着民族，
他们发音的狂怒
让孩子们撕裂，在瓦砾上，成了个名词。

二十三

稚嫩的旅鼠嘘嘘直叫，四散溃逃，
仲夏的叶子急速冲向灭绝，就像软水管
凿通的、布里克斯顿骚乱[1]中的怒吼；
他们沸腾成秋天的火，为太阳而死。
叶茎拉扯他们的锁链，树枝弯曲
如同保守党鞭下、布尔人[2]的牛，牛拖曳着
每辆货车，离种族隔离越来越近。在我看来，那将
孩子的童话与怪诞的英格兰隔离开来——仙女环[3]，
围上犬玫瑰[4]当篱笆的茅草屋，
一阵绿色的狂风，它掀起沃里克郡的头发。
我曾在那里，为英国剧院增添颜色。[5]
"但黑人演不了莎士比亚，他们没有经验。"
所言甚是。他们迟钝的脑子留着仇恨的血
但防暴警察跟光头党却插科打诨，有来有往，
你不妨回过头查查"商籁集"，查查摩尔人的月蚀。[6]
赞扬之词已让我白色、还在愤怒的诗行流血，
雪已然授予我白色的奖学金，
而卡利班吼叫着，走下帝国的、安着栅栏的街衢
那帝国，始于凯德蒙[7]无关种族的露水，终结于
布里克斯顿的巷陌，它燃烧着，就像透纳的船舶[8]。

二十八

我们脊柱之中有种原始的东西，它让孩子摇荡
在海扁桃树枝、它扭曲多节的秋千上。
我一直都把海扁桃树的形状，比作梵高果园中的
苦难。那也是原始的。一束
海葡萄悬挂在平静的海上。影子
让我随着干枯的树叶一同铲走，此时
正午猝然间达到它僵硬、活力全无的中心。
晒日光浴的人，在自己的烤架上炙烤，他们走进的浅滩
如此温暖，让暗礁之外、朦胧的石斑扑向
空无，引得妄自惊慌的米诺鱼，一阵讥笑。
碎浪突然想起它的职责，它给迅速变干的
沙滩涂釉。好几个时辰过去，海没有起伏，
它叹息着，穿过海绵之肺的深处。
在海滩的茅草酒屋，钟表考验着它麻木的肘臂
每时每刻，屋外，更为年迈的鬣蜥
用手再用爪，一下下攀爬，就像没人会爱的卡西莫多
爬进阴影的钟楼，在那里摇动。云
变暗，是恐怖的我所致。莉琪和安娜
各自坐在充气艇上，悠然无事，她们的影子在身下。
翻卷的浪涌，清澈如柠檬。

再过两天，我的女儿就要回家。
人的幸福，它的维度就是时间，
孩子的摇荡随着节拍器变慢。
幸福，在苏打水般的海上闪动。

二十九

也许，假若我培育出某种神圣的疾病，

就像济慈在永恒的罗马，或契诃夫在雅尔塔，[1]

随着我笔尖的刺动，它让汗水中的盐香

变得浓烈，那么，我的天赋兴许会提升，

就像翻转大海的云之手，它会改变

日光——如同镀银、被玷污的云，

一页页总想试着概括我的生活。

在大脑的白珊瑚下，有沸腾的蚁冢。

你曾对碧绿的水怀着深刻的信仰。

你的意志，让鱼烦扰，跃出水面——

是对称的刺鳐，它在清澈的沙底，

它的尾巴是鞭子，它的后背宽阔如同铁铲；

海马就像玻璃一样脆弱，漂流的水母

它的每根触须：是朋友，也是毒药。

但，咒骂你的故乡，就是极恶。

你能绘出我的边界，在高处，距离沙滩四码之远——

小船的肋骨折断，洋苏木生出的只有刺，

渔人把鱼的内脏，丢到茅舍之外。

若我抛下的线，汇聚成一本书

但其中一无所获，那该如何？用更伟大的心灵、他们的光芒来评判我的作品，这不也是殊荣？
尽管仲夏的线再次盘绕白天的线轴
它跳动地收回，却带着它的疑问、它的空鱼钩。

三十

金色粪便和染着尿味的稻草在马厩里，

踢踏的马蹄声，让冰冷的鹅卵石冒出火花。

一座座砖砌的马车房，呼吸的拱

散播着先验的 [1] 波士顿、它的浑浊的空气——

垂挂流苏的黑色小马车 [2]，在榆树下慢跑，

摆动它们的稻谷，随着亨利·詹姆斯的阴影。

我回到这座我流亡过的城市，沿斯多若道 [3] 而下，

隧道中一个个分成两半的撒拉弗 [4]，迎面飞来，

悲伤有限；经过的街区，漫长犹如段落

我不习惯它们的风格，

因为，假如我习惯，我本可以身穿戏装

为一对前来用晚餐的夫妇

披上斗篷，为他们从桌下抽出椅子，每面玻璃

都映射着一簇簇、随知觉旋动的

超验之光。风格就是性格——

所以我的前额外皮坚硬，如同砖，我的眼眶焦黑

如同黑人区的、烤焦的褐石屋 [5]；

但是，当雾气让波士顿公园朦胧，

当灯塔山 [6] 上，旧式的煤气灯柱，口吃一般

想留住它们的时代，我却看到一位黑人马车夫，

他的手套白如马的白色脚踝，
他数着它们的笑声，数着它们点亮的良夜，
之后，他猛地拽动他那铜把手的灵车的缰绳。

三十一

沿着鳕鱼角[1]，有那些裂隙含盐的白色港口、
白色尖塔、白色加油站，有正宗的
新英格兰的菜品，在一座座蛤蜊和生蚝餐吧，
它们就像变干的藤壶，吸附码头，随着白昼退潮
越来越坚固。黑水手的殖民地，
他们的耳朵适应了戴着耳环的祖先的
赞美诗，诗里响着地中海的固定低音，
殖民地变得稀薄，就像某些濒危种群，
它们和烘干的海豹皮，有着相似的喉音，都在石头上。
山坡高处，松树的桁椽
用山杨的神经，忍受着安息日。
它们听见女巫[2]的呼喊变成了朝圣先辈[3]的呼号：
民族虽多，上帝独一，
上帝黑帽，黑色套服，银色带扣，
他咒骂石潭，因为水中仙女吃吃窃笑，
他用自己阴茎的权杖抽打这海滩。
从我循道宗的童年开始，寒风就在吹动。
我们身上只有堕落——这就是新英格兰的
地狱之火的布道，我自己的嗓音变得沙哑

因为雾的号角在嘶吼，是海中塞壬的嘶吼：

拖网的渔人从波士顿港开始摸索，

雪，混杂着蒸汽，让群岛的思想，变得模糊。

三十四

海！海！[1] 那回响的蓝色砰然

落在心上！我去拉瓜迪亚坐东航的快线，

我把涌起的涂着绿漆的屋顶，误认是海。

而我的耳朵，那一刻，成了贝壳，它们留住

军队的呼啸，光鲜的军队随着色诺芬的

螺号，攀下沙谷，如蟹的雪崩。

我的双眼闪动如水的绿色，我感到惊人的变化

穿过双手，穿过海峡、血管，是色彩的变化

是水流的色彩，在鸽子角和斯托

湾[2] 之间，我的血液因蓝色而高贵。

我知道仲夏处处都是相同——

艾克斯，圣塔菲，撒满阿尔勒白杨的尘土，[3]

它旋转就像查尔斯河畔、绕着自己影子的狗

此时，小路随尘旋动，不是雪，在漩涡中——

但我的笔尖，不在别处，就在眼前，像海燕头上的喙；

军团摊坐、仰卧，就像海星曝晒着自己

直到海螺的呻鸣召集雨水的

斜矛，进军"远征"。

太阳让军团变白，成了脆弱的贝壳。

疲倦战争、众神、君王的荷马，

曾如海一样静默，不说序章，不言收场。

那古老的漂洋者，昏昏欲睡的凝视，

是一只鹈鹕，在空木舟的船尾摇晃，

是头发沾盐而斑白的老叟，正将翅膀上的雨抖落。

三十五

泥土。土块。抛洒雨水者、它吮吸的脚踵。[1]

有时，阵阵疾雨会变向，宛如船帆，

那些船生着龙嘴、没入阿瓦隆[2]

和雾中。几个时辰，向前行驶

沿着飞速划过的威尔士的山脊，我们载着朗格兰的

"农夫"[3]的身影，他在播种过雨水的玻璃上，

他让大步的脚踵跟上轮胎，

而路边的草滴下的水，滴成片片水洼。

曾经在细雨中，一个蜷伏、覆着泥土的鬼魂

靠他的支点站起，田野的盘子转动

随着他们犁耕过的诗节，歌颂失去的新鲜。

村庄始现。我们进入了英格兰——

田野相同，但名字全非。我们发现一家饭馆，

我们停在稀薄的微雨中，之后，挤进红色

人造皮的长椅。外面，小心的太阳

用拇指和食指，从事物中挑出一段线头。

太阳明亮就像路标，世界一新

而石冢、筑起城堡的山丘、石头般的君王

却放入刀鞘，沉入睡中，但，什么原因让我觉得：

洗碗池[4]里、骑士精神的破碎

就是我自己的放逐？我能感到，从小腿

604

到抖动的手腕，我的血管纽结、疼痛。

窗上有雾。我擦了擦，向外望去

望着停车场上湿漉漉的汽车和它们的头盔。

三十六

橡树酒馆的关节，都咯吱作响，随着光
从沃里克郡麦芽酒色的天空上退去。
泛着浪花的果园，秋天吹动它的泡沫，
于是，白发僧侣们将椅子朝壁炉拉得再近些
冲着木柴吐口水，木柴噼啪迸裂，成了火的叶子。
不过，他们变得更聋，并不确定听到的
是从晨祷做到晚祷的、修道院的雄蜂，
还是大黄蜂的巢、一副用到老晚的链锯
在诺曼式圣堂之后、高处的圆丘之上。
夜晚放出飞蛾，鸮鸟迁移它的重心，
鱼嘴的月亮，从摇动的榆树那里，向上游去，
但是，四个老人还在外面的花园长凳上
聊他们曾经拉过的弓，聊他们的弦、那些少妇。[1]
他们的眼睛如同铸成的硬币，机灵地闪动，就像泰晤士的
河口。[2] 我听见他们的闲谈
顺着多股的缆绳，跨越了大西洋的海床，
他们的闲话就像苹果园一样，在我的脑海中
沙沙作响，我能随口说出他们的名字
就像说出好友——那些混蛋祖先，
他们的造物主，从最初就原谅了他们——

因为将世界、这个烂苹果的心咬掉的
蠕虫和大黄蜂的链锯，都难以扰动
它们枯萎的花园中、浅薄和缄默³的话语。

三十八

秋天的音乐刺耳。从树枝的音叉上，

鸟的小嘴撩撩着寒冷。羽毛颤动，

它们的音符是尖声的钉子，刺穿我，刺穿

这整个萦绕又闪躲的灰色天气

和大理石纹路的河流，尽管它们都有借口。

V 字形的雁队，对影子来说，有些太高，

它们冲向圣马丁的泥沼，冲向多风的日光

吹皱的含盐的裂隙，冲向芦苇鸣哨的小岛。棕色砖块的上空

喷气机的尾迹、它无声和白色的尖叫

还残留着。褐石屋变暗，越来越早。

此时，比起《农事诗》里的东西，那些岛让人觉得更加遥远。

枫树和榆树迫近。但棕榈要求翻译， [1]

死人让它们长长的线条变得僵硬。

维吉尔之风的布鲁克莱恩 [2]！不到五点，后来四点，太阳就
  落山；

每座电车站的一行行乘客，

等着转入地下，他们有着演员的面孔，

戏该收场了。不如说，是你的戏，从桌上抬起头来，

不再看那多年未曾重读的剧本。

白昼结束时、大海的脸色，

或空荡剧院中的座位，每一个都有自己的理由
指出哪里有问题。它们不懂你的语言，
角色简单，没有季节和布景
的变化。太多诗味。错误的时代。

四十一

营地[1]依然在远方——棕色栗子，灰色的烟
缠绕就像铁丝网。罪恶继续盈利。
褐色鸽子迈着鹅步[2]，松鼠堆积橡实，就像堆积小鞋，
而苔藓，无声如烟，让剥掉皮的身体安静
如同废弃的引火柴。在清澈的池中，肥厚的
鳟鱼随鱼饵升起，用变音符吐着气泡。
四十年已去，童年时在岛上，我曾觉得
作诗的天赋让我成为天选之人，
一切体验都随着缪斯之火点燃。
如今，我看见了她，在秋天，她坐在那张松木凳上，
是他们栗色的理想，留着金色发辫，身穿皮短裤[3]，
绣在她白色束胸上的罂粟花，有血滴，
对每个汉斯和弗里茨来说，她就是秋天的精神，
他们的凝视把残梗地耙平，[4]此时，呼号如烟的
秃鼻鸦，几近如人。他们将自己的事业放在
她玉米丝的冠冕、矢车菊[5]般的虹膜上，
她是扬谷糠的人，匕字符为她闪动
在瘦骨嶙峋的丰收的庄稼中。但假如从前，我就明白
我岛上的棕榈叶是耙，[6]它的沙和灰

是远方的营地，那我是不是会将笔折断，
就因为这个世纪的田园诗，它们的作者
是达豪、奥斯维辛、萨克森豪森的烟囱？

四十二

芝加哥的大道，白如波兰。
暴风雪下着天上的焦炭，让聚居区[1] 寂静。
有划痕的天空，闪烁就像一台电视。
沿密歇根大道而下，我的计程车爬行缓慢
如同史学家冰冷的文章。止步不前的汽车都被冻住
仿佛华沙的街上披斗篷队伍的一张张面孔，[2]
或是黑人游民的手，弯曲在开火的
枪管上，在高架铁之下；上方，被刺破的天空
刺透着火箭，火箭维系着两个帝国的高耸。
既会是冰，也将是火。在西比尔的水晶中
地球随着灰摇动，如孩子般颤抖。
就会如此。鸟的呼号听起来如同
沿街而下的手枪。汽车像死马，它们的鼻孔
泛着泡沫和冰。出租车的仪表盘上，调度员
尖细的嗓音警告着还会有雪。画面
照亮那电视机——首先，难解之谜；
然后，简单的黑白，雪坡，有松树
蓬松就像野蛮人矮马的鬃毛；
再后，身穿牦牛皮的蒙古人，折断的牙像骰子，
他露齿一笑，身下是平原之上的

寂静城市的尖顶，他在高处的喜马拉雅，
他拍打着身旁的雪，转过身，就像
长矛般的白桦中、部落的矮马在嘶鸣。

四十八

天然的赭石海崖，在倾斜的下午，

在海浪迸发的、巴兰德拉[1]的尽头，干燥沙滩的尽处，

影子的日晷从视觉与心灵中擦掉了海崖。

白色三趾鹬与回退的海浪竞逐，

用眨眼般迅捷的戳刺，啄向卵石间的海贝，

它们无视地平线，帆从那里淡出

宛如普洛斯珀洛[2]对他岛国的爱。

葡萄叶用带着纹路、橙色的手，遮挡日光，

但它的灯芯熄灭，三趾鹬消逝。

去吧，光，让我们思想的负担全无重量，

让我们的不幸无需魔法，

让它译不成诗，译不成文。

让我们变暗，与石头一样，不会皱眉，也不懂得

艺术或医学的必需，不懂得需要普洛斯珀洛的

缠着蛇结的杖[3]，或让海迷惑的棍[4]；

抹去沙滩上鸟迹的暗码吧。

均衡的比例赐福我们，就像在寓言里，

在生命最后的三分之一，在它的运动中，我们接受

自己的剧幕从一数到三，

乘上这技艺，划行，直到黑暗的风
在桌面上，让这支笔颠簸，它是折断的桨，是权杖
随海浪、随大海的韵律摇荡。

五十

我曾给过我的女儿两个螺壳，一人一个
是潜水从礁石间寻获，还是沙滩上卖的，我忘了。
她们用贝壳当门档，当书夹，但它们潮湿的
粉腭，是天使无声的歌唱。
我曾写过一首诗，叫《黄色墓地》，
那年我十九。是莉琪的年纪。如今我五十有三。
我苦吟出的那些诗，与任何传统都无联系
就像长着苔藓的石冢；每一首都下沉，如同石头
沉到海底，停住，但，如果顺利，还是让它们待在
深处的石头间，待在海的记忆里。
让它们在水中，就像我那调配水彩、
开始创作的父亲。他成了自己影子中的一个，
摇动、朦胧，在仲夏的日光中。
他的名字是沃里克·沃尔科特。我有时相信
他的父亲，在爱与苦的祈福中，
是用沃里克郡为他取名。反讽
令人触动。如今，当我重写一行诗，
或在很快变干的纸上勾画椰树的叶子、
就像他画过的那样朦胧时，我女儿的手在我手中摆动。
螺壳在海底运动。我常常移动

我父亲的坟，将卡斯特里发黑的、
圣公会的墓碑，移动到我能同时爱着
大海和他的亡故的地方。青春强于虚构。

五十一

既然你的一切工作其实都是努力安抚

过去，有必要在你的同龄人中得到认可，

那么，就让后人质疑西比尔和斯芬克斯吧，

让他们明白，不分种族的批评家是灵长动物的梦。

你的栖息之地让你困苦，你不会找到安宁

除非你和你的出身达成和解；你的下巴必定低垂

你手指的关节摩擦着你故乡的土地。

蹲在潮湿的石上，石旁白色的百合绷紧，

竖起耳朵；滴落的就当是音节

宛若露水，从原始的蕨草上；留心土地如何饮着

语言，珍贵的、依赖种族的语言。

然后，在黑色土壤上，用嫩枝当笔，

写《创世记》，看圣言开启。

象群在它们的水塘中转来转去，吹响了

新风格的号角。猫鼬困在车辙，

眼睛如碟的山魈，喝着叶子间的水，

它们会点头示意，随着长赘肉的蜥蜴讲述《黑诗人

传》，蜥蜴抓住树枝，那仿佛是雄辩的

讲台。而在高处、类人猿的学院，

戴着双光镜的黑猩猩，他的下唇突出，

泪水模糊了眼的晶体，他早就在翻读你的《作品全集》。

五十二

我听见他们行军、走过我脑中叶子潮湿的路，

走过践踏成泥的句法、它的被吸收的元音，

措辞之师，一支是黑色士兵，赤裸双脚，

另一支是红衣的英军[1]，明亮就像他们君主的血；

他们拖着的脚步，就像雨水，鞋底裸露。

一支为了女王而战，另一支捆着锁链，为她服役，

但他们一样痛苦，走着同一条路。

我们的占领地，与占领的军队

天生为敌，不过，什么样的灰浆能将

硫黄山[2]军营、破碎的石头粘合成

贝尔法斯特的、有裂隙的砖？我们是否改变了阵营

变成了长着胡髭的军士和爱马的贵族

就因为我们为英国人服务，如同双头哨兵

护卫着他们的疆界？所有语言，皆非中立；

英国绿色的橡树是喃喃低语的大教堂

那里有人不悦，有人安宁，但每个魂影，全都

可以让它的阴影变宽。我常去维吉耶的

英国军营的拱门。那里有叶子，

明亮，腐烂，如同军服的翻边或肩章，还有历史

和尿液的恶臭。叶子堆积，就像那些士兵

漏掉的 H 音[3]，来自竞争的郡，来自阿金库尔[4]的

硫黄石的战壕，和索姆河的毒气⁵。过去在罂粟花日⁶
我们的学校都买红色纸花。它们代表佛兰德斯⁷。
我曾经见过"热刺"⁸咒骂那烟气，一只"鹦鹉"⁹
在战场上，迈着碎步从中走出。那些愤怒的将官
从忒耳西忒斯¹⁰到珀西，他们的狂言是我们的典范。
我将罂粟花别在我的上衣。它流着血，宛如一个元音。

五十四

仲夏之海，热的柏油路，这草，这些生我的棚屋，

丛林，闪动的剃刀草¹、在路边、在艺术的边缘；

木虱在神圣的木上嗡嗡作响，

没什么能将它们焚尽，它们自然而生；

它们玫瑰般的口，宛如基路伯，唱着缓缓的、死亡的

学问——所有的头，纱般的翅膀，在每个耳畔。

远处，护林区²，在树枝突然变成大海之前，

我望着，透过移动、长草的窗，我想到"松树"，

或某种松柏。我想，它们必定受苦

在这热带的高温，它们会像孩子一样，想起俄国。

之后，突然间，从它们腐烂的木柴上，有了让人分心的、

我背叛过、或背叛我的、信仰的迹象——

黄色蝴蝶飞起，在通往巴伦西亚³的路上

它们口吃般对着复活，说"是"；"是，我们回答就是'是'"，

它们的某支唱诗班，唱金袍的"西面颂"⁴。

我孩子的赞美诗集，镶着金箔的诗集，何在？

当圣言在悲伤中转向诗，

我崇拜、但并不信仰的天，何在？

啊，生命之饼，只有爱能将它发酵！

啊，约瑟⁵，虽然一个人不会死在自己的国度，

但感恩的草，还是会在他的心里，生得厚密。

注释

选自《仲夏》(1984)

1 本诗集按照编号有 54 首诗,只有 3 首有题目,其余均无题。但"十九"有两部分,"四十三"有八个部分,也可以分别算作独立诗,这样总计 62 首诗。每首诗行数不一,最少有 17 行,最长 28 行,韵律格式多变不一;诗风一部分受洛威尔及其《笔记本 1967—1968》的影响,很多地方也与《另一生》和诗集《幸运的旅行者》有联系。诗集大部分写于诗人在特立尼达期间,在两个夏天之间完成,夏天(或仲夏)是诗集重要的意象,因而以之为题。

本诗集集中体现了热爱旅行的沃尔科特的"地理诗学"或"地图诗学",其中涉及了大量国家、地区、岛屿和城市。

与地理诗学相应,诗集还体现了沃尔科特的"绘画诗学"。如 Bensen 所言,整部诗集如同写生册,语言的绘画。

一

1 Baugh 认为这个短语是矛盾修饰法(oxymoron),既指岛(特立尼达)的被边缘、被抛弃、有罪的虚无,也指原始的祐护力,原初的活力;日光具有救赎的力量。

2 安东尼·特罗洛普(1815—1882),英国小说家,也是旅行家,写过研究论著《西印度群岛与西班牙大陆》。弗鲁德,见《气息》一诗。

3 指布罗茨基。

4 马拉瓦尔在西班牙港北部,是迭戈·马丁大区的一个地区;诗中的迭戈·马丁是同名大区的地区，商业中心，玛格丽特长住的地方。

5 西班牙港有穆斯林社区和清真寺。这里的比喻也见《安的列斯：史诗回忆之断章》。

二

1 pensione，原本是意大利语，也一般指意大利的小旅店，膳宿公寓，家庭短租房。

2 指布罗茨基秃顶，但这个词原义是僧侣剃度，呼应这里意大利天主教的语境，是把布氏比作圣哲罗姆。

3 Ibi dracones，即 Ibi sunt dracones，古代和中世纪绘制地图时，对于危险的区域，会标龙或其他怪兽的图案，这一做法后来演化为直接写这句拉丁文。关于这个短语，也见《新世界地图》。含义就是，厨房是奴隶居住的地方，他们都是异族，所以厨房是危险区域。

4 意大利多诺拉提科伯爵（count of Donoratico），被控叛国，与儿孙关在一起活活饿死。《神曲·地狱篇》33 暗示他饥饿垂死时，吃了儿孙的尸体，所以他被后人称为"食人伯爵"。

5 "罗马哀歌"指布罗茨基的作品。奥维德也写过哀歌，他与布罗茨基一样，都是流亡者，见《诺曼底酒店泳池》。

三

1 西班牙港的女王公园酒店。

2 Parnassus，希腊山脉，传说是缪斯的故乡，所以比喻为诗人的家园。

3 文艺复兴初期意大利画家。这里说的《复活》（约15世纪60年代）是一幅壁画，在意大利托斯卡纳大区阿雷佐省桑塞波尔克罗。

4 托马斯·特拉赫恩（1636/1937—1674），英国玄学派诗人。

四

1 亚洲中南部山系，大部分位于阿富汗。

五

1 曼哈顿十四街，西段以南就是格林尼治村。本首诗的地点就在
纽约。
2 纽约的绰号。小贩们卖芒果，所以这样比喻，而且芒果金黄，如
同仲夏的日光。
3 两地都是东汉普顿的村子。
4 出自《马太福音》5:13，这里从和合本的译法，这个短语表示社
会精英。

六

1 西班牙港广场，也是公园，北边是市政府和法院。
2 Casa Rosada，阿根廷总统府，外墙玫瑰红，称为玫瑰宫。这里是
类比阿根廷，特立尼达仿佛具有拉美的气质，一样迷人，一样混乱。
3 西班牙港东北地区，在拉文第勒山边，奴隶后裔多居住于此。
4 博尔赫斯早年自费出版过一部诗集《布宜诺斯艾利斯的热情》
(*Fervor de Buenos Aires*)。

七

1 立陶宛诗人，诗歌翻译家，阿赫玛托娃、帕斯捷尔纳克、米沃什和布罗茨基的好友。

2 指古巴诗人埃贝托·帕迪亚（Heberto Padilla，1932—2000）。

十五

1 指片段的回忆，都被忘记，如同海中的废物，但死亡／海水将它们带回。

2 chattel houses，巴巴多斯的英语用词，房屋完全木制，不直接建在土地上，可以拆解，移动，买卖，工人阶层多使用这样的房屋。飓风多发地区，这种屋子也常使用。这个词组后来也在其他加勒比国家使用，如特立尼达、英属维尔京群岛。

3 丢勒（1471—1528）对野兔细腻的笔法以及对水彩画的运用都影响了沃尔科特。见《另一生》2.9.3（本诗集未收）。

4 这种树是圣卢西亚的国树，果实如同炮弹，中文也有称为炮弹树。

十七

1 沃尔科特母亲有荷兰血统。

2 即克拉文的《艺术名作选》，见《另一生》1.4。

十九、高更

1 Papeete，法属波利尼西亚首府，位于塔希提岛（大溪地）。殖民者试图将这里建成一个欧洲风格的都会。

2 Breton，法国西北布列塔尼大区，高更居住过这里，受到了当地原始艺术的影响。这地区产马，所以作者会联系骡子。

3 colon，双关，英语表示结肠，法语表示殖民者，意同 colonist。

4 让－安东尼·华托（1684—1721），法国画家，代表作《舟发西苔岛》（*L'Embarquement pour Cythère*）。

5 高更在银行当过职员。第一部分是高更的自白，但作者的主要目的是将高更等同为诗人（等同于沃尔科特自己）。

6 暗示"禁果"，禁果是知善恶果。

7 皮埃尔·毕维·德·夏凡纳（1824—1898），法国象征主义画家，以壁画见长，画面优美自然，如同梦境。

8 梅毒导致的下疳，糜烂，溃疡，一般认为高更在塔希提染上了梅毒。

9 金色是高更常用的颜色。

10 高更早年在耶稣会神学院接受教育，后来放弃，所以说"被褫夺法衣"（defrocked，除去圣职）。

11 高更的很多画，都画于粗糙的麻布，如著名的《我们从何处来？我们是谁？我们向何处去？》。

12 摩耶即印度教和佛教中的"幻"。壁画最终如同"幻象"。

二十一

1 《新约》人物，和合本译为"马大"，我改为玛姐，她是拉撒路的姐姐，见《约翰福音》11:1，11:5。

二十二

1 指标语、口号、横幅。

二十三

1 1981年4月10—12日伦敦南部布里克斯顿爆发的骚乱，骚乱群体为非洲和加勒比裔族群，这里也是他们的聚居地。

2 南非荷裔人。

3 覃类生物自然排列形成的圈，民间传说中认为是仙女或精灵做成。

4 蔷薇属植物，拉丁名为 Rosa canina，欧洲是原产地之一。仙女环与犬玫瑰如同种族隔离的界限，将黑人孩子封锁起来。

5 这句的含义是，他是有色人种，为白人增添了颜色；同时，也仅仅是为白人锦上添花。

6 "商籁集"，指莎士比亚十四行诗，作者显然要指的是127—154，即"黑女士商籁"，按一些文学理论家的看法，这些商籁含有种族主义的色彩，作者或许也是这样认为的。摩尔人指奥赛罗，见《山羊与猴子》。

7 Caedmon，公元7世纪英国诗人，英国史上有名可查的最早的诗人。

8 关于透纳的船，见《纵帆船"飞翔号"》第二节。

二十九

1 济慈与契诃夫都曾患病，为了休养，分别居住在罗马和雅尔塔。

三十

1　transcendental，用这个词是暗示波士顿出生的爱默生及其领导的新英格兰先验主义（transcendentalism）哲学思潮。在康德哲学里，汉语哲学界通常将 transcendental 译为"先验的"，transcendent 译为"超验的"，故我也遵循了这样的译法。

2　一马两轮的双座小马车。下面提到的"稻谷"，指马车流苏。

3　Storrow Drive，波士顿东西向大道，沿查尔斯河，东段开始偏东北。道路东边就是波士顿公园，路与河对岸就是麻省理工学院。

4　指隧道里的灯。

5　褐石屋常见于纽约、波士顿等美国城市。这个词后来也指一种房屋样式，其材料未必用褐石。旧式用法，这个词作为形容词，指美国富裕家庭。

6　Beacon Hill，波士顿历史悠久的街区，在波士顿公园北部，实际是高地，麻省议会大厦坐落于此，这里也是富人区，街边有旧式煤气灯，所以下面提到了灯柱（standards）。

三十一

1　Cape Cod，马萨诸塞州的一个半岛，位于大西洋。

2　代指印第安人的女巫，下面的水中仙女（naiad）和塞壬也是，它们都是异教神和巫师。

3　Pilgrim，第一批移民美国的清教徒。

三十四

1 Thalassa，希腊语，意为海，即 θάλασσα，阿提卡形式写作 Thalatta。这里指色诺芬（见下）《远征记》(*Anabasis*)——本诗中的 "远征"就是这个词——的著名故事，希腊远征军看到了黑海，开心地喊道"海，海"。乔伊斯《尤利西斯》里也用过这个典故。

2 都在多巴哥岛西边。

3 圣塔菲 (Santa Fe)，这里指美国新墨西哥州首府，美国最为古老的州首府。阿尔勒，南法城市，因梵高而知名。

三十五

1 Mud. Clods. The sucking heel of the rain-flinger，这一行都是不完全的句子，它想象雨水是由一个"神"抛掷，他的脚后跟是土地。

2 亚瑟王传奇中的仙岛，亚瑟王在剑栏之战负重伤后被女神送到该岛疗伤，一说他最后死于此处。

3 指朗格兰的《农夫皮尔斯》，见《纵帆船"飞翔号"》第一节。

4 习语中，这个词作为形容词，形容那种关注负面现实的戏剧或文艺作品。英国上世纪 50—60 年代，盛行过极端抨击现实丑恶、描绘日常生活的文学和艺术思潮。最初，一位画家布拉特比 (J.Bratby) 把日常的厨房等事物画入画中，批评家西尔维斯特 (D.Sylvester) 将之命名为"洗碗池现实主义"，这个词遂流传开来。

三十六

1 此处用莎士比亚的比喻，"弓"比喻阴户，"箭"比喻阳具。见

Shakespeare's Sexual Language: A Glossary，第 50 页。

2　硬币比喻河水上的反光，这个比喻见《欧洲森林》。

3　莎士比亚《亨利四世》下篇中的两位治安法官，名字分别是"浅薄"和"缄默"的意思。

三十八

1　棕榈并不见于欧洲主流诗歌，它是加勒比和热带地区的植物，因此需要翻译，这个翻译不是指简单意义对应，而是一种异质文化让另一种文化接受的过程。

2　马萨诸塞州诺福克县的镇，美国前总统肯尼迪的出生地。

四十一

1　指纳粹集中营。

2　即正步，这里为了配合鸽子的意象，中译直译。

3　是德国巴伐利亚、奥地利、瑞士等阿尔卑斯山地区的男性的传统服饰，短裤上面有吊裤带。它通常被视为农民的服饰，也被巴伐利亚人视为标志。

4　暗示将犹太人的骨灰埋入土中。

5　蓝色矢车菊是德国国花。

6　蕨叶有齿，如同耙子。作者来自加勒比，那里没有纳粹的屠杀，但屠杀却让一切现代诗歌都软弱无力。

四十二

1 指黑人聚居区，见《海湾》。本诗所指的是芝加哥南区的黑人区。

2 "华沙和波兰"暗示了本诗与冷战有关。"队伍"指排长队等待购物的人，冷战时期东欧经济不景气，物资匮乏，商店门前往往都有标志性的长队伍。

四十八

1 特立尼达岛东北岸海滩，靠近兰帕纳尔加斯。

2 《暴风雨》中的人物，见《克鲁索的日记》的注释。

3 《暴风雨》中普洛斯珀洛精通魔法，有一根杖。本诗说的缠着蛇的杖，是西方的阿斯克勒庇俄斯之杖（Staff of Asclepius），阿氏为医神。

4 指摩西的让海分开的杖。

五十二

1 旧式的英国陆军士兵，身穿红衣，见《另一生》1.1.2。这种军服现在也被一些英联邦国家继续使用。

2 Brimstone Hill，圣基茨岛上的山丘，英军 18 世纪在这里建立了要塞，这座目前保存完善的要塞也是加勒比和美洲的重要景观。

3 英国有些地区在发音时会漏掉单词开头的 h 音（aitch），语言学上叫 H-dropping。

4 位于法国加莱海峡省，1415 年 10 月 25 日百年战争期间的英国和法国在此交锋，英王亨利五世以少胜多。

5 索姆河位于法国北部索姆省，一战期间，英法与德国进行了交战。

一战期间，德国开始使用毒气，其他国家后来也纷纷效仿，索姆河战役就是用例之一。

6　英国国殇纪念日，为每年 11 月 11 日。这一天人们要佩戴虞美人花（Papaver rhoeas），这种花为罂粟属，所以泛称为罂粟花日。

7　佛兰德斯是一战的主战场，交战双方死伤惨重。

8　Hotspur，英格兰第一代诺森伯兰伯爵的长子亨利·珀西（Henry Percy，1364—1403）的绰号，他发动叛乱，反对亨利四世，最后被杀。

9　popinjay，见莎士比亚《亨利四世》上篇第一幕，第三场。形容一个大臣（lord），他啰里啰嗦，不男不女，装腔作势，本词被珀西用以交出战俘。

10　忒耳西忒斯是《伊利亚特》第二卷中出现的希腊联军的将官（也说是士兵），貌丑言多，多次冒犯他人，被阿喀琉斯杀死。

五十四

1　珍珠茅，拉丁名为 Scleria scindens，莎草科，珍珠茅属植物，西印度常见植物。

2　指特立尼达的护林区，在该岛西南。

3　特立尼达的巴伦西亚，见《名字》一诗。

4　《路加福音》2:29—32，西面做的颂歌，武加大译本首句为这两个词，即，如今，你释放。天主教常将这首颂用于晚祷。这个歌名也表示永别，离别人生。

5　还是指布罗茨基。

选自《阿肯色圣约》（1987）[1]

死路谷 [1]

一

日出之时的镶板
在山坡的店铺上
它赋予这些诗节
它们呆板的形态。

若我的技艺有福；
若这手既精确，
又诚实，正如
它们的木匠之手，

那每个结构、意图
从其角度来看，就会
类似这座村落、
没有涂漆的木头村落

而一个个辅音卷起
脱离我削动的木刨
在芳香、有着土生

纹理的克里奥尔语上；

离开支起的长凳
它们会翻卷在我脚边
C 开头、R 开头，
有着法国或西非的根

离开蜂拥的方言，
它的叶子虽然未读[2]
但却变亮，在它们
本土之路的舌头上；

而它们靠近了
我钉好的细绳
连同斜面的木板、
没有涂漆的松木板，

它们就像喃喃的页岩
呼息的树木唤起了
记忆，用它们的气味：
空心木，洋苏木，

它们沙沙作声：你对
我们的期望不会如愿，
你的语言是英语，

是另一种不同的树。

二

在小溪的碎石间
轻轻的喉音响起，
在河谷，一个混血儿，
一个黑色的元音呼啸，

它发出黯淡的椭圆；[3]
而在红铁桥的旁边，
修缮工人用铲子
刮着起泡的沥青，

每下尖厉的摩擦声
都达到如此的音高
他们就用着某种语言
说话，但它写不出来。

就像那种逝去的观念、
对可见的灵魂的观念
还在这里燃烧
在不识字的土壤上，

蓝色烟雾向远方爬升
向高处，它的血管不会
转向，不会离开炭黑的
空地中、赭石色的伤痕。

硬皮的云朵露出
面包一样的内瓤
在烧焦的、覆盖着
无花果叶的泥炉之中。

接雨水的桶里，水
的皱纹变平，成了玻璃；
一棵青柠树的女儿
在那里，端详自己的脸。

树苗分叉，成了
从庭院中、飞奔上楼的
少女，她走入了
这一诗节。此刻，泪水

盈溢她的双眼，镜子的
泪水，因为她颈背上的
发结，被她母亲的梳子
拖曳；母亲察觉，

说："凭他的容光
一切河谷都变得
耀眼。"[4] 她敏捷的双手
编织着小溪的发辫。

粉笔色的花朵涂画着
沥青的黑色板岩
而木槿花之铃
告诉她：迟到了，

随着海浪在树枝上
蔓延，就像在公立
学校里、蓝白色
长凳的浅滩上，

她朗诵这门语言
它在黑板之上
让她目盲，仿佛一页
道路上的炫光，

于是，她微步走向
内心的寂静，沿着
一条赤途，森林
吞没它，就像收回舌头。

三

正午。干渴的蝉呜呜
就像她母亲的机器上
生锈的脚踏板，
继而停住。青柠的花瓣

飘舞，如同剪断的布
在缝纫好的寂静中；
仿佛花粉，它们的生长
意味着她的天意。

正午为青柠树缝边
用不规则的阴影；
如此之多的对称
让她的后背感到疲倦。

一行斯芬克斯
我的双眼依靠着它们
是山峦，坚定得如同
它们石头般的发问：[5]

"你可否用正确之名
大声叫出每条山脉，
随着我们的容貌变易

640

在光亮与云彩之间？”

但是，我的记忆微小
如同大海稀薄的声音，
我恍惚记得的
是一行白沙滩

和一行行面容痊愈的
红木，而石头
喃喃低语，在多石的
河底，但这些问题

甫一解决，就会松开
自己的结——是山间的
泉水，它们的碎石
在雨中变得嘶哑——

这时，樵夫放松下来
聆听斧子挥舞之后、
片刻间、天空的
绽裂，一个个名字契合

它们的回声：马奥！ [6]
弗雷斯蒂埃！ [7] 还有远处，
叶子沙哑的回音，

玛布亚！还有，啊！

那山居然起身，对我
俯首温顺，[8] 这个混血儿
幸福地惊呼，他重复着
元音，一个又一个，

树枝向我鞠躬，
方言在喝彩
而记忆的汁液
向上奔涌。

四

每一段诗节的西边
太阳从那里升起，
香蕉田回应着
它们的光；头顶上空

有一只盘旋的鹰，
我的心在它的嘴畔，
被它带回，回到了
世界的边缘

回到了消失的桥
回到了在自己的床上
辗转的河，回到山脊
在这里，那棵树

放学回家，时候已晚。
哪一座是她的棚屋？
她正径直地攀登
爬上这首诗的阶梯，

她坐下来吃晚餐
面包和炸鱼
而一棵棵树，复念着
变暗的英语。

棚屋的窗户闪耀。
绿色的萤火划着弧线，
点燃了弗雷斯蒂埃、
奥尔良、丰圣雅克，[9]

而森林正在
熟睡，它的眼睛闭合，
只有亮光的小房
抬眼一望；

此刻，一座座小棚屋
在头灯旁边，徐徐滑过
在它们关闭的文本上：
山的顶点如同金字塔。

在烤炉般温暖的夜
余烬飞舞。店铺的门
猛然间合上光的镶板
就在路上，在咸鱼的

气味中。干燥的沙土
堆，散落如星。
猫一般的鸽子岛 [10]
用它的爪子，伏住大海。

三乐师

献给洪特·弗朗索瓦 [1]

"一旦圣诞来临
它带着一缕微风，
新鲜就像伯利恒
在荣耀的香柏之中。

从城镇到无忧堡，
从无忧堡到卡斯特里，
它为路途增光
它穿过一座座村落。

我们把红铁罐 [2]
放在门廊，祈求宽恕，
我们将石头粉刷一白
从第一座花园开始；

在洒过水的庭院
白玫瑰树的旁边
有了柔软的凹痕
那因自天使的双膝，

645

他们的长袍如此纯洁
袍子的褶皱宛如
瓷壶中蜿蜒
流出的水；

这就让青年和老人
仿佛一新。这一周
惊动了青柠叶，³ 寒冷
如同大天使的面颊，

他的影子，迅捷地
升到山坡草地之上
它叫香柏散开，
好让他的双翼飞过"，

伊西多太太这样唱道，
她门前的台阶擦洗干净
就为了第一位访客，
我们赤脚的主。

他比人们更贫穷
他的床铺无处安放；
"我的客厅是耶路撒冷，
我的桌子，是基列山⁴。"

整整一周，她都在练习
鞠躬："很高兴见到您；
这位是？他是
约瑟，也是木匠。"

就在这整整一周，
谁若烦恼，之后就会笑；
约瑟摆着玻璃橱中
银色的玻璃瓶

旁边是两根柱子，
金色威士忌，尊尼获加，
老人因它更衰老，
约瑟不会，他兴奋，兴奋

抱她，就像抱住他的手艺，
他没有去酒馆，
他只是唱："一半的
传讯的天使"；礼拜六

他乘着小巴，从
市场，直接返家；
漆布油毡的炮筒 5
在他们的屋中铺展。

这时，有火腿蒸到冒泡
尽管是好东西
但在煤油罐里
灰布把罐子包得紧紧，

四面八方，地上都有股
葡萄干的味道，黑蛋糕[6]
她会切它，为了那个
她不可能生出的孩子。

啊，圣诞，圣诞之晨！
他们在风中聆听，
聆听小男孩的梵婀玲、
如泣如诉、预警的琴声；

他们感到圣婴[7]的
血液流过
罗马人的一品红[8]的
刀锋，

而那三位乐师
正穿过一座座庭院，
那里姜味的芬芳
来自甘松；

四弦吉他在弹奏
随着他们粗哑的颂歌，
他们到了，"进来，进来
威士忌，玫瑰茶[9]——"

玫瑰茶，有血红的荆棘
冠，在篱笆之旁
带着花边的灌木在那里
屈膝忏悔——

"约瑟，拿三把椅子！"
他们在门口鞠躬。
三顶呢帽。有人说道，
"圣诞快乐，伊西多老妈，

我是弗兰克·英森斯，
这是戈尔德和莫尔先生。"
他们将自己的乐器
小心翼翼放在墙角。

新帽子在膝盖上，
他们点头赞许，一切
整洁，一缕微风
吹干他们滴下的汗。

一人举起他的烈酒杯
用弯曲的手指，为了
向那太太敬酒，
因为他们都知道

她梦想白色的蕾丝
在柔软、乌黑的皮肤上，
但莫名其妙，上帝的恩典
却是，她生不出孩子；

散开的窗帘
让漆布的油毡明亮，
他们让孩子降生
在她那增光的房间。

他们安静地吃着
她奉上的黑蛋糕，
他们在乐器旁，
三位后背挺直的君王，

他们送回盘子
盘的边上，还留了一片
是出于礼貌，再连饮两杯纯酒，
开始歌唱，唱得真叫烂；

在小提琴手刺耳的尖叫中
他们饥渴、渴望
孩子。约瑟觉得
他的心快要迸裂。

圣卢西亚初次圣餐礼 [1]

黄昏，在破旧的沥青缎带的边缘，
身穿白棉长裙、棉长袜的黑孩子站立。
先是她，然后是她的小田地。哦，是初次圣餐礼！
她们的手上，捧着装饰粉带的弥撒书，

坚硬的发辫，上面别着她们白绸缎的飞蛾。
毛虫 [2] 的手风琴，还在像泵一样释放神话
沿着棉树的细枝，从它张开的一张张嘴中
圣饼生荚 [3]，就凭着没有"如果"的信仰！ [4]

所以，圣卢西亚各处、成千的圣婴
都安排着走上教堂的台阶，面对太阳的眼晶体，
直立如蜡烛，在眯着眼睛的父母间，
在黑暗、如她们的盲圣徒 [5] 的黑暗，来临之前。

但是，如果有可能慢慢停下，在昏暗的
沥青的边沿，当它的头灯刺穿
她们双眼之先，若有可能让每个孩子住进我手上的房屋，
有可能让窗户放低、露出缝隙，细心地催促

最后一只飞蛾小心地飞入，那么，我会让黑色的汽车
封住她们的暴风雪，在某座黑色的山上，
让她们抖动的双翼没有灰尘，我会松开成千的她们、
令她们蹒跚步入天国，就在偏见、邪恶降临之前！

大　岛 [1]

这座村庄，像灰色的破布浸没于咸水，
一种语言就出自这里，装点着螺壳，
装点着零星的浆果，在它的腋下
和灵活如船桨的肘臂间。每场仪式开始
于食槽，于粪堆，开始于破晓和黄昏之时、
蟹出席的
葬礼。海水强化着
气味。群岛的锚渐深
但它在沙上总是干净。鲨鱼许多，
通常还有海鳐，它的双翅宽大如船帆，
带着失眠者的凝视从摇动的珊瑚间浮起，
而渔人举起一条鲶鱼，那就像卷须的首级。
而黑夜，点着它的若干支、不可熄灭的蜡烛
它就像万灵之夜 [2] 上下颠倒，如同蝙蝠保持着
对世界的视角。所以它们的眼睛俯视，望着我们，
觉得好笑，发现我们走起路来奇奇怪怪，
它们好奇，想知道我们的平衡感、我们如何入睡时
仿佛死去一样、我们如何会将梦
与钉子或玫瑰之类普通的东西混淆不清、
岩石如何随着苔藓迅速衰老、
大海如何生出了与时间无关的皱纹、

沙滩如何在无所事事中引动旋风、

影子如何仅仅回应太阳。

而有时，海豚黑色的边缘

就像旧轮胎的顶部。厄尔皮诺[3]，你

一通折腾，酩酊大醉，把舱壁都弄塌了，

而舵手驾着船，就像鳎鱼在呼吸的波浪下，

继续向前吧，这里没你的事。

这里有不一样的蜡烛和习俗，死人

也不一样。有不一样的贝壳守护它们的坟墓。

这里有种种异样，远离着我们地平线那边的

天堂。这不是紫色如葡萄的爱琴海。

这里没有葡萄酒，没有奶酪，扁桃是绿的，

海葡萄苦，语言是奴隶的语言。

白巫术 [1]

献给列奥·圣·赫勒拿 [2]

那立约者踢走她褶皱的皮肤。
快把她的魂封进罐里！半人之狼
能弯着肘臂小跑，起身，露齿一笑
化为牙关紧锁的狼人。香炉 [3] 驱散了
地上的雾，还有雾中呼啸、游荡的一个个魂灵，
它们没有得到神令的施洗、成就、
和诅咒。岛上的说书人 [4]，喜爱
我们蘑菇般的小精灵，那是魔鬼的阳伞
它们像蛆一般爬出树干上腐烂的洞，
它们的嘴是缝合的缝迹，它们畸形的脚内翻。
驱魔术难以让那些迹象
过时，我们午夜之后会听见它们，在林中，
那有个苍白的女人，如同盲枭飞动
飞向她分叉的树枝，一个个猩红的月亮是眼睛
里面满是犹疑。你可听到银色的飞溅声？
没有。如果它从长着苔藓的石头上滑落
别理它，就当是疲倦的蟹，是鱼，
除非我们头发潮湿的水之母
正在你笔端的这一页下滑动，

只有单纯的人才认为，这些会出现。

树精和树神们都印在

树皮上、纸莎草和这张纸上；

但，虽然我们的枯叶噼啪碎裂，随着鹿脚的

猎人、森林之父[5] 蹒跚走过，

他也只是潘的复制，更是撒提尔的转译。

从黄麻的糖口袋里钻出的老丑婆，

（虽然你在月光下的门楣上撒了行白面粉），

悄悄向你爬来、从身前爬到身后的"俊男"，

脚上覆着蕨草、没有面孔、鼠耳的小精灵，

这些传说，属于落后的穷人

月光让它们生出大理石的花纹，它们会变得洁白、多彩。

我们的神话是无知，他们的才是文学。

世界之光 [1]

> 赶紧来卡亚，得赶紧来点卡亚，
> 得赶紧来点卡亚，
> 因为下雨了。
>
> 鲍勃·马利

小巴 [2] 的立体声里，马利唱着摇滚
而那美人轻轻哼着副歌的迭句。
我能看见光线，在她脸颊平面上的何处
闪动、映出轮廓；如果这是幅肖像
你会将强光留到最后，这样的光
让她的黑皮肤如同丝绸；我会配上耳环，
简单、纯金的耳环，用来映衬，但她
并没有戴首饰。我想象一丝浓烈、甜蜜的
气味，来自她身上，就像来自不动的黑豹，
而她的头不是别的，正如纹章一般。
她一看到我，就礼貌地移开目光
因为对生人的任何注视，都是无礼，
她就像雕像，像黑色的、德拉克洛瓦的
《引导人民的自由》 [3]，她缓缓隆起的
眼白，雕刻过的、乌木的口，
坚实的躯体的重量，属于成年女子

658

就连它，也渐渐消逝在黄昏中，
只剩下她轮廓的线条，强光下的脸颊，
我想，哦，美人，你是世界之光！

并非只有这次、在小巴上，我才想到这句短语，
十六个座位的小巴，嗡鸣阵阵，往来
大岛和市场⁴之间，周六的交易之后
市场上留下木炭的粗粒和蔬菜的垃圾，
喧嚣的朗姆酒馆，在它明亮的门外
你看到酒醉的女人在人行道上，令人悲伤至极，
她们将一周拧紧，再将一周放松。
那市场，周六的晚上关张，此时
它让人想起童年，那一盏盏挂在街角灯杆上、
蜿蜒的煤气灯，还有旧日喧闹的
商贩和车来人往，灯夫攀爬，
将灯笼吊在杆上，再转到下一个，
而孩子们将脸朝向灯的飞蛾，他们的
眼睛白如他们的睡衣；市场
关门，在笼罩它的黑暗中，
影子在商店争执，为了生计，
或在火爆的朗姆酒馆，为了标准的吵架习惯
而争吵。我现在还记得那些影子。

小巴在变暗的停车场，慢慢坐满。
我坐在前排，我不赶时间。

我看见两个少女，一个穿紧身的黄上衣

和黄色短裤，头发上有朵花，

平和中心怀渴望，另一个却让人无趣。

曾经的某一夜，我走在这座城市的街道上

生于斯，长于斯的城市，我想到我的母亲

她的白发被涂染的黄昏微染，

那些倾斜、盒般的房屋，在痉挛中

显得反常；我窥视过百叶窗半开的

客厅，窥见了黯淡的家具，

莫里斯椅，正中的桌子和上面的蜡花，

还有平板印刷的"圣心基督"，

小贩还在朝空荡的街道兜售——

糖果、干果、粘巧克力、花生糕、薄荷糖。

一个老女人，包着头巾，上面有一顶草帽

她蹒跚向我们走来，手中提篮；在某个地方

一段距离之外，还有个更重的篮子

她拿不动。她有点慌张。

她对司机说："Pas quittez moi à terre"[5]，

她用的土话，意思是："别扔下我不管"[6]，

用她和她的民族的历史来说：

"别把我留在地上"，或者变一下重音：

"别把土地留给我"（指继承）；

"Pas quittez moi à terre，天国的小巴，

别把我留在地上，我受够了。"

黑暗中，巴士坐满了沉重的影子
他们不会留在地上；不，会留在
地上，他们还必须苦熬。
被抛弃，是他们早已习惯的事情。

而我已经抛弃他们，我知道小巴上
还有座位，在平静如海的黄昏，
人们弯身在独木舟里，橙色的光
来自维吉耶海岬，黑色的船在水上；
我，难以将自己的影子凝固成
他们影子中的一员，我已把他们的土地留给他们，
还有他们白朗姆酒般的争吵，他们的煤袋，
他们对警士、对一切权威的憎恨。
我深爱那窗边的女人。
我多想今晚带她回家。
我想让她拥有我们小房子的钥匙
就在大岛的海滩边，我想让她换上
丝滑的白睡衣，它会如水一样倾泻
在她的乳房、那黑色的岩石上，我只想躺在
她身旁，挨着光环，煤油灯芯的、
一盏铜灯的光环，我多想默默地告诉她：
她的头发如同夜晚的山林，
河水的涓流在她的腋下，
如果她想要贝宁，我就买下它。
我不会把她留在地上。其他人也是。

因为我感觉到了让我流泪的、巨大的爱，
还有如荨麻一样、刺痛我双眼的怜悯，
我担心，我会突然开始哭泣
在这播放着马利的公交小巴，
一个小男孩，透过司机和我的
肩膀，细瞧着来临的光线，
瞧着黑暗的乡村中、疾驰的道路，
还有小山丘上、房屋的灯，
和繁星的树丛；我抛弃了他们，
我将他们留在地上，我留下他们、让他们唱
马利的悲伤之歌，那悲伤的气味真实如同
干燥的地上的雨，或像潮湿的沙滩的味道，
巴士觉得温暖，是因为他们的和睦、
他们的体贴，和他们礼貌的道别，

就在巴士头灯的光照中。车笛声里，
砰然抽泣的音乐中，有吁求的气味
来自他们的身体。我多想让小巴
永远继续前行，我不想让任何人下车，
不想让他们在灯的光芒中道晚安，
不想让他们走上蜿蜒的路、在萤火的引导下、
走到光亮的门口；我多想让她的美
生出温暖、如同体贴的木柴，
变成厨房里、珐琅盘令人舒心的
叮吟声，变成庭院之中的树，

但我到站了。在翠鸟酒店的门外。

休息厅里，会满是像我一样的过客。

然后，我会随着海浪走上沙滩。[7]

从小巴下车时，我并没有说晚安。

"晚安"中满是难以言表的爱。

他们在自己的小巴上继续前进，他们留下我在地上。

这时，走了几码，小巴停住。一个男人

从小巴的窗边，叫着我的名字。

我朝他走去。他拿出什么东西。

是从我口袋里掉出来的一包烟。

他把烟给我。我转身，藏起我的泪水。

他们别无所求，我什么也给不了他们

除了这个东西：我称之为"世界之光"。

海上之夜 [1]

献给罗伯特·李 [2]

什么样的月亮会浮起，透过海扁桃、
如同树海之中、漂动的浮标？
像伊朗式匕首的弦月？
势力范围辽阔的国会山庄？
生着胎记的、戈尔巴乔夫的头？ [3]
是当地的月亮，盈满着它的重要性，
是巡夜的、装着新电池的手电，
惊动了厨房水管中的滴流，
将螃蟹钉在酒店的铁丝网上，
像飞贼一样改变了主意，
摸索着锁住的港口，将海浪之链弄得沙沙响。

月，平静如厨房的、没有手的钟，
钟在这海滩之屋的、碗橱架的高处，
月在塑料的桌布上凝望，
她将鼠影重印在那上面，
鼠像化缘的修士，小口吃着他念珠的
浆果，就用他的比嘴还快的手指；
那时，群岛是公主 [4] 的一颗颗宝石，

664

身披铠甲的小蚂蚁，鱼贯而行，
高举旗帜，歌唱"神圣，神圣的
女王"，然后随着舰队，散入
破裂的、带着她凝固笑容的婚礼蛋糕。

她的前额僵硬，绷紧如同修女
或像洗衣的黑人女工，将帆别在
晾衣绳上，却又遗忘，她曾经是
童贞女王[5]，她的光辉引导着一艘艘蜗牛：
留下银色黏液的、她的生角的大帆船，
引导着沙滩上苍白的蛞蝓。失眠者的自责。
如今，一切已去，过了鼎盛之时，
她的心灵正在另一种紧张中游荡；
她听见加农炮的海浪、棕榈叶的狂风，
她透过自己脸上擦拭过的地方，看见了
那些她施洗过的船骸：无敌号，复仇号。[6]

海上之夜。夜向海私语。
巡夜人披着巡警的斗篷，他巡视着
酒店的铁丝网的边界。我回答他道的"晚安"。
他的手电光旋动，穿透咸腥的浪花，
越过头骨堆成的、古老的山丘，
那来自去皮的椰子壳，是原始的过错，
是浅滩上黑暗的骚乱引发的动荡；
他唱着雷鬼，在一个月中，月如此明亮

你都能读清那月旁的棕榈。钢鼓乐队击打出
海浪的滑音，在旅店泳池的
露台旁，他们复制出月的弧光。

一波声响，头顶上的回音
（并未摇动池中椭圆的月），
随着记忆搏动，曾经，从中学
到大学，我珍爱的戏剧
是马洛的高云[7]，我继承的遗产
是这个巨型的球体，我读过的东西
仿佛沉没于让沙滩的湿孔
重又打开的海浪，它在洞穴的头中旋转，
直到几个世纪过后，倚靠这海滩之屋的墙壁
我低吟着一行行海的诗句，它们退去
变成一架消失的喷气机、它的绿宝石和红宝石：

"黑色是极亮之昼的美"[8]，
她耳环的圆周是黑色，
它从黑色放射无形之光，
黑色是她圆口中唱出的曲，
黑色是桌布，王冠在上面照耀，
黑色，夜的完美，隐藏夜的瑕疵
除了地平线、那道裂纹；
此刻，一切变幻，虽然我曾关注的
是那满月，而非环绕月亮的东西，

是巡夜人的手电，而不是巡夜的人，
是历史的清醒、催眠的清醒。

整个一周，我都在排演她们的美，
她白色的圆盘，移动如同相机的镜头
沿着高颧骨的脸颊上的乌木，
我说的是安·丹尼尔，劳莱塔·埃蒂安，[9]
她们有雕弓的口，有安详的、半球之眼，
皮肤亮滑，若在骨骼上揉动食指
她们的肌肤就会吃吃作响，
她们露齿的笑容，洁白就像浪花，
她们太过端庄，难作优伶，每一个
都穿着海水之棉，来自贝宁，仍是完璧。

海上之夜。钟表继续它们的运动，
灯塔的激光掠过水波；
一个不同的年代，向大海私语，
棕榈叶会用手，抓住老迈的月亮
轻轻地将她带向云的坟墓；
我穿过变暗的草坪，走回屋子；
之后，她的所有光芒再次回归，
让青蛙成了草地上的日晷；
她的周边，一道圆环，意味着下雨，
意味着，在那张空白的脸庞上，
只有历史的天真和它的自责。

所以，让她的光消散吧，消散在黑貂皮
和天鹅绒的记忆中，一片有领之云的记忆
它让厨房台上的方砖，变得黯淡，
让一群将白帽抛向空中的海浪、
它们喝彩的欢呼，变得阴沉，
此时，你走近屋门，碰上门锁，
你立刻想起了那些女子，她们的脖颈柔韧
如同弯身的棕榈，你看见老鼠溜回了
它的洞。棕榈的笔尖划动着
屋顶的羊皮纸。在铜灯的底座上，
有新的雨蝇，有木火柴的桅杆。

雨蝇的瘟疫乱涂。上床睡觉。
晨雨之后，发抖的海扁桃树
会从弯下的头上，摇落噩梦时生出的汗滴。
海浪会让沙滩的页面光滑，就连
积云也改变了对天空的看法
随着太阳擦拭棕榈叶的笔尖，
从潮湿的山丘上，群鸟的教区
检验着新的语言，因为这里是它们的故土，
但年老的月亮，由于失语，目瞪口呆
就像鸡鸣时的鬼魂，而一股力量
拍打着棕榈，振作了它们的和你的心。

致诺兰 [1]

这片沙滩依然会空无
再经过多少石青色的黎明
也仍是空无岸线，海浪不断
用自己的海绵将之擦去，

会有其他人到来，
来自安睡的屋，
咖啡杯温暖他的手掌
如同我的身体曾像杯子托住你的身体，

他会记住这一段 [2]
一只啜饮盐水的燕鸥的迁徙，
就像某一页上的某行诗
当被爱上时，这一页难以翻过。

冬日之灯

它们¹是否早就，在
这些没有午后、灯如
牧杖的日子里
问着相同的问题？

"你会不会在楼梯上
笑我笨手笨脚地摸钥匙？
你卧室的镜子会不会
整天都空空荡荡？"

雷鸣般的交通
将雪从桥上摇落。
浮冰破裂
源自婚姻的裂纹。

风拍打我的肩膀
随着我划十字的手势；
蜷缩的引擎颤抖
在它们的起跑线旁。

踩着人行道的烂泥

朝向我们无光的房子
我经过关门的教堂，
还有它的"开放时间"[2]，

我沿着烧焦的、树木如同
骨架的小径
这里没有红衣主教的、如火的
法衣的踪影；

滑囊炎的手指
在白篱笆上收缩
张大的虹膜
因白内障而变灰，

我的愿望，已先于我
跑到前方，跑向每个房间，
在它们的欢迎中
转动一副副门把手；

我们街上，那些戴围巾的
影子，我是其中之一，我
走过橙色的窗户
那里的婚姻还在维系，

我用舌头刮着胡髭

舌头品尝的
不是你的唇，而是灰，
在冰冷的壁炉，

酸涩、苍白的灰
有的来自椴木的木柴
它将每根睫毛
钉在神经疼痛的面具上，

此时，扩散的青苔
繁殖它的白细胞，
我们白色的街区染病
与医院的楼区一样

那里，我们的孩子没了
我透过玻璃，看见
母亲生出的一个个鬼魂
经过，裹着白被单。

雪越爬越高，在
栏杆上，堆积的雪
让黑铁的长钉
变短，成了箭头；

布鲁克莱恩的白色草原上，

弯曲、蓬松的身形在呵气——
低着头，他们一年年稀少
就像野牛

在这第二个冰河期
将它许诺给我们的
是狂热的传福音者的愤怒
或身穿白罩衫的科学家，

而在最后一盏灯下，
阴郁的门前，
我感到冬日的痉挛
比以往更紧。

蛛网的锦缎
为窗格缀上花边；它结冰
直到拱形的、悲剧的
面具打起喷嚏

朝着剧院的外壁，在我们
的歌喜剧 [3] 中，而塑料
片，落在包裹着的
波士顿的家具上，它们

比塌陷的矿井还要快

我能看到那个
我们在天上弄出的黑洞。
我蹭蹭每只靴底

在台阶上。然后踹了踹
冰焊住的门。
我难以突破它的紧锁、
再通向地心之火。

我愈加害怕
害怕你的一列衣裙
悬挂就像疑问，对发卡的
爱，刺穿了

我。钥匙难入。
要么它膨胀
要么黄铜收缩。我与
锁较量。然后我倚靠，

喘着烟气。失望
能蔓延，它能让
北极变白，但当
我用力打开门时

很清楚，这其实并非

世界的末日，而是我们的，
是我，让你我之间
满溢的爱逝去。

烤箱中的寒灯
再次露齿一笑，笑那新闻，
我掀起铺平的被子。
我躺下，穿着鞋。

床边，棕色的残渣
在我旧的咖啡杯上留下纹路。
我忘了买盐。
我站着吃东西。

我的信仰，迷失在回答、
苹果、火光、面包中，
迷失在窗上，窗的树枝
让你陷入寒冷，和厌倦。

献给阿德莲 [1]

1986 年 4 月 14 日

致格雷斯、本、茉蒂、儒尼奥尔、诺兰、卡特琳、
姬姆、斯坦利和戴安娜 [2]

看，你会看见，家具变得黯淡，
衣柜虚幻无物，如同落日，

会看见：我能透过你，透过你树叶的纹理 [3]
瞧见你叶脉后的光；你为何哭泣不止？

白昼如尘埃，流过光的手指
或沙坑中孩子的指头。当你看见星辰

你是否潸然泪下？当你望向大海
你的心难道没有充实？你是否觉得，自己的影子

绵长如沙漠？我是孩子，听，
我不曾招来、也不曾造出天使。成为天使

很容易，在我八岁之后，立刻开口，
拥有更童贞的权柄，去获知，都很容易，

676

因为我现在享有的，是智慧，不是沉默。
你们为何想念我？我不想你们，姐妹们，

不想茱蒂丝，她的青丝会像豹的毛发，飘动如旗
就为她的早育而骄傲，我不想卡特琳，不想姬姆

她坐在自己痛苦的角落，也不想我的姑姑，
她柔和的双眼，抚慰着写下这句的人，

我不想伤你的心，你应该知道；
我不想让你受苦，你应该知道；

我没有受苦，但知晓这一点很难。
我更有智慧，我分享那种只是沉默的奥秘，

与我一同的，有地上的暴君，有在吱呀作响的小车上
堆集破衣、黄昏时、在广场的

角落徘徊的人。你算错了我的年龄，
我现在并不年轻，也不老，不是孩子，不是开花前

被剪断的幼芽，我属于疾驰的狮子的
肌肉，是飞鸟，低空划过

黑暗的甘蔗林；在你的悲伤中，在我们呼号

如雕像的脸上，有你所谓的"再见"

——我希望你会听到我——那是别样的欢迎，
你会与我一同分享，看它成真。

那孩子在我心中讲述的一切，我已经记下。
它闭合的坟墓，仿佛是大地的微笑。

上帝赐你们快乐，先生们：第二篇 [1]

> 我曾在那企划中目睹基督。

理查德·普赖尔 [2]

每个街角都是圣诞夜
在纽瓦克的市中心。圣贤们步行
身穿黑色大衣 [3]，怀抱还剩两成的
工业酒精，妓女在阴暗的
小屋的门口，勾引挑逗，一无所获。
一位疯狂的君王，摔碎瓶子，歌颂
福利，"我要宰了你这杂种"，
而经过一片片无业的黑人区，
天空中满是水晶的碎片。

一辆巴士突破水上的蜃影，
是一头河马，在潮湿的街灯下，它在烟雾中
缓缓地轰然向前；每个影子，似乎都跌跌撞撞
经受霓虹的炽烈的酸 [4]——
霓虹抖动，就像在小便，有几个字母缺失、
熄灭——只有两个白人
护士，她们的天职让黑暗
更洁白。离大选还有两天。

约翰内斯堡，处处是星光般的地下酒吧。
是反美[5]让人有此联想。
想想圣诞夜的纽瓦克，
此时，人人皆是你的兄弟，就连
这里也是；把和平装进礼盒，送给我们吧，
让纽瓦克之上的天国，没有破碎的
瓶子，让它不再像门阶上的痰
闪闪发光，想想那常青的
尖顶，上有金星
在一辆经过的汽车、它张贴的荧光的车尾贴[6]上。

你儿子的女儿，母亲和贞女啊，[7]
高层的苍穹，它的星光为大
映在发酸的水坑中，商店窗上的金星为大，
黄星[8]也为大，它在虫蛀过的夜的衣袖上，
那仿佛黑外套，他将肘部磨得薄如刀片，
这黄星，离开隔都[9]，进入华沙来的、
运牲畜的火车中；只有在纽瓦克的市区，
他的降临才无处不在，这里的三盏灯都相信
星光的摇篮和常青的颂歌，
那歌唱给麻雀般的孩子：一个扇动外套的黑小鬼
他身后跟着白色之星，正在巡视的警车。

阿肯色圣约 [1]

献给迈克尔·哈珀 [2]

一

阿肯色的费耶特维尔 [3] 之上，
山坡的纪念之松
护卫着军队的一座座石板 [4]
军队为联盟 [5] 阵亡
在内战的某一刻。
年轻的石头，卧病不起，
它们的胡须卷曲，如同苔藓，
石头无名；偶尔的浪潮
在松树间，低声念着它们的名册
而它们继续百年的围攻，
继续变成球果和松针，
那变化根深蒂固。
阿肯色之上，在松树中、
摇动的裂隙间
人们能看见联邦军的蓝色，
而树干，愈加生锈。

二

是仲冬。黄昏
退让，在金属的闪光中
光来自缓缓屈服的太阳
它在广告板、店面，在 71 号公路
沿途的路标，
之后，又在铜号码的门
我 17 块 5 的、汽车旅馆的门，
也在我冰冷钥匙的牌子上。
飞机晚点，一路多沙，
我仰面倒在双人床上，
就像扫罗，在嘶鸣的马下
在通往大马士革 [6] 的公路上，
我静静躺着，就如扫罗，
直到我的名字重又进入我心中，
透过拴上锁链的门，我感到
黑暗进入阿肯色。

三

我回头盯着隔音的、
16 号房间的天花板，
我的外套一直没脱，几分钟后

钥匙温暖我的手掌——
电视、电话、保洁女工，
透过煤渣砖块
还感觉到了停车场——思乡
思念镶着海岸的群岛
海岸，就像金色如芥末的被单。
蟑螂穿过海洋的
地毯，用飞驰的桨
奔向它了解的南方，平静的
浅滩，晶莹的绿色。
我再次琢磨：刺眼的光
如何在墙上消失，直到错综的
霓虹乱涂上它的签名。

四

桌边，我俯身在"＿＿ 先生"上
我早就觉得，我好像改了名字[7]
就在敲打登记册的那一下。
不过，我还是让游戏继续
继续伪装成我是某某，过去
或现在，或将来，都是他：
"您要怎么付款，先生？
现金还是签账[8]？"我错过了

这样回答的机会，"用劳役，⁹
比如我的肤色。"但她的注视
是玉米之乡，¹⁰ 她的眼睛，是磨破的
牛仔布。"美国运通。"
三角旗上，咆哮中露出的獠牙，
躁动的野猪¹¹。一缕
松散的头发，扬起就像玉米
在休息厅的、靛蓝的黄昏中。

五

我在薄暮中瞌睡
随着清洁剂的松香
它们与我一同消失：毛毯，
还有它蓬乱、沾着松针的地板，
没有日历的墙，
现在挂着霓虹的签名，
没有薄嘴唇的"基甸圣经"¹²，
没有床头灯，没有杂志，
没有面带胡渣、
锯着《小棕壶》¹³的提琴手，
也没有标着名胜、用来认识
阿肯色的宣传册，
没有山泉白色的潺潺，

架子上空无一物，没有搁板；
只有墙上的污点，是两个伸展的
自我，留下的印记。

六

我将自己的外套钉上十字，用铁丝的
衣架，我脱衣洗澡，
然后看到另一个我，他惊恐，
全身都在浴室之门的
玻璃棺材中。就在此处，
我决定，若我找到了力量，
就不去刮胡，不要拯救。
哦，一天的污尘之后，不曾沐浴，
没有插座、用我匍匐的剃须刀，
天生的胆小鬼，散发臭气，
是我，我让这里适合
一次性的剃刀，还有
我的一次性的民族！
费耶特维尔之上的山脊
比任何尖塔都高，
那上面，有白热、电力的十字架。

七

它燃烧我心灵的深处。
它烤焦夜的皮肤；
就像一盏蜡烛，重复着
吹灭的时刻，它依然存在
即使我关上天花板的灯。
那一夜，我睡得像死人，
或像潦倒的醉汉，又如墙上的
苔藓，如失恋中更加幸福的
爱人，也如松树下的
士兵，但我惶恐
早早起床。是四点。
也许五点。我全是猜
就靠我一直保存的手表
而我的屋子还在安眠。
我打开汽车旅馆的门。
睡中的山丘，不会翻身。

八

睡衣塞在我的夹克里，
下半身装进松垂的
裤子，我瘾犯了——

686

我凌晨 5 点的咖啡瘾。

白色霓虹的十字架上

没有回头啼鸣、声如铜管的雄鸡，

阿肯色气味甜蜜

宛如打开的谷仓门。就像马匹

在自己的星光里，流着金属色的汗，

停在车位上的汽车，在吃草。

黎明让屋子褪色

褪变成均匀的、联盟军的灰白 [14]。

在公路的远端，

微风翻动山杨的叶子

翻到保罗的、致哥林多人的

第一书 [15]。

九

沥青，安静如安息日，

旁边是涂上膏油的、市政的喷水头，

它们射出笔直、狭窄的轨迹，

用 71 号公路上一支支

白色、会聚一点的箭。它们朝向

佛罗里达，就好像疲倦的勇士

将它们射落在"泪途"上，

但，没什么波动，毫无反应

除了两棵拉比的柳树 [16]
留着烟草般的须髯，还有格子
夹克，像投飞盘一样，将报纸
从单车扔向银色的草地，
轮胎用嘘声，驱走平静，那平静
出人意外，在黑色的榆树下，
而拿撒勒的清晨
属于费耶特维尔，属于耶路撒冷。

十

我跳酒鬼的步子，搂着墙壁——
是曳步的流浪汉、跳的捷舞，[17]
节拍，来自锁链——
我等了一会儿，在泛着尿味的
墙草旁，为了等
巡逻警车的车顶上、
转动的红眼睛开过。
在通宵的修车厂，我看见
无牙的西比尔、她的牙龈
在车厂的轮胎上，她说：
就在阿肯色的警笛中
继续黑色，继续隐形吧。
群蛇盘绕在水泵上

用它们金属的嘴，咝咝作声：
你的影子仍在伤害南方，
就像李的慢慢倒转的剑。[18]

十一

饿就是饿，没什么
可理解的。我望向白色太阳的
蛋壳，它在费耶特维尔黑暗的
硬皮上，敲出自己的蛋黄，
我脚步加快
穿过温热的砖，走向薯饼的
香气。丰盈的光
疾步向我走来，就像个混血儿
希望我冰冷、粗糙的
手，能爱抚它，
而我祈祷沿途的一切都有福，
沿 71 号公路而下，沿车道
灰白的静谧而下，那里的狮子
卧在它的安全岛上，
一根柱子现出 V 字纹，成了棕榈。
世界，随着自己的活动，变暖。

十二

但两扇门关着，自助餐厅
提醒我牢记自己的种族。
一个醉鬼，骂着塑胶的桌布
镇定自若，也不抬头。
高个的黑厨子，坐着，给馅饼
浇上浆汁，金发如蜂巢的女侍者，
嘴唇就像破裂的草莓，
她的"早安"[19]犹如枫糖浆。
四顶迪尔帽[20]谈着猎鹿。
我寻找自己的区域。
那喃喃自语、黑色的咖啡壶
有我需要的一切；它标志着
谢尔曼[21]如烟的进军，或奔赴亚特兰大
或进发蒙哥马利。
我依然虚无。暗码就在这里
在壶上沸腾的、黑色的零。

十三

现在，它领着自卑，让它
从红漆木的
湖面上、映着的脸中

690

找到我的桌位牌

自卑轻易来到。我高声

笑着，直到沉默杀死

店员的行话。餐叉敲动

它的盘子，嗒嗒作响；咳嗽的枪击

将挂着吊灯的屋子打得粉碎。

鲜明的店徽摇动它的镣铐。

每一张烛光下的脸庞都凝视着

种族的深渊。在银勺的

椭圆，在酒瓶上扭曲的

窗户，在我的技艺食用的

奉承的杂肉里，

我注视着明亮的喧闹重又开始。

十四

我把泡沫塑料的热咖啡打包带走

按照最近撤销的法令

在阿肯色，宵禁之后，凡黑人

在外不归，皆可击毙。

自由转过它的脸；雅利安之光的

信条受到推崇

而日出，搅动着狮子

色的原野 [22] 之草。

它的缝迹，在金色的
威特沃特斯兰特[23]的心中，
它的云泛着泡沫，如同啤酒杯
在布尔人晒黑的手上；
世界狂热，脸色发红。
在一片方格的、法兰绒的森林里
一头雄鹿被绳索捆在挡泥板上——
那是他们血液中与生俱来的东西。

十五

在一个我看不到尽头的世界
正如一条公路，有路标，暗褐色的
汽车旅馆，汉堡庄园，
一座整洁的福音派的城镇
如今靠典雅的橡树、它的年历
和慰藉，而变得尖锐——可怖，
因为它有单纯、敬畏上帝的子民。
恶，在这里
平常如善。我遵守诺言。
毕竟，这里是南方，
它的犁仍然是剑，
它的红土之尘，在口中，
它灰白的师团和生卒年

在松香的空气中旋动——
心在哪里踌躇
哪里便是它真正的前线。

十六

前廊上，每盏虚弱的灯
都熄灭；在镶框的窗上
白昼拓宽，成了散文
属于一座普通的、美国中部的城镇。
我的韵脚一瘸一拐。
日光淹没阿肯色。
冰冷的日照。我不得不
将外套拉紧，因为寒冷，否则
就要承受关节炎的刺骨，
那如一支支细小的箭头，随年迈而至；
太阳开始用针
按摩山的肩膀
就用山的香脂，但头发
落在我的衣领，随着我写下这一句
在渐短的白昼，越加黑暗的年代，
在愈深的仇恨和种族的愤怒中。

十七

光，琥珀之光，它无视
红绿的交通点，
既然它跟我从不相识，
就与我擦身而过，头也不点。
它漫步，走过商铺，
凝望着"汽车有售"，
那里的一辆萨博[24]，安详转动
对它报以蔑视。在"印度工艺"
它为这南方哥特式的招牌，
重新镀金，它爬上一条小路，
撩动树叶，它派
影子冬藏。它的光束
宛如天使的镭射，它
穿过松林，那松林护卫着
"联盟军公墓"的每座石板，
它用生者，刺穿死人。[25]

十八

也许就在松林上，
沿着出血的荆棘的枕木，
地下铁的轨道

朝北方，驶往加拿大，

将阿巴拉契亚山脉联在一起的

是向北行进、脚踝上锁链的

叮当，北方的历史，更难以

承载：那里有云的虚伪

云带着清教徒式的衣领。[26]

印第安战争的创伤

切断了野餐湖畔、柔软的

木板桌，白桦脱皮

就像独木舟，枫树的

叶子败落，犹如黑森兵[27]；

丘陵吐着泡沫，成了山茱萸[28]，教堂

如箭，刺入肖马特[29]的天空。

十九

哦，松林之湖，平静之水，

那里的鹿，它畏缩而抽动的口鼻

弄出一圈圈的波纹、让这个国家的

理念扩散，超越了时间！

这老迈的民主制

是否还记得它的小木屋[30]之梦

就像一个年过半百的男人

想象到山间的流水？

松树按照配额，凑在一起，
在平静的湖水线上
它画出直线，穿过它们
就像一支水笔的笔触。
我的影子在街边的空白上
乱涂出一个问题
它在询问：我是要成为这个国家的
公民，还是后续的陪衬？

二十

我能否将手掌放在心口
放声歌唱，双眼望着旗杆？
它手稿般的旗帜，随着十三星的
删去，而为合众国
感到自豪，但它又忍受着蒙上白单的
猎人之鬼，他们骑马飞驰
为了南方白色如火的十字架？
我能否宣誓支持我的艺术、
我与人们一同分享的艺术，还是做出
更坏的选择，假装一切已逝，在我诗里
一行行示威的队列中
咒骂种族隔离的思想？
影子向意志弯去

而我们效忠的誓言
向国家躬身。我们对恶的了解
就是：它不会结束。

二十一

原罪是我们的种子，
而橡实长成扇形的橡树；[31]
非洲的树荫之伞，
尽管有民主的授权，
却在一条南方的街道上依旧只是萌芽
街上白发的黑人，弯腰驼背，
通红的双眼，犹如燧发枪。我们已然共享
我们通行证里公开的秘密，
那秘密，就在巡警牵拉的眼神中，
行人在旁边，一声不吭，
不情愿的姿态，手势，
过分客气的言辞
让想法成了
胃酸，在这里，我觉得它的
毒药感染了山上的松林，
一直感染到山顶。

二十二

先生，你督促我们

捐弃一切尘间的东西，

比如这些樟木箱

和它们仿松木的棺材；

你还督促我们，清空箱子的抽屉

对于十字架鄙视的

伤痛，也要无视，看向远方，

而光，正如洪水，淹没这铺上沥青的

停车场，那里犹如忙碌的伦敦塔

罗利 [32] 在塔中拂拭他的衣衫

而维庸和他的兄弟们，[33] 都蜷缩在

一动不动的、绳结的阴影下。

有些东西，是我的技艺难以

掌控的，一个就是权力；

虽然只有暮年才能取得

成为一个抽象名词的权利

二十三

先生，这是我的办公室，

这是我的阿肯色圣约，

是我两满杯的胆怯，

是我确信、但没有剃须的拯救，
是我民族的困境。
保佑沥青路上卡车的轮胎，
保佑它们越加丰盈的极乐，
这些污点，我难以从那
自污的心中祛除。今天
中午，一个后背魁梧的女工，
也许是半个印第安人，她会来铺平
这张小麦色的双人床，
而午后，太阳会重新印上
旗的条纹，旗帜——
在汽车旅馆、尖塔、警区之上——
它必定会治愈鞭痕和伤疤。

二十四

我打开电视。
光，没有杂音，
随着一连串琥珀色的定格画面，
它催动纳拉甘西特[34]的海浪
还有在麦田中如岛的城镇。
我注视着它金色的辐条迸裂
在摩门教徒的车轴上，[35]
他们的眉和耸起的肩凝固

朝向锡安 [36]，他们宽阔的牛路

扬起尘土，在地鼠的鼻孔中；

之后，播音员粗哑的嗓音

为黑山涂上香膏——

它命令莫哈维 [37] 欢欣，

它关掉了维加斯 [38] 的

霓虹的玫瑰，它的光束，降临在

红杉树 [39] 的巨大的管风琴，

降临在太平洋，还有《今天》[40] 的新闻上。

注释

选自《阿肯色圣约》（1987）

1 1985 年，沃尔科特以访问作家和学者的身份赴阿肯色大学，本诗集就是这段访学经历的产物。其题目来自其标题诗的情节：沃尔科特设想作为艺术家的自己如同使徒保罗一样，得到了上帝的启示，从而顿悟，这本诗集就是信仰的告白或声明（testament）。

死路谷

1 圣卢西亚卡斯特里区死路河（本诗中称为小溪）的河谷。

2 叶子比喻书页。"它"指克里奥尔语——之前比喻为树。

3 指字母 O，黑人的呼啸声就是 O，这是作者常用的拟声符号，也相似于月亮。

4 取自《诗篇》31:16（也见 119:135），和合本译为，"求你使你的脸光照仆人"。

5 斯芬克斯比喻山丘。它们提出的问题与语言相关，即，作者是否有能力用语言（英语）为圣卢西亚的自然事物和现象命名；词是否能够恰如其分地表达世界。

6 位于圣卢西亚苏弗里埃区。

7 地区名，在死路河流域，位于卡斯特里区。

8 山丘本来是斯芬克斯，但"我"解开了他的谜——回忆并且叫出正确的地名——他就听命于我。

9 这里的奥尔良在圣卢西亚。丰圣雅克在苏弗里埃区。

10　圣卢西亚大岛区（Gros Îlet）的小岛，人工建的堤道将它与主岛相连。

三乐师

1　Hunter François，洪特·约瑟·弗朗索瓦（1924—2014），圣卢西亚政治家，律师，担任过教育部长，曾是联合工人党成员，后转入工党。

2　也见《仲夏》7。似乎是圣诞的习俗，用红铁罐装饰屋外，但也表明了贫穷。

3　语出自《约伯记》13:25。

4　《旧约》中指人名，也指山名和地名，这里指山，在约旦河东，见《创世记》31:21，31:47。山名意为，见证之丘。

5　漆布油毡卷起来的时候如同炮筒，由于有客人到来，家里铺上了油毡。

6　black cake，西印度圣诞节和婚礼时常用的糕点，用水果和朗姆酒做成，布丁类型的蛋糕，由于使用红糖，所以颜色暗黑。

7　指希律王屠杀的婴儿，见《马太福音》2:16—17。

8　一品红，圣诞时的装饰花，叶子硕大，如同刀片。

9　sorrel，加勒比的茶品，来自木槿属的玫瑰茄（Hibiscus sabdariffa）的花，英文为 roselle，汉语也依此音译为洛神花，多在圣诞节期间饮用。

圣卢西亚初次圣餐礼

1　BN 第 232 页指出，在圣卢西亚，初次圣餐礼标志着孩子正式进入天主教会，对于穷人家庭是"重大的社会宗教仪式"。

2 caterpillar，指手风琴的履带，也指毛虫。

3 这里是棉花长出荚，棉花比喻圣餐的圣饼。

4 即康德说的定言命令。

5 指圣露西亚，见《星苹果王国》第五节。

大　岛

1 Gros-Ilet，法语，圣卢西亚大岛区，在岛的北部。本诗的诗行构成的图形略如这个区的形状，中译尽可能保留。

2 All Souls' Night，指每年 10 月 31 日万圣节前夜，这一夜是狂欢之夜。

3 见《奥德赛》10，奥德修斯的同伴，在喀耳刻的岛上，喝醉酒后，整晚待在屋顶，白天滑落而死。

白巫术

1 白巫术的"白"指其功能正面，比如治病救人，驱魔驱鬼等，是奥比术正面的用法，即本诗中说的"驱魔术"。

2 Leo St. Helene，沃尔科特和邓斯坦的朋友。他也是业余摄影家。

3 指基督教的香炉，如《启示录》8:3，8:5，天使拿着香炉，炉中有圣坛的火，落到地上，变成雷，闪电等。

4 西非以及加勒比地区西非裔的民间流浪艺人，口头表演音乐和诗歌，以叙事为主，类似说书人。

5 这是圣卢西亚和特立尼达民间故事中的人物，是森林神，形象是强健、衣衫褴褛的老者，有胡须，浑身生毛，偶蹄，是森林和林中动物的父亲和保护神，能随意变身动物，让猎人迷路。

世界之光

1　这是沃尔科特常用的短语。这个短语也联系了之前提到过的拉斐尔前派画家亨特的同名画（和其中的"灯笼"意象），以及"圣卢西亚"这个国名，因为 lucia 来自拉丁文 lux（光）。本诗描绘了一位黑人美女，她被形容为"世界之光"——圣卢西亚的海伦，象征整个国家及其民众。

2　transport，本诗中的核心意象之一。它就是《纵帆船"飞翔号"》的圣卢西亚常见的 route taxi，本诗中也称为 van。这里的小巴往返于卡斯特里和大岛，它在诗中是"社会"以及"诗歌"的象征。Baugh 指出这是个文字游戏，transport 还表示狂喜和兴奋（也见同诗集的《三乐师》），指作者对那位美女的爱。

3　中文通常把德拉克洛瓦这幅画的名字译为"自由引导人民"，但法文（"La Liberté guidant le people"）和英文的题目里，中心语为"自由"，即"自由女神"。沃尔科特这里就是利用了这个题目，他的意思是：黑色的自由／自由女神。

4　指卡斯特里中央市场。

5　法语克里奥尔语，单词都是法语标准单词，但语法和句式不标准，直译是，别把我丢在这个地方。

6　Don't leave me stranded，这是作者对那句土话的第一种翻译，是意译，并不符合原文。

7　他要去别墅海滩的屋舍（Villa Beach Cottages），20 世纪 80 年代，沃尔科特回到圣卢西亚期间通常住在那里，那里在翠鸟酒店北边，离之有几百码远。见 *Nobody's Nation*，第 319 页。

海上之夜

1　Oceano Nox，拉丁文，见《埃涅阿斯纪》2.250，ruit oceano nox

（夜从海上飞泻而下），由于省略了与 oceano 配合的动词 ruit，只能权且译为海上之夜。这句来自《奥德赛》5.294，ὀρώρει δ᾽ οὐρανόθεν νύξ（夜从天上飞泻而下）。

2 约翰·罗伯特·李（1948— ），圣卢西亚诗人。

3 戈尔巴乔夫头顶有明显的胎记，如同地图。本诗集出版时，苏联 - 阿富汗战争接近尾声，战争后面的阶段都由 1985 年开始担任苏共总书记的戈氏指挥。

4 西班牙和葡萄牙国王的女儿，这里暗示加勒比的西班牙和葡萄牙的背景。

5 指伊丽莎白一世。

6 英国皇家海军有多艘叫"无敌号"和"复仇号"的军舰。前者的第一艘于 1747 年下水；后者的第一艘于 1577 年下水，是由西班牙的大帆船改装而成的。

7 马洛（Marlowe）是沃尔科特很喜爱的戏剧家，是英国文学的典范，让来自加勒比的作者认为高不可及。

8 这句出自马洛的《帖木儿大帝》下篇第二幕，第四场。

9 沃尔科特导演的戏剧中的黑人女演员。

致诺兰

1 关于诺兰，见《纵帆船"飞翔号"》和《埃及，多巴哥》。

2 passage，双关，指燕鸥的迁徙（燕鸥是著名的候鸟，以迁徙距离长著称），也指文段。

冬日之灯

1   指标题中的灯。

2   指"开放时间"的牌子。

3   comic opera，有喜剧特点的歌剧，这里指"我"的婚姻，有反讽之意。

献给阿德莲

1   本诗的主题是哀悼诺兰流产的女儿阿德莲，诗的叙述口吻和视角都来自于这个孩子。

2   都是沃尔科特家族的成员，其中也包括了诺兰，不过写作本诗时，两人的关系濒于破裂。

上帝赐你们快乐，先生们：第二篇

1   第一篇见《漂流者》诗集。

2   Richard Pryor，美国著名黑人喜剧演员，导演，以幽默和讽刺见长，反对种族歧视。

3   专指牧师和教士。

4   俚语中，acid 是迷幻药的简称。

5   20 世纪 80 年代，正是南非黑人反抗种族隔离的高峰时期，而曼德拉领导的黑人反对种族主义，同时也就反对美国。

6   竞选时期，车尾贴上常贴竞选者的名字以及有关的标语和口号。

7   这一句是祈祷和呼告，出自《神曲·天堂篇》33.1，圣伯纳德对圣母的祷告。

8 指天上的星，但也暗示纳粹为了隔离犹太人而让他们佩戴的六角黄星。

9 前面的诗作中多指黑人区和贫民区，这里专指犹太人区，在这个意义上，汉语常音译为隔都。

阿肯色圣约

1 本诗是沃尔科特巅峰期的名作，属于"别处诗"，其中，他自比顿悟、皈依基督教的保罗，而诗中也频繁使用"顿悟/顿现"的手法。如 J.Thieme 所言，本诗的"圣约"是"使徒般的祈福，它认识到，虽然无法治愈美国国旗上始终存在的历史的'鞭痕和伤疤（见评注）'，但是，可以通过艺术，努力提供一种属于艺术自身的启蒙"。见 "Derek Walcott and The Light of the World"，第 82 页。

2 Michael Harper，即迈克尔·斯蒂芬·哈珀（1938—2016），美国黑人诗人，其诗歌在声律和用词上借鉴了爵士乐的元素，他也是"爵士乐诗"的代表诗人。

3 指阿肯色州华盛顿县的县府，沃尔科特访学的阿肯色大学所在地。阿肯色州在南北战争中加入南方联盟国，是典型的南方州。

4 山坡指阿肯色州的欧扎克山脉（Ozark Mountains），费耶特维尔市区以东的该山脉的山脊上有联盟军的墓地。

5 指南方联盟军和联盟国。

6 保罗在这里遇到了显灵的耶稣，见《使徒行传》9:3—4，和合本译为"大马色"。

7 "我"出于胆怯，用了假名。

8 charge，指 charge card，签账卡，与信用卡类似，但每月账单必须一次付清，没有消费上限。

9 这句是作者心里的回答，他在自嘲，但也是在揣测旅店店员的心理。

10 指阿肯色州。

11 阿肯色大学的体育队以野猪为标志，红白色三角旗是校队旗。

12 美国福音派基甸协会免费发放的《圣经》，旅馆中常见。这一节描写了旅店条件的匮乏。

13 "Little Brown Jug"，美国爵士乐名曲，约瑟·温纳作词谱曲。

14 南方联盟军穿灰白色军服。

15 即《哥林多前书》。

16 《利未记》23:40，安息日第一天，要用柳枝以及其他三种植物的枝条或果实来庆祝。

17 关于这种舞蹈，见《拉斯塔法利之歌》。"曳步"，即 shuffling，拖脚走路，一种舞步，捷舞和曳步舞都会使用。捷舞暗示了"黑人"身份。

18 "李"即著名的南军总司令罗伯特·李，据说他投降时，按照传统仪式，将自己的剑交给北军的尤利西斯·格兰特。如果是这样，剑肯定要倒过来，"剑把"给对方，"剑刃"朝向自己。所以在南方人看来，翻身的"黑人"，如同反过来的剑，伤害着南方。

19 mornin'，方言，表明女侍者南方身份。这个发音听起来声音很甜，如同枫糖浆，

20 Deere，约翰·迪尔 1837 年创建的公司，生产农业、建筑、林业等机械设备，标志是鹿。

21 威廉·特库姆塞·谢尔曼，北方联邦军名将，以营造战争的恐怖和残酷为手段，奉行焦土政策。

22 veld，非洲南部没有树的大草原，联系下面的南非。这里暗示了南非黑人的抵抗运动。

23 Witwatersrand，南非豪登省和西北省的山脉，在豪登省，该山脉临近约翰内斯堡，形成了著名的同名金矿，所以说"金色的"。该名由于过长，简称为 Rand，这个简称也是南非货币"兰特"的名字，

而 50 兰特的背面正是上面说的狮子——veld 上常见的动物——正面则是曼德拉。

24　Saab，瑞典汽车品牌。

25　见《群岛传奇》第四章。

26　见《哈特·克兰》。

27　美国独立战争期间，英军雇佣了德国兵，这些士兵一般来自德国黑森地区，统称为黑森人或黑森雇佣军。

28　dogwood，山茱萸属（Cornus）植物，小乔木和灌木，北美常见，花朵多白色，如同泡沫。

29　Shawmut，指波士顿，这个名字来自阿尔冈昆语（Algonquian）。

30　log-cabin，小木屋是美国传统的民居建筑，有多位总统都出生于小木屋，比如林肯。它象征了美国及其领导人的平民出身和亲民精神，很多没有这种出身的总统，也会把小木屋作为口号。

31　《旧约》中橡树是拜神之地，如《创世记》13:18，18:1 等。

32　即 Walter Raleigh（1552—1618），英国著名探险家，诗人，政治家。之所以上面提到伦敦塔（Tower）——此地是著名的监狱，英国历史上，不断有人关进关出，所以"忙碌"（rush）如停车场——是因为罗利两次关入其中。作为殖民者，他最早登陆了特立尼达和英属圭亚那，在北卡罗来纳州建立了据点，该州首府即以他的姓命名。

33　指庸的《绞死者之曲》（Ballade des pendus），这首诗也称为《维庸的墓志铭》，或以首句的前两词为题《人之兄弟》（Frères humains）。

34　罗德岛州华盛顿县的镇，东部是同名的海湾。

35　摩门教徒在 1856—1860 年曾有过迁移，迁向犹他州盐湖城，由于缺少牛马，只能人力拉车，他们的手拉车（handcart，类似 wagon）有两个大轮子，类似黄包车，后来成为了摩门教徒拓荒精神的象征。

36　指犹他州的锡安国家公园，摩门教徒迁徙到这里，认为景色雄丽，是庇护之所，就在此定居，这里就是他们的锡安。

37 美国西南部的莫哈维沙漠，横跨加利福尼亚、犹他、内华达等州，也临近上面说的锡安公园。

38 拉斯维加斯，这里最初也是摩门教徒建立的。

39 这里指加利福尼亚州的内华达山脉（Sierra Nevada）的红杉树国家公园。

40 1952 年首播的美国著名的早间新闻和脱口秀节目，也叫《今天秀》。

选自《恩赐》（1997）[1]

恩　赐

献给阿莉克丝·沃尔科特 [1]

一

在旅游局的景观和真正的
天堂之间，有沙漠，那里，以赛亚的欢喜
从沙中催生出玫瑰。第三十三章 [2]

用同心的光芒，[3] 剜去黎明之云，
面包果树张开手掌，赞美恩赐，那是
面包树、奴隶之食、约翰·克莱尔的极乐 [4]

撕裂的极乐，迷乱的汤姆，在自己的郡中抚摸白鼬
郡有芦苇，茎有蟋蟀，他弹拨潮湿的空气，
用藤蔓系紧靴子，领着光滑、触角柔嫩的

甲壳虫，它们是金龟子的骑士，
他陷入乡郡的雾霭，郡的尖塔仿佛蜗角
是向杯形的池子、张开的掌——但，他的灵魂

比我们更安稳，虽然铁的川流，束缚他的脚踝。
霜让他的胡渣变白，他站在小溪的
浅滩中，就像施洗者⁵，举着树枝，祝福

大教堂和蜗牛，祝福这新一天的破晓，
还有沙滩路上的影子，我的母亲长眠路旁，
昆虫却依然来来往往，上班做工。

白墙上的蜥蜴，纹丝不动，在墙石之影的
象形文上，射箭的棕榈，沙沙作响，
盘旋的鸥鸟，它们的灵魂和帆，与这一句押韵：

"*In la sua volontà è nostra pace*"⁶，
我们的平安在他的意志中。平安在白色港口，
在船桅和睦的船坞，在冰箱里存放整夜的

新月形的瓜，在蚂蚁的埃及之港
蚂蚁推动的糖的岩石，就如同这一句的词语，
平安在影，在光，光就在隔壁，如同邻居，

抹着胡椒汁的沙丁鱼上，也有平安。我的母亲长眠于
白沙滩的石头边，约翰·克莱尔在海扁桃树之旁，
但令我惊奇的是，每至破晓，恩赐就回到

我的惊奇和背离中，是的，两者都有。

疯子汤姆，我就像你，被一行蚂蚁推动；
我注视它们的勤奋，它们是巨人。

二

沙滩之上，沙漠之中，有口黑暗的井
我生命的玫瑰已在那里低垂，旁边是摇动的草木，
是一池新鲜的泪水，黄蔓金色的钟

向它鸣响，[7]那里还有叶子花的棘刺，而它们的
恩赐，就是它！它们从草到花，闪耀中透着不羁，
就连别处繁茂的东西，野豌豆、常青藤、铁线莲，[8]也是如此，

现在，太阳在它们之上，凭它一切的权能，
不为旅游局，也不为但丁·阿利吉耶里，
而是因为，它的转轮，没有别的轨道可循

只能让沙滩路上的车辙变成寓言，
寓言这首诗的事业，你的生涯：她的死，是为了
一顶无上的、错误的桂冠；所以，约翰·克莱尔，原谅我，

为了这个早晨，原谅我，咖啡，宽恕我，
加了两包人造糖的牛奶，
我注视这一行行诗在生长，诗艺让我冷酷

变成合乎格律的悲伤、如同这句诗，它让我将蒙纱的
妈妈的形象，画入标准的哀歌。
不，有悲痛，永远会有，但它不可以发狂，

不可像克莱尔那样，为甲虫的死去，为铁线莲
或野豌豆上、一串露珠中、世界的重量哭泣，
不可为那火哭泣，它在这首诗、干如火绒的诗行里，我有多
　　恨这诗

就有多爱她，爱不幸的、雨水拍打的可怜人，
爱老鼠的救世主，⁹爱你斗篷之下的骑兵护佑的、
在劫难逃之国的伯爵；行了行了，够了！

三

恩赐！
黎明前、靛蓝色的暗夜，树蛙的喧闹毫不间断，
它就在树蛙的钟声里，在黯淡的
流萤和蟋蟀的摩斯码中，之后，是甲虫铠甲上的光，

蟾蜍的姗姗来迟的预感，懊悔的荨麻
会从她的墓畔涌出，是铁锹的心碎所致。
可是，对她爱得还不够，就是爱得更深，

只要我承认，承认这一点。地下的细流
涌动，浸湿的蕨草下，上涨的河谷喋喋不休，
蕨草放松、不再紧握自己的根，直到它们多毛的土块

犹如松开的拳头在旋转，无论河谷在哪里
转动它们，而颤抖的余波，让野甘蔗的
权杖垂弯。恩赐，在蚂蚁醒来的躁怒中，

在忙碌的、野甜薯下、蜗牛的小圣堂，
它是对衰败和进程的赞美，是对日常的敬畏，
它在风中，风读着面包果树手掌上的诗行

它在露珠的水晶球包含的太阳中，
恩赐，在蚂蚁绵延出的一行粗面粉，
它是怜悯，怜悯我门前溜走的猫鼬，

它在厨房地板上铺砌的、光的平行四边形，
因为国度、荣耀、权柄，全是你的，
它是圣克莱蒙的钟声，在圣坛的金盏花中，

在叶子花的棘刺，在帝王般的紫丁香
在生着羽毛、朝耶路撒冷的入口点头的
棕榈，它是世界的重量，在驴子的

背上；他下来，将他的十字留在那里，留给看守

717

留给嘲笑的百夫长；之后，我信仰他的圣言，
信仰一个遗孀的无瑕的丈夫，还有棕木的长凳，

那时，小圣堂的牛铃召集我们的牧群
进入涂漆的座位，那里沙沙响的赞美诗集，让我听见
新鲜的詹姆斯一世时的泉水，[10] 还有克莱尔听到的

恩赐的细语，永久的恩赐，听见她教给我们的清澈的语言，
"如鹿切慕"，这一句时，她敏锐的双耳分叉 [11]
她的三只小鹿抿一口让灵魂新鲜的水，

"如鹿切慕溪水"这一句，正属于
我哀悼她时用的语言，就在此刻，就在
我向她展示我的第一篇哀歌，给她丈夫，再给她本人。

四

但是，她能否读到这首诗？你能读到吗，
妈妈，能听见吗？若我一上这讲坛，就是平信徒的布道师
像柔弱的克莱尔，像苦汤姆，这样一来，姑娘！看

蚂蚁如同孩子，向你走来，你是它们挚爱的老师
阿莉克丝，不过，与婴儿的默诵不同，
与克莱尔和汤姆在他们多雨的郡中、听到的合唱不同，

我们没有慰藉，只有话语，也就是这狂野的呼声。
蜗牛进入港口，"邦蒂号"上，面包果的树苗
会在船上起伏，而白色的上帝，就是船长布莱。

那魂影，穿过白色如羽的坟前草，
"邦蒂号"桁桅上的帆布，破裂绽开，
信风，撑起复活之帆的裹尸布。

所有人，按照他们的路线，驶向同一个祖国，驶向
刨着污土的鼬鼠、面无表情的鸦鸟或晒太阳的海豹。
信仰渐生反心。[12] 棱纹的船体，载着货物

在它的无风带抛锚，上帝般的船长，被反叛的基督徒
流放、漂泊，随着旋转的"阿尔戈"[13]
树苗在海洋的沟垄上浮动，它们的嫩枝，一起一伏，

而那鬼魂的澳洲，如同旧世界之后的
《新约》，以眼还眼的法典；
地平线缓缓转动，当权者的主张

权力渐弱，随着船长布莱在长艇之上。
这是你以前教过的内容之一，基督—圣子如何
质问圣父，定居在另一座有他萦绕的岛，

旁边是愤怒之神的污点，在用尺画出的地平线，

它的意义和距离都在缩小，变得越发黯淡：
这一切预料之中的段落，我们一上来都会抗拒

之后，我们却变成自己挑战的对象；[14] 但你从不改变
你的嗓音，无论是叹息，还是在缝纫，你会高声
向你丈夫祈祷，踩着踏板、踏出我们在涂漆的

长凳上都曾听过的赞美诗："远处有青山"[15]，
"金色的耶路撒冷。"你的旋律磕磕绊绊
但你对恩赐的信仰却不会，那恩赐，正是他的圣言。

五

所有这样的波浪噼啪作响，按照奥维德的文化
响出它的咝音和子音；普适的韵律
堆集起种种签名，如海草的铭文

在刺激的阳光下，变得干枯，又如诗行，统治它们的
是法冠[16] 和桂冠，或者说是浪花，它迅速为岩石露出的
前额戴上花环（我希望这解决了存在的

问题）。从没有灵魂是创制出的，
但每个存在都是透明；若我遇见她
（她身穿睡袍，赤脚步行，向浅滩低吟），

720

我是否应该认为她的影子，拥有一种样式
由希腊 - 罗马的设计所制，是广场投下的、
圆柱之影，奥古斯都时代的远景——

白杨木，木麻黄的柱廊，时断时续的光，来自
原始的拉丁语做成的海扁桃 [17]，只生着橄榄叶？
语调有问题。[18] 面对撒拉弗的光辉

（别打断！），可朽的凡人揉动怀疑的双眼，怀疑
地狱是不是夜间的沙滩之火，余烬在那里跳舞，
尘间的流萤，宛如天堂的思想；

但是，有些难以解释的本能，循环往复
并非仅仅出于希望或恐惧，它们真实，如同石头，
如同我们等待的死人的脸，而蚂蚁正在转移

它们的城市，尽管我们不再信仰那些闪耀者。
我半信半疑，觉得见不到你，之后更加确信，
不太会了，那时起，就永远不会——我说真的——

但是，我仍觉得，你的墓畔，还有什么尚未终结，
某种别的东西，在某个地方，它同样可怕，
因为对无限的恐惧，正如对死的恐惧一样，

无法承受的光明，那实实在在的恐惧者

担心自己的实体，会溶解成气体和水汽，
就像我们恐惧距离；我们需要地平线，

一道分割的线，让星辰成为邻居
虽然无限让它们分离，我们却能思考唯一的太阳：
我所说的正是，对死的恐惧，就在我爱的

一张张面庞中，恐惧的，是我们的死，或他们的死；
因此，无可估量的空间中、那道闪光里，我们看到的
不是星，不是坠落的余烬，不是流星，而是泪滴。

六

芒果树盛放花朵之时，它们安详地生锈，
无人知道缠绕的香椿是何名姓
它钟形的花坠落，阿拉瓦克苹果，将地面染成紫色。

午后近晚，蓝丘总是看起来更加悲伤。
门外，这个国度的夜，等候降临；
流萤不断划着火柴，山坡生烟

木炭的信号透着黛蓝，之后，烟气燃烧
燃成愈加巨大的问号，它成形，又散形，
再消散于云中，直到问号重又浮现。

桶在水管下，哗啦声响，村庄在角落开启。
一个男人和他小跑的狗，从他们的花园返回。
生锈的屋顶，它们的远处，大海炽烈，黑暗在我们身上

我们后知后觉。大地有收成的气味，
小庭院明亮，白昼亡故，它的哀悼者
出现，是蠓虫，是第一支花环 [19]；曾经就在此时，我们坐于

闪亮的游廊，看山丘死去。一旦爱人已逝
常事皆无；空荡的衣服排成一行，
但也许，我们的悲伤，令珍爱快乐的他们，觉得疲倦；

他们非但不用承受我们习以为常的悲痛，
没有饥饿，没有欲求，
还化入土地的植物的狂怒 [20]；他们的血管生长

随着野生的妈妈果 [21]、张手的面包树，
他们的心，在绽开的石榴中，在切成片的牛油果上；
地鸠挑选它们的棕榈树；蚂蚁运送的货物里

有他们的甜蜜、有我们一切食物中的他们的消逝、
有让我们各种果汁变得甘甜的、他们的滋味，
也有我们在楔形的木薯中咬碎和咀嚼的、他们的信仰，

令人惊讶之事，首先就在此处：我们烦恼之时

土地却在欣喜，它会永久地
拥有她：风照耀白色的石头，照耀浅滩的呼声。

七

春天，熊不再埋葬自己，如百叶窗般闭合的
番红花，盛开，合唱，冰川倾斜，解冻，
结冰的池塘，分裂成地图，绿色的长矛

从融化的田野中涌现，秃鼻鸦之旗，升起，冲破
那被刺穿的光，是动荡的天空中
静静坍落的雪崩；野鼠舒展，水獭

穿过近旁的树枝，它担心自己光滑的头；
裂隙、暗沟、溪流，都随着手腕麻木的水在呼啸。
鹿，跃过无形的跨栏，嗅着清冽的空气，

松鼠跳起，如同一只只问号，浆果变红，毫不费力，
它的边缘，因自己的外形而欢喜（无论那出自谁手）。
但是，在这里，有一个季节，我们铬绿色的伊甸

是太初的乐园，它却生出腐朽：
就从甲虫翅鞘上的种子，或死去的野兔
白色、被忘却的它，犹如春来时的冬季。

此刻没有变化，没有春秋和冬的流转，
也没有恒久不断的、岛的夏天；她随身携带时辰；
没有气候，没有时历，只有这慷慨恩赐的日子。

苦汤姆把他最后的面包皮喂给颤抖的群鸟，
而芦苇和冷池旁，约翰·克莱尔祝福这些瘦弱的乐师，
就让蚂蚁再次教我，用这一行行漫长的言词，

用我的事业和职责，用你教给儿子的课，
教我书写光的恩赐，它就在种种熟悉的事物，
而它们，正将自己译成讯息：

蟹，凭靠十字的羽翼、飘摇的战舰鸟，
被钉住、满是荆棘的树，它开放自己的长凳
为那黑鹂，黑鹂从未将她忘记，就因为，它在吟唱。

二、标志 [1]

献给亚当·扎加耶夫斯基 [2]

一

欧洲在十九世纪完成了自己的轮廓

就用冒着蒸汽的火车站、煤气灯、百科全书、

帝国的发福的腰、小说中对货单 [3] 的渴欲，

那小说，如同思想喧嚣的市场。

装订的书卷，重复着街区一般的文段，

里面有装饰华丽、宛如括号的门廊，人群在边白上

等候着越过下一页；群鸽咕咕，啼叫出下一章的

题词，在那里，旧的鹅卵石开启了

曲折的情节的迷宫；无政府的咖啡上方

有安静的异端，就在热汽腾腾的咖啡馆（屋外太冷）。

关门的歌剧院，对面，两匹绿色的青铜马

就像书夹，护卫封锁的广场，而这个腐朽的世纪

它的味道在花园上方飘动，

随着国家图书馆里、锁藏的典籍的气味。

还是穿过小桥，进入我们的时代，它在退居次要的

中世纪圣徒的宽宥下，而那光，也变得平凡。

请沿着椴树的林荫道，向下回望，那里变得朦胧
陷入绿雾之中，雾霭蒙住道路之上蹄声哒哒的马群、
礼帽、马车、那如巴尔扎克笔下的广阔的道德；
之后，再回到这个世纪，它是洗劫一空、灰白的屋子
回到那如羽的烟雾，它来自远方一片巨大的烟囱。[4]

二

远离了因本世纪的不幸而像小说一样震怒的街道
远离了珂勒惠支的炭笔素描，流亡者的痛苦
正感觉着他被转译的语言、那合成的光晕
来自异国的句法、一种改动的结构，它会清空
具体之事的细节，清空湿润：在窗台、
在童年时干草之乡[5]的谷仓门下
日光的吱呀作响，还有学院气之光中、咖啡馆的亚麻桌布——
简言之，那变为戏剧的欧式小说。
在这没有废墟的干燥之地，只有你朗读过的
内容的回声。只在很久以后，
印刷的文字才变为现实：运河、教堂、杨柳、污雪。[6]
这是我们最终犯下的嫉妒；我们这些
读者、遥远的饕餮，我们的心灵
会被它的页面染白，就如街道，或被笔的
痕迹犁出一道沟垄的田野。之后，我们成为这样的人
将黄昏时卷云的围巾，变为歌剧院的包厢上

女名伶的"永别"，变为基路伯的穹顶、倾倒石果的
丰饶角 [7]，这是信仰者坚信
疗救之音的场景：之后，巨大的云经过，
庞然的积云轰鸣，就像卡车、装着一桶桶报纸用的
油墨，对救赎艺术的信仰，开始远离我们，
就在我们将那些旧的版画变回一幕幕蚀刻过的风景，
而潮湿的鹅卵石和屋檐上的煤灰，令它们布满条纹。

三

鹅卵石堆集，如同剪掉的头，山形墙倚靠
街道，窃窃私语，墙壁上刮擦出
宣判大卫之星的标志。苍白的脸，放映
自己（就像月亮拉下薄薄的窗帘
随着长筒靴的脚步声，而粉碎的玻璃雨
给人行道镶钻）。[8] 冷酷的沉默
曾带走旧的房客；如今，有些标志，
街道不敢声张，它们的意义更多，
它们为何过去出现，但今日，还在重复；
雾笼罩鹅卵石，笼罩种族的清洗。
弧光灯点亮，随之，是电影的场景，
乚字的阴影，煤气灯如同标点
点在街道的无尽的句子上。椴树之叶
飘过关门的歌剧院，煤灰色眼睛的临时演员，在领救济的

队列中，等一句台词。镜头如哀歌般悲痛，
后续的队伍在移动，随着良知的管弦乐
沿着老城[9]的表现主义的街角。
标准的器物[10]之上，有连续的重复的
标志，领唱的回声，最终，是禁止偶像[11]的
远古之语，它说着漠然的意义。

四

那片云曾是欧洲，掠过生命木、生命之树的
荆棘的枝条，正在瓦解。雷雨云依然
在这些岛屿上空，在被扣留的雪崩的顶峰，
屏幕上一场风雪，在遍布雪点的战役中，
同样的老新闻，正改变自己的疆界和政策，
这之外，群狼覆没，眼是红色浆果，
它们的嚎叫，无人听闻，犹如桥上的冻云
在一缕缕烟雾中，渐渐沉寂。波兰的驳船
向下游，缓缓漂动，随着权威的
韵律，圣彼得堡的宣礼塔是云。之后，众云
就像战争被遗忘。像春雪。像恶。
一切恍如大理石者，只是幕。
还是演"泰门"[12]吧，咒骂所有的努力微不足道，
就让碎浪继续在波峰，徒劳无用。
你的影子随你而行，惊动敏捷的蟹

它们僵住，直到你走开。云意味春天
随着阿姆斯特丹的巴比伦杨柳再次萌芽，
它们像毕沙罗的人群，[13] 沿着潮湿的林荫道的树枝，
而微雨，扫过细小的电线，为圣母
蒙上尸衣。远处，克拉科夫一词
听起来如同火炮。坦克与雪。人群。
封闭的墙，遍布弹孔，仿佛棉絮。

五、帕琅

一、圣诞夜

你能真诚地要求它们吗，它们是否也会要求你
收回你可能的轻视的余地，还有偶尔的逃避：
棚屋的橙色庭院中的黄昏，面包树叶的
蜡般的蓝绿，厨房里第一盏电灯——形状
和影子，如此熟悉，如此破旧，就像老女人手中的
扫帚柄？小河，挤满人的店铺，
外面的男人，将白昼钉住的繁星。
总之，就是这种感情，对简单、熟悉的东西，
对直面的脸庞，对贫困、逆来顺受、
你曾赞颂的人们：他们是否完全属于你，
你可确定，就像确定自己的影子属于太阳？
冲过车窗的声浪，不是海，是甘蔗，
你眼中的夜风，如同女人的发丝，新鲜的
芳香，接着是，西班牙港之上、山丘的光，
轻抚身体的、夜间的亲昵。
之后，夜生出它的天鹅绒，群蛙在篱笆后
呱噪，狗朝着鬼影吠叫，确定者
安居天上，是星辰，不再是问题。

是啊，它们要求你，你无需理解它们的方式：
一支支不再流淌、微风中熄灭的蜡烛，
或是眼泪，在夜的脸上，为每座岛闪动。

二

白昼迁移，阳光离去，之后又回归，疲倦中，
承受强烈的精神之痛，我想起一个街角
在灿烂的马鞍路[1]，路爬出叶子安静的
河谷，圣克鲁兹[2]，那是一条有桥的走廊，
渴望的回忆紧握住它，即使回忆，经过了其他
一切可能的地方；为何偏偏是它？
也许因为，它无形无体，用路上的叶影
和阳光中的桥，抵消了距离，
这证明，它始终会有两个方向，
离开生活和临近平静的消亡
它带着无忧无虑的漠然，漠然的小溪
流过桥边，流过帕拉敏[3]的斑驳的山丘
流过那些比我们粗糙的需求更重要的确定者
（过去，它们常常带着恩惠），还有连绵不断的
棕色浅滩之河的阿门。既然回忆，比它铭记的地方
要小，它就封闭自己，远离一切之所
只是说：就算流动的溪水带着

我们彼此施加的厌恶和压力，它的忘忧
也能抵挡失望的自负，
就靠种种闪动的单纯，水，叶，空气，
它们让远离幸福的瓦解也觉得欣喜。

三

可还记得儿时？记得遥远的雨？
昨日，我写信，又撕碎。云衔着碎物⁴，在山丘之下
如鸥鸟，穿过河谷的蒸汽，飞向西班牙港；
之后，我的眼睛开始湿润，是旧病所致
我仰面躺在床上，蒙住阴云密布的心中的
雷声，而山在瓦解，成了废墟。
雨就这样落在圣克鲁兹，
它脸颊潮湿，山丘紧握几段日光
直到它们消失，然后，远处河水的声音，涌动的草，
负重的山峦就像云，云有一道明亮的、
被烟霭笼罩的裂纹，事事又回归传说
和流言，就像曾经那样，曾经也像现在这般……
可还记得红色的小浆果，形状如钟
在路边的灌木旁，可记得纯真尽头的教堂，
穿过树林、流向舒瓦瑟的金河⁵的声响，
可记得从那以后、再未闻过的猪李的芬芳，

还有小路上长长之影的空荡，那时，烧焦的气味浮起
就从细雨中的沥青上，可还记得，雨就这样让神圣牧羊女的
小圣堂变得朦胧，可记得一段生活，有着难以置信的错误?

六

这取决于，你如何观看悬崖上那座奶油色的教堂
它屋顶生锈，发育萎缩的钟楼在路旁的
花园中，路的边缘有坚硬的白百合。它能看起来像在悲伤，
　只要
你来自另一个国度，只要你的怀疑不会冷酷、
变成怜悯，怜悯那穿靴、衣染污泥的神父，他来自
某个你回想不起的、爱尔兰的郡，也许，你曾在那里
感到了同样的悲伤，是对石筑的小圣堂和矮墙，
它们随时间变得沉重，也是对一片如铁的海，和凯尔特人的
　历史
它被讲述成一段风笛和鼓的野性。
走进这天主教的驻地，尖顶、棕色的法衣室，
草坪上咩咩声叫的羔羊。所以游客相信
海扁桃巨大的叶影中、那受伤的躯干。
周六，停业，温和的天，歇工的
布朗西瑟斯[1]，将别处铭记于心的海，
你也能无助地耸耸肩，只好如此，仿佛说，
"天哪！荒唐的巫术，竟是黑人的希望。
还有他们的各种击鼓和舞蹈，仪式，唱诵。
尖叫的领唱，就像尖塔上的铜公鸡。

他们无知、错综、无光的迷宫。"
但我感觉到了爱，在他血管隆起、斑驳的双手上，
他欢快的吟唱，让"那路"延长，仿佛来自爱尔兰。

八、回家

一

我的国，我的心，瑟森妮[1]一唱，我就回家，
那嗓音，有木的烟气，有地鸠，它皲裂
就像路上的陶土，它淡淡的色泽，属于干季，
它的四弦吉他，让我心弦绷紧。"沙克沙克"
如同蝉，沙沙作响，在童年时叶子如毛皮的
荨麻下，正午的旧篱笆，妙音舞，四方舞[2]，
彗星舞[3]，优雅的转动，直到欢欣的气氛安定。
如雨的嗓音，落在炎热的路上，气味像割下的草，
与香椿一样，它们的语言，全都渺小，却最为甘甜，
无论我去向何方。它让我的右手是以实玛利，
我的指引，是手指如星的蛋黄花[4]。
她君临花卉，我们的众王和我们的众后，随之进军，
"玫瑰"和"千日红"[5]的木剑，他们的合唱队，
有羽毛的芦苇的长矛，赭石的悬崖和柔软的碎浪，
来临的雨，明亮就像落着细雨的班卓琴
那来自几内亚的细雨，拖曳在她衣衫的下摆
她宛如国家的舞者。影子越过无忧堡的
平原，随着她的嗓音。几小群吃草的

737

马，在浮云中闪耀；我看见它们
在破碎的日光里，就像歌手，还记得
一种死语言的话语。我望见明亮的弦
跟随瑟森妮的歌唱，跟随消失的雨中的日光，
跟随河的名字，它们的桥，我曾经熟知。

二

那时，夹竹桃的叶片沙沙响，就像绿色的刀，
面包树摊手，耸肩，咝咝的鬼影
闪躲，在木麻黄中——它们与橄榄一样，各自属于异国——
叶子花的唇分开，它的嘴在惊愕；
就在赭石路上，我捕捉到它们的生命之音，
它们的愤怒如何植根，随着每阵疾风摇动：
随着我翻动的树叶，它们的醒悟时断时续，
多年之后，终成护根，然后是尘土。
"我们早就为你奉上语言，是绝对的选择；
你却偏爱沙洲吞掉的退潮的喉音
那在苍白的城市海滨，这就好像，爱尔兰赋予了乔伊斯
他不曾写过的、舒瓦瑟之外的肮脏路。"
"我尝试为两边效力"，我说，这激起了树叶的
咆哮，它们摇头，抗拒翻译。
"你在背叛"，它们言道。我说，我确信
世上所有的树，都在种种语言中，分享着

共同的欣喜，如桉树和椴树，苏木与榆树。
"你撒谎，你的右手忘了出身，哦，耶路撒冷，
它的狡猾为它牟利。我们依然不可名状，不可界定"，
既然"路"和"日光"都是英语的词，那这两者
就在沉默中，忍受着分割的风。

三

当梵婀玲哀诉它的疑问，班卓琴做出回答时，
我的刺痛加剧，我同香气和根
隔绝，自制的"沙克沙克"擦擦作响，
乡村舞彬彬有礼，屈膝致意，
我揽在怀中的烟雾，总是逃离
就像我父亲的形象，现在，又是我母亲；为了
神圣的祈祷，为了孤独地将叶子
和街角奉为圣洁，就让我走向拍浪的海边，
海围着莱凯的锋锐的棕色悬崖，汹涌的
浪，大西洋的盐味的风；只当你拥有这两种语言
我才听见一种在退却，你不曾将它写过，
也听见孩童的声音，他们用另一门语言读你的作品。
我应该让云驻留，让影子
停住，因为我能感觉到，它在死去，困扰它的一切，
那些优雅、斯文的姿态，都在生长。
我的手指如同荆棘，我双眼湿润

犹如微雨之后、洋苏木的叶子，就这样
太阳和雨，争夺同一个位置
就如我掌握的两门语言———一种如此丰富
与帝国亲密，回响着特权，
另一种就像干旱的山坡上、橙色的词语——
但我对这两者的爱是那样广袤，犹如辽阔的大西洋。

十

新的造物缓缓萌生于土中，鼻孔嗅着空气，
处处是松鼠，就像问号，重复着自己
蠕虫不停探问，直到叶子反复回答，它们是谁，
但在这里，我们只有一种全无季节的恒常，
也没有历史，它总被战争打断，令人厌烦。
文明毫无耐心，一群狂躁的白蚁
绕着巴别塔的蚁冢，用触角
传递讯息；但在这里，当寄居蟹遇到影子，
它就退缩，这甚至也让隐士[1]的影子却步。
我变长的阴影有着黑色的恐惧，我承认，
因为这只蟹写着"欧洲"，我仿佛看见蜷伏的孩子
在兰波的、肮脏的运河旁，[2]还有烟囱，蝴蝶，老桥
看见煤般的眼睛周围，染着屈从的黑斑，是孩子的眼睛
他们看起来都像卡夫卡。特雷布林卡和奥斯维辛
沿河而下，随着工业驳船的烟气
随着这一页我拂去灰尘的文字，
坟墓般的蟹洞，世世代代的沙漏
依然在这海湾，就像哈麦丹[3]的尘土
在我们被吹散、散落群岛的部落上，
月亮升起，它在寻觅，如同第欧根尼的灯笼
在海岬的天蛾上，它寻觅的，是公平和正义。

十六、西班牙

献给何塞·安东尼奥[1]

一

我们赭石色的牧场有真的公牛，不远处，你们陶制的那一头
紧踩着厨房的横楣。每个名词听上去那么像泥土做成，
随着均匀之光里的红瓦、钟楼——里奥哈[2]，阿拉贡！
它立于自己四方的影中，生着新月的角[3]
警惕摇落的红叶，还有变高的声响，
它像沙洲，喘息的水湾，随后咆哮
低身，再用勾住空气的羽蹄飞驰
旁边是昂首阔步的小雄鸡[4]，就如身上缀着亮片的人
在沙滩的镜前，转过脸去，说着"行了，没准备好呢。"
海浪呼啸的"奥雷"[5]，在斗牛场，涌到顶峰
那里的土地皲裂，唯一的绿物
是悬崖上尖头的龙舌兰，那"奥雷"，又带纳瓦拉的尘埃
漂洋过海。以前，我从未被提醒过：
你们火焰笔直的柏树，摇曳起来，如同我们的木麻黄，
而当谁见过八月熔炉中的西班牙
他们的心，就永远烧焦，宛如一群群的尘土

随这些公牛漂流，公牛的样板，就是这微小的陶土之魂。

我燕子般的记忆啊，让我们向南飞翔，飞到狂烈之地，

像箭一样，冲向格拉纳达，穿过单调的橄榄

朝着微蓝的山峦，朝向狂烈又和蔼的民众，

我们沿着铁的峡谷，它们的泉水闪动如刀。

二、格拉纳达

粗生的红土，橄榄丛生，银色的橄榄

在轰鸣的风中，风如一件披风，适合汽车的身形，

受折磨的橄榄，比你想象的要小，

就像悲伤，无法估量，但又有度，

它的距离渐近，随着嗡嗡声响、盘绕的路

那路，拓展出惊人的格拉纳达。向后，这才是阅读

西班牙的方式，如回忆，如阿拉伯文[6]，山峦

和预想到的柏树，证实了：唯一的时态

是过去，罪就在过去，是西班牙的全部。

它随橄榄的树干翻滚，它张口，发出石坡的

赭土的回声，就像井的干燥的嘴："洛尔卡。"[7]

他眼如黑橄榄，面包蘸着小碟。

这男人身穿破旧的白衬衣，上有酒斑，

黑色的套服，皮革鞋底在石头上踉踉跄跄。

你不能置身于外、远离于它，另一些人

在空旷的山上，断音[8]，来自卡宾枪，

来自舞者的脚踝，弗拉门戈歌手的O

吉他的口；他们在戈雅那里，

这死去的小丑，双眼圆睁，在《5月3日》[9]

西班牙的心就在画中。为何西班牙总会受难。

为何他们从这样遥远的地方[10]回返，如此之远

远离柏树，远离山，远离变成银色的橄榄？

三、读马查多

贫瘠的蛋黄花枝，舒展它们甜蜜的威胁

如晴空霹雳。共鸣比开出的花更多，它们让感觉晕眩

就像夜放的木兰，白如我阅读的纸张，

上有散文，印在页的左岸，

右边，是斑驳如页岩的诗节，

缝隙，就像溪流，将自己的语言缝合。

这西班牙的天才，冲冠的怒发，就像蓟花。何事激怒？[11]

是干季的豆荚，华彩章[12]中泛起涟漪的热浪，

还是白喉鸟的黑色绺羽[13]和弧形？

一切共鸣，一切联想和意蕴，

安东尼奥·马查多的音色，即使转译过，

土中的动词，石头里的名词，那墙，

全是意蕴，全是共鸣，全是联想，

西班牙与叶子花的游廊隔着蓝色的距离

此时，白色之花，从公牛的角、那树枝上萌发，

白色的蛋黄花，如同修女的白灵魂。

矮马走过松下，在秋山之间，

洋葱，串绳，银色的蒜头，[14] 马鞍的

吱呀作响与迅疾的水，为清石争吵，

这些炎热下开裂的诗节，从我们八月中烤焦的路上升起，

一切意蕴，一切共鸣，联想。

四

献给埃斯佩兰萨·列尔达

鹳、鸦、鹤，[15] 这些迥然各异的预兆有何含义？

天空成熟，之后阴沉，之后，群鹳穿过

烟囱，腿悬空摇晃，仿佛折断，它们找自己的巢

在阿尔卡拉[16]的拱门之上，那是塞万提斯的铺着卵石的城，

拱门，疲惫的钟，思想在你的手腕

如同栖息的乌鸦。你的死比蚂蚁更近，此时

你展望未来之日，那慷慨恩赐、丰饶的日子。

我仰视阳光中干燥的山，每个影子都是思想。

我想象我的逝去；疲倦的树叶，将会

一片接着一片，落入干旱中无声、棕色的草场

和一块块粗朴、赭色的田地，那里的丁香如花边，装饰山丘

那一个个影子，就在某个五月回归，理应如是，

但我曾栖居的、那空白的缝隙关闭。[17]

橙色的花瓣骤然纷飞，飘过圣克鲁兹
它正在婚礼的微风中；此处，浪花般的花束，带着白色的蕾丝，
我将这一行行生着荆棘的诗，献给能用到
它们的人，还有天平一样、我的两座自然倾斜的岛。[18]
我将自己的双眼传给赞美帕拉敏的人，
将双耳传给拉斯奎瓦斯[19]的洞穴，到那时，银色的结
从神经的弦和动脉上松脱，云的纸页，随着阿门闭合。

二十一、六小说 [1]

一

这是第一篇小说:《圣经》的蜻蜓之灾,
暴雨后,它们穿越如羽的竹子,
我们认为是蝗虫, [2] 那就是了,将它们意义
放大的,是情节,为了相信,小说一开始
就有惊人的虫子,恰从第一行文字上飞起。
马群踏着蜂拥如套索的蠓虫,它们粪便中的
甜蜜之气混合着干草之味,
我望见山峦如溪水,从日照的门中流出。
这一切都有对称 [3],也即,整个小说都在说谎。
祈祷没有情节的生活,没有叙事的日子吧,
但蜻蜓飘舞,犹如一蜂巢的形容词
从词典里释放,就像头脑的巢中放出蜜蜂,
时间流逝,它们飞过,它们的数量减小
它们的意义也无非是:雨后来到。
它们雨后来到这河谷,那时的竹林如马鬃一样
扬起、抖落,之后又让自己平静,
它们来临,随一群全副武装、如同瘟疫的先知,
就为了成为蝗虫的这一天。召集它们队伍的,

不知来自何处，但它们翅膀的恐怖的嗡嗡声
巡视着园中，重复着远古的苦难，
它们再次来访，提醒着我们：记住我们最初的错误，
它们眼如手雷，猛如龙；这不科学，也非虚构。

二

那时，他相信，流亡的痛苦到如今
就会过去，但他早已不再数着日子和月份，
不久前，也不再算季节，既然很可能：
诸事无常，一生尚且如此，遑论永远，若我们只一次
但彻底蒙受异乎寻常的失落，我们就不会
再受同样的苦难，因而他计算的，是他从未
高声重复过的年份，不过他清楚：如果雨
落下，雨后的风，吹过广场，那么他的泪
就会变干，迅速得就像颜色变淡、
朝向国家公园及其单车道的水泥板，
就像车轮上细雨般的银色，而欧洲中
任何最为宜人的城市，它夏天的热度
也比不上家乡的八月的地狱。
他喃喃自语，说着殖民时代的老语言
他听见自己，如何依然说着家，这是为了满足
他的希望：他不但很快就会在那儿，还会来到
游轮的栏杆，看锯齿状的、早已在等他的、

靛蓝色山脊，看所有熟悉的铁皮
屋顶，甚至还有，海关窗台之上
保持平衡的秃鹰。他穿黑衣，发已变
白，他将自己的手杖放在公园的长凳上。
没有这个人。我自己是一部小说，
我回忆着岛的山丘，岛正在变暗。

三

他带着晦暗的思想，在影子中时进时出
就像豹，变换隐蔽之所，为了觅得适合沉思的、
布满斑点的安宁，而它黄色的眼睛闭上，
尖声的呵欠，充斥虚无、空乏，但
这里面，满是一吸一动、从容有度的平和，他又像一群斑马
带着草的纹影，跑向水洼
但头和蹄稳健从容，距毛振作
突然间向一侧哗哗响动。叶与影平复；
一切都安详地躺在荆棘树的满足中，
有狮子，也有豹，此时的正午，是和平的王国；
它们伸展，颤抖，又安静下来，唯一的动作
就是缓缓转动双眼。就在无云的八月、
它凶猛的穹顶下，他感觉到了疲倦如何
从胃口，爬到慢慢合上眼帘的眼睛，狮般的呵欠
在他的臀胯抖动，沿着四肢匍匐，

和平，早已随着伞般的荆棘树
走向伊甸园的安宁的终结，就在黑暗的思绪如云般
疾驰过空旷的草地之前，慢跑中、追踪他的雌狮，
蜷伏，调整姿势，猛扑过来！之后，有一小群
跳动、展翅的秃鹰，和生着斑点的鬣狗。

四

他忍受炼狱般的十一月，但这是
无火之月，它的烟，只不过是负重的雾
从烧焦的林中蒸腾，那里的圆日
一边运行，一边在朦胧中凝视，那里的影子
对人行道和赭石墙上所有的光亮，感到吃惊
但季节的律法，让这一月黯淡，将它当作错误
缓缓清除。他像罪犯一样，穿过它的人群，
召唤着他用最微小的手势、随便的话语
也能寻得的恩典，他端着杯，吃
但头不低垂，而在这些日子，在时而刺穿
苍白之光的、极亮的时日里，他反复
自语：这不是他的气候和民族，没有季节
会如此耗尽一切，这之外，有海
有无情的仁慈之光，一面他的心灵
已然变成的监狱的窗；受苦很容易
只要苦难之外，有另一片天空的真理

有不同的、适合他本性的树木，他的手
在它整整六十五年间，从没有试图去说谎
就像一只螃蟹，不可能走出它纸页般的沙滩。
一个个白昼会变暗，变冷，篱笆之后，更多的
叶子会死去，雾气变浓，但这之外，却有这座不错的岛。

五

他听得见远处的狗，它们的吠叫
将他带向屹立路旁的小圣堂，
但他没有进去。这不值得祈祷，
黑犬只是他的思绪，来自恐怖的夜，
它们穿过严苛、却又给予奖励的圣克鲁兹的森林；
他的心跛行，泛着泡沫的血，如同路途上的浆果，
那里有三四棵棕榈的羽冠，鹦鹉疯狂的叫声
犹如审判淫邪时，证言引发的喧哗，
但它们穿过玫瑰色的天空，消失不见，慰藉得以重返。
在炎热、空洞的午后，呼号越过河谷，
鹰在滑翔，不凋花的火焰之后，山在燃烧
蓝烟宛如长笛；有价值的地方，不过如此。
哦，树叶，就让我不在的日子变多吧，再让它们
摆脱惩罚的蒙羞，还有耻辱的伏击
羞耻缘于它们自身：粪土，配不上任何主题，
香椿的树瘤和站姿，易弯的草，也是如此，

它们只会漠然地、在承受侮辱中轻蔑以对
就像树枝柔韧的抖动，摇晃时，带着坚忍的
优雅，它们鞠躬，如同竹子服从着
一阵阵横飞的雨，这不是殉道
而是自然的顺从；他的下方，有一座房子
在那里，他不会受伤，还深受欢迎，
那里友善的狗，会纷纷来到门前，争抢他的语音。

六、马提尼克的马奈

那株柚木，坚硬如粉色游廊、铁栏旁的
橡胶树，游廊正中，一道拱门，
通向晦暗、装满物品的沙龙，那里寻常的
扬帆之船，全速穿过木头的海浪，帆布上浆而坚硬
近旁，一些忧伤、淡色、用来装点的相片上
一个法国家庭：长着胡须的爷爷，黑发圆髻的祖母
流苏枕，瓷器，那些纪念品，就像韵味已失的
文章，莱弗凯狄欧·赫恩[4]，寻常的福楼拜[5]，
更多的游记，日本花瓶，白玫瑰
不朽的蜡制成。我的房主离开，去打电话。
我感到无法估量的悲伤，为那船帆，
为物品死气的缄默，为它们承载的、喑哑的往昔，
我悲伤，也因为透过格栅，瞥见到法兰西堡[6]的港口，
"我们的灵魂是三桅帆船，寻觅它的伊卡利亚"——[7]

灵魂漂泊的波德莱尔。在错误的马提尼克的
首府。一把扇子，拂动莫泊桑的故事。
屋的精神何在？一句陈词滥调，它的眼睛上
勾画着眼影，唇如马奈的叶子花的花瓣。
我感到，窗户关闭的沙龙，正尽其所能、试图唤起
有关巴黎的一切；我转过身，不再看墙，就在原地
空虚而渴望，正像墙上镀金框里的快帆船
在炽烈的午后空气、坚硬的橡胶叶旁，
一只红缎的拖鞋，脱离了她大理石般的脚。

二十二

我在想一种句法，它有板岩的石青色，
时而有感知，如石英闪动，
又像眨眼的云母，透着机智。我并不是厌倦乐观，
而是灰色的白昼依然有用，尽管没有反光，就像干涸的沙滩
就在黄昏过后。我在想，要避免
容易亢奋的词语，或是戏剧性的停顿，比如死亡，
或是对失去的懊悔和无悔；一切失去，皆有爱，
但它必定也是轻柔，就像呼吸的节拍
接近平和的心头。停顿。继续。停顿。重来。
一匹灰白马，没有骑手，在草已耗尽的地方食草，
一匹石青马，在冰冷的岸边，扭动一簇簇的鬃毛，
最后一道血红的伤口消失，太阳关上它的屋子
入夜，一切近乎消亡。连懊悔也是。
尤其是懊悔、怅憾、渴望、喧嚣，
除了黑暗中的海浪，不可思议地给人慰藉
就用它的稳健。它们带来了不变的旧的讯息，
还有汩汩作响的浅滩上、海浪死亡的喉鸣，
也带来某种东西，它比最末的波浪、刺鼻的
海草味、外壳变白的死蟹的气味都要远，

它比星辰还远，虽然星辰看起来总是太过微渺

相对这距离无限（帕斯卡）[1]、通常令人惊恐的空间。

我在想一个没有繁星，没有对立的世界。何时有？

二十三

我看见了石头闪着冷峻的光，我看见了荆棘
镇定，带着心存敌意的坚忍。现在，我一无所见，
就在蜥蜴迈着碎步、跑过之后；我创造每个回应
此时没有平衡，没有泪，没有笑
没有生，没有死，没有时态的呼应；
就是说，我不见过去，不见将来，
因为石头在它们的冷峻中闪动，洋苏木的荆棘
无所等待，不会等着编成冠冕，[1]
蜥蜴也不会在路边等着像蛙一样悸动
直到我走过为止。我认为此刻也超越变格，
它不是在纪念演进之中、自行变化的、
无敌的"存在"，也不是过去的延伸，
不是午后一样漫长、属于将来的阴影。
因此，我预见自己，像风一样，幸福而无形，
佚名又透明，是轻如叶子的旅行者
在树枝和石头间，是清晰、不可道说的
声音，它掠过没有剪除的草，和墙边黄色的、
黄蔓的钟。这一切很快就会
成真，但没有忧伤，就如石头一样允许
万物发生，如大海在阳光中闪耀，
银色、慷慨的海，在舒缓的午后。

二十六

崇高总是开始于这样的和音"接着，我看见"[1]，
之后，启示录中的积云[2]卷起又分离
光，默默地拓宽自己的声音，它会说：
"那转动的玫瑰，在虚空中扩展自己的光环
我的骑士就从中而来：饥荒、瘟疫、死亡和战争。"
接着，云是雪崩般的头骨，激流一样，涌动在
安静、如铅的海上。而这里，季节开启
此时，风暴鸟惊恐，惧态各异，钟声开始鸣响
在心灵之中，来自摇动的海浪的冲击（却又无声），
但，这是物的摇摆，它们有着椰树的脖颈
弯下，就像食草的长颈鹿。曾经，我站在黑暗的沙滩
接着，我看见，我渐渐接受的黑暗
变得惊人，惊人的是它的欢乐、得到允许的佚名，
是它飞驰的浪花，还有时空，时空让它始终
不朽和变化，却丝毫不会想到我，
岩石上带着锯齿的塔楼[3]，白马跃它而过
泛起泡沫，飞腾如一道拱，随着骑士的欣喜，
眩目的混沌，吞没了动荡，
树叶的快乐，随着一阵忽起的力量，此时

757

在苍白的海峡间，群岛缓缓被抹去

人们却不敢询问雷声，它的原因何在。

就这样写吧：这些黑暗的日子，我也赞美过。

二十八

对这慷慨的伊甸园，我意识到了感恩，
不再狂乱，狂暴，而是审慎，淡然处之，
用叶芝的话说，我受益于"瑞典的恩赐"[1]
它让这屋建成，面朝白色的浪花，屹立
迎着炎热、有车辙的小路，远离了权力的疾病，
我的受益，就像铜山毛榉一样舒展，它的根属于爱尔兰，
而头发如海浪的男人，围着方塔踱步
飞落的天鹅撩动湖水，他对苍白的湖喃喃自语，
他在名声的闪光中；名声衰落的时刻
既在得意，又有愤怒。
此处的森林，枝条都生不出琥珀胶
它们一折断，就尖叫，树脂都不能治病，
我牵挂铭记的海浪之外，只有虚无，[2]
而几位朋友也已逝去，那是独特的牵挂
在这毫无特点的海岬，这里的十二月
绿如五月，不安的海浪变得心安。
我听见呼啸的铜山毛榉的黄铜叶，
我看见天鹅，白如冬季，看见名字，刻在
树干的胸膛，在豪言伟辞的光华和抑扬中，
正午时、钟表的双手在祈祷，它们停住

在爱尔兰的苦难之上。最重的恩赐
莫过于走向石边，那里的海岬、它的
轰鸣在欣喜，随着自然的韵律
就如库尔³的白羽翼，他的天鹅扇动的节拍。

三十

献给西格莉德[1]

海本该让他安心，但它的喧嚣于事无补。

我在讲述的男人，他的一道道门邀请帆

在日出时，穿过厨房的窗台，对他来说，

潺潺的浅滩上、日照的风中、发干的海带的腥臭

或让狭窄的洞穴变得朦胧的、细雨的面纱

都是幻影般的情绪；他听见，在生着羽毛的

草的长矛中，有无声的围攻，当鸟掠过水波，

他觉得一支箭从他心中射出，他的手腕在跳舞。

他看见阳光中的满月，天空的渐渐亏缺的玫瑰，

苍白的风，他的保姆[2]，拖网一样拖着白色蕾丝的披肩；

他的一道道伤疤撒着盐，但他翻转了令它们恐惧的东西

随着每个发皱的蟹壳被翻转。我在讲的，是小写的"奥

    德赛"

它跟着桨帆船的韵律，让他的醒来的屋子下水

在渐趋稀薄的靛蓝色的时刻，而他小声说着谢谢

身下的回应，来自褶皱的亚麻布上、长着色斑、宽容的后背，

它的脖颈腥咸，头发潮湿，而他从隐蔽之处起身，

随着豹、也就是喵喵的小猫、它无声的脚步，

他拧开咖啡罐，估量着取了两勺半，

停下，越过蓝窗的帆让他僵住，
之后，他穿上半明半暗、被满月的磁力
吸引的黎明，直到一个孀妇的背部，让光起伏。
她拽着潮汐，用粗缆拖曳着心
那缆绳比任何敬拜都要有力，靠神得以安定的英雄们
被她创造的一群怪物，从自己的屋中拉扯出来
而披上披肩的女人们，眺望着星辰的黯淡。

三十一、意大利牧歌 [1]

献给约瑟·布罗茨基

一

通向罗马的明亮的路上，越过曼托瓦 [2]，

一束束稻秆，我听见，风的欣喜里

棕色的犬在车旁喘息，声音就像拉丁语，

流畅的平移中，它们的影子在边缘滑动，

车过田野，白杨作篱，石头农场，风格相称，

名词来自男生的课文，来自维吉尔、贺拉斯，

短语出自奥维德，在绿影中闪过，

车驶向远景里一座座无鼻的半身像，

驶向张口的废墟、没有屋顶的回廊，

凯撒们的回廊，如今，他们的第二件斗篷是灰尘，

而这稻秆中沙沙作响的语声，就属于你。

每一行诗，都有时辰和季节。

你让诗体与诗节焕然一新；这些收割过的田地就是

你的胡茬，离别时，它们摩擦我的脸颊，

苍白的虹膜，你的头发就像一缕缕谷穗，风中飘散。

就当你从未逝去，你依然在意大利。

是的。依然。天啊。依然，宛如伦巴第的
转动的田地，依然，就像图圃中白色的垃圾
比如某个政权涂抹过的纸页。借助他的风景，你和纳索 [3]
同享的流放，得以治愈，诗依然是叛逆
因为它是真理。你的白杨在日光中旋转。

二

木窗之外，鸽翼呼啸，
新的灵魂振翅而飞，丢弃疲倦的心。
日光触碰钟楼。文艺复兴之时的铿锵，
在拍浪的码头，汽艇 [4] 曳航、驶离，
将旅行者的影子，留在摇晃的渡口
他看见水的闪动，他的渡轮让水
如一把梳子，穿过金发，梳过之后，再编出发辫，
又如书的封皮，封住最后一页的浪花，
又如什么白色之物，用雪片让我目盲，
抹去松柏。约瑟，我为何写这诗
你却不能读到？窗般的书脊敞开
在庭院，那里的每座穹顶举行仪式
就为你的灵魂，它环绕威尼斯的铸造钱币的水
就像石青色的鸽子，光犹如雨，痛苦忧伤。
礼拜日。钟楼之钟，癫狂的钟声
为你鸣响，这石墙如花边的城，你觉得它治愈了我们的罪，

它像狮子，[5]铁掌让我们的星球，在守护的飞翼下
不再转动。小提琴颈上的技艺
贡多拉项上的少女，都是你的领域。
在你的生日，注定要向威尼斯来讲你。
这些日子，在书店，我漂流到"传记区"，
我的手，在一个个名字之上滑翔，随着鸽子张开的脚爪。
穹顶闭合它们的括号，在潟湖[6]之外的
大海上。下了渡轮，你的阴影徘徊在书的
边角，它站在远景的尽头，等我。

三

在这藤蔓和山丘之景，你承载着一个主题
它遍及你倾斜的诗节，让葡萄流汗
模糊了它们的界域：舒缓的、北方的雾
就如国歌，没有边界的国度，云形
愤怒地变幻，当我们开始将它们
联想到丰富的呼应，洞口，那里的永恒
在蓝色的小门上目瞪口呆。一切坚固之物等待云，
树点燃，燃成炉灶的烟，
鸽子带着飞翔的呼应，呼应就在韵律，
地平线的连字符消退，细枝的工艺品
在空白的页上，令它们的西里尔字[7]感到窒息的：是雪，
是黑色的鸦鸣中、乌鸦飞越的白色田野，

它们是遥远的地理，不仅是现在，
你总在它们之中，脚掌柔软的雾
让这星球朦胧；冰冷、无常的水边
总令你幸福无比，并没有让人目盲的日光
在水上，在这悄然靠近码头的渡轮中
一个旅行者熄灭香烟上最后一点火花
将它踩在脚踵之下，他的被爱过的脸庞，终会消失
消失成一枚硬币，而雾的手指正将它摩挲。

四

浪花浮现，在闪烁的海峡，海峡轻诵着蒙塔莱[8]
用苍白的盐，石青的海，海之外，是染着斑点的紫丁香
和靛蓝的山丘，之后，看见了意大利的仙人掌
还有棕榈，一个个名字在第勒尼安海的边缘闪动。
你的回声来自石丛，在裂隙中吃吃轻笑
此时，高涌的海浪消失，永不再见！
抛掷的线，为了小鲱鱼，为了捕获彩虹鱼，
红鲷，鹦鹉鱼，银鲳，
无处不在的诗的腥气，钻蓝色之海，
机场上自扰的棕榈；我闻着，
如发的草，水中飘摇，西西里的云母，
一丝气味，比诺曼式的大教堂，或修复的引水桥[9]
都要古老、新鲜，渔夫粗朴的手，

他们的方言之锚，立在苔藓中的墙、墙上死去的
短语。这些都是它的源头，诗，它们依然存在
随着海浪重复的波纹、波峰、船桨、
韵律、群鸟、唯一的地平线、一艘艘龙骨如楔
插入沙中的船、你自己的岛，夸西莫多
或蒙塔莱的诗行，蜿蜒宛如篮中的鳗鱼。
我正向下而行，到浅滩的边缘，去重新开始，
约瑟，我用第一行线，用古老的网，开始同样的远行。
我会钻研开放的地平线，钻研一行行韵律的雨，
我要融入小说 [10]，它比我们的生活更伟大，是海，是太阳。

五

我的香椿，如同柱廊，它们的拱顶之间，大海
嗡声念着它的弥撒经，每个树干都是字母
就像日祷书，绣着果实和藤蔓，
在它们之下，我继续聆听一座有回声的、诗节的
建筑，它的轮廓如圣彼得堡，一行行队列
随着一位变得伟岸的领唱，他用剃度表示虔敬。[11]
散文是行动的护从，诗是骑士
他拿着笔矛，扑向火龙，
他就像骑马的斗牛士，几乎跌落，却又在鞍上
侧身直刺。你蜷伏在纸上，还是同样的坐姿，
行动中的云，重复着你头发稀疏的样子。

行动的韵律和平衡，都以威斯坦 [12] 做榜样，
诗的轮廓有罗马之风，开放，是微型的
凯撒的半身像，喜欢遥远的行省
而非角斗场的咆哮，它是蒙上灰尘的职责。
我飞升，在海浪的弥撒和香椿的圆柱之上，
我俯视令我悲伤的数字，你的石碑，我漂流
在墓园的书册间，漂向海岸枯萎的
大西洋，我是背负你飞向俄国的鹰，
我用脚爪，抓住你橡子般的心灵，它令你
重生，越过普布留斯·纳索的黑海
变回榉树的根，悲痛和赞美让我飞升，使得
微小如斑的你，在欣喜中放大，一个腾飞的圆点。

六

现在，一夜复一夜，又一夜之后
八月 [13] 会在松柏中沙沙作响，橙色的光
会从堤道的石缝间渗出，阴影
与船桨平行，横卧在涂着沥青、长长的船体上，
炎热的草场，油亮的马首在摇动，
而散文，在韵律的边缘踌躇。拱顶
变得巨大，蝙蝠或燕子，越过它的天花板，
紫丁香的山丘上，心正攀援，在光的变格中，
恩典，让家旁边的男人双眼朦胧。

树林关上自己的门，海浪要求关注。
夜是雕刻品，一枚有剪影的奖章
让被爱的人，比如你，身形黯淡，
而你的诗让读者变成诗人。海岬
之狮，变得昏暗，与圣马可的一样，隐喻
在心灵的洞穴中，繁衍，飞动，而有人倾听
海浪的咒语和八月的松柏，
他读着比划手势的棕榈叶，它们就如绚丽的西里尔字
而积云，开始召集无声的会议，
就在大西洋之上，那犹如池塘，光也是一样平静，
村中的灯在发芽，就像果实，屋顶上蜂巢般的
星座浮现，一夜复一夜，
你的嗓音，穿过黑暗中一行行芦苇，它们闪耀着生命。

三十二

她就像海鸥，重返自己的角色。风
拍打着露天剧场的、破碎的双翼
生活中，另一个角色将她丢在后面。
湖水闪耀着消失的声音。妮娜[1]，多年之后，
曾经身形小巧、洁白、颤抖中保持平衡的妮娜
总算平息了自己的恐惧，此时，她的任务之一
就是学着控制她的双手、那微小的风暴。
她握紧你的心，心像鸥鸟的脖颈，她问道：
"还记得那时吗，科斯佳？"记得。这农舍，
潮湿的天、被盐腐蚀、生锈的门闩，这里的植物
试图透过窗户窥视，它们是黑色的、出殡的队伍
有些送葬的蚂蚁，打着花朵之伞
都是为了这孩子，西里尔字在透明的、
她曾举到灯前的薄纸上；一行行铭记的台词
就像浅滩，有趣的对白，她开心地
背下，以后不会忘记。舞台，湖水礼貌的掌声
已被埋葬。如今，海鸥飞回
宛如倾斜、却又平衡的 N，为了一些它记住的事情。
她记得笑声就像他的魔鬼在羽翼之后
燃烧，它的双眼如同变得旺盛的余烬，
这意味着，恶魔来临。也许那时，山丘更绿

树林变为兴奋的纸页。记得吗，科斯佳？
风让农舍的门瑟瑟作响，他的手敞开了
它，他凝视她，一动不动，低语说，"妮娜？"
而一群白纸从桌上飞起，那里积满的灰尘
比过去、她为他的笔舒展翅膀的岁月，更为厚密。

三十四

这一行的尽头，有敞开的门
面朝蓝色阳台，鸥鸟会用带钩的手指
在那里栖息，之后，就像离开观念的形象，
它会随着缓慢的韵律，敲打节奏，越过午后之海上
锻造出的合金，我的右手驾着帆绳

一面微帆，驶向马提尼克或西西里。
在丁香斑驳的远方，一片片相同的海岬在生锈，
波谷中溅起的水沫，冲刷着那里点点的屋子，
鸥鸟回响之处，鸥的影子就在日光的海水间
与它竞飞。一切呐喊，都不够欢喜
不足以表达我的感恩，和猛然打开铰链、
让光芒斜穿我肋骨的心。尽处，一个影子
比鸥影还慢，它在水上一寸寸地变长，
覆盖了草坪。正如马提尼克的上空，在西西里
也有同样高昂的热情，来自一次次辞藻华丽的落日，
也有同一条地平线标画出它们明亮的消逝，
还有那长久被爱的闪耀者，它或许不会
因为难以言表的欣喜而开口，既然言语属于可朽者，
既然每句话的尽头，有坟墓
或有天空的蓝色之门，或一道道曾经存在的渐宽的入口 [1]

它们有着我们被剥夺的崇高。我们拥有的唯一的光亮
仍在闪耀，或照在尖顶，或坠落之时，照耀螺壳
再随着发白的海浪，将这一页闭合。

三十七

在瘟疫、沾满苍蝇的城墙、烟的失忆之后，

流浪者啊，你要知道，你就像石头，无处可去，因为

如今，你的鼻子和眼睛就是你女儿的手；

去吧，去海浪的重复更容易

忍受的地方，那里没有父亲可弑，没有邦民需要说服，

不要再强迫你的记忆去理解

在海扁桃的管辖中

死人是否会选出他们自己的政府；

某些行为的规定封住他们，令其沉默

无人敢打破，仅仅一个名词就已然让他们透明，

他们生活在那里，超越时态的变化

就在他们自己的白色之城。他们如此轻易，就与我们弃绝

   关系，

而余下的、此岸的一切，损耗了我们的辛劳。

坐在你的基石上吧，在科洛诺斯 [1] 最后的光中，

就让你肿凸的脚趾，[2] 深植于他们自己的土壤。

蝴蝶安静地飞落在君王 [3] 的膝上；

坐吧，坐在海水侵蚀的巨石间

再让夜风扫过海的梯田。

这是正确的光，这白镴色的光在水上，

并没有屠杀而死的云，没有预料之中的、
对自燃的真理和神谕之雨的惊奇，
只有这一片片浅滩，温柔得就像你女儿的嗓音，
而诸神，却犹如雷鸣，消失在沙沙作响的山峦。

注释

选自《恩赐》（1997）

1 本诗集是《奥马罗斯》之后以及获得诺奖之后的第一部诗集，属于沃尔科特"后荷马"阶段的力作。如 Breslin 所言，本诗集是沃氏最为"忧郁"的作品，这归因于他母亲和朋友的去世，而且其中弥漫着"不安和疲倦"，因为沃氏一方面在圣卢西亚定居，一方面定期去波士顿教课，还要参加各种随诺奖而来的国际性活动和应酬。就其艺术生涯来说，诺奖恰恰标志着终结，如同"华丽的墓碑"，这给沃氏带来了压力，他需要探索新的可能。

恩　赐

1 Alix Walcott，沃尔科特的母亲，1990 年 5 月去世，本诗也发表于这一年。

2 沃尔科特的母亲埋葬在圣卢西亚海滩，如同玫瑰，这场景如同《神曲·天堂篇》第三十三章（canto）。

3 《神曲·天堂篇》把天堂描述为九重同心圆，中心为地球，第九重即水晶天，其上为最高天，充满光芒。

　　Thieme 指出，在沃尔科特后期诗歌中，面包果和面包果树是加勒比身份的象征。它为因丧母而精神混乱的沃氏提供了"恩赐"，让他没有陷入克莱尔和汤姆（见下）的境地。见 *Postcolonial Literary Geographies: Out of Place*（Macmillan, 2016），第 51 页。

4 约翰·克莱尔（1793—1864），英国 19 世纪浪漫主义诗人。之所以引入他，因为他是沃尔科特效仿的先例：他是农民之子，自然诗人，因此如同亚当一样，为万物命名。克莱尔将"穷人受富人的压迫"与"野生和自立的植物群（flora）的根绝"联系在一起，这种做法，与沃氏如出一辙。

5 联系施洗者约翰。《马太福音》3:4，约翰生活于林野，穿骆驼毛的衣服，吃蝗虫野蜜，在约旦河为人施洗。他的生活状态也是返回自然。

6 《神曲·天堂篇》3.85。

7 黄蔓的花朵如同喇叭和钟，钟声暗示丧钟。

8 之所以说"别处"，因为它们都是克莱尔诗中描写过的植物。

9 这两句指李尔王，李尔王流浪在外，与老鼠为伍，让雨水拍打。

10 《圣经》钦定本由詹姆斯一世下令编纂，其英语影响了这之后所有英语文学家，包括沃尔科特。沃氏欣赏钦定本清水一样平白简练的语言。下面"让灵魂新鲜的水"也是指钦定本《圣经》。

11 把母亲比作母鹿，下面的三只小鹿是沃尔科特兄弟和姐姐帕梅拉。

12 "邦蒂号"上最著名的事件就是一场士兵的叛变，由大副弗莱彻·克里斯蒂安（Fletcher Christian）发起，船员流放了酷虐的布莱，去往塔希提或皮特凯恩群岛。

13 用伊阿宋找金羊毛乘的船名比喻邦蒂号。

14 母亲要念的经文段落，都不再新鲜，孩子会感到反感，但长大之后，他们也会变成船长那样的权威，维护信仰。这里面似乎揭示了，如果具有信仰，就会陷入权力关系，因为信仰的对象是权威者：父母／船长／上帝。但如果没有信仰，就会叛逆，陷入暴力和虚无。

15 There Is a Green Hill Far Away，爱尔兰女赞美诗作家塞西尔·弗兰西斯·亚历山大（Cecil Frances Alexander，1818—1895）作的赞美诗，收入《给孩子的赞美诗》。

16 主教的教冠，这里比喻诺贝尔文学奖。

17 almonds，这个词指扁桃，被西方人用来指加勒比的海扁桃。

18 通过下面放入括号的插入句"别打断！"可以看出，这句话是作者摹仿读者所说。他虚拟了一个场景：由于上面的问句（Should I 开启）太长，他自己的声调没有在句末保持升调，所以说"语调有问题"；而下面为了避免读者再次插话，才会说"别打断"。

19　蠛虫的盘旋，如同葬礼的花环。

20　vegetal fury，死者不再具有动物和人的情绪和欲望，但仍然具有植物性的特点，也就是自然的生生不息。

21　mammy-apple，有的中译为曼密果或马米苹果。

二、标志

1　Signs，首先指云的形态和迹象，诗中也联系了其他的标志。本诗中，作者用云的形象，想象了欧洲 19—20 世纪的历史。见 Baugh，*Derek Walcott*，第 207 页。

2　波兰诗人，1945 年生于利沃夫（二战前属波兰，时为苏联占领，今属乌克兰），随即迁往波兰，1982 年受到政治压力，移居巴黎，之后也在美国任教，现为芝加哥大学社会思想委员会成员。

3　inventory，指商家囤积的为了出售的丰富的物品或其清单。沃尔科特敏锐地注意到了 19 世纪欧洲社会及其文学中的"庞大的商品堆积"以及对资本的欲望。

4　这两行分别指水晶之夜和纳粹集中营，这是沃尔科特和扎加耶夫斯基持续关注的主题。

5　指波兰乡村，见扎加耶夫斯基的《略夸张》。

6　从欧洲小说里读到的景物，在来到欧洲后，终于才看到。

7　cornucopia，希腊罗马神话中的一种角状的器物，丰饶的象征，很多神都持有，比如罗马的丰饶女神 Abundantia，里面能倾倒出花朵和水果等。

8　这句暗示纳粹党的靴子和水晶之夜；漠然的德国人就像月亮拉上窗帘，回避犹太人的灾难；钻石也指被抢劫的犹太人的财物。

9　克拉科夫（Cracow）老城，扎加耶夫斯基在波兰时期定居于此。波兰曾有过表现主义运动，为了反对现实主义。

10　指犹太人的器物，上面有大卫之星。

11　这里指向《出埃及记》20:4-6，十诫中规定不得崇拜偶像神。这里实际上指出犹太人自古以来也是排斥他族及其异端信仰。

12　指《雅典的泰门》，泰门道德高尚，乐善好施，但对卑劣的同胞彻底绝望，愤世嫉俗，孤独而死。

13　毕沙罗经常描绘人群，如《歌剧院大道，阳光，冬晨》（*The Avenue de l'Opera, Sunlight, Winter Morning*，1898），《新桥午后阳光》（*Afternoon Sunshine, Pont Neuf*，1901）。

五、帕琅

1　Saddle Road，特立尼达西班牙港北部街道，分西段、北段和东段，西段南边通向萨凡纳。叫"马鞍"，是因为萨凡纳附近常有赛马，马匹会经过这条街。

2　该河谷临近马鞍路，在马拉瓦尔和圣胡安之间。

3　Paramín，特立尼达北山脉（North Range）的高峰之一，位于马拉瓦尔。

4　bits，指鸟叼的碎木，碎土之类的东西。作者把云比作鸥鸟。

5　*la rivière Dorée*，见《群岛传奇》第一章。

六

1　见《纵帆船"飞翔号"》第四节。

八、回家

1　Sesenne，原名 Marie Selipha Charlery（1914—2010），夫家姓笛卡尔（Descartes），圣卢西亚国宝级民族歌手，生于米库区的乡村家庭。沃尔科特极为推崇和喜爱她，她就是沃氏诗歌中本土性的源泉。
2　《星苹果王国》第三节。
3　见《绿夜》诗集的《帕琅》。
4　见《圣卢西亚》第二节。
5　圣卢西亚的两个文化社团，克里奥尔语为 La Woz 和 La Magwit，分别以玫瑰和千日红这两种国花为象征。

十

1　the hermit，指"我"，沃尔科特一向自比隐士；而寄居蟹为 hermit crab，也是"隐士"。人与蟹在自然面前没有分别。
2　"运河"指苏伊士运河，兰波描写过，欧洲如同孩子，蜷伏在它旁边。
3　西非的沙尘风或该风盛行时的季节，一般出现在 11 月末至次年 3 月中。

十六、西班牙

1　José Antonio，即西班牙诗人安东尼奥·马查多（1875—1939）。本诗第三节就是"读马查多"，曾单独发表。除他之外，本诗还提到了洛尔卡、戈雅等人，他们及其作品让作者建立了对西班牙的主观想象，而非实景的客观描绘。

2　即 La Rioja，西班牙自治区，东临阿拉贡自治区，这里是葡萄酒产地。

3　这句还是说陶制的牛，但四方（是伊斯兰教的重要图案）与新月暗示了西班牙的伊斯兰历史。

4　转而暗示斗牛士，但是，这个不太严肃的比喻本身是加勒比式的，它"戏拟"了西班牙的对应者。

5　olé，西班牙语，表示鼓励和加油，这里是用海浪声比喻斗牛场的呼喊。

6　阿拉伯文是从右向左，如同回溯；而且历史上，阿拉伯人统治西班牙近八百年，影响极深，因此回溯西班牙的历史，绕不开他们。

7　加西亚·洛尔卡生于格拉纳达，也在此被杀害，草草埋于诗中说的"石坡"，在比斯纳尔（Víznar）和阿尔法卡尔（Alfacar）附近，遗骸至今未能寻到。

8　staccato，音乐术语，五线谱里常用音符上加一小点表示。

9　指戈雅的名作《1808 年 5 月 3 日》（*El tres de mayo de 1808*，1814）。作者用里面受刑者的形象来比喻戈雅，也联系洛尔卡。

10　指死后所去之处，这些都是西班牙的受苦者，包括洛尔卡和戈雅，他们在作者的回忆中出现。

11　暗示马查多的《格拉纳达发生的罪行》。

12　cadenzas，音乐术语，装饰段，华彩段。

13　ruffles，指鸟颈上褶皱的毛，呼应涟漪（rippling），这个词也指鸟的毛发竖立，还表示愤怒和激动。

14　这里很自然会让人想到洛尔卡的《死于爱》（"Muerto de amor"），Ajo de agónica plata/ la luna menguante（垂死的银蒜 / 亏缺之月）。

15　这里提及了三种鸟类，均见于马查多和洛尔卡的一些较为有名的诗作，而且具有不同的象征。

16　Alcalá，位于马德里自治区，塞万提斯的故乡，全称为 Alcalá de Henares，Alcalá 来自阿拉伯文，意为堡垒，因此该城直译为，埃纳雷斯堡，有时简称阿尔卡拉。

17　指诗歌和散文，尤其指诗，诗行与诗节之间留有空白。

18　指特立尼达岛和多巴哥岛，两岛如同一副天平的两边。特立尼达更大，因此天平向它这边倾斜。

19　Las Cuevas，特立尼达北部地名，这里有海滩和同名海湾，其东边是拉菲列特。

二十一、六小说

1　fiction，小说，或虚构性的叙事散文作品，但在本诗中，作者试图质疑或反思"虚构"，他看重的是 fiction 的"叙事"特点，而且试图将之与现实结合，消除 fiction 与 fact 的界限。

　　这种将诗与小说结合的做法，按沃尔科特的介绍，主要受洛威尔自白风格的影响（当然还有其他，如艾略特、乔伊斯、纳博科夫、普鲁斯特、庞德等），洛氏前所未有地"试图为诗注入小说般的力量"。

2　《圣经》中常见的灾象，这里用本土的蜻蜓来虚构蝗灾。

3　这里应指小说与原本（这里是《圣经》）的对应，可联系下面用到的"重复"（echoes），正因为要对称原本，因此复本肯定是"说谎"。沃尔科特谈到过他们那一代加勒比作家"想为没有被定义的生命赋予更多的对称"，他们首次描写了本土的地点和人，但背后又有英国文学传统。见 E. Hirsch 对他的访谈，*Conversations with Derek Walcott*，第 105 页。因此，对称指沃氏一生要处理的模仿问题，如何在欧洲经典中为加勒比人和事找到对应；如何在对应中寻找原创。

4　Lafcadio Hearn，即小泉八云（Koizumi Yakumo），他本生于英属时期的希腊琉卡地亚（Leucadia，Lefkada，Lafcadio 这个名字来于此地），喜欢日本文化，后来改名。

5　指福楼拜文风朴实，直白。

6　Fort-de-France，法属马提尼克的首府。

7　出自波德莱尔《旅行》（"Le Voyage"）第二节。

二十二

1　指《思想录》348，即著名的"思想的芦苇"一段，人的尊严并非来自占有外部空间，而是思想，有了思想，就可以囊括世界，正如宇宙囊括个体的自我。

二十三

1　加勒比的植物不会被编成耶稣的荆棘冠，即，无所谓耶稣受难或复活，这个状态超越了基督教的时间。

二十六

1　《启示录》里常用的开头句式，这句之后，就开始描写崇高的事物和场景。

2　《启示录》14:14-16，提到了云，是天使的标志。

3　指石头上的藤壶。这一句依然是"我看见"的对象。

二十八

1　叶芝获得诺奖之后，回到爱尔兰，写了一篇散文《瑞典的恩赐》（手稿中原题为《斯德哥尔摩：沉思》），讲述游历斯德哥尔摩的体验，以及对文化问题的思考。

2　这几行说加勒比，这里不如爱尔兰，树木生不出琥珀和树脂。

3　Coole，爱尔兰戈尔韦郡（County Galway）戈特（Gort）的公园，这里有本诗中所写的铜山毛榉和天鹅。叶芝有名诗《库尔的野天鹅》（"The Wild Swans at Coole"），最后一行的"他"，即指叶芝，也暗示了这首诗。

三十

1　Sigrid，即西格莉德·娜玛，见《群岛》。后面的《提埃坡罗的猎犬》就是献给她。

2　nurse，比喻风，但实景中，也许娜玛在身边披着披肩，也许窗外有其他女性是如此。

三十一、意大利牧歌

1　布罗茨基极为喜欢意大利，他的妻子玛利亚·索萨尼（Maria Sozzani）就是意大利人。他曾效仿维吉尔的《牧歌》写了很多苏联的牧歌或田园诗，但更多的带有"反田园诗"的风格，如《牧歌》《乡野牧歌》《罗马哀歌》（见《仲夏》2）。写作本诗时，布罗茨基已经去世，本诗正是经典的纪念之作。在接受 M. Jaggi 的采访时，沃尔科特谈到了《恩赐》诗集，尤其讲到了本诗："我不想忘记任何我爱过的人，我无法忘记约瑟。但是，对于海上午后的日光和朋友的故去，对于这样的现实，你又会做些什么呢？你所做的，就是讲述：你自己也会消失；然而，你不想让任何人错过欣赏那日光；你又不可能把它留给你孩子或你爱的人。所以，这本诗集就是在直面、接受死亡，在死亡中尽力挣扎。"见 Baugh, *Derek Walcott*，第 208 页。由此可见，本诗也是整部诗集的核心诗之一，它延续了《另一生》中的"死"；另一篇是《恩赐》，继续了《另一生》中的"生和收获"。

2　Mantua，意大利北部城市，属于伦巴第大区，维吉尔出生于该地附近的村庄。

3　Naso，奥维德全名 Publius Ovidius Naso，英语中通称 Ovid。

4　vaporettos，来自意大利语，小蒸汽艇，专指意大利威尼斯的水上巴士或摆渡船。本节即描写威尼斯，这是布罗茨基最为迷恋的地方，他曾写有散文《水印》(*Watermark: An Essay on Venice*)；他最后也埋葬于威尼斯圣弥额尔岛 (Isola di San Michele，圣米凯莱岛) 的公墓里。

5　威尼斯的象征是守护圣人圣马可的飞狮。

6　即威尼斯泻湖 (laguna Veneta)，在亚得里亚海（下面说的"大海"）北部，威尼斯全城就在泻湖内。

7　cyrillics，指俄文字母，比喻细枝。

8　即意大利诗人埃乌杰尼奥·蒙塔莱，1975 年获诺奖，沃尔科特对他非常推崇。

9　aqueducts，古罗马标志性的水渠拱桥。

10　不是虚构，是包含生活的自然本身。

11　指布罗茨基谢顶，《另一生》也用这个比喻形容过西蒙斯。

12　Wystan，即奥登，全名为，Wystan Hugh Auden，布罗茨基对奥登推崇有加。

13　提到八月，因为沃尔科特与布罗茨基谈到过这一月的特点，俄语里，八月是阳性的，类似男人；而沃氏曾经把八月比作女仆。

三十二

1 Nina，第一行的"海鸥"暗示了这里的妮娜是契诃夫《海鸥》中的女主角，她梦想成为演员。下面提到的"科斯佳"（Kostia）是这出戏的男主角康斯坦丁（特里波列夫）的昵称，他最后自杀，所以诗中写到了葬礼。

三十四

1 联系了"窄门"。

三十七

1 Colonus，这里指明了本诗说的"流浪者"是自己刺瞎双眼、弑父娶母的俄狄浦斯，他在女儿安提戈涅的引领下（本诗第三行说的"女儿的手"）流浪到科洛诺斯，最后死于此处，当然作者还是用之自比，场景设置在加勒比。
2 俄狄浦斯这个名字，意为肿脚，他的脚小时候被父亲刺伤。
3 指俄狄浦斯。

选自《提埃坡罗的猎犬》（2000）[1]

第一章

一

一到周日，他们就漫步走下王后街 [1]，
经过银行，还有岛上的小店

店铺安静如同图画，他们穿过丹麦式的拱廊
远离酷热，直到这条街停住

在蓝色、疾风阵阵的港口，那里的鸥鸟
如同商店账簿上的逗号，标点着成行的波浪。

鳕鱼桶上海水的反光，写着：圣托马斯，
腥咸的微风带来传教奴隶的声音

他们唱诵，祈求从所有的原罪中解脱
就用潮汐般、哀叹和回答的对句，

地平线凸显了他们的出身——
而来自布拉干萨隔都的毕沙罗一家

逃离了宗教法庭的白风帽
逃向海湾中白帽一样的浪端，逃向十字架般、可以折叠的

白银鸥，鸥的下方是传教团[2]
正嘶声地念着《出埃及记》的段落。

海关旁边，家里的仓库前，
他的叔叔猛地拉动门锁，让锁链哗哗作响，

他扬起胡须，朝向清晨
清晨越过广阔的海水，来到异教徒的山峦。

钴蓝色的海湾，她迟钝的船首劈开了
涌起的浪潮，竞逐的麻鸦纷纷从上面跃过，

油船哀鸣。他们觉得自己的身体离开了
滑行的岛，而不是乘风的船。

一条混血的狗随着他们，乌黑得就如它的影子，
它嗅着他们的阴影，迈着碎步，此时，钟声

因宽赦而欢腾。年轻的卡米耶·毕沙罗
研究纵帆船，它们透着陈腐的气味。

他，还有他的刻板的犹太之家³，
身后跟着那头猎犬，隔着紧张的距离，

他们脚步折返，穿行夏洛特阿马利亚
沉默无言，而基督徒的钟声正在回响

洒向王后街的卵石，
洒向店铺，那里的百叶窗在祝福中闭合，

就这样，他们穿过丹式拱廊下、重复的
椭圆之影，来到了他们高耸的木屋。

"祝福，和平，爱心事业的会堂"⁴
今天闭馆，因为安息日。那混血的狗蜷缩着

钻过公园的栏杆。钟声退去。
香椿的花，是午后的标志。

他们的这条字母的街道变得黯淡，这印刷的页面
在上个世纪泛白的光中

用敏锐如同记忆的、美柔汀的版画⁵，唤起了：
一段岁月，属于甘蔗车，属于棕榈的高耸的阳伞。

二

我的木窗，框住了这条周日的街
一条黑狗穿行而过，跑入伍德福德广场[6]。

石头教堂那边，潮汐般的噪音重复着
潮汐般、哀叹和祈祷的对句。

栏杆上生锈的长矛之后
屹立着旅人树[7]的、生着棱辐的绿扇；

一道铁门，它的锦木篱笆，运用着
五彩，在入口呼号。

走下小路，走入打着呵欠的石屋，
它的墙赤裸，就像任何一座犹太会堂的

彩壁。黑色的会众
在阳光下，朝坟墓般的狗蹙眉。

旧日的西班牙港，也曾有犹太的教堂，
但它的原址，如今消失于

日光的地图之网，它的巷陌蕴含着
幽灵般的信仰，白色就像这条混血狗的阴魂。

周日的棕榈越安详，草就越凶猛，
沸腾的树下，树荫就越黑暗，

而影子愈尖锐，午后的恩典
就愈安宁，空荡的城市。

矮丘之上，有热气的
薄雾，一丝雨的味道，在轻轻拍打的

树的喧嚣中，那里，一滴雨
燎到了烧焦的沥青，更多的花瓣随之飞起。

静默之城，享有空荡
就像一幅版画。华丽、镂雕的屋檐，

热气升腾，来自围着铁丝的球场，
来自空洞的后院，那里有安静的面包树的叶子，

院墙粉刷着静默，相似的街道
有着相似的、尖尖的影子，花边的游廊

封锁在萎靡中，直到午后重复着
长长的光，和午后的锦木色的人群

他们在萨凡纳，不在杜伊勒里[8]，但
至少，石园[9]中点画出的柏树

却又宛如毕沙罗的油画，走过总统府的
关闭的门，斑斑点点的女裙，

鸥鸟的呼号，白色花和板球手，
椰子车，一个装饰着褶边的孩子，上世纪的

裙环，就像过去的夏洛特阿马利亚，
一艘吱呀作响、缓慢行进、单桅的纵帆船。

拉文第勒的布满斑痕的屋顶，就像在
卡扎本[10]的时代，巨大的萨凡纳的香椿，

日出时静默的街巷，街道的暗沟旁
安静、停泊的汽车，还未迁走牧场的

驯马师、马主、饲养员，[11]矮矮的屋顶
在矮矮的山丘下，日光为袖的萨凡纳

在青草覆没的马蹄的优雅下，
在慢跑的鼻息、勒住的马颈下；曾经

各种气味，新鲜的粪土，也是一种乐趣；印度
马夫的笑话，变得文明的

马匹的养殖，世纪末 [12] 的辐条
属于轻跑的马车，飞起的鹭，

一群鸽子，越过橄榄色的山丘
拓宽它们的椭圆，在黑暗之树的上空

它们飞向五岛 [13]，无声无息，将
白色的斑点衔接在安静之海的帆上。

这行白线，粉笔色的群鸟，画在亚洲式的
熟石灰的墙、经幡旗 [14]、宣礼塔上，

乌椋鸟将几内亚带给金合欢的棘刺，
而在提埃坡罗的日落的藏红中，

明亮的圆顶，如骚乱的天堂，
下面是甘蔗的走廊，香炉盛装的雾霭，

之后，马拉卡的棱纹上传来闪光——
印象派的锦木色。

三

在我第一次去"现代馆"[15]的路上，我转过墙角，
在塞尚的布满棱纹的亚麻布前，呆呆站立。

静物写生。我觉得他的笔触如此清澈！
跨越距离的光，是我的第一堂课。

我记得一道道梯级，呈现双行体。大都会美术馆的
大理石的权威，我记得自己的

惊异，就在我钻研文艺复兴时的盛宴、
具有的精确的广度，还有视觉的艺术。

那时，我捕捉到一丝粉色的划痕，在一只白猎犬
腿股的内侧，它正要走入桌子的洞穴，

它的透亮，如此精确，就在《利未之宴》[16]上，
我觉得自己的心已经停止。其实没有什么，听不见

嘈杂的喧闹从丰富的、
珍珠之光中传来，珠光装点在鼓起的衣袖，

在尖锐的胡须，张口的高脚杯，没有声音与那母犬相配
它嗅着密密如林的紧身裤。于是奇迹

离开了它的画框，一个令人顿悟的细节
照亮了一个完整的时代：

荷尔拜因¹⁷画的徽章，维米尔风格的耳环，
博施的行走的鲭鱼，它们带来的神圣的惊愕。

在我与威尼斯之间，有那猎犬的腿股；
既然，就算我写作时，我对日常的敬畏

也停在了这双行体的梯级，所以，我从未再一次
找到它的形象，一条在惊人之光中的猎犬。

一切模糊。就连它的画家也是。委罗内塞¹⁸
或是提埃坡罗，用喧嚣的场面：比比划划的身体、

打褶的衣袍、圆柱、拱顶、拥挤的露台、
栏杆，还有倚靠的身影。威尼斯风格的

光网，在柱子支撑的拱顶上
光网中，保罗·委罗内塞的《利未家之宴》

在无声之页中打开，但是，没有光束能抓住
我记忆中的：画出犬股的那一笔！

四

但，不就是失去了特定的角度？
不就是爱人的容颜变得模糊，细节黯淡，

嘴角有酒窝的笑容，她挑逗的嗓音
用情相激，随着"时光"[19]摘去她的面纱，

直到你的一切记忆是她娇嫩的双膝
从橄榄色的裙中闪着微光，她走路的姿势

仿佛在一页自行排列的树中，
发是金色的结，玫瑰的花瓣无声地言说？

我抓住一只翠绿的衣袖，光，编织她的青丝，
编成花环般、如雕塑的发辫，她的脸颊在燃烧；

我抓住她甜蜜的呼吸，靠近她的人，有福了
在奢豪的桌前，她说话，我靠着，

而几个世纪的云，越过辉煌的大地
那里有壁画上的肉和亚麻，而她的手腕

在我用力的记忆中爱抚着弓身的猎犬，
随着一切形象，融化在壁画的雾霭。

第二章

一

铭记于心的生活，应该具有
新鲜的细节：就是这样——

海扁桃的气味，来自撕碎的扁桃叶，
迸发的海浪中溅起的水雾，为你的脸庞涂釉。

而那时的我，步行就像他，绕着码头的
桶和纵帆船，我感觉到安稳的爱

在我心中生长，它如发辫织成，像鱼笼一样
编得牢固结实，我望见它黑色的双手在移动，

在它信仰的阴影中，
在荒废的街巷、街巷之上

生锈的屋顶中，我看见一种语言，光，黑暗的生命
在酸腥的门前，一只飞落的鸽子。

我们的街道，有烟气，有篱笆，饱食的水沟
野草，恶臭、发焦的铁皮凹槽

镀着生锈的锌，一种方言，从燃烧的柏油中
锻造而成，天空飘移

随着雷暴的积云轰鸣着雨水，
而一只只混血的狗，蹒跚而行，穿过球场

在橄榄色的幸运山下，那里还留着
军营的废墟，但一切都是荣幸；

尤其是，如果正午，越过港口，
敲响它的海浪之铃，而旧时兵营的

一堵堵赭石的墙壁，在平静的泻湖上
映出意大利式的倒影。

山丘的城镇，在岩石的反光中，乔托，乔尔乔涅，
之后，塞尚的埃斯塔克[1]的海滨，

不只是为了这些事物，但也仅仅是
为了它们的本质，它们自身，我的乐趣回来了。

二

从我父亲的柜子中，我寻觅到他的那些前辈
就在一本蓝色的小书中：《英国地形绘图员》[2]，

他的铅笔习作，像他们一样细致，严格，
这些匠人的精确，抒情，又轻巧——

戈尔丁，桑德比，柯特曼，彼得·德·温特，[3]
单色画中的草坪，如针的尖塔，

水闸和运河，庞然的云，经过英格兰的
上空，绵延起伏，家乡来的明信片，

与他同名的郡，沃里克。他自己的
作品是一幅双人肖像，他的妻在心爱的

椭圆中，涂着油彩，他自己的脸，柔软的蹙眉
似乎显示了温柔的、

早逝的厄运。对乌鸦的精致的素描，
米勒的《拾穗者》、透纳的

《战舰"无畏"号》[4]的摹本，风暴的
劲吹，颠簸的鸥鸟，其中的技法

远不像初学者，远非临摹，是天才。
不过，他是殖民政府的、滴答运转的文员，

他的时间停在码头，如今，那里的海鸥飞起
争吵中啄食邮轮的尾波。

还有点头的纵帆船，确认自己的名字
在油污的水上，在安息日的停锚处，

但就像惠斯勒的真品，他的泰晤士河的
版画，煤炭的船埠，翱翔的鸥鸟。

十字影线的笔触，分割的巴特西[5]，
分而又合，烟雾弥漫的泰晤士，

也有那匹青铜马，卷发的国王驾驭着它，
驳船滑行之处，破碎的水在燃烧。

三

从未见过我的父亲，如今
（我想，我曾经见过他，他在我们楼梯的

括号间停住）从他自画像上

茫然、舒展的眉中，我能看出，他体现了

水的温柔，那是他最爱的媒介，它的英语沉默寡言
但它也有脆弱的欢喜，那仿佛预示

他自己的逝去，它还有淡淡的雾和本质，
而这诗，让他成为我早熟的小说。

风景中精确的沟垄，云雀如箭从那里飞出，
分开的头巾下，一个盲女在倾听，

她的身后，一座日光中的郡，一切都随着彩虹的
赐福，充盈又闪耀的光

就像米莱[6]画中的泪水，又像我母亲
对战胜苦难的信仰。农夫播撒

他的种子，划出镰刀形的运动，云雀的福音
他未曾听到，他迈着步子，跨过驼背的沟垄

土块随着木屐踏着土块，他的木鞋
骑在犁耕过的土沟间，这双靴子

是我父亲画成，取自米勒[7]。他的虔敬
摹仿了这些远方的风景，他们是不是鄙视

他岛上的根和屋顶，认为它们形态低贱
不值得新手效法？学习

不会背叛他的种族，即使他摹仿了战舰的
最后的泊位，透纳的日落中燃烧的煤灰，

就像云也不会，它隐藏了云雀的啁啾
和它所有的声音，藏在奶油般的积云后，

无论在蓬图瓦兹[8]，斑驳的幸运山，还是蓬图瓦兹之上、
灰丘的上空，即使他摹仿了犬股的那一笔，

笔触，音节，种在页面和画布的
沟垄中，在涂漆的长凳，它们的门

接纳着树的海浪，承载着另一种光的
回声，来自威尼斯，来自蓬图瓦兹。

四

我们可以借鉴的微乎其微！在书房的窗旁
我想起一幅画，《针岩旁的银色天》[9]，

明亮的风在水上，我也想为水的盐、

迅捷的云作这样的画，尖锐的石头是"针"。

脆弱的小册子，单色画的复制品，
雷诺阿，丢勒，几位文艺复兴的大师

是我们移动的展馆，家的后院
是意大利的广场，它的皮亚扎 [10] 是我们厚厚的牧场。

燃烧的山丘将朝圣者投入翁布里亚 [11]，
乔托的洞室 [12]，树木点点的悬崖，

彩色的城市，锡耶纳 [13]；我们能看见
圣母的蓝斗篷，在海中，在加那威。

一切在放射，完满，优美
我们分享，带着世俗的狂喜，

复制品的
使徒统绪 [14]；波提切利的维纳斯，

石头拱顶，生着羽翼，就像跪拜的
天使，在安杰利科修士的《报喜》[15] 中

惊人的技巧，种种细节
一览无遗，接受着兴奋的研究。

曼特尼亚的山城，[16] 午后之光
越过莱凯，黄昏般的金色麦子，

作为门徒，我们同时需要两个世界作为景观：
特鲁马赛 [17] 的浅滩，在施洗者的脚边。

离生活如此之远的画作，在我们身边酝酿！
瘦骨嶙峋、粗糙的混血狗，在垃圾里觅食，

被苔藓窒息的运河，后院中的气味在争斗
它们在烟雾中变得纯净，之后，让乌褐色的纸页

从瓜尔迪 [18] 的运河，打着旗帜的、正规的战争，
从乌切洛 [19] 的扬蹄的战马上、狂欢的长矛，

转向摇动的绿香蕉、它们的骑士的甲胄
转向姜百合的矛尖。让万众归一的

种种信仰，不需要变形：
采石场就有狮子，和卑躬屈膝的圣徒，

或雨滴，露水，随着甜薯叶的掌上、
有节奏的咒语，颜料的圣餐礼。

每当海扁桃的火焰

和臃肥如豚的灌木，抓住易碎的干旱

每当它们铜色的叶子沙沙作响，在幸运山的
多面堡或维吉耶的军营上，我的欢乐就会呐喊

朝着浸染的天空，我整个身体的重量
比旋动的树叶还要轻，我年轻的头

随着鸟的啼唱，呢喃作声，一颗被鸟啄食的果实；
我看见鸽子的翅膀如何斑斑点点

它的飞翔如何短暂，但我不知道
我会保持这样的轻盈有多久，直到我的原罪

让我瘫痪，关入笼中。我觉得自己会属于
肮脏的路，永远如此，属于我的画板之地，

抑制不住的四月，橙色，
黄色，棕褐，锈色，赤红，朱红的音调

在一条条干枝上，随着一种咕咕鸣叫的
语言，它从贝壳般的鸽喉中，响出一个元音。

第三章

一

任何对我们熟知之物的、精妙的表现
都令我们开心，从鲁本斯恭敬画出的

黑面庞 [1]，到版画的静态中
生着羽毛的棕榈、它们泉涌般的狂喜，

在旧的印刷品里，我们发现他们的悲伤，
从单色画的市场、在弯身的棉质的形象中，

发现了对空虚的接纳，遥远的紧张
为了遥远的生活，静止，某种意义上，也是我们的生活。

圣托马斯的画上还留着，共谋时代的
污点，从前的奴隶的萎靡

亲善的种植园主，变得古朴别致的痛苦
就像丹麦的港口，有着木头的海浪。

世界是什么样的？它在书房外燃烧，
港口的钴蓝色，每座炎热的铁屋顶，

它的混血的街道？日常的
炼金术般的、青春的漠然

随纸页的圣坛变形，即使在那时，
它也钟爱虚假的、毕维·德·夏凡纳的田园画，

直到救赎之光，随高更而至，
我们克里奥尔的画家，画水湾、山峦和牧场，[2]

画橄榄色的山丘，不凋花。他让我们寻求
我们熟知、钟爱的东西：番木瓜和女人的

光亮的皮肤，马提尼克的山。
我们的殉道者。独一无二。他为我们的原罪而死。

他，圣保罗，将他缪斯的肤色，视为
闪光的铜块，她的乳房是青铜

在面包树的鸢尾花的掌下，
他的红路，通往大马士革，[3]穿过我们的山峦。

圣保罗，圣文森特，[4] 在为海浪加冕的
神圣的辛劳中，绿色海浪，宛如我们的牧场

闪耀着风；他们倾倒亚麻油
和松节油，用战战兢兢的手，倒在罐中。

珍贵，高昂，倒在金属罐里，
就像世俗、圣餐的葡萄酒，

我闻见亚麻油，在乡村的
野景，也闻见浓烈的松节油。

临近成年，一个男孩
早熟的誓言，宣誓，在戴着笔帽的笔管上

它们就像振作的军团，他的手
部署调度，向一座营房的连拱的方体[5]，发起进攻。

我们如何从绘画中赢利？
外面，咆哮的日光下，每条路都是讯息，

按品脱出售的、廉价的麝香葡萄酒，如何买到？
咸腥的风激励我们，还有海浪的白色喧嚣。

二

乡村教堂浮肿的石匠，
地方的大教堂，颇具规模，若隐若现，在锡板的

栅栏、盐渍漂白的街道之上，街边
是死水的沟槽。他们绕着山路

在海边停住
波峰列队、游行，他们念诵玫瑰经

朝着米库[6]和丹纳里的圣坛，那里镶着棕色的花边，
之后，又朝向背风、温柔的、昂斯拉雷的加那威，

朝向苏弗里埃、舒瓦瑟、拉波利、无忧堡，
取自法国地图的回声，赐予了它们，[7]

竹子的字母、棕榈的呫音，
它们青翠的土话，宣告这里是法国公爵的领地。

私人的地图，毕沙罗绘制，他的乡土地图
上面有丹纳里[8]，它的"撇号"

稳如鸥鸟，在沟垄般、白帽似的海浪上，
这些遥远的碎浪，带着无声的浪花。

说方言的浅滩，在桥下呢喃
桥岸上，甘蔗的长矛摇摆，随着帆一样的

涉水的鹭，它飞起，飞向山蕨的
脊纹，直到屋顶，变得渺小。

海滨之路，在悬崖之下，令人目眩，
它延伸到丹纳里的弯处，两座海水蚕食的小岛

护卫丹纳里的海湾，忍受着
披巾的大西洋、它巨大的拍浪。它们的日落

是玫瑰，就像大教堂的穹顶，有藏红色的
积云的峡谷。云的事记

收入了翻卷的航海图、
有烟和三角旗的战争、平稳牢固的

帆的尸布，而午后降临
穿过钴蓝色的海墙，来到淡淡的

朱红和橙色，头顶的天空
成熟，变为提埃坡罗的穹顶。一切都是颜料

颜料中的光，塞尚之树的

落满灰尘的橄榄色，来自印象派的复印品

成堆的芒果，出自画笔和调色刀，
加那威，框在普罗旺斯 - 艾克斯的一个个立方体中。

丰圣雅克 [9]、戴勒索尔 [10]、拉法格 [11]、穆拉西克 [12]
库尔贝和柯洛 [13] 的树，巴兰布歇 [14]，

我们的风景用法语浮现，虽然我们创作时
说英语。我的写笔，取代了画笔。

三

我将《红与黑》译本的
第一段比作纸页天空上的海角

它靠在港界线上，随着维吉耶半岛的
躺卧的弯弧，从公学 [15] 延伸至海上。

即使在译本中，司汤达的清脆
依然在营房的、藤黄的拱顶上闪耀，是散文，

它的广度令人振奋；所以，每个村子的大教堂，
带着一簇簇海扁桃间、生锈的锌皮屋顶

在继承中，从司汤达或塞尚的埃斯塔克中浮现，
厚涂的靛蓝海湾，普罗旺斯的赭石墙，

游廊上有一些天然的范例，营房的
拱顶是司汤达的、砖砌的辅音。

依照范例，我决定，不再遵守誓言，
就连一行宛如棚屋之街的诗，

这一行尽头的蓝色海，也不会遵守，因为诗能揭示
光中的草的纹理，还有它渺小的震惊。

四

尽管他们的粪堆有粪便的臭气，
尽管他们纯净的小溪被垃圾堵塞，

但这些村庄，还迷恋着虚假的自豪，迷恋着同名的
法国的地方；用信仰、用木工、用语言，

以至于，港口和面粉袋做的帆，
市场屋顶上生锈的朱红

能让每座码头变成微型的马赛

而高大的游轮抵达，缓慢如云。

我们曾望着它，透过谨慎的门，门让我们的身形缩小，
它忽隐忽现，紧闭如同天堂，是禁地；

它是独立的城，有属于自己的
完善的立法部，它的领袖配着绶带，藏而不见。

无瑕的官员在栏杆旁排列成行，
就像飞落的鸥鸟；之后，黄昏中的长啸，

它的舱灯出芽，生长，高过了木舟上的
三角帆，它挡住太阳的橙色圆盘

把我们留给空荡的街巷、拍浪的码头、
它停锚的有记忆力的缆柱，

留给细浪的、吃惊的流言，
留给城市的光，就用"去国"这个词。

第二十章

一

这些年来，那盛宴[1]的细节越发朦胧，
不太紧迫，于是，我回忆不起

我初恋的容颜；回忆是我的画家，
但她金发的形象飞升，离开了它的墙。

她变成幽灵，就像那只猎犬，
稀薄如颜料的幻影，肉体和嗓音都真实

就在剥落的壁上；但时间总能找到
途径、抹杀掉我乐趣的轮廓。

颜料会保存她的喂食猎犬的
白蜡色的手，还有她肥厚的衣袖上的光，但，

我青春时的爱慕，曾将她与壁画的
复制品相提并论，她已经远离了我。

死去的光如炼金术，让海港变化，
它让纵帆船的外壳变白，而巨大的

云，在明亮的水上，改变着穹顶。
她，活在不能改变时态的颜料中。

那名字是不是听来悦耳的提埃坡罗？
描绘兽类的技法，当时并不存在

永恒，完美，两个名字中的
任何一个都有可能画成；问题并非在于

谁画得最佳，技法的掌握不会很难，
而是我在何处，第一次看见了那幽灵般的猎犬。

我会把委罗内塞念成委勒－哦－内斯－埃[2]，
我听见回声，真以为就有声音。

这些年来，那条消失的猎犬，它的弧形
越发黯淡，它的幻影却一度出现

就当我登上这些双行体的楼梯，重新找到
记忆的画框，但它的锈迹不会祛除。

它黯淡，如同狩猎的挂毯上、拆下的

"时光"的图案，比如白昼的鸮鸟。

那白色的兽，是暮年，或是已死，期盼
已久的死，还是完全透明的灵魂？

二

后来，我劫掠了一卷提埃坡罗的画册。
那时，我正寻找自我，我找到了

《安东尼和克莉奥佩特拉之会》[3]，
我就是那灰暗的摩尔人，揪着一条狼犬，

棕褐，冲动，那狗朝着她，焦躁不安，
女王珠光宝气，拖着裙裾，悄然逃离。

威尼斯变暗，她的王冠失色，
她的舰队在亚克兴搁浅，再一次

纸页翻动自己的帆，这一回：《安东尼
和克莉奥佩特拉之宴》[4]。此处的女王

将珍珠稳稳地举在高脚杯之上；静寂中，
紧身上衣的摩尔人和棕猎犬衬托着场景。

这幅画，我以前从未见过，
因为每个形象都让光线平添完美，

每条猎犬都有随从的摩尔人
他们约束着狗，心怀尽职之情。

我飞快地翻阅嘲弄的目录
我断定，事实不是想象。

（狗，狗，该死的狗，到底在何处？）
姿势不对。都不能证明是我的版本。

这些印制的图画证实了他对委罗内塞的借鉴，
他的遥远的大师；疲倦中，他终获灵感，

从他那里学到，让绘画的手势忙碌
让光线清晰；直到如今，他从公共的

句法中，获得了重量和华美
委罗般简易的 [5] 句法，有着口语的学问，

重复出现的、裂纹深深的后背，
藏红之云承载着它们的圣母。

巨大的旌旗，风中呼啸，

金色之云举起使徒的主人,

它们的姿势生于委罗内塞的心智,
他是它们的塑造者,是启迪它们的亡灵。

腹部油亮的种马在嘶鸣,而一辆辆战车
激起淡色的烟雾,不是尘土,它们扬起的马蹄

踏着光线,明亮的圆屋骚动起来
透着不动、但又躁动的愤怒。

哦,动荡,它的静态令人震惊;
哦,明亮、天堂般的风,传来

长袍的漩涡,光举起的脸庞
朝向云的中心,飞升,但又停滞

他们鞋底裸露,他们的军团,仿佛飘旋
如秋风中的叶子,却又无声无息,

藏红的微光,不是来自我们可朽的、
升落起伏的太阳,而是天定的

无影的迷狂,我们理解了那正统的
绘画,但快乐令它陶醉

随着没有重量的恩典，就像朝圣者徒步
在云的路上，走向神圣的一家。

三

他们经由委罗内塞，才得以化育，他画的
身体在明亮和欢快中浮动

他们飞越云谷的裂隙，
他们的长袍，乘着炫目、巨大的商船，

他的童天使轻盈、亮滑，如同藏红色的风、
吹出的泡泡；他的天堂，

那有福的、忙于货运、
穹顶的石湾，总是午后近晚；

上下反转的威尼斯，群帆一样、
划着十字的圣徒，让它狂热忙乱，他们头上，

铸币之水的星，在她的天平上称重
贸易和信仰，金钱与神秘。

用颜料的但丁，却并非完全是天堂；

但提埃坡罗那里，有恒定的崇高，

他的光总是临近日落，
甜蜜的融化，就像盛夏的雪，

如此适应信仰和正统的
景象，以至于，我们观望她时，

就看到了令人窒息、没有呼吸的美，
那怀抱圣婴、云端登基的圣母。

四

我追寻，随着猎犬的脚印，
猎犬不像我的影子，猎犬是白色的，

倘若只是这样，那就一无所获。
当他描绘它时，它在静立，

我依然相信它的幻影，和那一次
从学习生涯开始、引导我直至今日的事件，

那时，明亮、惊人的犬股，在我面前熄灭
就像它自己的烛光，独立，世俗。

它将我引向了何方？渴望、脆弱的呼求，
那根线，让它迷宫般的线索 [6]

穿过织锦的海峡，那里的珠宝燃烧如火
这时的日出，用如此的力量击打水面。

随着历史，吼叫的弥诺陶
被追击、杀戮，他就像白蚁，沿着

这些沟垄般的隧道、双行句，直至某处
两个交配的世界在那里诞育了

这个混血的秽物，一头光束中的
野兽，踩踏着它的污秽，这野兽，

是我恐惧的所在，是我自己，我的技艺，
而不是盛宴上白色、优雅的狼犬。

如果承认是我需要的恩典
用来提升我的种族、脱离它脏污的巢穴

靠祈祷、靠诗、靠重复的双行句
越过种族的尸骸，那么，我既被杀，也是杀人者。

时间摇晃它的钟摆之斧，穿过任何气象，

它在我心中摇动。在钟面凝视之处，

我听见它，之后，它的手掌合拢 [7]
在正午，在午夜，在尖塔般的祈祷时。

二十一

一

弃儿的圣母玛利亚。[1] 这座威尼斯的教堂，
十九岁绘成，[2] 确认着他曾跨过的拱门，

他是那猎犬的创造者，小委罗内塞；
壁画的纸页吸引了我停住的手

但它的方框并没有留住那弓身的狗
它已成为幽灵，一个幻象

疏远了它的时代；沙沙作响的目录
小声说着委罗内塞，但这里却有反例，

另一幅印制的画！《阿佩莱斯画康帕斯珮》[3]
这正是提埃坡罗本人画过的寓言，

他画下了着装的模特，而地上有个东西，必定是
他的吉祥物：白色的宠物小狗，纵情于财富般的

威尼斯之光。亚历山大悠闲地靠在椅上。
一位欣赏着的非洲人，是我的同族，在画布的边缘，

画中，裸肩的模特，金发的康帕斯珮，
目睹她的幻象成型。那摩尔人沉默不语，心怀荣幸。

如果方框是"时光"，他的穹顶上燃烧着平常的
藏红的火焰，而那里长袍的身影，悄然离去，

那么从非洲人的姿势可以推定：当我从画的那端
观望时，我也一边学习技法，一边学习皈依[4]。

二

玫瑰经的圣玛利亚堂，圣阿维斯堂，[5]
往见的圣玛利亚堂[6]，正式的研究

列举出意大利的他的穹顶，而信仰托举着
詹巴蒂斯塔·提埃坡罗的脚手架，在一座岛屿般的教堂，

他的身影退去，在渔夫们高昂的
虔敬中，他们双眼咸腥，划着十字

而他，攀登到自己的鸦巢，下面是喃喃低语的、海一样的

晚祷，他要绘制天堂的地形。

每座生锈的村庄，承认了她的主权，
海之星 [7]，在教堂的黑暗、回响的中殿，

她的独木舟为圣餐礼跪拜，
面前是镶着花边的、海浪的圣坛。

每一幅复制品，甚至每幅单色画、
壁画或穹顶，都涂着暗淡的赭石色，

它让世界透过自己的窗，与罗马相会，
她的权杖是甘蔗的茎秆，她的宝球是葫芦果 [8]。

翻滚、无声的云间
有对圣母的祭拜和推崇，那并非我的

教化所致，也不是他的，而是某种
皈依，它来到时，随着回响的石筑的

圆顶，壁画，旗帜，天顶，同样的
圣餐礼，就连燃着斗争之火的茅屋

也会有的、为了圣母的
拉丁语的弥撒，还有她安坐的王位。

还有念珠般的群岛，如糖苹果 [9] 的种子
嵌在浪花的果髓中，

还有"祝福，和平，爱心事业的会堂"，
还有一座座传来我们歌声的黑色的小圣堂。

一卷卷翻动的云，在螺壳般的天空，
飘浮的圣母，双耳如翼的童天使，

昂斯拉雷的钟楼，蹲伏在锡皮、
发黑的瓦上，它鸣响时，让我们分裂，

色如玫瑰和黄金的天空，确认着信仰独一的
和谐，它像卡车，载着宽大的面包树叶，驶向

加尔默罗会的 [10]、涡卷的 [11] 棕榈之柱，
圣母的袖间、珍珠般的水光，

是那明亮的一笔，在黯淡的、加那威之滨的
黄昏前，画在拣食垃圾的混血的沙上，

是那犬股上的光，太阳之手画成
它正打磨一幅杰作的构图，再使之完满。

三

眼如榴石的红色，凝望锡安，
阿比西尼亚的使徒在此安居，

胡须如烟，他们建立的宗教
以地平线为根基，而旧的宗教推推搡搡

在古旧的教堂中抢占位置。水沟里有垃圾，
熔炉，用停滞统治村庄。

他们自我设计，为了让他们酒醉的
脸上，只有科普特式的幻想。

他们设计了自己的信仰，狮般的
发辫，有点蓬松，发锈，直到安宁中，

旗帜和胡须在他们的设计中连为一体，
那些形象，既非委罗内塞，也非提埃坡罗画成。

他们没见过丢勒的画板:《四使徒》[12]，
也不是文艺复兴时、摩尔人的首领，

他们的姿势就像蓝色的圣坛画，
一个包头巾的士兵，拿着竹矛。

沙滩上，年轻的游客，将她的头
侧向她的手臂中怀抱的婴儿，

安杰利科修士，[13] 围着蓝色衣裳，而风
让柔韧的棕榈开始了它们的咒语；

无论何处，技艺都确认着形象，
从喧闹的混血狗，到挑战的

云的天顶。蜃景中升起的心灵
看见了我父临摹的鸥，在风暴中盘旋。

四

容器，新手，也是阐释者，
我自己的欢乐，在"时光"的框前，

无辜、无知、可朽、
如独唱，就像我们的气候，在崇高的

漠然中，无所谓季节的变迁
无所谓流派，时代；是的，我看懂了它们

但艺术不是种种欣喜之情的索引；

它忽视错误，信赖自己的眼睛。

那犬股让它身边如烟的染料变得模糊，
它混融了不同世纪的画派，

它坐姿不变，就待在我发现它的地方，
是两人画成，提埃坡罗，委罗内塞；

既然关键之处，并非实际上出自
谁手——而是我的惊异、

这个后果，它让这篇小说
混合了真实、没有时态变化的内容。

"时光"在更宽的框中，也许会证明那种
我信仰的天赋，而某种更为惊人的东西也许

变成了颜料，因为在云的墙上，迅捷的
群鸟飞驰，就像画笔

在树枝如羽的堤道上飞翔，而杜鹃花
在瓶中照耀，宛如锌光闪闪的、

初见塞尚时的画布。他曾因失败发狂，
在他的凝视中，你能看到一个疯人的微光。

我父亲的骨在我腕上，在复活日白色的
亚麻画布，它在十字架上钉牢，就为他的两个儿子——

卡米耶之子吕西安，詹巴蒂斯塔的多米尼科，
天赋，依照范例，从一人之手，传给血管隆起的他人之手。

啊，未竟之事的破折号，未成之功——
就像黯淡天空中的光束，长矛般的

画笔跨越了画布！哦，失败，它信仰着
"时光"和自己的才华！竞逐的影子在行进。

二十二

一

一天黎明，我醒来，渐渐感到恐惧
担心我写过的、与那猎犬有关的一切都是假的。

我从事过错误的旋律，
我的技艺受塞壬之声的诱惑，孪生的塞壬：

变为"想象"的"记忆"，
成为"韵律"的"理性"。[1] 我知道，我站在

盛宴的喧哗前。它的位置
是不曾游历的威尼斯。它的根根廊柱是我黑色的森林，

那猎犬，如今是拴上锁链的刻耳柏洛斯[2]，它吠叫
用它的三头扑向"精确"，

简单的事实做成神话，而神话
被自己恶魔般的小便弄污。提埃坡罗，委罗内塞，

我始终铭记的形象毫无意义，
我的记忆调换了他们的壁画

这意味着，我从未理解委罗内塞
和提埃坡罗在天赋上的差异。

但是，我停在原地，停住，直至
我追踪那逃避的猎犬，却不再担心

它从未存在，也不担心疲惫会
说行动是错觉、源于绝望。

因为，若这两位威尼斯人都画过壁画，
那么，我自认为见过的，就必定是画板

或缝合的画布，但起码，那形象让人
更加确信，就在那里，不在别处。

再有，我如何能同时站在两个地方？
一边，在我从未见过的威尼斯，

尽管那些胡须如叉的脸庞如此尖锐，
一边，又在大都会美术馆？那狗有何意义？

二

这些年来，我放弃了对一种情感的
索求，即使它存在过，它也自然地

从我岛上的毕沙罗那里消逝，他植根于名望，
是塞纳河上的一缕轻烟，他的流离

由一篇小说决定，它从他艺徒的生涯中
用光和钟爱，寻找我们的棚屋

和黄昏的橙色点缀的山脊。黑色的汽船
并没有随着尾波将曾经属于他的痛苦激起；

并未失去圣托马斯。我们各自的角色混融在一起
不是靠才华，而是气候和使命。塞尚，

毕沙罗的门徒，为他的作品签名，我要表达的
都只是钟爱的致敬，钟爱的

羡慕，充满善意，就像夏洛特阿马利亚之上拱立的黄昏
还有黑夜，过往的世纪此时消失，一个个黎明此时升起

在巴黎、卡斯特里或意大利的金色街巷，
在变换的空中、提埃坡罗或委罗内塞的穹顶。

缪斯变了，光与风俗变了，
歪斜的小路，变成大道，砖代替稻草，

拉提琴的管弦乐团，替换了火光中的鼓，
他们不是他的人民，我们要去那里作画。

画他们，和其他的一切。我们本土的优雅
依然落后，剧院和美术馆

都过时，该死的岛族
有着乡土的粗鄙的激情。

我的缪斯们走过，迈出的大步，如土中生的根，
这些没有文化的女人，稳稳地挑着篮子，她们的重担

是陶土的器皿，里面盛着快乐的源泉，
而柔韧的影子大步走下山路。

夜光中，蛋黄花的鹿茸
在浪花的波峰上变暗，隐而不见

即使在满月的光下，就像黄昏
对于我的眼睛也是如此，而他的光在黑色的山上发芽

随着布满圆砾的小溪、不知疲倦地念诵，
滔滔不绝的卵石，透亮得

就如施洗者脚底的石子。朝阳
照着泛起涟漪的溪水，在清亮的石头之上。

三

我完全理解他所忍受的一切：
那种慈悲的意义，对于一个天资聪慧的异乡人，

他面向他们的聚会，这些滔滔不绝的无聊之辈，
机智绝伦的戏谑之徒。朋友是危险，

它自豪于令他们痛苦的种族的
微妙之别，它的意义之结，自豪于为了理念的

街头的流血，他们的痛苦是殊荣，清楚的
传统，既以凯旋为荣，更以失败为荣，

他们为此制成一种语言，用理智
分享，一种没有气味的汗水。

因为他们用季节计算恶，十月的
晴朗的死，它对树叶的屠杀，

我的独唱般的气候没有历史。我听见
他们欢快的掌声为了另一个人的生活。

我的错误就是对他们历史的无知
和我对其的轻视，他们是我的古代的大师[3]，

日光和牧场，不倦的海
只有一种时态，接连的波峰，只是一个。

季节没有韵律，迅速淡薄的[4]海浪
没有时代，流淌盐水的石头

没有日期，没有年代，
撑帆航行的战舰鸟，没有尖顶，也没有尖塔可依。

四

一天日出，我感觉到了日常的、
广阔的启迪，就在我的汽车旅馆，

奥尔巴尼的华美达客栈。[5]

我俯身，写作，他也俯身，

但他在十九世纪的圣托马斯
我的身体补全了他铅笔画出的剪影

在有拱廊的王后街，我的裤子
随着小腿摆动，头戴剑麻帽[6]，在市场

此时，我带着敬意，举起帽子
向他，向梅尔比先生[7]致意。我会

在一个世纪之后出生，但我们都俯身于
这张纸上；我正被画出，

无名，就像我自己的先祖，
我的被抹去的非洲，甚至也有他的法国，

铺着卵石的日光街道，地面肮脏
一张速写，是我唯一继承的遗产。

之后，某个正午，金合欢的阴影遮住沙滩
我看见了一个滑稽的仿品，就像提埃坡罗的猎犬

它在咸腥的矮草丛，它不需要研究，
它待在自己的地方，并不是画出的东西。

我曾见过狼犬让犬绳拉紧，
就在描绘"春季"的挂毯上，它们的腰部紧绷；

此时，我发现，它的蔚蓝色来自沙滩，
这蹒跚而行、被人遗弃的丧家之犬。

狂暴的海，让饥饿的小狗颤抖，
它远离了村街的后花园。

她惊呼，心生怜悯。这并不是绸缎的座椅上
供人玩赏的、小小的宠物狗，

甚至也非戈雅的 [8] 那只透过地狱之谷的
裂隙、向外凝望的、普拉多的混种犬，

周围的恐怖令它战栗，它对一切
都不确定，甚至包括它的影子。

饥饿引起的发烧，让它浮肿的腹部
颤抖；她哀叹，将它抱起，

这是那只混血犬的后裔，不在伟大的
壁画上，而是私生子、弃儿，但希望

和爱，还有仁慈和关怀，如果足够，
也许会让它存活，就像它的所有同类，

我们把它放到村中，好让它继续生存
就像我的所有祖先。那猎犬就在这里。

二十三

一

在圣托马斯任教时，[1] 我从未找到过
"祝福，和平，爱心事业的会堂"；

在观光的街上，我并没有想到
王后街上曾经存在的、消失的店铺。

邮轮让兴奋而脸红的港口变白，总是如此，
精确又生动的乏味

在海港的明信片上；日光中，它的石头街巷
隐藏着夏洛特阿马利亚的、消失的犹太会堂，

但顺着炎热、阴影之中、树如泡沫、
通向陡峭的大学的道路，你就看到了

常见的安的列斯的田园之景，
他曾学着描绘的、庭院和生锈的篱笆。

当我攀上炎热的山，走向大学时，
正遇到他和弗里茨·梅尔比在树荫下素描。

我停住。我听见他们的炭笔摩擦着纸页
他们的光在笑，却听不见他们在说什么。

我觉得有线条，围住了我
还有身边其他形象的轮廓，

裸露、肮脏的庭院堆放着旧家具，
它的树叶如图案，画着十字影线，而景色

迅速地闪回，我也回退，
我的衣服更加轻盈，我站的地方如被冰冻

就像铅笔画出的、不凋花的枝条。
我缩小，变成他们挑选的姿势，

在赤脚的失重下，我感到所选的姿态
透明地勾勒出来，草帽，白棉

布，画出时，它无声无语，
我清楚，是我，而不是它，会被遗忘，

我保持姿势，就像模特做的那样，

年轻的奴隶，混种，新获自由

在一个半世纪之前，在旧的圣托马斯，
这时，我的形象浮现，它说：

"我和我的同族既感动，又不感动；你的画
边缘有善意，这也蕴含在我自己的线条中，

但你的画，也许仅仅是热爱自己的使命
而不是为我们，因为日光缓和了痛苦，

而在这里，我们似乎没有苦痛，在市场也是，
那里，在种种身影、平静的装饰、

同族的模特中，我认出了自己。
传教成功，黑鬼哼唱着背井离乡

在海湾的竖琴边，在铅笔之影的庭院，
来到这里，让你绘画；但不要把我们留在这，

因为这城市中，我们的嗓音失语。"
我们的形象喃喃诉说，但他却难以听闻，

直到今天，他们依然得不到回应，
即使我斥责过他的很快蒙上阴影的手。

"我们失掉了根，就像你的根是遥远的布拉干萨，
但这是我们的新世界，有芦苇和沙滩。"

二

这两人继续作画，各自的素描已成
在那叶茂的午后，没有签名，

它们存留了我的身体，而我的精神迷失
在目录中，正是在那里，我难以找到

它的魂影，我从未找到，
虽然我确信，我见过它，那提埃坡罗的

或委罗内塞的幽灵般的猎犬，
我藏在白衣之后，在身穿白棉布的黑人中。

我说，"你本可以成为我们的先驱。
背叛的高更把你评价为二流之辈。

你的群岛也本可以是他的群岛，那里的
色调原始，红树，绿影，蓝色之水。"

他说："我的历史生出的脉络，向后延伸

延伸到我故乡的黑土，那里的树木

是神圣的森林；它叶子般的言辞
说着我祖先的语言，

之后，经过若干循环的世纪，无助、暗淡的
遥远，让吠叫和语言全都消失

变成字母般的蝙蝠和燕子，它们掠过
王后街上、黄昏中的山形墙。"

地鸠时而静坐，时而昂首阔步，燕子在硬皮的
屋檐下呼唤，"再见，高更先生"；

他的田园风光，有着安宁的午后
一旦他更换了岛；两人重新开始，

一位在巴黎岛 [2] 的苔藓污黑的墙上
那里的驳船，将泥色的塞纳河弄皱，

另一个在塔希提的瀑布旁，
秀发如花的女子在泛着泡沫的海盆中。

那么，所有画作是不是歪曲了
他真实的出身，他的岛是否受到背叛？

椴树的步行街，铁路的车站，
我们的棕榈和风车能代替它们？想想他会怎样理解

（但他如何能做到，他的缪斯是何种肤色，
除了黑皮肤，还有什么可画？）

圣克鲁兹[3]田野上的火焰树[4]；
一些人在此扎根，忍受差异，

而另一些人甚至心生感激
克服了流离，看到了恩赐

狂喜中将它抓住，从地狱般、
遍布疾病的天堂中获得了成功，

就让船走吧，拖着它红色的旗帜
驶出港口，就像"无畏号"。

圣托马斯无人描绘，每座草场
拖曳着它的黯淡的火焰树。这不公平。

三

敞开的窗外，高大的棕榈梦着

锡安，厚厚的云就像绵羊在吃草，

"我若忘记你……"⁵ 孩子们分享着童年。看他，
一个烤炉般炎热、父母通常熟睡的午后，

他身体舒展，躺在草毯上，纯真地
研究千足虫，那就像货运的列车

而这个我们被送入的世界
还未因为每个有毒、迥异的信条而感到刺痛。

他看见战舰鸟转换方向，在生烟的山的上空，
他看见重生又重现的一切；他也许还会看到

花坛中，蜂鸟无声地钻孔
用它电动的翅膀，它的翠绿的机器

当它一落，就随即猛冲，风车的
叶片随着奴隶制慢慢停住，季节的

标志在烤焦的山上变幻
彩虹的愤怒，雨水拖曳的网。

他像我们一样醒来，发现露水。他望着贪婪的
毛虫，就是那雨滴，咬啮着地平线，

太阳晒干的酸角，生锈的金合欢
越发脆弱，就像八月之炉中的木柴，

他看见阵阵如烟的云，来自堡垒上锈掉的大炮，
屠戮过后的花朵军团，在香椿的

根旁，一到正午，香椿巨影就会收缩，
他闻见泥土在秋天的干旱里有焦铁的味道。

无疑，他回忆起三月是多么的无情
日光烤焦山丘，令人慰藉的游廊，

镂空的门廊上、属于全家的一天天的午后
就在安的列斯的、无穷无尽的周日，

他的回忆随着蝴蝶的羽翼，那是柔软的风箱，
天鹅绒的飞蛾合拢，就像《圣经》，

摇摆的美人蕉的钟，将乌蝇的
赞美诗，带给桌布。

天顶上海一般的铁纱网，他曾经见过
那是慵懒的蚊帐，他躺下

浮动的午后总让他无力，

海，越过烫焦的屋顶，一口铅铸的锅。

四季和绘画交织，无分彼此，
都出自霍贝玛，十字影线的木麻黄之路，

苹果园中的浪花浮沫，香椿聊着
白杨，秋天索求四月的山丘。

手雷般的糖苹果，炮弹一样的葫芦果，
第一缕微风，雨的凉爽

来自呜咽的地鸠，灌木中烧灼的气味，
糖厂废墟的远处，有海的斑点，

破败的门，在散发烟雾的后院，
甜薯的篱笆旁，黑色的小狗嗅着水洼，

从狗，到总督府，[6]水沟讥笑
随着滑动的叶子和芦苇，金色的威尼斯。

曾经，在迪纳尔[7]附近，罗马的引水桥
在海雾中耸立，一只秃鼻鸦放下它的桨

滑翔回家，收起的双翅
就像蓬图瓦兹之后、摆成十字的画笔。

四

这些双行句在矗立柱子、欢迎来宾的
圣地攀升，通向沙龙、学院、

和当选者的讲台。我感谢他们
帮助我越过背叛的海、

找到了大理石的猎犬。黑色的混血狗
在外面默声地请求；我细细察看

一幅小型的浅浮雕，它描绘了一只狼犬
引导着紧张的女猎手。是的，是秋天，

所以这一季闪耀又黯淡，一次解读，
一次呈现，一系列丰盛的

对提埃坡罗的致敬，滋生繁衍的闲谈。
我想到腥臭的鱼，和一只黑犬。

注释

选自《提埃坡罗的猎犬》（2000）

1　乔瓦尼·巴蒂斯塔·提埃坡罗（Giovanni Battista Tiepolo，也叫 Giambattista Tiepolo，1696—1770），生于威尼斯，洛可可风格的画家，他的画中常见猎犬和狗的形象，如《克莉奥佩特拉之宴》（1744），最重要的是《摩西的发现》，提埃坡罗创作了两幅，一幅藏于爱丁堡苏格兰国家美术馆，另一幅在墨尔本维多利亚美术馆，它们都在不同程度上使用了本诗提到的委罗内塞的风格。

　　本诗是沃尔科特诗歌生涯的最后一部长诗，与《另一生》和《奥马罗斯》齐名。沃氏的爱人西格莉德本来要给他的画集写一部导论，沃氏受此启发，决定创作一部配以绘画的长诗。全诗共4卷，凡26章，每章4节，诗体用抑扬格五音步，双行体，押韵格式为 abab cdcd，双行体既像毕沙罗画中的沟垄，又像自我反思的阶梯。而每两对双行句，又构成了四行诗。全诗以小说或散文的虚构方式，叙述了19世纪著名画家卡米耶·毕沙罗的故事，同时加入了沃氏的生活经历，以及对艺术的思考，即：加勒比艺术与世界艺术的关系；地理和历史与艺术的关系；艺术与现实的关系。沃氏认为，诗人与画家都是在"虚构"，虚构在事实性的现实中释放出一种"想象"。沃氏最终关注的是，作为人类代表的艺术家的成长（Bildung）及其道德和精神的培养过程。

第一章

1　该街位于圣托马斯岛夏洛特阿马利亚。这里开始讲毕沙罗和家人在街上漫步，时间是 19 世纪中叶。

2　即上面说的"传教奴隶"，他们从非洲而来，认为自己如同犹太人离开家乡，去往埃及。

3　Sephardic family, Sephardic，指西班牙和葡萄牙的犹太人，这里简译。

4　位于夏洛特阿马利亚的犹太人会堂，19 世纪时为木制建筑，毁于火灾，之后又重建。

5　mezzotint，汉语常音译为美柔汀，是制作版画的网线铜板雕刻法，在铜板上划出网线或凹凸网孔，涂以油墨，用刮刀以不同程度刮平网线或网孔，使得油墨受容度不同，最后印刷出明暗相间的画面。

6　这个广场在西班牙港，见《仲夏》6。作者开始讲述特立尼达，他有可能是在女王公园酒店向外眺望，他曾在这里创作风景画。

7　Traveller's Tree，即旅人蕉。

8　指巴黎杜伊勒里公园，原为焚毁的杜伊勒里宫的花园。

9　位于西班牙港萨凡纳公园北部，对面是皇家植物园。

10　Cazabon，米歇尔－让·卡扎本（1813—1888），特立尼达第一位具有国际声誉的知名画家，以风景画见长，风格为自然主义。他与毕沙罗不同，他深深植根于加勒比。

11　萨凡纳是西班牙港的赛马地和牧场地，这里也进行板球运动。

12　fin de siècle，法文，专指 19 世纪末的文化风格和社会特征。

13　Five Islands，位于西班牙西部帕里亚湾的群岛，一共六座，统称五岛。

14　这里指特立尼达印度教教徒的旗。

15　the Modern，指大都会美术馆的现代馆。

16　The Feast of Levi，这是委罗内塞的帆布油画，题材是耶稣及其门徒在税吏利未家举行宴会时的场景。委罗内塞本来要画最后的晚餐，但由于画中加入了大量世俗的事物（即本诗上面说的"广度"），因此受到谴责，不得不改变主题。画的正中有一条狗，就在基督面前，颇为引人注目。

17 Holbein，即小汉斯·荷尔拜因，他画过一些肖像画，被用在徽章上。

15 保罗·委罗内塞（1528—1588），提香的名徒，而且与之齐名，生于维罗纳，名字来自于出生地，后来移居威尼斯，成为威尼斯画派的代表人物。他的画作擅长色彩，利用光线，注重在神圣题材中描绘日常。

19 Time，首字母大写，指 Father Time，时间老人，本诗中这个形象频繁出现，我会用引号加以标示。文艺复兴时期出现了"时光"这个拟人化形象：有胡须的老者，生有双翅，身披长袍，手持镰刀和沙漏，他是真理的揭示者，一切真相都躲不开他。

第二章

1 L'Estaque，南法村庄，位于马赛以西，印象派和后印象派钟爱的地方，塞尚有同名画作。

2 这本书收录的都是 18—19 世纪的绘图员，他们很多都是英国著名的风景画家或工艺美术家。

3 托马斯·戈尔丁（1775—1802），透纳的好友，英国水彩画发展史上的关键人物。保罗·桑德比（1731—1809），桑德比早年是职业绘图员，后来转为画家，是庚斯博罗的好友。约翰·塞尔·柯特曼（1782—1842），诺维奇画派代表人物，他的两个儿子也都是画家。

4 透纳的名作。

5 Battersea，位于伦敦旺兹沃思区，在泰晤士河南岸。惠斯勒有多幅画作——也包括透纳和柯特曼——描绘了巴特西的风景。

6 Millais，约翰·埃弗利特·米莱（1829—1896），英国拉斐尔前派著名画家，这里指的是他的《盲女》（1856）。

7 这里指的是米勒的《播种者》（1850）。

8 Pontoise，巴黎西北城市，毕沙罗长居于此。

9 *A Silvery Day near the Needles*，全名为 *A Silvery Day West of the Needles, Isle of Wight*，作者为英国画家亨利·摩尔（1831—1895）。

10 piazzas，意大利语，露天市场，广场。

11 Umbria，意大利内陆大区，曾出现翁布里亚画派，如弗朗切斯卡，拉斐尔的老师佩鲁吉诺。

12 grottoes，人工洞室是天主教敬拜圣母的神龛或圣祠，乔托画中常见的形象。

13 锡耶纳也有著名的画派，与佛罗伦萨画派相抗衡。

14 the apostolic succession，基督教的术语，指圣职的传承均出自最早的十二使徒，而且要延续这一传承。作者用它比喻艺术的传承，沃里克一开始学画，只能借助于复制的出版物，见不到真品，因此加勒比的艺术统绪承自复制品。

15 安杰利科修士（fra）是早期文艺复兴时代的画家，生于佛罗伦萨。《报喜》是祭坛画，描绘了天使加百利向圣母报告耶稣即将诞生的讯息。

16 安德里亚·曼特尼亚（约1431—1506），早期文艺复兴时代的画家，以壁画见长。作者也许想指的是曼特尼亚名作《圣塞巴斯蒂安》（卢浮宫版）中的山城。

17 圣卢西亚米库区的河流。

18 18世纪意大利威尼斯画家，擅长景观画（veduta），运河是其画中的景物。

19 保罗·乌切洛（1397—1475），意大利早期文艺复兴时代的画家，作者这里指的是他的名作三联画《圣罗马诺之战》。

第三章

1 鲁本斯画过《黑人头部的四习作》，有四张黑人面孔。

2　画师指高更，他与毕沙罗是相对的，他离开欧洲，去往了其他世界。

3　red road，指信仰之路，来自美国诗人奈哈特（J.Neihardt）的《黑麋鹿说》（*Black Elk Speaks*），这部作品也受到了荣格的推崇。

4　高更的名字为保罗，所以比作圣保罗；梵高名字为文森特，因此比作萨拉戈萨的圣文森特。

5　指绘图纸上拱形和立方形的结构图。

6　Micoud，既指圣卢西亚东部区，也指同名的村镇。

7　这些名字都来自法国。

8　D'Ennery，上面的丹纳里是Dennery，所以后面说"撇号"。

9　见《死路谷》。

10　D'elles Soeurs，位于圣卢西亚舒瓦瑟区。

11　La Fargue，位于圣卢西亚舒瓦瑟区。

12　Moule à Chique，位于圣卢西亚最南端的海角。

13　即法国画家居斯塔夫·库尔贝（1819—1877）和让-巴蒂斯特·卡米耶·柯洛（1796—1875），两人均为影响印象派的重要人物。

14　Bal en Bouche，位于圣卢西亚拉波利区。

15　college，圣玛丽公学，沃尔科特的母校，位于维吉耶半岛。

第二十章

1　指《利未家之宴》。

2　Ver-o-nes-e，作者按照诗的节奏来念。

3　提埃坡罗的画作，其中的克莉奥佩特拉正随安东尼逃跑，画的右边有猎犬和摩尔人。

4　提埃坡罗的画作，画的右侧有猎犬和摩尔人，克莉奥佩特拉的腿上还卧着一只小狗。作者还是在寻找《利未家之宴》那幅画，但一直没有找到。

5 Veron-easy，化用了委罗内塞的名字。

6 用阿里阿德涅之线的典故，也见《希腊》。下面，作者自比弥诺陶。

7 正午和午夜十二点时，表针合并，就像祈祷时并拢的手。

二十一

1 Blessed Mary of the Derelicts，对意大利语的 Santa Maria dei Derelitti 的译文，这个名字指威尼斯的奥斯佩达累托（Ospedaletto，意大利语，小医院，小收容院）教堂。

2 提埃坡罗 19 岁（1715 年）时，图绘了奥斯佩达累托教堂的拱肩部分的图案。

3 阿佩莱斯是古希腊著名画师，与亚历山大大帝过从甚密，按老普林尼《博物志》的记载，后者曾莅临画室，让前者为自己的爱姬康帕斯珮（Campaspe）绘画，但画家爱上了康帕斯珮，亚历山大于是将之赐予画家。此处所提的这幅画就涉及了这个故事，提埃坡罗有两幅作品。

4 conversion，双关，第一层意思是，提埃坡罗那幅画上，画家正扭头看着康帕斯珮，而作画时，他要背过身去，因此，他在模特和画像之间"转换"，而摩尔人也要学习这种绘画方式；第二层意思，作为黑人，摩尔人学习绘画，就是在学习一种信仰体系，他要将自己"文明化"或"西方化"，"皈依"基督教。

5 两座威尼斯的教堂，前者位于卡斯泰洛区，后者位于卡纳雷吉欧区。两处分别留有提埃坡罗的穹顶壁画和墙壁画。

6 威尼斯卡斯泰洛区教堂，该教堂留有提埃坡罗的穹顶画。

7 Star of the Sea，即 Stella Maris，圣母玛利亚的封号之一。

8　见《仲夏》。

9　见《诺曼底酒店泳池》。

10　位于威尼斯的多尔索杜罗区，是天主教加尔默罗会的兄弟会，这里也有提埃坡罗的画作。

11　用爱奥尼亚柱式，因此有涡卷。

12　丢勒的画板油画，画有圣约翰、圣保罗、圣彼得和圣马可。

13　指安杰利科的《谦卑圣母》，圣母着蓝衣，作者将画的形象与作者并置在一起。

二十二

1　此处和下面加引号的词都是首字母大写，为拟人化的形象。"记忆"和"理性"设定为阴性（塞壬是女性形象），这是有根据的：希腊神话中，记忆就是女神，是摩涅莫辛涅（Mnemosyne）；法国大革命时期，"理性"也作为女神受到崇拜。

2　看守冥府之门的猎犬，一般被描绘为三头。

3　Old Masters，指 15—18 世纪文艺复兴时期的艺术大师。

4　scumbling，原义是绘画中的薄涂淡色法。

5　奥尔巴尼即纽约州首府。《阿肯色圣约》的《萨尔萨》（"Salsa"，本诗集未收）中也提到过这家华美达客栈。

6　sisal hat，sisal，龙舌兰属的植物，拉丁名为 Agave sisalana，加勒比地区常用它的纤维作为布料。

7　即弗里茨·梅尔比（Fritz Sigfred Georg Melbye，1826—1869），丹麦著名画家，定居圣托马斯时期，他成为了毕沙罗的老师和朋友。

8　指戈雅《暗黑画》系列中的《狗》（El Perro），藏于普拉多博物馆。

二十三

1　1979 年沃尔科特在圣托马斯的维尔京群岛大学（the College of the Virgin Islands，后将 College 改为 University）开设了研讨班。此时，圣托马斯已经是美属领地。

2　Île de Paris，即 Île de la Cité（城岛），巴黎市中的一座沙洲岛，汉译也多音译为西堤岛。这座岛是巴黎建城的起始之地。这里是说毕沙罗的画挂在巴黎的美术馆的墙上。

3　见《恩赐》之《帕琅》。

4　见《星苹果王国》第三节。

5　来自《诗篇》137:5。

6　Doge's Palace，Doge，旧时威尼斯共和国或热那亚共和国的总督，这个词与 dog 谐音。

7　Dinard，位于法国布列塔尼大区的伊莱－维莱纳省，这里有罗马的遗迹，如引水桥。

选自《浪子》（2004） [1]

一

一

秋天，开往宾夕法尼亚的火车里

他将自己的书，书里朝下，放在日光中的座位上

它开始晃动。确定的韵律

在安静的平行线上持续，他更喜欢阅读

成段的文字，一片片滑过的、街区般的诗节

框入渐渐拓宽的窗户中——

照在工厂的、意大利式的光，[1] 泽西的

十月的斑驳，野生的树的扇子，蓝色、

金属般的赫逊河，在转动的金色午后，

黄昏，在玫瑰色的砖屋上，仿佛在锡耶纳。

无。无人在这座渺小的车站。

杨柳张开扇子。我们把自己的竖琴悬挂于此，

河水流过，随着哀伤的班卓琴

而驳船匍匐，沿着赭石色的运河

经过秋天之城中白色的尖塔

而喧闹的货运列车一直呼喊，回应。

车站、桥梁、隧道进入它们的语言

而空白的天空上，有潦草的字迹，是棕色的嫩枝。

而此时，车厢中开始坐满朝圣者，
书已入睡。与其他人在车厢里，
他觉得自己仿佛变成隧道
穿过它，他们得以思考美国——
熟悉的外衣，笼罩这隧道的皮肤。
而依然陌生的，是火车的沉稳。
沉思的人，孤立的个体，随车厢悄然滑行
沿着安详、如箭的铁轨，当一个个车站毫无波动地
经过时，每个人脸上的表情都是
专注于那个遥远的谜，一座座悲伤、临近的城市，
预报它们的，是序幕一样摇晃的庭院
和无牙的隧道，而古老的水渠上
生锈的叶子，若隐若现，但之后缩小
只剩下它们的名字。童年的地图上
没有车站，也没有后退的月台
没有山茱萸的暴风雪，没有拱壁的大教堂
和直刺的尖塔，也没有安在底座上、
额头粗钝、一再出现的海豚雕像。
看看这个男人，他正从停住的窗前张望——
他拥有着许多不在眼前的事物。他骑在
无尽的桥上，有些桥的底下，还有屋顶，
而许多桥梁，那里的午后闪烁如云母
在空荡的河中。没有时间

去爱上佛罗伦萨、去完全理解

威明顿 [2]，或去理解安着电缆、

眼前闪过的、生锈的立柱，

或尖叫的鸥鸟如何知道

他失去的所有女人的名姓。

甜蜜的冥想，甚至也在一列

悲伤的车中，哀伤之地的平坦的表面上

悄然滑离的时间

超过了墓地的石帆旁、

蓝色海湾的不朽的运动，他失去的越来越多。

回响的车站将他引向虚构，

那里的时刻表之网，并不连贯的预报，

对错过列车的惶恐，因为火车

（它们偶尔的精确，滑行动力中的乐趣）

怀着（他成年、青春之时，群岛上

并没有火车）孩子般的欢乐在移动，

那些未读的著名小说的线条、平行线、

朦胧如烟的拱形，对另一种秋天

和它明亮的县城 [3] 来说，依然不变，

透过悄然行进的窗户，他知道，那些树会振作，

虽然它们哀悼着未读之书中所有的纸叶，

《安娜·卡列尼娜》，哀悼阿尔卑斯的草甸上弥漫的

烟雾、它的长长的哀号，哀悼那些在战事密集的

阵地上倒下的士兵，一种特殊的乐趣

植根于风景，而不是战斗的火光。

十九世纪中叶，

巴尔扎克和洛特雷阿蒙之间的某处，

比"波德莱尔站"稍远一点，

眼圆如珠的魏尔伦坐在那里，我的火车抛锚，

从那时起，就困在原地，直到现在。我下车时

发现，我错过了二十世纪。

我研究着那些围困车站的琐碎之事，

蜻蜓的滑稽的交战

鸱鸟的永恒的惊讶。

另一个国度，它的时代已经过去，

还有田园风的杨柳，对绘画的信仰。

我看见库尔贝生活的地方；我看见巨大的采石场

和柠檬色光，来自让－巴蒂斯特·卡米耶·柯洛[4]。

咆哮的议会的喧嚣，声音

听起来如同海洋，在我耳朵的螺壳中旋动，

声音遥远，唯一的呸音，来自白杨

它们曾向霍贝玛鞠躬致敬。我的乐趣困住。

小车站午后空荡，

就像在以前去费城的路上。

我抿一口往昔中长久的欢乐

就在雄心来得太迟的此处。我的技艺困住。

我深切的欢乐已经过时

就像陈旧的引擎。和平广袤。

但"时光"以别样的方式流逝，不像它在水上那样。

二

现在，有一片大陆在我的窗外，
随着赫逊河的耐心的叙述。有一点宁静。
但交通冲向西区公路 [5]，
秋天，堤岸燃烧，但
即使在春季的日光中，我也很少寻到
河水的闪光的慰藉
和它牵强的历史，不认识的树，它们的舌头
跟坐在长凳上的老人说话。
沿着暗火阴燃的 [6]、秋日的人行道，
隐秘的咖啡店，鲜艳的花铺，
我在村中漫游，找寻另一个主体
它不同于你本人，是你见过的你自己。
一个老者，回忆着白首的山。
而感觉微妙地暗示：
频繁的流亡会变成背叛，
但它想念桌边的七月之季，
在第七大道的南端，这一季，年轻的女人们悄然走过
宛如海中仙女，穿着袅娜的夏裙，
所有的苏珊娜，就为了一个长老！ [7]
到春天，叶子就歌唱，在不倦的雕像边
它不会坐下，尽管受到邀请。

从清新之水的缪斯，到咸腥之水的缪斯。家到赫逊河。

明亮的周日，铃声来自我的床边，

对面大楼上，有日光的方格，

河水石青，天空无云，涂着珐琅。

接着，周日将它的世界概况送来，

随着安宁的赫逊河，还有河上纵横的渡轮，

庞然的云，红色驳船。

注视吧，就像吃草一样，吃那河水的

神秘的灰色，幽灵般的交通

鬼魂一样的桥，灯的花束，

沿着堤岸，你的名字消散于雾中。

云，垂挂的旧毛巾，灰色的窗潮湿，

雾气，让远处的岸渐淡，

灰色的河上，鸭子浮动，就像诱饵，

不，不是鸭子，是旧码头的没入水面的部分，

光从水上淡去，"这，这就是快乐"[8]，

十二月空气中，压抑的懊悔。

三

欲望和疾病交融，

交融，白发与白纸

还有对白色之景的恐惧，目盲，截肢，

复发的肾结石，艾滋病的瘟疫，

镜中摇晃，旁边是困惑的表情，

好斗，下垂的嘴唇，灵性的愚人。

看看你是什么样子，无论你何时写作，

都是老人之书，无论它何时出版，

暮年，在你的腋下，在你腿胯的裤褶，

铭记的交谈，那时的香水气已经变淡，

马桶里汩汩的声音，哼自己的牧歌，一个个名字复活，

随着它嘶哑的转动，之后，它变成回声。

这是记忆之音，水。

四

每个周一，波士顿有课。午餐，韩国人的街角——[9]

部落的肉汤，让我的眼镜蒙上云，

汤驯服了头发蓬乱的蒙古骑手

在蒸汽腾腾的帐篷，而他们的牝马踏着雪。

亚洲在暴风雪中转动；冬天正升起

在人行道的雪堆之上，很快，每条水沟

会成为封闭的小溪，之后，会是

玫瑰色和橙色之光的时间，它们会点缀保德信[10]，

也是麻雀的时间，它们像球茎，排列在染病的枝上。

我想念秋天。它突然一闪，随即消逝，

吹熄格洛斯特[11]那里、自己的灯芯，沉入撒冷[12]，

它漂白含盐的草，草向安妮角弯去，

它将海豹弹入海湾，将一座黑暗之屋的影子
弄得沙沙响，屋在海岬，但废弃它的
不是霍普[13]。我所说的那光，你知道。
美国之光。[14] 而风
是一个时代的声音，从窗外经过。
黄色、红色如计程车，是叶子。于是
云的书卷被钻透，一条银蠹鱼——[15]

二

一

透过飞机的窗，炫目的阿尔卑斯山

有峡谷和裂隙，雪的草甸

在撒过粉的悬崖，积云之州[1]

轰鸣，也是靠近、喘息、发光的瀑布，

安定、安详、令人紧张的恐怖

有着斑斑点点、白色的锯齿，不可思议

一再重复，健忘之云的

泡沫般的雪崩，在错误的天空——

冰和迷彩的天堂，

有飞速的撒拉弗之影、沿天堂的山坡而下

凭着金属的、没有羽毛的双翼，噪声

侵害了比远古还要原始、

没有思想的、白色的静默，我的恐惧是白色

我的信念被擦去——黑色的一笔

在涂好底色的画布上，一切皆白，

白是虚无之色，不是夜，

我的信仰扎紧了安全带。它不可能再升高。
我怀疑，是否能有幸运的降落
飞机的制动，如同撒拉弗的翅膀在拍打，朝向尖塔、
朝向广阔、纯真、太阳照射的田野。

强烈至极的恐惧在扩散，询问着无限：
大教堂的尖塔还有多少？这些被冰占领的
山峦，它们的山峰还有多少？雪崩封锁的
城镇还有多少？它们黄色的灯光
在屋内明亮的物品上，而钟舌
被静默冻住。渺小的乌鸦有多少？
它们就像逗号，点在雪堆之上。
一道道无限、重复的山脊
形成的图案，就像奥卡狓[2]或美洲虎，它们的白色森林
是一个相反、纯粹的世界，一种别样的生，
但更像是一种别样的死。漫游者的呼喊
呼出一个惊恐的O，但斜落的雪让它哑然
一种比惊慌还要深切的恐惧。这，
无论选读的经文是什么，都是缄默的合唱队
有呼喊的山峦，生着羽毛的峻岭，
冰冻之海般的、屋顶的海洋
那上空高悬着目光撩人的白色角峰——
纤细的乳齿象的獠牙，在一片白色客栈的上方。

二

小房间，棕色，黑暗，它的亚麻布
白如马特洪峰的白色的尖坡
挂在阳台，而黑暗的客栈在雪中，
难以置信，在裂罅的伤疤间，
一列火车向山上攀爬。橙色的灯火
在策马特³朦胧的街道上更为明亮，
什么元素能自在地更为纯粹
超过雪中的死寂、无声的风雪，
在那商店光亮的窗户间？

他站在明亮的窗外，窗内充满乐声，
模糊的对话透过窗棂间的窗格
枝形的吊灯，如被螃蟹紧握，带着尖锐的火焰
下面有鲜活和死气的面孔
幽灵一般，他们的容貌与自己的名字相符，
各位先生，还有些女士，裙如宽大的拱壁，
小说中的小说。门能打开，
他会更受欢迎。灯光围成方形
在草坪的四周。共谋的笔
令他至此。他敢于面对的所有人
都在优雅地潜伏，它们欢快的喧嚣
仿佛星光下的海浪，是海浪的嗓音养育了
他。但这是别样的气候，

别样的国度。此时，这两种生活
在这样的成就中相会。这一次，
他转过头去，往回走，走向道路。
这场景就像他读过的内容。
少年时的内容，在他出国之前。
但怯懦向他呼唤，他返回屋内；
安全，严密，在打印出来、属于他们的地方
所有舞者，在那冰封的舞厅。

三

就像雪一样，感受空气的变化，
感受内心的变暗，在日光的透彻下——
冰的透彻，就如在群岛，
一切春，一切夏，都是一个世界
直到秋天整顿它的师团和军旗，准备出战，
鹿在进军，鹿角晃动，如在点头表示认同
它们走入小说，而我们依然
在不朽的钴蓝、不变的铬绿中；
变动的是某种比地形还要深刻的
东西，是自我。是词。
此刻属于白色的冬季之诗，
此时，冰锥封住高大的青铜马的牙齿。
街是白色。街上没有人行道

而商店之间短短的距离，被雪覆盖，
明亮的商店，穿着冬装，它们在街边
街上满是滑雪的人，肩上扛着雪杖
小木屋，雪屋顶，尖峰，景象就如圣诞的贺卡。
在没有狼的气候中，要是我梦见
一匹白色的狼，会怎样，它慢跑，停在我的路上，
就在这，在雪变厚因而静默的繁忙街巷
在它的晨光中，它眼如煤，它的舌头
是渴望而喘息的火焰，雪在我眼前蜂拥。
之后，就像一根划亮的火柴！别样的微光
不同于旅店、商铺、客栈的窗。
她的头发在亚麻桌布的清脆的雪上
仿佛火焰，引领着他，他蹒跚，茫然。

一早，他下楼，走向休息厅。重复：
一早，他下楼，走向休息厅，等待。
街灯还在亮。之后熄灭。
终于，她来了，她来时，
随身带着山，带入这个宽敞的房间
还有她冰冷的脸颊，草莓玷污的雪，
她的身体散发热气，样子犹如封火的壁炉，
她双眼蓝绿，像死去的煤，
她的青丝，一旦从帽上摇落
就跳动像新的火苗。伊尔丝[4]，也许
她带来了客栈之间泥泞的路，带来黑色的松树，

独角兽的角，也就是阴茎般的、
这白山的峰，白山知名就如它的邮票，
她带来了雄鹿的回声，它们被猎捕，蜷拢身体
为了躲避射出的跳弹，钻入裂罅
她也带来了身体的温暖，她此时脱去外衣，
摇落皮革上的雪尘
将滑雪外套挂在鹿角般的衣架，
她眼睛一扫，目光如同冰锥刺穿了他，
洁白的牙就像风雪，闪烁电光，接着，她拨乱
颈背上潮湿的发，站立了
片刻，在亚麻布的风雪中，
在餐具上闪动的远方的电光中，
那闪电，划过策马特的木屋和山舍。

四

就尘间的天使而言，永远会有一位
就像在威尼斯，米兰那样，让这欲望
衰老又饱受摧残的角峰变得坚韧，
就在滑雪者向下滑去，无声滑行
越过裂隙，无形如同思想时，
天使就如这个女侍者，她扣上纽扣
因为无形的角峰挑开了她的制服，
时而闭合的眼帘，仿佛她的形体

在雪崩之后、白色的平和中入睡。
他透过窗向外张望，望着白色的空气，
那里，好像有只虫子，难以置信地
爬过雪堆，是列车，清晰，难以置信。
此时有了机会，超出他的预期。
她的话语清脆，这潮红的脸庞，
友善，但是不是施舍？谁能感觉得到？
说再见吧，向松树，尖顶的木屋，
汽车后面、看着如同玩具的客栈，
向那个女侍者和伊尔丝，她们漠然地
做自己的事情，在阿尔卑斯黄昏时的
灯光中，向一张张床，当新的雪
让村庄朦胧之际，它们刚刚铺好，
也向倾斜的街上、商店里的光，
向渐渐后退的、我们旅店的岸边。
再问一次，有多少告别和问候
在交换姓名的脸颊上，有多少亲吻
在叮当作响又渐渐声弱、犹如马车铃铛的耳环畔？

五

撒过粉的斜坡的山脊上，有棚屋
那里的牛，圈在牛栏，圈在冬天的阴暗中。
我想象它们盲目地吞食自己的饲料，

它们的远处，是目眩的裂隙

在如铁的寒冷中。纯粹之物就在这里，

那些山峰，体温和恐惧的极点，

让一个孩子具有磁力的、两极的刚性，

冰锥如须的岩石，裂罅

出自安徒生的《冰女》[5]，惠蒂尔的《大雪封门》[6]，

这帝国，这冰的永恒和无尽。

一个午后，永恒之前

他岛上的温暖的童年，在百叶窗的房间

日光之火都在屋外

在扰攘、黑色、赤脚的街上，他的心

因恐惧而冰封，是冻结的池塘，池中

光泽的面庞突然浮现，在冰冷、

因雪封而恐怖的散文、

汉斯·克里斯蒂安森·安徒生的《冰女》后，

而那个午后从未离我而去。我当时并不知道

她的职业是金发的女侍者，就在策马特。

我喜欢夜晚时早熟的灯。

我从未见过如此之多的雪。它让夜晚变白。

从这雪中，就像存活的野草，

浮现了苦心而成的小说——客栈，

搭建的白色山形墙，无言的山路，

还有（难以逃避的）山峰的尖角，

都向仪式般的静默索求这小说，闪耀的光也出现，

还有暖容上的潮红，一篇哀歌，
一位冰冷的妖女，余烬对火的
记忆，是我成年、青春时
或更早，《冰女》带来的火。她和那角峰
源自同样的白魔法，而她到来时
她仰起头，那角勾住了我的心，
世界让问候变得强烈，变成爱。

山峰下，宽阔的窗户射出柠檬色的光，
遥远的城镇像矿物一样闪动，一行平原
结尾是一座钟楼，一个叹号！
进入洛桑，白色的山脊过后，
很长时间，都是赭石色的陡坡，沿着苍白的湖，
湖水如此辽阔，望不到彼岸，
就算有灵魂沿湖而走，张开双臂。
那么多的灵魂，此刻就在对岸！

之后，那些老绅士[7]在洛桑用午餐
西服剪裁得体，全无瑕疵，彬彬有礼，无可挑剔，
现代版伦勃朗的《布商行会之理事》[8]。
我将行会中一副副微红、修过的面庞
转译为他们的先祖：一列画板阴暗、光泽明亮的
施洗约翰的头，每一颗都放在白色花边的
托盘上，沉重的双眼，稀疏的发
垂在前额的白色条纹上，理事的联合会中

后排远处，有一个微不足道的祖先
有可能也是成员之一，他向我、
这个生在旧圣马丁 [9] 的、帝国的混血儿
表示问候。我找不到路。
一旦我被塑造，在巨大的镀金框中，有时发现自己
在市场和运河间游荡；
但在日内瓦，我觉得自己被悬挂和安放在
乌墨色的房间，凝视的目光黯淡。
湖水广袤，苍白，有着无形的岸。
天气听上去就像它的名字：洛桑。
思绪覆着毛皮，感觉起来，就像市议员的衣领，
我是一根巧克力棒，给贪婪的雾。

苍白的湖向外辐射，
苍白，是历史的和平的色调
日内瓦是政治家的发色，
银色，淡雅，有政客的良心，
有银行，银行上翻卷的旗，长绒毛毯中
反光如镜、安静的鞋。
天鹅绒，柔软的世界交易。
点画出的农舍和田野，矮丘，融化成
丁香、紫罗兰的影子，在隆起的沟垄，
一座尖塔缓缓盘旋，飞离，进入了意大利。

三

一

有福了，这些小农庄，它们排列成贺拉斯的变位，[1]
橄榄树，佶屈如奥维德的句法，
有福了，维吉尔的黄昏，照在牛皮之上，
带角楼的小城堡，在托斯卡纳的山坡。
用另一种语言生活，用飞燕的双翅：
燕子[2]拍打羽翼，掠过黑麦，影子落在大麦，
它在墙皮剥落的农场和生锈的白杨间，
明亮的空气中，满是酒醉的昆虫，
《为维纳斯守夜》[3]，拉丁语忽然复生
随着火车滑动，驶入一分为二的佛罗伦萨。

翡冷翠城外，山丘奉献自己，
奉献直立如火焰的香柏，入夜变得阴森的、
赭石的城堡，红棕色屋瓦之上、
穿过橄榄树林的、星的第一颗火花，
还有虚弱的黄昏，就如一位老绅士
两手斑斑，目光衰微，是我们的主人。
糖尿病，垂死，与我酷似。

重又至此，为熙攘的罗马添一个数字——
"熙攘的罗马"，不经意的一句，就像披风
从黯淡的朝圣者、他的肩头抖落
他在毫不起眼、作者匿名的圣坛画中。

那片安详、柔缓的山脉，那些缄默的峡谷——
是阿布鲁齐。我记得阿布鲁齐 [4]
来自《永别了，武器》，温柔的年轻神父
邀请弗雷德里克·亨利在战后去往此地，
也许，弗雷德里克·亨利到过这里，无论与否
眼下我都在此处，随着山脊上的小山城，
那里很可能像地狱一样寒冷。精确的光
勾勒出明亮的采石场。光看起来不会朽坏
就像年轻神父的信仰。它的绘画依然未干。
它转过身去，说，"你发誓不会遗忘
这山峦之中的战斗和炮火的轰鸣。"
消逝，没有回声：只有富密、优美的城镇，
教堂的塔楼或尖塔，陡峭的发锈的屋顶
缓缓旋转，经过火车的车窗。

我们驶过潮湿的日光，进入佩斯卡拉。
风将海滨上的躺椅折叠，
砰地一声关闭。独立的条纹伞
在沙滩上翻了个筋斗。天空如抹布。
之后，虚弱的阳光稳定地变强

海的脸上又恢复了气色。

女侍者在午后的桌子间移动

将亚麻餐巾整理、摆放；

女孩的头发是黑玉色，乌黑如她的裙装，朱唇和

红彤的脸颊此时闪亮，随着太阳

和发干的沙滩。天空越发像加勒比。

亚得里亚海中涌起的拍浪在蚕食，

那些折起的沙滩伞就像中国的军队

等待皇帝的剑落下。

透过佩斯卡拉旅店的脏玻璃

有混合的泡沫和尘垢，一场平静

就像休战，餐具如同微型的武器，叮当作声，

喃喃的低语变得阴暗，如同阿尔巴尼亚上空的烟，

海滨的棕榈不停地抖动，

车流的头灯缓慢，一点点地在雨中行进。

哦，真是开心，安然驶过山峦、

远方山顶的城堡、闪动的橄榄

和停驻的松树的步兵。一切战事

告终，或是远去。但，还有个年轻的女人，在巴士上

松树、橄榄、渺小的城堡在清澈的窗畔

拂过她的美丽，我认为她的悲伤

就像雨中的度假城，

她苍白的目光宛如闪动的车流

她告诉我，她的名字，是一种山花

而在她的国度，却又稀松平常，

她话语轻柔，就像佩斯卡拉海滨的细雨

她说着塞尔维亚和它的悲伤，说着亲眼所见的恐怖

就在科索沃的路旁，她讲述着一切战争如何

都是犹太人的错误。她这样说，眼眸却依然平静。

后来我才明白。我从那细雨中明白了这一点

而佩斯卡拉的车灯刺穿黑暗如同长矛

折起的伞，安静如旗

旗是棕色的长发，像括号围住她的脸。

莱昂。耶胡达。约瑟。[5] 战争是他们的错。

但，真是开心，安然驶过山峦

我问它们的名字，它们告我，是亚平宁山脉。

二

致路易吉·桑皮耶特罗[6]

难民潮汐般的运动，并非大雁的飞翔，

货车厢中的脸庞，形容枯槁，眼睛如煤，

尤其是孩子们的憔悴的目光，

大批的人渡桥，车轴吱呀作响

就好像听见了关节和骨骼，这片暗斑

在地图上蔓延，它的形状让上面的边界瓦解

正如尸体在石灰坑里融化，或

秋天时鲜亮的护根，踩踏成泥，

香柏的烟意味着萨克森豪森

有些人，没有火车，没有骡马，

有些人，有摇椅，有缝纫机

他们挤在人力的推车和马车上，马车没有马

因为很久以前，马就从田野飞驰而去

回到了仁慈的神话，回到了将椴树之上的云

刺穿的、橙色尖塔的圆锥，

还有礼拜日时、鹅卵石上、石头的钟声，

有些人，将自己的手搁在推车两侧

仿佛那是骡子的胁腹，而女人们

脸如火石，颧骨如同涂釉，双眼的

颜色就像鸭塘，泛着冰的光泽，

对于他们，一年只是一季，一片天空：

属于拍打翅膀的秃鼻鸦，如同撕破的雨伞，

他们全都还原为一种共通的语言，

无家、无乡的人，带着难以置信的回忆

关于苹果，清澈的溪流，倒满夏天的

搅乳器时、牛奶的响声，你们从何处来，

你们是哪个地区，我知道那湖，我知道啤酒

和小酒馆，我信任那里的山峦，

此时，有一张庞然、怪异的地图，叫"无处"

那是我们全都要奔向的地方，它的后面

是一片风景，叫"仁慈之省"，

那里唯一的政府由苹果组建

唯一的军队是大麦的宽阔的旗帜

还有简朴的农场，那景象
在虹膜中变得狭小，垂死的人
疲敝的人，被我们留在路沟
他们还未僵硬，他们的额头正在变冷
就像磨破我们鞋子的石头，
也像黎明过后、棕榈和白杨之上、
顷刻变灰的云，云就在欺人的日出中
这个属于你们的新世纪的日出。

三

哦，塞尔维亚的西比尔，女先知
你透过自己棕发的窗帘凝视
（棕发就是这括号），我若是犹太人，
你会看见我曳步而行，在鹅卵石上，
在一座难以念出的城市中，你能望见
我的身体变得粉碎，如同街边餐馆里，
一位学者手中抖落的、
长长的烟灰，美人，
你的名字是一种常见的山花
它躲在岩石的裂缝
在阿尔巴尼亚的白发的山脊。

四

衣衫褴褛的棕榈和淡彩的阳台之中，
这样的奇迹再次出现，还在佩斯卡拉，
或偶然如此，或是星与星的巧合。
在旅店，它的名字已经忘却，
就像我的姓名也会被人遗忘，我
在大堂，读着平装本的诺拉的传记，
她是 J. 乔伊斯的妻子，这本书还拍成电影，
女主演的照片就在封面，
恰在这个海湾皱起涟漪、海滨漫长的城市，
在这里的电影节，影片竟在上映，
而我，遇到了那位扮演诺拉的、黑发的爱尔兰美女
我跟她一聊，给她看了那本书
我们全都惊讶，她的朋友也是
那也是年轻的爱尔兰女子，一头红发，
我猜，是她的美人的守护者，我觉得
这次相遇意味深远；如神谕一样难解，
命中注定，尽管它只是表明
我们都在这个电影节，
但不止如此。也许吧。我愿意相信
她就是诺拉，但自己不是乔伊斯
我只是在读这本有她照片的平装书，
在这大堂的、泛着盐味的、普通的家具间
而海岸的灯让她的皮肤更为鲜明，

透出了爱尔兰的气质，虽没有诺拉的靓丽
却也有口音，对我来说，这是奇迹
它证明了那个顿悟
而阳光闪耀的海滨上，雨水停住，
就从她那温暖、不为名誉所动的
手中，我拥有了她的语调欢快、轻声低语的签名，
那就像海草的涂画，写在没有印字的海滩。

四

一

哦，热那亚人，我来了，从你们起始之地的最后一行，[1]
我来到港口，它的码头留着长长的影子和静默，
上面是船首的海草，抖动，荡漾
随着摇晃的美国地图。油滴
让自己变位，变成彩虹，沾着油的破布
让舷窗模糊，停锚之处在摆动
直到热那亚滑过，尖塔之雾
吞没了回返的鸥鸟。双手合拢，就像双翼
在大教堂的走廊。手掌闭合
还有"诗篇"[2]，而合唱队的 O
在扩展，变得低沉，在海浪的波谷中
随着无休止的节拍器，无尽的坟墓和摇篮，
直到波峰之上，有了新的波峰，
冲向第一片礁石，海浪之光迸发！
虱子在木材中歌唱，海绵张开。

海滨旅店，它们的阳台沾着盐
诡计让上面的铁花生锈

面朝法西斯之徒的实用的纪念碑 [3]

就在气派、洞穴一般的火车站；

沿着锯齿状的夏季海岸，从尼斯

下到热那亚，海的锡箔的光纹

与家乡相仿。香柏的躁动

重复着双面的扁桃树的沙沙声，

新熨过的天空，让脸颊温暖；

焦草的味道，透过柔软的叶子——

地中海在浣洗。

之后，在某个地方，从你眼睛的窗中，

一面旗帜扬起了午后的一角，

随着一群铁"胡蜂" [4] 在身旁猛冲而去

随着那位"发现者"的雕像消失于转弯。

一切铭记的女人，都融化成一个，

就当我微不足道的话语如帆一样，必须离开自己的港口：

肩头的悬崖在阳光下烤成棕色，

凌乱、黑玉色的发，乌鸦的旗。

在热那亚，我爱上了我们的阳台。我的下方，

有那舰队司令的白石像，

在航行的交通中安静如常，

也有向地中海敞开的门，有海——

同样的浪涌，让快帆船的叹息起伏

在即将降临的、令它怅憾的未来——

海，就在火车站旁、铺着石板的公园。

密集的筑石，砖上的光束

都在老城区，吱呀作响的滑轮

升起了浣洗过的帆，遍布在悲痛欲绝的

街巷的海湾，鸽子的头屑

如粉一般，撒在褶皱的雕像、它的发丝和肩膀

它们忘记了令自己知名的原因——

而粉刷一白的舰队司令，也是如此。全都不会安宁：

失眠的雕像，噩梦中的雪，

我衣服上沾染的历史的

烟味，洗刷过后、佩斯卡拉街道的气味，

托斯卡纳山丘上、日晒岩石的味道，

石间野草中的花，野花

山坡上经过它们的"和散那"的火车，

悄然走入车站的、流亡的灵魂——

走入"历史"、那百叶门和柜子的缪斯，

经过关闭的、留声机的大教堂。

二

羡慕雕像；羡慕就这样生成：

每一天在米兰，去上课的途中，[5]

我都路过我的坚硬、不朽的朋友，那位将军[6]

骑着他阴郁的青色马，到了周末，依然在此。

战事虽已告终，但他不会翻身下马。

他是否死于一次突然的冲锋

一次悦耳的战斗？青铜军马

在夏天的阳光中，布满汗沫和汗水的条纹。

我们岛上，没有这样的纪念碑。

我们仅有的骑兵是冲锋的海浪，

烟云般的泡沫，一起一伏的脖颈。

谁知道这是他参加的哪场战役，谁的枪火

让他嘶鸣的军马跌跌撞撞？羡慕喷泉。

岛上来的可怜的英雄，身在车流的漩涡，

他不认为椴树或栗树是慰藉，尽管椴树成荫

栗树的徽章明亮，透过它的叶子。

羡慕圆柱。安宁。羡慕钟声。

平安，在米兰周日的大街上蔓延。

清晨的广场上，光在左手边，

阴影漫长的主教座堂，那里的钟声喧嚷

将欣喜从处女般的蓝天上摇落，

让四角成方，德·奇里柯 [7] 的平行线——

那里的马，发出无声的鼻息，睾丸硕大，

它的头牟落低垂，意味着骑手的

死去，[8] 它屏住呼吸，如此长久，

比交通岛上的我们还要长久。

对意大利的爱在蔓延，愈加强烈

随着米兰的日光，违背了我的意愿……

因为我们依然盼望存在，无论何方——

892

再次坐在桌边，望着米兰的商场、
那里灿烂的喧嚣；那边！是他吗？
身穿橄榄色雨衣的约瑟，宛如一片叶子
在清澈的溪水，随着群叶
从边缘到中心，渐渐没入它们之中？

三

去世的象征，你的悲伤唤起的实在的幽灵，
是的，你依然能看到他剃度的头顶，他的苦修的光环，
直到在某个地方，有东西挡住了你，帽子或标志，之后
商场里满是安详、匆忙的幻影
奔向同一个出口，日光中的拱门
几乎就像天堂的拱顶，我默默呼喊他们的名字
但他们无人听见，因为他们的数量远超于我，
对于他们，我是幽灵，他们是实在的活人，
他们的名姓依然认领着他们，透过了
侍者的喧哗，侍者在清理他们占有的桌子，
桌上有面包屑，新血在杯中
上面还蒙着一口他们的气息，那气息
我也会留在水杯之上，直至凝结
到那时，我就加入他们，随着月的、苍白、剃度的
头顶，月消失在黎明的光芒
它在错综、巨大的教堂

和我们地上的车流之外；变幻的光。

在大教堂的幅员之内

在它的辽阔、熙攘的广场

和长长的、有餐馆和店铺的商场之中，我看到了他，

因为我需要如此；因为长久的离世

需要它的幻象，逝去，再靠浪花般的人群

将他带回，对于石网密布、

因咒语而神圣的、祭坛的错综

我毫无准备，那样的建筑

如同冰冻的狂怒，它要求臣服的敬畏。

四

我希望能这样写："日出前，沿威尼托街[9]

散步而行，这无与伦比。"

此时，你在想：他就要将它描绘。

我是要描绘六月的祝福，

阴郁、凉爽的春天的空气，它的边缘在第一缕光中，

喝咖啡太早，无论是在旅店

还是栅栏紧锁的、昨夜的咖啡馆，

露水潮湿，就像一年前的佩斯卡拉，

还有折起、收入鞘中的帆布伞，

旅行时间的不同，就是理由

而不同的就是，守夜结束、打着呵欠的

夜班文员，和阴着脸孔的早班侍者，

之后，是漫长、没有回声、空荡的街

这并非如他想象的那样寂静，

车流达到高峰，尖刺的棕榈

在美国使馆的外面，之所以还有两名警察

因为恐怖分子的威胁，巨大的树

迎着苍白的大楼、挂着污旗的

银行和拱门；灯还在亮

在某些大楼，而扩散的光

将它们的外观洗刷苍白，但安静

恰恰就如大岛 [10]，如海，如村，

甚至还有树下、朱红色的巴士

那里，它们的光也亮着，光来了

源自珍珠，出自皮耶罗·德拉·弗兰切斯卡

（你又得说，他还是会提到画家），

之后，整幅壁画，染着春天的金色，渐渐完成

就在"劳动与社会政策部"的正面

那里的门口，有人出现，检查我

我抄下名字，一个秃头的年轻人

穿着橙色的防风夹克，面露不悦

因为我的肤色，还有恐怖分子，

因为我的村庄无足轻重，虽然美

不像他的城市和威尼托街：

弯曲的外观是藤黄和赭石色，石头灰白，

不知名的树建成了一条柔和的隧道，

在朱红和橙色的巴士之上，它们的灯已灭，
怀念的，是海的气味
在清晨，在小的堤道，
但还有安静的棕榈，在黎明的柔顺的薄纱中
巴士 63 路，L90 普利亚大区
但没有什么能联想到大岛这个名字，
没有文学，没有历史，起码至今，依然如此。
巴士 116 路，灯亮着。在威尼托街。
滑动，就像鱼，轻柔，或旋动的叶子。
我在两个村子都生活过：格林尼治和大岛，
我对它们全都热爱，几乎一视同仁。一个有海，
苍白的晨光沿着苏醒的水，
另一个有河，它们如果问
我来自哪个国家，我会说，"是威尼托街上
成行的树木之间、旭日的光芒。"

九

一

我躺在床上，床边是阳台，在瓜达拉哈拉[1]
我望着午后的风让树叶枯硬。
之后：是丁香焦灼的山峦下、布满灰尘的田野
和一丛丛必定是桉树的植物
因为它们的树皮皮肤剥落。我看见你的面容，
我看见你的身体在它们之中，我受苦的弟弟[2]；
街上的蓝花楹，看起来全都败落，
仿佛整个墨西哥，蒙上一层尘土，
点缀平原的树木间，有雾，
厚重如你窒息的呼吸，笼罩在
可能是"圣·德·什么"的山脉。我读到消息。
3月11日，上午8点35分，瓜达拉哈拉，周六。
罗迪。多伦多。今日火葬。
墨西哥的街与树，覆着灰土。
你的灵魂，我的孪生弟弟，在我脑海中拍打翅膀
是蜂鸟，让橡木弄得茫然
被映出透明天空的窗格阻拦。
女仆在屋后吟唱，

牙上衔着木夹，
她把衣物拽下，就像复仇的天使
山坡汹涌，她扬帆航行。罗迪。
这个明亮的午后，你在何处？我
无精打采，看着电视上的
足球赛，就像从前的你，深深地陷在沙发之中，
你的头变得渺小，你的双眼潮湿
每次交谈，都是煎熬。

二

我脑中承载着一座白色小城，
它的条条大道，生着枯萎的花，
没有车流的声音，只有海浪，
短街上，没有黄昏的光
我弟弟和我母亲此刻就住在
某个地址，他们的邻居如此之多！
留出地方，让死者来住，
他们的土堆在褶皱的海水边蔓延，
但并不在你脑中、火把点亮的地穴
而是在海扁桃闪光、泡沫漂浮的坟墓畔。
我们的战争是什么，古稀之年的老兵？
是拯救岛上的盐的光泽
捍卫和赞颂平凡的岛民

随着嗒嗒作响的剪刀登基为王
望着炎热的道路和路上遍布的蓝花
望着篱笆之后、连绵的蓝山
和长相如同拳手的理发师
比如他，就钟爱自己的手艺重于获胜
而不像身子微斜、态度高傲、用自己剪刀的双眼
掂量着你的、莫洛尼 [3] 的裁缝。

三

白昼，它的一切痛苦在前，属于你。
清晨的海，无休止地皱起，
拍动的藤黄色的香椿叶，打着快板，
摇摆的树枝，如同鱼竿，钓起微风，
生锈的草坪，风吹白的草，
路上石色的地鸠，咕咕鸣叫，
为屋子祝福祈祷的回声——
它的痛苦的房间，懊悔的游廊
而快乐刺穿了敞开心扉的门
就像蜂鸟，飞到外面的花园和池塘
天空已然在那里塌陷。这些全都属于你，
痛苦，就像死后的离世，让它们
更加明快，而光，治愈着草地。
棕色细枝般的蜥蜴，迈着小步，爬上枝条

就像手指在吉他的弦钉上。

我听见龙舌兰的迸放，

叶子花断断续续地爆发，

我看见金合欢的营火，秋海棠的刺刀，

酸角的棘刺，舰炮对云的猛击，来自炮弹树

香椿挥舞他们投降的白旗，

火焰树围攻堡垒。

我曾见过一群黑色公牛，犄角放低，疾驰，顶向雾霭

雾散，露出圣克鲁兹的小丘

和埃斯佩兰萨的橄榄，

安达卢西亚的田园风光，与之媲美的景象，

月亮苍白的手鼓

细雨的吉他

日光中的雨弦

披巾[4]，用旧的星辰

荒废的喷泉。

四

我们少年时，总是从沙滩回家，

习以为常！身体会歌唱

沾着盐味，日光透过皮肤低吟

强烈的口渴让冰水

成为了切慕和祈祷的幸福，在电镀般的灼热中，

石头烤焦鞋底，无精失神的鸽子躲在
高温、萎靡的叶间，我们离开沙滩
随着它的喃喃自语，独木舟细长又凉爽。
古稀之年又添一岁，超过我的命数，
清晨的镜中，这个解体的男人。
将我装配成形的所有部件——
下牙床上脱落的门牙
我用眼镜难以透过的浓雾
肾脏的阵痛
锐利的可朽，就这样刺穿我。
而你的妻子，日日夜夜，
组合你的装备
让你在沙发上熬过新的一天，
浴袍、眼镜、牙齿，因为
你的双手是风中的叶子
树叶的血管隆起、粗大、风干
无力保护，也无力鼓掌称赞。
对香椿，对难以改变音调的大海，
在雨水洗刷过的清晨，我会说些什么？
对窗格？那里映出潮湿的树和云，
看着就像商店的门面和办事的机构，
用什么样的噪音？既然我听到它已经改变。
粉色石膏墙上，光的变幻
就是文化的变动——光如何被看，
它在这些岛上，如何恒常、没有季节

相反于注定衰败、可朽的仲夏烈日
比如在斗牛场的、紧张的环影之上。
这就是一个民族如何看待死亡
如何写下随太阳的失明而转瞬即逝的
文学，歌唱群岛。

日出，未受侵染的
天与海的钴蓝。时光悠闲，而我
望着菜棕榈的羽毛，在午后的风中
起伏，我听见死人叹息
说他们还是太冷，在赭石色的土下
在太阳的悲伤中，随着毛虫的手风琴
面对着斑鸠之间古老的求爱。
黄嘴鹭在黑色公牛上保持着平衡
乌木般锈色的光泽，透过牛皮，闪闪放光，
而竹子转译橄榄的拍打
就如橄榄转译竹子的笔迹
一群幼鸟，银色的啁啾
时断时续，随着雨水、细雨之弦，
转译着午后之海的锡箔和鸽子的巴松管。
屋子在对面的山上——
金发的光束与自己的影子纵横交织，在灰白的石上，
精细得过分，自信又虚妄，之后
幸福的浪潮，难以解释的内涵
就像佛罗伦萨城外、金色花园中的光，

午后的风让橄榄重又变成银色，

还有海的鸽子，白帆

海豚的新鲜的狂喜

在鹿角般的珊瑚礁上。

卡塔赫纳[5]，瓜达拉哈拉，

只要灰尘还未将静默撒在桉树上，

若是悄悄聆听，就会发现，它们的街道

说着通俗的卡斯蒂亚语[6]

在阳台的括号

在梅赛德斯的阿兹台克的面具[7]

在浸入池中的、比如

麻雀的舌尖，它轻弹的鸟尾，就像签名，一个名字

如同鸟池中、鼓动的羽翼——

圣地亚哥·德·孔波斯特拉！ [8]

五

在迅速退去的一年，西班牙的一个夏季，

羔羊的肋骨在松枝的火上烧烤，精美绝伦

你的双眼是火中的炭，你的舌是跳动的火焰，

我的伊比利亚的西比尔，气质羞怯的埃斯佩兰萨。

河水在堤坝中呼啸，水花溅在

松树之上，又让男孩们的呼喊随着风

飘向我们的野餐，河岸之外

是大教堂的棕色尖塔

而一朵玫瑰在灰中熄灭

日光变凉，风势占优

松林和堤坝，它们的呼啸，何时才会交融

就在这西班牙的周六，在这退去的一年？

十一

一

灌木的方言在旱季中
让流动的英语干枯。万物燃烧数日
没有转译，有高温
在烤焦的草坪和那里瘦骨嶙峋的母牛。
每个名词都是树桩，露出根来，
克里奥尔语急速蔓延，如同野草
最终布满整座岛屿，
之后，雨开始降临，一段一段，
让这一页、让一群苍白的小岛、
让苍白的双眼、让头发凌乱的暴雨的美，变得朦胧。

第一个雨中的破晓，外皮坚硬的干旱
就像面包裂成两半，彩虹的号
它的嘴安静无声，弦般的细雨
与死亡搏斗，历经半年，随着一阵阵夐铄、
振作不已的疾风，终于飘到海上，枯萎的百合
用感恩的嘴饮着雨水，新一季的第一只
黑鹂在树枝上宣告自己的来临

蜂鸟再次闪亮，在树篱上钻孔
将它刺穿，那是我小小的箭杆，射向你心
我的翠绿的箭：蜂拥过桥
从加那威到"老桥"[1]，从
皮艾叶到佩斯卡拉，齐射而出的黑鹂
掠过威尼斯，掠过舒瓦瑟的破败的码头，
爱的幅员，就像我张开的手掌
是疆域，读起来就像一个国度
一张挚爱的、围住我笔端的地图。
我忘了去祈求周边有日光的
雨，忘记去祈祷垂着雨滴的树叶
我也忘了那只猫，它小心地用爪子
试探这一季的边缘。除了感恩
我没什么要写。我感恩的，是海，
是那轮太阳，彩虹的弓，
放射的弓上、射出的
黑鹂。这一年余下的日子都有雨。

二

"今天早上的雨真是漂亮。"
"我睡着呢。"
他抚摸她的额头。
她冲他微笑，然后边笑，边打着呵欠。

906

"雨真美。"但我想到了我认识的

死人。太阳透过雨闪耀

雨真美。

"当然，"她说。

雨念诵的名字如此之多：

阿兰、约瑟、克劳德、查尔斯、罗迪。

日光透过雨水来临，细雨在闪耀

就像它以前那样，为了每个人。

为了约翰和英格，德文德拉和汉密尔顿。

"淋到雨水的死者有福了"，

爱德华·托马斯这样写道。[2] 她的眼眸闭上，在我怀中，

但雨睡了。她再次入睡，

明亮的雨离开马萨德，去往蒙奇。[3]

有时，我伸出手，或者是你伸手，

我们掌和掌紧握；我们交织的历史联在一起

两张地图契合。海湾、疆界、河流、道路，

一个国，一个温暖的岛。炎热的屋顶上

那声音是雨吗？它是否蔓延到了大海

海边是海扁桃之墓的石头和贝壳？

三

路潮湿，叶湿润，但太阳移动缓缓

总是令人吃惊：是三月？

这劲风，这灰色？海浪劈削

旋动，彼此冲撞

就像围栏中的绵羊，一丝狼的气味让它们狂躁，

或如白色母马，因为闪电的鞭打，圆睁双眼，

如果可以，还会嘶鸣。但光将胜利。

在树叶间，太阳搏斗着雨水，它赢了；

之后，雨卷土重来，它在海上更加细渺。

微雨，均匀地将海角变得朦胧

此时，毒苹果和金合欢随着新雨

闪动，母牛的皮变暗

而马群低头，摇动它们的鬃毛，

地平线之上，几乎难以察觉的弓

它的微弱的弧，先是浮现

然后黯淡，越过海峡，去往马提尼克。

这个季节，这样的奇迹稀松平常。

"太阳就是为你才出现"，他说。

的确。光照在她的额头

渲染出她那里的别致。

草场点缀着水珠，屋顶在山丘闪耀，

单桅的纵帆船迎向巨大的云，艰难前行

一片片日光在扩展，随着新的热情

朝向超然，朝向单纯。

是谁说，他们肩并肩躺在一起，

身躯如同凹陷的勺子，她与他偎依，

就在午后过半、条纹的阴影里？

四

门敞开，屋子呼吸，我觉得
香脂那么重，祈祷
那么轻，让过去只是蓝天
是钴蓝色的运动，被翠绿刺穿
是斑斑点点的帆，是鸽子不停地抱怨
说吃得太饱，它感恩的啼鸣在发胀——
它所有的念诵都是感激的独唱
朝向天空的、不动又运动的圣坛，
甚至朝向微弱的雄蜂、那银色的虫
它是清晨的飞机，越过马提尼克，
而如你所愿，蛋黄花开
尽管数月旱情，它扭曲，受难
无力，贫瘠，苦熬，但依然开放
花瓣淡粉，叶片如同橄榄叶，
这是寓言，喻示我腰间的欲念，我银色的年纪。

我的阳台明亮，含着盐味，从这里
我眺望废弃的堡垒；
没有历史留下，只有自然史，
就像云影让思想隐晦奥妙。

光举起草坪，让它倾斜，那里，
结出的黑森兵，如绽放的不凋花，
海扁桃破败的三角旗在飘扬
随着丁香迸发，迸发出白色的浪花
迎着蓝色，那是投弹兵的颜色，火焰树的
干枯的荚，晃动军刀，沙沙作响，
母马的嘶鸣穿过烤焦的草场
发射出白色的飞云[4]，是越过海峡的帆，
射出的纵帆船在运河上疾驰。
正午之海的微妙之别：
青柠色、翠绿、丁香紫、钴蓝、群青。[5]

十二

一

浪子，你的漂泊是为何？
回家如烟，去也如烟。
土地生出音乐，块茎萌发
长成瑟森妮的歌唱，雨水，新鲜的土话
在陶瓷瓶中，清澈的泉在蕨草间，
纯净之物生根，比如甜薯的藤。
海上黄昏时，杓鹬飞如箭，
太阳变成绿焰的暗码，
云朵崩溃如城市，迦太基的余烬；
没有历史的人都站在荨麻上
蝴蝶，就像投降的旗，难以给他慰藉，
他会不会，还是孩子，渴望战斗和城堡
这都在他一开始的书里，用一种圣体的语言
他不会继承，但却用它写下这一句：
"海上黄昏时，杓鹬飞如箭"，
他的整个一生，一种等待翻译的语言？

既然我是我，我又如何而生？

将肤色归咎于智力

并非侮辱，既然这是将图案的花格

当作无价的蜥蜴从背景上取下，

而我们的工作如果是混杂的模仿

那么优点就在于

擅长多元。在佛罗伦萨温暖的石上

我不露声色，变成佛罗伦萨人，

直到太阳落山，在伦敦

我被雾气刺穿，在威尼斯，

倒影让我震动，一张日光中印出的纸页

那上面，一只菜粉蝶张开，一个书签。

为了冲破蛛网般的帷幕，

像昼蛾破壳而出，获得

澄明的疯狂，为了感觉到血液沉淀、清澈

犹如午后、棕色的金河的水流，

我的头脑和手腕，都在搏动

为了飘移的细雨的祈祷

它在这沥青般的纸页上变干，也为了平安

它飘过如云，随着鹰、那缓慢的中心变幻。

二

在圣克鲁兹的溪谷，我望向山丘。

白花透着战斗的狂乱，

它们围攻山峦，由于战争

白色的深谷出现骚动，

和瀑布的进攻；它们弯下羽毛：

"安妮女王的花边"¹，叶子花，兰花，夹竹桃，

它们白色，就像遏住怒火的

阿尔卑斯的雪崩，它们的花瓣模糊，变成

白色的疾风，来自马特洪峰，或策马特的街巷。

两个世界焊在一起，欣喜将它们接合。

圣克鲁兹，春。深邃的山丘，蓝色的裂隙。

我为白鹭而回

它们成群在草地觅食，投掷自己的鸟喙

迈出的阔步，过于讲究，笨拙但又优雅，

之后突然飞起，却从容航行

在不远之处落地，宛如天使。

三

我日出时醒来，随着天使的呼叫。

时间，计算我孙儿的啼哭

时间，超过了飞流的小溪、

它的乌墨色的水，时间精明，享受悠闲，

在池中堵住的漏洞，大象般的巨石

在叶子玷染的泻湖，时间航行
随着无声的秃鹫，秃鹫越过生烟的山丘
随着散开、变化的云，
而时间悄悄等待，在山峦间
在北山的山谷中、棕色的小路间，
那里覆盖着突出的竹子，在马拉瓦尔
地层若是更陡峭，棕色的溪流会疾驰
或尽力而为，积水在岩石，至少让我
方便取用，山脉的种种蓝色
和靛色，上空飞翔着舒展开阔的鹰
它们的影子在圣克鲁兹的水井
是黑暗的祝福，为了小溪中低语的页岩，
而马群缓缓地抖动鬃毛
从铺着百合的池塘向上攀登，
如此之多的神话，就在没有马具的脖颈！

这些微不足道的事物生根于此，我将自己的赞美
加给屋后的广阔的草地，田野，
明亮、如旧的草坪，小牧场
赞美呼喊、单车、快乐而狂野的犬
它们飞跑，追着踏车的男孩，新月的
如钩的鬼魂浮现，而在厚密的山坡
这片森林就像绿色、汹涌的烟
被不凋花的、如火的花瓣刺穿。

四

火焰树的花瓣迎着乳白的墙
拱门遍布公园，园中的喷泉缄默不语，
长凳上，坐着悠闲的老人，这是舒展的
散文，就像不朽的榕树的树荫
在图书馆的门前，庞然的树干
当车流销声匿迹，就让黄昏的小提琴变暗，
曾经，它几乎也凌驾在殖民政权之上，那时的码头
就像摇篮，摇动着我们少年时的纵帆船，随着
晚祷的回响，在异国的大教堂。
炎热、绿色的午后，蜻蜓的嗡声
穿过烤焦的山，飞到香椿的阴影
和含着香料的月桂，月肉桂，
这个词扬起了它的复数的叶子
离开灼热的地面，这一页，焦灼的气味。
你去世后，可以这样写，就这么简单：
那个午后，你的死，安然无忧
如同停在路边，在树下
买甜薯饼，有两种
甜和不甜，在大锅中，
路在苏弗里埃和加那威之间。
炎热在山脊的深处汇集
高处的群鹰盘旋，目光凝聚；
就像辅音围着元音，不懈的蚊蠓

嗡嗡作响，绕着名词的六边形，黄蜂的巢。
去探一探苏弗里埃的安静的热谷，
黑色、照晒下的沥青，滴着阴影的树篱
这里有终极的无，尽管搅动的植物
忙乱不已。小教堂
藏在叶间。午后过半，停住——
然后古怪的蜥蜴，穿过路面。

十八

一

草，漂白如稻草，在莱凯的悬崖，

在蓝绿色的信风中滋生，

过了苏弗里埃，小教堂就藏于林中，

火热的芋头，发紫的阿拉瓦克苹果，

草场上满是家牛，一再祈祷的

土话，在特鲁马赛的浅滩畔，

还有她的双目，等待微小的光

让她眼眸复苏，那眼中映着

标签的金色光亮，在女神游乐厅的吧台 [1]

也映着生锈、橙色的四月的荣耀樱，

零落的树叶，就像来自"可恶的橡胶树"，令人生厌，

海鸥从浅滩上捉鱼，

远处，雾中之山的峰峦，

赭石色的草坪，翻涌、连绵、隆起的

海浪，微风中盘旋的树叶

不断喷溅水沫的浪花，叶子花的喷嘴，

这一切都必定塑造了她的颧骨，还有口

它说，"我来自蒙勒坡 [2]"，来自萨尔提布斯 [3]，

来自通向加那威的、那条路的弯处，
来自无眠的大西洋上、一个个白色的夜
它们在普拉斯兰的礁石上颠簸，这一切将我创造。
哦，有福的中心，让我成了一棵棕榈！
沉默的叹号，在绝壁的边缘
地平线围着它，无言地旋转。
什么东西砰的一声，用这样的力量撞击船体？
天使们，在龙骨下悄然滑过。

二

时间，蚕食着青铜狮子和海豚
它让喷泉干枯，令他彻底疲倦；
米兰的穹顶将他呼出，如同香的烟气，
阿布鲁齐吞噬他，翡冷翠把他吐掉，
罗马咀嚼他的臂膀，再举过肩头
抛给地穴中的老鼠；罗马将他空虚的眼睛
从角斗场的门洞上拿去。意大利吃掉了他。
每逢晚祷，它的蝙蝠航行在圆柱间
带着古老的欣喜，圣马可的洗礼盆中，一只手
将污秽的运河水向他洒去，之后，钟
摇动自己的头，就像公牛，它们的快乐
让钟楼叮当作响，而不计其数的鸽子
飞落在他前额的广场，他的肾脏

在佩斯卡拉，用于一家简朴的旅店，
在腥咸的阿马尔菲⁴，鱼的身上显出他的骨架，
不久，他就一无所剩
除了一个名字，刻在墙上，但很快
因为漠然的尘垢，它就难以解读。

三

我们安稳地驶入开放的海。
千噚之海，无法丈量，用铅锤
深不可测，也难以抛锚，
水浪疾驰，涌起波峰，我们就在
马提尼克和圣文森特的淡蓝的幻影中
而幻影，在环形的地平线、它的铁的外沿上。
白色的船首如在击鼓，突然颠簸，
剪断浪花，我们出海越远，我的恐惧就越加蔓延，
而我的胆怯，在水沫的喷射中越发变白，山峰
后退，生根在它们独立的世界，
对家的挂念淡去，但船头
还在顽强地冲过漩涡，舵手
朝那里频频点头，他隔着玻璃
在前甲板和船舵之间，漩涡的方向
从广播中他的声音传来，这意味着，
我们难以看见，只有他才知晓，他向另一艘

在前方的船播报，我们朝着它，颠簸

轰鸣，又一只更小的游艇，就像白色的纸条，

他的笑容让人相信，我们能很快突破漩涡。

"海豚"，舵手说，"瞧着，它们会欢蹦乱跳"，

但这引发了狂热，只有

波峰才盼着它们跃起，没有鳍，

没有拱起的背，没有突如其来的饰带[5]，今天并没有一群海豚

年轻的船长倒是微笑不已，我从来

不肯相信这种传说，但接着，有鳍的踪影了！

不是波峰，鳍在龙骨下伸展

追逐船首，那传说从海面上一跃而起

重生，快乐地呼叫

而我的心中重重地擂鼓，淡蓝的群岛

不再是幻影的轮廓，欣喜的浪花

快乐地拍打我们的脸，一切

回归，就在别的小岛之中，但不在

有我们名字的岛间，时而，鳍会

涌现，时而，背又拱起，再回到

灵动活泼的浪中，从下面，向上瞥视，

我看见它们湿润、棕色的身体从海中发射而出，

比金色还要棕褐，尽管名字叫"黄金鱼"[6]

不过我想，在潮湿的光中，它们闪动的皮肤

过于质朴，过于素净，并非什么奇迹，

太过怪异，难以让我的恐惧平息，这掠过水面的鱼

在打开的页面上，从第一行开始，就这样继续

继续，直到这群海豚消失，浪子的家

是地平线，而我自己的山峰

重又若隐若现，难以抚慰，苏弗里埃的

路，屋顶，在潮湿的日光里。我望着它们到来。

四

我目瞪口呆，尽管我盼望的就是，在另一片海中

会有图案雕在喷浪的山形墙上，

而当海豚出现，我亲眼所见时，

它们拱起身体的样子，就像思想从记忆中升起。

它们从冰冷的潮涌里射出，就像滑雪的人

飞驰，穿过阿尔卑斯的浪

和它独特的波峰与起伏，从喷溅水沫的浪坡上

海豚如同撒拉弗、飞升翱翔

随着鸣响的琴弦、哼吟的缆绳，

紧握绳索的，是我的心，还有实现的希望：

我想再次见你，我的孪生弟弟，"我的海豚"。

但欣喜驱动着海豚的轨迹

好像既来自于你，又向你而去，它们的快乐也是我们的快乐。

而仿佛有预言说："再等等！

在欢乐的一天，你就会看见海豚。"

抑或在搁浅的日落、它的尘灰和余烬中

同样的声音，宛如旗，安静落下，

而星座还未处理好自己的无序，它说
"那些漂流的灰烬就是天使，看看它们如何翱翔"，
我本来并不相信它们，我太过年迈
太过多疑，怀疑一个生命的对坚定祈祷的
冲动，但它们就在这里。
天使和海豚。后者，在先。
它总是确定无疑，平稳如一，就在世界的
明亮的边缘，越来越远，楔形的
船首却愈加抖动，向它驶去，浪子啊，
那道光芒，就在彼岸闪耀。

注释

选自《浪子》（2004）

1 The Prodigal，Prodigal，见《另一生》1.1.1 和 4.20.4（prodigy），
4.23.2（联系《路加福音》15:11—32 的"浪荡子"故事）。

　　本诗集中，沃尔科特说这是他的"最后之书"——尽管后来尚有
诗集《白鹭》——尤其是诗集的最后四行概括性地总结了沃氏的诗
歌生涯。诗集主题以"回家"为核心，表明了不断漂泊、陷入情欲
波动、背叛家乡的浪子最终彻底返乡，回归自我。整部诗集分 18 首
诗——从整体的角度来说，也是 18 章——每首有 3—5 节，每一节也
可以视为独立的诗，这种结构类似《提埃坡罗的猎犬》和《奥马罗
斯》。从诗意来看，诗集分为三个部分：第一和第二部分为"别处"，
主人公游历海外；第三部分为"此处"，主人公返乡。

一

1 宾州和新泽西州（下面的"泽西"）都有很多意大利移民和意式建
筑（下面提到锡耶纳）。
2 北卡罗来纳州的城市，这个地方也出现在沃尔科特的戏剧《步行
者》（Walker）中。
3 counties，美国州以下最大的单位，汉译均为县。
4 指柯洛的画作《废弃的采石场》。
5 West Side Highway，纽约的一条南北向公路，在曼哈顿西区，沿
赫逊河。下面说的"村"即格林尼治村。
6 烧着闷火，生烟但没有火焰。

7　见《但以理书》13，苏珊娜是犹太女子，因美貌被两位长老（Elder）垂涎，遭到拒绝后，后者指认她通奸，判其死刑，后被先知但以理查明。

8　"Such, such were the joys"，出自布莱克的《天真之歌》的《回声阵阵的绿色》。

9　波士顿的一家韩国餐馆。

10　即 The Prudential Tower，位于波士顿的博伊斯顿街，全城第二高的高楼，Prudential 是美国的金融集团，汉译为保德信。

11　指麻省埃塞克斯县的城市，它位于这个海角。

12　麻省的撒冷，位于埃塞克斯县，著名的撒冷女巫审判案就发生于此。

13　爱德华·霍普（1882—1967），美国著名画家，垃圾箱画派（Ashcan School）的代表人物。

14　作者还是暗示了霍普，霍普是善用光线的大师，画作中多有人造的灯光。

15　见《仲夏》1 开头，指有飞机经过。作者有意将相差二十年的《仲夏》与《浪子》联结在一起，构成了时间和空间上的循环。

二

1　cantons，州，瑞士的行政区，飞机在瑞士上空。

2　偶蹄目长颈鹿科的动物，原生于非洲，身上有条纹，汉语里也称为霍加狓。

3　瑞士瓦莱州的城镇，在马特洪峰北麓。

4　德语地区对伊丽莎白的昵称。

5　见《幽谷中的爱》，这个故事就发生在阿尔卑斯山。

6　Whittier，约翰·格林利夫·惠蒂尔（1807—1892），美国诗人，炉边诗人群成员，积极主张废奴。《大雪封门》为他的著名长篇叙事诗，全名为《大雪封门：冬季田园诗》(1866)，讲述了一户家庭因大雪封门，不能出户，遂在家中轮流讲述故事的经过。

7 old gentlemen，双关，指上面说的灵魂，这里指瑞士的绅士，但这个短语也是撒旦的绰号。

8 伦勃朗的名作，油画群像，描绘了布商行会在检查布料样品。

9 指荷属圣马丁，沃尔科特母亲的出生地。

三

1 这里将贺拉斯比作动词，农庄都是他的变位。

2 *chelidon*，希腊文 χελιδών 的拉丁字母转写，意为燕子。

3 *Pervigilium Veneris*，古罗马的诗歌，传为提波利阿努斯(Tiberianus) 所作。

4 Abruzzi，为意大利东部的山区，原为阿布鲁齐-莫利塞大区，1963 年大区解体（晚于下面提到的《永别了，武器》），阿布鲁齐地区改为阿布鲁佐大区，下面提到的佩斯卡拉是其中的一个省。

5 三个犹太人常用的名字。

6 Luigi Sampietro，米兰大学文学教授，沃尔科特的好友，曾邀请沃氏来访，开设诗学研讨课。

四

1 热那亚南边是利古里亚海，海滨是城市的"最后一行"，热那亚的海岸线恰好相对笔直。而作者在本章第一行这样说，也就用首行摹仿了海岸线。

2　指《圣经》的《诗篇》。

3　指的是热那亚的哥伦布纪念碑，因此下面所说的火车站即王子广场火车站，就在海边。

4　Vespas，首字母大写，指意大利的一种小型摩托，由比亚乔（Piaggio）集团生产，在意大利街头常见。

5　2001年7月9—11日，沃尔科特在米兰大学开设了三次创意写作研讨课。

6　即朱塞佩·加里波第，他的纪念碑在米兰市中，斯福尔扎古堡旁，米兰大学西北。

7　即乔治·德·奇里柯（Giorgio de Chirico, 1888—1978），意大利超现实主义画家，善用平行线条。

8　指米兰大教堂正面的意大利国王埃马努埃莱二世（Vittorio Emanuele II, 1820—1878）的纪念碑像，国王骑在青铜马上。

9　Via Veneto，罗马的著名购物街，南边通向巴贝里尼广场。

10　见《大岛》。

九

1　Guadalajara，墨西哥第二大城市，本诗集第二部分，主人公来到了南美。

2　指罗德里克·沃尔科特，他2000年3月6日去世，下面会简称罗迪（Roddy）。作者接到这一消息时，正在墨西哥。

3　乔瓦尼·巴蒂斯塔·莫洛尼（Giovanni Battista Moroni），16世纪意大利画家，这里指的是他的一幅帆布油画《裁缝》。

4　指马尼拉披巾，流行于西班牙，尤其是安达卢西亚地区。女性在舞蹈（如弗拉门戈舞）和节庆场合会穿戴。

5　哥伦比亚西北沿海城市，北部几乎正对着牙买加。

6 卡斯蒂亚王国的语言，后来发展为共通的西班牙语，这里指的就是西班牙语。

7 指梅赛德斯汽车的标志如同面具。

8 西班牙加利西亚大区首府。

十一

1 在佛罗伦萨阿诺河上，是古老的中世纪的石桥。

2 关于托马斯见《致敬爱德华·托马斯》，诗句来自《雨》。

3 Massade，在圣卢西亚大岛区。Monchy，位于圣卢西亚道芬区，临近大岛区，也见《群岛传奇》第六章。

4 scuds，这一节有军事的语境，很可能双关，指苏联的飞毛腿导弹（Scud），这是冷战时期的标志之一。

5 五种油画常用的颜色。

十二

1 野胡萝卜在北美的俗称。该植物花为白色，伞形，中有红点，相传安妮纺织花边刺破手指，血染白色，如同野胡萝卜的花。

十八

1 指马奈的名作《女神游乐厅的吧台》（*Un bar aux Folies Bergère*）。

2 Mon Repos，法语，我的休息，我的安眠。该村在圣卢西亚东部的普拉斯兰区（Praslin）。

3　位于圣卢西亚拉波利区。

4　意大利坎帕尼亚大区的城市，靠西海岸，在那不勒斯以南。

5　古希腊和罗马喜用海豚作为建筑饰带——刻在三角墙或山形墙。

6　dorado，来自西班牙语，意为金色的，英语里借用这个词指鲯鳅或剑鱼。